荣如德译文集

XIV

上海译文出版社

- 斯捷尔马赫《真理与歪理》
- 雅科勃逊《生活在城堡里》

目录

真理与歪理

（马尔柯·别斯梅尔特内）

〔苏联〕米·斯捷尔马赫　著

荣如德　冯鹤龄　译

内容提要

本书为苏联乌克兰著名作家米·斯捷尔马赫的重要作品之一，写于一九六一年，是一部以描写苏联卫国战争结束前后乌克兰农村生活情况为题材的作品。

小说故事分两条主要线索展开：一条是——在前线身受重伤的马尔柯，伤愈出院重返故里，为了使农庄改变落后面貌，便团结广大群众，带头与以农庄主席别兹包罗奇柯以及农业厅长基塞尔为首的坏人展开斗争的故事；另一条线索是——教师格里高里受到诬陷被捕入狱，最后经过一番周折终于真相大白而获得释放的故事。

作品再现了第二次世界大战结束前后苏联农村生活的现实，并刻划了主人公不畏强暴，敢于与当权的邪恶势力展开斗争的精神。

引　子

炮火声从左右前后、四面八方传来。在这场战斗中，人和机械化武器纷纷奔突冲撞，甚至夜幕也被撕成鲜血淋漓的破条条从天边掀开，飘向高空，然后又膨胀开来，带着浓烟和腥臭重新降落到怒发冲冠的地面上。

我军冲过了障碍，德军也突破了包围!

战火猛烈到这样的程度：炮弹与炮弹相碰，手榴弹与手榴弹互撞。只有“喀秋莎”好比惩恶的火羽神鸟，又像无定期彗星的碎片，亦如对法西斯进行严厉审判的信使，以不可阻挡之势发出致命的啸音，划破整个天空。

钢铁在发疯，马匹在发疯，人们也在发疯。人们眼睛里反映出爆炸的回光，爆炸的回光中又闪照着一摊摊殷红的血泊。坦克把血泊和着泥土一起掘翻，在狂暴的搏斗中互相冲撞，互相摧毁，一任履带逞威，火力肆虐。

如果说世上有战神的话，那么他现在正用机械化武器的脚在战场上彳亍，把天空从遍体鳞伤的地面上扯开。

土岗上，一座村庄在炮火的连射下战栗着。迫击炮弹的火光组成奇形怪状的星座，不时照亮笼罩在黑暗中的村庄，村里的房舍仿佛要想远走高飞，逃离这战争的浩劫……有的果真飞了起来，连带给炸飞的还有鹳鸟的窝巢、婴孩的摇篮、夭折的生命。

村外墓地上一座敝旧的、毫无特色的小教堂被爆炸声浪震荡得摇摇晃晃。教堂里，一位年老枯瘦、被死神遗忘的神甫在圣障的中门前伸出干瘪的双手向上帝哀祷。由于年迈昏聩，他以为是《圣经》上的巨鲸要从地底下逃跑，末日审判即将来临。教堂里的蜡烛自行熄灭，供奉了上百年的神像也纷纷跌落。

忽然，疤斑累累的门扉嘎的一声响，神甫吓得急忙闪开。但从门外走进来的不是末日审判的幽灵，而是几个极普通的穿军服的姑娘。她们疲惫不堪，满脸烟炱，浑身是土，弯着腰把重伤员抬进教堂，放在神像左近。战士们在昏迷状态中圆瞪着眼睛，他们还以为没有从混战的地狱中挣脱出来，一边哼哼唧唧，一边还在下命令和转达命令，可是群神却沉默着。不过神甫注意到群神的眼睛也睁大了。

一位浅褐色头发的年轻上校仿佛从电影镜头上下来似的走进教堂。沸腾的天空像一袭血红的披肩在他背后飘动。他在门廊右侧站住，不正对任何人，问道：

“马尔柯 · 别斯梅尔特内在这里吗？”

“这里都是不死的[①]！”一名年纪不轻的战士严肃地回答，他的胸部和所有的勋章都染着鲜血。

“对，”上校挺直身躯说，“这里都是不死的！”

“只有我这个罪人偷偷混了进来。”一个用士兵军便服胡乱裹着一条胳膊的战士笑容可掬地说，看得出，他丝毫不因此觉得忧伤。

“为什么你是罪人？”上校问，同时轻轻地从伤员之间往里走。

“我是受处分的，总之一句，犯了错误。”这名伤员脸上几乎现出幸福的笑容。

“现在我们中间没有受处分的，”那个年纪不轻的战士纠正他的话，“这里都是一家人。是谁给你用军便服包扎得这么马虎？”

“我自己。我们的医务人员没法备足绷带裹我们的手和脚。”他举起那只受伤的手，上面的军便服自行松开下垂，好像战士的血给衣服灌注了生命。

一个把拆开的发辫扎成一束的小姑娘走到上校跟前。她的眸子里颤动着蜡烛微小的反光。这姑娘对战争还不习惯，凡是被她从战场上

① “别斯梅尔特内”这个姓氏在原文中有“不死”“不朽”之意。

救下来的伤员伤重不治，她就为他们掉眼泪。

“马尔柯·别斯梅尔特内在我这里。”姑娘咬着嘴唇伤心地说。

“奥克桑娜，他在哪儿？”上校急忙问。

“就在那边，躺在常胜乔治[1]旁边。”姑娘说，她的长发和泪珠闪耀着美丽的光芒，像一株浸在晚露中的麦穗。

他们小心翼翼地走向教堂深处，到两个战士——一个在画上，是天上的；一个受了伤，人间的——前面停下。天上的战士周围白云缭绕，人间的那个身旁血迹斑斑。

上校弯着一条腿蹲下身来，很心疼地仔细察看这个战士毫无血色、皮肤黝黑、唇髭弯曲成马蹄形的脸，再凑到他动也不动的胸前，悄悄地问女卫生兵：

“活着吗？”

“还有气。”姑娘合拢干裂的嘴唇，挤出一道悲苦的皱襞。

上校站起身来。

“立刻抬上马车送医院。”

“能送到吗？”姑娘快要哭出声来，从她的睫毛上随着两颗泪珠掉下两支几乎看不见的小蜡烛。

“一定得送到。否则不要回来！”上校带着威胁的意味目光一闪。

“是，不要回来。”她说的不是想说的话，但上校根本没有注意。

一分钟以后，他和两个姑娘轻手轻脚地把别斯梅尔特内向行将破晓的门外抬出去。

在墓地里的樱树间，几匹吓得半死的马耳朵耸动着，皮下的肌肉哆嗦着。一匹紫色的乳驹胆怯地挨在母亲的后足边，每响起一声爆炸就用头向母马滴出乳汁的奶头上撞。母马比一匹拉边套的高大的公马态度镇定。它尽可能以轻声的嘶叫安慰乳驹，每当公马突出眼珠直立

---

[1] 东正教传说中战胜凶龙的神，此处指神像。

起来时，它就把公马咬一口。

车上这个伤势沉重的人，老是遇到各种各样的奇迹，哪怕他已经奄奄一息。在教堂里圣徒和神明的画像旁，马尔柯·别斯梅尔特内还人事不省，可是车轮吱吱嘎嘎地刚一转动，他就感到黑暗中一股湿润的暑气，使他回忆起小时候生了病躺在蒸软的禾黍上的情景——那时候禾黍在乡下既是粮食，又是药物……对，他一定是躺在家里，天色将晚，外面村道上，他的爷爷正赶着大车回来。天上雷声隆隆，可是老头儿满不在乎，回到家里，在过道里坐了一会，就哼起那支心爱的小调：

喔咿，有一个哥萨克，名叫苏普隆，
不知道怎么样攀附光荣，
嗨，他聚集了骁勇的查坡洛什战士，
带领他们去迎战贼众。

“要不要应和？”别斯梅尔特内想了一想，然后轻轻地跟着爷爷的歌声唱起来：

喔咿，在星期日的大清早，
苏普隆就跟贼众两军对拢……

“我确实在星期日跟法西斯贼众干了起来。”马尔柯的思想又从童年时代飞到现今的战斗中。

奥克桑娜惊恐地回头一看。几乎听不见的歌声从别斯梅尔特内嘴唇上簌簌地吐出来，如同他的生命无声无息地一滴一滴从马车上落到地面上一般。姑娘哭了。她的眼泪也落到路上，和战士的血混在一起。可是马尔柯径自唱着，尽管巨雷的怒吼时而从这一边，时而从那一边把他的歌声盖住，尽管战士们、老爷爷、马匹、盟军都听不到他的歌声。

“他怎么还能唱？”姑娘非常害怕地想，她知道别斯梅尔特内已被灼热的子弹打得体无完肤。但这时歌声听不见了。奥克桑娜勒住缰绳，俯身察看马尔柯。他的心脏已经感到血液供应不足，正像歌声一样渐趋沉寂静止。

“别斯梅尔特内同志，别斯梅尔特内同志！”奥克桑娜惶骇地摇着他的肩膀喊叫，“您死不得，我求求您……我得把您送到医院……”

“我死……死不了……我……会……会好的。你只要把黍子再热一下……快凉了。”回答的声音很低，与其说姑娘听到，宁可说是感觉到的。马尔柯想抬起眼皮，但现在这对他委实是一件不能胜任的苦活。他费了九牛二虎之力，交合的睫毛方始略微颤动一下。他对这并不以为怪，使他感到惊异的是爷爷在窗外那么久怎么还没有把车赶进院子，雷声那么骇人怎么雨点始终掉不下来……

集团军的野战医院设在地下，不在地面上。伤员们像一段一段砍去或没有砍去树枝的原木似的躺着，手术台上，地下病室里，都没有足够的位置安排他们。院长由于睡眠不足、疲劳过度而显得面色灰白，暴躁易怒，他看到又有伤员送来，目光完全不表示欢迎，他用嘶哑的声音问奥克桑娜：

“怎么搞的，到现在还不懂得制度？这个伤员不是我们集团军的。送到自己医院里去。”

姑娘茫然不知所措，她绝望地垂下双手，眼泪扑簌簌地淌到军大衣上。

“哭什么，笨蛋?！”院长恼了，“你还应该在家里玩洋娃娃，谁叫你跑到前线来！想必是自愿的吧？”

“自愿的，”姑娘负疚似的缩了一下鼻子，住了哭，忽然，她的话代替她哭起来了，“叫我把什么送到那个医院去呢？把一具没有灵魂的尸体送去吗？再说，戈留诺夫上校命令交给您，还要收条。”姑娘的躯干弯下又挺直，显得既可怜，又倔强，像一株露浥的麦穗。

“戈留诺夫上校？”院长诧异的声调流露出尊敬的意味，“那么这个战士是谁？”他向车上摆一摆头问。

“别斯梅尔特内。”

“好响亮的姓氏！”院长的脸色和语气柔和多了。他举起一根很长的、钢琴家式的手指招呼两个卫生兵过来，指着别斯梅尔特内对他们说：

“抬到手术台上去！”

两名卫生兵走到车前，紧张地掉过头去向西方谛听片刻。战争的车轮已经辘辘地滚到离医院不远的地方。

“是啊。”其中一个寓意深长地说。

“不错。”另一个表示同意，还发出一声叹息。

“别蘑菇！”院长在一旁敦促。

卫生兵把别斯梅尔特内放在担架上抬进地下室，那里是一片价詈骂、呻吟、号哭、命令的噪音，人们在弥漫着药品味、血腥臭、泥土气的氛围里喘不过气来。

“玫瑰，玫瑰，我是百合！”一个负伤的电讯兵在叫远方某人的呼号，“听得见吗？请回答……玫瑰，玫瑰！……”

“滚你妈的蛋！什么百合，玫瑰，统统去见鬼！喔，疼死啦！”

“哪儿疼？”

“腿上。”

“你的腿呢？”

“没了。丢在战壕里了，可还是疼……”

有人摸摸马尔柯的一只脚，再摸摸另外一只，很觉奇怪地说：

“你们瞧这个新来的，他把纳粹党卫队的旗帜撕下来做包脚布。”

“踏平法西斯！踏平歪理。”马尔柯想这样说，但这两句话软弱无力，竟没有能够掰开嘴唇。

马尔柯重又被抬起来，抬到了一个地方，然后放在不知什么冰凉的东西上。他感到脸上给套着一副气味难闻的面具，于是明白自己躺在手术台上。顿时他只觉得周身乏力，脑海中从战争以来第一次出现死亡的念头。

这时有两条路在他眼前晃动了一阵，然后岔开。明亮的一条直奔故乡，大头向日葵和他家的白色土屋紧挨着大路；灰暗的一条浓雾弥漫，坠向一片漆黑之中。

“这第一条是活路，第二条是死路。”马尔柯心里明白，他竭力不去看第二条路。但是幻象交替出现，躲也躲不开。忽然，爆炸声震动了一切。崩塌的泥土沉重地掉落下来，但听得一片惨叫，然后有人喊道：

“大夫在里边，快把大夫抬出去！”

强烈的热浪冲击着马尔柯，把他整个身体狠狠地挤，死命地拉。他就在这一阵难忍的剧痛中失去了知觉，但仿佛不久就开始悠悠苏醒。这时他听到有谁悄悄地走过来站在他脚边。马尔柯睁眼一看，连心都凉了：在黑暗的背景前他看到了死神，就像在一张其大无比的X光照片上那样。死神的形状跟他自幼听古老的传说，后来又从图画和梦境中所得到的印象一模一样。

死神从X光照片上下来，向马尔柯看了一眼，不用威胁的口吻，只是带着几分倦意说：

“马尔柯·普罗克里亚蒂[①]，你的死日到了。”

“撒谎，你这母夜叉！”马尔柯并不害怕，而是愤慨，他迸出一股不知哪来的力气从手术台上撑起来，用两条疼痛的腿支住身子站到地上，握紧两个拳头，准备搏斗到最后一息。

然而死神没有向他扑过来，只是诧异地问：

“我干吗要撒谎？”

“我不叫普罗克里亚蒂……很久以前，革命还没有胜利，我和我那个不幸的、受压迫的家族才这样遭人耻笑。那时我们是被诅咒的……至于我的死日更没有到：我还没有耕一个舒畅，种一个痛快，

① “普罗克里亚蒂”有“遭诅咒的”“可恶的”“该死的”等意义，与“别斯梅尔特内”恰恰相反。

还没有把土地欣赏够，还没有在人间生活得心满意足。”

“这都不假，”死神说，“可是你没法活下去。”

“你又在撒谎。活下去所需要的一切我全有。”

“全有？你到哪儿去弄心脏所需要的血？”

“兄弟们会给我。”

“你已经没有兄弟。难道你忘了我把你的三个弟弟全都拖进了坟墓？”

“这谁也忘不了。你拖走了三个，可是我有成千上万的弟兄，我们有共同的信仰，共同的良心，共同的爱。我和他们在一起，他们和我不分离，我们有同一种血，同一条命……你快从我们这里滚开！”马尔柯的双目盯视着死神的眼眶，举拳相向。

死神讨了一场没趣，退后去回到 X 光照片上，然后随着照片一同消失。

马尔柯眼前重又出现两条道路。在穿过大地通往家乡的那条路上阳光灿烂，露珠晶莹、蜂至如归的金色葵花一朵朵转脸向着太阳。而另外一条路上，死气沉沉的浓雾在徐徐晃动。

马尔柯跌倒又爬起，力气已快使尽，但他还是尽可能向着葵花那边走去。葵花看见了他，摇曳着身姿招呼他。他使出最后一点力气走到金色的田野前，已经准备倒下去了，但那些葵花用庄稼人粗糙的手把他扶住，正像从前在阴雨天里他把它们扶直一样。如今在它们中间，他也像一株遭受摧残、被连根拔起的向日葵，按常规必死无疑，但它却按照自身的法则维持着生命。

第一章

我们那儿只有在三月里暴风雪过后才有这样美妙得出奇的一些日子，那时大自然从沉睡中苏醒过来，一挥手就把天与地连成一片，真是神通广大，连上帝要把灵魂与肉体合而为一也办不到。

那时节，明朗的天空飘满天鹅一般的白云，蔚蓝色的光流从云朵之间迸涌；可爱的大地覆着极薄极薄一层柔软的雪花，阳光的反射犹同露华闪烁；最先形成的几道清清小溪水声琤玐，——你看看天空，再看看大地，不知道这个大千世界哪儿是起点，哪儿是尽头，也不知道你自己在其中的什么地方。

当马尔柯·别斯梅尔特内从不安、困顿的昏睡状态的旋涡中浮起时，他同样不知道这些。

一朵长春花——那是报春的花——带着醉人的芳香和凉意用它的腮帮使劲打在马尔柯的眼皮底下，打出了几颗泪珠在乌黑的睫毛上像钉住的一般颤动着。受到这突然的一击，马尔柯用一双疤痕累累、但已经在医院里变白了的手把眼睛捂住片刻，抖去昏昏沉沉的睡意，在雪橇上撑起半个身子，眼角的皱纹以及略有些弯曲因而显得挺剽悍的马蹄形小胡子现出高兴的微笑，还带着点儿调皮的神情。这也难怪，他确实有理由高兴！

现在他的周围不是和血一同结成硬块的绷带，也不是医院里死气沉沉的消毒墙壁——那里甚至连砖头和水泥也都浸透了药味——而是浩瀚无垠的云海雪野，洁净湛蓝的色彩预感到春之将临，从所有的地方往外闪光，冒头，喷溅，迸涌，咕咕作声，寻觅着新的赋形。这时候，自然界没有任何渺小的东西，也没有任何东西甘于渺小——一切都在自我扩张着，有些云堆甚至往一边倾垂下去，浮到地平线以外，看去好像未曾发现的新大陆；就连看不见的太阳也不时照亮远方大块大块的农田，用天瓢向那里慷慨地泼下沸腾的银水；这一切就像一个个湖泊纷纷向四面八方膨胀扩散。

马尔柯起初简直不相信自己活着并且差不多无病无痛地置身于这样的良辰美景之中。过去，当他奄奄一息的时候，在他想象中出现的也不是战场上的泥和血，而是新换上节日盛装的大地，他熬住一切痛楚，专注、无望而又贪婪地凝视着它，即便闭紧眼睛也在凝视——因为他到死也是一个庄稼人。

那时，大地也像有生命一般望着他，并且能猜到他的心思。

他希望看到樱花，于是他的眼前，不管是在熟悉或陌生的街上，还是在春水粼粼的江面或河湾，甚至在寸草不生、铁锈满地的前沿，都有雀斑点点的红皮樱树亲昵地肩挨着肩连成一片，开起花来。他怀念森林，森林就会从乱七八糟的铁刺网中挺起树干，从杀机四伏的布雷区内拔出树根，向他走近，并且带来灵验的药草和鸟儿彻夜啁啾不绝的悦耳歌声，还带来那些胆小可爱的鬼子，他刚上一年级的时候常这样唱：

小兔子，往哪儿逃，
小兔子，跑不了……

跑不了……这会不会在说他？他现在不是也像兔子遇上狐狸一样落到死神手中了吗？……

但他用意志的力量轰赶乌鸦似的驱逐那些可怕的念头，轮番召唤着母亲、印象模糊的童年时代以及顶戴婚礼花冠的朝阳。她们会从各处急忙赶来，好像他是一位魔法师。

而他最常想看到的，则是他在结婚以后才真正爱上的奥莲卡，她的嘴唇是那么美，金色的头发宛如秋天的垂柳。一想到此，奥莲卡就会在怀里紧搂着他们的独生女儿，急忙迎着他走来，她直接穿过反坦克壕和蜿蜒伸展的防御工事，穿过敌占区，穿过战线，穿过死亡线来看丈夫，——虽然他情知奥莲卡已经不在世上。

每当还没有活够的他打算告别大地的时候，大地总是这样怜惜他；想必正因为如此，他看到的才不是那些张着血盆大口准备噬食人心的魑魅魍魉，而是怀抱婴儿的贤淑母亲，是覆着露珠和尘土的小麦或者小山谷里花穗卷曲的燕麦，是窗前种着向日葵和锦葵的土屋，屋旁繁花似锦，屋顶上一只倨傲得可笑的鹳雀带着一窝小鹳，在月色朦胧的晚上回想起来，那鹳雀已经不是一只鸟，委实像一个梦……

这段关于鹳雀的有趣的回忆使马尔柯心头高兴，被岁月洒上一层霜的马蹄形小胡子中间重又掠过一丝和蔼的笑影，他对目力所及尽是白皑皑一片，银装素裹的世界重新有了真切的感受。

“这时候在这个世界里是多么好哇！几乎很难设想这地方遭到战争的破坏还是不久以前的事。”马尔柯对于天地一色那种庄严辉煌的景象惊讶不已，就在这天地之间，有一只蒿雀连声啼啭着，好似一串看不见的铃铛在不停地摇晃。

“这么小小的一颗心，居然也感觉到春天即将来临。瞧着吧，灰鹤马上就要用它们的翅膀载来温暖，人们也将下地播种燕麦和大麦。怎么个播法，到时候瞧吧！”马尔柯甚至把手一扬，仿佛他温暖的手中握着一把种子。

他在想象中已经把播种的人们带到此地，并且看到中耕机在耕地里左右摇摆地作鹅步移动，而种子则向着土地柔声絮语：“活着，活着。”

马尔柯真的听见了这声音，似乎他周围已经撒遍了种子。但这并不是种子在说话，而是目前还看不见的溪水在道旁的壕沟里把自己头上的积雪划开，在冰封的地里为自己寻找出路。

“生活多美啊。”马尔柯习惯地喃喃自语，在这一瞬间，他全然忘却了身边那副似乎无用的拐杖，也忘却了已经推进到德国境内的战争。

但是，世界和思想的统一让两部被击毁的“斐迪南”[1]破坏了。这一双史前怪物般的大家伙爬上了一座岗子，把它压在自己身底下。它们已经不能动弹，内脏也挖空了，可还在威胁着天空和大地——其中一辆的炮架尾朝上，另一辆的朝下。这便是那些当年凶焰万丈、不可一世的“王牌”所剩下的全部威风。

“兔子，兔子！您瞧！”忽然，长着亚麻色头发、才十二岁已经显得挺老成的赫维其柯叫喊起来，接着十分利索地跳下破旧的雪橇，站在旷野里，威风凛凛地挥了一下作为战利品缴获的鞭子。

真的，一只度过冬季以后瘦了许多的野兔从“斐迪南”侧旁一闪，飞也似的向苍翠欲滴、好像刚从微带紫色的水中浮起来的树林那边直奔。这只世上最和善的小动物，儿歌里唱它、孩子梦见它的小动物，刚才在那两座制造死亡的、身子向一边歪斜的丑八怪旁边干什么？它是偶然闯到两座铁坟这儿来的呢，还是由于从这岗子跑到美味的冬麦地里去比较方便？

“这长耳朵家伙蹲在这儿干吗？”小小的车老板感到奇怪。

“赫维其柯，你们的兔子不啃‘斐迪南’吗？”马尔柯跟他开玩笑。

但那少年惯于认真回答大人的问话，他把两道阔眉一掀，头头是道地说：

“还没有啃过。兔子不需要钢铁。”

他跳上雪橇，再次看看那一团敏捷地滚向柞树林去的东西，用羊皮给马尔柯的腿盖得熨帖些，撒开粗嗓门吆喝一声，两匹鬃毛蓬松的瘦马沿着润浥泛青的土道慢腾腾地跑将起来。它们在这个魔法圈定的白阑中间，在战争与和平之间，似乎完全消失了踪迹。

雪橇陷入一个很深的坑洼，发出嘎的一声，马尔柯也叫喊起来，把手掌按在右腿上。

“没有鹞子翻身还算好哩。”赫维其柯差点儿摔出雪橇，他回头

---

① 德国坦克的一种类型。

同情地问别斯梅尔特内：“疼吗？”小家伙拉长的脸上以及透出一点碧绿的灰眼睛里，掠过一丝掺杂着惊悸的哀愁，那不是一般儿童所有的表情。

“有点儿。”

“糟糕，”少年心里很难过，“我能帮点儿什么忙吗？……是不是腿又疼了？”

“不光是腿。赫维其柯，我如今横里竖里整个儿都是缝起来的，就跟布娃娃差不多，我担心所有的刀口会统统裂开。”马尔柯诙谐地看看自己，开始哼一支小调，曲中有许多“喔咿”——这也能减轻疼痛。

少年垂头丧气地让马停在一棵野梨树旁。

“那条腿到底怎样，马尔柯·特罗希莫维奇？”少年瘦削的、嘴角两边凹进去的脸上流露出怜悯的神情。

“它痒痒得直想跳舞，只是大夫目前还不准许。”一双瞳子镶着金圈、内藏阴影的深褐色眼睛，并不现出生气或痛楚的样子，“赫维其柯，要不要吃点儿东西？”

“嗯……我，说真的……在车站上吃过了。”少年车老板嗫嚅起来，把头扭向一边去看马匹。

“撒谎。”

“真的。”

“你这小伙子真有意思：难道你脸不红，就想骗过我吗？”

少年的脸红了起来，他怪难为情地抽了一鞭野梨树下面的雪，几颗小冰块像溅落的煤星在雪地上跳动。他低声问道：

“我说的不是实话，难道看得出来？”

“现在看得出来，但要是你往后还这样不老实，撒谎的本领进入了血液，那时你的血可就根本不红了。所以，你要记住大人说的话。听见没有？”

“要是大人全都这样说就好了。”少年脱口说出这句话，现在他已经不是为自己，而是为别人撒谎感到脸红。

马尔柯觉得他话中有话，便问：

“怎么？有教人不老实的吗？”

“敢情。”少年的答话很简短，他不好意思往下说。

“赫维其柯，那么是谁？”马尔柯把一条腿在麦秸上搁一搁好，防备冻着。

“呃……”

“不愿意，就别说。这等事讲究自愿，勉强不得。”

少年突然怒火上升，他眼睛里碧绿的色彩黯淡了，嘴角气得直哆嗦。

“不是别兹包罗奇柯自己教人不老实吗？有一回，我从养蜂场拉蜂蜜到他家，可是他教我只说是拉到农庄仓库里去的。这像话吗？”

“不像话。”

“说的是呀！”

“那你怎么对付呢？”

“怎么对付？”少年活跃起来了，他那干裂的嘴唇上开始出现调皮的笑意，“我一口气把车赶到农庄主席的大圆木屋子前面，直着嗓门喊得全村都能听见：‘大婶，您在哪儿？说真的，是不是出工挣工分去啦？’

“主席老婆像腊月里的暴风雪似的向我冲来：她不爱听笑话，特别不喜欢人家提到她不干活挣来的工分。

“‘你要干吗，你这个邪教徒？’她说，‘你就不能轻点儿喊吗，小杂种？小心把希特勒从十八层地狱里喊出来。’

“‘您说说倒容易：轻点儿，轻点儿，’我顶她，‘可是我的马叫该死的马蝇叮得直想扯断挽具逃跑！现今的挽具又不牢！我把蜂蜜拉了来，可是忘了该拉到你们家，还是该拉到仓库去？’

“‘哎呀，你这个笨蛋！你肩膀上搁的不是脑袋，是破罐！’主席老婆火冒八丈高，她用一只眼睛恶狠狠盯着我，恨不得把我吞下去，另一只眼睛瞅着村里，看有没有人。

“‘脑袋也罢，破罐也罢，反正是我的！’我装做生气的模样，一边咬住嘴唇，不让自己笑出来。

"'你不能悄悄地把车赶到院子里去吗？'她低声问，随后又大声说，好让旁人听见，'拉到仓库里去，你这个笨蛋！……'

"我对着马儿吆喝一声，车轮轧轧地转得老响，主席老婆连我的笑声也听不见。到了仓库，又不合保管员的心意：沙伏拉也骂我笨蛋，问我为什么不把蜂蜜给主席老婆。"

"他们哪里知道，赫维其柯，你是这样有头脑，你真是智勇双全哪！你这是打哪儿学来的本领？"

"战争能教会一切。"那娃子立刻变得严肃起来。

"对。"马尔柯眯起眼睛，把这个孤儿拉到自己身边，心中怀着忧虑在想别兹包罗奇柯的事："安东啊，安东，你少不了要跟我厮杀几个回合。可是，你去跟法西斯厮杀不是更好吗？"

马尔柯从麦秸中摸到一只绿色干粮袋，掏出冻硬的面包、红白相间的美国腊肉和拳头大一个波多里耶①蒜头，蒜头皮上沾着几小块土，这土曾经让好几个国家的军队和辎重在它身上经过。

"吃吧，赫维其柯。"

"谢谢。"

"光说一声'谢谢'，没那么便宜。"马尔柯的眼睛亲切地夹成缝，弯弯的马蹄形小胡子狡黠地掀动了一下。

"说真的，我还会给您出力。"那娃子笑道。他认定马尔柯叔叔是自己人——这从眼睛和小胡子就看得出来——那就是说，在他面前不用怕难为情。赫维其柯大方地用肩胛把马匹推到路边，把瘪瘦的饲料袋挂在辕杆上，整了一下太大的翻袖，这才坐到雪橇边上，仍旧有些不好意思地开始吃东西。舶来的油肉和国产的面包入口即化，味道鲜美——自从赫维其柯成了孤儿，他还没有饱餐过一顿，见天挨饿。

马尔柯只是敷衍地吃着，倒并不是因为连蒜头也浸透了至今还令

---

① 乌克兰西部德聂泊河与德涅斯特河之间的丘陵地带。

人恶心的药味——不，只是因为思想插上发光的翅膀追逐心潮把他带到故乡的村庄去了。在他这时的想象中，家乡还是一九四一年自己离开它的那一天的样子：美丽的村舍像一群白脸蛋的姑娘紧挨着花园和村道，高高的黑杨树直插云霄，井上的吊杆叽叽嘎嘎，白天供给人们饮水，夜里似乎准备变成巨灵神，守护人们安睡。

世上经历了四个年头，这四年就像四个世纪那么长，千百万双眼睛灭了光，和泥土搅和在一起，也变成了泥土。千万个村庄向天空升起悲恸和哀告的火焰，又化成木炭和灰烬落下来。他的村庄也没有了：凡是可以毁坏、杀戮、劫掠的一切，都已被毁坏、杀戮、劫掠。连泥土——波多里耶的黑土——也被劫往"帝国"，以致有几位神甫，恐怕是消息最灵的，开始在教堂里说，世界已临末日。但他们没有猜中，是法西斯的末日到了。只是你，马尔柯，已经不能去直捣贼巢，你失去了亲人，自己成了残废，只好拄着拐杖回老家去。其实，哪还有什么老家，他的家已经没有了！

嗬，"没有"这字眼现在成了多么可怕的字眼哟，简直是诅咒。甚至坐在他对面的这个孩子也会说：

"我没有妈，没有爹，没有兄弟，没有姊妹，没有村庄，没有房屋，没有面包，没有鞋，没有童年，没有幸福。"

而且没有人可怜他或者安慰他。马尔柯的妻子、女儿也没有了，只有一个老娘，她的一双粗糙的手总是香喷喷的——有时像春天的草，有时像向日葵，有时像万寿菊，有时像秋天的蘑菇，有时又像新鲜的面包。连死去的父亲也不止一次略带着几分醉意诧异地说过：

"甘娜，在你做姑娘的时候，你的辫子特别香，如今是手最香。是不是你们女人都有这一手，还是其中另有什么奥妙？"

这一瞬间，马尔柯仿佛看见了母亲。他看到的母亲不是在雪地里，也不是在敞开襟怀的白云下，而是在夏天田野上的向日葵中间，她比他现在还年轻。他看着她黝黑的、蒙着薄薄一层金色尘土的面颊，心想：我们年轻时太不细看母亲的脸了！……

胸中郁积的痛楚苏醒了，眼皮开始抖动。快，快去见她，让她把那双粗糙的、亲切的、发出面包或花草清香的手按在你的肩上。

但是，母亲的形象已在天边消失，空中已经开始形成新的大陆，新的海洋环抱着它们的岸地。前面和后面迤逦着触目皆是战争创伤的道路，这条路通向母亲，通向他的童年，他的未来，他的充满波折的生活。可是，抱怨生活有什么意思？它本来也许能好一些，但也可能更糟。现在，既然脑袋保全了，就不必埋怨幸福不知藏在什么地方，应该到被烧毁的故乡去找，去创造，虽然暂时还离不开拐杖。

“马尔柯叔叔，您抽烟不？”赫维其柯打断了他的思路。

“不抽，怎么？”

“我想送一件小玩意儿给您。瞧，多漂亮！”赶车娃小心地从兜里取出一只打火机。这东西做成一个童话里的小姑娘模样，把一顶镶着小箍圈的帽子戴得很低。

“刮刮叫！”马尔柯仔细看着这个发火处安在心脏部位的金属小人像，表示赞赏。

“那您就收下吧。”少年用请求的语气说，可是他的眼睛里却又掠过一丝惋惜的意味。

“不，赫维其柯，我不要。这东西你用得着。要知道现在你已经独立生活了。”

“这叫做什么独立生活，活受罪。”少年谢过了马尔柯的款待，把饲料袋熟练地从辕杆上解下来，整一整挽具，于是那两匹鬃毛蓬松的瘦马，摇着尾巴，较有精神地循着淡青色的辙道走起来。滑木过处，车辙里三月雪的汁水发出吱吱的声音。眼前，天空和大地连成一片移动着，蔚为壮观，而思想更跃出天地的边际，载着欢乐和悲哀，如飞鸟在田野上空盘旋，纷纷落向当年自由伸展着故里村庄的山隈水湄。

约莫过了两个钟头，马尔柯激动地眺望着田野的轮廓，这些田野曾多次影影绰绰地出现在他的面前，有时在梦中，有时在战斗之前，有时在医院里。只要过了这座驼背的小山岗，在一块宽广的谷地中央就将出现一个大池塘。当初，马尔柯挖了这个池塘，在周围种上许多嫩柳，水里养鱼，晚上也经常在那里聆听青年们的歌声。

> 哦，池塘水哟，清又清哟，
> 小妹在塘边，盼哥来哟……

当年在这里迎接星夜和初恋的小伙子和姑娘们，如今都到哪儿去了？……马尔柯在雪橇上坐稳了些，他的思想萦绕在池塘和村庄周围，在已经没有了的老家周围，甚至飞向那些至今战火纷飞的地方。战争的阴影在旷野上空掠过，刹那间使这一天的美景黯然失色。马尔柯眉头打结，把一根甜津津的干枯小草咬断。赫维其柯用鞭子柄向前一指，说：

“您瞧，快看得见我们的池塘了。”

“赫维其柯，它怎么样，活着吗？是不是法西斯连它也没放过？”

“您问的是谁？”少年不明白。

“池塘呗。”

“啊——啊。活着。水是杀不死的。”

洼地里一些垂头丧气的柳树形成一个巨大的马蹄形，环抱着被雪覆盖的池塘，堤上孤零零地露出黑糊糊、矮墩墩的木制“和尚”①。它确实有点儿像一个陷在雪地里的胖和尚。

“这儿现在有鱼吗？”

少年沉吟半晌，然后摇摇头，说：

“不知道。”

“怎么不知道？”

“因为起先德国人用网拉过不少鱼，后来我们的部队又用炸药炸过：要追歼法西斯，没有时间一条一条地钓。”

“赫维其柯，把车赶到堤上去。我们去看看有没有鱼。”

---

① 指堤上的溢水孔。——原注。

“冰那么厚，您怎么看得见？”少年感到愕然，同时向土堤那边拐弯，“再说，您知道了又怎么样？现在反正不能钓鱼。”

“不钓鱼，看看也不行吗？赫维其柯，别总想钓这个，捞那个，这不是生活中最体面的事情。行了，可以在这里停下你的骏马，你是打哪儿弄来这两匹宝马的？”

“法西斯逃命的时候，叶甫敏老爹用最后一只没死绝的雄鸭和一瓶土烧向他们换了这两匹瘦马。他还答应捉蛤蟆给他们吃；可是那帮丘八已经没有心绪品尝美味。就这样成交了！恢复集体农庄的时候，老爹把自己的两匹马牵到主席那里，说他自愿交出，但要一张盖圆章的收条。

“‘要不要索性再去弄一张贴印花的契约纸？’别兹包罗奇柯火了，‘您是来寻开心的吗？’

“老爹并不退让。

“‘安东，尽管你是主席，可我不拿到收条还是不结。我要让大伙知道：一九三〇年我加入集体农庄的时候，曾经把马偷偷地卖给吉卜赛人。当年我是一个不良分子。如今我当着大伙的面把马交公，改正错误，可是你不论当初还是现在，都没有改正错误。写一张收条，往印章上呵一口气盖下去！’老爹就用这两匹宝马带头翻耕农庄的地。”

“老爹还在吗？”

“在。跟过去一样当饲马员。”

“还跟过去一样骂所有的人？”马尔柯笑问，他了解老汉沉不住气的脾性，叶甫敏既不习惯于卑躬折腰，也管不住自己的一张嘴巴。

“还能不？他连我们的部队也骂，不管在撤退还是在进攻的时候。”

“进攻的时候为什么还骂？”

“说真的，那是一场误会。那时德国人逃跑了，而我们的部队还没有开到，老爹头一个回到家里，在烧剩的屋基上连夜为救星赶酿白酒。劲头大极了。可是我们的部队派来的侦察兵没闹清楚，就向老爹的作坊里开枪。这下老爹把他们骂得天翻地转，侦察兵们发现是自己人，连忙过来道歉。”

马儿停在堤上一排小小的槭树附近，马尔柯开始小心地爬下雪橇。他用一条好腿在雪地上踩稳，灵巧地撑起拐杖，向膨胀的“和尚”那边跨过去，伏在它颜色转黑的身上。水在“和尚”中央潺潺地、咕咕地欢唱着逐渐注入沟峪。

“有鱼，赫维其柯：这水有冬穴鱼的味儿！你嗅嗅！”他愉快地向少年睐了一下眼睛。“只要等我身体稍许复原，我和你来当这池塘的主人。”

“嗯……”

“别嗯，我们真的来管理这个池塘。”

“熬鱼汤？”

“还要养鱼。我们要养出半普特[①]重的鲤鱼来。一条有这么大！”

赫维其柯看看撑着拐杖跳跳蹦蹦的马尔柯，调皮地把眼睛斜向一边，说：

“不论听谁提到鲤鱼，都是半普特重。一克也不会少。”

“给你说破了！”马尔柯哈哈大笑。他向沟峪扫视一周，那里的雪正被逐渐冲蚀，水面不断扩大；再看看被风吹折了腰的柳树，它们像是往事的化身，纷纷向着他挨近来。这些柳树是他的也像流水一样逝去的青年时代的见证，马尔柯的思想迎着它们靠拢去。忽然，他在近处看到两只蔫头蔫脑的小鸟躺在一株名叫兵草的灌木旁，颇像两小块颤动的泥土。“是我眼花了吗？不，不是眼花。”马尔柯定睛一看，高兴地认出这两团小东西原来是两只草鹬，这种鸟他也已经有四年没在任何地方看到过了。

“小可怜儿，你们从遥远的南方飞来得太早了吧？所以落得在白雪上，而不是在春天的土地上休息。”马尔柯轻手轻脚走向那两只互相紧偎着蜷缩在雪巢中的小鸟。可是它们根本不打算像他垂死时在梦

---

① 1 普特等于 16.38 公斤。

境和幻象中看到的那样从他身边飞跑。难道他现在仍在做梦？难道他看到的天空、汛水以及寒冷局促的巢中两只小鸟，也都是颤动着的幻影？

马尔柯身子一晃，又向前拐了几步。一只鸟不安地晃了晃小脑袋，一只怪可怜的、简直跟小孩似的眼睛望着他，仿佛在恳求：好心的人哪，不要加害于我，你是世界的主宰，而我只是一只小鸟。

“不用怕，小傻瓜，我从不欺负或捉弄你们，更不吃你们。我只看看你。”马尔柯默默地回答它。那鸟儿站起来，不大灵活地抖动着像一柄生锈的小镰刀似的翅膀。马尔柯惊异地发现，鹬鸟的色彩并不鲜艳的胸前以及另一侧翅膀上沾着血，而在灰色的雪地上有一摊殷红的血迹和几根羽毛。

“可怜的乖乖，当你唱着简单而动听的曲调高高兴兴飞回故乡的时候，谁伤害了你？是战争，还是凶鹰？难道你不等到你的春天就甘心死去？不要死，乖乖，活下去，唱你的歌，成你的家。你可知道，要是鸟儿都死绝了，人的心也将变成石头。”

马尔柯回到雪橇跟前，倒在麦秸上面，在自己的坐处安顿好。雪橇重又顺着大路弯弯曲曲走去，可是马尔柯久久不能忘却那只身上沾血的小鸟，以及它的忧伤的眼睛，这只眼睛里闪动着人类的悲哀。

“这下可要了命！存心叫人蹚水过去。这种人不得好死！”赫维其柯咄呐着跳下雪橇。

“小家伙，你生什么气？”

“才一天工夫，不知哪个王八蛋把桥给拆了，只留着几颗牙没拔走。”

果然，仅剩的一段桥木，以及它旁边一些作桥墩的树桩，活像一张烂了牙的血盆大口在等候祭品。

“不管愿意不愿意，现在只好兜圈子走远路，非闹到半夜到不了家，就像迷了路的羊。在烂泥塘里绕道反正够我们受的。”赫维其柯一时火起，对一根桥墩踢了一脚，再抽上一鞭，然后皱眉蹙额把马掉过头去。

时近黄昏。太阳在云端和蓝莹莹的云隙中游泳游够了，把一个光环投到雪地上，向苍穹涂了几笔紫罗兰的色彩，然后同大地寒冷的尽头轻盈地融合在一起。从这里那里的积雪下面，渐渐出现傍晚的阴影和雾气，在泛滥天际的黑水中间，开始闪烁第一批星星的光芒。战争不再惊扰波多里耶的天空和大地，只惊扰人们的心灵，因为人心要比整个大自然——包括它最壮美的儿子太阳在内——更为敏感……

想到此，马尔柯怀着讶异的心情在暮色苍茫的柳树间看见了他的奥莲卡。太阳在靠近她，她向太阳伸出一双温柔可爱的手。后来，太阳已经伏在她的肩头上，马尔柯这才明白，那并不是什么太阳，而是他们的女儿婕江卡。她像一颗蘑菇依附在母亲身上，诉说着她在德国人那里被奴役的悲惨境遇。

“婕江卡，我的孩子，你几时学会讲话的？”他问道，心中不明白年代怎么搞得这样紊乱不堪：女儿是十六岁被驱往遥远的奴隶市场去的，可是为什么他却从一个婴儿嘴里听到这些可怕的话？……莫非他那遭到摧残的女儿在异乡客地有了孩子——苦难、暴行和耻辱的产物？……不，蒙上这样的奇耻大辱，不如死了的好……

“叔叔，您在说胡话。快醒醒！”

“什么？是你呀，赫维其柯？”

“当然是我，本人正身。”少年把以前听谁说过的一句新奇话想起来用上了，自己也觉得可笑，“又疼起来啦？”

“梦……一个噩梦。”

“噩梦？那被我赶跑了正好！”说罢，赫维其柯雄赳赳地扬起他的战利品马鞭。

可是马尔柯还在把梦中粘上他肉体和灵魂的余悸刨去。

四周笼罩着傍晚湿润、宁静的气氛，星星就像才孵化的金鱼苗在这一片阒寂之中慢慢地回游。但是，令人惊奇的倒不是高高的苍天，而是看不见的地下：马尔柯听到有人声从地底下清清楚楚地传出来；那仿佛是迭遭蹂躏的大地本身在说话。

“赫维其柯，你听见没有？”

“听见了。”少年回答的声调相当淡漠。

“这是谁在地下说话？”

“是奥尼西姆老爹，他至今还是八十六岁。”赫维其柯说着笑了起来，他不懂那老人为什么总是说小自己的岁数，“右边是冈恰连柯家。”

“他们在地底下干什么？”

“难道您不知道？现在我们都住在地下。法西斯就是没法把土地烧光。”

马尔柯就这样在久别以后回到了故乡。一位天才大诗人曾经说过，乌克兰的村庄好像复活节的彩绘蛋。现在，黑暗中只见微微隆起一个个小土墩，那是分布得杂乱无章的土窑，失去了屏障、覆着雪的炉灶不惟不能温暖别人，而且自己也像乞丐一般冷得瑟瑟抖。时而这里，时而那里直接从地下漏出一柱一柱暗淡的灯光，村庄不像村庄，却像一群小小的活火山。在一棵老梨树的树根下，地面裂了一个窟窿的地方，闪起了一块长方形的光亮，那上面就像在银幕上一般有影子开始移动，还有人说话：

“哎哟，好心的人哪，你们听听我这个蠢婆娘的话好不好，还是依我照老规矩办吧。”

“不，妈妈，我们不能依您，您不用强求。您太死心眼了。”一个年轻女人的声音愤慨地说。

“你这个小泼妇，你这样犟头倔脑，利嘴长舌，算是像谁？”

“像您，妈妈……”

“哈哈哈。”一个闷哑苍老的男低音笑了起来，好像从桶里发出的回声。

“好人哪，难道现今不要神甫了吗？新生的灵魂需要的是神圣，可是你们马上就要把他弄到民事登记处去。等他长大了些，那时你们随便把他赶到什么登记处、管理处去都行。”第一个女人声音仍不罢休。

“雅甫多哈，你别嚷嚷，好好想想：哪有把英雄的儿子送到神甫那里去受洗的？”

“如今的世道，最稳当的办法是让孩子又受上帝的洗礼，又上民事登记处登记——那他才能有出息。”

“妈妈，您干啥要闹得家宅不宁？您就不能不捣乱？……”

“你自己才是世上少有的坏根。那位英雄究竟看上你这么个垃圾货哪一点？还特地从前线开了吉普车来看你。”说罢，女人开始大声抽噎。

但老人的低音立刻就高高兴兴地安慰她说：

“雅甫多哈，你这算什么？我们是在庆祝孩子降生，又不是办丧事。”

马尔柯正欲莞尔一笑，但某一个看不见的人截住了他的微笑和叹息，身上顿时起了鸡皮疙瘩。朋友，难道你还没有变成铁石心肠？……

地下的灯光突然熄灭，两个世界在一座小小的窑洞里交锋的声音也随之而被压低。

一分钟以后，马尔柯头顶上空响起了蜜蜂抱怨的营营之声。奇怪，这些喜欢温暖的、宛如点滴阳光的昆虫，居然在三月里积雪未化的昏暗中飞舞，哪有这样的事？是不是他又见到了幻影？

“赫维其柯，你听见没有？好像是蜜蜂嗡嗡的声音。”

“当然是蜜蜂，”少年丝毫不觉奇怪地回答，“它们除了嗡嗡叫，又能怎么样？要是它们会说话，早就说开了——它们在这一场战争中也受够了苦。”

“不是你胡诌的吧？”

“干吗要胡诌？法西斯杀人，也杀蜜蜂。村庄烧了，蜂房也烧了。人们纷纷逃命，蜜蜂也逃往各处。等人们回到烧剩的屋基上的时候，有些蜂群也回去了。只有一群留在村里：它们在瓦砾堆上空转哪，转哪，突然钻进一根孤零零的烟囱里去，从那里飞出来都成了黑蜜蜂：也许是给烟子染黑的，也许是伤心变黑的。它们没有在患难中把养蜂人撇下，从此在烟囱里安了家。现在蜜蜂的住处比人们高。”

马尔柯直纳罕：这小家伙竟这样会说话！他怀着由衷的爱向少年聚精会神的脸盘看了一眼。

“赫维其柯，你是个哲学家！”

但赶车娃听了这话并不惊奇，只是玩味了一眨眼的工夫，然后大大方方地回答：

“在这样的时代成为哲学家也不奇怪：有些事情很可以想一想。”

“哦，赫维其柯，赫维其柯……”他想把那娃子搂到自己身边，可是该死的腿碍事，于是马尔柯又眯起眼睛，小胡子上现出微笑。“那么，蜜蜂究竟在谁家的烟囱里安了家？”

“在戈尔季延柯家。”

“这么说，我们已经过了戈尔季延柯家？”

“嗯。”

“我可一点也没认出来。”

“这样乱七八糟的局面哪能认出来。驾！好马，快跑，驾！”

马尔柯呼吸感到紧迫：现在他家的土屋已近在咫尺。当然，这哪里还说得上是座房屋？……他几乎想用眼光锥穿黑暗，把眼睛都看疼了。

瞧，那是莎乌拉巷的几株老柳。再过去一点将是隔河地。可是，岸上那棵高大古老的白槭树在哪儿？这样的白槭马尔柯走遍四方也没见过。啊哈，它耸立在废墟上空，披着萧萧白发，像一个孤独的巨人欲上青天，这位老爷爷到底活了下来！顶住了雨雪风霜！

马儿踏着碎步过了一道不大结实的木板小桥，向左一拐，在一堆麦秆和一座烧焦熏黑的炉台之间停下。这个来往通道上的覆巢难道就是他家的院子？就是他度过童年、尝到幸福和悲哀的地方？这些砍剩的树桩难道就是当年繁花似锦的果园？周围的一切变得多么龙钟，荒凉，肃杀！母亲在不在家里？……这边马尔柯在雪橇上手忙脚乱，激动得忘了拐杖；那厢赫维其柯已经跳下了地，挺直腰杆，学着大人的样子向他伸出一只粗糙、皲裂的手，说道：

“马尔柯·特罗希莫维奇，恭喜您平安回到老家，虽然，说真的，家早已没有了。不过我们这儿的林务局多少还拨一点木料给人们，您先凑合着盖一间棚屋，以后再瞧着办。要是路上对您照顾得不周到，请原谅，——您可以相信，靠这两匹宝马没法驾得更好，它们和人一样也吃不饱。”

“谢谢你，赫维其柯，谢谢，好孩子，”马尔柯深受感动，他终于把拐杖插到雪地上，“你哪儿也别去，在我家吃晚饭。听见没有？”

“我把马赶了回去再来。这儿是你们家窑洞的门。要不要扶您一把？”

“我自己来。”

“那么我给您把东西搬进去。”

“好吧。”马尔柯漫应着。

“您得看仔细弯下腰，说真的，这儿稍一不小心就能把额头撞破。”少年在土阶旁站好，准备必要时搀扶叔叔一把，因为这时候马尔柯在潮涌的回忆面前，在忧喜交集的心情之中，身子有些摇摇晃晃……

“你挣脱死神的怀抱，总算到了家，这难道是真的？”马尔柯默默地自问，“这里有你的老娘在等着你，你负了伤连信也没给她写过，最初因为你不知道自己活得成活不成，后来有了好转，又担心万一母亲第二次还是得把你埋葬，她也许更受不了……”

风像一只鸟飞到窑洞不稳固的顶盖上，从麦秸上吹下几小颗冰珠，声音很清脆，马尔柯的心在回忆和思绪的重压下也像冰凌似的直往下沉。

“我是不是想解开扣子敞一敞领口。”他举起一只手，但旋即忘了想做什么。

不知有多少次，他的可怜的心老是从医院和前沿向家里飞来，如今他到了这可悲的栖身之所的门前，心却快要停止跳动了。眼看着它将像皮球那样胀破，到时候谁也没法弄清楚：到底是因为兴奋过度，还是悲恸而绝。

拐杖毫无把握地在地上瞎摸，压碎表面上一层很脆的薄冰，陷入开始解冻而软化的土阶。现在他的一条受伤的腿碰到了一扇单扉的小门，门缝中有热气透出来。他伸手摸到了蒙着水汽的门闩鼻，用拳头一推，低下脑袋进入一个几乎是石器时代的居处。一件活的小东西向他脚下窜来，忽然，仿佛从远方传来了母亲令人心碎地熟悉的声音：

“别让兔子跑出去。”

“什么兔子？”马尔柯莫名其妙。透过一团暗金色的朦胧他看到母亲坐在纺车旁，他还有点不相信这就是她。母亲用手指拉着，用嘴唇夹着无穷长的纱。她一只脚穿在麻绳鞋里，另一只光着的脚在转动纺轮。马尔柯记忆中立刻浮起自己童年时代的景象：母亲每年要为自己和别人纺整整一冬的纱，她总是光着一只脚转动纺轮。

“晚上好。”他使劲说出这样一句话，眼睛里火花迸射，不知道该哭，还是该笑。

“好心的人，请把门关好，”母亲回答的时候并不中断纺纱，“祝您健康。”

“好吧，我一定关上。”马尔柯欲笑不能：他的脸部表情很僵，只有皮肤下面的血在疯狂地流转，太阳穴上青筋隆起。

“啊！这是怎么回事？”母亲像一只鸟儿全身猝然震动，吓得缩作一团。她干瘪，矮小，略呈伛偻的样子。只见她霍地从板凳上蹦起来，面向儿子，两手摊开，然后又把它们扭绞在一起按在胸前。“啊！好心的人哪，这到底是怎么回事？……”她环视片时，在周围寻找看不见的人们，之后又默默地把目光停留在儿子身上。“是你？……马尔柯，难道真是你吗？”她轻微的声音含着痛苦和眼泪。

“是我。”马尔柯想用肩膀把门推上，但门又向他弹回来。

“马尔柯！……我的孩子！”现在母亲只是不自然地叫了一声，她还不敢相信站在她面前的是儿子。她那沟痕纵横、像土色一般阴暗的脸上闪现的不是欣喜，而是恐惧和悲切。在她年轻时曾有两个动人的酒涡的嘴边，现在颤动着两束皱纹，而充满了惊骇的眼睛里甚至还没有闪出一星希望的火花。仿佛生怕儿子像梦一般倏然消失似的，她令人心酸地追问不舍：“马尔柯，难道你真的活着？”

“活着，妈妈。”他咬一咬下嘴唇，不让它发抖，“您瞧：身上打了补丁，三条腿，像一匹老马，可是活着。”他尝试着向她跨前一步，但那条好腿却像一根铁柱子在黏土地里生了根，而拐杖又老是准备从他麻木的手中跌落下来。

“哎哟，马尔柯，这么说，真的是你！……”母亲喊出声来，她把绞成一个紧扣的两手在胸前按得更紧，一只光着、另一只穿鞋的脚软软地站不稳，“可是我明明收到了你的阵亡通知……”

“阵亡通知？有这等事？想不到。”他的想象中立刻出现黑色远方的战场；那里有某一个人伤重垂死，这“某一个人”就是他。他像看另一个人那样对自己看了一刹那，全身被灼热而又冰凉的露水所渗透，禁不住打起寒战来。然而，应该先安慰母亲，于是马尔柯向她微微一笑。“不过，妈妈，这倒并不太坏：被活埋过的人寿命特别长。不是有这种说法吗？”

“马尔柯！我亲爱的儿子！……你活着……我干啥要追荐亡魂？干啥作下这样的孽呵?!”母亲呻吟出声，她高兴得就像风前的灌木那样摇摆了一下。

年老的甘娜这才向儿子扑过来；她屏住气抱着，同时也是扶着儿子。儿子则弯着腰向母亲俯下身来，他眼睛下面的皱纹辐射着喜悦、痛苦和眼泪。马尔柯用嘴唇微微撩起黑色的头巾，第一次吻了一下母亲的白发——当他离家上战场的时候，母亲的头发还是黑的。她双手捧住儿子的头凑近自己，看看他的眼睛，自己安慰自己：

“真的是你，马尔柯，果然是你，不是别人！……我的亲儿子，亲骨肉。”她激动地、高兴地、惊讶地凝视着儿子狭长的脸盘——他黝黑的肤色变幻不定，冬天淡一点，夏天则泛青，——凝视着他目光中那股开朗而又坚定的正气，凝视着他忠厚而带有嘲笑意味的嘴唇，凝视着组成她的儿子的一切。眼泪不断地从她的睫毛上，从她似哭还笑的眼眶里扑簌簌往下掉。马尔柯从未见过母亲这样细小的泪珠：

八成是逝去的岁月和动乱的时代把泪珠磨得这样细碎的，正与世上的一切都被砸碎研细相仿。

“别哭了，妈妈。”

“难道我在哭？”母亲认真感到奇怪，她没发觉泪水正顺着脸上的皱纹淌下来，“我是在高兴，马尔柯，因为这真的是你回来了……你的小胡子还是那样弯溜溜的，经过了一场战争也没有变直。人们一定不相信……”

“不相信我的小胡子没有变直？”

“不，不相信你会回来……可是世上偏有这等事……你瞧着，一定不相信。”

“为什么？”

“如今人心惶惶，大伙都给弄得稀里糊涂，连法律也不相信了。”

“不相信上帝的法律吗？”马尔柯乐起来了。

“上帝的法律也不相信。说这是幻想。现在只相信战争将要结束，而有些人又相信世界到了末日。”

“妈妈，这两种说法您都相信，是不是？”马尔柯笑了。

“你丢了命也没有改变性情……”老甘娜两手一拍，刹那间被自己说出口的话吓了一跳，接着她展开所有的皱纹也现出笑容，“我到现在还不明白你竟然回来了。脱衣服吧，孩子。想必饿着冻坏了吧。”她把目光从儿子面部移到他的病腿上，无声地向它盘诘千千万万做母亲的不敢直接问儿子的话。

“愿你在地上脚步硬朗，让露水助你恢复健康。”她向那条腿默默祝告，然后对儿子说：

“坐下，马尔柯，让我好好看看你，我在梦中也难得看到你。”母亲说着把头在久战沙场的儿子胸前靠了一会儿。

“你相信了那张纸？”

“又信又不信，可是心上结了血块，变得像块石头。现在我只有你一个人了，就像天上只有一个月亮……你可知道我把你的阵亡通知放在什么地方？”她回头看了一眼。

“八成放在神像背后。”

“你怎么猜到的？真的，在常胜乔治背后。回头我拿给你看。”她头一扭，指指一尊神像被烟熏黑、但仍旧相当威武的面容，它的头靠在小垫上，后面露出一个圆鼓鼓的蒜头和几根青绿的新葱。“瓦西尔寄爹劝我把阵亡通知用镜框挂起来，或者夹在宪法书中，可是我放到了乔治背后，因为他和你都在打希特勒，让所有的雷击地震把这条毒蛇从圣洁的土地上轰出去……哦，马尔柯，祝你得到幸福……脱衣服吧，孩子。我来帮你……”

母亲这才想到挥去一把眼泪，重又呆呆地把头贴在儿子胸前。她的手不再发出向日葵、万寿菊、蘑菇或新鲜面包的清香，却有一股烟味从所有旧的和新的皱纹里透出来。莫非烟味现在也像泥土气一样渗透庄稼人的手了吗？

第二章

这天晚上，忧愁在甘娜·别斯梅尔特纳娅的窑洞里有些局促了；喜气像一只快乐的燕子张开翅膀，在母亲的头上颤动。看不见的纱不断地纺哪，纺哪，好似一团暖洋洋的水汽在老甘娜的头顶上徐徐飘荡，她几次想举手把它抓住，按在胸前。正像除夕把黑麦、小麦等地里出产的东西撒在屋里一样，儿子的话句句撒落在母亲解冻的心上，和她的思绪搅和在一起。甚至在听儿子述及某一不幸的消息时，她也会忽然笑逐颜开——因为这时总有一个声音向她悄悄地耳语："马尔柯回来了。"

她一而再，再而三地怀着无限的爱看着儿子，心里直纳罕，他身上好些地方是由大夫们按不同的式样缝起来的，可仍旧是原先的马尔柯，跟战前一样。她想再三地亲亲自己的孩子，碰碰他的手，摸摸受伤的腿，把凝结在心上的话全说出来，但是，一颗知趣的庄稼人的心随时随地约束着自己，只有干活的时候除外。那些习惯于动不动唉声叹气的人，未必能理解这些怀着深爱的母亲，她们难得吻自己的丈夫和儿女，甚至在接受爱的表示的时候，往往还会发出"咦"的一声。

"孩子，你仗打得够了，正像割草割累了一样。人们为啥不愿和睦共处？法西斯想霸占我们的灵魂，可是如今眼看着他们自己快要连肉体也不剩下——不管什么人使什么阴谋诡计，歪理反正永远压不倒真理。我给你腿上敷点儿什么，好不好？"

"不用。"

"喔，马尔柯，马尔柯。"母亲不再说什么，只有她还像大姑娘一般折曲的、长长的睫毛在流干了泪、失去光泽的眼睛上颤动，"活像你爹。”

马尔柯突然感到一阵痛楚：他怎么一直没有想起父亲？

“您几时到爹坟上去过？”

“秋天，孩子，那时他的活十字架上树叶正在脱落。”

窑洞里寂静无声。在这一瞬间，母子俩透过几十年岁月的阻隔，看到了父亲生前的形象，看到了他坟上那株活着的杨柳。

贫农会委员特罗希姆·别斯梅尔特内，是在远离家乡的地方同邓尼金匪帮格斗中牺牲的。他被砍了好几刀，身中无数枪弹。朋友们把他埋在草原上一条小河边上，也就是他从马背上倒下来的地方。没有木匠给别斯梅尔特内做槭木棺枋，戎马倥偬的朋友们也没有用土布给他盖上眼睛，没有堆起高高的土岗，没有说在这种场合照例要说的悲壮的话。

战友们默默地跨下地主富农的马，用工兵锹和马刀挖了一个不很深的坑穴，把他们的同志埋下去，在他身旁放着一柄马刀，让他在阴间也能诛邪伐恶。然后他们驱马追赶敌人去了。连三响告别的枪声也没有放，因为子弹十分紧张。后来有一位好心的基督徒在坟上插下一座用嫩柳做成的十字架。于是草原上出现了奇迹：下过几场雨以后，这株死去的小树竟复活了：从被劈开的树心里抽出了新芽，伸出嫩绿的小手迎着太阳。不可抵挡的生命力抛弃了那根无生命的横枝，十字架重又变成一株亭亭玉立的杨柳，象征着人类的纪念。母亲有时候觉得，她的饱尝苦辛的灵魂已附在这株杨柳身上……

“谈谈吧，孩子，说吧。”甘娜首先开口驱散那些痛苦的回忆。

“对您说什么呢？我只能谈战争，我直到现在还是一匹套在战车上的马。”

“如今还有谁谈旁的事情？过什么日子就谈什么光景。”

听了关于一些战斗经过的叙述，母亲抱歉地看看马尔柯，然后跑到灶旁去好歹准备一餐晚饭。但在灶旁她还将信将疑地看看儿子，又看看放在用两块木板钉成的桌子上的阵亡通知书。现在该把它怎样发落？抛入火中还是放回到积着各种税单的常胜乔治背后去？

但后来她这样想：这是儿子的命运，由他自己去发落。她在接到阵亡通知以后，每天早晚仍旧祈求命运放她的儿子回来，看来到底没有落空。现在他真的倏然而临，如同第一声春雷一般。尽管拄着拐杖，他也并没十分变老，只是小胡子像在牛奶里浸过了，鬓边聚集了好些皱纹。唉，但愿孙女再从德国回来，像她苦命的妈妈一样唱那支歌：

哦，我要坐在小窗边，
纺出黄灿灿的金线……

可现在却不是孙女，而是她做奶奶的夜夜坐在没有窗户的窑洞里，用一半纱、一半愁纺着不寻常的线，不是凭一双黯淡无光的眼睛，而是凭她一整颗心和寸寸断肠遥盼着亲人。哎哟，她怎么还穿着一只麻绳鞋走来走去？把什么都丢在脑后了。甘娜从铺板下取出一只很旧的毡靴，这时，一只小野兔跳过来，在她脚边摩擦打转。

"想吃东西啦，小傻瓜？"她问道，仿佛这小动物能回答她的话。

小野兔挺可笑地扇了一下灵活的豆角状鼻翼，把两只玩具小船似的长耳朵贴在背上。

"给你吃点儿什么呢，小可怜？"甘娜继续跟兔子说话，把它当小孩看待。

"妈妈，您从哪儿弄来的这只野兔？"

"我在树林里发现它的时候，这可怜的小东西快冻僵了，现在它已经开始复原。这就是我们今天的全部家畜——希特勒把鸡都吃光了，把牛都熬成了油脂，但愿到末日审判那天让魔鬼把他熬成鬼子油。"母亲尽其所能诅咒着那个疯狂的元首，接着向儿子露出亲切的微笑，后来又忽然沉默下来，为他既没有妻子又没有女儿发愁，但旋即在心中安慰自己说，等希特勒完蛋以后，孙女也会回来的。老甘娜不知不觉地开始自言自语："她长得可真俊样！一双眼睛碧蓝碧蓝的！”

“可是她如今在什么地方呢？”马尔柯忧上心来，他眼睛下面所有的皱纹也显得很忧伤。

“也许她像一只小鹌鹑正在寻找回家的路。”

“也许……”于是他想象着那朦胧的远方，他唯一的女儿想必正在从那边回家来。一家人像培植一株白杨一般抚育着她，可是战争把白杨连根拔离了地，你做父亲的只落得坐卧不宁，老是在想：女儿在什么地方——尚在世上呢，还是已经到了泉下？

母亲猜透了他的心绪，急忙安慰他，说：

“别难过，孩子。希特勒也不能把所有的人斩尽杀绝。”

“妈妈，您的眼睛现在是什么颜色？”马尔柯骤然问道，“靠这样的电力照明我怎么也辨不清。”他向用空弹壳做的一盏油灯斜瞅了一眼。

“你问这干啥？”母亲莫名其妙，并且不大好意思地叹一口气，“孩子难道会细看我们的眼睛吗？只有我们才干这等傻事……”

“有时我们也看的。”马尔柯不解母亲为什么被他问得不好意思。这也难怪，有谁对父母的眼睛发生兴趣呢？“过去您的眼睛碧蓝碧蓝的，就像春天雨后的天空。”

“孩子，你说得真好听，”母亲喟然道，“我一生从来没听谁说过这样的话，连你爹也没说过……过去我的眼睛真是这样的吗？”她回忆往事甚至觉得奇怪。

“跟沾满露水的长春花一样蓝。”

“可如今变灰白了。我这两朵蓝色的小花经过了另一种露水的漂洗，”她低声说，“你也知道，我们家的人祖祖辈辈头发都白得很晚，老人们常常夸耀自己漂亮的额发。可是如今的灾难不买这本账。我先是白了发辫，后来是眼睛……你仔细看了没有？我老得很厉害吧？”她向自己的“小孩”现出感激的笑容，在她由于备尝凄凉果真变成灰白色的眼睛里闪起了青年时代的回光，“我把你饿坏了吧？土豆快煮熟了。”

"带皮的？"

"有带皮的，有去皮的，有捣烂的，也有一块一块的。"在她嘴角的凹瘪处有个笑影一晃，接着立刻怔住，"只是没有佐料。通常我总要加一点芥子面和罂粟籽。你将就着点儿吧，孩子。"

"干吗您煮那么多土豆？"

"还问哩！你以为大伙听说你回了家，不会上这儿来吗？你活着死去，大伙都爱戴你……呸，这张纸钻进脑袋出不去了，总是教人想到死亡，"她向桌上的阵亡通知点头示意，"究竟怎么发落它呢？看了就教人伤心。把它烧了吧？"

马尔柯对那一纸可怕的公文看看，它现在挺老实地放在一只木质盐瓶和一只色黑如泥土的圆面包旁边。可是以前，这份阵亡通知在这窑洞里却好比墓穴中的死人。

"烧了吧，妈妈，我们不用怀念死亡。"说罢，他掉过头去，不愿再看那份通知，在命运的安排下，它像一只乌鸦曾经给母亲带来他的死讯。不过，这也并不奇怪：乌鸦确实曾经蹲在马尔柯逐渐冷却的胸前，要把他的灵魂抠出来，可是死神已经在那里勾他的灵魂，也许乌鸦错把死神当作生命揪了出来，带着它飞到远方去了。

马尔柯在脑海中清楚地为自己描绘出这幅景象，禁不住微微一笑。他的想象经常画出类似的图画，因为从幼年时代起，世界就把土地的音响和歌谣的回声往他心中倾注。

母亲怀着深藏的恐惧走到桌子跟前，用两个指头夹起那张字迹潦草的阵亡通知，把它拿到炉灶前去。马尔柯若有所思地看着母亲。她聚精会神的脸庞被这一小片战争的化身带来的痛苦蒙上一层阴影。母亲再一次看着这张纸，然后把它抛入火中，嘴里开始一本正经地念念有词，似在背诵祷文。马尔柯只听到："去吧，死神，到泥塘里去，到沼地里去，那里人不走，兽不到，鸡不啼……"

"你的死神烧了。"念完了咒语，再啐了好几口以后，母亲说。

马尔柯不知道在这种场合该怎么处：是皱起眉头，还是像他母亲一样扮出一本正经的神态，或者把手一甩，一笑置之，像我们有些人擅长的那样旁观自己的不幸。“我没有实践过，”他诙谐地回答自己的念头，一边看着那死神的信使在灶膛里卷曲，变黑，化作灰烬。

“烧了，这该死的东西。”母亲从灶前走开，动手抹桌子，似乎想把阵亡通知的痕迹也抹去。然后她重又不安地对儿子的腿看了看。“它疼不疼？”

“它吗？不疼。”儿子故意用打趣的口吻强调母亲对他腿伤的关切。

母亲摇摇头，心里在辨别此话的真假。

“难道你肯承认自己疼吗？我知道你的脾性。你不会把伤残当光荣夸耀……你是不是想骗我，说不久就能走路？”

“您瞧着吧。我还要跳舞哩，而且要做繁复的身段。”

“你们都这样哄我们年老的人，正像小时候我们哄你们一样。这办法有效，因为我们的心尽管受尽了折磨，可还是没有失去信仰。上星期日就有一位女同志这样安慰过我。那天风雪交加，天昏地暗，她好容易走到我们家，抖去了身上的雪，在门口站住，就像一幅画。她向我详细打听你的事情，劝我别信阵亡通知，说那些通知书都教人心碎，可并不每一份都是千真万确的。我跟她聊了好半天，她也陪我伤心，分别的时候就像亲人一样。”

“这到底是谁？”马尔柯大为诧异。

“好像是一位外地来的女教师。人挺好，可是脸色忧郁。”

“女教师？”

“是啊。对你很熟悉。她长得很美，有一双黑眼睛。她还在襟怀里带来一点面粉送给我。这是她从自己的口粮里省下来的。”

“奇怪！”马尔柯蹙紧前额，努力在想，这是哪一位女教师会来打听他的消息，“面粉您收下了吗？”

“我推谢过，可是她要见怪。她说隔一天来吃新鲜面包。结果没有来。我还为她弄到了一点大麻籽，打算包甜饺子。”

“她叫什么名字？”

“什么名字？……”母亲整一整头巾，紧张地沉思起来，“哎呀糟糕，我竟忘了。脑袋变成了筛子——什么也记不住。”

“也许慢慢会想起来。”

“也许能想起来。在这以前，还有一位新来的老师来过，相貌、心地也都挺好。他名叫格里高里，这个我记住了……唷，乡亲们已经来啦。”

的确，上面响起了脚步声和说话声，窖里一盏油灯的火苗开始摇曳不定。马尔柯在铺板上坐好，上身挺直，不让伤残的样子在人们眼里显得很触目。首先在门口出现的是头发像鹁鸪一样灰白的养蜂人齐诺维·彼得罗维奇·戈尔季延柯，他肩后露出老伴赫莉斯嘉·戈尔季延契哈按古派交叉系着两条头巾的脑袋。老汉悄悄然把一框盛蜜的蜂巢交给甘娜后，立即走到马尔柯跟前和他拥抱，泛着青色、濡染着烟味和蜂蜜香的胡子擦得马尔柯脸上痒痒的。

“你好，马尔柯，你好。谢天谢地，你总算平安回到了老家。”

“吁！”戈尔季延契哈立刻跟老伴抬杠，“如今谁希罕这样的家。如今只要灵魂能在躯体上好歹找到安顿的地方，就算大幸了……”

“呃，你又敲起了圣诞钟声，这下子不到复活节就没完！”老汉不愿搭理她，“在这儿你就少说几句废话吧。”

“您好！”马尔柯既爱且怜地望着赫莉斯嘉鼻子短小的圆脸盘，遥远的年代像一节节灯光明亮的车厢飞快地在他眼前闪过。当年他在戈尔季延柯家随时都能受到热情的接待，他也在那里尝到了初恋的滋味，“你们过得怎么样？”

“甭提啦，孩子。人们过得怎样，我们也一样。”赫莉斯嘉拉起衣裾把一只手揩揩干净，递给马尔柯。

马尔柯吻了她的手。这意外的一着使赫莉斯嘉甚至倒退了一步，正想发出照例的一声“吁”，但当即悲从中来，把那只手按到眼睛上，说：

“可是，马尔柯，我要几时才能像看到你这样看到自己的孩子呢？他们几时才能从远地方回来呵？”

“会回来的，傻老太婆，只要你少掉几把眼泪就行。没准你现在就打算哭一场吧。”戈尔季延柯把她的话头截断。然后转向马尔柯说：“有时候她哭起来那股劲儿，眼泪简直能把土布小衫泡烂。”

“这老不死的一句话也不让说，一滴眼泪也不让掉，白白跟蜜蜂打了一辈子的交道。”戈尔季延契哈瞪着眼睛，举起一个拳头，向她的“雄蜂”扬了扬，然后走到灶旁去帮老甘娜的忙。进门来的妇女们都给马尔柯的母亲悄悄地这个递一盘东西，那个递一只面包；男人们则带来了各种不同的酒瓶，但一样的是都用玉米棒子当塞子塞住瓶口。

这些在黑土上长大、一辈子种庄稼的苦命人，这些与战场永别了的军人，这些被战争纵横辗压过的忠厚、纯洁的心灵，这些待人接物颇有分寸、干起活来却不遗余力的普通农民，他们历尽人间沧桑，现在纷纷来到马尔柯身边。他们穿着不起眼的衣服和鬼知道用些什么碎皮条缀起来或者用缴获的汽车轮胎内胆黏合而成的粗笨鞋子，脸上带着年深月久的哀愁，说着亲切热情的话语。他们用长满茧子、留着烫伤、弹痕、刀疤的手和他拥抱，默默地安慰他。

母亲们照例只问一件事：有没有遇到她们的已经在直捣希魔贼巢的儿子。父亲们则追问战争是不是快要结束，若是这荒乱年月再延续下去，世上的人将要死绝。只有姑娘们不打听她们的心上人——小伙子一天比一天越来越少，在遥远的异国土地上，正在播下我们最末一批最宝贵的种子和爱情。马尔柯在姑娘们的眼睛里看到了难以形容的、恐怕艺术大师的天才也不能传达的哀愁。试想，怎么能使一双眼睛容纳得下战争的黑影，失去亲人的痛苦，被岁月和弹片切断或被鲜血淹没的爱情，以及母性初露时一些提心吊胆的迹象——这种母性是被大自然从心底唤起的，不因处女的童贞如何而异。

土窑顶上又传来了足音，门呀的一声，接着，像镜框里一张神态倔强的相片，黑洞洞的门框中出现了个儿不高、体型结实、身穿长褂、襟扣敞开的叶甫敏 · 迪卞柯老爹；他背后弯着腰的一个影子是瘦长的彼得罗 · 盖舒克，村里人都管他叫不管部长。盖舒克有着不亚于魔鬼的聪明，但又有庄稼人的谨慎，要不是他天生的只相信从地里种出来的面包，要不是他那么热爱牲畜，特别是犍牛，也许他早当上了领导干部。没旁人的时候，他会给牛唱歌，跟它们说话，它们也能解他的意。现在，战争把牛都弄光了，把彼得罗的身体也搞垮了，他就移爱到马身上，虽然骑马对他不是什么赏心乐事：他的两条腿太长，几乎在地上拖着。

从盖舒克背后探出留着山羊胡子的马克辛·波拉泰柯狡黠的小脑袋，他也是饲马员。他一声不响，做一个庄严大方的姿势递给马尔柯母亲一瓶贴着鲜艳商标的不知什么洋酒。

“是偷来的吗？”甘娜低声严厉地问。

“难道您要我在安东尼斯库的酒窖里搞大拍卖不成？[①]”马克辛悻悻地说。

“你就把它一直留到今天？”

“您以为我只拿一瓶留作纪念的吗？那又何必在军队里当驭手？”

“你们这儿在干啥：演戏还是开会？”老迪卞柯招呼也不打，一来就大声说话。

“你少开口，叶甫敏，你老是这样……”莫特里雅站在老伴旁边，没精打采，绝望地垂着一双手和胆怯的眼睛。

“我又不是石碑，干吗不开口？”老头儿把她顶回去，一边从门框中走出来，“好心的人们，让我走到主席那儿去。”

“老爹，您找哪个主席？”一条腿的瓦西里·特里迈伏达纳罕地问。他胸前挂着三枚光荣勋章，都是抓“舌头”得来的。“您弄错了。”

“你住嘴，侦察兵，别吭气！”老头儿犀利的目光对大伙扫视一周，又用肩膀把某些人推开，自己向马尔柯这边挤过去。“真是毛头娃娃，在这号事情上我会弄错？我要找真正的主席——马尔柯·特罗

① 安东尼斯库(1882—1946)，1940—1944 年间罗马尼亚的法西斯军事独裁者。马克辛这句话的意思是说，这酒是他在第二次世界大战期间从罗马尼亚带回来的。

希莫维奇·别斯梅尔特内。”

“您说哪儿的话，叶甫敏·达尼洛维奇？我怎么是主席？”

“不是名不见经传，也不是鬼知道什么来头的主席，而是真正的、战前的主席，他了解，体贴土地、人马、神圣的面包、水中的鱼、天上的鸟、不幸的寡妇和苦命的孤儿。大伙说说，我这是不是假话？”

“叶甫敏，你的话不假，”齐诺维·戈尔季延柯首先应和，“马尔柯是个懂得爱的人。你们可记得，他当家的时候养蜂场是怎么个样子？”

“养蜂场，养蜂场，”叶甫敏接上去说，“过去，人们逢时过节才向上帝献一点蜂蜡，可现在有些人平时也偷了往酿私酒的婆娘们那里送。这样搞下去，养蜂场不垮才怪！”

“你少说几句吧，叶甫敏。”莫特里雅苦苦相劝。

“你自己给我闭嘴。人家过苦日子，别兹包罗奇柯过得才甜哩：吃油喝酒，养得肥头胖耳。教我怎么承认我们现在这号主席？”老叶甫敏眼睛里闪出了不妥协的火花，“我就是不承认他！”

“叶甫敏，那么你知道别兹包罗奇柯是不是承认你呢？”养蜂人刺了他一句。

“他奔他的阳关道，我走我的独木桥。一九二〇年以前，我连苏维埃政权都不承认，直到分得了地，余粮征集制取消为止。现在要我承认别兹包罗奇柯这个骗子手?！他开了什么恩，造了什么福？”他向戈尔季延柯大兴问罪之师，“难道就因为这个无赖把良心当一枚金币花得精光，学会了使坏弄鬼？你怎么不做声啊，阴死鬼？着哇！……祝你健康，马尔柯！”

“晚上好，老爹，”马尔柯向老头儿亲切问好，“别兹包罗奇柯把您弄苦了吗？”

“弄苦我一个人还不打紧。他哪像个干部？他对我们嘴上说得天花乱坠，其实只顾养肥他自己。”

周围的人现出了笑容，马尔柯却使劲摇摇头，说：

“老爹，您半点也没有改变。”

“是没有改变。干吗要改？”老头儿举起一只冻得通红的手摸摸颏下的白胡须，他的胡须按圆锥形修剪齐整，使他略短的脸盘见长了些。“我可不是那号喊着‘乌拉，乌拉’一下子往所有的讲台上飞的螟蛾，雷声一响就钻到烂树皮底下去躲起来，有的干脆化为毛毛虫在地上爬。生活里就有这样的镜头。可是我，不管有没有战争，总是在伺候马匹，上天堂入地狱我都打算骑着马去，我交的就是这份马夫运。可有人老是骂我不良分子。”

“老爹，那就是为了您这张嘴，”眸子颜色浅淡的瓦西里·特里迈伏达开玩笑插了一句，“您的舌头可实在长。”

“你量过？告诉你吧，缺德鬼，我身上就没一件东西是短的。我的寿命和我干活的历史都长，舌头也长。但这张嘴说的全部是真理，可惜你们不把我的话在决议上记录下来。怎么样，马尔柯，你的腿没报销吧？现在即使安一条假腿也不难办：技术提高了。要是将来技术更高，还不知怎样呢！腿究竟怎么样？”

“不久我就要用两条腿走路。”

“这才是行当！”老头儿高兴地说，“对付书本或者公文有头脑就够了，可是对付土地还要靠腿，当然，现今有好多条腿埋到地下去了。这么说，你决心用两条腿走路？”

“马尔柯·特罗希莫维奇的情况比我糟得多。”瓦西里·特里迈伏达抖了一下和成熟的酒花草相仿的金黄色头发，“我只要一只靴子就够穿上五年，可是他一年就要一双。”

“住嘴吧，你这个没心肝的东西！”瓦西里的老婆，目光和嘴唇都热辣辣的娃尔卡在门口向大伙诉苦，“秋天他回家来，站在篱笆旁边，不进屋里去。我看见了他，赶紧跑到院子里，忽然全身冰冷，好像魂灵出了窍，然后放声大哭。我喊了起来：‘我亲爱的腿啊，你再也不能在地上走啦！……’可是他，这死尸，背靠在篱桩上，竟哈哈大笑，说：‘……只好在天上飞，跟圣徒们一起踢足球……’”

“它在那边也总得干点儿什么呀。”瓦西里讪讪地回答，也许他甚至在嘲笑自己。战前，瓦西里干活老是觉得不过瘾：他一身兼木匠、车轮匠、鞋匠、圆作师傅、艄公、渔夫、锁匠、无线电爱好者、织工，甚至还是个接骨医，更不用说种所有庄稼的天才。村里谁能盖洋娃娃一样漂亮的村屋？瓦西里 · 特里迈伏达。谁能把禾草垛堆得像金色的宫殿？还是他。好动的秉性到现在还叫闲不住的瓦西里浑身不自在，看起来，他感到痛心的与其说是因为丢了一条腿，毋宁说是由于他的一大半天才白白埋没了。

“这条腿哪怕断得稍微低一些也要好得多，”偶尔他这样向家里人抱怨，那时他高耸的、被一道皱纹切成两半的额上就会堆起一朵阴云，“我可以自己为它雕一个圈座，像有钱人家太太坐的一样。可是，既然它不尊重我的意思，我也不尊重它：没有圈座它也得将就……”

只有在梦中，瓦西里才间或看到自己全身完好，那时他忠厚的脸上：嘴角边、鼻子下、眉尖上、眼眶周围——处处洋溢着轻信幸福的笑影，这使得性如烈火的娃尔卡立刻热泪盈眶，而在平时，难得有人敢于正视她那一双泼辣的眼睛。

叶甫敏老爹仔细看看马尔柯，摸摸他的腿，再摸摸拐杖，说这副拐杖用的木料不结实，所以必须尽快恢复行走。

“你还是把挖苦人的俏皮话留在家里或者马棚里说去。”甘娜忍不住把嘴唇抿紧，她忘了叶甫敏的儿子在斯洛伐克牺牲不久。

“这怎么是挖苦人？”老头儿不解地耸耸肩膀，“我希望你的马尔柯立刻复原当主席。要知道这是一个真正的人回来了。他不会把农庄的仓库变成自己的贮藏室，也不会用骂人话代替问好。”

“说来说去还是老调！干吗你老是主席主席的纠缠不休？光一个别兹包罗奇柯你还不够？”甘娜终于动怒。

“呃，要是光他一个人不要脸，事情就好办了！”老头儿的眼珠闪闪发光，“对付一个窝囊废的当权者，大不了让他泡在伏特加里，把他喂得像口猪一样肥。可是他有一帮狐群狗党，他们迟早会把我们变成要饭的。你要不要过这种日子？”

“唉，我什么也不要，只要你少说废话，不要在这样的好日子搅昏我的头脑。”

“你的头脑……恐怕跟尼古拉二世差不多。”

“瞧，这下又惹到了沙皇头上。”甘娜笑道。

“我惹了当权的一辈子，他们也惹我，直到现在还是这样。你太胆小怕事了！”他从甘娜这边转过身去，“马尔柯，你哪怕两条腿都断了，还是得当主席。这里先把定洋收下！”说着，他从襟怀里掏出一本本子，由于年代久远或者风吹雨打，本子已经破旧，颜色也变黑了。

这本本子钩起了马尔柯遥远而亲切的回忆，他的心赶在理智之前加速跳了起来。

“老爹，这是什么？”

“认不出了吗？”

“好像在哪儿见过。”

“这是战前我们全村的名册。还记得吗？”

“记得。”马尔柯怀着激动的心情接过本子，“您是打哪儿把它弄来的？”

“在管理处，那时德国人正在进我们村里来。风已经把名册吹得哗喇喇响，把所有登上名字的人都掀入半空中，任意抛向四面八方。我又害怕，又心疼，就把它捡起来。它像一只鸟儿在我手中直哆嗦。当时，我这个老傻瓜决心保存这本名册，日后可以一边翻阅，一边痛心地回想：某某人被吹到什么地方去了。”

窑洞里顿时静默下来。往事是难以忘怀的，使你不由得不想到，名册上所载的许多人已经不在世上。马尔柯打开本子，翻了头两页，上面褪了颜色的字母像许许多多活人的眼睛在看着他。

“菲多特·沃洛其米罗维奇·安托年柯……”

“在斯大林格勒附近一辆坦克里烧死了。勋章也在胸前一起熔化了。”瓦西里·特里迈伏达回答，他那忠厚的脸一下子变得毫无表情。

“米海洛·季莫菲耶维奇·巴贡。”

“在布克林基地成了苏联英雄。目前在萨克森指挥一个炮兵旅。要是他有雄心，准能升为将军。”

“沃尔克……”

“从前是一只狼，后来还是一只狼[①]。他因为当过伪警察，已经逃得不知去向。他在逃跑的时候咒骂自己的命运。其实这怎么能怨命运？……”

“马克辛·达尼洛维奇·格拉宪柯。”

“在炮兵部队当通讯兵。他来信说：他沿着各个观测所和发射阵地拉的电话线，够把整个地球绕上好几匝。恐怕在吹牛。”

“伊万·叶甫敏诺维奇·迪卞柯。”

“在维索基·塔特拉山[②]用胸膛堵住敌人的永久性火力点，被一梭子枪弹打穿了心脏。这个战士被埋葬在斯洛伐克，关于他的一首歌在那边以及我们这里都流传着。”

马尔柯向开着的门外望望，仿佛等歌声从那里飘来。而歌声真的飘来了。隐隐约约可以听到姑娘们在上面唱。她们在请求，不是求人，而是求雷声不要震撼大地，因为地里长眠着她们的有一双深棕色眼睛的伊万哥。雷声果然不撼动大地，只是向着地面垂下一簇乌云，让乌云把眼泪洒在伊万·迪卞柯曾和弟兄们一起作战的斯洛伐克的高山上。

忽然，叶甫敏老爹把一只布满皱纹的手举到眼前，默默无声地哭了起来。在他黑白掺杂的唇髭末梢沾着两颗晶莹的泪珠。他用指头捏碎泪珠，把手放下，喘一口气，对自己说：

“伤心过一阵也就算了。比起别人来，你还算好的哩：儿子牺牲了，至少他的精神在世上流传。”

---

① “沃尔克”这个姓在原文中是“狼”的意思。

② 即塔特拉山（“维索基”是“高”的意思），属西喀尔巴阡山系，在捷克斯洛伐克境内，一部分在捷、波边境上。

扣人心弦的歌声和乡亲们的命运使马尔柯受到很大的震动，他伸手摸到了拐杖，默默地挤到门口，把潮湿发涨的木门开得笔直，用拐杖点着轧轧作声的梯阶，一步一级费力地跳上去。

只隔着一条看不见的村道，三月里不平静的天空垂得很低，就像一片黑糊糊的翻耕地。在云堆和孤零零一棵烧焦的树的断枝之间，闪着点点星光。姑娘们的歌声象征着不朽的光荣，荡漾在离星星不远或者紧靠它们的地方，荡漾在比局处窑洞的人们还高的地面上。

第三章

客人们走蔬菜地、瓦砾堆向四面八方散去，在四面八方等候着他们的都是卑湿的窑洞、在角落里打着旋涡的冷气、艰苦的光景，还有就是和血一般的热泪搅和在一起的不灭的希望。

父亲们盼望活着的儿子能从死亡的门限上生还，母亲们对活着的和死去的一律盼望，她们频频把双手按在胸前，也许是为了让心安定下来，也许这样比较容易想起在心底下抚育长大的孩子在她们胸前欢笑、哭叫、入睡的情状。难道他们能够在异国他乡的地下长眠？难道残酷的歪理能够使他们的眼睛不再发亮，使构成欢乐、情爱、忧虑和希望的一切化为尘灰？想到这里，一双由于连连祈祷而肿胀变重的手又会搁到胸前，因为那里直到历尽苦难的今天还保存着孩子的温热，即便已经有他们的阵亡通知寄来也是一样。

对于比较年长的姑娘们来说，充满忧患的过去和神秘莫测的未来在她们的感受中连接在一起。她们盼着未婚夫平安归来；往日在乌蓝的星空下度过的夜晚，在她们的回忆里似乎已经变成逝去的梦想，大概因为这个缘故，所以她们把蒙着尘土的三角形军人来信揣在小伙子们的手曾经停留过的胸前怀里。

至于年龄较小的少女还羞于显露自己正在形成的青春，不知道造物主赋予她们童贞的意义，等待着最后一阵炮声响过以后有什么奇迹出现。她们带着女神的庄严和女神的微笑，不吝惜青春，也不怕影响将来做母亲，把最重的男人活搁到自己还不很结实的肩膀上。

马尔柯在黑暗中好像也看到她们已经不止一次挤满悲悼之泪的眼睛里那种天真和纯洁的美。他想起了女儿，心中考虑着这样一个问题：将来，忙于日常事务的人们，不管亲近的还是陌生的，是否能体会到，这些被力不胜任的重活和重重苦难压得疲惫不堪的纯洁少女，曾挽救他们的命运免挨法西斯的铅丸？昨天的战士们将来是否能用强壮的手抱起这些二十世纪的女神？写书的人是否能找到语言使人们的心眷恋这些尚未盛开的雪球花?！她们曾熬着贫穷困苦，食不果腹，衣不蔽体，用她们的手、她们的心、她们的未来促使战争结束，预报春天的来临。

可是她们似乎感觉到马尔柯叔叔在为她们着想，所以把他围住，提防拐杖从他手中滑脱。你看到了这样的眼睛，怎么忍心做对不起人们的事，或者使人们的希望落空？比你年长或年轻的朋友们希望你得到的幸福比你所能给予他们的还要多。甚至单是他们对你抱着希望这一点，实际上正在成为你的幸福或光荣。他们希望你不偷懒，要你做土地真正的主人，当初你第一次踏上这土地的时候，两条细腿还没有长结实呢。姑娘们希望从你身上看到一位兄长、父辈，而不是一清早就酒气冲鼻的蠢材。人们希望在你领导下干起活来心情愉快，伴随着劳动的是歌声，而不是詈骂。他们希望，在你领导下土地的出产不是光卖给国家、纳税、支付实物报酬[①]、完成种种献礼计划以及养肥主席，也要使庄稼人受惠。这一点谁也不能忘记，除非你肩膀上的脑袋是一罐污水……

入夜，天气转冷，脚底下的煤渣像魔鬼的种子嚓嚓地响，三月的薄冰发出清脆的尖叫，它裂破时最初的一刹那就把地上的寒气传给刚刚落下的雪球花。

叶甫敏老爹最后一个走出土窑，他在门口往烟斗里装了一斗苦辣的树根末子，开始用燧石打火，一边喃喃地说：

“来吧，鬼东西，快出火，把希特勒活活烧死！来吧！”

“听，马尔柯，他在跟打火石说话哩。老头儿变成了这模样。这都是儿子死了以后开始的……他太爱自己的独生孩子了！如今只要我

① 拖拉机站为集体农庄进行田间作业以实物计酬。

一走开，他就把儿子的衬衫或上装拿出来，对它们说话、诉苦。有时走到苹果树下，就跟树谈起来。他回想起曾经把我们的娃子抱到树上，想到这里，他还把两只手也举起来。听了这样的伤心话，连树也要出声痛哭。可是对我，他一声也不吭。”

“老太婆，你在那边嘀咕啥来着？”起了疑心的叶甫敏问道，他终于打出了火花。

莫特里雅弯下腰，用睫毛掩饰自己的悲伤。

“没啥。我为马尔柯回来高兴来着。”

“哦。”叶甫敏放了心，不知为什么又打出一串火花。但是，这个饱经风霜并且自己也像风一样倔强的老人，忽然一纵身跳到院子里，向空中翘起糖萝卜似的一部胡子，开始凝神谛听。天上，一小簇星星透过云层放出幽光。

莫特里雅不安地看看老伴，推推他的肩膀。

“是不是密塞尔[①]？”

可是老头儿一动也不动，这更使他妻子不安。

“叶甫敏，你听，是轰炸机还是密塞尔？”

“哪有的事，鬼子飞机逞凶的时代过去了。是雁儿在天上飞！”一腔深情使老头儿的声音有些发抖。他摘下帽子，挥着它向恰巧在孤零零一簇星星下面飞过的雁儿们致意。马尔柯也举起拐杖，这当儿他自己就像一只翅膀麻木的受伤的鸟。

“雁儿雁儿飞得高，把我带去好不好？”寡妇的女儿奥尔迦·包依楚克寓意深长地唱起来，并在她的三五女伴中间引起一阵隐含辛酸的笑声。

“等找到了对象，会把你带去的。那时你也能飞了。”

“嗬，又有一群在叫，”颧骨微突、嘴唇红润的迦琳娜·库希尼连柯说着向空中伸出双手；其余的姑娘也挥手问雁儿们好；现在可以看出，她们也像天上的鸟。

---

① 指德国战斗机“密塞尔施米特”。

“生活到底是生活……它们准是从多瑙河对岸飞来的。我们的小伙子们恰恰在多瑙河上收拾死神，但愿它化成灰烬！你自己保重，马尔柯，再见。”叶甫敏老爹把帽子拉到耳朵上，回家去了。

莫特里雅悄悄地跟在他后面，像一个搭拉着脑袋的影子。而马尔柯还在那里聆听他们的足音和雁儿们喑哑的鸣声，这使他想起了遥远的童年时代，那时天上的鸟儿比现在多，地上的残废者比今天少。

想当年，每到春天，他常常跟着鸟群奔跑，直要到它们把他小孩子心中的一部分欢乐载上它们的翅膀为止，那时候可真是快乐！不知怎的，马尔柯胸中和眼皮底下感到酸痛。他仰望天空，挥动拐杖，一跛一跷跟在雁群后面走，雁声已经远去，只有余音向雪地上飘落下来。马尔柯头脑里一再出现一首儿歌的词句：“雁儿雁儿飞得高，把我带去好不好”，尽管他被另一副木头做的翅膀拖住在地上。

马尔柯在村里冰冻的地面上走。故乡的村庄无异于僵化的星球上一小块死土。现在，连白杨树也不能使他高兴：它们的树干熏黑了，树皮被剥光了，看不见项链似的一串串枝芽，简直像史前鱼类的骨架。这里那里的炉子好比坟场上一块块丑恶的法西斯墓碑，站在这些被杀伐的树木和蚁穴似的窑洞土墩中间，心头说不出多么沉重、忧伤、焦虑。而寂静更增添着忧伤：听不到人话，听不到歌声，只有井上和他一样的独脚汲水杆还有些动静，发出梦呓般的嘎嘎声，似乎在说：如今人们和泉水一样也呆在地底下。马尔柯走到不知谁家的一口井边，在倾斜拆裂的井栏上坐下来歇一会，凝视着不平静的黑夜；黑暗不断地变换着轮廓，像有生命的东西一样动弹着，时而揭开一点缝隙，露出一两颗宝石一般光华闪烁的星星。

水在井下深处酣睡，忽然从那里清楚地传出孩子的哭声。

马尔柯蓦地在井栏上吓呆了，头发竖得笔直，一个比一个可怕的念头尽往脑袋里钻。他惊恐地向井中俯下身去，又听到了哭声，但哭声不在井下，而是从旁边传来的——井水只是把声音扩大了。马尔柯如释重负地向附近环顾。只见不远处微微拱起一座黑魆魆的窑洞土墩，那里有一个小孩在淘气，他的哭声经过一些看不见的隙缝通到井下。别斯梅尔特内一边抑止胸中的隐痛，一边已经在盘算几时可以把一村人从地下拉上来，让天鹅似的一座座白色的村舍生气蓬勃地分布在小山岗上，周围种上许多幼树和向日葵。

“嘿，我好像已经自己封自己为主席了。”他在想象中暗暗发笑。其实，说老实话，他不止一次考虑过，战后总得当主席，虽然这个头衔即便在过去也没有给他带来什么好处，只有一大堆烦心事和不愉快。

他不尚虚荣，不逐私利，不耍花招，不会一挨到打击立刻垂脑袋或者昧良心。他的心肠很软，可是性子倔强，甚至固执。当时他只考虑一件事情：如何使黑土上的人们成为真正的人，让他们吃自己的，不吃乞求来的面包。那时候，他曾被各种各样光看表面现象、说话不负责任的人当一束大麻似的整过不止一次，他们要打落的每每不是麻秆上的碎屑，而是他的傲气。可是他坚持自己的主张，因此生活往往莫名其妙地把他从天平的这一个戥盘扔到另一个戥盘，忽而请他当先进工作者，忽而又把他法办。今天报上发表文章赞扬他的成绩，把他捧上天去；明天他却成了无政府主义者、坏事者、怠工者，反正是可疑分子。但即使在最困难的时刻，马尔柯也不像教堂门口的乞丐那样向多舛的命运低头，不同它妥协。他反驳，争辩，尽可能保卫着自己和人们；他苦恼，惋惜，但不绝望，不借酒浇愁，不怨恨命运在他心灵上留下的斫痕，这些斫痕有时是公正的，然而不公正的时候却更多。

“瞧你，把一只旧箱子兜底翻遍，把自己打扮成十全十美的完人，简直可以画下来供到教堂里去。”他自己责备着自己，从井栏上站起来，重又在雪地上步履不稳地向前跳去，眼睛瞅着名不副实的村子，胸怀里揣着重建家园的图样。

在横亘并不宽广的一片低洼草地的土堤后面，耸立着一大簇一大簇多年的黑杨树，听它们同风儿的喁喁细语，嗅它们树皮和树枝的气息，已经可以感到活泼泼的生气。不久以前，在这些树丛之间曾有一所学校的砖屋，它还是地方自治会[1]建造起来的。当年他曾在此地领略到“我等在天之父”[2]的精义，并被认为是一个有头脑、但不大安分的捣蛋鬼。内战时期，他已经是个小青年，也是在这所学校里，邓尼金手下一个目光阴郁、面如锅底的军官曾经审讯过他。在一张质地极好、双头鹰[3]垂着脑袋的粉红色公文纸上，军官用清晰漂亮的字体判他就地枪决，然后面向圣母划一个十字。后来，内战已经结束，马尔柯又在这所学校里遇见了第一个他心爱的人——一位年轻的女教师，不知为什么，她竟在他们正要举行婚礼的时候跑了。马尔柯没有去追她，正像人们不去追赶青年时代一样。自尊心帮助他克服了失恋的痛苦，但他至今还不知道是什么力量把她从他心中挤了出去：是自尊心，是岁月，抑或是金色发辫如秋日垂柳的奥莲卡的歌声。而现在，他的第一次、第二次爱情都已经逝去，空余惋惜和惆怅，至于第三次是不会再有的了……只指望女儿能够从奴役的桎梏下回来……

黑杨树在轻微的沙沙声中窃窃私语，树下面一堆堆断砖、年代不足的灰白花岗石以及上了冻和玻璃相仿的泥浆，就是学校的遗址。难道你能设想，炸毁这所建筑物的那些人渣，从前也上过学？他们在学校中往脑袋里装的究竟是什么东西：是人类的智慧，还是一些污泥垃圾？

马尔柯捡起一块多孔的灰白色石头，它要闪出蓝色的光泽还缺少几千年工夫。这块碎石使他的手乃至全身激起一阵忧郁的寒栗，唤起对往昔的思念。看来，一块石头也能搅动记忆中的童年时代，青年时代，甚至还能教人想起今天母亲的话。人的眼睛随着年华老去而变成灰白色，可是冷冰冰的灰白色石头却要过几千年方始孕足温暖的蓝光。这真是地道的哲学！

马尔柯轻轻抛下这块原先校舍勒脚上的碎石，转过身来，忽然在

---

① 俄国废除农奴制以后到十月革命以前，存在于某些省份县份的一种自治机构，主要是为地主阶级利益服务的。

② 基督徒祈祷文的第一句。

③ 沙皇俄国的国徽。

靠边一棵黑杨树旁瞥见一个不高的女人身影。她木然不动，清秀的面庞隐约现出鸟儿一般胆怯以及女人特有的困惑表情。夜深人静，一个女人，或许是一位姑娘，到这里来做什么？看她的衣着像是城里人，可是头巾却裹成乡下款式。见她突然急急忙忙离开那儿，马尔柯赶紧拄着拐杖追上去。

“这位大姊，你是谁啊？”他在靠边那棵黑杨树旁站住，目光炯炯地注视那陌生女人用头巾裹得很严实的面孔。只有一双眼睛从头巾下面望着他，但只需看这双眼睛，他已经能猜想到对方的脸一定很美。戒心、犹豫、模糊的预感在他身上逐渐苏醒。他再问一遍：

“你是谁？”

“我是你的命运。”神秘的回答完全出乎意料。

即使是从前线回来的人，听了这样的话也会怔住。马尔柯呆若木鸡，他等着听下文，接着淡然一笑。

“我的命运有那么好吗？”

“你配得上更好的。”他听到了清晰的、带着几分哀愁的回答。

马尔柯觉得她的声音似在远方，似在过去，似在梦中。他甚至昂起了头，仿佛想看到从遥远的年代里来的某一件东西。但是，除了那些好像从黑暗中长出来的黑杨树以外，什么也没有。

他掉头去看那个陌生女人，起初简直不相信她已经不在。是什么魔术使她这样倏然飘逝，并且带走了这次邂逅的突兀气氛，带走了往事的袅袅余音？

“咳，命运哪，你又离开我到哪里去了呢？”他带着埋怨和疑讶的口吻向黑夜发问，步履不稳地跳着走上一条小径。可是哪儿也没一个人影。刚才那位女人出现时像一个梦，又像梦一样消失了踪影。

一个人就这样遇见了自己的命运。他怎么没想到请求命运早日收去他的拐杖？他也不想祈求许多幸福。然而命运看来料到他将提出什么请求，所以溜之大吉。一分钟以后，马尔柯已经开始怀疑：他当真在黑杨树下遇见了一个人，抑或这仅仅是他心造的幻影？但心中还留着她说话的声音，这声音有些耳熟，好像他以前曾经听到过……呣，根据身材看来，他的命运小得可以，不过敏捷非常，一眨眼就无影无踪。简直来不及拉住她的衣裾！

他又站了一会儿，向黑暗中侧耳静听，不知在等待什么，然后在废墟前面经过向广场走去，一边微笑着揶揄自己，觉得这次神秘的邂逅实在可笑。

他面前逐渐现出一座古老的钟楼和教堂模糊的轮廓。死气沉沉的村子里只有这两座建筑没有被毁。看来世上的事情已成定规：神明总是比人们的福分大……

第四章

教堂共有三个圆顶，昏暗的灯光在矢状的尖拱窗里摇曳不定，它似乎拿不定主意：究竟是继续在天地之间发着微光呢，还是叹出最末一口气然后熄灭。虽然马尔柯的一条好腿已经有些支持不了，一再地发软，拐杖又扎得胳肢窝很痛，他仍决意走到不寻常的火光那里去：究竟是谁在这火光旁边熬冷，取暖，或者刺激心头的创痛？

教堂前面孤零零地留着两扇铁门，四周的围墙被战争吞噬了。马尔柯穿过墓地的时候，发现雪地上有好多零乱的孩子脚印，很觉奇怪。这些娃娃在这里干什么？这一天的奇迹委实也太多了：在学校附近遇到了命运，在教堂前面又看见孩子的脚印……那个女人究竟是谁？她仿佛是从一个遗忘了的童话或是某一本书里走出来的……然而那声音又教他想起某一件事来。可到底是哪一件事呢？

马尔柯在沉思中让拐杖笃笃地敲着梯级，登上几乎被夷平了的台阶，用肩膀去推厚重的教堂门。它发出一声嗟叹，把凝聚在门口的黑暗挤到角落里去，圣障中门以及圣像、神像模糊的面容上惨淡的光晕，向马尔柯投来一点不稳定的、色泽似油似硫的反光。

但并不是圣障中门，也不是阴暗的神像使马尔柯吃惊。他带着疑讶的心情，甚至暗暗怀着恐惧把眼睛睁大：教堂里呈现着一派不平常的景象——正祭坛旁站着的不是披袈裟或穿长袍的神甫，而是一个身材矮壮、披着军官大衣、鼻梁拱起的美男子，年纪在三十五上下，胸前佩着好些勋章和奖章。

“此人赢得的荣誉着实不少，可是他带着所有这些玩意儿跑到教堂里来干什么？向神明炫耀吗？”马尔柯寻思着暗自匿笑，一边细看那个头发浅褐色的陌生美男子。在他身旁铺纸的矮橱上，一盏用炮弹壳做成的油灯冒着浓烟，忽明忽暗地把光亮和阴影投向个别的以及聚成一堆堆的圣像。一把科布扎[①]和一支脊梁驼拱的冲锋枪并排倚靠在矮橱边。

“这样的乐器恐怕从来没有进过教堂。奇迹，真是奇迹！”马尔柯站到右侧的辅祭坛旁，那里色彩黯淡的壁画上的圣女华尔华拉当年曾使他感到惊异，她像一个穿着节日绣花小衫，戴着项链和花冠的乡下大姑娘。

矮橱上放着几本书，披军官大衣的美男子向其中打开着的一本看了一下，抬起头来，挺起几乎铿锵作声的锤工似的胸膛，全神贯注，甚至有点像在演戏那样开始跟圣徒们交谈：

人们互相询问：
母亲生下我们则甚？
是为了作恶？还是造福人们？
我们为何活着？何所探寻？
往往至死不得要领，
留下一大堆没做完的事情。

画上那些高风亮节或以身殉教的圣者，逐渐从黑暗中显露出来，听着这些不同凡响的神圣语言，保持庄重的沉默。上帝也保持沉默。他大概也闹不清，为什么他承受的不是白蜡氤氲温暖的芳香，而是黑烟直冒的汽油臭味；听到的不是马太或约翰福音，却是先哲塔拉斯[②]的诗句。

和一切奇事一样，教堂里这一惊人的发现也吸引着马尔柯，现在他已经用十分友好的目光看着那个陌生人，确信那一定是位演员。

---

① 乌克兰民间一种古老的弹拨乐器。
② 指上面几行诗的作者乌克兰诗人塔拉斯·谢甫琴柯。

“他们大多有些怪癖，要是没有人听，就会向神明朗诵诗句。也许，在神明面前排练并不坏，以后在人们面前可以感受到神圣的激情。”

很快，认为他面前是位演员这一假想得到了新的例证：那陌生人兀自轻轻说了些什么，就拿起科布扎，在矮橱旁坐下来，开始拨弄琴弦。琴弦唱出了如泣如诉的歌，教堂顷刻间笼罩在缅怀往事的氛围中，一条音色很美、可惜失去了控制的嗓子就在这样的空气中颤动。

“咳，艺术家，你大概在战斗中把歌喉毁了。”马尔柯为他惋惜。但是，歌声虽然时起时伏，像一只受伤的小鸟，却紧紧地抓住你的心，把你带往遥远的地方、遥远的年代和遥远的忧伤中去。

迎着朝霞，透过晨曦，
林中子规啼声悲凄，
哦，查坡洛什的哥萨克们
也在土耳其的监狱里受苦哭泣。

歌者的脸色随着所唱的每一个字变得越来越忧郁，越来越阴暗，仿佛他正被钉上枷锁。当唱到查坡洛什人的渔船被掀上蔚蓝色的海浪峰巅的时候，歌者的嗓子已不能再翻高，但马尔柯的心根本没有注意这一层，他对教堂和圣徒们已失去兴趣，却对不幸的歌者产生了信任和同情。这位歌者显然也饱经忧患，这一点现在正反映在他的眼睛、眉宇和面部的阴影中。

马尔柯忽然觉得那陌生人似乎在呻吟，而且当他的头伏到科布扎上面时，琴弦也发出一声呻吟。是什么样的不幸或绝望使他的头低下来贴在凄苦的琴弦上呢？琴音悲凉的声浪还在激荡，一视同仁地冲洗着画上的天堂和地狱。

对于男人的悲哀和男人的眼泪，马尔柯有透彻的了解。他不是在教堂里，而是在生活中领略过天堂和地狱的滋味，虽然他从来就既不是圣者，也不是罪人。在得到机会享受天堂生活的时刻，他怀着幸福的心情表示奇怪：为什么是他，不是更好的别人得到这份享受？当地狱式的考验临到他头上时，他怀着懊丧的心情表示奇怪：怎么不弄弄清楚他的价值？在形势的安排下，某些人成为估价、称量他人心灵的评判者，这些人自己应当像水晶一样纯洁，他们必须考虑到，最可怕的痛苦甚至不是遭受重大的损失，或者告别那唯一的对一部分人说来太大、对另一部分人又太小的世界，最可怕的痛苦是对于审判，哪怕仅仅是责难，感到不公正。

现在，马尔柯不看这位陌生美男子的脸，单是根据他悲痛的姿势，确定并不是古代歌谣的魅力，而是另一种力量撕扯着他的心胸。需要以友好的握手，或诚挚的语言，或热情的眼神给他帮助。于是马尔柯尽可能轻声地搬动拐杖走过去，但还是激起敏感的回声飞向拱顶，飞向画上的天空，飞向似油似硫的金漆圣障中门。

陌生人身体震动了一下，抬起头来，头发稍稍触动琴弦，发出轻微的声音。他怀着戒心用阴暗的目光注视着马尔柯。但他的眼睛忽然转阴暗为明亮，犹如天色挣脱黑夜的怀抱开始破晓。美男子抖一抖卷曲的头发，站起来，扬起两支弯箭似的眉毛，向马尔柯露出温和亲切的微笑。

“您是别斯梅尔特内？”

“您说哪儿的话！我是个凡人。[①]”他用微笑回答微笑。

“我不是指这个意思。”陌生人有点儿窘，他苍白狭长的脸上升起浓淡不匀的红晕，在摇曳不定的灯光下却更像阴影。

“那么指什么呢？”马尔柯欣赏着这位美男子，感觉到遇见了一个真正的人，他已经愿意设想这个人身上一切都美。

“您是马尔柯·别斯梅尔特内？难道不是吗？”对方进一步问。

“不错，我是，”马尔柯承认，“这难道从我身上看得出来？”

“毫无疑问，”陌生人善意地笑起来，诚恳的表情以及某种没有

① 马尔柯因为对方与自己素不相识，以为对方问的是“您是不朽的吗？”故而这样回答。

恶意的神秘色彩使他的容貌愈加显得英俊，“在我想象中您正是这个样子。”

“想象？”马尔柯不胜惊讶，“这么说，在这以前您从来没见过我？”

“没见过，只听人说起过您。”

“您的想象力出类拔萃，异常丰富，跟您的卷发差不多。那么您是谁？大概是位演员吧？”

“难道我像吗？”

“可说是一位不折不扣的演员。”

“不，我是个不折不扣的教员。”

马尔柯愉快地眯着眼睛。

“教员到教堂里来？”

“这里是圣地，又不是地狱，”对方用打趣的口吻回答，“现在，两个世界不单在惊天动地的战役中，也在这风烛残年的娴静小教堂里碰到一起。”

“真是这样？”

“是这样。”

“这该如何理解。”

“很简单。我被指派，确切些说应该是我自己要求到你们村里来教孩子们念书。区教育科长对我的志愿表示惊奇，他很受感动，临别时对我说：‘哪怕挨冷熬冻，也要坚持教育工作。战争归战争，人的头脑不能让它荒闲。你得去播下优良、永恒的种子！……’我就这样播种来了。我看了一下学校的废墟，开始打教堂的主意。但我说服人们的工作只有得到一半成功：我们谈妥，平时这儿做学校，节日做教堂。”

“有意思！”马尔柯笑了起来，他这才注意到几排课桌。

“说实话，这谈不上有多大意思，可是没有挑选的余地，再说也没有时间。所以我就当了赫里山蒂神甫的房客，他到现在还把伟大的革命称作一场大水灾。最初，有些孩子在这所奇怪的学校里怕鬼，不过现在习惯了，就管墙上的魔鬼叫法西斯，用种种方式作弄他们。我们的神甫看在眼里不太高兴，因此他亲自关心起修建学校的事儿来了。您请坐下，我这个主人怠慢得紧……”他殷勤地给客人搬来一张还发着木头香味的白坯凳子。

“坐下也好。”马尔柯在凳子上坐好，背靠着一张课桌，“请教您的尊姓大名？”

“格里高里·斯特拉东诺维奇·扎德聂泊罗夫斯基。”

“您是德聂泊河对岸人？”

“是的，是下游地区人，那里全是阳光、波浪和草原风。”教师带着幻想的神情看看那些连草原和江水的气味也没嗅过的圣徒们头上的空间。

“可现在您……在教堂里播种？”

“就像一位诗人所说，这是不会重来的时刻。无论老师、学生、后代，都忘不了这个时刻……我听说，您是在草地上生下来的？”

“是的，在草地上，正当割草季节。”

“我是生在海上的，在一条平底渔船里。”扎德聂泊罗夫斯基正欲微笑，但忽然愁上眉尖，嘴边刻下两道半月形的皱纹，“是啊，看来我没有成为大海克绍箕裘的儿子。”

“您晕船？”

“不，大海迫使我漂流，”格里高里·斯特拉东诺维奇眉结打得更紧，他忿忿地将琴弦捏了一把，琴弦响起一声呻吟。

“漂流？”马尔柯不解，以为这是一个航海术语，“我不明白。”

“将来我详细讲一讲这个术语。”教师特别强调末了那两个字。

“现在可以不可以？”

“您不是该休息了吗？您刚回来，路上够辛苦的。”

“您连这也知道？”

“有关您在战前的事情，我都晓得一点。也听说过有您的阵亡通知。我还尽我所能安慰过您的母亲，因为生活几乎也为我安排过一次葬礼。”

“现在？”

“现在就不稀罕了。我的事情发生在战前。”他的眉毛痛苦地往上一掀，在中间折断。

“在一九三七年？”马尔柯全身猛然颤动，他想起了自己的遭遇。

“比这更早。”

“更早？……咳，我看，命运也没有饶过您吧。格里高里·斯特拉东诺维奇，那您就讲一讲。夜正长，教堂又宽敞，有话不一定只跟圣徒们说。我们有罪的凡人一起聊聊，也许会变得干净一些，或者明智一些。”

“马尔柯·特罗希莫维奇，我的经历比夜更长，却不会比夜稍亮。多少个年头过去了，而且都是怎么样的年头，可是这段经历毫无淡忘的意思，就像一幅色彩鲜明得少有的图画，”扎德聂泊罗夫斯基说时不知是带着一丝苦笑还是嘲笑的意味，“我知道，对您什么都可以谈……刚才我在歌中唱到受土耳其压迫的情形，您听到没有？”

“听到。您搅动了我的心灵。”

“这是我们古代的一段历史，可是对我说来，还不仅是古代的，也是不久以前的一段历史。”

“不久以前？”

“是的。现在，差不多所有的人都认为，受土耳其压迫是三四百年以前的事……”

“对……”

“可是我在三十年代还受到土耳其的压迫。”教师的眼睛闪起愤怒的火花，他那英俊的脸膛，特别是一双眼皮，明显地变老了些，“那正是在我迎接青春的年月。那时候我简直不愿走路，尽想飞。我觉得什么都新鲜、简单，看着什么都高兴。说真的，还需要什么呢？我到哪儿都受欢迎，干什么都顺利，学问自动钻进脑袋，再加上还有一双蓝眼睛潜入我的心房。在人前，我像陪着皇后那样和她在一起走；没人时，我把她当作美人鱼抱向海边，虽然我的奥克桑娜不喜欢大海，说它反复无常。我总是引为笑柄，并且不许她无端猜疑玷辱大自然。可是，无论我怎样满载而归，无论从海洋深处得来什么千奇百怪的玩意儿，都不能叫奥克桑娜高兴。她老是要我搬到波列西耶去，她就是在那里的森林水泽之间长大的。说那里的水性情温和，滨水的姑娘都是天生的蓝眼睛。那里的柞树林、松树林有多好哇！开春以前满眼都是紫罗兰，春天草莓的白花星罗棋布，夏天鲜红的莓果结实累累，秋天呈现着一派深朱金黄。可是我不听她的，把所有这些都称作狭隘的地方观念。

"'难道大海不如你的森林色彩丰富吗？'

"'那是妖艳的色彩，'奥克桑娜皱眉生气地说，'那里有牺牲者的血冒出来。'

"我和她常这样争论，直到有一次我和我的好朋友德米特罗一起去捕青花鱼。在前一天奥克桑娜说什么也不肯放我出海，她哭哭啼啼劝我，好像预感到了不幸。我已经准备听从她的劝告，但德米特罗把我们俩嘲笑了一通，还说要买一条裙子和薄绸围巾送给我做生日礼物。当时正时行那种围巾。这番嘲笑终于压倒了姑娘的眼泪。

"我对我那可怜的小斑鸠说了些安慰的话，在她腮帮上发怒时总是从那里升起红晕的地方亲一下，就下渔船。我们唱着歌，朝着地平线驶向大海的中心。我们捕到的鱼很不少，正在得意的时候，海就使起它的性子来。唉，等到我们发觉，已经晚了，太晚了。我们拚命往岸边划，我们的船像一片鱼鳞在被疯狂的犁铧耕翻的海上跳舞、打旋。我们竭力跟浪头搏斗，但波涛还是把我们往大海、天空、黑暗、雷鸣乱作一团的地方赶去。是啊，我从来未曾见过波浪有这样的色彩，如果说那里果真有什么血冒出来，那准是想喝人血的魔鬼的血。

"我们几次已经淹没在惊涛骇浪之中，可是说也奇怪，后来总是被推到怒涛峰顶的白沫上，接着又掉进张着血盆大口的深渊。到了第三天，大海使尽蛮力把我们扔到异国的岸上，直接抛到土耳其的压迫下。

"边防警备队像一群乌鸦张开漆黑的翅膀飞过来。他们用绳索把我们捆绑起来带去见最高当局，然后又关进监狱。在监狱里我们怒火中烧，热血沸腾，因为狱吏们马上开始逼供，硬说我们是间谍。他们迫切需要弄到这样的间谍……关于人间的苦痛写出了很多书。我们受到的折磨即便不算更甚，恐怕也不算稍轻。整整三年，他们一直想从我们嘴里掏出、逼出、挤出他们所需要的口供，我们甚至对疼痛的感觉也麻木了。最后，我们终于被判处死刑——总不能让活口留着。我和德米特罗镇定地听完判决，只是手拉着手，互相握得更紧，互相看看充满眷恋、饱含苦痛的眼睛。这已经不是对生命的眷恋，而是对我们的土地，对真理的眷恋——真理会把我们行将殒灭的名字保存起来。我们只有一个希望：希望祖国知道，我们通过了这一次争取人的称号的考试。但当时审讯官说，祖国已经在把我们作为叛徒咒骂，他还给我们看一块可怕的剪报。这简直比死刑更坏。

“第二天，监狱里的牛鬼蛇神异乎寻常地忙碌起来。起先我们以为最后的时刻到了。其实不然：原来我们的大使馆得悉了有两个苏联公民被囚禁的事。不久我们就从死神的魔爪下得到解救……您瞧，世上至今竟还有这样的事情。”

“有的。”马尔柯表示同意，他还沉浸在听这段叙述得到的印象之中。

“挣脱土耳其压迫以后过了几年，我又落到德国人的铁蹄下——在包围圈里先后呆过不是一次，而是两次。后来在你们波多里耶地区突了围。这下我可知道了该怎么做：我就向那些坏蛋一下子清算两次受压迫的账。”

“打游击？”

“对，打游击。我当了游击队长。法西斯三次悬赏要我的头，赏格是那么高，使我们某些傻瓜竟然生了妒心。”从这几句话里忽然透出深沉的忧郁和怨怼。

“出了什么事？”马尔柯焦虑地问。他已经开始明白，这位游击队长独自一人在教堂里把头伏在科布扎琴弦上不是平白无故的。显然有什么烦恼在啮蚀他的心。“是不是发生了什么不幸？”

“我自己也说不上：或许是不幸的开端，或许是……您知道，有这样一些话，它们会在你心底下螫上一口，可是不会把心咬穿。咳，不提也罢！”他沮丧地垂下头去，把科布扎贴在胸前，往琴弦上用力一击，把教堂某处冷僻的角落里一只麻雀惊醒了，它惶恐地尖叫一声，向正祭坛这边飞起来。扎德聂泊罗夫斯基目光跟着鸟儿移动，撇嘴一笑，似在自言自语：

“有时候，你以为上帝的圣灵在你头上振翼飞过，其实这是一只极普通而又淘气的麻雀。您瞧，它飞到祭坛上屙屎去了。马尔柯·特罗希莫维奇，您碰到过这样的麻雀没有？”

“什么都碰到过，”马尔柯在沉思中向教师看了一眼答道，“生活不是不会刺破脚掌的柔软草地，总会遇到麻雀或者更可恶的东西。每个人都有一条蛇跟着，这是他的心腹大患，但每个人也有自己的天鹅。它纵使不能用翅膀把人载上一辈子，至少也能载上一个短时期。”

“说得好，马尔柯·特罗希莫维奇，说得好极了。我在见面以前就想象您是这么一个诚恳的人，一位农村知识分子，一部农村百科全书。”

“您说到哪儿去了，”马尔柯把手一甩，“不要言过其实。”

“我不是过誉。根据您说的话，这难道不是明明白白的吗？”

“我的话没啥特别。都是从人们那里听来，从书上看来的。虽然，有些书不敢把我们乡下人说的话抬到一般铜匠的水平，好像这对工人阶级或对知识分子暗藏着威胁，”他不想多说自己的事，就把话题拉回来，问，“我们村里有没有什么人对不起您？”

“目前好像还是我对不起某些人。别兹包罗奇柯抱怨，说我要求修建校舍的事把他烦死了。”

“从他那里不能指望得到太大的帮助。那么修建工程是不是在进行呢？”

“勉强凑合着算在进行。经费缺乏，材料紧张，我们只是靠希望过日子……但愿早日把法西斯的脖子拧断。我是多么希望能够宽心说出，并且在全世界听到‘和平’这两个字。那时，即使回到景色凄迷的家乡去，心情似乎也会不同。”

“不错……怎么，您在景色凄迷的家乡找到奥克桑娜了吗？”

扎德聂泊罗夫斯基蹙额不语，不知为什么拿起一卷莎士比亚的作品，但当即把书放下。

“找到了，可还是不找的好……她嫁给了一个教师，把他拉到自己家乡的水泽地带去了，在那里生下的孩子眼睛本来都是蓝颜色的，可是他们却生了两个黑眼睛的女儿。她现在有一头母牛，一头牛犊，一头猪，一群大嗉鹅，有自己的小屋子，还有一把系着粉红缎结的吉他。但使我受刺激最深的还不是这些，而是另一件事。当我从土耳其回来的时候，有人散布恶毒的谣言。这谣言显然也传到了我前往工作的地点波列西耶，所以奥克桑娜看到了我，脸色煞白，她的面孔、眼睛、躯干——整个儿扭曲抽搐起来，半晌才说出这么两句话：

“‘您有什么事？我不认识您。’

“我去找她的时候心里还怀着爱情，尽管这已经是像一般所说的破碎了的爱情。当我打听到她的消息的时候，当我先在院子里、后来在屋子里等她的时候，想到他们何其神速的婚姻，看到一头垂着奶子的母牛，听着志得意满的猪叫，还有吉他上那个粉红色的缎结……这一切都已经把我心里的爱情摧毁殆尽。然而我还是想看一看我的心上人，好比想看看自己的青年时代一样。可是听了她这两句话，我完全怔住了，站在吉他旁边目瞪口呆。

“‘奥克桑娜，你也相信了谣言？’我问。

“可是她固执地，简直怀着敌意重复着说：

“‘您有什么事？……我不认识您。’

“‘不认识？’我恼了，‘那我们就来认识一下。我是格里高里·扎德聂泊罗夫斯基，你们区教育科的新任视察员。’

“‘哎呀！’她眼睛里出现了另一种完全不同的恐惧表情，‘请坐。对不起，格里高里·斯特拉东诺维奇……请原谅……我没想到，真想不到……’

“‘看起来，你不是被我真诚的爱，而是被我不足道的头衔吓坏了……你怎么变得这样庸俗？’

“奥克桑娜已经勉强堆起了笑容，用目光恳求和解。

“‘你的日子过得真可怜。’我说着向房间四周打量一番。房间里摆着耧斗菜盆景，到处铺满了镂空绣品以及用干刨花做成的假花。

“‘这话可说得不对，’她没有听懂我的话，所以觉得有失面子，‘我们什么都有。当穷学生的日子已经过去，现在，谢天谢地，总算长全了羽毛。’

“‘戴胜鸟只知夸耀羽毛，不提自己的精神世界。’我在吉他上弹了一下，此外只问一句话，‘当初你为什么说大海反复无常？’然后就走出屋子，在台阶旁撞见两只垂着耳朵的小猪，它们抬起了猪拱鼻，样子很得意。”

教师把轻蔑和悲愤的目光投向教堂的暗处，仿佛往事的一小部分在那里一闪。他把这一小部分从心上带着血和脓撕去了，但有时它还会回到他身边，就像一块稀脏的浮冰向岸边漂来；冰上当然寸草不生，可是还残留着一些泥块和早已熄灭的篝火的灰烬。

每个人都按自己的方式推开一些可憎的往事结成的冰块，即使事隔多年，也难得有人承认自己当初愤慨有余而宽容不足。格里高里·斯特拉东诺维奇也不承认，更准确些说，他从来没有想过这一点，刚才他还通过对小猪的描述把奥克桑娜的形象打上了叉叉。

“生活就这样像只玻璃瓶子跌得粉碎，”马尔柯惋惜地说。他不光是听，还仔细咀嚼对方的话，仿佛回到了那个动荡不安、疑云密布的时代，那个时代拆散了不止一对恋人的婚姻，并且利用那种猜疑的气氛摧残了对人们的爱。

格里高里·斯特拉东诺维奇蓦地一振：马尔柯充满同情的语气使他大为惊异。

“您好像在为奥克桑娜惋惜？”

“我既惋惜你们的爱情，也惋惜那姑娘的命运。”马尔柯沉默下来，他胸中交织着过去艰难的岁月留下的苦味、对别人和自己的爱情的感慨和回忆，以及想起女儿时心中产生的痛楚，不知道她在何处，也不知道她怎样迎接被剥夺、遭摧残的青年时代。当我们谴责某人的行为以及对待爱情的态度时，是否考虑到生活中的一切比我们所想的来得复杂？格里高里·斯特拉东诺维奇恐怕也没有考虑吧？

可是格里高里·斯特拉东诺维奇急于要知道，为什么马尔柯为奥克桑娜惋惜。

“这大概是我的阅历多一些的缘故……格里高里·斯特拉东诺维奇，我想您不止一两次唱过这样一首歌：‘浅滩旁，磨坊前，一双鸽子喝水喝得甜。’这首歌是什么人在什么时候编的，只有上帝知道。但我们在生活中尝到了这么多的甜酸苦辣，跟死神面对面打过交道，也还常常想到这一双相爱的鸽子，为它们神伤。既然如此，怎么能够不大去想女人的爱情？要知道女人并不比我们幸福！我们在忙于惊天动地的大事情的时候，在忙于可怕的战斗的时候，是不是做到了始终不忘记：应当更好地保护她们免受邪恶的侵袭，不使她们被不能胜任的负担压垮？事实上，历史本身也常常忘记这一点，历史从来没有像现在这样残酷：它压在女人肩膀上的重荷，即便压在石碑上也不一定每一块石碑都受得了。可是石碑好在不必生孩子……”

“马尔柯·特罗希莫维奇，这自当别论。对于总的精神我双手赞成。”

马尔柯不以为然地看看教师，说：

“我们对总的精神常常双手赞成，可遇到具体的日常事例却会双手乱摇。如果在这两岸之间架一道桥，对人将有很多好处从桥上源源而来……当时奥克桑娜有没有跟您一起出来？”

“她想追出来，但刚攀住门框，就好像粘住在那里了……只有哭声从后面传来，那时我已经走到篱笆门口，那里的牵牛花已经开始闭合缩小，昏昏欲睡……这哭声是那么伤心，我几乎觉得她比我自己更值得同情。”

“然而您没有表示同情，没有回去安慰她，给她擦眼泪。”

“这是她活该！”格里高里·斯特拉东诺维奇感情冲动地说，在他那善良的、鼻梁拱起的面部，表情变得毫无商量的余地。

“也许是活该，这也并不稀奇……可是，您是否问过，当你被关在土耳其的时候，她的心情怎么样？有没有人利用您这一段不寻常的历史向她心中下毒？有没有人用所谓警惕性或者其他大道理作幌子，为你们的爱情敲起了丧钟？”

“我不承认经不起霜雪风雷的爱情、友谊或同志关系！……不管怎么样，这总是她的过错！”

“作为总的精神来看，这完全正确。可是用于奥克桑娜身上是否正确呢？”

“毫无疑问！”

“您知道得更清楚，看来态度也更坚决。可是我，因为大几岁年纪，把听到的情况琢磨一番以后，想象得到当时您那段历史可能引起什么样的反响，所以我不知道应当责怪还是原谅那位姑娘。”

“原谅？那究竟为什么？”

“因为我们已经有这么多的人受到责难，以致不少弱者像花儿还没有开就凋落了。”马尔柯从凳子上站起来。阴郁的皱纹把他的前额纵横斜直任意切割，眉峰开始颤动，眼睛一下子黯然无光，“格里高里·斯特拉东诺维奇，我在一九三七年也喝过一杯苦酒。它没有造成我心灵的残缺。可是我看到过，多少人在那些年头大大地变了样，他们放弃崇高的理想，躲在僻静的角落里，钻到琐碎的小事情中去，追求一些渺乎其小的乐趣，认为这样充其量不过被骂几句，却不会受到惩罚。我们生活中也有这样的一页，这一页还是没有的好。我不知道这是什么人的精心杰作，这个恶毒的作者是谁，或者可能是他瞎了眼；我不知道是谁造下这般可怕的罪孽，他还是不了解我们的人们，还是不相信他们，反正他通过猜疑这条蛇削弱了我们的力量，削弱了我们的信念，也削弱了我们的爱。”

教师屏息凝神听着。他激动得面色苍白，而他的目光好几次在门上溜过，因为这样的谈话万一被第三者听到，证人有可能成为法官。

“这是一个十分伤脑筋的问题，这个难解的疙瘩究竟是谁造成的?!”扎德聂泊罗夫斯基按捺不住一腔怒火，“我不止一次想过这个问题，可是又怕想它。现在，有一个坏蛋又使我回到这样的念头上去，此人也许您也知道，他叫格纳特·波泽路依柯。我没有给他游击队员的身份证明书。有什么理由给他证明？……我不知道从哪儿形成这样一种惯例：当我同死神面对面搏斗的时候，我受到信任；要是我牺牲了，我会赢得荣誉；可要是我创造奇迹似的掰开了死亡的铁钳，幸免于难，却有人开始刨根究底：为什么我没有死，能不能用释疑的筛子把我的灵魂筛一下。请问，这算是警惕性呢，还是别有用心？”

“也许，某些人要我们死，甚于要我们活！”马尔柯悒郁地回答，“您说的那个您没有给他写证明的坏蛋，可能正是一场应当诅咒的游戏中的角色。但不知这个疙瘩究竟将由谁来把它劈开？”

两个战士在猜测的暗室中徘徊，有时好像摸索到一些结论，又觉得不太可靠，殊不知他们已经涉及一幕国民悲剧的若干场景，造成这种局面的，可能是不幸的特殊情况，但熬过并且克服这种局面的，只能是伟大的人民。

教师忧心忡忡的目光从昏暗中辨出壁上犹大的画像，扎德聂泊罗夫斯基甚至打了一个哆嗦。马尔柯随着他的视线望过去。

“是不是人们至今还没有拔除犹大的根子？”

“看来是这样。这根子顽固得很，千百年来始终能够适应任何环境……您总记得：《圣经》上的犹大干了那桩可耻的勾当以后，拿起一根绳子跑出去吊死了。可是我那个犹大，万一被他哪怕在一个短时期内得逞把我陷垮，他准会凭着无辜受屈的资格坐上一把位置比较高的交椅，揭发我无恶不作，把自己则列入热爱真理的斗士，连眼睛也不眨一眨，并且开始用告密、猜疑、造谣生事、损人利己的手段毒化周围的空气。”

“的确如此。人类的不幸不能构成伟大事业的土壤，可是蝇蛆却能从中捞到外快。”

“有时候我觉得又奇怪，又可怕，”格里高里·斯特拉东诺维奇继续说，“就在对我们说来最神圣、最伟大、人类史上空前伟大的事业近旁，不知从哪儿居然会悄悄地繁殖出那些用思想原则和革命的名义作为幌子，其实却在打击思想原则、打击革命的小丑。我们把最可怕的敌人——法西斯主义——都快要送进坟墓，可是这些小丑却还在我们中间走来走去，往我们的功业上扔污泥，腐蚀我们神圣的信仰。可是，人们却不去抓住这帮暗藏的杀人犯的手，还倾听他们的说话，——他们就是善于以自己的教唆挑拨冒充群众的意见。”

“那么您跟您所说的那号‘热爱真理的斗士’正面交过一次手没有？”

扎德聂泊罗夫斯基的眼睛里又是痛苦，又是愤怒。

“我听到那条毒蛇在背后咝咝地叫，可是抓不住它的尾巴。他并不在公开的场合反对你，只是写匿名信，讲鬼话，放谣言。这样做他的阵势比你有利，因为不是你谴责坏蛋，而是他假手于你那些过于轻信的同志，利用各种调查组织的疑心在指摘你。”

“不管怎样，犹大的根子长不了啦。只要战争早日结束就好！”马尔柯说这话好像在念咒语。

他们这席忧国忧民的谈话被一阵响声打断，有人在门口用男低音问道：

“正教徒公民们，你们几时才能让上帝的殿堂休息?!”仿佛从黑暗中分出一小块黑暗似的，一位粗手大脚、肩膀宽阔、酒糟鼻呈黄瓜形状的神甫，挨着课桌向正在交谈的两个人走近。

两位正教徒公民笑了起来，而神甫却向他们瞪出一双圆圆的醉眼，眼眶下面弯弯地露出两个酒鬼的青紫块，像吉卜赛人戴的耳环，他不以为然地摇摇头，说：

“我在上帝的殿堂里听到的不是恭顺的忏悔，竟是异教徒的笑声，这太不像话了！”

“出去吧，神甫，别唠叨，今天不是你的日子，”格里高里·斯特拉东诺维奇忍住微笑说，“不要让甜菜土烧的气味亵渎学府圣地。”

“不是甜菜土烧，是最甜美的杏子酒，”赫里山蒂神甫用开导的口吻纠正着说，他在十足世俗相的脸上加上一点滑稽的庄严表情，“喝杏子酒真正是赏心乐事，连教区会议也批准饮用。”

“神甫，今天什么事激发了您的酒兴：给谁施洗礼，还是追荐亡魂来着？”

“一桩也没有猜对，是苏联情报局的战报激发了我的酒兴！”神甫得意洋洋地竖起一根挺粗的食指。

“这样说来，您的罪过可以原谅。”

“简直无礼！”赫里山蒂神甫气鼓鼓地说，并在一张课桌上坐下来，肥大的身躯和衣服把课桌完全遮住，“不懂世事的娃娃，你可知道我的孩子在布列斯劳附近指挥一二二毫米口径大炮的炮兵营？那就对了！倘若他的家庭出身不是神职人员，而是工农的话，他也许已经升到上校，我也就非将军白兰地不喝了！”

这样的坦率使别斯梅尔特内和扎德聂泊罗夫斯基感到很高兴。

“赫里山蒂神甫，那您干脆把法衣披到菜园里的稻草人身上去，还俗算了，免得亲生孩子为了您感到惭愧。”马尔柯向他建议。

“我不能还俗，不然我的祖先会在棺材里躺不安稳：他们还在农奴制时代就当神甫，这是我自己在教区志上发现的，我的父亲还是保管法器的神甫。我怎么能够还俗？再说年岁也大了，嗓子也不行了：去领导业余文工团人家不要，靠孩子供养我又不愿意，”神甫把心里话全掏了出来，“我只担心，将来事情弄明白，我的孩子会被撤去炮兵营长的职务。”神甫多肉的面孔和一条皱皮黄瓜似的鼻子蒙上一层并非做作的愁云。

“既然他曾经从地狱里出生入死，谁能把他撤职！”马尔柯安慰着他。

“咳，可不能这样说。我不是今天才生下来。命运女神是个变化无常的姑娘。亚当一直住在天堂里上帝的近旁，照样被赶出伊甸园。我只好为我的孩子祈祷，也为全体圣军祈祷。”

“附带着也喝酒？”

“对，也喝酒，”赫里山蒂神甫并不否认，“这是基督徒和土耳其人不同的地方。”他摆动身躯，从课桌上站起来，走到冒烟的油灯前，用手在灯的上空一划，悲天悯人地皱起发光的前额。“烟冒得这么凶，要不了多久圣徒们都将变成罪人，人们也将无从知道该向谁膜拜，忘记以前对圣徒们的礼仪……罪过，罪过，战争乱世之祸。我还要去念一会经。”但他摇摇晃晃地先到唱诗班席位上打一个转，那里挂着一本圣徒职司的清册，写明哪一位圣者在哪一类事情上保佑有罪的凡人，有的专司庶务，有的专司医疗。看来有什么地方使赫里山蒂神甫不大满意，只听得他在那里嘟嘟囔囔，像秋雨敲窗，然后把一双大靴子在磨旧的地板上拖得嚓嚓作声，向门外的黑暗中走去。

等教堂门先是呀然打开，继而咯的一响关上以后，格里高里 · 斯特拉东诺维奇问马尔柯：

“您觉得我们这位拯救灵魂的出家人如何？”

“依我看，他并未看破红尘。”

“而且还风流多情。”

“至今如此？”

格里高里 · 斯特拉东诺维奇笑了起来，说：

“有一回他带着几分醉意自供，促使他破戒的纯粹是一种形成已久的习惯，并非其他。”

“您竟有这样的邻居倒不坏。这么晚他来做什么？来检查房客的作为呢，还是纯粹由于他爱上帝的殿堂？”

“多半是由于他爱伏特加。今天大概还没有喝够。他在法器室里贮藏着好些吃的和喝的，而且还不光是红酒。我们享用一点，怎么样？赫里山蒂神甫曾几次引诱我到他的密室里去。”

“当心，这位拯救灵魂的出家人会把您变成酒鬼。”马尔柯暗笑着说。

“这对我倒没有危险。不过今天庆祝您回到故乡喝一杯不算罪过。”

“谢谢，恕我不能奉陪。”

“您素来不喝酒？”

“并不是，可是现在，很抱歉，只能喝眼泪那么几滴，大夫们把我的五脏六腑切去了很多，如今里头大概灵魂比肉体还多一点……有一回，在一座地下医院里，我已经半死不活，大夫开膛剖腹给我动手术。正在这当儿，大炮打响了，当时给我动手术的人几乎全部遭殃。只剩我一个人，隔了一段时间醒过来，冒冒失失地用胳膊肘撑起上半个身子。四周一个人也没有，可是我的全副内脏差不多全放在手术台上我的身旁，还微微冒着热气。我从来没想到，人的内脏这样难看，而且东西有这么许多。不过后来大夫们用刀大卖力气，给我留下的东西寥寥无几，好让我少消耗一些食物和饮料。”

格里高里·斯特拉东诺维奇用同情和钦佩的眼光望着别斯梅尔特内，说：

“信不信由您，我这是头一回听人这样说及自己的伤残情形！”

“我相信。现在请您弹唱一首歌曲，要抒情的，忧伤的。”

“忧伤的？为什么？”

“我觉得这些歌的感情比较丰富。”

“那么您和着唱，好不好？”

“这您不用问。我的中气和嗓子差不多还保持着战前的水平。”

“可是我的嗓子却像青春一样在土耳其监牢里被摧残了……听说，您会唱很多歌曲。”

“乌克兰人哪个不会唱歌？不论丰年歉收，不论苦乐忙闲，始终曲不离口。”

“据说，您从坏地方[①]回来以后，跟朋友们一起喝酒唱歌一连胡闹七天，唱的全是婚礼歌曲，是真的吗？”

马尔柯连连摇头：

“别听他们瞎说，总共只有四天。”

“全部都是婚礼歌曲？”

“这倒是真的。当时不想唱忧伤的歌。”

---

① 暗示监狱。别斯梅尔特内曾在一九三七年入狱。

“婚礼歌曲够您唱上四天？”教师将信将疑地盯着马尔柯瞧。

“足足唱了四天，后来才开始干活。您不必奇怪，那时节我的记忆力要强得多，歌曲、书本都不大会忘记。我们来唱一首《雪儿白》怎么样？”

科布扎的琴弦弹出了如泣如诉的音调，两个人开始唱一首回肠荡气的歌，唱的是一个无名的受难者的命运，他遭遇过像冰雪一样冷酷的歪理迫害，但也得到过像赤诚之心的血一样热烈的正义支持。

始终呆在老地方沉默寡言的圣徒们怀着好奇心聆听尘世的歌声，可是马尔柯总觉得还有人躲在门口的黑暗中听他们唱歌。他一再回想起和陌生女人相遇的那一幕。

“我的命运岂不是太奇怪了吗？”他越想越纳罕，思想飞向学校的废墟，飞向与通常被人们称作命运的东西相遇或相左的每一个地方。

不知哪儿隐隐传来了头一遍鸡鸣，啼声好像发自地窖。马尔柯听着这久违了的声音，身子猛然一震。

“时光过得真快。”说完，他准备动身回家。

“我觉得好像才过去一分钟。”

格里高里·斯特拉东诺维奇把客人送到学校的废墟那里。他也像马尔柯一样捡起一块冰冷的碎石头，默默地看了一会。

“您经常催问学校几时能修好？”马尔柯问。

“对，因为这是我的全部生活目的，我每一次做梦都梦见学校。让孩子们在教堂里受冻，让自己的孩子们在钟楼上发抖，这难道是快乐的事情？”

“怎么，在钟楼上？”马尔柯惊讶地皱起眉头。

“大寒天气，村子都烧光了，谁能给我盖房子？我就在钟楼上暂时栖身。我有五个孩子……”

“五个孩子？”别斯梅尔特内不敢相信，“又是件新鲜事儿！请问，您怎么来得及生下五个孩子？哪来的时间呀？”

扎德聂泊罗夫斯基淡然一笑。

“时间自己为我作了安排。”

“都是孪生的吗？”

“不，没有孪生的，否则还要多。”

“这么说，您在见到奥克桑娜之前已经有了孩子？我一点也不明白。”

“马尔柯·特罗希莫维奇，您别生气，我还得讲一段故事，看来非把您留到金鸡三唱不可。”

“讲吧。”

“我们在井上坐下来好不好？”

“也好。”马尔柯的头在吊水杆的弯钩上碰了一下，他坐在井栏的木条上，扎德聂泊罗夫斯基在他对面坐下……

“这个故事悲惨而又简单。在我游击队里有一名侦察员，是条敢于唱着歌闯进地狱的好汉。他身材匀称，一双大眼睛里笑影火花参半。有时我把他叫来，向他交代我自己想想也会心惊肉跳的任务，可是他站着愣笑，眼珠子溜溜地转个不停，简直满不在乎。

“‘队长同志，我能完成。一定完成任务。反正我年纪轻，没家室。’

“他的自信起初使人反感，我眉头打结，总觉得这小伙子冒冒失失，爱充好汉。于是我就开始对他讲大道理：‘库尔巴边柯，这项任务关系到几百人的生命，你可明白？你想到没有，必须表现出怎样的机智和谨慎，才能摸清法西斯的防御系统？在这件事情上一次也不能发生错误，正像工兵扫雷一样。千万不能轻举妄动，你就是太冒失！’

“他好像变得严肃了些，只见他把勇敢而又调皮的眼光一闪，说：

“‘队长同志，我全都明白了。不入虎穴，焉得虎子？不过您放心：我会像耗子钻到扫帚下面那样躲在纳粹党卫队的鼻子前面……’

“经他这么一说，我放心不少。

“‘多加小心，伊万！’

“‘错不了，队长！黑夜能坑人，也能救人。’他声音洪亮、很有把握地说，然后敬一个礼，笑眯眯地走了，像森林之王消失在松树林里。

“过几天他会同样突然地从黑夜中钻出来，身上沾满了泥巴和血——自己的和别人的血——但一定完成了任务。连某些往往想到死的摇头派和缩头派也相信他的运气特别好。不知什么人还编了一首关于他的歌，传到我们队里。我记得，一天晚上小伙子们在篝火旁边唱起了这首歌，恰巧这时英雄本人侦察归来。他明白了唱的是自己，立刻沉下脸来，双手乱摇，说：

“‘小伙子们，快别胡来。’

“‘为什么？’游击队员们莫名其妙。

“‘因为我还活着……’

“人们好说歹说，他始终坚持自己的意见：唱歌只可以唱死人。每逢听到有人唱起他来，他就大发脾气。

“在一个严寒的日子里，我们的肃反代表来到我的窑洞里，这个人您也知道，他现在是区里的内务部专员。”

“他叫什么名字？”

“杰米德·格里果连柯。”

“格里果连柯？”马尔柯大大感到意外，“我从一九二〇年起就知道他。是个好人，就是疑心重得可怕。”

“他至今还是这样，”格里高里·斯特拉东诺维奇淡淡地一笑，“他来到我的窑洞里，在一个树墩上坐下，忽然问：

“‘格里高里，你睡得怎么样？还好吗？’

“‘我睡得安稳，不做噩梦，在这方面我没什么不满意。’

“‘没什么不满意？’肃反代表似乎话中有话。他自己常常为失眠苦恼，‘那么对侦察员你也没什么不满意吗？’

“‘他们犯了什么过错？’

“‘谁知道！’说着他挺神秘地看了我一眼，‘库尔巴边柯回来过

没有？'

"'没有，你自己也知道。'

"'现在我什么也不知道，'他气嘟嘟地回答，随后弯腰到炉前钳出一小块炭点着了烟，'你不觉得他在外面逛得太久吗？'

"'我不觉得太久，'我嘴上这么说，心里已经开始担忧库尔巴边柯会不会落入法西斯的魔爪，我想看看格里果连柯的眼神，可他总是把目光移开去，'出了什么事？'

"'暂时我自己也不知道……你对库尔巴边柯总的看法如何？'

"'对他还能有什么看法？他是个英雄。'

"'英雄？你确信吗？'肃反代表轻蔑地反问，'问题在于他是属于哪方面的英雄？'

"'干吗你尽叫人猜哑谜？究竟什么事使你担心？'

"肃反代表狠狠地瞪了我一眼，说：

"'是他的成绩使我担心。他的成绩实在大，居然已经编入了歌谣。将来说不定还会载入史册，得向他脱帽致敬哩。'格里果连柯说着把一顶制帽拉到眼前。

"'说不定真得脱帽致敬！我们还不知道他能干出什么事情来！'

"'当然不知道！'肃反代表说得挺凶险，'格里高里，难道你从来没想过，为什么库尔巴边柯这样走运？这是他运气好，本领大，还是另有原因？'

"'另有原因？这能有什么另外的原因？'我自己也有些糊涂了。

"'这个问题我还没查清楚。'

"'那你干吗预先说人家的坏话？'

"'因为你的库尔巴边柯，'他已经把那个侦察员推给我一个人，'是个神秘的人物。我不知道他是从哪一边到你这儿来的。'

"'为什么到"我"这儿，不说到"我们"这儿？'

"'因为你一下子就对他产生好感。难道不是这样吗？'

“‘是这样。你认为他什么地方不对头？’

“‘目前只是一些枝节问题，你的库尔巴边柯善于伪装。’

“‘可贵的正是这一点……这是侦察员的性格，一种职业特长。’

“‘职业特长？可要是深入刨根的话，会不会是敌人的本质？’他的两道浓眉压在阴郁的眼睛上，‘你想想，平常一个结了婚的人会不会把这一点隐瞒起来？’

“‘大概不会。’

“‘可是我了解到，库尔巴边柯明明结了婚。他有一个漂亮的妻子和一群孩子，有时候，当然不通过组织，他还去看望他们，可是在队里他却说自己“年纪轻，没家室”，’他学着那侦察员的腔调，‘今天我问过所有他的朋友，没一个知道他结了婚。究竟该如何解释这种隐瞒组织的行为？有关他的来历是否只隐瞒了这一点？会不会我们在这里伤脑筋，他正在把我们出卖给法西斯？’

“我跳了起来。

“‘你说什么，杰米德？这怎么可能?！伊万完全不像这号人！’

“‘像也罢，不像也罢，反正他给我们出了一道带有未知数的课题。事情不能小看。当然，可能他的妻子属于不坚定的社会阶层，所以他瞒起这一点……我知道也有这样的人。这还不算太糟糕。如果他回来，我就对他加以监视。侦察员这一行他可就别想再干了。谁知道他在那里干些什么，跟什么人来往，为什么人效劳。’

“我听了全身发热。我把这个侦察员的一贯表现以及工作情况重新回忆了一遍，可始终挑不出什么毛病，虽然敌人派最狡猾的特务打进游击队的事对我们说来并不新奇。这时，格里果连柯从皮袋里取出一张照片递给我。

“‘拿去欣赏吧，如果你还有雅兴的话。’

“我在照片上看到了库尔巴边柯自己，还有一个美丽出众的女人和四个小库尔巴边柯。我情不自禁地向他们露出笑容，可是肃反代表向我斜瞅了一眼，用一个指头点着那个女人，说：

“‘多俊的美人儿，不是吗？几乎能看出她蓝色的血液[①]。多半是一个贵族臭娘们或者鬼知道哪个神甫的女儿迷住了我们的库尔巴边柯。如果他叛变投敌，那准是为了她。’格里果连柯由于自己家庭不和，对女人特别有恶感。

“我们增派了一倍人加强警戒，把火力点移置到别的地方，以防万一；一方面派一个自己人到库尔巴边柯居住的村子里去，了解到我们的侦察英雄的确有一个家，四个孩子，不过他的妻子却是世代种地的农民，她在战前当过生产组长，得过一枚‘荣誉’勋章。胆大包天的库尔巴边柯对家庭的体贴却堪称模范，那时他还偷偷抽空到家里去探望妻儿。就在当天，他自己也回来了，身上带着好多比利时‘华尔特’[②]和柠檬形手榴弹。他雄赳赳地站在队长的窑洞门口，咔喇一声放下从敌人那里弄来的武器，带着年轻人开朗的表情正眼望着我。他的眼神使我对他恨不起来，于是我对自己的疑虑又发生动摇。

“‘任务完成了吗？’

“‘完成了，队长同志。’他收敛笑容，把一张偷来的注明军事目标的城防图交给我。

“我集中注意看着地图，跟以前得到的某些情报对照了一下。不，这不是伪造的。

“‘你是怎么弄到手的？’我向库尔巴边柯盘问，不过我明知他一定把自己撇在一边，只提到一些不知名的朋友。

“果然不出所料。

“‘朋友们帮了忙。他们在德国人的省专员公署当差。’

“‘你的朋友是不是太多了一些？’

“‘的确不少，’库尔巴边柯笑道，‘我的交游广阔。’

“这也确是事实：他善于一下子跟人们交上朋友，很快就能成为

---

① 指贵族出身。

② 一种手枪。

某一个圈子的核心。

“‘伊万，你对撒谎在行不在行？’我出其不意地问。

“‘我会，’他感到困惑，后来想了一想，以为是工作需要这样，就比较爽朗地添上一句，‘吹牛皮又不是挥连枷打麦。’

“‘可是你能不能从真话里头剔除假话？’

“‘那要看对象是谁。不过我一定尽力去做，队长，’他以准备接受任务的姿态看着我，‘要我去智取什么人？’

“‘你自己。’

“‘我自己？这究竟为什么？’他摸不着头脑。

“‘猜不着？’我绷着脸说，‘好吧，你把自己的情况老老实实谈一谈，什么也不要隐瞒。’

“库尔巴边柯激动起来了。他的大眼睛里的火花顿时熄灭，嘴唇发烫。

“‘队长，关于自己的情况我说的全是真话，只是隐瞒了我有家这一点。’

“‘光这一点？’

“‘我凭着妻子和孩子起誓！’

“‘你为什么要隐瞒这一点?！为什么？’

“‘我怕。’

“‘你也会害怕?！怕什么？’

“‘怕您照顾我家人口多，不派我出去侦察。可是我跟法西斯有个人的账要算。这就是我在您和全队面前的全部罪过。’

“‘你有什么账要算？他们杀了你什么人？’

“‘我的亲兄弟牺牲在比利牛斯山，在西班牙……’

“全部怀疑立刻烟消云散。我真想抱住这个可爱的人亲吻，但我忍住了。

“‘旁的什么也没隐瞒？’

“‘还有一点罪过。有便我去看过几回妻子。我们直到现在还十分相爱。’侦察员负疚地说；他的面孔、脖子全都涨得通红，他用手抹了一下绯色的脸颊。

“‘这事孩子们知道吗？’

“‘一个也不知道。’

“‘你就这样悄悄地去探亲？’

“‘这对游击队员说来并不难办。而且我妻子也很警觉，就像平静的水面一样。我只要用指头在小窗上弹一下，她立刻从床上下来。最近我好久没去看她了……请原谅我这个傻瓜。’

“我们当然原谅他，不过表面上不得不把他数落一通。库尔巴边柯重又经常像森林之王消失在黑夜中，又像温柔的曙光从那里回来。可是，前年春天，密林中的柞树刚开始抽芽，出去侦察的库尔巴边柯再也没有回来：某一个叛徒把他出卖了。他在区中心跟法西斯和伪警察一直战斗到使尽最后一发子弹和最后一枚手榴弹。他已经死了，敌人还不敢马上走近他，后来因为怨毒无处发泄，就在广场上把他的尸首再上绞刑。过了两天，我们把尸体从吊环上取下来，用最隆重的仪式举行葬礼，对一个游击队员表示了无上的尊敬。我们还希望战后能为他立一座纪念碑……

“葬礼完毕以后，我亲自沿着游击队员踩出来的羊肠小道去探望他的妻子。我在夜里走到一座小小的土屋前。它坐落在两棵梣树之间，好像一只白色的摇篮。事实上确是这样：多少小库尔巴边柯在这里成长了起来！面对着人家往日的幸福和今日的不幸，我在窗外站了很久。梣树在我头顶上凄凉地飒飒作声，仿佛人们的悲伤渗入它们翠绿的灵魂。我终于轻轻地敲一下玻璃窗。屋里响起脚步声，然后是开门的声音，接着出现一个衣服没有完全穿好的女人。散开的辫子擦着她的肩膀，如同雨声潺潺。她撂一下头发，站在门口一动不动，即使在黑暗中也看得出她脸上闪耀着幸福的光芒。

“‘伊万，亲爱的，你来看我太好了：我们又添了一个儿子，’她兴冲冲地低声耳语时，频促的呼吸向我脸上扑来，但她马上惊恐地退后去，‘哦，我的天，您是谁？您要干什么？！’

“‘别害怕，卡捷琳娜·沃洛其米罗芙娜①，我是您的伊万的队长。’

“‘哦，伊万怎么啦?！我的上帝！……’她失声惊呼，身子一晃，浓密的头发如大雨倾盆，把她的脸和整个体态一齐罩没。她用双手掠开头发，脸庞凑到我面前。‘他到底怎么啦？’

“我缺乏勇气告诉她真情。

“‘他受伤了。’我费劲地说出这么一句话，好容易把一声浩叹压下去。

“‘受伤了？伤在哪儿？伤势重不重？您快说呀！’她移开按在胸前的双手，把我拉进屋去，时而绝望，时而又怀着希望连连追问，‘您说实话：他还能不能活？……别不做声！他能活吗？’

“‘他会活着的，您放心。’我说，语气已经自然多了，因为侦察员库尔巴边柯的确将永远活在我们的记忆中，这一点我深信不疑。

“那女人渐渐定下神来，擦干眼泪，开始向我道谢。

“‘亲爱的，你为什么向我道谢哟，难道因为我撒了这样可怕的谎吗？’我心里暗暗叫苦，可是卡捷琳娜一边理着发辫和衣服，一边用比较平稳的音调问：

“‘他现在哪儿？’

“‘我们用飞机把他送到大后方去了。’

“‘大后方……难道我们这儿的地方他还嫌小。’女人开始沉思，她带着恳求和希望的表情望着我，‘大后方去了……连儿子也没看到。要不，他该多么高兴啊！’

“‘这个儿子像谁？’

“‘这个也像伊万。所有的儿子都像他爹。’她第一次露出笑容，可是我差点儿没出声嗟叹。

“卡捷琳娜急忙把窗子遮起来，点起一盏油灯，开始张罗晚饭。

---

① 除本章以外，别处提到卡捷琳娜的父名时都是“巴甫洛芙娜”（她父亲名叫巴维尔），此处或系作者写错，或系格里高里记错。

我怀着一颗沉重的心在铺板上坐下，目光始终离不开那女人和摇篮。躺在摇篮里的那个小生命才出世就失去了父亲，而母亲还只觉得他像伊万。造化赋予这位母亲的美似乎证实了女人和大地的血缘关系。虽然她生过五个孩子，然而她的眼睛、泪水、双手还透出闺女时代的影痕……过了一阵子，卡捷琳娜终于知道她的伊万已经牺牲，后来也原谅了我撒的谎。游击队离开森林以后，我就上她那儿去，尽一点接济的责任。我在她家住了一个时期，爱上了孩子们，也爱上了卡捷琳娜。在一个月夜，我感觉到自己再也不能离开她，于是我就去把这个意思尽自己所能向她说明。

“‘卡捷琳娜·沃洛其米罗芙娜，以前您的伊万把我看作他的父亲，现在我要成为他的孩子的父亲。您嫁给我吧。’

“我就这样有了五个孩子，”为了不使马尔柯以为他在自夸，又用诙谐的口吻附加说，“现在一个月的口粮恰恰够吃一星期：孩子们的肚皮简直是无底洞。所幸游击队员们并没有把我们忘记。”

马尔柯怪不自然地侧向扎德聂泊罗夫斯基，在他脸颊上吻了一下。

“谢谢你，格里高里·斯特拉东诺维奇。”

“为什么？”教师惑然不解。

“为了你对寡妇的爱……为了你的人道主义精神……”

“说到爱，我应当感谢她……改天您会看到，她是怎样一个女人，”格里高里言下不无自豪的意味，“我仿佛等了她好多好多年头，一直在等待。”

“您这话说得好。人和大自然在等待中总是越来越美好……这个阶段过去以后，一切就变得稀松平常。让我们交个朋友吧！”他向教师伸出一只手。

“对，让我们交个朋友！”扎德聂泊罗夫斯基激动地回答，“世界上有您这样的人是值得高兴的，我们能够见面也值得高兴。让我送您回家。”

“我一个人能走到。您明天就上我家来。没忘记怎么走吧？”

“忘不了。我一准来。”

“祝您晚安。”

“晚安。”

两个新朋友分手的时候都有这样的感觉：他们好像互相神交已久，只是以前不知为什么一直没能见面罢了。

第五章

扎德聂泊罗夫斯基在荒凉颓败、毫无障蔽的学校院子里还站了好久，目送着马尔柯·别斯梅尔特内去远，后来，他的背影完全看不见了，便侧耳谛听拐杖着地疾徐不匀的笃笃声。最后，连声音也归于沉寂，但心头温暖的感觉始终没有沉落。

“一个真正的人回来了，”教师自言自语，“刚才他说的关于等待的话，简直可以写到书上去。这可不同于狡兔三窟的别兹包罗奇柯。”一想起这位农庄主席，他就锁紧双眉。

周围亮了一些。天上的云彩正在聚成郁郁苍苍的密林形状，它们的动态透露着春的消息。

于是扎德聂泊罗夫斯基向春天大声问道：

“你来啦？”

风在旁边应声，树木吱吱嘎嘎地摇晃，天上的图案变了花样，格里高里微微一笑，把头摇摇。

还在几年前，听到父亲跟田地或森林，跟空中的太阳或手里的禾穗谈话，他总觉得奇怪。可是现在做儿子的在不知不觉中也形成了这种习惯。是不是岁月使人越来越强烈地感觉到沉默的大自然具有生命？是不是因为他打过几年游击，自己曾经躺在林中树下，而好些朋友在那里倒下去以后再也站不起来，所以他不能不同森林、树木谈话？

譬如现在，云彩堆成的林莽使扎德聂泊罗夫斯基想起真正的森林，记录着他的患难和战斗历史的森林。往事在他面前挥动了一下翅膀，他简直不大敢相信：自己居然能突破重重包围，逃出枪林弹雨，穿过燃烧着的丛莽的火环。在烈焰冲天的森林里，连野兽也向游击队这边跑，甚至蝮蛇也不咬人……

回到教堂里，格里高里·斯特拉东诺维奇打着了火，重新点起黄铜油灯；黑暗向四周退开去，油灯响起了令人担心的嗞嗞声，开始像纺一根根黑线似的冒出烟来。还在不多一会儿以前，油灯周围的一切还是死气沉沉的，可是现在，挤在四壁的圣徒们却比较快乐地望着教师，仿佛他们也在为他遇到一个知己而高兴。

不过，这是怎么回事——莫非天使们用翅膀扇来了寒气？他瑟缩地耸耸肩膀，向天使们看看。他们的白色翅膀在画上碧空的背景前张着不动，从那里果然透过来阵阵寒意。格里高里·斯特拉东诺维奇在教堂里来回走动，几次拍拍自己的肩膀，让身子暖和一点，然后在矮橱旁坐下来，专心翻看自己所写的关于若干年游击生涯的回忆录。许多事件、人们、森林、燃烧的村庄，一一在心中和眼前重新出现，可是写在纸上却远不是那么栩栩如生。他绝望地用两只手掌抱住额头。

他怎样才能把自己无限的爱塞进这些又小又黑的字母？怎样才能往这些字母里注入朋友们的生命？他们在平日那么不惹人注意，可是在战争中却成为歌谣和传奇中的人物。再譬如，哪怕是极普通的禾谷，可是它的力量你又如何形诸笔墨？

某年除夕，老游击队员达尼洛·布罗瓦尔尼克被关进法西斯的拘留所。平日他蓄着长须，经常抱着七弦琴到各村求乞，然后把重要的情报和一些面包带到队里来。他一边给队员们分面包，一边述说，这些面包都是可爱可亲的人们通夜不睡，用手摇磨子磨成了粉，和着女人的眼泪做出来送给他的。

“不能永远让眼泪掺入面包。”这位种庄稼的老内行常常在沉思中说。这句话概括了他的信念和希望。除夕那天，达尼洛·布罗瓦尔尼克被推到一个挤满了人的砖砌地窖里，他自称圣诞老人，并以这样的身份十分自然地结识了所有的囚犯，跟他们谈天说地。到了十二点钟，新的一年无形地降临到石牢的门口，布罗瓦尔尼克爷爷不知从哪儿弄到一点禾谷，开始往囚犯们头上撒，一边庄严地说着：“种子种子，落到地上，幸福健康。愿你长出好庄稼，结果又开花，比去年多送几个鬼子回老家。”

囚犯们纷纷摘下帽子，从冰冷的地上跳起来，惊讶地倾听这几句老一辈传下来的、在遥远的和平日子里听熟了的顺口溜。禾谷往头上撒下来，头脑里产生了新的希望，手中平添了新的力量。当天夜里，他们全部逃出监狱。岂不正是那应当在没有眼泪的环境中成长并孕育的种子帮助他们获得了自由？这件事该怎样写，才能使它深入并且撼动人们的心灵？

“炼丹士兼巫师，你这时候还不睡？”黑暗中蓦地响起悦耳的声音，一个身材娇小的女人轻轻走到格里高里·斯特拉东诺维奇跟前。在她两瓣干燥微启的嘴唇上颤动着一丝忧郁的笑靥。教师出于不提防打了一个哆嗦，手习惯地伸向冲锋枪。但他立刻把手缩回来，向那个女人看看，笑了起来。

“斯捷芭尼达，你把我吓了一跳！……我恰巧想起了游击队的往事。”

“你要是想旁的事情才怪呢。干吗你笑嘻嘻地眯着眼睛？”

“看到光明总要眯眼睛，”格里高里·斯特拉东诺维奇笑道，“你的声音也真使我惊奇：小时候像银铃，至今仍旧这样清脆，不知藏着多少银子。”

“胡说八道。”她的嘴长得线条柔和，在下垂的嘴角两边抹着淡淡的哀愁。

“真的，是纯银！”格里高里·斯特拉东诺维奇表示确信地说，“这么晚你怎么还不睡？”

“明天一早就要动身，睡不着。再说，又想起了青年时代，”斯捷芭尼达用自我嘲笑的口气回答，“我在村里走了一遭，所有一去不复返的往事一齐涌上心头。我曾经在这里迎接自己第十八个春天。那时候的花园、村舍是多么美丽……”

“而你的眼睛里洋溢着第一次爱情的欢欣，是吗，姊姊？”格里高里·斯特拉东诺维奇会意地眏眏眼睛。

“哪来什么爱情？”斯捷芭尼达几乎呼喊起来，她向兄弟投了不安的一瞥，“你胡诌什么来着！……”

“这怎么是胡诌？……爱情会从各个地方奔向十八岁的漂亮姑娘。”他不顾姊姊心情激动，仍继续说。

“哎，少说废话。”

“我可从来没想到爱情是废话，”格里高里·斯特拉东诺维奇还是那样开着玩笑，可是斯捷芭尼达无心说笑，忧伤依然没有从她脸上消失，只是在鼻子旁边出现不久的皱纹中间颤动，然后钻到眼皮底下去了。她终于把自己控制住，甚至故作惊异地耸耸肩膀。

“今天你怎么尽在爱字上头发议论？”

扎德聂泊罗夫斯基坦然看看他的义姊，站起来，向前伸出一双强壮的大手，这样的手通常唯独锤工才有。

“你问为什么？现在我所有的只是这一双曾被子弹打穿的手，此外唯一没有被抢走的财富就是那唤做爱的东西！……一个人在二十岁或十八岁上开始恋爱并不算什么希奇事。这种爱属于自己，属于两个人，或者属于一个家。我并不说这种爱不好，但我引为骄傲的是我心中怀着更大的爱。这份遗产我得自父母，得自他们的歌声和面包，得自我们秀外慧中的大自然的魅力，得自和我同心同德的战友们。虽然我还在靠少得可怜的口粮过活，妻子在切面包之前要用刀在面包皮上把我的份额和孩子们的份额量之再三，可是即使拿洛克菲勒家族的全部黄金来换我这宗财富的一小部分，我也不肯。瞧，我简直是在大吹牛皮，原因全在于确实有些值得一吹。”

“你是多么幸福而又……可怜！”

格里高里·斯特拉东诺维奇愁上眉梢，悲伤和挫折在心头激起反响，但他驱散这些念头，悻悻地说：

“你把话说到哪儿去了？我为什么可怜？”

“因为各种各样的坏东西都要扯你惹你，就像采摘道旁的豌豆一样。”

“我走大路，不绕小道，所以有人扯我惹我。要是我离开大路，你也绕道，他也绕道，坏东西就会从蛇洞里爬出来晒太阳。”

斯捷芭尼达听得不寒而栗。

“可是蛇会螫你。”

“是的，它可能螫我，使变得冷酷的人们瞧不起我，使我度日如年，但它毕竟吞不了我。不要说我可怜，我在一生中已经得到了伟大的幸福：当战鼓震撼大地的时候，我尽自己所能，用双手，用肩膀，用胸膛把灾难从人们头上推开……以前我很赞赏一首歌词塑造的形象：‘我要挥动衣袖拂散乌云’，赞赏它既富诗意，又充满力量。到后来，我真的在扫除乌云，并且活了下来。姊姊，这才叫做真正的、不是碰运气得来的幸福。”他轻轻揽住斯捷芭尼达，凑在她耳边喃喃地说，“你少想想那些可恶的东西，世上也有较好的材料供人思考。你就在我们这儿多呆一天吧。”

斯捷芭尼达的脸稍稍开朗了些。

“我有你这么个兄弟真是太好了……”

“好也罢，歹也罢，呆在一起日子就好打发，”格里高里 · 斯特拉东诺维奇笑开了，“再呆一天，好吗？”

“不行，快开学了。”

“住在钟楼上到底不比在像样的房子里，”扎德聂泊罗夫斯基带着嘲弄的意味眯起眼睛。

“这也不假，”斯捷芭尼达并不否认，“钟楼上冷得身体僵化，骨头麻木。这不是住所，简直是坟墓。”

“可是孩子们却在大钟底下成长！这是大吉之兆！”

斯捷芭尼达用手掌托住腮帮。

“这样的吉兆准把你冻死。”

“这是临时的，”格里高里 · 斯特拉东诺维奇宽她的心，“明后天我们就搬到窑洞里去，跟大伙一样过日子。今天我把窗玻璃也买下了，价钱不贵。”

“你还高兴呢！旁人以为你交上了什么鸿运。”她不以为然地摇摇头，“凭你的功劳，换上别人早已经坐在宫殿里了。”

“斯捷芭尼达，你别唱这老调子，我最讨厌，”扎德聂泊罗夫斯基立刻沉下脸来，“到时候我会搬进宫殿去的。”

斯捷芭尼达用怀疑的目光朝兄弟一瞟。

“我的浪漫主义者，我的骄傲，这一天几时才能到来？”

“等所有的人都有了宫殿或类似的住所。不早也不晚。”

“舍己为人，精神可嘉，可是像狡猾的别兹包罗奇柯现在已经安居宫殿，而且还在笑你这样的人。”

格里高里·斯特拉东诺维奇凝神看着姊姊，用一个指头敲敲前额。

“你肩膀上长的是脑袋还是代用品？脑袋？……那你不妨从历史上给我举出一个例子来：在物质生活方面，正人君子什么时候曾经过得比小人骗子更好？”

“对于你的学问、逻辑以及斯拉夫克己精神，我佩服得五体投地。你是我所知道的最好的例子，”斯捷芭尼达没有生气，反而微笑，“多亏你的爸爸丧妻以后和我的妈妈成了一对……当时他又魁梧，又英俊！他们结婚那天，我们在屋后的小山沟里跳舞，你可记得？”

“真是本性难移，你在教堂里也想着跳舞，”格里高里·斯特拉东诺维奇一甩手笑道，“你打的旋子比斤斗鸽还要帅。”

“这一切已经回不来了，”斯捷芭尼达喟叹一声沉思起来，“童年时代，父母的生活，青年时代，都成了回忆的资料。只有妈妈的小屋子有时教人想起遭难的亲人，泪花会像火星从眼睛里迸射出来。”

“我们刈割手的宗嗣衰落了，”格里高里·斯特拉东诺维奇也不胜感慨，“我们扫荡死亡，死亡也扫荡我们。”他体贴地让姊姊坐下，留神看了一下她的眼睛，“不过忧伤归忧伤，日子总得过下去。你有没有想到过，你现在好像生活在树洞里？哀愁不会使人变得聪明，也不能用它做饭裁衣。必须多跟人们接触，这样才对！”

“他们也和我一样不幸。”斯捷芭尼达把头一昂。

“哼！真是奇闻！你以为盟军能把幸福从海外给他们送来？”格

里高里·斯特拉东诺维奇不悦地说，“幸福的种子还将由这些人挥泪撒下，但他们一定能盼到大丰收。但愿这次播下的种子里边也有属于我姊姊的一颗。此外我不能给你什么安慰。我不想坐下来陪你流泪……得啦，别愁眉苦脸的，我亲爱的苦命姊姊。你又善良，又漂亮，可是你的心儿太脆弱，委实同收割季节的麦穗一个样。”他又揽住斯捷芭尼达，在她额上吻了一下，接着立刻把一个指头按在嘴唇上：“嘘！所有的圣者都在看着有罪的凡人！”

斯捷芭尼达向神像望望，情不自禁地一笑，抬起乌黑的蛾眉，说：

“格里高里，要是没有你，我简直不知道如何是好。”

“难道会更糟吗？”

“想必会更糟。现在，不管心里多么沉重，可我始终相信，你能比我更好地理它一个清楚明白。”

“这都因为你的心现在好像一份目录，可是我却希望看到它像一本没写完的书。”他用拳头劈开空气，“进入生活越深，你能从生活中盼到的东西也就越多。”

“我还盼什么？”

“总不是盼望老年吧，这日子归根到底自己会来。至少你可以盼一盼……爱！”

“从什么地方去盼？”

“从人们那里，也可以从……某一个人那里去盼。”

“你算了吧。爱情这个题目现在不合时宜。”

“爱情永远合乎时宜。人只要活着，就应当抱有伟大的期望。”

“这是不是浪漫主义的幻想？”

“这是生活的力量。”扎德聂泊罗夫斯基充满信心地说。

“你比我强，你的生活类乎往来频繁的十字路口，那里从不冷冷清清。可是我的生活却是一条无人行走的蹊径。别斯梅尔特内到你这儿来过了吗？”她表面上只是偶尔问及，内心却很激动。

“装什么蒜？你明明看见了。”格里高里·斯特拉东诺维奇目光专注地看着姊姊，“你为什么不走过来？”

“我怕……不知道跟……一个残废的人该说些什么，”斯捷芭尼达脸红了，“我到现在还没学会怎样安慰人。”

“姊姊，你把自己说得太无能了。在医院里你不是能找到言语安慰伤员吗？说呀，眼睛干吗在圣洁的地方骨溜溜地乱转？”

“总不能老是欣赏你呗，”她怪勉强地回答，“据说，他伤残的情形很严重？”

“不轻。但这样的人生命力很强，同几百年的古橡树相仿。”

“他有点儿像你……这棵古树是不是老了？头发是不是白了？”

“覆上了薄薄一层霜，这有什么值得奇怪的？即使没有战争，在这样的年代里白了头发也不足为奇。走吧，我们去歇一会。”他把冲锋枪挎上肩膀，拿起科布扎，吹灭了油灯。

众神和圣者立即被一团漆黑所吞噬；斯捷芭尼达这才用手抹抹发烫的面孔，长叹一声。

“你怎么啦？”格里高里·斯特拉东诺维奇愕然停下脚步。

“没什么，一口气自己叹了出来，”她把手放下按在胸前，“这些年来积下的块垒不是一下子吸得进吐得出的。”

姊弟俩弯着腰进了钟楼。这里草草经过一番收拾，权充扎德聂泊罗夫斯基一家的栖身之所。角落里一盏用弹壳做成的油灯在冒烟，母亲和孩子们并排横躺在一张狭窄的板铺上。格里高里的目光落在妻子眉毛浓密的脸上。即便是粗糙的被子也掩盖不住她体态丰满的美。姊弟俩交换了一下眼色，重又对睡着的母亲看了好久。

“大地？”格里高里悄声问，他还像年轻小伙子那样对他的卡捷琳娜百看不厌。

“大地。”斯捷芭尼达点点头，然后走到一只藤编摇篮跟前。摇篮里藏着数量极有限的食物，提防教堂里的耗子偷吃。

格里高里·斯特拉东诺维奇在板铺边沿坐下，眼睛还注视着妻子的脸庞。她大概在做噩梦。忽然她发出一声呻吟，微微扯动双手，用深沉的胸音悲痛地呼唤着：

"伊万诺奇柯[①]！……"

斯捷芭尼达好像挨了一鞭似的缩做一团，她胆怯地看看兄弟。他却驱散额上的愁云，反而安慰姊姊：

"你干吗吓成这样？……她不是头一回叫伊万的名字。否则还能怎样？伊万是她第一个爱上的人，是她的孩子的父亲……难道在梦里呼唤他也不应该吗？……总不能为她去跟一个牺牲了的鬼魂吃醋吧？"

斯捷芭尼达目光灼灼：她认为弟媳不对，虽然也知道弟媳什么过错也没有。

"可是这会使你多么难受！她可能一辈子这样叫唤他的名字……她跟你做夫妻，可是在梦里看到的却是另一个人，这……"

格里高里怒目看着姊姊。

"是不是应该告诉她，叫她做梦也得忠实地爱现在的丈夫，不得想念前夫？"

"不……可是……"斯捷芭尼达一时语塞。

格里高里怒气勃发，他跳起来站到姊姊面前，说：

"够了，别'可是''但是'的。你简直变成了一个可厌的女人！你自己经历过这么多苦难磨折，失去了丈夫，可是脑袋瓜儿里尽长着杂草。生活通过一出出的悲剧使人们互相接近，但这些悲剧的残块断片还是会不止一次地浮到生活的水面上来。我又不是小孩，难道我当初没想到会不好受？我寻求的不是蜜一般甜的姑娘的亲吻。即便卡捷琳娜半点也不爱我，我也会跟她结婚，这一点你懂不懂？"

"这是不是基督式的慈悲？"

"不，这是对她的爱。间或有人对我娶五个孩子的母亲为妻大惊小怪，还说一些类似刚才你所说的蠢话，听了真教人恶心……算了，算了，睡觉吧。"

斯捷芭尼达吻了他一下表示歉意。

---

① 她的前夫伊万的昵称。

"女人就是死心眼儿。"他嘟哝了一声。

"原谅我，格里高里。这不是恶意，而是我心里的苦水泼了出来。"

"谁要你的苦水？亏你有耐心盛着这一肚子苦水，就像母鸡怀着蛋似的。我看你还是结婚吧，除了书本，再跟尿布打打交道会快乐一些。"

斯捷芭尼达又羞又恼：

"别说缺德话。"

"这是回敬你的。现在我提议和解。我甚至可以敲钟向姊姊表示敬意。你只要说敲哪一口钟：敲大的还是小的？"说着他认真向门口走去。

"你这个疯子，说不定真会去敲起来！什么事你都干得出！"斯捷芭尼达拉住他的胳膊，把他从门槛上拖回来。

"你们在做什么？"卡捷琳娜从板铺上撑起来，一点也摸不着头脑。她的头发顺着肩膀往下披散，像黑色的波浪淹没了枕头。"小心把孩子们吵醒……格里高里，你晚饭吃了没有？"她投向格里高里的眼神充满了喜悦和爱情，从中可以看到她整个敞开的心灵。

格里高里·斯特拉东诺维奇笑对妻子，双手托起她的发波，说这两条辫子又重了一些，然后十分得意地看看姊姊，低声问道：

"大地？"

"大地！"斯捷芭尼达真心表示同意。

而"大地"感觉到他们在赞赏她，越发显得可爱。她双手护住胸脯，用结实的脚掌踏到地上。卡捷琳娜开始在这稀奇古怪的住所里走动，不，她好像在游泳。她把一些烤熟的土豆、一碟素油和一小瓶粗盐放到一张小得可以的桌子上，让丈夫吃晚饭。

第六章

鸟儿受了伤差不多总是单独留下。那时，在无声的绝境中，它的眼睛暗淡无神，充满了临终的忧伤。谁一生中只要见过一次这样悲切切、泪汪汪的垂死的鸟眼睛，他对一切生灵将更加尊重。可是草鹬不会把它的同伴在患难中扔下不管，因此那只鸟想必定能养好它的伤，何况当时这小可怜的眼睛里尽管露出虚弱和痛苦的表情，但并没有奄奄一息之际那层翳膜。

一棵杨柳的枝条垂向不知谁家的小花园，马尔柯肩靠着柳树，重又想到今天在洼地上看到的两只草鹬。他牢牢记住了这一对小鸟，要是它们在池塘附近定居的话，他也许还认得出来。这也许是瞎操心，但毕竟愿意看到它们恢复健康，住在像样的巢中，不是在雪地里，带着一群小鹬……可是你，马尔柯，几时才能盼到自己的下一代呢？

他的思想就是这样飘忽不定——从教堂壁上的天国飘到德寇铁蹄下的地狱，从巢窝飘到窑洞，从鸟儿那边飘到人们身上——这其实没有什么不寻常，他不是管自己的女儿叫小鸟吗？她羽毛未丰就被从巢中拉走扔到异国他乡，叫她受折磨，不叫她歌唱。她是不是活着？……现在他觉得，刚才与自称为他的命运的那个陌生女人相遇的一幕，简直是对他的挖苦和嘲弄。应当请她吃一顿桦树鞭子，叫她别像市集上的吉卜赛女人那样装神弄鬼。

杨柳在风中轻轻地咿呀作声，叹息连连，它单调而苍老的诉苦之声叩人心扉，引起种种联想和反响。

当初他把妻子叫作金柳，因为她的辫子闪闪发亮，仿佛用太阳光编成。这样的头发也传给了女儿。今天，女儿的辫子是否在世上某一个地方闪着金光？还是在地下腐烂，或者已经在魔鬼发明的焚尸炉中烧掉？这种炉子怎能设想是人的创造？……想到这里，又是一声呻吟，这回已经不是柳树发出的，而是人呻吟着向神秘的远方眺望。可是远方又能告诉他什么？那里的风时而趋弱，时而转强，把树木、黑暗、云层吹得摇摇晃晃。

从某处很近很近的地方传来了说话声和马蹄声。

“什么人这样晚动身上路？”马尔柯心中纳闷。

不一会，村巷里出现一辆满载的马拉雪橇，旁边是弯着腰的两个人影。马尔柯凭直觉感到这是一桩不可告人的勾当，他向大路那边跨近几步，听到一个熟悉的声音，那是安东·别兹包罗奇柯在说话：

“托陀赫，祝你马到成功。让上帝保佑你路上平安，不过价钱可别卖贱了！……”

“您放心，含糊不了，事情一定办稳当！”另一个人笑着跳上雪橇，向马吆喝一声。两匹马同时开始用蹄铁踏碎路面上的冰壳。

“莫非这是托陀赫·马穆拉？”马尔柯寻思着用惊愕和愤怒的目光看雪橇很快地消融在黑暗中，“安东虽然不正派，到底是个农庄主席，怎么能跟这号人合穿一条裤子？”

托陀赫·马穆拉一度被认为是周围一带最狡猾、最阴险、最毒辣的窃贼。民警几次把他逮住，可是他总有办法脱身，不受法律制裁。他从民警局回到家里的时候，反而神气活现，不可一世，一双干炒南瓜子形状的鼠目在牙床突出、志得意满的丑脸上闪闪发亮。

“托陀赫，你真走运！”盗马贼、小偷以及其他败类对他歆羡不已。

“各位老弟，你们怎么说都可以，反正我专背黑锅，”托陀赫用与世无争的口吻回答，一双贼眼狡黠地斜向一边，“我素性喜欢和你们交往，一起喝两杯，可是我自己不偷不抢，从来也不！我始终记着偷儿的命不长，我不是一块小偷小摸的料，办事情讲究稳当。”

这样的话每每引起贼帮们哄堂大笑，体型难看、但灵活一等的托陀赫自己也乐于随同他们一起大笑。只有偶尔在喝得人事不省的时候，他才会向那些羡慕自己的同行不屑地一甩手，在伏特加的刺激下摆出自命不凡的神气，对他们说：

“你们这帮蠢得要死的浪荡鬼！你们的头颅里边装的不是脑子，是猪鬃！干我们这一行顶要紧的一条是：不跟人合伙，不留下活口！”他那土耳其弯刀一般凸出的牙床显露着心狠手辣的表情，他用拳头狂暴地捶着桌面，“我自己就不搭伙伴，对证人心肠不软，除非是还在摇篮里的小王八蛋，这才能把事情办稳当！”

“有种，托陀赫，你真有种！”贼兄贼弟们欣喜若狂地号叫，纷纷为这个天之骄子的健康干杯。

“也许算不上有种，不过多少有一点办法。”托陀赫大方地接受对自己的捧场，他开始唱一首心爱的歌：

> 老子杀人不眨眼，
> 区区的色胆能包天，哎嗨！

集体农庄成立，马穆拉当然没有参加，可是为了免得群众和当局对他侧目而视，就到区消费合作社去当看门人。在他任职期内，没有一个小偷敢溜进店堂。这一点无可辩驳地证明区消费合作社主任确有远见，也证实马穆拉与贼帮存在联系。但是，直到一九四〇年，马穆拉突然来参加集体农庄的一次大会，并且哭哭啼啼公开表示悔过。他承认自己犯过偷窃罪，然后保证从今要和大伙一样诚实地工作，因为只有这样才能把事情办稳当，而且他也不愿让男女老少对他指指点点说长道短。这一番自白打动了庄员们的心，于是大伙只向马穆拉提一个问题：

“是什么原因迫使你来悔过认罪的？是你天良发现，还是失了风？”

“不，没有失风，我不是那种瞎搞胡来的人……是女儿逼我来的，”这回马穆拉没有撒谎，“她说否则就要从家里逃出去，永远不回来。偏偏我在这世界上又最疼这个死丫头！所以我寻思：这样偷东摸西干下去，岂不连累她年纪轻轻见不得人？女儿一天天大起来，快长成个大闺女啦，总得把事情办稳当才是！”

这时，庄稼汉们听到了十五岁的加丽娜的哭声。她的一双眼睛有着不同于一般小姑娘的严肃表情，她跟疼爱自己的老子斗争已非一日。刚开始的时候，马穆拉努动弯刀形的牙床，举起老拳扑向女儿。

“你在七年制、十年制学校念书，还加入什么共青团，如今管教起老子来了！我要咒你跟你那整天不吭声的母亲都害上疟疾！居然要我悔过！哼，等着瞧吧，贱货，我教你眼睛里哭出血来！”

但加丽娜没有被吓倒。这个细腰细腿的少女，胸脯刚开始隆起，带着激昂悲壮的目光，她镇静而坚定地等老子的怒火烧光，詈骂停当，然后高傲地冲着他的脸说：

“即使你不挥拳头，我现在也每天流着血泪。如果你要我叫你爹，就别乱吓唬人。我可不会像母亲那样被你吓得永远不敢开口。你要是不依我，就甭想再看到我。”

马穆拉怔住了，呆呆地放下拳头。他从女儿的性格上看到自己的犟劲儿，也看到她已经不是小孩，正在不平静的世界上寻找自己的道路。这鬼丫头能找到路，定能把事情办稳当。他已经抱有某种好感看着自己独生女儿纤细的身姿和倔强而秀气的脸庞，心想：

“骄傲的公主！说什么她也不愿穿别人穿过的衣裳。说真的，要是想一想的话，这样的姑娘哪能甘心做贼的女儿？”他嘴上骂着，心里却在对自己感到奇怪，结果终于向这株倔强的嫩芽屈服，只好把怨气出到老婆头上。

马穆拉被接受加入了集体农庄。他勉勉强强“凑足”自己的定额，并且同贼帮断绝往来。人们开始信任他。但在战争正要爆发之前，民警局又把马穆拉抓去。不过，这回他还是走运：战争救了他免于法律制裁。在普罗斯库罗夫[1]附近与德国人刚一交锋，“有种的”马穆拉立刻高举双手，两星期以后回到家里，又积极地重操旧业。可是

[1] 乌克兰西部一城市，1954年改名为赫米尔尼茨基。

他算漏了一着：法西斯强盗在掠夺一个一个国家的同时，对于干这一手的同行，不论大的或小的，却一概排斥。他们狠狠地收拾窃贼，连审讯手续也嫌繁从略，抓去立刻判处死刑。

这下“有种的”马穆拉不是高举双手，而是在地上扭曲求饶，拉住质地坚韧的德国皮靴亲吻，往靴子上落下大量的眼泪，发誓要矢忠于“解放者”。可是没有用，他被关进班房。但在这里命运之神再一次向他微笑。他万念俱灰，一双小眼睛已经失去炒熟南瓜子的光泽，来到了一间关着游击队员们的囚室里。当那些出没森林的英雄挖墙越狱时，马穆拉也跟大家一起逃了出来，但立即动身（不是到森林里去）到一个吸血的烂脏婆娘的庄院里去。那婆娘坐地分赃，偷来的抢来的她都要，还同人家有妇之夫鬼混，可谓无恶不作。马穆拉就住在这破鞋家里，像麻雀巢居在屋檐下，直到一九四四年春天解放为止。此时，他重又在自己村里露脸，甚至揣着一纸证明，证明他因为……与游击队有联系曾被德国人判处死刑。人们相信了那张纸，而后来托陀赫自己也相信了曾和游击队有往来。此后，他几乎每天要为自己添加新的功劳，甚至对社会活动发生了兴趣。最初他的欲望不高：只想在主席团席位上坐坐。现在主席团对于他已经成为不可或缺的东西了。

马尔柯不知道马穆拉最近几年的日子是怎么过的，但他从来没有相信过这个骗子的任何一句话，透过他的所作所为，马尔柯看出他的本性乃是血污斑斑、望不到底的黑暗深渊。如今别兹包罗奇柯和马穆拉走到了一条路上。这也有点像是一场噩梦。为了释自己的疑，马尔柯向路面上弯下腰去。不透明的冰封辙道覆着霜冻，道上清清楚楚刻着雪橇滑木的痕迹。马尔柯走了几步，在坑洼里发现一件东西。这是极普通的经过梳理的短麻——“纤维洋娃娃”。它的招人疼爱的茎部果然像头发披散的女人脑袋。如此说来，马穆拉运走的是短麻？他们更深夜静把这些长着女人脑袋的纤维洋娃娃运到哪儿去？其中一定有鬼。咳，这个别兹包罗奇柯！看来他丧尽了天良，即使在可怕的荒年凶岁，他也不受良心的责备。难怪今天叶甫敏老爹这样气忿。老头儿在晚餐桌上还说了这样痛心的笑话：

“如今我们的农庄身轻如燕。只要一碰，就会飞起来！”

今天短麻飞走了，明天又是什么东西飞走，而人们却在干活，熬苦，所得微乎其微，但是怀着希望，希望仗打完以后领导上能减轻赋税，把别兹包罗奇柯之流从各个岗位和主席团席位上赶走，要不然农村就完啦！哪怕是在最艰苦的日子里，乡下人也盼望着他们真正的节日——桌上有款待客人的吃食，桌旁有孩子，种田事务方面有真理。

拐杖和愁绪把马尔柯折腾得疲惫不堪，但他既不能扔下拐杖，又不能撇开忧思，也不能放弃希望。拐杖他也许不久能够摆脱，可是他的思想几时才能舒畅轩亮，就像那两颗周围有早春湿润的金雾缭绕的星星一样？……但愿战争早日结束！

前面不远就是他家的院子。马尔柯走到不知属于哪一户的一座灰泥脱落的炉子旁边，又停下来歇歇脚，忽然看到炉膛里伸出一双孩子的脚，他惊呆了，以致被汗涔湿的拐杖也差点儿脱手。

种种可怕的猜想像灼热的煤块在头脑中翻腾。“一定得想办法，一定得想办法。”他把这句话在心中重复了好几遍。但究竟想什么办法——不知道。最后，他硬着头皮向炉口弯下身去。他似乎听到了呼吸。也许这是微风的沙沙声？不，这的确是呼吸！他摸摸那双穿歪了的小靴子，发现还有热气。嚯！恐惧渐渐消退，马尔柯开始把那双瘦腿往外拉。从炉子里传出来一阵含糊的嘟囔之声。

“喂，什么人在那里过冬?!”马尔柯几乎是很高兴地喊道，“快爬出来！”

那两条瘦腿开始动弹，在膝关节处弯曲过来，少顷，睡眼惺忪的赫维其柯在马尔柯面前美美地伸着懒腰。

“你这个小强盗，把我吓得半死。”马尔柯拭去额上的冷汗，“你在这儿干什么？”

“干什么？睡觉。怎么？”赫维其柯打一个呵欠，面露笑容。

“在炉子里睡觉？”

“要不怎么办，睡到雪地上去吗？”少年反过来问，同时从炉子里取出他的书和本子。

“这么说，你根本没有安身的地方？”

“有。我一直睡在自己的地窖里。今天我上车站去了一趟，地窖里浸了水。总得找个地方过夜呗，”少年说得头头是道，忽然哈哈大笑，“您吓了一大跳吧？”

“甭提啦。走，赫维其柯，上我家去。”

“走就走。”少年一口答应，把练习本上的灰吹去。

母亲在窑洞里纺着无穷长的线，她早已坐立不安。

“孩子，你跑到哪儿去啦？我简直把担心的事情全想遍了，怕你在路上摔倒。现在路上冻得又硬又滑，好端端的人也会跌交子。赫维其柯，你怎么还不睡？”

“妈妈，他暂且就住在我们这里，以后慢慢再说。赫维其柯，你说对吗？”

“不知道，”少年茫然回答，“明天我把地窖里的水舀出去，就往回搬。”

“哎，我的小可怜。”马尔柯把赫维其柯拉到自己身边，“快脱衣服。想吃东西吗？”

“您已经请我吃过晚饭了。”

“也许你在炉子里梦见好吃的东西，一下子饿了起来？梦见没有？”

“我梦见了妈妈，”小家伙低声回答，看他的脸好像一下子大了几岁年纪，“她在洼地里走，我追上去，可就是没追上。”

“现在追不上啦，”甘娜感慨地说着用头巾角擦擦眼睛，“你们睡在一起不挤吗？”她指指用几块木板拼起来的一张床，板上铺着被褥。

“能凑合，妈妈。”

“只好将就一下。不过枕头我拿不出来。苍蝇睡觉也要枕头，可是我们现在却不用。”

“怎么样，赫维其柯，我们克服一下吧，你是不是非要枕头不可？”

“您说到哪儿去了！”少年笑道，一边脱去大得不合身的衬衫。

“妈妈，现在托陀赫·马穆拉在干什么？”

“深更半夜你怎么提起这个人来，”母亲不悦地皱起眉头，“他过去是个害人精，狠心贼，现在还是老样子。先前他一家一家地偷东西，现在干脆偷整个农庄。别兹包罗奇柯让他当上了庶务主任。”

“让马穆拉当庶务主任？”

“当然。现在他俩很卖力气，要把社会主义偷一个精光才称心。”

“那么群众怎么说呢？”

“群众！谁跟群众商量？男人们都在打仗，对付几个娘们还不容易？‘大伙克服一下——战争时期总有困难！’”她模仿着别兹包罗奇柯的腔调，“有时候上级还表扬他，好歹总算在执行计划。这个大滑头知道：不管娘们怎样表决，任命和撤职反正由上级决定。好啦，你休息吧。”

马尔柯带着许多不愉快的念头躺到床铺上。他久久不能入睡，等到梦神开始在眼前纺出暖洋洋的经线，忽然又被小野兔扯断：它在窑洞里跳来跳去虽然相当知趣，可是那一截短尾巴打在泥地上挺有分量。

活着的以及那些只在名册上还存留着的人们，纷纷来看马尔柯。后来土窑怪舒服地摇晃着上升到地面上，变成一所房屋，窗外看得见花园、草地和池塘。树木还是烧焦了的。但在它们熏黑弯曲的枝条上颤动着粉红艳艳的春花。马尔柯在一棵苹果树前面站住，惊讶不迭地看着树梢上的苹果花组成烂漫似锦的图案，他贴在烧成木炭的树干上，听到树皮底下的浆液在流动。树木好像有着人的心脏。打鱼的人们在池塘上拖着沉甸甸的网兜，两只草鹬在他们头上歌唱，这正是他在一株灌木下看到的那两只小鸟。后来，他来到教堂里，古老的神像看来好似颜色变黑的“纤维娃娃”。粗手大脚的赫里山蒂神甫捧着一个酒瓶迎接他，并且狡黠地一笑。

“您的扎德聂泊罗夫斯基不在这儿，他已经在新校舍里发号施令。我也要改行去搞业余文工团。这是最后一次在教堂里喝酒，孽已经造够了。”

马尔柯向学校走去。走到他和自己的命运相遇的靠边一棵黑杨树旁，他头顶上空响起了隆隆的炮声。马尔柯抬起头来，从云端里看到一位打着士兵绑腿、脸颊红润的胡子老爹。老爹向他眏眏眼睛，说：

“你吓着了吗？这不是炮声，是我在打雷。听见没有，战争结束了！好吧，祝你健康，什么也不用害怕。”

说完，他驾着祥云飘往别处去报告胜利的消息。

马尔柯醒来带着微笑，他翻过身去，干咳一声，听到赫维其柯轻轻地在问：

“您醒着吗？”

“醒着。”

“刚才您在梦中笑，您听见没有？”

“没听见。”

小家伙摸到了马尔柯的手，把一件东西塞在他手中，说：

“您收下吧，马尔柯·特罗希莫维奇。”

“什么东西，赫维其柯？”

“打火机。让它搁在您那儿。会用得着的。”他重复了马尔柯白天对他说的话。

马尔柯明白了少年这时候的心情。

“那好吧，赫维其柯，谢谢你的礼物。现在我也能点火了。我已经很久没有得到这样好的礼物。”

“真的?!”少年非常高兴。

“真的。如果你想玩儿，就向我要，我不见怪。”他抱住那孩子，叹了一口气。

第七章

夜是情人最好的同盟者，但是对于夫妇则不然。对于有妇之夫来说，夜里的事情就更伤脑筋，即便你是集体农庄的主席也不顶事。

安东·别兹包罗奇柯目送马穆拉驾着雪橇去远，走到一口井旁，身体倚在汲水杆上，开始考虑某些做丈夫的夜里往往考虑的事情。这个爱情并不专一的人把事务烦恼统统丢在脑后，反反复复地在心中盘绕这样一个线团："到谁那儿去？怎么去？"

别人怀着这样一团隐藏的欲念也许不会伤很多脑筋，但是老成持重的别兹包罗奇柯不是轻率莽撞的少年郎。他知道，私情在不声不响中开花，最好也在不声不响中让它凋谢。说实在的，在这个世界上谁愿意让事情张扬出去或启人疑窦？你不愿意，你的可人儿不愿意，更不用说用猫眼睛监视着男人一举一动的你的妻子。有时候你去开会，她会没头没脑地射一支冷箭：

"多咱回来？"

他怎么知道那些骨干、代表要讲多少话？再说，如今一些饲养场尽管生产凋敝，也总得去看看，至少让看门的知道：主席不在睡大觉。可是娘们终究是娘们，她就是不管三七二十一，把为国为民的公事和争风吃醋扯在一起。

唉，玛利娅，玛利娅，当年你是个俏姑娘，后来也成为一个不错的女人，可是年纪虽然四十已经挂点儿零，说实在的，你就没有学到一点知趣的美德。男人连眉毛也还没向谁抬动一根，你已经把什么都连写带画堆到脸上，给所有的人看白戏。随着年龄的增长，这娘们还添上一种毛病：夜里睡不好觉。你刚跨进门槛，她就从床上向你唠叨：

“这么晚才回来？眼看鸡快啼头遍了。”

她就是这样惹人心烦，一个农庄主席一天到晚要操多少心，她毫不体贴。

吊杆的咿呀声忧郁凄凉，仿佛在对人表示同情，于是安东开始低声吟唱：

> 哦，三棵小松树站在田野上，
> 小伙子看上了仨姑娘：
> 一个头发淡黄，一个头发乌亮，
> 第三个——脸儿丑得不像样。

不，丑得不像样的女人他从来没喜欢过，至于说，除了长着深褐色——城里人叫做栗色——头发的老婆以外，他还有黑头发和淡黄头发的相好，这一事实从一方面看固然不坏，可是从另一方面看，还是别提的好！……他的“合法夫人”这时候怎么样了？她睡着了，还是在辗转反侧等男人回来？最好能悄悄地给她撒一些催眠药粉。你如果用医学观点去劝她，说睡眠是健康的维他命，可是这种娘们难道是医学说服得了的？说实在的，她有自己的一套医学，有自己的药方。唉，人永远过不成太平日子：一会儿是战争，一会儿是各种收购计划，一会儿是突击任务，一会儿是饲养场，一会儿又是女人问题。女人对我们男人有着多么强大的威力啊！只要眼睛一瞟，眉毛一抬，就像扯动缰绳那样把你的灵魂牵走。一个人如果套着一条缰绳还不要紧，若是有两条缰绳要把你牵往不同的方向，那怎么办？现在你就站着拿不定主意：往哪儿走？最好当然上玛芙拉那儿去，可是她性情那么古怪，说实在的，到现在还摸不透怎样讨她的欢心：用软功、食物还是旁的手段？最近，这个古怪女人连看也不对他看一眼。这究竟为了什么？

别兹包罗奇柯觉得，那个年轻寡妇正从黑暗中向他瞪出一双浅蓝中带一点灰色、闪着异样目光的眼睛。说实在的，这女人给他带来的麻烦多于愉快。然而她还是吸引着安东，好像林魔用蜜糖给她洗过澡似的。

“罪过，罪过！”别兹包罗奇柯冲口说出。他毅然挺起身来，拿出当家人的气派向大路上走：现在他何必躲躲闪闪，他反正是去查看马棚的。至于从马棚开始可就得利用人家的炉灶作掩蔽，不过，说实在的，这算是什么掩蔽所？最好家家户户早日用篱笆和栅栏隔开，把房屋盖起来。这样对人们既好，领导又愉快，对别兹包罗奇柯住的房屋意见也可以少些。对他的房屋看不顺眼的大有人在，可是他到三处林务局去为大伙弄来木料的事就没人谢一声。今年可以盖起不少房子，不过要大家都住得一样是办不到的：天高白云飘，共产主义还路远迢迢。

他小心翼翼，几乎蹑手蹑脚走近马棚，那里有谈话声传出来。别兹包罗奇柯踮起脚尖在门口偷听，这个疯疯癫癫的叶甫敏老爹是不是在和他那一伙说主席的坏话？这个老家伙最别扭，没法使他满意。八成他已经向马尔柯·别斯梅尔特内说上三车鬼话，第四车是牢骚。偏偏战争还没结束这个马尔柯就回来了，有了他，天下还怕不乱？他总是坐不定，躺不稳。没准自己会被他从主席位置上轰下来。当然喽，人家是钓鱼的！

别兹包罗奇柯在“钓鱼的”这三个字里倾注了不少怨恨：他想起马尔柯曾经取笑过他。当年，还在他们一同上学，同坐一张课桌的时候，马尔柯就十分热中于钓鱼，而安东学会了一套空手或用抄网捕龙虾的本领：不论晴天雨天，都可以从一位嗜虾如命的神甫那里换到几个戈比。那个时代已经驷马难追。可是当一九三八年安东又被撤去主席职务，换上马尔柯的时候，有一次在洗礼宴上喝了几杯酒，他向新主席问道：

“马尔柯，为什么你这样走运，而我老是站不稳？”

马尔柯不假思索的回答，引得人们哄堂大笑：

“大概因为你在原则上是个捕虾的，而我是个钓鱼的：你尽往水底的树根下瞧，我只看水面上的浮标。”

诚然，战争中钓鱼的比捕虾的苦头吃得多，因为露在战争水面上的人毕竟首当其冲……但现在安东添了一桩心事：明天得去看看那位钓鱼的，对他的伤表示同情，带一点东西去接济他，可是你瞧着，这个眼睛狡猾的马尔柯会把你赶下台来，他已经不止一次这样做过。

这些忧虑终于使别兹包罗奇柯认真着急起来，因为他在内心深处间或也怀着遗憾和妒忌的心情承认，马尔柯——愿他不得好死！——当家的本领比他高明。但在别人面前，往往是在暗地里，安东总是抓住一切机会，尽一切可能咬马尔柯，把他的对手骂得一文不值。当然，他在这样做的时候也披着各种原则性很强的外衣，表面上好像对农庄十分关切。舍此岂有别的办法？只有鼠目寸光的米龙·沙伏拉，才会像今天那样说不绕圈子的蠢话，说什么两只猫夺一块猪油，有我就没他。而别兹包罗奇柯必须为此目的找出根据，思想或经济方面的根据——如今什么都少不了理论。理论能引起共鸣作用。有时候甚至老婆对于理论也有点儿害怕。

马匹在大门里边有气无力地嘶叫着，霉烂的秫秸以及掺在切藁之中的甜菜渣发出难闻的气味。唯独干草味早已被风从马棚里吹散。还能用什么东西维持到春天？

饲马员们的谈话声由零落转入沉寂。后来，在马棚的另一头，可恶的马克辛·波拉泰柯（这家伙非常滑头，手脚也不太干净）用动听的低音唱起了一首歌，接着，一条清越的男高音像秋天一般柔和而忧郁地飘荡在马克辛的歌声之上：

哦，我让马儿在花园里遛遛，
蹲下来跟老子叙叙话头。
我老子手拉缰绳，
牵着马儿满园子走……

“在马儿旁边长大的人，想的唱的都是马。”别兹包罗奇柯暗暗觉得可笑，于是走进马棚。到了里边，听着歌声，仔细看看马匹，他这才开始发愁：今年用什么耕地呵？靠这几匹半饥不饱、胡乱凑拢来的跛脚瘦马三年也耕不完。对拖拉机站可不能有什么指望：拖拉机也都是残破损坏的，又没有汽油。当然，凡是可以推到战争头上去的，他一定推卸。然而，从各方面挨揍的不是别人，总是他。又得想办法脱身！歌声又一次向高处飘上去，然后静下来，可是愁绪还一针一针刺个不休。

马棚里除了饲马员们，被子弹打穿一只手的大个儿奥美良·柯尔日也在那里，他是牛棚的饲养员。他在主席面前直挺挺地站着，因此个儿显得更高，夹着自卷纸烟的一只好手无处躲藏。

“你到这儿来抽烟？我几时才能教会你遵守制度？”别兹包罗奇柯向他叱喝。

“安东·伊万诺维奇，我是把烟卷藏在袖筒里的。”秉性柔顺的奥美良回答说。

“你把烟也往袖筒里喷吗？”

“这我还没有想到。”

“那你就得想到！瞧你，个儿碰到天顶，可是头脑笨得要命。比例也得相称才对。你到这儿来做什么？”

“叹苦经。”柯尔日攒紧眉头。

“叹苦经？你有什么苦？”别兹包罗奇柯用比较温和的语气问，“前线来了什么消息？”

“不是我一个人，是我们大家的苦：我们正在用最后一点饲料按药剂量喂牲口，可是往后怎么办？把牲口槽劈掉做切藁吗？母牛的乳房瘪得像手套，牲口哭得那么凄惨，教人听了也好比在葬礼上一样想放声号叫。就是这么个情况。”

“有什么法子，战争嘛，”别兹包罗奇柯再也找不到更聪明的推托方式，“我自己正为眼前的越冬问题伤脑筋哩。”

叶甫敏·迪卞柯立刻在黑暗中接过话头：

“有战争不假，可是从休耕地割下的两垛干草明明是好端端烂掉的。”

别兹包罗奇柯面露愠色。

“又提这陈年老账。老爹，经您这样大力宣传，全世界都知道了这两垛干草的事，包括我们的盟国在内。”

“可惜他们既不能用干草，也不能用同情帮助我们，”老汉不肯罢休，“安东，再过两天我们该咋办？”

“唱教化歌求乞去。”

“求乞募化都由你，可是能不能化到一把干草？你可知道？”叶甫敏老爹穷追不舍。

“老爹，这您最好还是去问您的马尔柯·别斯梅尔特内，”别兹包罗奇柯面色更加阴沉，“给您出主意、安慰您的人来啦。”

“马尔柯当家的时候用不到我问：他既为人们着想，也为牲口操心。”迪下柯想起当年，情不自禁地喟然而叹。

当年的情况也在别兹包罗奇柯眼前出现一刹那的工夫：的确，马尔柯过去总有办法。可是现在即使马尔柯也不会有办法，战争嘛。安东由此得到自慰以后，说话的语调也平和了些：

“您干吗咬住我不放？您以为我不心疼吗？”

“对，你就是不心疼；牲口已经被弄到挨饿的地步，接着就会一头头倒毙。准备晾肉的绳子吧。”老汉又是一声叹息，他走到灯光下，脸色阴沉而严厉。“安东，我们恐怕真要落到向人们求乞的地步，也许多少可以弄到一点饲料？”

“这一步是难免的了，不过，说实在的，如今人们还有些什么呢？”

“除了不幸，他们还有好心。”

“恐怕也剩不了多少。且看看能不能搞出点名堂来。晚安。”

“祝你健康，并得到上级表扬。”老爹挖苦他说，然后把头扭过去，不愿同别兹包罗奇柯握手。

安东朝着他的背脊恶狠狠地瞪了一眼，心想：

“不良分子！你巴不得赶我下台，现在已经把马尔柯当作神像向他祈祷。说实在的，人间的秩序太糟。”

不过天上的秩序也并不井然——那里重重堆积着奇形怪状的云块，教人确不定它们正在为人间带来新春还是严冬。春天对于农庄主席来说日子同样不好过，但还是让它早日来临的好，否则恐怕真的要宰牲口晾肉了。好在牲口并不多：要是再多一些的话，可不得了。

走到街上，事务烦恼开始从别兹包罗奇柯头脑里飞出去，取而代之的是别的烦恼。安东·伊万诺维奇缩做一团，似乎想把自己身体的一部分藏起来，现在他已经不是大模大样走路，而是蹑手蹑脚，像贼一样潜行在蚁穴似的土窑、树丛以及炉子中间，这些炉子如同失去怙恃的孤儿，往往乘人不备突然从黑暗中冒出来，吓得他冷汗一身。万一在相好所住窑洞的近旁被人撞见，那可不是太大的愉快。因而他预先想好理由解释他怎么会到这里来。

前面已经看得见玛芙拉·波克雷特谦柯住的窑洞微微隆起的土墩。当初不知何人把这样一个姓氏加在某一个波克雷特卡[①]的儿子头上，太缺德了！别兹包罗奇柯心中有一瞬间对玛芙拉产生了一点怜悯，她在成为他的情妇之前曾经哭过不止一回。到现在她还是没有俯首帖耳：有时你找机会去一趟，她却一心想摆脱你——又是哭，又是骂，甚至对自己也不原谅，诅咒自己铸成大错。她不懂得用战争时期的眼光看待女人的命运：得过且过，得相爱处且相爱。要知道好景不常在——一旦红颜老去，到那时，亲爱的，除了一抔黄土，谁也不会把你等待。现在玛芙拉诅咒自己，也诅咒他，将来可别后悔：到你痛哭流涕的时候，过去的一切已经追不回来。说实在的，要是往前看的话，情况就是如此。世上的事情为什么总是这样：越是对你若即若离，你就越是恋恋不舍。好像普希金也说过这样的话，不知在《黑桃皇后》里，还是在别的地方。

安东·伊万诺维奇再一次用多疑的目光窥视黑暗，然后使出青年

---

① 在沙俄时代，对失去童贞而被迫裹上头巾，但辫子通常露在巾外的未婚少女称“波克雷特卡”。

时代的轻身本领，小心翼翼地连纵带跳从路上窜到小天井前，天井近旁的窑洞现出黑魆魆的轮廓，像一座田鼠藏身的小泥墩。他不等喘过气来，就用一只手捏紧冰凉的闩鼻，开始轻叩一支小调；这支小调的词儿总共只有两个字，而且是相同的：“开开！”他把自己的全部情欲悉数注入这旋律之中。闩鼻开始哀声求饶，但门后却听不见半点声息。

“她怎么啦？睡得这样熟？还是到某一个寡妇姊妹那里过夜去了？”焦躁渐渐压倒谨慎，现在他已经敲得比较重，后来索性用两个拳头在门上大捶大擂。

“外边什么人？”他终于听到自己盼之已久的声音，然而这个声音并没有半点睡意。

“玛芙拉，是我，”他弯身向钥匙孔里兴冲冲、悄悄然说，“晚上好。”

窑洞里毫无动静，后来响起了寡妇不客气的声音：

“您有什么事？”

“还问哩，这调皮娘们，好像不知道似的。”别兹包罗奇柯心里这样说，脸上露出得意的笑容，他津津玩味着幽会的快乐，先和空气亲吻起来。他的耳朵听到了轻微的脚步声。玛芙拉走到门口，厉声说：

“我姑妈在这儿过夜。”

即使挨到当头一棒，恐怕也不至于把别兹包罗奇柯吓成这样。

真是苍蝇粘在糖浆上，自讨没趣。偏偏鬼迷心窍摸到这儿来！玛芙拉那位长舌姑妈的大名他岂会不知道：她的口一开，你用铁锁也锁不上，用橛桩也堵不住。说实在的，她明天就能把这件事嚷嚷开来，比敲教堂的大钟还响。准会骂我不但不念时世艰难，还要寻花问柳。事情传到玛利娅耳朵里，她能把房屋、脑袋统统砸个稀烂……眼前该想一个什么办法才能多少保全一点面子下台？上帝作证，从今往后我再也不敢对这帮系裙子的孽障看上一眼。我们男人哪辈子造了孽遇上这些冤家?!

他忽而抓住一个主意，忽而抓住另一个主意，但旋即又把它们撕成碎片，一边拼命搜索枯肠，想想哪些书上描写过类似的玩意儿。一些场景的零星片断在他眼前纷纷掠过，突然他有了办法！

“喔呵！”他总算松了一口气，然后俨乎其然地大声说：“让你姑妈好好睡吧。她是个有说有笑的娘们，”他努力讨好那个贫嘴薄舌的鬼婆娘，“这儿有你的一通电报。我寻思着，给你捎来也好让你高兴一番。要不，你明天自己来拿也行，我不想打扰你的亲戚。”

他如释重负地呼一口气，转身想走，但后面传来一声叫唤，门立刻打开。

“安东，你等一下！是谁打来的电报？”寡妇带着恳求的表情向他伸出双手。她站在别兹包罗奇柯面前，集哀愁、等待和痛苦于一身，风儿拂动着她的白色小衫的襟角和肥袖。“谁打来的？是不是斯杰潘？”

“你在说什么梦话，亲爱的？快醒醒！”别兹包罗奇柯被问得毛骨悚然，他惶惑地走进土窑，“你刚从睡梦中爬起来？”

玛芙拉背朝门、面向他转过身来，她绝望地问：

“这么说，不是斯杰潘打来的？”

安东寒毛直竖地耸耸肩膀。

“你怎么还问，他明明已经牺牲了。”

“也许只是受了伤？”那女人一下子委顿了，声音饱含眼泪和辛酸。

“你想到哪儿去了，真是可怜！别伤心啦。”

别兹包罗奇柯安慰着寡妇，一边从自己脑海中排除种种愚蠢的念头：若是斯杰潘真的回来，难道她的日子会好过些吗？她男人的醋劲很大，饶不了她，准把她像揉发酵的面团似的折腾个半死，可这个傻女人还在为他伤心。谁闹得清女人的心究竟是怎么回事?!

玛芙拉这时才在黑暗中摸到自己的裙子，很快地把它从头上套下去，身子哆嗦不已，像在发冷热病。

“你把我整个心都倒腾了过来，扯断了我最后的一线希望。”

安东偷偷地摸着玛芙拉的肩膀，她刚离开被窝，身上散发出焐热的干草味、窑内略带苦涩的烟味以及——女人的味儿。

“我怎么会把你的心倒腾过来？”

“还不是为了那份该死的电报！世上从来没有一个人给我打过电报，除了斯杰潘……你刚一说出‘电报’两个字，我就看到他——我的男人；我一下子好像复活了，又好像激动得发了呆：会不会他靠着某种奇迹的力量保全了生命？”

“他是给地雷炸死的，哪能出现什么奇迹？你也知道，事后只捡到军大衣上的两片破布和一小块心脏。不过，说也奇怪，连骨头都化成了灰，那一小块东西竟然会保存下来。”别兹包罗奇柯毫无顾忌地当着人妻的面就她丈夫的死况大发议论，一边磨蹭着，一边向床上瞅瞅，炕上瞧瞧。为什么一个人也看不见？“你的姑妈在哪儿？”他问道，心里乐了起来。

“什么姑妈？”玛芙拉惑然不解，她忘了自己撒的谎。

“您好哇！”别兹包罗奇柯故意向寡妇行一个九十度的鞠躬礼，“还问哩！你的那个长舌姑妈在哪儿啊？”

“哦……那是我蓦地醒来随口说的……”玛芙拉支吾着点起一盏油灯。

“你难道已经睡着？”别兹包罗奇柯带着不相信的神气斜眼看看玛芙拉，又看看灯台。

“刚睡着。谁打来的电报？什么人会想起我来？”

“嘻，”别兹包罗奇柯企图以嬉皮笑脸掩饰窘态，“你很想知道吗？”

“不能说很想，因为如今无论信或是电报都不会带来什么好消息。”她小心地把晃晃悠悠的灯火放到炉口，“到底谁打来的电报？”

别兹包罗奇柯笑了起来。

“玛芙拉，这是我在门外信口说的，谁教你用你的姑妈把我吓得半死？我总得找一个借口下台啊……”

“信口说的?!”玛芙拉在炉旁呆若木鸡，嘴角的皱纹怪可怜地牵动起来，但它们被强烈的愤慨冲散了，她几乎握着拳头扑向这位夤夜来客，“滚，快从这儿滚开，你这个可恶的东西。把人家的心都捣碎了还乐哩！滚，下流坯！”

“你怎么啦，亲爱的？说实在的，莫非你在这日夜交接时分给鬼迷了不成？”别兹包罗奇柯全身被一股阴森森的寒气所渗透，幽会的快乐还没稳住就已经飞到九霄云外。

“滚出去，狗东西，我要叫人了！”寡妇推着、哭着把别兹包罗奇柯往外赶。

“你清醒一下，玛芙拉，清醒一下！难道你疯了不成？！说实在的，我不是为你好吗？我喜欢你呀。”他气喘吁吁地在门口站住，想搂抱那女人，但她拼命打他的手，一边哭，一边骂，她的叫喊声真有可能被人家听见。“今儿个你中了什么邪？”

寡妇把门打开。

“不要让我再看见你，王八蛋！还说为我好，喜欢我，让魔鬼去喜欢你吧！”

“你骂什么街呀，疯婆娘！说实在的，你就不能小点儿声？”他向寡妇轻轻叱喝一下，憋着一肚子的气把门訇然关上，走的时候还听见背后传来悲切切的哭声。

吁，真倒霉！几分钟以前，他还为自己想出送电报这条妙计乐得简直手舞足蹈，可现在却用最坏的字眼咒骂这个主意：他的好事全坏在这该死的电报上。理论家们说得对：生活中没有固定不变的事物——一切都在运动，一切都在变化，娘儿们尤其如此。

被这些思绪弄得沮丧万分的别兹包罗奇柯，循着弯弯曲曲的僻巷小道往家里走，心中仍念念不忘那个任性的、如此不客气地把他撵走的寡妇。假如时光不是那么晚的话，还可以马上回到她那里去，用温存的话安慰她——女人就爱这样，对我们的态度也会随之改变。也许，她把他撵出来正是为了更强烈地吸引他？这也是女人的一种战略。

附近有一只公鸡嘶哑地啼将起来，随后抖动翅膀，紧接着，另一只公鸡在稍远一点的地方应声而啼，并且也抖抖翅膀，仿佛以此把凌晨和深夜区分开来。别兹包罗奇柯愣了一下：难道已经过了半夜？

“咳，跑了这么多路，只讨得一场没趣。现在但愿玛利娅不要醒过来。”

但是，丈夫希望向东，妻子偏偏往西。安东刚跨进门槛，嗅到一阵风干苹果的香味，玛利娅已经发出“哼”的一声，就像凿子在他后脑勺上戳了一下：

“今天回来怎么这样早哇？离天明还远着哩！”

“这种愚蠢的话我已经听过不止一回。你还是想一点新花样出来换换口味，或者说‘鸡都快啼啦’。”

“哦，亲爱的，你忙得连鸡已经啼过也没听见？”玛利娅甜腻腻的声音里头锋芒毕露。

“已经啼过了吗？”他佯作惊异，“我真的没听见。说实在的，如今村里的公鸡就那么几只，扳指头也数得清。”

“敢情，如今男人的姘头也比公鸡多，”玛利娅有意无意地漏出这么一句，接着又把刚才的文章做下去，“也许你会说，你是在马棚里吧？”

“当然在马棚里。”

“可是后来又去亲了哪家的闩鼻？”

“你别唠叨什么公鸡、闩鼻惹我心烦！鬼知道你在胡说些什么！”别兹包罗奇柯假装发脾气，其实他这一惊非同小可：说不定真的给妻子看出了什么破绽！可是她究竟知道什么呢？要是全知道了，她一定像背书那样一口气统统说出来。现在她只是在旁敲侧击，诱他露马脚。在这方面她有她的策略！看来，乘现在还没失风，必须收缩活动范围。“你还是给我开晚饭吧。”

“难道一处也没人招待你吃晚饭？”玛利娅又假惺惺地问道。其实她妒火中烧，一触即发。

“我本来早吃了，因为心里惦着你，所以插上翅膀赶紧飞回来。”

“谢天谢地，我的好丈夫总算这一回叫我开了心花，也没有在路上折断翅膀。”玛利娅恶毒地挖苦他。

安东终于忍无可忍。他下决心快刀斩乱麻。他脸上糅合着轻蔑、情虚的神色和苦苦思索的痕迹，开始用威胁的口吻说话：

“我白天黑夜不合眼，动脑筋——眼看春耕就要开始，而马儿都快饿死——可是你光知道吃醋撒娇。你要是再敢提一个字儿，我就把所有的坛坛罐罐摔一个稀烂。”

“该死的冤家！”

玛利娅知道丈夫的脾性，吓得连忙从床上跳下来，点亮了灯，把炉叉弄得震天价响，她从炉子里往外扒的简直不是瓦罐，而是春雷。

“说实在的，这才像话，”别兹包罗奇柯勉强敛住笑容暗暗自语，“怎么样，看谁拗得过谁？只要她稍许再多摸到一点底，她决不会像被开水烫着一般往炉前跑。我们早把你们看透了！”他绷着脸脱去大衣，漫不经心地扔在还透出冷气的一袋风干苹果上——大概是天黑了才拿进屋里来的——这才向妻子发出“啧”的一声，说：

“干吗光着脚？血气可真旺！”

玛利娅狠狠地瞪了他一眼，正想反唇相讥，说唯独她的宝贝丈夫到哪儿也不会留下一点儿温暖[①]；但她改变了主意，把一只钵子搡到他鼻子前面，咬牙切齿地说：

“拿去吃吧！”

“你要不要也来一点？”

“我等早饭时吃，反正天都快亮啦。”她光着脚回到床上去。

“随你的便，只要天明以前不把你饿瘦就好。”他说，心中暗暗在庆祝胜利，甚至在他躺下睡觉的时候情绪仍然很好。

但是，到了早晨，妻子终于向他显示狂暴的性情。

每个人都有自己的嗜好或怪癖。别兹包罗奇柯在亚当的后裔中也不例外。去年春天，他腰部受过一点轻伤，这使他的身价在自己和游击队员们的心目中都有所提高。森林英雄们不计较别兹包罗奇柯是当

---

① 隐喻冷血薄情。

胜利已经在望的时候才参加游击队的。这伤还使他得到政府的嘉奖——一枚奖章。为什么不吹嘘自己的光荣？于是别兹包罗奇柯一有机会便有意无意地在谈话中插进这么一段：

“说实在的，我们是从大风大浪里头熬过来的，知道什么叫做真正的苦日子，那时候队长牺牲了，我又受了伤。”

或者：

“那时我躺在春水也似的血泊里。至今我还不大相信自己竟然还能活着。”

他甚至惋惜伤口愈合得太快了——担心人们会因此减少对他的尊敬。于是他就想出一个拖延复原的办法。乡亲们曾数次对他的身体机能异乎寻常感到奇怪，他自己也常在人前表示不解：有什么法子呢——天生的特性改变不了，医学对它无能为力。

比方今天早晨，乘各队队长聚集在主席家门口的机会，他就隔着半开的门向正在院子里忙碌的玛利娅喊道：

“老太婆，你在哪儿？快给我拿绷带来包扎伤口。”

“还包扎什么?！”妻子放肆地顶他，“这道疤要包扎到几时？对它抬举得还不够吗？”

院子里骤然间鸦雀无声，接着爆发出轰雷一般的大笑。别兹包罗奇柯意想不到会出这样的洋相，差点儿昏倒，他的面孔活像在酸辣椒水里泡了三天三夜。一张笨嘴的舌尖才这么一舔，就能把一个人的功劳舔得干干净净。

“好哇，科诺托普[1]的妖婆，你过来！我非把你聪明绝顶的脑瓜上的头发拔一个精光不可，就像捋死鸡的毛一个样！我要给你砍一道这样的伤疤，管教你疼得把舌头嚼作两截！”别兹包罗奇柯心里这样说着，在狂怒中握紧两个拳头。

玛利娅听到队长们的笑声，大吃一惊，知道闹了大笑话，马上巧妙地掉转话头：

---

① 乌克兰东北部一小城市，属苏麦省。大概玛利娅原籍该处。

“安东，我来给你往伤口上搽碘酒。你听我的话，不用绷带也行。”她瞪出眼珠，面孔涨红，手脚麻利，裙裾在风中飘动，人飞也似的奔进屋里去，故意不把门关好；她嘭的一声放下挤奶桶，好像要把它钉到地里去，然后拉直嗓门——好让外面的人全听见——装腔作势地说，“真要命，碘酒又不见啦！我把它搁到哪儿去了？”

“你总是把东西乱放，臭嘴婆娘！看看小柜子里有没有。”别兹包罗奇柯憋着满腹委屈拖长调子说，不过，由于妻子随机应变，他稍觉宽心。

“对，果然在小柜子里！”玛利娅从窗台上拿起一只小瓶，向门那边瞟了一眼。“把衬衫撩起来！”她眼睛不看丈夫，重又把碘酒放在窗台上。

不，他的妻子还没有完全变成妖婆。只要把她的舌头截去一半，再滤去一些醋劲，还能够恢复人形！但无论她怎样将功折罪，管教管教仍有必要。

把工作向队长们交代完毕以后，他本想着手管教，但是托陀赫·马穆拉恰恰在这时候来到。玛利娅素常对这位庶务主任恨得要命，现在却殷勤地摆出早餐，自己匆匆忙忙穿戴起来，在镜前转一个身，就到邻村去看她有一年多没去看过的妹妹。嘿，一下子想起走亲戚来了！由她去吧！她走了也能招待客人。

喝完第一杯酒，别兹包罗奇柯问马穆拉：

“路上怎么样？”

“路上挺好，事情办得挺稳当，”马穆拉满不在乎地回答，一边努动磨盘似的牙床：连骨头在他的牙床之间也能像谷粒一样被磨得粉碎。

“都脱手啦？”

“不留半点痕迹，万无一失，即使把派出所长叫来我也不怕。”马穆拉带着得意的狞笑，用指头很短的一只手掌摸摸自己脂肪肥厚的脑勺。

“没碰见什么人吧？”

“半个也没有。”

“这样就好。”

“我宁可多辛苦些，绕了很多路，差点儿没把两匹马累死。”

“卖了多少钱？”

“六千卢布！”马穆拉从口袋里取出几叠钞票扔在桌上。

别兹包罗奇柯用怀疑的眼光看看桌上的货款，这些钞票在放到这张桌子上来以前，显然不止在一个秘密地方藏过。

“六千？价钱没卖贱吧？”这句问话包含着另外一个问题：你是不是在耍花招？

“没贱卖。买主也知道：夜里运来的货价钱便宜些。”

“那就这样吧，”别兹包罗奇柯点点头，“现在说实在的：给沙伏拉一千，你拿两千，余下的归我。”

马穆拉皱了一下眉头。

“给沙伏拉五百尽够了。”

“嗳，不，干这种事情小气不得。何必弄得自己人瞧着自己人眼红。让他也花一点。”主席为仓库保管员仗义执言。

“您真是当部长的大材！”马穆拉笑着喝一口土烧。

但今天他的恭维话也不能使别兹包罗奇柯开心。

“你说我是当部长的材料？”他把一双带着阴影的灰眼睛一闪，“那么你呢？”

“我怎么能跟您比，”马穆拉觉得势头不对，于是轻轻地问，“您有什么烦心事儿？”

看别兹包罗奇柯的脸色的确心事重重。

“托陀赫，牲口的问题得想想办法。我正为这件事儿坐立不安。”

“上面饲料不配下来，有什么办法？我们写的报告难道还少吗？”

“报告喂不饱牲口。偏偏这时候又来了个马尔柯·别斯梅尔特内。他要是在马的事情上做起文章来，你我都得滚蛋。说实在的，这桩事情非动动脑筋不可。你也知道马尔柯是怎么个人。”

“谁不知道？”庶务主任的南瓜脸蒙上一层阴影，“昨天有些人已经上他那儿朝拜去啦。他们在那里已经把我们当作面团揉了一通。”

别兹包罗奇柯紧锁双眉，说：

“可要小心别让烤成面包。我们的农庄虽然穷，丢了它，我们的日子更难过。”

“那还用说？……”马穆拉甚至推开了酒杯，“想不到这家伙会拄着拐杖回来。现在人们就像听使徒传福音那样上他那儿去。”

两个人想着同一件事情，沉默了好久。

“也许可以去找一趟基塞尔同志，顺便送一头小猪给他，请他拨一部分饲料……”马穆拉过了半晌才谨慎地提出建议。

“这也可以试试，眼前先发动后备力量——向人们去借。今天就办！不管甜菜、土豆还是干草，弄到多少算多少。不过所有的东西都得开借条：等地里长出东西来归还。”

“拿了再说，还的事情我可不操心。”托陀赫露出无赖的本性。

“这种话可不准你向旁人随便乱说！”别兹包罗奇柯不悦地皱皱眉头，“铸犁修犁的事你抓一下，别让我们的铧犁下地开耕落在报表的末尾。铁现在有的是——战争到处扔下不少钢铁。应当多少留一点储备。你啊，既不从实际上，也不从理论上考虑问题。目前主要的问题是马和其他的牲口。只要挨到春耕播种就好。”

“过一个钟头我就到村里挨户去走，总能搞出点儿眉目来。要不要去看看别斯梅尔特内？”

“去看看也好，探一探他的口气。不过别忘了嚼一点干茶叶解去嘴里的土烧味，马尔柯挑岔子的本领一等。”

“什么鬼把他从这场战争中拉了回来。打一阵子仗倒不坏，又有勋章，又有荣誉。”

马穆拉道出了别兹包罗奇柯心里想的话，然后把钞票塞到怀里，走出屋子。院子里的雪反射着从云层后面筛下的阳光。两匹马举起脑袋，它们蓝色的大眼睛好似图画的背景，太阳的光影就在这背景上晃了一下，照出了缩小到一颗雨点那么大的马穆拉的尊容。

第八章

马尔柯醒来的时候，烟雾腾腾的窑洞里既不见母亲，也不见赫维其柯，只有小野兔在放常胜乔治神像的小桶旁边窸窸窣窣，它自己也害怕这声响。烟雾如同晨曦缥缈，从开着的门里散出去，而迎着烟雾射进来的光尘给人的感觉仿佛已经到了苹果花凋谢的季节。一滴水从窑洞顶上掉下来，正好落到他脸上，把残余的睡意一扫而光。

“在妈妈身边睡觉也香，好像回到了童年时代。”马尔柯在想，并对自己没有看到日出表示惊讶。即使在医院里，服了安眠药，他仍然差不多每天黎明就醒。可今天一下子在母亲和赫维其柯面前出了丑。不知他们在做什么?

门外传来公鸡高声的啼叫，还有斧头的橐橐声和木头被劈开的炸裂声，后来，好像有人走到院子里说话，那是别兹包罗奇柯的声音：

“早上好，甘娜大婶。您的身子骨怎么样？”

“我们就靠你的福挣工分过日子。”母亲不客气地回答。

“近来您怎么变成这样？”别兹包罗奇柯觉得奇怪。

“可你倒是一直就这样。”

“是吗？”

“你自己想想吧：整整一年里头，你哪有过一回像今天这样，到我跟前问问身体可好？”

“这倒想不起来。你们人多，而我只有一个。要是有什么不到的地方，请您原谅……恭喜您，儿子回来啦。”

“谢谢。”

“光说一声‘谢谢’就算了吗？……昨天您就该叫我来谈谈。”

“你干吗自己不来？我的家离你府上又不远，不过你的宫殿造在地面上，而我的家却正在往地底下愈陷愈深。”

“不久您的家也会从地下浮起来。马尔柯是个好当家！说实在的，我们能帮忙的地方帮一把，他自己再想想办法，这样你们就能钻出这个鬼地方。”别兹包罗奇柯似乎说得很中肯，对于母亲的话他好像并不见怪，而关于帮忙的暗示更使母亲的心软了下来。

“木料问题得帮助解决。”母亲讲究实际，她开始提出困难。

“一定帮忙，只要弄成一张证明就行，您放心。我们知道该怎么办！”

“狐狸永远是狐狸。你瞧他那种媚态。”马尔柯听着门外的谈话暗暗好笑。

“我听说，您儿子的身体不大好？”别兹包罗奇柯继续采用软的一手。

“是啊，安东。他挨过炮弹，又挨过狠心肠的大夫们的刀。”

“这是难免的——战争终究是战争，不被戳几个窟窿很少有人能从战场上回来。”现在从他表示同情的话里隐约透露出幸灾乐祸的点滴真情，犹如露珠在蜘蛛网上滚动。

马尔柯明白安东的心思；他先是奇怪，继而愤慨地想：

“你希望我残废以后不再妨碍你。你高兴得未免太早了。”

“儿子是不是受到嘉奖挂着勋章回来的？”别兹包罗奇柯在问。

“不知道，没看到。”

“哎呀，甘娜大婶！这您怎么能不看到?！”别兹包罗奇柯惊叫起来，“难道他的军便服上就没有亮闪闪、响叮当的玩意儿？”

“我没留意。这可怜的孩子，我光顾看他的人还来不及。”母亲的声音低沉了些。

“连一枚奖章都没看到吗？”别兹包罗奇柯故意大惊小怪。

“奖章也没看到。”母亲似乎感到窘迫，但旋即生气地说，“安东，干吗你这样关心别人的奖章？”

“不过顺便问问罢了，”他抑制着语气中的喜悦，“不管怎样，我和马尔柯是老朋友，所以想知道……好吧，我走啦，甘娜大婶。”

“不到我们宫殿里坐一会吗，老朋友？”

“过些时候来坐，现在没空——说实在的，工作老是做不完，一天才过去，一天又接上，头也没工夫抬一抬。您也知道，全村的担子都在我肩膀上。代我向马尔柯问候，祝他早日恢复健康，开头一个时期劝他别太累着，我知道他是闲不住的。”最后他还假仁假义地说，但掩饰不住由衷的高兴。

“他对褒奖的问题这样感兴趣，出发点究竟是什么？是不是他自己得到的不多？怪不得他这样高兴……”马尔柯猜透了真相。

母亲气鼓鼓地抱着一捆枯枝走进窑洞。看见儿子醒了，她立刻笑逐颜开地问：

“睡得好吗，马尔柯？”

“哪儿还能比在亲娘身边更好！”

“刚才我在屋子里弄得浓烟滚滚，简直能教人呛死。”她把门掩上，“别兹包罗奇柯来过了，他问起你。要不要帮你洗脸？”

“我自己来。”他拄着一根拐杖跳到水桶前面，母亲心疼地看着那条残废的腿，嘴里念念有词地向它咄呐起来。

“妈妈，您在咄呐什么？”

“没什么，老了总是这样，人到了我这样的年龄，自己跟自己也会说话。马尔柯，你参加过多次战役，又伤成这样，有没有得到过一枚奖章什么的？”她不好意思地看着儿子的眼睛问。

“您问这做什么？”马尔柯笑了起来，假装没听见她跟别兹包罗奇柯的谈话。

“随便问问。你即使没有奖章也是我的好儿子。”在嘉奖的问题上母亲再也不提一个字儿。但她心中闷闷不乐：看来，荣誉又没轮到儿子，他已经不止一次遭到这样的待遇。要是各种各样的炮弹他挨到的少些，也许反而能得到较多的嘉奖。

洗罢脸，马尔柯来到院子里。早晨的阳光和清新的空气立刻把他围住。空气里的霜用几乎看不见的线织着密密麻麻的花样。必须对着晨光向空中仔细地瞧，才能发现繁霜慷慨地散成无数晶亮的小雪花，在周围形成一场悄然无声的金色暴风雪。是的，这是一场真正的、虽然不同寻常的暴风雪，它循着自己的道路和漩涡飞舞着，令人眼花缭乱。马尔柯一边欣赏，一边感到惊讶，他过去从来没有想到，极其普通的霜花在阳光的衬托下竟能创造出这样的奇景。

随后，马尔柯开始察看村庄。村里壅塞着肉瘤似的土窑和墓碑似的炉子，但瓦砾场上已经堆放着木头，这里那里正在竖起蜡一样黄颜色的屋架，而在小桥那边的断垣残壁之间，看得见一座漂亮的大房子，还有一些簇拥着它的附属建筑。

“这大概就是别兹包罗奇柯的住宅。他用谁的钱为自己盖这样的房屋？凭什么资格？”

当初，马尔柯曾多次幻想，将来让一座座天鹅一般洁白的新房子分布在绿树成荫的花园里，使人们有适当的地方休息，招待客人，教育孩子。我们这里有的是盖这等房子的黏土，能教富农的宅院相形之下显得寒伧可怜！这一定能办到！但是他想首先直接瞄准骗子手在满目疮痍的环境中盖起来的宅院，向它开火。

附近不知什么东西嗞嗞地响了起来，马尔柯打了一个寒战，但马上就明白这不是迫击炮弹：那是扩音喇叭响起一阵杂声以后开始播音。马尔柯走过去听新闻广播。

“别走得太快，马尔柯！欢迎你回来！”马尔柯听到一阵熟悉的轻笑。

表面上笑容可掬、心底里非常恼火的别兹包罗奇柯大模大样地向马尔柯走过来。安东是个身材匀称的人，不高也不矮，你见过一面就会记住他。在他下巴颏线条笔直的狭长脸盘上隆起一个尖端分叉的大鼻子，一双灰暗无神的眼珠在眼窝里陷得很深，眼睛上面金黄色的眉檐按前额凸出的弧度呈曲折状。他的嘴唇肥厚，滋润，据说这种嘴唇适宜于接吻或在教堂里吹灭蜡烛。可是一对招风大耳长得不好：显然，它们在扩大的同时也拉长和变薄了，所以阳光好像隔着粉红色的玻璃从他耳朵后面射过来。

马尔柯犀利的目光一下子扫遍别兹包罗奇柯把好发号施令和昏昏欲睡这两种神态奇妙地结合在一起的面孔，以及他自命不凡的仪表，后来忽然在极度惊愕中倒退几步，蓦地纵声大笑，笑得他拄着拐杖前倾后仰。

别兹包罗奇柯茫无所措，他斜眼看看自己，再看看连礼也不回的马尔柯，耸耸肩膀，扮起不悦的面孔静观事态的发展。最后，直到马尔柯乌黑的睫毛上笑出了眼泪，安东这才脸带困惑的冷笑，噘着肥厚的嘴唇，开言道：

“说实在的，没想到老朋友见面的情景会是这样。你连一声‘好’也没道，就忙着取笑。你早饭吃了什么东西觉得这样可笑？”

“不，安东，”马尔柯忍住笑声和眼泪回答，“我是空着肚子发笑。”

别兹包罗奇柯狭长的腮帮上现出冷淡、不悦的强笑，分叉的鼻尖颜色变红。

“什么事情叫你这样高兴？”

“不是高兴，是惊奇：这时节你身上哪来的蛆虫？”

“你说什么?！蛆虫?！”别兹包罗奇柯大吃一惊，他也从马尔柯身边退后几步，心想这家伙莫非数度重伤以致神经发生了错乱，“你也太会挖苦人了，我不懂你的意思。这时节积雪还堆着，哪来的蛆虫？”

“这正是我要问你的话。你好好看看自己的大衣。”

别兹包罗奇柯以防万一起见又倒退两步，然后向自己的大衣看看，这一看可把他吓坏了：三条头部呈肉红色的小蛆虫在他平时不大穿的大衣上扭曲蠕动，样子实在教人恶心，别兹包罗奇柯浑身起了鸡皮疙瘩。

“哪儿来的这鬼东西？”他简直不敢用手去碰，怕它们是从坟墓里爬出来的。

马尔柯懂了，就安慰他说：

“这是果心虫。”

“果心虫？不可能。”

“你仔细瞧瞧。”

别兹包罗奇柯稍稍定下神来细看那些蛆虫，然后把它们从大衣上掸去，嘴里喃喃自语：

“说实在的，这虫到底是哪儿来的？”

“你有没有把风干苹果从冷空气中搬进屋里去？”

“我老婆搬进来的！”别兹包罗奇柯恍然大悟，“夜里我把大衣扔在袋子上，它们这才活动起来了。”

“是的，活动起来了。它们呆在你的宫殿里挺舒服——在那里嗅到了春天的气味。”

“开头你可真把我吓了一跳。我到现在膝头还哆嗦。”别兹包罗奇柯宽心地一笑。

“安东，我们俩老是这样：不是我吓唬你，就是你吓唬我。”马尔柯笑道。

“这都是战前的事情，早已经过去了，”别兹包罗奇柯甚至把手一甩，似乎表示他们之间过去的一切误会已告冰释，分歧永远消除，“如今人们学会了珍惜生活和友谊。说实在的，经过这一场战争，我想我们俩也变聪明了，我们之间不再会发生冲突和争吵。当我负了伤躺在医院里的时候，曾多次在脑海中回忆往事，多次想到了你，回想过去鬼知道为了什么我们老是势不两立，我决定从此了却这桩公案。”

“你下了决心？”马尔柯大为惊讶，甚至感到高兴：也许别兹包罗奇柯果真打算改变他那骄横的性格。要是这样的话，应当帮助他弃邪归正。

“我下了决心。”安东用诚恳的眼光看看马尔柯，“并且向你道歉——当初我因为恨你，在姑娘问题以及旁的一些问题上都给你添过烦恼，”别兹包罗奇柯压低嗓门说，“过去因为糊涂，我老是想在这件或那件事情上走在你前头。后来负了伤，我想通了：人生几何，何必斤斤较量……你以为如今我愿意在这样荒凉颓败的环境里当农庄主席？这份差使是硬派到我头上来的，现在听到一些冷言冷语真教人泄气。事情实在难办，要什么没什么。第一是困难，第二是困难，第三还是困难。”

马尔柯越听越不对头：这是别兹包罗奇柯的老调，他一贯强调困难：又是作物生长困难，又是五年计划困难，又是农村落后困难。现在又把一切归咎于战争带来的困难。

“那么你的大宅院也是靠困难盖起来的吗？”他向别兹包罗奇柯的房屋投了一瞥。

“瞧，连你也冷言冷语刺我。”

“你这样大兴土木不是时候，所以招来冷言冷语。”

“老弟，这毫无理由。在这方面你考虑得欠周到，”别兹包罗奇柯居然振振有词，“如果把眼光放远一点考虑问题，对于我或者别人——当然指有条件的人——来说，一桩事情何必分几次做？比方说，我先为自己盖一所普普通通的小土房，可是过几年又得把它拆去重盖。与其那样，何不一下子盖得像个样子，安度自己有限的一辈子，也给人们做个榜样：让有条件的尽可能搞得像样一点，让人们现在就向较高的目标努力。‘给茅屋以和平，把战书抛向宫廷’——这口号已经过时。现在必须向茅屋宣战，盖像样的房屋。”

“你的高调虽然动听，可是唱得早了一些，”马尔柯听了主席这番谬论，连连摇头，“现在起码应当争取做到不使人们跟蚯蚓、蛤蟆一起住在发霉的环境里。你还是先向窑洞宣战吧。”

“这是你的想法，而我有另一种想法，不知道真理在哪一边。”

“你可以去问问人们，也许真理就在他们的窑洞附近。”

“那里只有一个苦字。”别兹包罗奇柯也紧锁双眉。

“那总得想办法把苦根砸碎才对。种子准备好了没有？”

“哪里！谷仓里空空如也。”

“为什么？”

“去年秋天就为了对付各种计划交出去一半。”

“那用什么下种？”

“有什么就种什么，此外只好等国家拨下来。”

“要是不给呢？”

别兹包罗奇柯把双手摊开。

“老弟，我可不是上帝，无法回答这样的问题。既然我们支援国家，国家也要照顾我们……这不是头一回。”他的口气很硬，知道在这方面别人奈何他不得。

“牲口粪开始往地里运了吗？”

“没法运……马儿站也站不稳。”

马尔柯狠狠地瞪了别兹包罗奇柯一眼。

“马穆拉夜里运纤维的那两匹马是不是也站不稳？”

“马穆拉?！你也看见了？”别兹包罗奇柯不留神冲口说出，他眼睛里又露出冷淡的表情。

“既然问到，当然看见了。”

“什么也瞒不过你的眼睛，”别兹包罗奇柯慢腾腾地说，语气已经恢复镇静，“买饲料需要花钱，所以我派他把短麻运出去卖掉。”

“干吗要在夜里偷偷摸摸去卖？”

“嗳，这里头有讲究：夜里麻的分量重，白天干燥，分量就轻，”别兹包罗奇柯露出得意的笑容，“你大概站得累了吧？好，祝你健康，马尔柯，有空来串门。要是准备盖房子——我们一定帮忙。一定。对于军人我们无不全力照顾。”

和马尔柯分手以后，别兹包罗奇柯赶紧去找庶务主任。马穆拉恰巧准备同仓库保管员沙伏拉——他胖得像一口猪——一起去向庄员们求乞。别兹包罗奇柯见面就对两个心腹助手当头浇下一瓢冷水。

“伙计们，把今天的货款呕出来！”

“什么货款？”沙伏拉莫名其妙。他的一双鼠目以及徒然想从花白、灰蓝、焦黄的胡槎丛中挺起来的鼻子也为之愕然。

“你的一份难道没拿到？”别兹包罗奇柯轻声问。

“一千卢布？”

“对。”

“干吗要呕出来？”托陀赫·马穆拉着了慌，脸上的肌肉也好像一下子萎缩了，“给民警局知道了吗？我办事情从来不带伙伴，不让旁人看见。”

“有人看见啦——马尔柯·别斯梅尔特内！”别兹包罗奇柯咬牙切齿地说，“他的拐杖已经敲到我们头上，他应该用这东西去敲地狱的门！”

“新生活开始了。”沙伏拉哭丧着脸，向蓬蓬松松的胡槎丛中抛出一串詈骂。

第九章

早晨和晚上的道路都蕴蓄着秘密、期待和怅惘。每当你动身他往的时候，道路在你眼前展开，等于穿过你的心灵，把它笼罩在希望之中，一匝一匝地捯开往事的线团。

旷野上蓝悠悠的薄雾具有某种不可思议的魅力，从童年时代起就使你激动，向你召唤。直到死去为止，你总觉得在这薄雾后面，在朦胧的远方，打开着你一生中最美好的一页，在以露水丰润的柞树林或开满蓝花的牧草地为背景的图画里，隐藏着甚至文艺复兴时代的天才们也没梦见过的洞天福地，也许，你的幸福正在那边踩着朝露或晚露迎着你匆匆赶来。

早晨和晚上的道路永远使斯捷芭尼达激动，正如晨星和晚星、灰蓝色的朝露和嫩红色的晚露使她激动一样。

也许有人认为，露水有什么了不起？可是对于一个出身农家，尤其是性好幻想的孩子来说，这是一天迷人的开始，它在你面前展开一片晶莹闪光、分不清现实与童话界限的绿色大地；这是最可珍贵的回忆：小时候你在屋里醒来，听父亲在宽广的谷地里挥动长柄镰刀砍断黑夜的锁链，看浅蓝眼睛的朝霞得到解放；这使你联想起怕羞胆怯、泪痕满面、头戴节日束箍的野菊花，联想起你自己也和野菊花一样，穿着白色的小布拉吉，愉快地在草地上走，去给刈者送早饭时的喜悦；这使你联想起天际一抹珍珠色泽的黎明时分，那时你把残留的一部分露浥的白头黑麦连同野生的天竺葵一齐割下，或把松脆的大麦扒在一起，怀着希望看看大人们：我哪点儿不像一把帮手？这使你联想起那几个盼望已久而又令人不安的圣洁的夜晚，那时有一个人坐在你身旁，他用自己的手握着你的手，可是说不出一句话来，而你等待着，却又怕听只有在相爱的时刻才能产生的这一句话。

“这难道也有过吗？也许这仅仅是在这里寒冷的钟楼上做的一场梦吧？”斯捷芭尼达猛抬起头来，告别沉默、冰冷、勾起她对往事许多回忆的节日大钟，告别学校的废墟，她的青年时代有一年曾经像一只羽毛还是湿漉漉的幼鸟在这里飞过。她忧郁地眺望着远方：那里，珠母色的早晨正在紧张地渐渐变成红色，从地平线下推出一轮蒙着雾纱的旭日。

“你想起什么来着，姊姊？你在为什么事情不安？”格里高里·斯特拉东诺维奇笑问，他的眼睛温柔可爱，如同草地上露水未干的铃铛花。还在少年时代，她就非常希望有这样一双眼睛！

“你要这样的眼睛干吗？急着找婆家吗？”当时格里高里曾经笑她。

“蠢东西，”她红着脸说，“你懂得什么？”

“多少懂得一点，只是我怎么也猜不透：你用锦葵搽腮帮做什么？”他用一双亮闪闪的宝石眼睛凝视着她问。

过去了不知多少年，经历了不知多少事，她的格里高里不知多少次面对着死亡，也不知多少次他自己用死亡惩罚别人，可是他的眼睛依然和小时候一样。如果一个人问心无愧，如果没有任何阴影搅混、冲淡他的眼睛的光彩，这是非常了不起的事情。有一回斯捷芭尼达还问过他：

“格里高里，你做不做噩梦？……有没有梦见被杀死的人。”

他顿时面露不悦之色，目光带着责备的意味向她看了一下。

“你怎么问起这个来，姊姊？……播种黑麦、手里拿着锤子或书本的人不善于吹嘘自己杀过多少人。我们迫不得已才用死亡去赶走死亡。但如果你想知道，我可以告诉你：没有任何人来扰乱我的好梦，因为我消灭的是邪恶，是祖国的敌人。也仅仅是敌人！……我看得出来，你也像某些资产阶级理论家那样，在探索斯拉夫灵魂的秘密……”

“你真是我的亲人，亲爱的，”她轻轻地说，嘴唇几乎不动，一边欣赏着义弟气概英武、然而仍旧像孩子般天真无邪的脸庞。她非常爱他，恐怕亲姊姊也不能爱得更甚。为了格里高里，她妒忌卡捷琳娜——虽然这是不好的——并且为他被这样一个家庭拖累而发愁。难道他不能给自己找一个姑娘吗？

是的，她不像格里高里那样胸襟宽广，绝不肯嫁给一个有五个小孩的鳏夫。即使肯嫁，一定是出于对孩子的怜悯，无论如何不会把一片心全贴在丈夫身上，如同格里高里对卡捷琳娜那样……

“她长得不错，可以说相当美，可我还是为弟弟惋惜。”她心中固执地坚持自己的看法。

格里高里·斯特拉东诺维奇望着姊姊，重又对她的一双带着两小点忧郁的清秋日光的眼睛感到惊讶。这不是战争，而是受到伤害的母性使你的眼睛带着秋日的凄凉。不管生活搞成了什么样，姊姊，你必须得有孩子。于是他把一往情深的目光移到卡捷琳娜身上，她是那么合你的理想，那么激动着你，使你既想紧挨着她——你最亲爱的人——又想把她作为一个女人加以抚爱。

大路上响起了汽车的喇叭声。

“带你的车来了！……”格里高里很有把握地说，他向前走去，按小学生提问的姿势举起一只手。

一辆气喘吁吁的“斯蒂倍克”靠路边停下，头发花白、额上扎着绷带的司机简短地问：

“上哪儿？”

“杜布罗瓦。”

“是个好村庄。在什么地方？”

斯捷芭尼达说了。

“上来吧，顺路的。没有旁的东西？”他用眼锋指指一只小小的手提箱。

“对。”

“那儿能不能弄到喝的？”[1]

“少不了。”格里高里回答。

“那就行啦。”司机满意地说着，露出会心的微笑。

斯捷芭尼达匆匆吻别卡捷琳娜，在弟弟怀里缩了一下鼻子，由他扶着坐进驾驶室。

“要不要代你向马尔柯·特罗希莫维奇问好？”临别时格里高里悄悄地问。

“哦，你别胡来！我请求你，我恳求你半句也不要提到我。听见没有？”

“你们女人真古怪。老是躲躲闪闪。”

“你能不能向我保证？”

“保证不提就是。你好像有什么事情瞒着我？”

“又缠上了！”

“好，不缠，不缠，”格里高里随和地笑着，“常写信，常来玩。”

“夏天我再来。”

汽车开动了，道路一晃，心中的痛楚和回忆也随之而被触动。在跟身受重创的村庄告别时，斯捷芭尼达始终巴巴地望着村道小巷，看有没有一个拄着拐杖的熟悉的身影出现。但她没看到马尔柯·别斯梅尔特内，却看到安东·别兹包罗奇柯在自己的宅院旁。他像往事的魅影在她眼前一晃，重又翻到她的经历中不堪回首的一页上。

当年她来到这里的时候是一位年纪很轻的女教师。村庄在阳光和游丝中眯着眼睛欢迎她。从骑兵部队退伍的两匹露着伤疤的长胫马，把初秋干燥的地面蹬得琤琤响，在地上留下蓝幽幽的半月形蹄痕。

她凝神注视陌生的村道，察看不寻常的篱笆——它们有的像湍流

---

① 索取酒钱的委婉说法。

中的波浪起伏不平，有的用红柳条编出完美的花纹令人赞叹。

“只有真正的大师才能用一些树枝创造这样的奇迹。”当时她这样想着问车老板：

“你们从哪儿弄来这么多红柳？”

“从契丹湖。”车老板回答时没有从嘴里取下齿痕很深的烟斗。

这个地名在心里激起了愉快的回响：在她面前展现着既远且广的新天地，在尚未认识它以前，这个天地神秘地吸引着她。她觉得，这个沐浴在麦捆、向日葵和苹果的暖香中的村庄，它的农舍、街道，都在向自己靠近。

这里的苹果树差不多把枝条伸到生命从那里开始的每一户人家，也无忧无虑地站立在生命到那里告终的教堂坟场上……

学校的看门人只有一条腿，胡须丛中闯进一只蜜蜂，他带着不相信的神气把她的证件看了半天，根据年龄核对她的相貌，然后以很难确定是指摘还是称赞的口气说：

“真看不出，才这么大，可已经是位教师小姐。”

由于阶级自尊心受到伤害，她气得脸红眼黑，毫不妥协地向这个像一架两翼风车似的瘦高个儿发动猛攻：

“教师就是教师，不是小姐！永远不准您对我使用这样讨厌的称呼！听见没有，永远不准您叫！要不！……”她举起两个小小的拳头。

看门人扮着一副喜鹊的嘴脸挺滑稽地看看这对拳头，不但不发怒，反而和气地呵呵大笑。

“我们会不会煽起一场叫全世界资产阶级倒霉的大火灾？我看很可能！我看得出，您好斗成性，像只小椋鸟。”他抬头看看钉在一棵枝条低垂的白桦树上的椋鸟棚。

“您挑剔成性，就像……”她气得一时找不到恰当的比方。

“说下去，说下去，别吞吞吐吐。”看门人鼓励她，一丝微笑从他浓密的唇髭下面落到卷曲的紫铜色胡须上。

他居然这样欣赏她发怒的样子，究竟什么道理？世界上的人真是各各不同！

看门人捋捋胡须，把蜜蜂放出去，然后带着敬意把证件还给她。

“完全合格。请不要为我说话挑剔恼火：我无非想知道您是怎么个人，摸一下底，嗅嗅您的味儿——是旧制度的味儿，还是我们的味儿。”

“是这样吗？那么您身上是什么味儿？”

“骑兵的味儿！我在科托夫斯基[1]手下服过役，打过仗，现在只好跟娃娃们打仗。”他用眼梢瞟了瞟代替他一条腿的一截叽嘎作声的木头。“我敲的钟全村都听得见，压倒教堂的神甫，您瞧，我带回来的一口钟怎么样?！”

她这才发现，在学校院子上空架得很高的柞木横档下面，像顶帽子似的悬着一口颜色变黑了的大钟，大概有千把斤重。

“难道上下课您就打这口钟？”她骇愕地问。

看门人点点头。

“这主意难道不好吗？我一打起钟，庄稼人都知道，革命给了他们的孩子受教育的机会！这样不是很好吗？怎么，您不喜欢？”

“我很喜欢，非常喜欢！”她兴高采烈地说，一下子把所有的委屈都忘了。

“那就好，斯捷芭尼达·伊万诺芙娜。”看门人若有所思地望着大钟，“它在这里也快乐，不用敲丧钟。所有的神甫阶层都用羡慕的眼光看这口钟。好几次有人来死乞白赖地要我这口钟，或者跟我换。他们哪里知道，这是我最珍贵的战利品。”

“战利品？您在哪里把它缴获的？”

“在沃洛契斯克附近从波兰白匪军那里夺来的。那还是我骑在马上来去一阵风的时候。我也有过这样的时代……我把钟带回村里来，那是在我被截去了一条腿出院以后。我们坐在一辆大车上。那时恰恰阴雨绵绵，大钟在就任新职之前哭得那么伤心，好像在怀念所有它曾

---

① 科托夫斯基(1881—1925)：苏联国内战争时期的英雄。

经追悼过的亡魂。我也噙着眼泪，不知道怎么跟亲人、妻子见面，不知道他们对我的爱会不会减少。姑娘，当时我和我的战利品一样，对生活的看法很悲观——因为我们俩都像鱼儿离开了水：您想想，一辆大车载着一口大钟和一个骑兵，车上还垫着麦秸，这算是什么玩意儿？”

现在她开始用另一种眼光看这位看门人，看学校，看那口终于得到归宿的大钟，甚至用另一种眼光看向日葵像豪华的黄金筛子筛着阳光。

“您还没见过我们的第一主席台吧？”齐诺维·彼得罗维奇劲头提起来了。

“没有，还没来得及看。”

“您一定得去看看。”他甚至得意地干咳一声，“我们的马尔柯·别斯梅尔特内吩咐把它造得比县里的还要大，还要高。于是我们大伙就干起来，最后把主席台造得那么高，旁边还得安上梯子。首长们到我们这儿来参加十月革命庆祝会，有几个人简直不敢爬上这么高的席位，就找马尔柯的碴儿。可是他满不在乎，只站着笑笑，用手往上指着，说：‘请上去吧，别不好意思，站得高，看得远，也可以让人们看得清楚！这样才能同心同德。’”

“你们的马尔柯倒是挺有意思。”

“当然有意思。现在我带您去看看您的家业。”看门人发出邀请。

他引导她参观这所不大的、只有两个教室的学校，学校门前两棵年轻的桦树像两个穿绿衣裳的女学生站在那里。然后，看门人把她领到一间无人居住的屋子里，那里贵族豪华排场的残余至今还皱着眉头不愿与年轻茁强的“平民”为伍。在一张呢子派了别的用场的破旧弹子台旁边，几只种田人家的粗腿凳子露出淡红色的木头纹理。一盏沉甸甸的挂灯灯光早已死灭，雕着的爱神也弄得稀脏，灯下一张新做的梣木单人床上散发出从休耕地割下的干草的香味。

“这就是您的住宅，希望您习惯下来。小床是我自己做的，刚好合您的身材。”

“谢谢。”

“要是没带褥子，我再去抱一两捆干草来。我们这儿的草有茶叶的清香。”

“您抱来吧。”

“现在我看出来了，您是庄稼人的女儿。好吧，上我那儿吃晚饭去。虽然您不是小姐，可是您将喝到从伯爵的母牛、不是普通母牛身上挤下的奶。”

顺着他卷曲的胡须又洒下一阵轻笑。

他们离开学校的院子，绕过不知哪家的一片空地，走到一座小花园里。园里用支架撑着几棵挖空的树，上面盖着很大的土钵。

“这是我的宝库。”齐诺维·彼得罗维奇指指像一些微型风磨嗡嗡作声的蜂房。

“您还养蜜蜂？”

“我喜欢蜜蜂和孩子，蜜蜂和孩子有点儿相似。”

在一所漂亮的村屋里也发出向日葵、苹果和蜂蜡的香味，赫莉斯嘉大娘在这里亲切地接待他们，她是一个手脚麻利的女人，一张圆脸上的表情是那么诚恳，翘鼻子两侧的酒涡是那么天真，这一切立刻使人打心眼里感到温暖。

“姑娘，您已经当教师啦？”赫莉斯嘉双手一拍，“可是您这样娇弱，怎么管教我们那些无法无天的小家伙？您今年多大啦？”

“十七。”

“已经十七啦?！您是怎么搞的，是不吃面包呢，还是用功过了度？”

“别唠叨，老太婆，”齐诺维·彼得罗维奇打断老婆的话头，“还是到炉子旁边去张罗一下，客人在路上辛苦了——整天在日头下烤，光吃些干粮。”

赫莉斯嘉大娘赶紧往炉子旁边走去，刚举起炉叉，忽然怔住了：从街上，穿过向日葵宽阔的叶子，在马蹄嘚嘚的伴奏下，飘来了嘹亮的歌声，唱的是“雷声殷殷的乌云遮着太阳，亲爱的人儿为了杀敌不能呆在家乡”。

“你们这儿唱的歌真好听。”女教师贴在一扇四块玻璃的老式升降窗上听出了神。

“这是马尔柯 · 别斯梅尔特内和乌斯基姆 · 特里迈伏达在唱。”齐诺维 · 彼得罗维奇带着骄傲的口气说明。

“你们这儿的姓名也很特别。”

“这是查坡洛什人的姓名。那里的人姓名都靠自己挣来。露出脐眼的叫戈洛普边柯，管理河水的叫特里迈伏达，用头脑思考的叫戈洛万或拉祖姆，要是用身体别的部分思考，就根据那个部分起名字。”他把微笑藏到眼皮底下，但它从嘴角飞了出来。

“你越说越不像话，真不害臊。至少在老师面前应该懂得羞耻，”赫莉斯嘉大娘恼了；她两腮的挺可爱的酒窝时隐时现，“要是你在查坡洛什，准把你叫做臭嘴巴或胡扯淡。”

“你又唠叨开了。”齐诺维 · 彼得罗维奇把手一甩，“我们的小伙子唱得怎么样？”

“好极了，简直像两串银铃。这两位——别斯梅尔特内和特里迈伏达——是谁？”

“马尔柯代表最高权力机关：他是村苏维埃主席，乌斯基姆是贫农会主席。这样的小伙子到哪儿也不丢脸，配得上最最漂亮的姑娘。”看门人不绝口地夸他们。

“他们老是在剿匪，土匪也打他们。”赫莉斯嘉大娘忧虑地说。

“你们这儿还有土匪？”

“有。我们这地方离国境线不远。敌人经常把各种坏蛋派进来，生怕这路货绝种。加尔切夫斯基、舍贝尔、巴利等匪帮都在我们这一带活动过。头子们现在逃到国外去了，可是他们的爪牙还留在各个角落里。将来也要收拾他们。哦，这两个小伙子是不是在上我们家来？”齐诺维 · 彼得罗维奇非常高兴，也把头伸到窗外。

新近安上的大门在轧轧声中开得笔直。两位骑士跳下马来，把牲口拴在篱桩上，在樱树下低头弯腰向屋里走来。他们到门口站住，肩后背着卡宾枪，两人个儿一般高，只是一个深色脸膛如黄昏将临，另一个头发金黄如晴朗的早晨。

“祝好心的人整个晚上好！”他们齐声唱道，然后笑了起来。

“晚上好，马尔柯，晚上好，乌斯基姆。我正寻思，不知上帝派谁来做我的晚饭客人。可是一看，原来是首长。你们剿匪去了吗？”赫莉斯嘉一迭声地说。

“对，剿匪去啦。这是哪家的小姑娘在你们这里？”深色脸膛的一个问。

“马尔柯，这是我们新来的老师。别瞧她年纪轻轻，可已经装饱了学问。”

“真的吗？”别斯梅尔特内高兴地向她瞟了一眼，“可是我却没来得及装。”他走到桌子旁边，“我们认识一下好吗？”

“斯捷芭尼达·伊万诺芙娜，”她腼腆地伸出一只手。别斯梅尔特内把她的手像托一根羽毛似的轻轻托在自己手里，不敢紧握。

“我是马尔柯·特罗希莫维奇，这是我的朋友乌斯基姆·瓦西里耶维奇，他是这一带第一个共产党员和最漂亮的小伙子。”

“你别信口开河，”乌斯基姆很不好意思，他的确相当漂亮，跟画上的差不多，“人家老师还以为我们这里全是吹牛大王。您别太信马尔柯的话。”

乌斯基姆也过来跟她招呼，她问别斯梅尔特内：

“您曾经打算做什么工作？”

“也做教师。差点儿没抢了您的饭碗，”马尔柯笑时露出一口白牙，“不过学习的过程跟您有些不同。”

“您是怎么学的？”

马尔柯望着她的眼睛，在一条板凳边上坐下。

“最初我几乎成为一名学者：在教区小学毕了业。”在他目光斜视的眼角闪起调皮的表情，“后来改了行：赶着人家的牛给人家犁地。一九一八年，我还是个少年雇农，就骑上东家的马去找游击队。

在那里尝遍了甜酸苦辣，打胜仗固然欢笑，困难时也相当糟糕。自从把彼得留拉[1]赶到兹布鲁奇河以西，也算我幸运，我们的游击队长当上了省委书记。有一次，他把我叫去问队里的情况，还问我是否挨饿，然后下命令：

“‘马尔柯，你得去学习！你不用再挥舞马刀，现在要你去当大学生。’

“我笑了起来，说：

“‘哪有我这样的大学生！我连除法都忘了。’

“队长严肃地看着我。

“‘除法你没有忘：你用马刀做过从真理中剔除歪理的除法。现在你得用科学武装头脑保卫真理。我不准你吊儿郎当。明天就去技术专门学校报到。任务明确了吗？’

“‘明确了！’

“‘重复一遍！……很好。你先在裤带上钻几个新孔，准备饿肚子。科学不喜欢大肚子，而且我们配给学员的定粮也很紧。祝你成功。有什么问题可以来找我。’

“我在路上像背诗句一样重复着书记的那些话，在想象中已经看到自己当了大学生。走到家里，我简直神气极了，不过一个字儿也没跟谁说起。

“第二天一早，我用烟炱把一双破靴子擦得铮亮，把作为战利品缴获的德国式衣裳穿在里边，外罩奥地利式的服装，最后戴上一顶剽悍的弹簧制帽，对镜子照了一阵，把面包和几只苹果放进背包，就往城里跑。到了专科学校，一位漂亮的姑娘马上带我去见主任。主任把我的衣服上下前后打量了一番，干咳两声，问我会不会读和写，对世界资产阶级的看法如何，还问我学习的决心大不大。

“‘决心很大，只是脑袋瓜没有为长学问耕种过。’我说。

“主任笑道：

---

① 1918—1920 年间在乌克兰活动的反革命匪帮。

“‘这么说，是块生荒地？没关系，庄稼会长得更好。现在你要记住，全部科学，包括所有的黑格尔白格三，统统都在注视着你，你必须证明革命的孩儿能够掌握科学。能不能证明？’

“‘一定证明。’我回答说，心里哆嗦着感觉到，包括那些玄妙的黑格尔白格三在内的科学正在向我围拢来。

“‘努力干吧，马尔柯，’主任鼓励着我，‘我听说你在战场上挥舞马刀跟闪电一样。希望你的智慧现在也能这样闪光，如果你具有智慧的话……至于买靴子的钱你可以到火车站去挣来：我们经常派学员上那儿去装砖头。’

“我就这样成了一个大学生。我埋头用功，白天黑夜坐着看书。”

“足足坐了三个月。”乌斯基姆笑着插言道。

“三个月另七天，”马尔柯认真地加以纠正，“后来从大学生的课桌旁又被召去剿匪，接着就被选为村苏维埃主席。现在科学和黑格尔撇下了我，我也撇下了它们。”他想用一句笑话解嘲自慰，结果却喟叹一声，完全沉默了。

大约过了三个星期，时近深夜，他筋疲力竭、形容憔悴地来到学校里，那里，女教师面对着遭到乌克兰谢契射手[①]们的破坏搞得乱七八糟的一大堆破书，气得快要晕过去。

“马尔柯·特罗希莫维奇，您怎么啦？”她吃了一惊，“不舒服吗？”

“比不舒服更坏，斯捷芭尼达·伊万诺芙娜，坏得多。”他把卡宾枪从肩上卸下。

“出了什么事？”她吓呆了，“乌斯基姆遭了不幸？没找到他？”

“再也没法找到。乌斯基姆已经没啦。”

“怎么——没啦？”她不懂他的意思。

---

① 乌克兰谢契射手：第一次世界大战期间参加奥匈帝国军队作战的民族主义武装部队。——原注

“给土匪杀害了……死得好惨。”

这时马尔柯·别斯梅尔特内的脸色黑如深夜。他踉踉跄跄走到第一张课桌前，向暗沉沉的教室深处察看良久，似乎在寻找什么。女教师在强烈的同情和悲痛中说不出一句话，而马尔柯的嘴唇——也呈深黑色，宛如用炭画出来的——痉挛地牵动着。

“乌斯基姆，”他呼唤着朋友的名字，呼唤着自己的童年时代，然后向女教师侧过半边身子，提出请求，“斯捷芭尼达·伊万诺芙娜，请允许我看看他的课桌。”

她默默地把一盏没有罩子的半英寸油灯[①]高擎过头，马尔柯就在一排排很旧的课桌之间慢慢地走，这些课桌散发出一阵阵苹果、硬面包和干瘪柞果的气息。

“他的课桌难道没有了吗？”他走遍整个教室，嘴唇哆嗦着说，“您来之前由教堂的诵经员在这儿教书，这是个游手好闲的家伙。柴用完了他就把旧的课桌锯掉。课桌怎么可以锯掉？又不是木柴……我这颗读书不多的脑袋瓜儿就是这样想的，您说对不对？……”

“对，马尔柯·特罗希莫维奇。课桌不能锯掉。”

“正是这样……而且还应该开一张单子，注明谁坐过哪张课桌。将来可能有人用得着，甚至您年纪大了也可能用得着。至于木柴我会送来，过去一直顾不上这件事情。”

“那张课桌会不会在另一个教室里？”

“对，也许搬到那边去了。”马尔柯抹了一下前额，重又走在她前头，微弱的灯光闪闪晃晃地照在他身上。

在另一个教室里他找到了那张三人课桌，从刻在上面的好多名字中间找到了他自己的和乌斯基姆的名字。

“从前我们就是坐的这张课桌，肩挨着肩，心连着心。您不知道，他是怎么样一个人，有怎么样一颗心。”

马尔柯还想说些什么，但他双手捧住脑袋哭了起来，他的眼泪扑

---

① 半英寸是灯芯的宽度，以此标志油灯的大小。

簌簌地落在如今是别的孩子肩挨肩、心连心坐的课桌上。

她还不善于如何安慰伤心的人，但也低声啜泣，虽然她不能想象，那个面貌如晴朗的早晨、卷发如酒花草的小伙子已经不在世上。

稍迟，马尔柯恼恨自己怎么始终擦不完睫毛上的眼泪：泪珠不断往上涌，不断淌下来，掉在只剩下由刀刻的名字保存着他们童年时代痕迹的课桌上。

"咳，乌斯基姆，乌斯基姆。"他连声呼唤，仿佛在埋怨朋友这么早就离开了既可亲又可怕的大地。后来突然问：

"您打算教孩子们什么东西？"

她耸耸肩膀。

"教他们读、写、算。"

"这当然必要，十分必要，可是主要应当教会他们爱。仇恨由我们年纪比较大的人想办法消除。孩子们的心灵应该充满爱，如同幼树充满春天的汁液一般。您得教他们做人，教他们行善。您很幸福，因为您是一位教师。这一点您要明白。"

"我明白，马尔柯·特罗希莫维奇。"

"是啊，我这是给自己立下的誓愿，我本来也想当教师，想握笔杆，而不是挥马刀，"他忽然想起了什么，就换上一种呆板的声调说，"请您记住乌斯基姆惨死的情形——当老师的也应该知道这事……邻村有一个雇农出身的孤女，长得又美又健康，还有一双什么都能干的巧手，总之什么都有，就是没有幸福和靴子。这年冬天，我们偶然在井旁见到这个光着脚的姑娘。我们先看看她的一双在溜滑的冰地上步履维艰、冻得发紫的脚，再看看姑娘，然后又看看她的脚，终于跳下马背去找她的主人。当时慢说是一双靴子，甚至灵魂我们都打算从他身上抠出来。姑娘当着我们的面穿上了新靴子，深深地向我们鞠一个躬。她鞠躬时一只手按在心口的姿势，一双毫无隐讳的眼睛看人的表情，简直使乌斯基姆着了魔。走出院门，还没上马，他就向我悄悄地说：

"'兄弟，这就是我的未婚妻！我去找主人要他拿出靴子来，结

果却找到了命运。'

"'你疯了！'我知道他的性格，所以大吃一惊，'你跟她还没谈上两句话哩！'

"'可是命运已经连在一起。'

"'要是她不爱你怎么办？'

"'胡说！我瞧她来着……'

"'那又怎么样？'

"'她也瞧我来着。'

"'她同样也瞧我呀。'

"'哎，你简直只长一只眼睛。'

"'她也许还没到年龄呢。'

"'我愿意等下去。'

"他就等她，等着自己的晚星。他给她做了一件红皮袄，让她可以见人。他们打算到秋天成亲。准备请我当首席傧相。可是富农先下了手。我的心告诉我，乌斯基姆是姑娘的主人陷害的。为了那双该死的靴子，他对我们和雇农姑娘始终怀恨在心，决心捞回一条命。当乌斯基姆从他可怜的未婚妻那里回来的时候，匪徒们在一片草地上包围了他，把他从脚到喉咙砍得稀烂，用泥土和黑麦撒在他的全部内脏上面，因为他分地主的地，征收富农的粮食。处死完毕，把他埋在契丹湖畔的红莓丛中。我们一直找不到他。直到今天，有人看见草地上一株红莓树下长出一小行黑麦。循着这个标记才把他找到。"

敌人的残暴兽性以及从一个人胸中长出来的那几颗麦子的生命力，听得女教师毛骨悚然，她猝然坐到留着乌斯基姆手泽的那张课桌上，放声大哭。

他们在悲痛中坐到半夜，直至消费合作社主任安东·别兹包罗奇柯的身影在门口出现。他从黑暗中还没有弄清是怎么回事，就夹着笑声惊异地干咳起来，说：

"唷，这儿原来在谈心哪！这么快就交上朋友啦？……"但他立刻顿住话头，讪讪地走到也刻着他的名字的那张三人课桌旁，骑坐在自己从前的位置上。

“这样的人连棺材上也好意思坐下去。马尔柯就绝对不会这样做。三个名字——三种命运……”她思量着，用憎厌的眼神看看别兹包罗奇柯鼻尖分叉、眼窝深陷的狭长脸盘。

第二天为乌斯基姆重新举行了葬礼。乡亲们对着棺柩致哀，光脚的未婚妻嚎啕痛哭，马尔柯在坟上撒下一把黑麦，让它从泥土中，而不是从人的胸臆中长起来。

女教师第一次看到死与生如此紧紧地联结在一起。这是一次不寻常的葬礼。一种不可名状的传奇气氛挨在她身边寸步不离，它哗喇喇地拂动墓地一端的彩旗和另一端的教会神幡。背着卡宾枪、目光严峻的年轻小伙子们，帽徽上缀着红星的肃反队员们，光脚的未婚妻，爬在围墙上和苹果树上的孩子们，撒在坟墓上的黑麦种子以及人们背后那些肥头胖耳的神职人员——这一切翻动着她的整个心灵。她这才开始了解人们，了解生活，不是通过情节离奇曲折或加入一些爱情纠葛的浮艳小说，不是根据衣着，也不是根据俊俏或丑陋的面貌去了解，而是根据展开在她周围的关于光脚姑娘的悲惨故事去了解。

吃过葬后宴，马尔柯腰间插了好些手榴弹，肩后背着卡宾枪，立刻到森林中去。几天以后，他侦察到那帮匪徒正在黎登密林中财主奥诺普里延柯的庄园里胡天胡帝寻欢作乐。马尔柯只身闯进屋去，用手榴弹把匪徒们全部炸死或炸成残废，震得房屋向一边倾斜，自己也受了伤。他人事不省，全身沾着自己的和别人的血被送进医院，施行手术，然后像个洋娃娃被包扎起来。当斯捷芭尼达去探望他的时候，马尔柯只好用眼睛向她微笑，一只手指指自己被裹成这模样，用几乎听不见的声音问：

“好看吗？”

“比谁都好！”她情不自禁地脱口而出。

“亏您说得出！猢狲相就是猢狲相，我自己看着也恶心。”他把温和的笑容藏在绷带里面，换上严肃的口吻说：

“乌斯基姆坟上去过没有？”

"去过。"

"黑麦抽芽了吗？"

"碧油油的。"

"这就是一个人所留下的一切，"马尔柯长叹一声，沉吟半晌以后，问道，"他那可怜的玛丽雅您看到没有？"

"没有，只听说她住到乌斯基姆的父母家里去了。"

"老人总算盼到了儿媳妇……这就是生活！"马尔柯不胜感慨，"否则该是多好的一对……鸽子……"

"大夫们对您怎么说？"

"他们有什么可说的？叫我像木头那样躺着，吃东西得由别人用汤匙喂。整个秋天我就得这样躺着。这儿只有药品和脓血的气味，可是村里现在……"他没有说完：别兹包罗奇柯恰好在这当儿走进病房，他穿着一袭新制的英国式弗连奇[①]和一条蓝色的马裤，皮靴吱吱作声，手里小心翼翼地拿着一顶闪闪发光的漆皮鸭舌帽，活像擎着怕被风吹灭的火。别兹包罗奇柯穿着这身阔气的新装得意非凡，不知道怎样才能更引人注目，也不知道坐到哪儿是好。他上医院好像是专为出风头来的。他叉开两条腿，摆出演戏的架势站在病房中央，用同情掩饰内心的喜悦。

"马尔柯，你在这儿过得怎么样？"他不等回答，仔细掸去帽上的灰尘。

别斯梅尔特内锋利的目光把别兹包罗奇柯和他的装束打量了一番。

"安东，你是打算去赴宴还是求婚？"

"你没有猜对，老弟。"得意洋洋的笑容在别兹包罗奇柯狭长的脸上铺开，"我是直接从城里的裁缝那儿来看你的，那个裁缝的工价虽然很贵，不过手艺着实不错，使起针来跟拉琴弓一个样。"他把身体弯过去，从两侧察看自己的风采，"马裤是不是太小了？"

---

① 一种四贴袋茄克衫。

“你往每只口袋里塞进一头小猪——就能撑大些，那时不用琴弓也能奏出音乐。”

“不奏乐也过得去。”别兹包罗奇柯立刻攒紧眉头，一顶帽子不知该往哪儿放。

“真的过得去吗？”马尔柯暗示着什么事情。别兹包罗奇柯打了个寒战，嘴巴张开，似乎喘不过气来，但没有做声。以后他就一直紧绷着脸坐在病房里，像一堆深秋的彤云。

离开医院，她在暮色苍茫中和别兹包罗奇柯同坐合作社的大车回去。安东·伊万诺维奇怕弄脏新衣服，在车上垫着粗麻布坐好。他向斯捷芭尼达大献殷勤，不断请她吃一种制成小鱼形状的水果糖。他大把大把地从合作社的货袋里掏出这种彩色小鱼，显示自己的大方。经过森林时，别兹包罗奇柯不吭气儿，缩头缩脑，鬼鬼祟祟地向两旁张望，拼命催马加鞭；一到空旷的田野上，又变得健谈而且神气。谈到马尔柯的时候，他的语气兼有同情和指摘：

“谁要他这样去逞英雄？革命以后还搞个人恐怖！用集体的力量把匪帮包围起来加以歼灭，岂不更好？可惜，这个人真可惜，他太莽撞了，干什么都冒冒失失，轻举妄动。老是想走在前头，可是对集体、群众却估计不足。他的脑袋瓜儿还没有开窍，不知道英雄们的时代已经过去。关于这一点，在《国际歌》里也唱到了：‘从来就没有什么救世主，也不靠神仙皇帝。’说实在的，事情就应该这样。”

当时流行着各种各样解释英雄行为的理论，由于年轻缺乏经验，她不知道该怎样回答别兹包罗奇柯——他处处主张走群众路线，在剿歼被马尔柯消灭了的那个匪帮这一问题上尤其如此。不过，别兹包罗奇柯自己却从来没有参加过剿匪战斗——他在另一条战线上从事有关国计民生的工作。他也多方攻击马尔柯别扭的性格：

“除了自己和乌斯基姆，他对谁都看不顺眼。他那股犟劲匀给十个人还绰绰有余，固执起来简直像城门口的华表，怎么也推不动，毫无商量余地……您知道他的外号叫什么？”

“不知道。”

“那么您听到过关于马尔柯·普罗克里亚蒂的童话故事没有？”

“听到过。还看过这么一本书。”

“我们的马尔柯背后就被人叫做马尔柯·普罗克里亚蒂。这都怪他的性格！”

“您太过分了，安东·伊万诺维奇！恕我直言，您怎么能用这样荒唐的话谈论这样一个人！”她气愤地说。

“这样的外号不是我给起的，是人们，”别兹包罗奇柯开始辩解，“无论如何，马尔柯的勇敢谁也不否认，这是明摆着的。勇敢当然是好事情。但对其余的人应该讲一点仁慈。可是他，”别兹包罗奇柯把嗓门压低，“甚至对姑娘们也不放松……在这方面他也是个英雄。”

最后一句话最使她震惊，最使她警惕起来。尽管起初不大相信，但是过了一些时候，消费合作社里有一个狡猾的、脑袋呈土罐状的商品检查员有意无意中也提到这一点。在流言的影响之下，马尔柯的形象显得暗淡了，因为她凭着自己一颗处子心灵的全部激情痛恨一切好色之徒。然而，既然如此，为什么齐诺维·彼得罗维奇和赫莉斯嘉大娘又这样敬爱马尔柯呢？要是问他们，他们会对她产生什么想法呢？不过，关于外号的事她还是跟赫莉斯嘉大娘谈了——她差不多所有的秘密都信得过看门人的妻子。赫莉斯嘉大娘立刻向无名的敌人发动猛攻：

“谁把他叫做普罗克里亚蒂的，您就往他的狗脸上唾，用我的口水唾！往他们的眼睛里撒石灰！只有烂舌根的财主们，各种各样的王八蛋才这样恨他，应当用棍子揍他们，把他们套上魔鬼的阴车！我们的马尔柯不是普罗克里亚蒂，是别斯梅尔特内！”她气得满脸通红，两个酒涡像两只飞蛾在她怒不可遏的脸上扇动翅膀。

听了这一番骂街式的辩护词，斯捷芭尼达心头感到温暖了些。

学校按两部制上课，她上下午都得工作。事情和麻烦多得不可开交。许多家长通常在天寒以前不叫孩子们来念书。书籍、本子、铅笔都不够用，孩子们用柞果或接骨木的果实掺入柞树皮和锈屑熬的汁做墨水。她只觉得才一晃，冬天已经来到。刮起第一场大风雪那天，消瘦了些、但是神采奕奕的马尔柯前来看她。他身上还发出药品的气味以及由于下了第一场潮雪暂时恢复夏季气息的干草所特有的那种无与伦比的芳香。

“晚上好，斯捷芭尼达·伊万诺芙娜。您在自己的宅院里不冷吗？”

“不，木柴送来了。”她很高兴，虽然知道对马尔柯必须保持戒心。

“您看到过这样的奇景没有：大风雪和星星？”

“同时又有大风雪，又有星星？难道有这样的奇景吗？”

“出去您就能看到。”

她外衣也不披，就跟在马尔柯后面跑到没有屏障的台阶上，向空中望去，但是只有雪从天上飘下来，星星却看不见。

“你等一会，让眼睛习惯一下。”马尔柯要她耐心些。

他们俩一同仰望天空。隔了一会，风云似乎转弱了，透过趋于稀疏的雪花网，她果然看到几颗星星。它们一下子消失在雪的旋涡后面，但过后又重新露脸。

“多美啊！”她出声赞叹。

“是啊！”他脸上的神情顿时豁亮。

“他难道会是一个阴险毒辣的人？”这个疑团又在她心中蠕动。

马尔柯并不留意她专注的目光，毫不怀疑地径自说下去：

“我爱夏天的夜晚！天上星汉灿烂，田野里的道路像河流闪着亮光，向日葵直接从星星那里承接露水，带着蒙眬的睡意和露珠喁喁私语，把它们串在自己的花瓣上。”

马尔柯的语言使她大为惊讶。

“马尔柯·特罗希莫维奇，您写过诗没有？”

“写过。”他不太乐意地承认。

“成绩怎么样？”

“成绩倒还可以，有一首小诗还在省委的报纸上登过，是声讨国际反革命的。可是有人在我们游击队里放空气，说我这首诗是从别处抄来的。当时我气得跳起来，就去找那个造谣的人，用拳头向他证明我的作者身份。但是那个游击队员和他的伙伴给我的打击不小，我像一捆麦子脱了粒，心想：‘既然作家要挨打，还有人说坏话，那还是不干为妙。’”马尔柯笑了起来，“现在写东西已经没有兴致，倒是想多看些书，我喜欢一幅幅不同的图画在眼前移动。”

“那么您最喜欢怎样的图画？”

“果戈理的。在他的笔下一切都栩栩如生——仿佛不是写在书上。塔拉斯·布尔巴就是布尔巴，那个在圣诞夜偷月亮的魔鬼是个真正的魔鬼，泼留希金就是我们的富农萨甫拉迪姆，他甚至把上帝面前的蜡烛也会吹灭了再去点在圣子面前。我在医院里痛痛快快读了许多书，因此健康也恢复得比较快。您这儿有什么好书没有？”

他走的时候带去了几本书，而在她头脑中却留下一张很细的网，种种猜测就像一只只蚱蜢在上面跳动：这个马尔柯究竟是怎么样一个人？是《塔拉斯·布尔巴》里大胆的查坡洛什人，还是个城府很深的农村花花公子？那天夜里，她梦见马尔柯成了《五月之夜》中的列夫柯，而别兹包罗奇柯成了独眼村长。真是荒唐！醒过来以后，她又害怕，又奇怪，简直不知道该怎么想！梦里马尔柯在池塘边的风度非常潇洒，不过他头上戴的不是羔皮帽，而是一顶布琼尼式的红军帽。但即使在梦中，姑娘的心对他也是既爱慕，又提防……

每一个姑娘在等待初恋的时候，总希望这次恋爱将是世界上最美好的，总是用向全世界睁开的眼睛，抱着一颗纯洁无邪的心以及那种感人的、忘我的信任态度等待它的来临，而这种信任却往往成为她全部不幸的滥觞。在认识马尔柯之前，她就是这样期待着爱情，而真正的爱情的感觉或预兆却伴随着挂虑、恐惧、痛苦和令人愁肠百结的疑团一同来临。偏偏这时候别兹包罗奇柯往学校里走动得很勤，他把英国式弗连奇和不合身的马裤所有的口袋装得饱鼓鼓的，一会儿谈政治，一会儿谈学校，一会儿又谈音乐，虽然他自己连三角琴也不会弹两下。他的态度相当自负，经常吹嘘自己同专区里哪些人有交情。他把马尔柯算作自己的朋友，但每每往他脸上胡乱抹灰，听得斯捷芭尼达也为之忿然。

她就这样怀着疑虑和希望迎接了自己的第十八个春天。它是在流冰的巨响和汹涌的春洪中来临的，紫堇花开得那么茂盛，仿佛是天空的几块碎片掉在森林里了。果园正好赶上复活节开花，樱花开得如火如荼，简直把果园都淹没了，但最令人惊叹的要数那些如同百年古柞一般高大茁壮的梨树——它们像一座座白色小山耸立在村子上空，仿佛要把村子托向太阳或月亮，并向周围洒落鸟儿啁啾的鸣声。

复活节那天，过节打扮的人们在教堂附近玩乐。小孩们抛滚彩蛋，或在钟楼上嬉戏；姑娘们跳着轮舞，唱迎春曲；小伙子们有的在玩跳背游戏，有的在竖蜻蜓；老人们谛听着这一阕青春的交响乐。她也走去听听那些还从来没有听到过的迎春曲，准备把它们记住。

这些歌曲像鸟儿的翅膀载着她天外翱翔，又如恋情的迷药使她陶醉爱乡，它们通过春花和神秘的媚药草的眼睛看着她。一千年前的姑娘们也同她现在一样期待着自己的爱情，也同她现在一样向母亲请教魅惑心上人的秘诀——用林中的药草呢，还是用栗色的眼睛或黑色的眉毛，——临了如果落得为非自己所爱的人铺床叠被，只好偷弹珠泪。有千百年历史的爱情歌曲的魅力使她神往，古老的希望与今天的希望糅合交错，歌中关于爱的欢乐和痛苦仿佛都是唱给她听的。但是，在这诗意盎然的古风余音中突然闯进另一种旋律——传来了枪声和呐喊。

一群匪徒沿着广场附近一条宽阔的街道且战且退，肃反队员们布成稀疏的散兵线向他们追上来，马尔柯·别斯梅尔特内也在其中。一个又高又胖的匪徒逃到离教堂不远的地方，举起短枪，指着过节的人群，叫喊一声，于是整个匪帮纷纷奔向教堂，和游兴正浓的人们混在一起，从人丛中向肃反队员开枪。肃反队员们愣住了：总不能向人群开枪吧？正在这当儿，马尔柯·别斯梅尔特内冲到前面，把一支还在冒烟的卡宾枪高高举起，声如洪钟地发出号召：

“嗨，乡亲们，卧倒！”

眨眼间群众全部扑倒在地上，把匪徒暴露无遗，他们只好没命地逃窜。

一场战斗就这样在几分钟内从她头上掠过，这是人们进行斗争的一朵浪花，为的是争取幸福，争取未来处处歌声悠扬，甚至也是为了这诗意盎然的古风余音，虽然它注定迟早只会被保存在舞台上和书本里……村外的枪声刚刚去远，村里重又开始歌唱爱情，歌唱迷药，歌唱劳动。从中也可以听到历史的足音，历史的车轮既不是匪徒的短枪，也不是各色各样口头上鼓吹民族自决运动，其实却在把乌克兰同时出卖给好几个大国的神甫们的白痴头脑所能倒转。

这些念头和嘹亮的迎春曲交织在一起，而她的心却飞向村外，那里马尔柯想必还在和匪徒格斗。但愿他平安归来！

屋脊上的风轮
高过篱桩，
它能看到很远的地方。
风轮啊，你可曾看见
我亲爱的人的去向？
“他正奔向那野草萋萋、
荒无人烟的密林丛莽。”

他所去的地方也长着蓬勃的野草，希望它不要被鲜血染红……“屋脊上的风轮高过篱桩……”她默默地唱着鹳鸟在那里营巢的房顶上的古老风轮，而他此时正在推动历史的车轮前进。亲爱的人奔向何方……哎哟，真是愚蠢，她想到哪儿去了？“屋脊上的风轮高过篱桩……”

齐诺维·彼得罗维奇·戈尔季延柯走过来。

“我们的迎春曲怎么样？”节日打扮的养蜂人身上透出早采的蜂食料和新鲜泥土的气息。

“太好了，简直是从姑娘们心中舀出来的。”

“您说得真好，”齐诺维·彼得罗维奇又惊奇，又高兴，“信不信由您，我们在科托夫斯基那里也唱这些歌，好像我们自己来自春天。您把这些歌谱写下来，好吗？”

“一定。”

“马尔柯很喜欢这些歌。有时候他一个人在村苏维埃哼唱。别兹包罗奇柯说这是旧思想的残余。”

“马尔柯·特罗希莫维奇怎么样了？”她忧虑地望着戈尔季延柯卷曲的胡子，那里似乎准有一只蜜蜂被缠住。但是没有蜜蜂，却有一瓣盛开的樱花。

“小伙子们会回来的，没问题，”齐诺维·彼得罗维奇安慰她说，然后扮起只有他一个人会扮的喜鹊模样看了她一眼，“我看得出，您在为马尔柯担心。”

“当然担心。”她想坦然回答，但立刻脸红了。

“这样挺好，姑娘，”戈尔季延柯现出温和而调皮的微笑，“恐怕还要请我打钟喝喜酒吧？”

“您说到哪儿去了？”她大吃一惊。

齐诺维·彼得罗维奇笑了起来。

“您的腮帮活像一对烤熟的龙虾。”

她不知道怎么回答才好，窘得低下头去。

“亏您想得出……”

“不是我胡想出来的，旁观者清。您别难为情：咳呛和爱情要瞒也瞒不住。”

他让轻笑顺着古铜色卷曲的胡子散开，兴冲冲地迈步看他的蜜蜂去了。

晚上，马尔柯制帽上插着一枝樱花来看她。他有些跟往常不一样地看了看她，跟往常不一样地笑笑，把自己的眼睛凑近她的眼睛，于是她在惊喜交集之中明白了，眼前就是她的命运。

“您今天真美，斯捷芭尼达·伊万诺芙娜。”

“只有今天？”

“以前也美……不过现在就像樱树微微抖动枝条，眼看着就要开花。”他从帽带上取下樱枝，把它插在有一些苍白和粉红的花行将凋谢的陶盆里。

“您为什么攀折花木？”她用严肃的目光指指那被折断的、带着珍珠样一滴浆汁的樱枝。

“这是被风吹折的，斯捷芭尼达·伊万诺芙娜。我从不折花。对花也应当爱护。”

马尔柯忽然面露愁容，若有所失，告辞后就走出去。不一会，安东·别兹包罗奇柯来访。他看见了樱枝，妒忌地撇撇冒出一缕酒气的厚嘴唇。

“是马尔柯拿来的吗？”

“嗯。”她勉强回答，无论在屋里，还是在心里，这时候她都不愿第三者插手。

“钻劲可真不小，您别想躲开他……说实在的，对花应当爱护，他谈了没有？”别兹包罗奇柯扮起一副同情的面孔问道。

“谈了，”她立刻警惕起来，一阵痛楚直达心房，“怎么样？”

“不怎么样。”别兹包罗奇柯闪烁其词地回答，身子在课桌上坐下，他的弗连奇的贴袋里像藏着大螃蟹开始扭动。

“既然开了头，您就说吧。”

别兹包罗奇柯把一条腿搁在另一条腿上，摇摇头。

“我要是对您说，您再告诉他，他不要了我的命才怪。他的事情本来就够忙的了：既要挑我的毛病，还要跟我的商品检查员过不去。”

“我以人格担保不跟任何人说。”

“以人格担保？”别兹包罗奇柯犹豫了一下，“那好吧。有人在用很难听的话谈论马尔柯。当然也可能是胡扯。”

“胡扯也罢，事实也罢——您只管说就是！”她用命令的语气说，内心激动得对一切都近乎麻木。

“是这么回事……您见过乌斯基姆·特里迈伏达的未婚妻

没有？”

“在葬礼上见过。”不祥的预感使她的声音发抖。

“对。是个俊样的姑娘。昨天马尔柯把她送到医院里去了。”

“出了什么事？”她好容易说出这么一句话，身体靠到一口书橱上。

“还能有什么别的：要生孩子啦。”

“那又怎么样？”

“不怎么样，这是生活里常有的事。不过这是谁撒下的种子？不知道。”

她迸出一声呻吟，学校、地面——统统像一个巨大的轮子转动起来。“屋脊上的风轮高过篱桩……”的歌声在她心中激起难忍的剧痛……风轮啊，你快快停下吧！

它果然听话停下，但心里就同被扔进一只蛤蟆相仿。她恨不得向别兹包罗奇柯猛扑过去，然而又控制住自己：万一真有这事呢？

“心里难过吗？您觉得不舒服？您的脸色多么难看！哎哟，糟糕！”别兹包罗奇柯连声叫苦，“斯捷芭尼达·伊万诺芙娜，不要把一切看得太认真。也许这还是谣言。人们什么话都说得出来。嘴是封不住的。”

别兹包罗奇柯跑去取水，她瘫倒在椅子上。窗外又响起了迎春曲的歌声，歌中既有爱的预感，也有迷人的药草，还有在迷药熬滚以前就来到的心上人。但现在这一切只存在于歌词中。她从陶盆里拔起折断的樱枝，向窗外扔出去。

几天以后，她在特里迈伏达家里看到了不幸的产妇，也看到了婴孩，他长得跟乌斯基姆一模一样，只缺酒花草似的一头卷发。为了纪念父亲，孩子就被取名为乌斯基姆。斯捷芭尼达心头为之一松，虽然她决定永远不再想马尔柯。

但是就在这天晚上，当牛奶色的低雾在被春潮所淹的岸边树林里和银色的月光交融的时候，她在独木小桥上面对面遇见了马尔柯。

“哎哟。”她吓了一跳，失声惊呼，脚一滑，差点儿掉进小河。

“这样很可能洗一次河水澡，”马尔柯笑着拉住她的一只手，“要不要抱您过桥？”

“好。”她自己也感到意外地冲口说出，急忙从他身旁闪开，但已经晚了。

马尔柯不费吹灰之力把她抱起来，小桥晃了一下，河水发出呜咽，星星在硕大无朋的天轮中开始旋转。“屋脊上的风轮原来是这样的。”她屏住呼吸，心里这样想。现在整个世界都已经转动起来。

马尔柯跳到岸上，向她眼睛里瞧瞧，搂得更紧了。

“我要永远抱着您不放！”

“您别胡来，马尔柯·特罗希莫维奇！”这时她才真正发了慌，开始挣扎。她是那么害怕，仿佛正在掉向无底的深渊。马尔柯默默地把她放到地上，她在他面前低下了头，像一个小学生：她怕他，但还是盼望能听到世上最动听的话。

桥下一条鱼拍水作声，草地上一只长脚秧鸡应声而叫，田野里一辆大车辘辘地经过，近处骤然响起姑娘们充满怨诉和希望的歌声。

“斯捷芭尼达·伊万诺芙娜，您可知道我爱您？”他弯身凑近她问，神情激动而又严肃。

“真的吗？”她说的完全不是该说的话。

“真的。您大概没留意吧？”

“没留意。”

“我还在医院里就爱上了……痛苦和爱情在那里凑在一起。不过看来您一点也不爱我……”

“不知道，马尔柯·特罗希莫维奇。”她在惶惑中说，这既是真话，又是假话。

“我也这样想，”他的声音开始颤抖，“恐怕您不是我的命运。”

“为什么？……任何人对命运都不能未卜先知。”她低声说，于是马尔柯又怀着希望看看她。

“您考虑一下，斯捷芭尼达·伊万诺芙娜，考虑一下，回头再告诉我……我爱您。”他用双手握了一下她的手，消失在黑暗中。

“真是个怪人……为什么不再呆一会，说几句话。亲爱的……”她在星下雾中站了好久，然后循着他走过的那条小径走去，一个念头老是在脑中盘旋：自己正好踏在他刚刚留下的脚印上。

她不需要考虑很久，早就含苞待放的花蕾在一个晚上全部盛开。第二天，她觉得自己已经是一个幸福的新娘。

结婚前的一些夜晚就在甜蜜的朦胧中，在世上最动听的喁喁细语中，在最初几次醉人的亲吻中一晃而过。他们准备等学年结束以后举行一次简单朴素、并不铺张的婚礼。终于到了这不幸的一天。别兹包罗奇柯穿着英国式弗连奇和更加肥大的马裤坐着一辆马车来到校门口，他们开始等候新郎。可是他迟迟不来。别兹包罗奇柯好几次用指甲富于表情地敲敲夹金怀表的玻璃，新娘的脸色红一阵，白一阵，徘徊在可怕的猜测中，当着旁人的面竭力控制自己，噙住眼泪。她的爱情像一只受伤的鸟正在作最后的抽搐挣扎。

“肚子已经饿了，可是格尔曼还不来，”别兹包罗奇柯显示自己颇有学问[①]，“马尔柯什么都干得出来。我好像曾经提醒过您……我去侦察一下。”

他让马裤在门上磨擦着走出去，毫无希望地向赶车人一挥手，在窗外消失。他回来时怒形于色，气得面孔发青。

“斯捷芭尼达·伊万诺芙娜，您居然找到这么个宝贝女婿！是什么心血来潮促使您嫁给这么个人？既然还没结婚就这样对待您，今后，说实在的，将一天比一天不把您当作一回事！您想想：他把一头牛看得比爱情更重要！我什么都料到了，可是这一着万万没有想到！”

她一句话也说不出，只用央求的眼神问别兹包罗奇柯：究竟是怎么一回事，为什么要她遭遇这样的命运？于是别兹包罗奇柯一方面

---

① 根据普希金的小说《黑桃皇后》改编的同名歌剧（柴可夫斯基作曲）有女主角丽莎在河滨焦急地等待男主角格尔曼来解释伯爵夫人死因的一场。丽莎唱的咏叹调头两句是：“时间已近午夜，可是格尔曼还不来，还不来。”

夸说自己的好眼力，同时像一个巫师用手势、步态、言语把她的心和整个身体冰封起来，使之陷于一片漆黑之中，不给保留一星半点希望和转圜的余地。

“是这么回事：夜里不知哪个寡妇一头母牛被偷走了。天一亮，那没头脑的婆娘就跑去找马尔柯帮忙。您猜他怎么着？您以为他脑袋里有结婚这回事吗？说实在的，他连考虑都没有考虑，立刻套上裤衩——请原谅——拿起手枪，衬衫也不穿，就冲出去追踪盗贼。要是换了我，在这样的好日子我会把自己的牛送给那蠢婆娘，也决不离开新娘一步。在他聪明的脑袋和愚蠢的心坎里到底还有没有一丁点儿爱情?！”他向窗外望了望，幸灾乐祸地用手一指，说：“请欣赏吧：大英雄来了，把新娘撇在一旁，反而牵着一头牛！”

她痛心地眯着眼睛看到马尔柯在街上。他竟弄成这般模样！穿着一条单裤，从头到脚蹭满泥巴，慢腾腾地牵着一头同样浑身是泥的大肚子母牛，他兴致勃勃地正向跟在他后面的人群讲述什么事情。

他谈笑自若的神态给她的打击如同雷轰电殛，哀号已涌到喉咙口，脑海中开始形成种种最可怕的猜疑……她根本看不见马尔柯投到她窗子上的幸福和焦急的视线。她再也忍不住眼泪，只得听任它们一下子溅落在野菊怒放的礼服上，她在房间里匆匆忙忙准备起来，拿起一只小提箱，往里边塞进一些东西。

“安东·伊万诺维奇，我求求您，请您的赶车人把我送到车站去。”

“既然还没结婚就这样对待您，说实在的，那就让马车毫不耽搁地把您送去也好。”别兹包罗奇柯侧着身子走出去。

在礼服上不是被露水、而是被眼泪沾湿的野菊中间，她像一朵早蔫的花，万念俱灰地坐上马车，离开自己的爱情，离开自己最美好和最痛苦的日子，离开各人转法不同的青春的风轮，逃之夭夭……

现在，机缘又使她发现了往事的踪影。当她到弟弟这里来的时候，以为所有的感情俱已随着岁月消逝无存。殊不知并非如此。岁月似流水，一去不复返。可是失去了的感情却似倦鸟归来，在旧巢上空盘旋，不敢进去瞧一瞧……

“为什么不跟马尔柯会上一面？”她眼前同时出现一个黝黑如黄昏的小伙子和一个头发微斑、拄着拐杖的中年人……“‘屋脊上的风轮高过篱桩，它能看到很远的地方……’至于你，马尔柯，见得最多的大概是死亡，”她再一次为自己的青年时代感到惋惜，再一次埋怨自己没有跟马尔柯会上一面。

第十章

格里高里·斯特拉东诺维奇觉得，现在即使从一千个人里头他也能辨别出他的卡捷琳娜的足音。他的卡捷琳娜！……虽然她走动起来不若少女轻盈，没有羞人答答或提心吊胆的跫跫之声，然而却有一种楚楚可怜的犹豫状态，透露出她怀着一腔惶恐的心情，在自己的爱情面前栗栗自惧。

她的确在自己的爱情面前战栗，始终不敢确信寡妇的命运能够同幸福交朋友。这幸福会不会一闪即逝，像金色的雨丝织就不牢靠的网，不能灌饱大地，只在地面上留下密密层层的泪珠？

她怀着忧郁和温柔看待格里高里，有时候觉得他像是她的儿子。那时她眼前就会出现前夫的形象，于是整个心灵淹没在痛苦之中：她有没有权利再醮？有没有权利得到新的爱情？每当这种时候，甚至五个孩子会跟着寡母挨饿这条理由也不能为她辩护，可以说世上没有一个人能抖去像春露涔透树苗一般遍布她全身的痛苦的冷汗。别的女人对待爱情的态度也许比较简单，可是她到现在还没有克服对不起人们、对不起格里高里、对不起前夫的感觉。

每逢这样难堪的时刻，她似乎用旁观者的眼睛看到自己像一株移植的树木，不知道该生根成活，还是就此枯死。这就是她做寡妇的幸福——仿佛躲在云层背后的太阳。它究竟还能照耀她多久？……

惊悸的思绪老是向前跳得太远，而没有一次不在无底的深渊面前停住，这是能教每一个不幸而成为寡妇的女人心惊胆战的深渊：第二个丈夫会不会对她冷淡下来，会不会把她抛弃？

卡捷琳娜的不安在某种程度上也传染给格里高里，妻子如此怕羞的性格至今还教他惊讶不迭。已经有了五个孩子的女人，她直到现在仍然同处女的眼泪一样纯洁。无论从她的一举一动，或是一颦一笑，他从来没有一次看到过女人情欲的勃发或得到满足的半点影子。她只是为了做母亲而活着，时而是忧郁地，时而是警惕地，时而是固执地活着，任何劣性都粘不到她身上，如同污泥粘不到白天鹅身上。你究竟为什么忧虑呢？……光凭你的声音，你就应当受人爱怜……人的灵魂深处居然能产生这样的言语，好比夜的睫毛上缀起繁星点点！每个人按不同的方式找到爱情，每个人爱的方式也各各不同，这难道不是奇迹吗？……

然而，为什么爱情对于这么多的人却像一只候鸟？它在你的春天上空扇动一下翅膀，从这翅膀上抖下几颗亮晶晶的露珠或泪花以后，就消失在浮云如乞丐浪迹天涯的地平线后面，而空虚的心上只留下日常的精神负担和往事的沉重回忆……在发生了奥克桑娜那件事以后，他也有过类似的经历。但后来，过了时令的春天意想不到地降临了，它来得像一场豪雨那么突然，也像豪雨一样慷慨。

他上卡捷琳娜家里去的时候只抱着一个念头：给她接济，不让孩子们因挨饿而浮肿。孩子们立刻乐于和他亲近：较大的想尽多地知道战斗的情况，较小的则被游击队员身上许多好玩的东西——冲锋枪、手枪和德国短剑——所吸引住。

卡捷琳娜当时对他采取规避的态度，当着这位客人的面，她额上始终刻着固执、胆怯的皱襞。虽然她不知疲倦地忙着照顾一大帮小孩，用一双既厚实又轻巧的手把孩子们紧搂在心坎上，往往面对他们坐着睡去，但从她眼睛里还是可以看到一个女人深藏着的孤寂之感。他注意到这种孤寂感使她的眼睑轮廓更为鲜明，使她的目光陷于凝滞，使她的面部呈现一种浮雕的表情。他曾不止一次地想到——尽管这有些残酷——卡捷琳娜好像一个用石头凿出来或行将成为化石的形象，无声无泪地述说着人间的悲哀和遭到摧残的爱。

有一次，雕塑家柯里斯尼谦柯到卡捷琳娜家里来找格里高里，这位雕塑家体形矮壮，长着干草似的一垛乱蓬蓬的头发和一双无比深邃的大眼睛，他是被上帝派定在巨大的石块之间生活的。在游击队里，他用愤怒的米开朗琪罗的笔法炸毁铁路桥梁，并且把这种破坏行为引以为荣，正像当初他把最初从自己刀下产生的几件作品引为骄傲一样，起先他认为这是一些盖世杰作，后来却说它们毫无才气。目前他在邻近的一个区中心准备修复自己战前最好的一件作品：在水边抱着孩子的一个幸福的母亲。

战争吸干了塑像脚下的水，一块弹片削去了母亲的头，可是那个成了孤儿的无知婴孩脸上至今还堆着战前的憨笑，教人看着害怕。时代变了，作者本人的趣味也起了变化，现在他想给母亲换一种面貌，正到处物色合乎理想的典型而不得。

“这里有现成的真实形象。”格里高里用眼梢向他指指卡捷琳娜，她在幽暗中用一只光脚摆动摇篮，一双手正在变戏法似的用一块降落伞绸子裁制一件小衬衫。

柯里斯尼谦柯用行家的目光向寡妇投了一瞥，走过去看看她手里的活计，和她谈了几句，然后回到桌旁，如获至宝地低声赞叹：

“真是个绝妙的典型！能不能让我也搬到这儿来住？哦，这个典型太好了，惜乎基调不是乐观主义的。你瞧，阴影和皱纹斫伤了她的开朗的笑容。”

“经过这些可怕的年头，你为什么一定要在石头上永久保存母亲的笑容？”格里高里愤激地说，“正是这样的形象才能激动经历过战争的人们。难道你和你们的协会需要的是千篇一律的热情和宣传画式的微笑？”

“老弟，你这是说的风凉话，你不读艺术批评家们的文章。他们虽然是活人，却难得启颜微哂，然而又要求死的石头作出更多的笑容。”柯里斯尼谦柯纵声大笑。然后他沉吟了半晌，重又走近寡妇，向她细细地瞧。

雕塑家接受了忠告，他到底没有看错，格里高里自己也没有看错，他相信卡捷琳娜是他的命运。

事情的经过完全出人意料而又十分简单。一天傍晚，夕阳的余辉正在苍穹之上架设金桥，格里高里从磨坊中一个游击队员那里带回来一袋面粉，面粉散发着磨盘的余热和雷雨时田野里的气息。走进过道，他把口袋从肩上卸下，在门坎上看到了卡捷琳娜，或者应该说看到了她散开的长发和凝滞的眼睛里两颗泪珠。这两条辫穗和两颗眼泪就成了他赢得真正的爱情的桥梁。这座桥架得异乎寻常地快，正像战时一切都进行得很快一样。几天以后的一个夜晚，他开完会回去。沉睡的村庄在宁谧的月光下有了生命，仿佛村舍、果园、井上的吊水杆都在悄悄地移动位置。他喜欢晚间这种神秘的错觉，那时月亮像一朵非常慷慨的向日葵，不断地向天空下面的万物撒落奇丽的花瓣。

他看见卡捷琳娜站在爬着开花结实的南瓜藤和豆荚藤的篱笆旁边。由于月光怯生生地玩弄阴暗的结果，格里高里又觉得她像是一座石雕，不过眼睛里水汪汪地闪着两点月影。她听到脚步声，便向篱桩贴得更紧，格里高里走到她跟前困惑地站住。他觉得，这样的夜晚以及同卡捷琳娜这样的相会似乎已经不止一次。寂静中简直能听到他的心跳，他中了魔法似的站着，一声不吱，一动不动。

终于，卡捷琳娜带着哀求的表情举起双手，格里高里看到她眼睛里的月影渐渐聚成泪水。

“卡捷琳娜·巴甫洛芙娜，您怎么啦？”他好像正从一场梦里醒过来问道。

“格里高里·斯特拉东诺维奇，”她的声音悲切、急促，面孔由于痛苦而变了样，“您得搬走。”

“搬走？”一种下意识的恐惧使他的心脏猛然缩紧，最近几天酝酿起来的喜悦开始冰化雪消，“我讨您厌烦了吗？”

“不是我讨厌您，”她嗫嚅起来，“可是不得不这样……”

“为什么？”

她垂下一双厚实的手，从他脸上移开视线，用几乎听不见的声音说：

“因为我在您面前感到拘束，这就够不好了。”

“您当真感到拘束？”他甚至莫名其妙地高兴起来。

“难道看不出来？……您不能和一个寡妇呆在一户人家。”她那丰润的、富于女性魅力的嘴唇由于忧伤和挂虑而哆嗦着。

他情不自禁地想挨近这两瓣嘴唇，想挨近这一双略嫌笨重、无可奈何地垂在身旁的手，想挨近她的肩膀、她的腰肢。他似乎此刻方始明白，这个女人身上竟有如许多的妙处。

“是不是怕人家说闲话？”他喑哑地问，心里已经明白，离开卡捷琳娜，离开她的眼睛，她的嘴唇，她的眉毛以及那么适宜于催小孩入眠的胸脯，他活不下去。

她摇摇头。

“不，我不是怕听闲话。从来没有人说我的坏话。”

“那又为什么呢？”他的声音也像她一样趋于低沉。

“这样会好些。”她向他抬起一双诚实、哀伤的眼睛，眼看着快要从里边掉下月影或泪珠。

他想用手去碰一碰，但卡捷琳娜不自觉地将身一偏，散开的发辫把她整个儿淹没在黑色的洪水中。这一片洪水在月光下泛起亮闪闪、暖洋洋的波浪，打在格里高里的双手和他的整个心上……

“两条辫穗，两颗眼泪。”现在，见妻子站在教堂门口犹豫不前，凝视着他，欣赏着他，格里高里又背诵诗句似的默念起来。他佯装全神贯注在书上。说真的，有这样的眼睛像两颗永恒的星星那样倾心于你，难道不是很愉快的吗？

想到卡捷琳娜认为他很有学问，格里高里忍不住微微一笑。

“格里高里，你在向谁微笑？”她的声音发自胸廓，具有不可思议的抑扬顿挫之感。

这种抑扬顿挫的音色一部分是从浪涛的拍溅和啜泣来的，一部分是从戛然而止的歌声来的。卡捷琳娜仿佛不是在说话，而是在创造自己的语言——你永远不知道她下一个词将发出什么音响。他也爱上了她的声音。有时夜里醒来，他想叫醒妻子，听一听她歌唱般的胸音。甚至她的笑声也与众不同——每次都不一样。有时候他从作业本子或书本上抬起头来，向她提出请求：

"卡捷琳娜，你笑一声吧。"

"你怎么啦，格里高里？"她感到奇怪，她的眼睛里就会闪起神秘的火花，这对格里高里说来也是一大发现，同时又使他害怕：这里头还隐藏着什么秘密？

"你舍不得笑吗？"

"有什么高兴事儿能笑呢？"

"单是世上有这样的笑声，不就值得高兴吗？"他的确赞赏她的笑声和她笑的时候从下巴奔向腮帮的两道浅纹，并且打心眼里纳罕：真亏造物主想得出，在灵感泉涌的时刻简直什么都能赏赐予人！……

格里高里·斯特拉东诺维奇从一张有些烧焦的凳子上站起来，很高兴地迎着妻子走过去。

"你问我在向谁微笑？你猜猜！"

"我哪儿猜得到。"她向他伸出一双厚实可爱的手，但想到自己站在教堂里，立刻又怯生生地缩回来。

"我在笑你的念头。"

"我的念头？"不但是发自胸廓的声音，而且她的整个脸庞都流露出讶异的神情，"难道你听见我进来的吗？"

"当然！还听见你从窑洞里出来，听见你在街上走。"

"你又在挖苦人。"卡捷琳娜含着深情和感激看着丈夫，她还不大相信格里高里已经永远属于她，"不打哈哈，你真的听见我进来了吗？"

"当然！我怎么能不听见？"

"听见了还假装没听见？"她说着把一双眼睛睁得大大的，在暗处看起来她的眼睛像是黑色的，其实它们碧绿碧绿，宛如春天里被露水润湿的叶瓣。

"有一点儿。"

"嘿，你呀！"她的声音变得那么深沉，仿佛她整个儿像一口钟激起声浪，"那么我想些什么来着？"

"还在想那个念头：你的丈夫学问真大。我猜对了吗？"他亲切地笑着。

“猜对了。”卡捷琳娜抿拢滋润的、皱痕很多的嘴唇，现出不胜惊讶的微笑，她微微抬起一侧丰满浑圆的肩膀，“你老是为这件事笑我？”

“有那么一丁点儿，其实我很喜欢你的错觉。因为我也乐于受人尊敬，就像苍蝇贪吃蜜糖。”

“你笑吧，笑吧。我有时候想到，你知道得那么多，而我啥也不懂，委实觉得可怕。”她把前额偎依在格里高里肩上，现在有一瞬间她觉得格里高里已经不像她的儿子，也不像丈夫，倒像是她的父亲，从前她就喜欢这样挨着自己的父亲。

格里高里把一只手按在她的头巾上，从头巾下面露出她的一束香喷喷的头发。

“你这是从一片天真出发，在想象中把自己看得太低，把我又看得太高。我算得了什么？我是老师们教出来的！他们是真正的圣贤——戴红军帽的圣贤！”他说着看看周围的圣像，“感谢他们把我教育成一个人。如今不知他们在什么地方……”

“你一个也不知道吗？”

“人海茫茫，道路宽广。我的老师们分散在四面八方，只知道其中两个人的情况：一个曾经当过师长，受了重伤以后，现在担任州苏维埃执委会主席；另一个在中央委员会。”

“那你可以给他们写封信去。”

“不好意思，人家还以为有什么事情……”

“跟伊万一模一样：他什么都能，可老是躲在不起眼的地方，怕人们会有什么想法。而各种各样心术不正的人就钻这个空子……他们连桌子上也会爬上来，只顾表现自己。”

“爬上桌子还不打紧，万一要是给他们钻进心房，开始在里边践踏，那就……怎么样，你的建设工程以及从钟楼净地迁返的事务进展如何？”

“我们已经全部搬进窑洞。全搬去啦！”卡捷琳娜作了一个欣喜而忧郁的微笑。

“你说什么？你们搞得这样快？那边明明还乱得一团糟。”格里高里·斯特拉东诺维奇简直不敢相信。

“为了你，大伙通力合作。连最小的小家伙也不哭闹，他好像挺谅解。走，你去看看。”

“谢谢你们。我们走吧。”他想搂抱妻子，但她闪开了：他又忘了他们是在教堂里，“你觉得新居怎么样？”

“还不错。上有顶盖，就是有点儿漏水。”她想起已经卖掉的老家小屋，它像一只摇篮，由门外两棵梣树用绿色的大手亲切地摇着。想到这里，她像怀念死去的亲人一般惋惜老家和那两棵梣树。

格里高里·斯特拉东诺维奇拿起冲锋枪和一只饱鼓鼓的小皮包，吹灭油灯，随同在黑暗的教堂里害怕做声的妻子一起走出去。

到了外面，卡捷琳娜松一口气，紧挨在丈夫身边。

“在钟楼旁边干吗来这许多温存？”他佯作不悦地嘀咕着，止步吻一下妻子。她又叹一口气。“你怎么啦？”

“我担心这会像一场梦，”她忧郁地承认，双手紧抱着肩膀向他贴得更紧。

“你别胡思乱想，亲爱的！”他的爱情中加入了怜悯，“为什么你看到的未来尽是不幸？”

“因为生活中往往就是这样。我看得太多了：先是唧唧哝哝，卿卿我我，到后来冷冷淡淡，吵吵闹闹，甚至哭哭啼啼。”

“我决不让你掉一滴眼泪。”他用双手抬起她的头部，吻她的眼睛、眉毛、眉心。

“亲爱的，我的亲人。”她发出深沉的胸音，现在她整个儿站在他面前，端的是爱情的化身。

“我们把乔迁之喜给忘了，”他用半玩笑的口吻说着望了望钟楼，“为了纪念这样一件历史性的大事，把所有的钟敲响好不好？让好心的人们都来祝贺我们。”

“可是你拿什么东西招待他们？”卡捷琳娜才展双眉的脸上又堆

起愁云，“至少我们桌上得有一只面包或者一块牛油。”

“反正有土豆！再说盐又多么好！你发什么愁？打游击的时候连这些也名贵得很哩！那我们就打钟吧？我会打！小时候我打过不止一回，而且还能打出花样来。诵经教士揪过我的耳朵，但也夸奖我的天才。”格里高里·斯特拉东诺维奇真的走近钟楼，但卡捷琳娜用男子汉一般强壮的手把他扯住。

“够了。你有时候真像孩子。”

“看来没法闹清楚我到底是什么人，”他装作生气模样，“一会儿说我学问大，一会儿又骂我孩子气。你究竟什么时候说真话，什么时候说假话？”

“我爱你。”她用低沉的声音回答。

“这回又让你过了关。”他用一只手抚摩她肩胛之间背脊骤然弯曲的地方。大腿的线条也是那样，好像骤然与躯干分开；她的整个体态充满着独具一格的风韵和温柔娴静的气质，很少有人能不对她注目。格里高里对此感到高兴，但有时也会冒火，如果旁人的视线在他妻子身上停留太久的话。

当他们走到窑洞前的时候，那里的油灯刚巧熄灭，同时响起一片难以想象的喧嚷。

“这些淘气家伙在弄什么鬼？”

“大概在捉迷藏。你和我都不在家，当然成了他们的自由世界。”

小窗上立即点起灯光，它闪烁一阵子以后又熄灭了。

“你们在那里干什么？”卡捷琳娜从门口喊了一声。

“妈妈，我们不干什么！”好几条嗓子一齐说话，“我们点起油灯，灯就熄掉；再点，它又熄掉——风从顶盖缝中溜进来吹灭灯火。”于是他们争先恐后地用嘴唇和手摹仿风吹灭灯火的样子。

卡捷琳娜自己点亮油灯，但风立刻把火苗压低。她默默地用埋怨的目光望了一下顶盖，用一只手遮住战栗的火苗把它移到另一个地方。那里风比较小，火光摇曳着照亮了孩子们虽然苍白、却很愉快的脸蛋，照亮了阴湿的窑洞里简陋的布置，今天在他们看来，这里差不多算是一处挺阔气的地方。

“好一所住房。”格里高里·斯特拉东诺维奇忍着笑，煞有介事地向四周环顾，“还有炉子，有铺有炕，就是没有麦子。怎么样，孩子们，你们在这儿过得好吗？”

“好，爸爸！好极了！除了土豆，妈妈还让尽量吃面包！吃一个饱！”孩子们七嘴八舌地从所有的角落里大声嚷嚷。

“呵，今儿个妈妈可真大方。你们在新地方打架了吗？”

“已经打了一阵子！”

“瓦西尔敲我的后脑勺！您得给他两下子。”小斯杰潘柯开始告状。

“谁教你乘妈妈不在自己去拿面包！你今天已经吃得够多了，就跟打麦人差不多！”瓦西尔用洪亮的低音申斥不懂事的弟弟。

“孩子们，马上再给你们东西吃。”母亲微笑着用眼光数孩子们的脑袋。

桌上铺着干净的麻布台毯，从擦得铮亮的炮弹壳里温柔地露出一束尚在沉睡、含苞未放的雪球花和一株花序饱满的榛枝。这是最早的春花。它们立刻使格里高里想起童年时代，想起游击生涯中的春天，那时，春天的信使——雪球花——从地上子弹壳之间的缝隙里长出来，或者也插在窑洞内这样的炮弹壳里。

“总算盼到了春天。”他把花凑到面前，嗅嗅它们新鲜的泥土气，“是谁采来的？”

“是我，爸爸，”眼睛和母亲一样碧绿的柳芭回答，“我是为您采的，您喜欢这些花。”

“你到树林里去不害怕？”

“我是跟邻家的奥尔迦一起去的。在近岸的湖里看见一条狗鱼，这么大。”她张手比了一下，“眼睛像豆角。它几乎游到小桥旁边。我们就在那里湖边采的花。”

“谢谢你，好孩子。”他把胖墩墩、高颧骨的柳芭拉到怀里，三天以来，这个十岁的小姑娘始终沉浸在一双新靴子带来的幸福中，她不问对象场合，到处夸耀：

“我换上了新靴子，爸爸给买的。”

当这孩子信赖地挨到他身边时，温暖的感情如一汪春水淹没了教师的心。但这份欢乐也每每被忧伤所冲淡：要是这群孩子中间再添上一个就好了。但目前他没有这样的权利。

“我给你们带来了礼物！你们猜——是什么？”他努力排遣闯入心房的忧思问道。

“糖果？”小斯杰潘柯第一个叫起来。

“不对。哪个再猜？”格里高里·斯特拉东诺维奇晃着一只破旧的小皮包逗引孩子们。

“小白面包！”

“现在哪来什么小白面包？”老大——十一岁的沃洛其米尔——说得有理，这是一个眼睛大、胆子也大的好汉，和他生父一样。

“白糖！”

“梨子！”

“苹果！”

格里高里·斯特拉东诺维奇带着神秘的表情拉开小皮包的拉链，窑洞里顿时鸦雀无声。

“是这个！”他取出半斤重一厚块雪白的牛油，孩子们甚至拍起手来。“我们这就举行一餐皇家的晚宴。你们可知道国王们晚餐吃些什么？”

“他们有许多甜食、肉和粮食。”瓦西尔说。

“对，瓦西尔，他们有许多甜食、肉和……烤土豆。”

“我们也有烤土豆！您闻到没有，多香啊，”斯杰潘柯发言了，他当即相信烤土豆是国王们吃的美味。

“我们就和着牛油来吃烤土豆。这还不是每一个国王晚餐时吃得到的哩。你们说对不对？”

“对！”孩子们一齐笑起来。

“现在大家在桌旁坐好！”他把牛油放在一只小钵里。

孩子们望着那块牛油的神情活像看到了奇迹。母亲用慈爱的目光瞧着这一情景，等孩子们在桌旁围定了，她悄悄地对丈夫耳语：

“我爱你。”

“真的？”他调皮地看看妻子。

“非常爱！”

“让爱情搬进新居，这也不坏。虽然吃不饱，至少有爱情。”

“可是你爱我吗？”她用眼梢向孩子们一瞟，怕他们听见。但孩子们已经无心顾及父母。

“也许爱吧。”他装腔作势回答。

“讨厌。这样的好日子你就找不到好一点的话？”

“我只能重复一遍：你比谁都好。”

“我总有点儿为你、为我们担心。”她那颧骨微耸、一双诚实的眼睛果然像两颗星星的俏脸庞霎时蒙上阴影。

“你怎么啦，卡捷琳娜？你担心什么？”

他对她双眉浓密的眉心和两瓣春叶一般不断变换色彩的眼睛欣赏出了神。

“我自己也不知道，可老是提心吊胆。有时我会像一株幼嫩的白杨打起寒战来，甚至四下张望，看看你身边有没有不祥的预兆。”

“这才是我不愿在新屋子里听到的话！”

“可恶的波泽路依柯破坏了我的幸福。”她的眉毛重又悲愤地折断了。

格里高里·斯特拉东诺维奇也露出愁容。

“从来幸福没有十全十美的。难怪人们说：幸福加悲哀就是命运。”

“我们遇到的不幸、困难以及波泽路依柯之流的坏人还少吗？”

“会过去的。这一切都不是本质的东西，凡是非本质的一切总是暂时的。”

“你是不是为了安我的心才这样说？”

“不，我抱着神圣的信念。等打垮了法西斯，我们也要向困难开火。总有一天，我们将不为面包伤脑筋……我们将考虑怎么变得更聪明……至于波泽路依柯之流又算得了啥？不过是几棵毒菌。乘我们在为美好的未来斗争，他们就从旧制度残余的垃圾堆和战争留下的瓦砾场中冒出头来，像好肉上长起了脓包。将来他们也一定会作为垃圾被清除。”

“可就是迟迟不见动手清除。有些坏蛋已经学会了害人，而不是爱人。那封匿名信的问题完全解决了吗？”

“不解决还能怎样？”

“也可能不是这样。上次那一封就害你被揪了好几把。”

她举手抚摩他的头发。

“结果没揪下我一根毫毛，因为‘我们没留下一颗亏心的种子’——你该记得，我给你念过谢甫琴柯的诗句。”

“你瞧，歪理多么像一个得寸进尺的恶鬼。起先听着那些含血喷人的话，觉得又可笑，又惊奇，可是现在越来越教人害怕。真想从旁边看一看这个恶鬼。”她的眉心攒紧，怒容满面，“看看他到底是啥模样，像什么？”

“模样儿像人，骨子里已经蜕变成猪。谁都知道，猪即使在教堂里也光找臭水洼。”

“这话有道理。”卡捷琳娜动作敏捷地从炉中取出晚饭放到桌上，然后重新坐在丈夫身旁，微笑盈盈，“我满肚子寻思，你打哪儿弄来的牛油？”

“全凭游击队员的身手。”格里高里·斯特拉东诺维奇忍住笑，用眼神指指孩子们，示意不要当着他们问长问短。

晚餐已毕，他准备到教堂里去，他所有的书都放在那里。

“又要去跟神明和莎士比亚做伴？”当他们踏着土阶走到地面上的时候，卡捷琳娜情意缱绻地问。

“是的。”

“多咱回来？”

“我再去工作一会，让孩子们睡着，然后回到你身边来，要是你不讨厌的话。”

“可别耽搁太久。听见没有？”

她挨着丈夫，似乎想和他融合在一起。

“我一定尽早回来。你的气力可真不小！”

“你不是管我叫大地吗？”

“你的头发是什么味儿？”

“你猜。”

“是我遥远的童年时代的味儿……跟我母亲一样，那时她还年轻……果园和人们还没有在战火中燃烧。”

“哦……快别提这些！”

“那么到底是什么味儿？”

“独活草的味儿。”

“那么我猜对了：是我的童年时代的味儿。你的丈夫蠢不蠢？”

“你最聪明，最好。”她的声音又像铜钟低鸣，“难道真能这样过一辈子吗？”她用一双充满幸福、爱情和信任的眼睛从下向上看着他。

格里高里低下头来吻了她一下。

“当心给孩子们出来看见我们像新郎新娘那样站着。”

“我们确实是新婚夫妇。”卡捷琳娜甚至惊异地蹙起眉额，“如果世上有幸福的话，那么就是你！”她抱住他不放，直到窑门发出呀的一声。在两根小柱子旁准备将来安栅栏门的地方分手的时候，她问：“格里高里，牛油到底是哪儿弄来的？你怀里明明一个子儿也没有。”

“可是怀里揣着一颗心。”

“你瞒着我？”

格里高里·斯特拉东诺维奇作了一个神秘的微笑。

“我已经对你说过，全凭游击队员的身手。”

“你在哪儿显的身手？”

“哦，我的妻子，你触到了我最大的秘密。你不骂我吧？”

“我怎么会骂你？”

“那么你听着：今天我到赫里山蒂神甫的密室里去了，那里藏着他的酒和下酒菜。我对你说吧，好看得很哩！”

“格里高里，你摸到密室里去啦？”她脸上现出并非做作的惶骇表情。

“为了这样的好日子，为什么不去摸一趟？”他笑道，“牛油味道不好吗？你闻闻，多香！”

“还笑呢！”她的胸音带着埋怨和嗔怒，“不，你在打哈哈！这不合无论哪一种门道！”

“可就是合圣障中门这一道。”

“我万万想不到你会……”

“瞧，把真话告诉你，你又马上埋怨开了。赫里山蒂神甫自己曾用他的宝贝不知引诱过我多少次。”

“今天他也说了吗？”

“今天也说过。但是我犹豫不决，到晚上才向这诱惑屈服。你不用发愁，赫里山蒂神甫是个有远见的人，懂得跟游击队员还是和睦相处为妙。你能原谅我的道德堕落行为吗？”

“唷，我实在不喜欢你这种做法。难道你一点也不后悔？”

“半点也不。好吧，祝你幸福。我去告诉赫里山蒂神甫，说你为了他的粮酒仓储减少如何伤心。老头儿一定大为感动，并且会在法器室里为信女卡捷琳娜和她全部后代的健康干杯。”

她听了笑逐颜开。

“难道他在法器室里也喝酒。”

“在法器室里，在神殿上都喝。甚至从瓶子里直接往口中灌也不忌讳。那时咕嘟咕嘟的酒声和啧啧称赏的咂嘴声直上拱顶，惊醒那里的麻雀。赫里山蒂神甫说，这也许是圣灵在扇动翅膀。他是个相当风趣的人。”

“跟你一样。好吧，我等你。”

“你睡吧，这一天够辛苦了……”

她的爱在一路上陪伴他直到教堂。几乎伸手捉摸得到。

“大地”！这两个字与卡捷琳娜是多么切合，与她带着两点黑影的春叶似的眼睛，与她的声音、她的体态无不吻合。无论在生活里，还是在从文艺复兴时代一直到今天的绘画中，他从未遇见过类似的典型。要塑造这样的形象必须罗丹①再世，非罗丹不可。不过，在某些人看来，她可能是一个极其普通的女人。那些人都不了解她，他们只从容貌上去找一个人的美。就拿奥克桑娜来说，她的容貌要端正、完美得多，可是她难道能同卡捷琳娜相比？

他就这样踏着柔软的爱情地毯走着，一边走，一边微笑。不单是亲爱的卡捷琳娜的目光，还有另一些人无论在悲痛或烦恼时始终和善可亲的眼神，都在向他含笑作答，尽管世界上又有战争，又有波泽路依柯之流。

他走进教堂的时候，粗手大脚的赫里山蒂神甫正在昏暗中像一只巨翅大鹏张皇奔突。

“啊，原来是你，善于思考的孩子，”神甫放了心，“前线有什么消息？”

格里高里·斯特拉东诺维奇把手指张开再紧紧地握拢。

“我们正在打到毒蛇的七寸上去。”

“好，说得好。关于我的儿子你听到什么消息没有？”

“没有。”

“遗憾。”赫里山蒂神甫摇摇头，在他鼻孔很大的脸上泛起了笑容。

“什么事？”

“是个有出息的孩子！他得了为上帝所赞许的亚历山大·涅夫斯基勋章。所以我到此地来赞美至高无上的神。”赫里山蒂神甫整个不灵活的身躯似欲乘风上天，长袍的肥袖飘落到肩上，露出两条毛茸茸

---

① 罗丹（1840—1917）：著名法国雕塑家。

的胳臂，形象地证明着人起源于猴子这一条不为上帝所赞许的真理。

“神甫，您差不多每天能找到理由进入您的密室，”格里高里·斯特拉东诺维奇笑了起来。

“孩子，因为我们生活在可以写上《圣经》的时代。”赫里山蒂神甫用讲道的口吻说。

“恐怕是载入史册的时代吧？”

“对你们说来是载入史册，我认为可以写上《圣经》，这就是如今文章里常提到的世界观的差别。有时候我清楚地看到和想到：先知们将巡行天下。”

“神甫，那时他们会怎样处置如您这般罪孽深重的人呢？”

“我将诚惶诚恐地指望上帝开恩。喝酒并不是头等大罪，”神甫满不在乎地说，“格里高里·斯特拉东诺维奇，我们来为我的孩子获得当之无愧的褒奖庆贺一番如何？”

“我不能，神甫。”

“你太矜持了，格里高里·斯特拉东诺维奇。我可得去喝上几口，因为我的心上有着这样一桩喜事。”

“既然喜在心上，那又为什么要讨好肚皮呢？”扎德聂泊罗夫斯基含着嘲笑看看赫里山蒂神甫，可是神甫的心已经飞进密室，他的整个肥硕的身躯，主要是皱皮黄瓜似的鼻子，显得特别猴急，对酒味嗅觉极灵的大鼻孔在他脸上闪闪发光。

“罪过不从口入，而从口出，”赫里山蒂神甫毅然摆一摆手，向法器室走去。不一会，那里就响起了叮铃当啷、咕嘟咕嘟的声音。

可是格里高里·斯特拉东诺维奇却惊异地听到门口传来卡捷琳娜的脚步声。

“什么事，亲爱的？”他笑容满面迎着她走过去。

“你这儿好冷。”她哆嗦着把一条厚实的肩巾裹一裹紧，“嚯嚯……”

“你来就为这件事？”

“不。有一个人来找你。他一定要跟你单独见面。”

“今天难道是我的接见日？”

卡捷琳娜笑了。

“瞧你这个官僚主义者：在教堂里还不接见。”

“这位客人打哪儿来，他要干什么？”

“好像从区上来。他给你带来了礼物：一些铺窑洞地板的木料和一包面粉。我不肯收，他自己把木板卸下堆在门口，把面粉搬进窑洞。”

“这有点儿教我反感。”教师顿生戒心，眉头皱紧。

“也许是你的游击队朋友？外人怎么晓得你需要木板？”

格里高里·斯特拉东诺维奇沉思起来。

“也许是。他是怎么个模样？”

“瘦高个儿，淡黄头发，神色有点儿慌张，看起人来不对准前面——一会儿往下，一会儿又几乎从眼睫毛上端看出来。”

“什么鬼样子！十足的坏蛋相！听了这样的描写简直不想见他。”

“一个人的长相能说明许多问题，但也不能一概而论。怎么样，让他到你这儿来？”

“他在哪儿？”

“在钟楼旁边等着。不知为什么他不愿跟我一同来。”

“这也教我反感。”

“我去叫他，好吗？”

“去叫吧，你自己回去睡觉。”

“回去就回去，既然你讨厌我。”她的微笑照亮了自己和丈夫的脸，“你也早些回家。”

她走了，同时带走他的一小部分喜悦。

教堂门又响起了呀的一声。从黑暗中慢慢地走出一个电线杆似的瘦高个儿。在他疙疙瘩瘩的粗脖子上长着一个下巴短削的小脑袋，它似乎怀着鬼胎，在颈脖上转个不停。当他抬起薄薄的、像是粘上去的眼皮时，眼睛里映出了油灯闪烁不定的反光，眼珠子开始跳动，就像在看不见的筛子上颠簸。

如果从画在墙上的地狱里突然跑下一个身上着火的魔鬼，格里高里·斯特拉东诺维奇也不会像看到这个瘦高个儿那样骇愕。

“是你?！”教师不敢相信自己的眼睛，他的爆裂的嘴唇由于无比的憎厌和愤慨而撇歪了。

“是……我。”瘦高个儿仿佛也不相信这真的是他自己，他跨前一步，不再动弹，在他浓眉皱眶的脸上模模糊糊地闪现出卑顺、窘迫、顽劣、恐惧和哀求的表情。好像不稳定的灯光使这张脸从一个拍坏的电影镜头的暗影中显出来，让一个个光点在上面晃动，不但向瞳子里投射变幻无常的凶险反光，还在搭拉着的、由于痛苦和恐惧也在颤抖的眼皮底下聚积烟黑。

“你居然有脸来找我?”格里高里·斯特拉东诺维奇把嗓门压得很低，他的手握成一个拳头，自然而然地放到心口上按捺痛楚和愤怒，“你还有这张脸……流氓?”教师勉强控制着自己。

瘦高个儿的脸色更加灰暗，痛苦、哀求和忏悔的表情在这张脸上糅合成一团。他也把一只手拢在胸前，手指张成一面筛子抓住心口，薄薄的嘴唇开始哆嗦，扯动；他说不出或者不敢说的是开头的话，但终于说了出来，好比一扇旧栅栏门在黑暗中呀然洞开，教师立刻又堵住他的嘴。

“走你的路，孬种。别惹我闯祸——冲锋枪还在我身边。”扎德聂泊罗夫斯基向矮橱那边摆一摆头。

“格里高里·斯特拉东诺维奇，打死我吧，不过先请听我把话说完，我知道您有这样的雅量。”瘦高个儿的话好像从黑暗中产生，在黑暗中沉落。他干咳一声，清清嗓子，身体不住弯折扭曲，简直愿意在教师面前俯伏扑倒，精神忽而振作，忽而萎靡，能变化于转瞬之间。“请看在我的孩子分上，无论您看在什么分上，千万请您收下我的面粉，不要见死不救……当初我一时糊涂瞎了眼，给您带来了麻烦，甚至害了您。现在请您给我一个忏悔的机会。”

“波泽路依柯，你是来表示悔过的?！”教师由衷地感到奇怪，几乎怔住了，“这究竟是怎么一回事？难道你的良心还没有被淤泥完全涂没？”

“信不信由您，确实没有……完全涂没。悔过之心使我不得安宁——快要把我折磨死了。”波泽路依柯用筛子似的手指头压得心口作痛，表示他正受着良心怎样的责备。

但是，格里高里·斯特拉东诺维奇从这个动作捉摸到一种做假的意味，便冷冷地一笑。

“你倒是挑选了一个不坏的忏悔地点。”他用视线指指画在教堂墙壁上的地狱景象，“可是你的话难道有一句可以相信？就是现在你还在耍花招，使诡计。”

“您有权利、有自由不相信我，但从前我也不是这样的人。”

“我乐于相信母亲生下你的时候也同别的孩子相像。这是她的功劳。当可怜的她用奶和蜜喂你的时候，一定对自己的孩子抱着很大的希望，指望她的儿子在人们中间成为一个人……不料他长大了，却变成一口猪挤进生活……”

“这都怪战争，万恶不赦的战争！”波泽路依柯号叫起来，把手从胸前抽开，举到嘴唇和鼻子前面，“我恨透了这场战争！”

“可以把许多事情归咎于战争，但是战争揭露了你污浊的灵魂，这不是它的过失，倒是它的功绩。使人们见到你可以像绕过一堆畜粪那样退避三舍。”

“格里高里·斯特拉东诺维奇，战前我的灵魂没有染上……污泥！我历史清白，没有一个污点，没有一颗疵斑。”

“连一颗疵斑都没有？”扎德聂泊罗夫斯基的眉毛遽然一扬，他想起自己的历史包含着如许多的不愉快，“你凭什么功勋劳绩写下了光荣的历史？”

波泽路依柯把腰杆挺直。

“凭警惕性，凭着对苏维埃政权的爱。”他想把这话说得理直气壮，但话不听他使唤，结果变成一连串含糊不清的顺口溜。

“不要脸的无赖！”格里高里·斯特拉东诺维奇勃然大怒，“你也配谈论对苏维埃政权的爱？这是侮辱尊严，亵渎神圣！”

“不，这是爱。”波泽路依柯固执地说。痛苦、哀求和忏悔的表情中又加入恼怒的神态，短削的下巴和颏下一道脂肪疙瘩神经质地开始抽搐。

“在教堂里就别撒谎吧。四一年冬天我在一个冷僻的角落里找到你时的情景，你可还记得？”

波泽路依柯全身震动，低下了头。

“记得。”

“在这个苏维埃政权遇到最大困难的时节，你没有成为一个战士，却做了一个女人的寄生虫，你的爱仅仅局限于你自己的一条命，绝不越出这个范围。可是苏维埃政权相信波泽路依柯，把你留下来做地下工作，不是叫你躲起来的。你就是这样把你的光荣履历踩入了污泥，可不是吗？……你不做声？我还要提几桩事情。我和政委向你追问，为地下活动留下的武器藏在什么地方，当时你是怎么说的？你昧着良心回答：‘不知道。’到把你逼得混不过去了，你又怎么说？‘武器我不给，我得向区委会交账。’祖国优秀的儿女正在抛头颅，洒热血，而你光考虑交流水账。我们把机枪和手榴弹挖了出来，你对着被掘开的坑哭得如丧考妣，哀叫战后没法交账。游击队员们哈哈大笑，全不理睬……那时候你为什么不用这武器跟我们去打敌人？为什么？”

波泽路依柯舐舐干燥的嘴唇，又用怀着鬼胎的声音回答：

“为什么不跟你们去？……因为你们的游击队，请原谅，是……自己搞起来的。”

“怎么是自己搞起来的？”格里高里·斯特拉东诺维奇不懂他的意思。

“你们自发地组成了这支游击队，没有上面的任何命令，也没有任何指示。当时我不能轻信自发的运动，因为群众究竟是群众……”

格里高里·斯特拉东诺维奇听得发了呆。

“波泽路依柯，你这是由于狡猾还是害怕才会这样神经错乱？”

“把我打死吧，格里高里·斯特拉东诺维奇，这是您的权利。在当时那样的情况下，即使最聪明的人也会变得蠢如木头。我也变傻了。我寻思，我要保全自己，将来国家需要有经验的干部。这样一来，勇气就离开了我，犹豫把我拖进了泥坑，我成了一个懦夫，但毕竟不是叛徒……现在我的生命、我的前途全掌握在您手里。我有孩子。他们的母亲抛下他们……在几天前死了……临死叮嘱我来向您忏悔。现在我向您叩头认罪。”说着他真的跪下来呜咽啜泣。

“孩子”“母亲”，这样的字眼谁听了能不动心？格里高里·斯特拉东诺维奇听了也恻然心动。他走到波泽路依柯面前，拉住他的一只手，就是这只手在战争中始终没碰过武器，可是后来却用一支普通的学生钢笔教扎德聂泊罗夫斯基吃了那么多苦头。

“起来！我不是上帝，也不是法官。”

“我不起来，格里高里·斯特拉东诺维奇。我要跪到天亮，跪到世界末日，血管梗塞死在这里。”波泽路依柯哽咽着。看来他真的会永远这样跪下去。

“你要我怎么样？”

“饶恕我的恶意，饶恕我对您的诋毁。”

格里高里·斯特拉东诺维奇无可奈何地摇摇头。

“好吧，既然你真心悔过，我尽可能不咎既往，尽可能把你带给我、带给我的妻子和孩子的创痛从心上剜除。但是你不得再提出任何要求。速速离开此地，不要再让我看到你。这一点你总该办到吧？”

“为了您我什么都办得到，格里高里·斯特拉东诺维奇，哪怕要我啃潮湿的泥土也行！”波泽路依柯站起来，他的一滴眼泪掉在教师的手上；教师猛然一震，把它揩在军大衣上，“只要您给我一张笔据，证明我完好地交出了武器。”

“笔据也可以给；武器的确是完好的，虽然你碰也没碰一下。”

“我怕武器，格里高里·斯特拉东诺维奇，我对武器素来讨厌。小时候我也不玩打仗游戏。”波泽路依柯又舐了一下干燥的嘴唇，把嗓子压低到耳语的程度苦苦哀求，“请您高抬贵手，在这张笔据上再添上一两句话，就说我和游击队有过一点点联系，只要一点点就够了。”

“这样的话不能凭空乱写，应该用生命去赢得这样的评价。再说，你要这做什么？”

“格里高里·斯特拉东诺维奇，这附加的几句话能恢复我的党籍。那时我就复活了，我将完全变成另一个人，一辈子也不会忘记您……我还要教我的那些可怜的孤儿敬爱您。”他用哀求和痛苦的目光望着教师。

“我明白，你需要党，可是党是否需要你呢？”格里高里·斯特拉东诺维奇无情地给以抢白，“现在谁会接受你入党？”

“会接受的，您瞧着，会接受的。我有一些老朋友，我们保持着交情……几句附言就能使我得救。我又不请求证明我是真正的游击队员。您只要写我的武器归根到底帮助了你们，没有帮助敌人。”

“那么下一步你打算怎么走呢？”教师开始用好奇的目光瞧着波泽路依柯可怜巴巴的面孔。

“往后我只好在经济部门谋出路，搞思想工作对我可以说已经此路不通，再说我在那里也很难胜任。要是能派我去当榨油厂的厂长，我将本本分分地完成计划。这个职位对我刚刚合适。事情已经有了眉目，只要您帮一点儿忙。”

“不，我不会帮助你恢复党籍，不会帮助你当上榨油厂厂长。我们就此分道扬镳吧。你走你的路，别忘了把你送来的贿赂带走。我的良心上没有一戈比不义之财。”

波泽路依柯像风中的一株白杨哆嗦起来。

“您就不可怜可怜我的孩子？别忘了您是一位教师，人道主义者！”

“孩子的父亲当不上榨油厂的厂长，难道他们就要变坏吗？”

“您要我终身蒙受耻辱，等于杀了我！”

“不，你自己用三发毒药子弹已经杀了你自己，那就是对人们的鄙视、小人的阴谋诡计以及对自身安全的过分关怀。试问，你跟党能有什么关系？要是你还留有人性的一根芽苗的话，你就该战战兢兢保护它，不要用厂长的油水，应该用黑面包加以栽培，并且感谢人们能够让你同他们一起工作。”

波泽路依柯吓得发抖。

“您要明白，格里高里·斯特拉东诺维奇，如果我去搞基层工作，我会被整死的。”

“谁能把你整死？”

波泽路依柯又打了一个寒战，脱口说出：

“人们……”

“为什么要以小人之心度君子之腹？人们有更重要的事需要操心……”

“这是理论，”波泽路依柯打断他的话头，“人们没有忘记我当过区苏维埃执委会的秘书，您也知道，要讨好所有的人，世上还没有诞生这样的专家。”

“然而却不止一次地诞生过另一种专家，这种专家视善良为可欺，坐享他人的荣誉和劳动果实，还要以种种卑劣手段相报。你是不是害怕人们？”

“与其说怕他们，不如说更怕他们的嘲笑，”波泽路依柯承认，“教我出这样的丑，我受不了。”

“会熬过去的，”格里高里·斯特拉东诺维奇安他的心，“你躲在角落里把一场战争都熬过了，这点点委屈还不一眨眼就对付过去？你的眼睫毛等于不怕羞的净谷机，任何沙土都能扬去。”

听到这一番话，波泽路依柯的睫毛不由自主地抖动几下，眼皮也扯动起来，好像蘸了又苦又辣的汁水。恼羞成怒的毒汁灌满了眼睛下面松皱的眶窝，然后顺着面颊铺开，在嘴角和鼻子旁边聚成几道折纹。

“您绝不更改自己的主意？”波泽路依柯把颈脖和整个身躯挺得硬绷绷的。

“绝不更改。”

“您考虑一下，格里高里 · 斯特拉东诺维奇。考虑一下吧！”现在波泽路依柯央求的语气中夹杂着威胁，“我只不过请求您在证明上带到这么一笔。”

“可是你靠着它就会开始不顾别人死活，为自己发财致富而榨油。走开……”

现在波泽路依柯凶相毕露。他的污浊的灵魂感到屈辱，扯下演戏的伪装，语气中冷冰冰的威胁之音已经历历可闻：

“您下了逐客令?！这样做会于您自己不利。我虽然空手而归，但是您和您的妻子将为我的耻辱付出一桶血泪的代价。我要看你们的眼泪哗哗地淌下来。”

听他提到妻子，格里高里 · 斯特拉东诺维奇打了个寒战，他眼前刹那间裂开了霉臭冲天的深渊，这就是一个恶棍的内心世界。波泽路依柯抛弃一切外衣，在咝咝的威胁声中露出了毒蛇的本性。

“我知道，您受过高等教育，到现在还离不开各种各样的艺术，什么莎士比亚等精神食粮。但既然我们互相过不去，我会把您从一切崇高的境界拖下来，教您直掉到莎士比亚们也梦想不到、比您刚才指给我看的更可怕的地狱里去。”

“你撒谎，不要脸的流氓！”

“谁能撒谎，谁的心情舒畅。这句话也是人民创造的。”

“不是人民，是人民当中的败类！你打算骑在撒谎这匹马上跑到什么地方？”

“跑到我的目的地。您以为我达不到？您回想一下：托尔斯泰伯爵不是说过吗，真理和谎话有着千丝万缕的联系？”

“他这是指宗教信仰而言的！”

“这我可记不清，但这句话本身有它的道理。我会不顾羞耻编造谎话粘上您的历史，并且能使谎话成为真理。否则教我怎么办？上吊吗？蝼蚁尚且贪生。我也想活下去。您还是不要挡我的路，否则我会不择手段把您从崇高的精神世界里拖下来。我知道该如何着手，我知道您的心灵完全敞开，根本不设防，很容易被伤害，跟我的不能相比。只要我愿意，可以像吃一棵白菜那样把您的心咬碎。这并不难办，您虽然精神高尚，但终究是个躲在阴影中的人。”

“什么，你说我是个什么人？”格里高里·斯特拉东诺维奇愕然追问，他简直无法相信一个丑八怪身上能集中这么多脏东西。

“躲在阴影中的人，不受人注意。不知由于谦逊还是愚蠢，您不善于占据、攀登与您的功劳相称的地位。可是人家不会抬了轿子来请您。在我们这个时代，人人都忙于自己的工作，谁也没有闲工夫照顾到某人的谦逊性格。这一点也不利于您。我劝您还是不要使我变得那么无耻，我还没有卑鄙到这种程度。这样，对我对您都有好处，那就是说对社会也有好处。就算并非出于本意，您带上一笔添两句话又破费什么？这样就能高枕无忧。而对您这样性格的人来说，要在精神上不断成长，安静是非常必要的。我决不妨碍您。”

现在轮到了扎德聂泊罗夫斯基面孔变色。战争以来，他对各种各样居心险恶的衣冠禽兽见得多了。但是这样的下流东西还没有遇到过。特别值得注意的是他说得出做得到。这会不会是一场噩梦？不，现实的、恼羞成怒、咄咄逼人的波泽路依柯站在他面前，还抱着一线希望瞧着他的脸，仿佛想从他脸上看到求之不得的附言。恨不得抓起冲锋枪向这一堆畜粪扫射！但格里高里·斯特拉东诺维奇捺住怒火，很感兴趣地问：

“你画出了一幅与你的大手笔相称的图画。你究竟打算怎样使我从崇高的精神世界摔下来？”

“这要看政治局势而定。”波泽路依柯这话几乎不假思索地脱口而出，他的眼睛里希望增浓了。

“这话又该如何理解？”

“我可以打开天窗说亮话。不过请暂息雷霆，平心静气听我说完。”

“说吧。”

“我这就说！”从他皮肤下面不知什么地方渗出一丝怪别扭的笑意，“如果将来我们的主要敌人是纳粹分子，我和我的伙伴们就把您制造成一个纳粹分子；如果民族主义成为主要的危险，我们可以把一只打扮成乌克兰资产阶级民族主义者的刺猬抛到您身上。也可以同时既是前者，又是后者，还可以附加一条道德败坏。一旦从好几个地方发出这样的信号，连好朋友也会对您侧目而视，退避三舍，那时看您怎样洗刷……我这样摊牌使您惊奇，是吗？告诉您，我无需害怕，对付诽谤者的法律还没有定出来，可是被诽谤者可能遭致一切后果，乃至死亡。一旦落到死神手里，哪怕是最纯洁的天鹅，照样一下子被拧断脖子。由此可见好心往往不得好报。您说这合不合逻辑？”

这番高论概括了闻所未闻的、赤裸裸的无耻哲学和令人发指的恶毒用心，气得教师转过身去准备拿冲锋枪，至少也得用枪托款待一下波泽路依柯由于预感到报复的满足而得意忘形的丑恶嘴脸。但这时圣障的中门打开，赫里山蒂神甫高举着十字架，脚步踉跄地从里边走出来。

“走开，毒舌的谗人！我告诉你：上帝喜欢君子，魔鬼宠爱谗人，”神甫庄严地宣布，并把十字架一挥，“走开，作恶多端的歹徒，不许你蠹食生活的果木，理智的果木。”

这一突如其来的转折吓得波泽路依柯瞠目而视，倒退了几步。赫里山蒂神甫的出现如同《圣经》上的先知下凡。很久以前的迷信观念重新冒头，理智一时陷于混乱状态，于是波泽路依柯狼狈地逃出了教堂。

到了门外台阶上，他定一定神，把刚才发生的事琢磨一番，气得他几乎要哭出来：想不到运气这样不济——他和扎德聂泊罗夫斯基的谈话竟被人听去！神甫像扯断蛛网那样打乱了他的计划。谁能料到事情会这样急转直下？朋友，现在只得另想别法，没准他们还会写状告你。真要命，从哪儿钻出这么个神甫来跟你作对？也许有必要揪住他的法衣袍襟，嗅一嗅他是何许样人，有些什么样的弱点？……为什么他这样护着扎德聂泊罗夫斯基？……神甫和教师——好一个神圣同盟！从中能制造什么效果，值得仔细研究一下。

他走到马儿跟前，跳上雪橇，用新的蛛丝修补被扯断的网，在恶劣透顶的情绪支配下沿着村道策马而行。

教堂里，赫里山蒂神甫对于自己这次“出场”相当满意，他还在继续大发雷霆，痛斥从地狱钻到人间来的背誓者。

“懒汉，饕餮鬼，光屁股的无赖，一心想吃不费劲的黄油面包！您以为像他那路货会怕人嘲笑？他怕的是干活。这是一条不折不扣的蛀虫。”他看了一下年代久远的圣母像，“蛀虫连神像也要蠹蚀。”

“这条蛀虫蠹蚀的是苏维埃政权，可是嘴上却嚷着自己热爱苏维埃政权，并且直要爱到死，”教师紧锁双眉说道，他试图抖去恶心的感觉和神经质的战栗，但是徒然。他在想：“关于心灵敞开这番话完全被波泽路依柯说中了！看来他也精通心理学，以便捞取好处，为自己卑鄙的目的服务。”他面对书本低下头来，把它打开，但是一句也读不进去，莎士比亚笔下许多阴森可怕的形象纷纷浮现在他的眼前，其中就有伸长粗颈脖的波泽路依柯……

第十一章

孩子们终于都睡着了，她光着脚，举起两只手掌，在窑洞里忙个不停，听颤动的寒流从潮湿的木条缝中盲目地钻进来，看一丝一丝的风从下面悄悄地卷起来。也许这是大地本身怨恨人们老是折腾它的脏腑而在生气？

“亏你想得出！”卡捷琳娜自己也觉得可笑，她像个占卦女人灵活地舞弄着双手，忽而在角落里，忽而在门口用黏土填嵌眼睛看不见的缝隙。

过了一阵子，窑洞里渐渐暖和了些，怯生生的油灯不再战战兢兢地怕被吹灭，比较大胆地挺直它那金黄色的、虽然冒着烟的火苗。这已经使她高兴。卡捷琳娜洗过手，穿上紧紧裹住小腿的靴子，站在窑洞中央，还有些不大放心地谛听，怕阴险的冰锥捅穿顶盖。但是，没有寒气透进来，却从外面远远地传来了轻微的歌声。姑娘们唱的不是战争，而是一支古老的歌谣，里边提到独生女儿在母亲身边有多么好，简直用蜜给她洗澡。

卡捷琳娜的心迎着歌声悸动起来，随着歌声穿过蛛网似的道路，穿过田野、森林和草地，飞向她——卡捷琳娜，独生女儿——在母亲身边度过愉快童年的那一小块地方。她的父亲身上终年沾着面粉，像个圣诞老人。他走到哪里，雪白的粉就铺到哪里；他发笑或唱歌的时候，粉就从他衣服、头发和脸上落下来；要是磨粉人巴甫洛急疾地旋转身子跳起舞来，他周围便会刮起一场真正的面粉暴风雪。

他白天黑夜呆在覆着青苔、年久漏风的磨坊里，磨坊四周是榛树林和柳树丛。时而深蓝、时而淡青、时而碧绿的水经常使磨机着恼，它一边同水吵架，一边从饱鼓鼓的腮颊后面吐出面粉来。

卡捷琳娜最初害怕磨机和磨轮，据说磨轮下面是水怪和魔鬼藏身的地方。但父亲使她相信，磨机有一颗善良的心，至于磨轮下面，只在革命以前有鬼怪，后来都跟着老爷们、伯爵们不知跑到哪儿去了，因为妖魔鬼怪从庄稼人这里捞不到任何好处。从此，磨粉人的小女儿再也不怕走进磨坊所有的角落，甚至敢在那里过夜。临睡前父亲用同样渗透面粉气味的麻袋布盖在她身上，给她讲各种奇闻故事，或者在一张黑色的扬琴上敲击一支曲调。磨粉人巴甫洛和毛皮匠沃洛其米尔的轶事在村里有很久一直传为笑谈。他们俩都打过仗，在喀尔巴阡山一带吃过不少苦头，可是从那里带回来的好东西却教人莫名其妙：巴甫洛带回来的是一张扬琴，沃洛其米尔则是一袋打火石。磨粉人的妻子见了扬琴哈哈笑，毛皮匠的老婆见了石头双脚跳，骂男人想不出带些更好的礼物给她。

父亲一直把扬琴放在磨坊里，在秋天的晚上，或在风雪交加的日子里，听那银铃般柔美的琴音可真妙。磨盘在斗室隔壁辘辘地响，水生气地翻腾着，冒着泡沫，从轮桨上淌下来，而琴弦在这里歌唱悲欢，互相述说爱情。

“您弹得真好听。”有一次她带着自己的麦壳小枕头又来缠住父亲。

“好听？”父亲说着扬起眉毛，面粉立刻从眉毛上抖落下来，“我这张扬琴就是这样——它自己会歌唱。”

“它自己怎么会唱？”

“它跟人们一样有一颗心。”

“扬琴也有心？”小姑娘眼睛睁得大大的，她不知为什么害怕了起来。

“我说有，那就准有。你以为琴是木头做的吗？”

“那么是什么做的？”她将信将疑地看看由于年代久远、历经风霜而变黑了的琴木：这里头蕴藏着什么秘密，什么奇迹？

“卡捷琳娜，这张扬琴是用爱情制成的……我从一户古楚尔[①]人家得到了这张琴，这户人家从前出过一个最优秀的扬琴师。当时在古楚尔地区有三位大名鼎鼎的音乐家：快乐的扬琴师、忧郁的提琴家和温柔的竖笛手。他们三个好朋友常常一同从一个村子走到另一个村子遣愁解闷，使心头欢畅，腿劲硬朗。他们始终在一起，直到在山中溪畔遇见一位美丽如同晨星的姑娘。三位音乐家见到她都看呆了，三个人一齐爱上了她。这下可砸了锅。三个好朋友由于这番爱情互相翻了脸，互相怀恨在心，音乐也不奏了。后来他们一起去找那美丽的姑娘，要她从他们中间挑一个丈夫。姑娘爱的是快乐的扬琴师。但她克制住自己的爱情，对三个朋友这样说：‘我爱快乐的扬琴师，又爱忧郁的提琴家，也爱温柔的竖笛手，因此我一个也不嫁。你们愿意的话，我就做你们的妹妹……’从此，快乐的扬琴、忧郁的提琴、温柔的竖笛在世上奏得更加悦耳动听，因为它们给注入了人间最美好的东西——爱情！”

她父亲的一切：朋友、妻子、小女儿以及他们的小茅屋，几乎都是最好的。至于老迈龙钟的磨坊更是盖世无双！甚至他们的一头母牛也是最好的：它出奶虽然少，可是一对头角却像一顶王冠……

想到这里，卡捷琳娜微微一笑，旋又忧伤起来：父亲如今在什么地方？一九四二年，他和另一些地下工作者被德国人抓去，磨坊被浇上火油付之一炬。它已经为血腥的火舌所席卷，还鞠躬尽瘁地磨着最后的一批粉。只有烧焦的磨轮得以幸存，因为它及时地掉到磨机老是与之争吵的水里。她的父亲留下的只是一片回忆。不过，也许有那么一天，窑门忽然打开，父亲走进来，须发不是被面粉，而是被痛苦染白，像小时候那样把一只手搁在她的辫子上，说她和她的孩子是世界上最好的。

卡捷琳娜眼睛里充满了泪花和幻影走到孩子们跟前，看看他们的小脑袋，把被子盖盖好，然后开始考虑明天怎么打发：教她拿什么给

---

① 居住在喀尔巴阡山一带的乌克兰人。

一家人吃？这时她才感觉到自己肚子饿了。今天格里高里和孩子们虽然尽量吃面包，她却不容许自己这样阔气：她分了自己的一份，留着明天早晨给最小的儿子吃。

她走到小橱前，从盆子底下取出一片上面有土豆星子闪着微光的面包，放在手上掂了一下，嗅嗅味儿，重又小心地用盆子盖好。她的嘴唇开始哆嗦，思想围着今天那位客人送来的一包面粉打转。来探望他们的会是坏人吗？八成是格里高里当初接济过人家，现在人家酬谢来了。她走到袋子跟前，弯下身去双手把它抱住，眼前又出现了古老的磨坊，那里堆着一袋袋麦子和几只满盛粉屑的木桶，只见庄稼人粗大的手在那里忙个不停。

卡捷琳娜把袋口的结解开，从小就熟悉的小麦粉的气味——遥远的草原气息——向她迎面扑来。她已经没法判断，究竟是在说服自己，还是欺骗自己，总之她觉得客人马上就会跟格里高里一同回来吃晚饭。那时拿什么给他们吃？难道把留给孩子的一块面包拿出来吗？至少也应该烙一张饼。她清楚地想象得到，要是没有任何东西招待客人，将使丈夫多么难堪。于是她不再踌躇，从小木桩上取下一面细密的筛子，从袋里盛了满满一钵面粉。细筛在她手中舞动起来，一阵拍打，小麦粉就像白色的细雨撒在桌子上，好香哇！卡捷琳娜眉展颜开，虽然良心隐隐作痛：她动用别人的东西为时会不会太早？

上面响起了脚步声。

“他们来了！”卡捷琳娜又喜又惊；她那轮廓优美的嘴角的折纹颤动了一下，眼睛一眨不眨地等待着。

不一会，有人用手在门上瞎摸，接着，波泽路依柯弯着腰走进窑洞里来。客人才和她的目光接触，就把视线移开，生怕她的目光射透他的思想。这也使卡捷琳娜警惕起来：真正的游击队员总是怀着善意或兴趣坦然正视她的一双碧眼。

“只您一个人？格里高里呢？”她紧张地问。

“在那儿，”波泽路依柯用一只手有气无力地随随便便一划，把视线移到窑洞壁外不知什么地方。在他病态的灰色面孔和布满血丝的眼白上还看得出内心慌乱的痕迹。

卡捷琳娜更加警惕了，脑海中一下子产生好几个令人不安的疑团。她自己一个也解不开，但并不向客人提问，只请他坐下。

“谢谢，卡捷琳娜·巴甫洛芙娜，我站一会不妨。”他忽然用鉴赏一个女人的眼光向她瞧着。尽管这非常不合时宜，他心里还是暗暗赞叹：“长得不坏，妙在有一股不明显的魅力。这样的娘们很吸引男人。怪不得扎德聂泊罗夫斯基会连同一大堆娃子把她要下来。咳，要是过去的日子能追回来……我自己也愿意跟她勾搭上。”

后来他把目光转到解开的面粉袋上，一丝笑影从他宽阔的嘴唇上掠过。他看看孩子们，充血的眼睛里闪起一点同情。他摇摇头，好像在责备某一个人。

这无声的责备使卡捷琳娜产生了不祥的预感。她把筛子在桌上放下。

“出了什么事？”她低声问这位陌生人。

“是的，出了事，卡捷琳娜·巴甫洛芙娜，”他终于正视她的眼睛，“好吧，我就坐下，我实在太激动了。您也坐下，让悲伤平定下来，免得它紧跟着我们。”

他们紧张地面对面坐下，中间隔着一小堆面粉，发出草原和生活的气息。波泽路依柯半晌不做声，谛听上面有什么动静，眼睛斜瞅着窑门，然后忍痛含屈，抑制住残余的一点点自尊心，缓慢地、口气坚决地说：

“卡捷琳娜·巴甫洛芙娜，您是格里高里·斯特拉东诺维奇的妻子，五个孩子的母亲。你们全都需要幸福，哪怕是一小块幸福。但现在却形成了——更确切地说是正在形成——这样的局面：你们可能永远地失去它，因为，正像人们所说的那样，幸福是一只候鸟。”

那还得了？卡捷琳娜目瞪口呆地把扭绞在一起的手指按到胸前，几乎喘不过气来，只觉得格里高里、爱情正在离开她。一团滚烫的烟雾压到她的心上。

“天哪，到底出了什么事？”她惊恐地问，“什么样的不幸临到我们头上？”

“目前还没有临到……现在还不晚。”波泽路依柯让她宽一宽心，希望又在他胸中悸动：他理解到这个寡妇是多么爱现在的丈夫。这样的娘们为了爱情什么都愿意做，哪怕犯罪也在所不惜。

“您快说呀！”

“好，我说。不过您听着不要大惊小怪，不要害怕，不要发怒，仔细斟酌斟酌。卡捷琳娜·巴甫洛芙娜，每个人的灵魂都有一些他自己也不愿往那里瞧的角落。但是已经做下的事情覆水难收，而人总得活下去……战争时期我也昧过一点点良心，没有展开地下工作，总之没有认清方向……于是一切灾难由之而起……我为此受罚已非一日。而且不只我一个人，还累及全家，包括孩子们在内。现在我和他们的命运掌握在您的格里高里手中。只要他给我写一份证明，带上两句关于我进行过活动的话，我的一切都将改观；要是他不写，等于把我溺死。不过，万一真的弄到这地步，我在沉下去的时候也要把您的格里高里拖下水。至于我们之中以后谁能爬到岸上来，那就难说了，我没有到过土耳其，也没有落入敌人的包围圈……目前还不晚，您帮帮我的忙，同时也是帮助您自己。”

“您是波泽路依柯！”卡捷琳娜惊恐地叫了一声。

“就算您猜到了一部分，”他怀着鬼胎看看她，“可以说，您确实认出了我是什么人。但不要向我发泄您的愤怒，不要咒骂我，听我把话说完：生活中布下了各种陷阱和罗网，任何人都可能掉下去，防不胜防。”

“不要脸的流氓！”卡捷琳娜蓦地起立，眼睛里迸射出一串火星。愤怒的红晕使她显得更加美丽，更加年轻。

“女妖精，迷人的妖精！”波泽路依柯暗暗骂道，他又恼又妒地注视卡捷琳娜涨红的脸。忿怒使他却变得更丑，更老。哦，他缺少的正是过去的权力，否则，即便不能使这个美丽的野婆娘就范或者上钩，至少也可以狠狠地把她申斥一通，管教一番。

“出口伤人可不大好！”他用威胁的口吻说。

“没有骨气的东西，你还有脸把你那叛徒丑恶的灵魂带到这里来显眼?！马上给我见鬼去！滚！”卡捷琳娜把全部愤怒往他头上倾倒。

波泽路依柯吓得向门口退去，他的眼睛闪出决心和狞恶的凶光。

“我走，但请您记住，代替我到这儿来的将是灾难。”

“就是死亡也不怕！快滚！”卡捷琳娜的神情是那么威严，以致波泽路依柯默默地诅咒着她，转过身去的时候，昏头昏脑地把胸脯撞在门上，手又摸不到门闩鼻。

“把你的面粉拿回去！”卡捷琳娜命令道，“还有木板。也许给你或者另一个混蛋做棺材用得着！”

最后一句话使波泽路依柯全身肌肉紧缩，但他双手握住袋口的结子，用膝头推着把一包面粉提到门外。一团团冷空气卷进窑洞里来。卡捷琳娜正欲奔过去关门，忽然想起筛过的一些面粉，立刻把面粉从桌上扫在钵子里，把淡红色的麸子也倒在上面，这才跑到院子里去，波泽路依柯正在那里搬木板。

“这些也拿回去，下流坯！”她把钵子搡到他面前，“也许你能用它去收买别人。”

“我要来干吗?”波泽路依柯恶狠狠地跟她顶嘴，但不敢正眼看她。

于是她把面粉撒在他的头上。

“你拿去吃了噎死胀死！”

香喷喷的面粉像一团烟雾在黑暗中旋转起来。波泽路依柯几乎为之气闭，他连声咳呛，双手乱摇。而卡捷琳娜忍住号哭，踏着平稳的步子回进窑里去，在背后留下雪白的粉末，就和从前她父亲一样……

格里高里·斯特拉东诺维奇回家很迟：他不愿让妻子看出他的坏情绪。他轻手轻脚走进窑洞，没有惊醒卡捷琳娜。但他无法入睡。种种荒唐的思绪和预感不断折磨着他历经多次极严峻的考验也没有变硬的心。“你是个书呆子，此外什么也不是，”他骂着自己，但心头并不因此稍觉轻松，“波泽路依柯什么都干得出来。也许的确得给他写上几句？……不，恶贼，你休想！那么，这条毒蛇还要害我吃多少苦头？不管怎样，哪怕用无限痛苦的代价也得抵抗无耻的勒索：你要是退却，别人也退却——无耻行径会像疥癣蔓延开来。”

妻子在被窝里挪动身子，她的头发向地上披散，发出沙沙声。他走过去想给她理一下，蓦地里愕然怔住，他听到：

“伊万诺奇柯！”卡捷琳娜又在呼唤死去的丈夫，而不是呼唤他——活着的丈夫。

这是今天一天所尝到的苦酒中最苦的一滴。他揉揉眼睛，坐到桌旁，垂下乱发蓬松的脑袋埋在手里。

“两条辫穗，两颗眼泪。”他耳际响起成为他们爱情起点的如歌的声音。这声音一响，立刻把一怀愁绪驱散……

他从窑洞走到院子里，看到地上有滑木的痕迹……啊，波泽路依柯的雪橇在这里停过。可是这面粉又是谁撒的？格里高里·斯特拉东诺维奇向地上俯下身去，嗅了一下面粉的气味，怎么也闹不清：他不在家的时候，这里究竟发生了什么事情？……

第十二章

马蹄一蹬，脚下发出一声脆裂的尖响，开春前的土地溅起满满一把冰屑撒在波泽路依柯脸上。

“他妈的！”波泽路依柯啐着唾沫怒骂一声。

他用衣袖擦了一下被冰土屑刺得生痛的脸颊，重又感到像蛛网一般粘在脸颊上的面粉味。然后他使出全部力气把戴上嚼环的马抽了一鞭，当马抖动鬃毛奔到街上的时候，他又把缰绳狠狠地往身边一勒。那匹黑马疼得瞪出眼珠，身体弯成弧形，血从嚼环上挂下来。

“妈的，看我把你的五脏六腑都打出来！”波泽路依柯把一肚子的气统统出在马身上，仿佛马是使他遭到挫折的祸根，之后他又一次脱下大衣来拍打面粉，就是这面粉散发的香气使某些人联想起成熟的庄稼，联想起不知疲倦的、由于久经风雨而变黑的磨坊，联想起生活。但是，小麦粉使他想起的却不是这些，而是新添的怨恨；不但不使他悦目赏心，反而使他睁不开眼睛。

那个时代过去很久了，简直像根本没有过似的，那时波泽路依柯也常常跟着他的滑头老子，乘凸肚马儿拉的大车到磨坊去，在堤坝上眺望被狐尾藻染蓝的小河，河里有水龟虫游来游去，或者在出粉口站上半天，把十个指头凑在流水般的面粉下面。当时，他觉得挺有趣，面粉暖暖地抚摩着他的手，使他也想成为一个在周围一带如此受人尊敬的磨坊主。

后来，若干年像磨轮下面的水一样流过去了，某一天夜晚，有人把一袋面粉送到他家宽敞的贮藏室里，这面粉波泽路依柯既不是扶铧犁、挥镰刀，也不是坐在办公桌旁用工作换来的。

在一刹那间，面粉使他感到烫手，仿佛它不是用普通的水，而是用沸水磨出来的。面对着这不义之财，他没有表现得像一个傲慢的磨坊主，却像个受宠若惊的流浪汉那样全身瘫软，觉得自己整个儿在诱惑、恐惧和矛盾的网罟中乱蹦乱跳。但当时他的生活并不宽裕，于是他收下了这份礼物。他把一张纸塞到来客张着五根指头的手里作为报酬，一个极普通的印戳从那张纸上用一只受委屈的眼睛看着世界。这印戳对于那个夤夜来客比衣食更为宝贵。

"谢谢您，太谢谢了。我一辈子忘不了您的好心。"气度不凡的客人喃喃地说了这两句话，在纸和衣服的窸窣声中消失在黑夜里，犹如水龟虫潜到水下。

夜间来客的声音好久一直使波泽路依柯心神不宁：当头脑里出现一些愚蠢思想的时候，当他向人们讲到必须忠诚老实的时候，当吃到不劳而获的面包他的手指和良心还觉得灼热的时候，他总会想起那人的声音。但是，日子一久，他对这第一次事件的看法就比较平静了——因为第二次、第三次……也接着发生，而且在心底还找到了为自己辩护的理由。又不是他一个人做亏心事！归根到底，他又不是在破坏苏维埃政权和政策的基础，又不在造假钞票。至于说，他在某些人的姓名、出生地点等真实资料以外还添上一些虚构的东西，那是连文学家也常常采用的手法。文学家这样做，人们会写文章称赞他们有丰富的想象力，或者说他们错了。既然如此，难道一个普通的区执委会秘书就不能犯错误吗？难道有时候他不是得按照某些上级首长的命令虚报区里的数字吗？那时这已经不叫做错误，而是成绩！

诚然，为了这种伪造的数字，有一次波泽路依柯几乎栽了个大斤斗，但最后还是风平浪静：他让他的对头们受了愚弄，自己凭着三寸不烂之舌脱清干系。当他被逼急了的时候，立刻承认自己的错误，甚至不考虑把责任推卸到上级的宽肩膀上去，因为上级首长的宽肩膀即便现在不能，将来也会保护他的。

他至今还记得，自己曾经如何绞尽脑汁捉摸监察委员会主席的抒情心弦，如何细心观察他胸前的红旗勋章，颊上的伤疤和两鬓的萧萧白发。

“要花招、拍马屁这些手法骗不过这样的人。”于是他尽可能使自己的眼睛具有真诚的表情，再加上一点忏悔的痛苦，然后把这样的目光投向监察委员会主席，像参加葬礼仪式似的叹一口气，并用眼梢窥视这声叹息是否引起注意。

“波泽路依柯同志，请您发言。”主席似乎不十分严厉地说。

波泽路依柯带着五内俱焚的表情站起来。

“同志们，我不准备为自己辩护：我的严重的过失全压在我一个人心上，与任何别人都不相干。”他向区执委会主席斜瞅一眼，后者如释重负地松了一口气，“你们想知道我为什么这样做？但愿我的出于至诚的回答不致使你们惊奇和愤慨：我要毫无保留地说实话。在经历了种种破坏、困苦、挫折以后，我们多么渴望看到自己更多的成绩！为了这个目的，我不惜添上一两句话或加大数字——我是这样想的：让人们心头轻松一些也好！你们读过我们一些诗人的作品没有？在他们的诗里，旁的不说，单是果树就栽植了多少！这样的夸张难道于人民有害吗？相反，可以鼓舞人心，激励意志。于是我就凭着自己不成熟的头脑这样考虑：数字也像诗句，即便是不十分确实的数字，总是为共同的事业服务的——它能使一部分人高兴，使另一部分人受到鞭策，对敌人则给以当头棒喝。如果可能的话，请你们原谅我误解了数字的力量和诗意。”

“虽然头脑不清，不过还是好样的！”监察委员会主席听了波泽路依柯一番自白深受感动，满意地用拳头捶了一下桌子，“波泽路依柯的数字尽管是夸大的，但现在我从中看到的不是恶意：他与公众的事情痛痒相关。当然，他对数字缺乏真正的理解，没有考虑到，那种统计方法除了他刚才所说的三种作用，还有第四种作用：它不但能给我们的敌人当头棒喝，也能给我们自己造成损失。同志们，记住这一点，不要拿数字当儿戏。数字关系到人们的切身利益。至于对波泽路依柯，我认为，念他初犯，不宜给予太严厉的处分。”

从此以后，波泽路依柯自己也意想不到他的身价竟愈来愈高，于是他悄悄地开始和对头们算账。在这方面，他的口才也起了作用：起初，他凭着这张嘴降低人们的职位，或阻挠他们的前途，到了一九三七年，更把他们投入监狱或赶往流放地。

区里开始对波泽路依柯有所忌惮，很少有人愿意和他冷冰冰、挺神气的目光接触，或者看到他薄薄的、不怀好意的眼皮。然而，他的熟人圈子却扩大了，对他的发言和果断作风恭维备至的拍马者也多起来了。当面奉承他的人越来越多，背后骂他的人也越来越多。波泽路依柯狡猾的、似是而非的说话越来越有分量，他签发的证明价格也越来越高。现在他并不随便签发，但是从每一份上都要狠狠捞它一票。他靠着卖假证明盖起了一座像俱乐部那么宽敞的砖房，攒起了一份家私，把工资已经看成微不足道的布施，远远不足以酬偿他的辛劳和天才。他确信自己有天才，同样也认定坐在周围的人才能远不如他。这种信心促使他目空一切，并且强烈地憎恨真正有天才的人。对于他们，他随时准备冠以一个轻蔑的称号——安梯里根济亚[①]。对付这个以“安梯”开头的阶层，随时都应该保持警惕。

一九三七年以后，波泽路依柯的鬼蜮伎俩耍得更巧妙了，但是他的人生哲学却益趋简单。形式上他把人们按社会出身或表格分类，私底下只把他们分成骑马的和步行的两类。同第一类他尽量靠拢，对第二类则予以蔑视。虽然在做总结报告的时候还需要群众，但是前途取决于那些骑在马上的人。波泽路依柯盘算着如何敏捷地抓住一匹马的鬣毛，以便自己高坐鞍桥。

要不是战争，他盖起砖房不算，还要实现更大的野心。但是该死的战争迫使他和金色丝绸般的马鬣分离，从马背上摔下来。在马蹄的践踏下，不少比他更结实的脑袋也都开了花。为了保全自己的脑袋，被留下来搞地下工作的波泽路依柯失魂落魄地斩断了同过去的活动、同地下组织的一切联系。他企图逃避并不纯洁的良心责备，在夜里烧

---

① 波泽路依柯把“英帖尔里根济亚”（知识分子）一词的开头几个音节改成“安梯”（反对），使人容易联想起各种反对派。

毁了党证，扔下靠歪理换来的砖房，经过好多天的漂泊流浪，来到一处僻静的小村庄，在一个寡妇家里躲起来。那寡妇的面色苍白，鼻子短小，嘴唇翘起，脸上差不多永远带着女人美妙的软心肠的表情，眼睛里闪动着初秋默默的哀愁，连又长又密的睫毛丛中也蕴藏着已非一日的忧郁。

“你们男人在战场上牺牲的不知多多少少！躲起来的也许能保全生命。”她常常用一只手掌托着腮帮感慨地说，她并不非难那些害怕战争的人，半句也不责备波泽路依柯甘心寄人篱下，但也没有同他睡觉。她抱着这样的看法：只有真正的爱情才能为人增美，而好色贪欢却能使人变丑。

“只有精神安慰，毫无肉欲满足。”当时波泽路依柯心里瞧不起她。

为了显得苍老一些，他留了胡须和唇髭，甚至走路开始一跛一拐。又怕赋闲惹祸，就干起鞋匠的手艺来。靴子上的补丁每每使他想起过去他盖的印戳。逢到德国人或伪警察进庄，他就躲入密室，但有时来不及躲起来，就坐在皮匠凳上，如同坐在电椅上相仿。

在一个阴沉的秋日，女主人慌慌张张跑进屋来。她发抖的手关不上门，眼神把一切都告诉了他。他想逃往密室，但是肚皮上挂着冲锋枪的希特勒分子已经悄悄地走到院子里。波泽路依柯暗暗叫苦，他竭力保持镇定，在皮匠凳上坐下，匆匆捡起几枚钉子夹在嘴唇之间，开始修补一只破靴。

“在这种场合最要紧的是镇静，镇静。”他一再告诫自己，命令自己。

他凭皮肤感觉到德国兵的脚步声，凭皮肤估计出他们来了多少人，当其中一人用乌克兰话命令女主人拿东西款待他们时，波泽路依柯打了个寒战：这位不速之客的声音有些耳熟。而那人已经在向寡妇盘问：

“这个补靴子的人是谁？”

波泽路依柯又凭皮肤感觉到他的背脊正被充满敌意的目光所穿

透。他把锥子往靴子里戳进去，就像刺在自己身上一个样。

“我男人，”瓦西林娜镇静地说，波泽路依柯默默地感谢她，虽然就在这一天里他还取笑过她，说守节对于躺在坟墓里的人未必有什么好处。

“您男人？”那希特勒分子疑讶而警觉地问，“您说的是不是实话？”

“实话。”

“也许是游击队吧？”他流露出威胁的口吻。

“军官先生，您怎么说的?！”寡妇十分自然地笑起来，“游击队在树林里打仗，怎会来补破鞋？”

“你倒是一片热心护着你的鞋匠，”希特勒分子语带嘲讽，“还是说实话的好，你男人几时死的？别打算耍花招。”

“鞋匠”手中的锄头微微哆嗦着举了起来不敲下去，钉子跳着舞从嘴里纷纷跌落。

“这下完了。干吗她把我认作自己的男人？”苦痛越来越难以忍受，他忽然看到自己在葬着寡妇亡夫的一座荒凉的村公墓里。波泽路依柯惶骇中已经在哀悼自己的亡魂，哀悼的方式不是流眼泪，而是出冷汗，汗水涔得他的前额发光，泡得双眉、眼皮和睫毛膨胀。

但是寡妇并不语塞，还是那样镇静地回答：

“军官先生，我何必耍什么花招？我的前夫六年前死了……我还不到就此独身过一辈子的年龄……”

“招了个上门男人？”不速之客的语气趋于缓和、油滑。

“只好这样。”寡妇扭扭捏捏回答。

“看不出她还有这么一手！你以为她只有初秋默默的哀愁哩。”波泽路依柯暗暗忖道，觉得墓地慢慢地从眼前退远去。

“你说只好这样？”希特勒分子哈哈大笑，意味深长地拍拍女人的肩膀，然后走到鞋匠面前，说，“好哇，大胡子！”

“上帝保佑您健康。”为了不引起疑心，波泽路依柯放下锄头站起来，侧目斜视：真的，这个制帽上缀着彼得留拉军队三齿叉帽徽的肥脸家伙不但声音耳熟，而且他滚圆的身材也像在哪儿见过，究竟在哪儿呢？

“哦，我的老天爷，竟有这等巧事！原来是您啊！”那伪军摊开双手，倒退几步，“这不是区执委会的秘书波泽路依柯同志本人吗？真想不到，简直难以相信！”

寡妇惊叫一声，在炉旁缩做一团，恐惧像一只巨型的壁虱螯在波泽路依柯的心上，墓地重又向他逼近。这时他第一次后悔没有去参加游击队。

“波泽路依柯同志，原来您躲在这里过日子哪！”伪军讶异的神情有增无已，但他并不急于拿武器。

“您认错人了，军官先生。”波泽路依柯勉强从肚子角落里掏出这句干巴巴、有气无力的话。恐惧吞噬了他的全部口才。

“我认错了人？”伪军用嘲弄的口吻假惺惺地问。他的毛茸茸的手不知为什么令人想起水龟虫，这种昆虫由往事的某一根游丝同站在波泽路依柯面前的这个伪军连在一起。

“您的确认错了人，我不是波泽路依柯，我姓瓦库连柯。”

“也许您不是鞋匠瓦库连柯，干脆是《圣诞前夜》里的铁匠瓦库拉？也许您要用这张皮给寡妇做一双皇后穿的金鞋吧？”伪军笑得前倾后仰，一支手枪在他胯股上晃个不停，“我们的时代是化装时代，这样的舞台即使古希腊的大师们做梦也想不到。您说对不对，波泽路依柯先生，或波泽路依柯恩公，或同志，或上门男人？”

伪军充分利用他的权势挖苦波泽路依柯，而后者完全绝望地死抱住一句话：

“您认错人了。”

伪军终于变了脸，眼睛在阴暗的眼窝里警觉地睁大，蒙上一层寒森森的薄膜，大小不匀的冰冷光点在薄膜上开始颤动。

“也许是这样。也许我认错了人，”他若有所思地说，“您能不能用证件证明您是瓦库连柯？您带着身份证还是其他证明？”

波泽路依柯硬着头皮向他抬起眼睛。

“我无法证明。我所有的证件都遗失了。”

“党证也遗失了吗？”

“我从来就不是个党员！”波泽路依柯没命地急叫。他觉得伪军盯着他瞧的眼睛马上就要变成枪口和死神的瞳孔。他全身冒汗，衬衫热辣辣地贴在背上。

但伪军并不伸手去摸手枪，而是一字一句都有分量地说：

“看来，您这才说了一句真话：的确，据我了解，您从来就不是个党员，尽管揣着党证。”

要是在以前有某一个苏维埃人对他说这样的话，波泽路依柯定然使出全力吃掉或踩扁敢于侮辱他的人。可是现在从一个伪军口中听到这话，他甚至不胜感激：原来德国人对待共产党员并不一概而论——对思想顽固不化者决不饶恕，对迷失方向者就用自己的筛子加以甄别。说不定他也能够落入这样的一面筛子，而不是掉进死神的怀抱。于是他在脑中紧张地寻找一切足以表示他与共产主义思想和布尔什维克主义泾渭分明的证据。显然，关于这一点，伪军也有所了解。那就不妨跟他打打交道。

“波泽路依柯先生……”

“谢天谢地，他已经称呼我先生。”波泽路依柯看到了一线希望。

“……您可记得我们曾经有机会认识？”

“不，我记不起来。”他拼命集中注意回想。很久以前的一段往事在脑海中如游丝袅袅，眼前不知为什么重又出现古老的水磨和水龟虫，但还是想不起它们同这个人有什么联系。

“您相当健忘。”伪军向波泽路依柯瞪出一双褪去了光泽的淡蓝色眼睛。

在这蛇蝎的目光后面隐藏着什么？正在对他作出怎样的判决？于是波泽路依柯给自己的眼睛涂上谄媚的油彩，企图赢得伪军和德国人的好感，哪怕争取到一点同情也好。其时那些德国兵已经在桌旁坐好，并不注意发生在皮匠摊旁边的事情。

“请坐，军官先生。您有什么话要跟我的木头丈夫说？您瞧，他吓得像个傻瓜。这是自酿的伏特加，您尝尝，用黑莓做的，您恐怕没尝到过。”瓦西林娜露出一口白牙，俏皮地笑笑，脸上仍然带着那种软心肠的表情把一瓶酒放到桌上，“我喜欢屋里人多热闹，有酒香……请赏脸吧！”

“您的姘头不坏哪，跟这样的娘们在一起错不了。”伪军臀肉似的肥脸上露出淫笑，“热辣辣的，劲儿真大……我也愿意来做她的上门男人。您很有眼力，波泽路依柯先生……怎么样，我们那次见面想不起来了吗？”

“想不起来，军官先生。”

“您可记得有一天晚上，您在贮藏室里交给我一份证明？我带给您一些小麦粉作酬劳，我说一辈子也忘不了您的好心。有过这回事吗？”

“有过。”波泽路依柯低声下气地说。从往事的一团漆黑中就像从水里钻出成为他堕落起点的那只水龟虫。

多么可怕和不可思议的巧合！但是，一个为了活命曾经从他手里买过证明的人难道会要他死吗？

“您真走运，波泽路依柯先生，太走运了。您头上简直有福星高照！”伪军的话在壮他的胆，“换了别人处在我的地位，凭这颗区执委会秘书的脑袋可以发一笔财，可是我要保全您的脑袋，因为我知道：目前您和地下工作、和游击队的活动没有关系。”

“谢谢您，多谢多谢！”波泽路依柯向伪军道谢，打躬，正像当初后者在贮藏室里向他道谢、打躬一样。他的三魂六魄又陆续归窍。

“您在这里呆了一阵子以后，能不能开始跟我们合作？”

“不，不，军官先生！……”

“您打算靠补靴子、种庄稼过活？”伪军把他仔仔细细打量了很久。

“能这样过就好，军官先生，我不知道尊姓大名……”他试图用谄笑打动伪军。

“奥列依柯 · 加甫里洛维奇 · 克雷查克。您在证明上写过。不过那时我不叫奥列依柯，叫奥历山大，从一个富农的儿子变成了贫农的儿子。人生永远是戏场！不过一部分人分配到重要的角色，另一部分始终只好跑龙套。您可不要像另一部分那样……新政权对您的诱惑力怎么样？您不打算如布尔什维克们所说的改变立场吗？这个题目将来我们再谈，现在我可以发给您一张纸条，免得您被当作坏人逮走。这叫做知恩必报！”他纵声大笑，然后打开饱鼓鼓的皮袋，取出一张盖有乌克兰警察局长官印的表格。他站着伏在桌上写了几个字，末尾签上自己的姓名，这个难详的签字有点儿像一只拔去了毛的野鸭①。

这张墨迹未干的纸条在波泽路依柯手中颤动，在他头脑里确立一种想法：他活着。命运女神又一次向他微笑，可是何必让旁人看见呢？难道不能把寡妇打发到贮藏室或过道里去吗？现在她的目光比警察局长的蛇眼更教他惶惶不安。

这群希特勒分子把桌上可以吃的东西全部报销，黑莓土烧也在克雷查克的肥脸上泛起了一块块斑点，于是警察局长做一个不明显的手势把波泽路依柯叫出去，在门口悄悄地对他说：

“可不要以为我的宽宏大量和好情绪是软弱的表现。暂时我并不强迫您同我们一道工作，您身上还没有蜕去胆小鬼的皮。但要是这里出现游击队或地下工作者，您得立刻向我报告。否则将由盖世太保跟您说话，那边有的是从骨头上剔肉的专家。再见，波泽路依柯先生。”

“再见。”在警察局长冰冷的目光下他浑身打战。那几个德国兵似在一场噩梦中从他身旁走过，他像一条挨了打的狗垂头丧气回到屋里。寡妇连看也没对他看一眼。但是她的面孔，她整个身躯，甚至她的衣裳都仿佛竖起触角，对这个形迹可疑的食客生了戒心。她用粗糙、生坼的手打开所有的门窗，让可恶的异味从屋里消散。

这天夜里他们都久久不能成眠。寡妇埋怨自己不该收留这个战前就已蜕化变质的软骨头，骗子手。波泽路依柯则为他的丑史像水面上

① “克雷查克”在原文中是“野鸭”的意思。

的油花浮了起来而苦恼，并且诅咒寡妇——她可能成为自己危险的证人。想不到她还是这样一个思想坚定的人！娘们所有的思想到了床上必然烟消云散。但是这个鬼婆娘恐怕连皇帝的龙床也不能吸引她。对死人的爱情和对活人的冷酷在她身上牢牢地结合在一起！哦，瓦西林娜，瓦西林娜，如果战车的轮子向后倒退，你可能给我带来不小的灾难。

从这天夜里起，他就开始担心苏军打胜仗。虚伪的证明在虚伪的灵魂里正被磨成可怕的粉末。

大约三星期以后，时间已过午夜，寡妇家里又来了客人——两个游击队员。他们腹中饥饿，衣衫褴褛，武器远非精良，一点也不像威严的人民复仇者。瓦西林娜认出了其中的一个，开始张罗晚饭。两个游击队员坐到桌旁，请女主人也坐下，对波泽路依柯却用不友好的目光探索打量。吃过晚饭，他们走到他跟前，其中比较年长、蓄着半月形胡子的一个用嘲笑的语气问：

"波泽路依柯公民，您打算像个树桩呆在这角落里混过整个战争时期吗？寡妇的面包和鞋匠的收入不使您感到沉重吗？也许您准备向'新政权'献媚效劳？谈谈吧，说几句响亮的话，像以前在讲坛上那样。"

但是口才又离开了波泽路依柯。他含含糊糊不知说了些什么，那个游击队员不解地耸耸肩膀。

"真滑稽！从前是多么出众的演说家，现在竟成了哑巴。是不是舌头不听使唤？还是灵魂给什么东西卡住了？我早就怀疑，您到了艰难的时刻即使不当叛徒，也会变成木头一块。可是我们的队长还不相信。您有没有什么话要向他转告？"

"你们的队长是谁？"

"米罗年柯。"

"米罗年柯?！就是那个米罗年柯?！"波泽路依柯冲口说了一句蠢话。

"就是您认为他政治上不可靠的那个米罗年柯。可是他还相信您，虽然您往他头上撒过垃圾。我本想跟您一起干一杯算是和解，但我不像我们队长那么轻信。您有什么话要我们捎去吗？”

“让我再考虑一下，”波泽路依柯含糊其词地说，“这是一个复杂的问题。”

“哟，这么复杂？”游击队员故意用慢腾腾的语调嘲笑他，“您打算考虑很久吧？”

“请稍等一个时期。”

“好吧，我们就等某些人躲在小村子里挨到战争结束。瓦西林娜，谢谢你的款待。祝你健康，再会。”两个游击队员对波泽路依柯连正眼也不给一个，悄悄地从屋里溜出去。

当时涌到波泽路依柯头脑里的血如烈火在燃烧。游击队员的话简直要把他的脑汁完全烧干。恐惧令人恶心地流向全身，形成一股寒冷的毒气把他紧紧裹住。这下你掉在网里啦，老弟！你以为躲进了世外桃源，却不料一下子受到三面夹攻。要是明天德国人或者警察局知道这儿来过游击队，那怎么办？一想到盖世太保，他就浑身发抖，差点儿哼唧起来。

“您干吗这样紧张？”瓦西林娜觉得奇怪，“来的是自己人，又不是法西斯。”

“自己人，自己人，”他应声说着，好像刚从睡梦中醒来，然而一个可怕的念头在不断地凿他的大脑，“为了这些人盖世太保能把我剥皮抽筋……即使不落到盖世太保手里，也逃不了自己人的审判。能指望这个系裙子的证人说你的好话吗？”他越来越恨这个寡妇。

不眠之夜又像一条毒蛇在他心头蠕动，咬着、吞噬着他的灵魂，脑际隆隆地响着可恶的磨盘滚动声。白天他神思恍惚，惊恐地向通森林的道路张望，谛听，夜里和衣而睡，靴子也不脱。

一大早，他眼睛不看瓦西林娜，说要到区上去找一个人商量商量。现在是时候了，应当好好干一番。总不能永远做寄生虫。

“对，”寡妇一口赞成，“不过得多加小心。别忘了带上那个狗崽子留下的证明。现在恰恰用得上。我给您准备些吃的。”

“不用了。”

“您别管！”寡妇立刻往贮藏室跑，他呆呆地盯着她肌肉结实的小腿，叹一口气。

“您干吗唉声叹气的？”瓦西林娜转过身来问。

他垂下眼睛。

“离开您心里难受。”

“谢谢您说得好。说实话，我对您的印象并不太好。也难怪，现在这年头很容易教人发慌，就像您前一阵子那样。不过这也会过去的。”她走到这位食客跟前，第一次信任地抱了他一下，然后到贮藏室去。

当天上午，波泽路依柯带着由她装满干粮的背包去找乌克兰警察局长，向他报告瓦西林娜·瓦库连柯与游击队有联系。

“您有过一个不坏的相好，她很有一手，波泽路依柯先生，”克雷查克的话等于说，瓦西林娜再也不存在了，“否则您也可能由于她的关系被挂在绞索上跳舞。”他站起来，“谢谢您。现在，既然您已经开始非正式地为我们工作，不妨选择一个正式的职务。”

“不，不。”波泽路依柯吓得双手乱摇。

“随您的便。强扭的瓜不甜，”克雷查克并不逼得太紧，“不过您迟早会到我们这边来的，今天您烧断了到对岸去的最后一座桥。”他向背后指了一下。

波泽路依柯不寒而栗，他凭着过敏的想象力已经在幽暗的背景前看到一条燃烧着并开始倾斜的桥。背上突然起了鸡皮疙瘩。

本来，波泽路依柯自己的想法还没有走得这么远。他考虑的不是最后一座桥，不是此岸和彼岸，也不是两个世界，他考虑的只是：整个世界上有一个女人可能揭发他的隐私。现在他又为自己走了这一步提心吊胆，当即在警察局长的办公室里默默地发誓，永远永远不再到这里来。但愿有关寡妇的这一节早日结束就好。

门没有敲就被开得笔直，一个德国人在办公室门口站住。他的胳膊很长，由于个子太高所以弯背拱肩，他的过于沉重的脑袋向前倾垂，脸上很粗的皱纹里隐隐透出一股杀气。但使波泽路依柯大吃一惊的倒不是这个法西斯分子的体型，甚至也不是杀气腾腾的相貌，而是此人身上散发出一股尸体解剖所里那种可怕的气味，那是死人的血的腥臭。法西斯分子向克雷查克说了几句德国话，眼睛很快地扫视一周，就走出去，而波泽路依柯几乎张口呕吐：他总觉得刚才看到的不是人，而是穿党卫队制服的死神。

克雷查克看看来访者，笑了起来。

“头晕吧？”

“是的。这个人是谁？”波泽路依柯向门那边扭一下脖子。

“我们的盖世太保头儿。他能从人的身体里榨出每一滴生命，用铁，用火，用手指——他长着什么样的手指，看到了吗？小心，可别落到他的手里。”

又一阵恶心涌到喉咙口，但波泽路依柯把它压下去，生怕触怒官长。

傍晚，他回到村里，在小屋附近徘徊有顷，然后用麻木的、简直不是自己的手指敲敲窗户。过道门开了，飘来一阵成熟的红莓香味。

“您的事儿办得怎么样？”寡妇和颜悦色地迎接他。

“好像还不错。见到了好心的人们。”他神态自若地回答，美美地吃了一顿晚饭，上床睡觉。

两天以后，警察逮捕了瓦西林娜，当时他不在场。他回到那里时，村里人劝他另外找一个地方安身，因为乌鸦们也在缉拿他。波泽路依柯默默地听完忠告，然后走进寡妇屋里去打点一下准备上路。他不点油灯，从木桶里取出牛油，从小橱里拿了发硬的面包，然后出房门走进过道。过道里枯萎的红莓味使他愣住片刻——他想起了寡妇从树林中带来红莓果的情景……这大概就是她留下的一切。他最后一次跨出门槛离开这冷落的屋子，突然，一个女人的身影迎面向他扑过来。波泽路依柯吓得浑身发抖，装食物的背包也掉在地上。他靠在门框上，胸中只迸出一个字：

“你?！”

但没有人回答他。过了一刹那，他明白这不是瓦西林娜，是风吹动用金属夹子张挂起来的她的一件衣服向他直扑过来。可是瓦西林娜本人现在被张挂在什么样的夹子上呢？……

从那个可怕的时期算起，若干年过去了。波泽路依柯摆脱了一个危险的证人，但并没有摆脱忧心忡忡的感觉：也许瓦西林娜还活着？也许在一两天内她会从某一个死亡营里回来？不错，她并不确实知道是谁向警察局告发了她。但有朝一日克雷查克也可能被捕，而此人为了保全自己的一条命，会把所能揪住的人一个个拖下水去。

波泽路依柯的灵魂至今还在用第一张假证明换来的可怕的面粉中被研磨着。现在放在他背后的一袋面粉也令人想起这一点。一个人要是知道命运的安排，他一定远远地绕过险峻的栈道，印章也要保持得像新生婴儿的心一般纯洁。

马蹄踩在冻结的洼潭里溅出水来，而那些你想永远抹去、烧毁的事情也从记忆中泼出来。咳，世上要是有这么一种火就好了……于是他又开始咒骂战争，似乎一切都是战争的过失，并且重新在想象中编织和撒开罗网，盘算着如何抓住生活的丫枝，如何在自己的历史中添上一些功勋，或者至少添上一些能帮助他东山再起的事迹。难道他的智慧再也不中用啦？难道他过去的劳绩与战时的一时糊涂就不能功过相抵吗？当初是谁首先大力推动那些远离居民点的小庄子和独家村的拆迁工作？是他！当时跟那些乡下佬，尤其是女人，事情真难办：他们一会儿没有木材盖新屋，说老房子还能凑合，一会儿又认为新地方不中意，一会儿又想出旁的花样来。于是他亲自坐上拖拉机去对付那些比较顽固的人。他跟他们没什么可说的——用钢缆套住屋架，对拖拉机手喊一声："拉！"拖拉机发动引擎，使劲一拖，房屋就像人一样跟着它起步，把腰一扭，哗喇一声塌下来，变作一堆木柴。在这个村子周围一带，他也拆毁过不止一所房屋。虽然妇女们当时骂得他不像人，甚至当面也说他没头脑，但是计划提前完成了。对乡下佬只要凶一点，要他们制造魔鬼都能照办，何况另外盖一所房屋。

波泽路依柯四下环顾，仿佛期待发现一些昔日的踪影。但周围只有肉瘤似的一座座窑洞土墩，破破烂烂的、有些地方用木杆圈起来的小院子。马棚附近隐约可见一个人影。当马走到那人身旁时，他做一个威严的手势把马拦住。

“停下！什么人？”

波泽路依柯听出是叶甫敏老爹的声音，不由得皱皱眉头。

“迪卞柯同志，是我！”

“你又是什么人？”老汉不肯轻信。

波泽路依柯从雪橇上跳下来，走到他面前。

“晚上好，老爹！怎么，您不认识我啦？”

“为什么我一定要认识你？把证件拿出来。”

“什么证件？”波泽路依柯有些着恼，“您怎么啦，老爹？”

“我怎么样你管不着！”饲马员不客气地说。

“难道您连我波泽路依柯也不认识了吗？”

“波泽路依柯？是不是战前当过区执委会秘书的那个波泽路依柯？”

“对，就是我。”波泽路依柯没有注意到老汉语带轻蔑的口吻。

“是不是靠孤儿寡妇养活混过战争时期的那个波泽路依柯？”

“有什么办法就用什么办法混，”波泽路依柯老羞成怒，“您管不着。”

“不，我们要管。”老汉敏捷地摸摸波泽路依柯的口袋，“没带武器？”

“您问这干吗？”波泽路依柯简直摸不着头脑。

“难保你不会向我老汉开枪。自从战争开始以来，谁知道你变成了什么妖怪……闲话少说，把证件拿出来。”

波泽路依柯气咻咻地探手到口袋里去。

“给您看免役证够了吧？”

“免役证？你凭什么功劳得到免役证的？”

“这也不是您的头脑所能理解的。”

“嘿，多神气！你的头脑里狡猾的成分不觉得太多吗？”老汉一手接过免役证，另一只手牵着马往马棚里走。

“您上哪儿，老爹？”

“去检查证件。”

“我给您照亮。”

“我不需要借别人的光。你已经使我看清了一次。”

“这是什么时候的事？”

“你忘了吗？”

“不记得。”

“胡说，混账东西！是谁把我的房屋研成了粉末，你不记得吗？”

“那是按指示办事。”

“指示是苏维埃政权发的，要你们不欺负人们，可是你像法西斯一样毁坏人家的房屋。”

“我要一辈子记住您这话。”

“你也打算写状告我？”老汉兴奋起来了，“写吧，写吧！纸反正什么都受得了。可是人们必将收拾这样的混蛋。尽管你们弄到了免役证逃避战争，但谁也不会发给你逃避人们审判的免罪证。”

“难怪您被叫做‘不良分子’。”

“叫了又怎么样？其实，像你这样的东西才是不良分子。”

“您始终不能忘记您那小私有者的茅草屋吗？”

“看来，你过去是怎样一个傻瓜，现在还是那样。我忘不了的是侮辱，不是茅草屋！事实上当时我既没有一根木头，也没有一个戈比。我的老太婆只有一个要求，让她跟屋子告别，把墙壁刷白，收拾一下，像给临死的人身上收拾收拾一样——要知道我们在这屋里度过了一辈子。可是你连这个要求也不允许。试问，究竟是谁任命你当领导的？”

“自有这样的人，他们没有闲工夫来征求您的意见。”

“现在我希望他们会来征求意见。既然我们砸断了法西斯的脊梁，我们也要粉碎一切坏蛋的护身符。”

他们在那里争吵，人们闻声从马棚里出来。

“小伙子们，波泽路依柯带着护身符到我们这儿来啦！”叶甫敏老爹向他们喊道。

“什么猢狲婆？这是他新娶的老婆还是姘头？”

“真是一只骚雄猫！”有人在黑暗中忿忿地说。

“不，不是猢狲婆，是护身符，”叶甫敏老爹挥动一份小本子式样的证件，“它保护着波泽路依柯同战争，同军队不发生关系，我看应当用棺材板把他围起来同人们隔离！”

“你把他隔离，他会变成一条蛇从坟墓里钻出来，只要被他嗅到哪儿有油水！”

“群众在投你的票呢，听见没有？狗崽子，你应当跪下来请求人们饶恕你的劣迹。或者，我们这么办：我把你的免役证撕成碎片，你明天就奔赴前线，你看怎么样？”

“您喝醉了不成，老爹？”

波泽路依柯惊恐地捏住老汉的一只手。

“别拉拉扯扯，小心我揍你！”叶甫敏把波泽路依柯推开，转身向饲马员们问道：“小伙子们，我们究竟怎样处置他？总不能白白放过这样的好机会吧？他从前纳过贿没有？”

“纳过。”

“拆过我们的房屋没有？”

“拆过。”

“上前线、打游击他逃避了没有？”

“逃避了！”

饲马员们证实最后一条罪状的语气已经十分严峻。

“那么我们就在这里把他掐死，免得他再在世上显眼，怎么样？”

“不用跟他讲什么客气！”

饲马员们围住波泽路依柯。他惊骇地举目四顾，但从所有的脸上看到的一律是森严的判决，于是他结结巴巴地说：

“发发慈悲吧，好心的人们。我一定改过自新……”

他软了下来，身子缩做一团。

回答他的是响雷般的一阵大笑。一些身体遭受摧残、被武器杀伤、被战火灼伤的人在嘲笑、捉弄一个健康的人。

“谁要你这条死狗？谁愿意为你弄脏自己的手？”叶甫敏老爹说着把免役证还给他，“你的马是不是也有免予征用的护身符？”

“牲口哪有什么护身符？”

“那么我们把这匹马留下自己用。”

“这是非法行为，是抢劫，老爹！”波泽路依柯已经逐渐从恐惧中挣脱出来，“把马还给我！”

“没有证明说什么也不行——现在是战争时期。”

“您这话我也要永远记住，”波泽路依柯胆子终于放大。他遽然转身离开马棚，踏着碎步向别兹包罗奇柯家走去。

安东·伊万诺维奇已经睡着，他从梦中听到有人固执地敲玻璃窗的声音。他叹着气，骂着鬼从被窝里爬起来。

“外边什么人？”

“安东·伊万诺维奇，是我。”说话的声音很熟。

别兹包罗奇柯听出是波泽路依柯的声音，又轻轻地骂了一声鬼。是哪一阵歪风把他吹来的？别兹包罗奇柯意欲把今天的波泽路依柯撵走，可是谁知道明天的波泽路依柯又会变成什么人。过去不止一根线把别兹包罗奇柯和他连在一起，现在也可以再连起来，别忘了波泽路依柯是神通广大的人物！他今天默默无闻，明天说不定会在某一个部里崭露头角。那时他一定会想起曾经在某人屋外敲窗遭到拒绝。别兹包罗奇柯暗暗骂着，一边权衡利害得失，一边很快地穿上衣服，把门打开，殷勤地接待客人。

“您光临得好晚哪，格纳特·罗狄昂诺维奇。公鸡快啼头一遍了。”

“我们跟公鸡不相干。它们管它们的职司，我们管我们的。”客人煞有介事地回答，他同战前一般大模大样走进房间。

看起来波泽路依柯的身价真的又涨了。不过，谁知道他葫芦里到底卖什么药？也许他今天恰恰遭到了滑铁卢，故意在别兹包罗奇柯面前神气活现混淆视听？真会演戏！可是该怎么对待他呢？勉强听他瞎吹一通，然后打发他走？还是掏出心来竭诚款待？

“去过远地方了吗？”别兹包罗奇柯向客人进行谨慎的试探。

“反正从这儿望不到，”波泽路依柯满不在乎地说，“目前正在接洽一份新差使。”他用透露秘密的口吻添上一句，眼睛富于表情地四下望望。

别兹包罗奇柯一下子明白了，必须好好款待这位客人，怠慢不得。

“请宽宽外衣，宽宽外衣，格纳特·罗狄昂诺维奇，我马上叫醒妻子。”

“不必，安东·伊万诺维奇。时候晚了，让她休息吧。”

“不妨事，不妨事，我去叫醒她，免得她腰发麻。”别兹包罗奇柯亲切地笑道。

他走进里屋，推推老婆的肩膀。

“都这么晚了，是谁在那里？”从睡梦中被叫醒的玛利娅问，她生气地打一个呵欠。

“波泽路依柯。”

“就是那个蹲着什么也不干的懒虫？……”

“轻点儿声。”别兹包罗奇柯把老婆的肩膀捏紧，“小心他将来记起你骂过他懒虫。”

“这一套我可真腻了！”玛利娅叹着气从床上爬起来，“拿什么东西给你们吃？”

“龙肝凤肉，”别兹包罗奇柯从鼻子里嗤气，“有什么就拿什么招待。还有蜂蜜也拿一点出来，可不要坛子里的，要椴木桶里的。”

“波泽路依柯又抖起来啦？”玛利娅精神为之一振，她只根据该用什么加以招待来区别当地首长的身价。

不一会，宾主在桌旁坐下，玛利娅像一只飞蛾围着灯火在他们身边转个不停。

“祝你健康，安东·伊万诺维奇。”波泽路依柯高高举起第一杯酒，“祝你称心如意！”

“谢谢，格纳特·罗狄昂诺维奇。谢谢您不忘记我。您是坐什么到这儿来的？”

“我有马。我把它留在你们马棚里，不过叶甫敏老爹咄呐了几句。”

“他对所有的人都要咄呐。”

“讨厌的老家伙。他竟要看马的证件。这不是官僚主义吗？……你近来怎么样？”

“没什么值得吹夸，但日子也过得不比邻近某些农庄更坏。”

“也可能不如他们，”波泽路依柯用同情的口吻暗示着什么，使安东·伊万诺维奇在凳子上坐不安稳，“我指的什么，你可猜得到？”

“一时猜不到。”

“遗憾。”波泽路依柯寓意深长地说。

“您干脆说了吧，格纳特·罗狄昂诺维奇。”

“我可以干脆说。你得提防马尔柯·别斯梅尔特内。他在挖你的墙脚。八成给他打听到了当初你告发过他。”

别兹包罗奇柯全身筋肉突然收缩。

“莫非他已经知道？”

“我并不肯定，但是……区里有些人是站在他一边的……我已经为你辩护了两次。目前我说的话没有太大的决定性作用，不过一些老朋友——感谢他们——还瞧得起我。”他装出莫测高深的样子。

“谢谢您，格纳特·罗狄昂诺维奇。您一直是支持我的。祝您健康！那么他在谋取什么呢？”

“想坐上某人的交椅呗，至于是什么人的交椅——你自己去想。拄着拐杖也能当农庄主席，马儿可以代步。祝你鸿运亨通！哦，你的白酒好厉害。加糖浆的吗？”

“加糖浆的。”

“你可知道你们这儿什么人和马尔柯打得火热？”

“谁？”

“你们的新教师。”

“扎德聂泊罗夫斯基?！”别兹包罗奇柯感到诧异，“他跟我有什么过不去？”

“那我可不知道，”客人双手摊开，“这是个诡计多端的家伙。他一方面埋怨你不帮助学校，另一方面利用别斯梅尔特内打你，自己跟神甫交朋友。据说扎德聂泊罗夫斯基的功劳靠不住——是假的。其实在树林里他不是什么游击队长，整天采采蘑菇。可是勋章却捞得不比蘑菇少。得对他多加小心，安东·伊万诺维奇，他对你可注意得很哩！”

“我也得注意一下。”

别兹包罗奇柯深陷的眼窝笼罩在阴郁的暗影中。

波泽路依柯明白，他插在农庄主席心上的一根刺已经在那里发生作用，为了避免画蛇添足，他把话题转到旁的事情上去。但别兹包罗奇柯却不愿离开这个题目，他越想越恼，自己开始往别斯梅尔特内和扎德聂泊罗夫斯基脸上抹灰，说扎德聂泊罗夫斯基整个战争时期甚至没有负过伤，而且不知怎的他队里战士的伤亡也比别的队少。

“真的最少吗？”

“千真万确！您知道这是什么原因？原因是他老是躲在树林里，像田鼠挖洞似的在树林里挖了各种各样的地道。”

“从防御的角度来看倒是不坏。”波泽路依柯甚至开始为扎德聂泊罗夫斯基辩护，冀求从怒气冲冲的主人嘴里套出对自己有用的资料。

“从防御的角度来看也许不坏，可是扎德聂泊罗夫斯基除非迫不得已决不进攻。这样，他保全了自己，也保全了自己人。对他还得刨一刨根底。我们队里几乎牺牲了一半游击队员，至于米罗年柯那儿差不多一个活的也没留下。”

“难道一个也没留下？”波泽路依柯喜出望外。

他回想起两个来到瓦西林娜·瓦库连柯家里的游击队员和自己见面的情形，他的念头像旋风一般舞转起来。别兹包罗奇柯没有注意客人那么聚精会神地听着他的每一句话，径自说下去：

“可怜的米罗年柯最不走运。他被法西斯包围在泥沼地区。只有四个游击队员从那里脱身。”

“他们现在哪儿？”

“都上前线去啦。后来其中一个不能再打仗，其余的我不知道。”

“这还不算太坏，”波泽路依柯默默思量，“必要时我可以冒充当过米罗年柯的交通……我有这样的资格——我不是会见过他的人吗？”

最近几天以来，波泽路依柯终于第一次感到高兴。他举起酒杯，一饮而尽，并且同别兹包罗奇柯接了吻。

“这样的客人值得招待！”别兹包罗奇柯内心深受感动……

第十三章

每当叶甫敏将要死去，莫特里雅心中很不是滋味。

虽然她知道，她的脾气别扭的丈夫不会一下子撒手西逝，但在这种时刻莫特里雅总要考虑身后的日子，于是一切都在脑中转动起来。一想到某处真有阴曹地府、沸滚的松脂和短尾巴的鬼怪，她就十分惶恐；不过她也隐约看到天堂，它很像圣伊万节[①]的田野、果园、蔬菜地……要是在那边能像在人间一样重新遇上叶甫敏，倒也不错；他在那边一定不再骂人，不发脾气，不发牢骚，只是和和气气地微笑，就像普选时相片上的候选人那样……到了天堂，叶甫敏想必去给先知伊里亚赶车，她将按天上的定额薅草，不时把一只手举到额前，欣赏被阳光照得灿烂辉煌的荞麦。

她那颗温柔的农妇之心最最喜爱的，莫过于开花的庄稼那种最纯净、最滋润的色彩，她特别爱看早荞麦和晚荞麦的粉红颜色，看蜜蜂在上面用小小的翅翼扇动甜津津的朝雾和温暖的气浪，激起轻微清脆的声响。

“天堂里还能有什么好东西？也许不妨把自留地里的罂粟种到那里去？它开起花来绯红绯红的，才美哩。小茴香天堂里想必也没有，秋天怎么少得了它的香味？……”现在莫特里雅就这样坐在垂死的老伴床头想着。叶甫敏身旁没有大夫，连体温表也没有，但是有酒杯和德国的阿司匹林。老汉颇有自知之明——他知道天堂里不会巴巴地盼着他去，因此，为了壮自己的胆，不致在小鬼们面前怯阵起见，他喝着用甜菜酿的土烧，用阿司匹林佐酒，让身上的马厩味随着出汗一同散去。

老汉甚至现在还是一脸不高兴的神气，他那短发竖起的脑袋靠在塞着干草和浅蓝色香薄荷的枕头上。点在床头高处箱子角上的一支土蜡烛发出劈劈啪啪的声响，脚边放着一条结实的藤鞭——在另一个世界也可能用得着……

老汉的灵魂这时刻飘荡在天上的幻景和尘世的琐事之间。他还在默默地跟别兹包罗奇柯继续吵架，并且怀念那些只让喝水不给草料的马。正是这件事把老汉气倒的：早晨他让马儿喝了水，向空空如也的秣槽里一瞧，立刻感到头痛，浑身难受，于是决定辞别世界。

阿司匹林和一杯酒入肚，从所有的寒毛孔里冒出热气来，但老汉的声音却干硬如冰：

“莫特里雅，我死了以后，你不要给我安上铁的或石头的十字架，这是老爷们用的没有生命的材料，上面连一棵毒蕈也长不出来。你给我种上一株苹果树，鸟儿在坟场的树上也会唱歌。”他在嘱咐最后的几桩事情，可是眼前老是看见马：它们向他俯下忧郁的脑袋，热气喷到他脸上，流着人的眼泪为他哀伤。

这些嘱咐莫特里雅一生中听到过好多遍，她语调平静地回答：

“我会把苹果树种上的，错不了。不过你要耐寒的——比如莱茵特——还是要早熟的品种？”

“恐怕还是耐寒的好，”老爹认真盘算着，“那种果子比较不容易烂。”

莫特里雅只用肩膀的动作表示奇怪。

“对你难道还不是一样？”

“这你就别管了——不是你在辞别人间。”叶甫敏觉得老伴耸肩膀的动作对他不够尊敬，他已经有些生气，但还是克制着自己，“你就栽下冬季苹果得啦，树苗向奥列克桑德尔亲家去要。”有一瞬间他仿佛看到坟上的小树第一次开了花，不禁打一个寒战。跟马儿打交道究竟比躺在那里永远听不见马蹄声强。唉，这时候最好亲家来一趟！

---

① 俄历六月二十四日。

可以看看他亮闪闪的一束胡子，听他谈谈政治局势，让灵魂离开躯壳时轻松一些。

“别忘了把鞭子跟我放在一起。听见没有？”

他不大放心地看看老伴；看起来她很听话，可是她能把每一桩事情都按自己的心思改样……

“鞭子？到那里你要这玩意儿干吗？”莫特里雅好像在问一件极平常的事情。

“你以为在另一个世界里没有马？那儿有一种毛色雪白的良马；说多棒有多棒！”叶甫敏用行家的口气说，心里越来越恼火，因为看样子莫特里雅一点也不相信他的死亡已经迫近。

“有马也就有鞭子，”莫特里雅的回答颇有见地，虽然她有些怀疑，“你还是说说清楚，你觉得哪儿疼？”

“我已经对你说过：整个灵魂都疼！”

“在什么地方？”

“这里头。”老汉用手在身上划了一个不圆的圆圈。这个圆圈恐怕不会向医生说明任何问题，因为里头包括心、肺、肝，甚至还包括一部分下垂的肚子。

莫特里雅无可奈何，只得问道：

“叶甫敏，你要不要吃一点东西？这阿司匹林有什么用？把汗发出来了，可是肚子不会饱。”

老汉懊丧地撇撇嘴唇，哼唧起来。

“别提这个。我不想吃，也不能吃。”

“为什么？”

“你真是个蠢婆娘……”

“只有做姑娘的时候你才说我聪明。”莫特里雅并不生气地回答。

这句话把叶甫敏怔住了。的确，当莫特里雅还是个姑娘的时候，他没有对她说过一句难听的话。老爹自知理短，就用比较平和的语气说：

“马儿饿得风不吹也站不稳，眼看着都将倒毙，教我怎么吃得下东西？你怎么连这点道理也想不通？就拿这支蜡烛来说，我觉得它淌下来的不是蜡，而是我的黑马无罪的眼泪。你可记得当初我是怎么把它救活的？”

“我记得你那匹混血种。”莫特里雅向蜡烛瞟了一眼；现在那点点烛泪也使她想起那匹受伤的马的眼泪，“不过总得吃一点才行，谁知道那边用什么东西招待你。说不定在那个世界连土豆也不长。”

“这不可能，要不然，农民不管上天堂、下地狱都得完蛋。哎，莫特里雅，莫特里雅，要是我有大批钞票，或者金子！……”

“那你准备干什么？”

“当然有事情干。我要去买香喷喷的干草和眼泪一般纯净的燕麦，运回来喂马，那时我比当上国王的干爸爸还阔气！”他高兴了一会儿，又发起愁来，“可是有些寄生虫，他们有的是钞票、黄金、麦子，可就是连罂粟籽那么一点儿良心都没有。这帮黑心鬼偏偏不死，没准还能赖到共产主义！”老汉握紧拳头，眼睛里冒出火来。

“世上各种各样的人都有。”莫特里雅懂得丈夫骂的是谁，但不往火上加油。

“但愿这号人不得好死！”他用一个拳头赶走了关于十字架和耐寒苹果的忧思愁绪，向老伴提出要求，“你听我说，你把我的家私——那些泥马——放在我身旁。这些马至少不用喂料。”

莫特里雅走到一口旁边放着一张陶塑工作台的小橱前，拿了几匹泥马（这是老汉暇时带着调皮的微笑捏成的），放在丈夫身旁的凳上，自己也对这些四脚小玩意儿看出了神。

这些快乐、顽皮、目光狡黠的东西把她的思想从天堂和地狱带往神话世界和遥远的童年时代。这些泥马拿到城里集上去卖也不丢脸。可是这事跟老头儿怎么说得通？只有在德国人占领时期，实在饿得慌，他才允许老伴去卖过一回泥马。当时莫特里雅自己也莫名其妙地在个把钟头内就把泥马全卖了出去。人们为什么纷纷抢着买这些彩釉玩意儿，为什么乐成这样？因为他们从这些泥马身上认出了他们深恶痛绝的敌人的特征。

“真的，这匹瘸腿马是活灵活现的戈培尔！”有一位顾客非常诧异地说。

莫特里雅从这匹她认为几乎是最坏的泥马身上看不出什么戈培尔来。既然这样的丑八怪也能脱手，那很好。不过隔了一天，邻居们来转告，叫她不要再到市集上去卖那些玩意儿，因为有一个叛徒发现黏土里头含有政治色彩，希特勒强盗们已经在查缉那个胆大包天的雕塑家。

“嗬，这帮法西斯究竟有没有脑子？他们把我也算到雕塑家里头去了！”叶甫敏嘲笑德国人头脑太简单，在他的想象中，雕塑是一门高不可攀、神乎其技的艺术。老汉从来没想到，从他的泥马身上，透过它们愉快而顽皮的眼睛或者取材于敌人的一些凶恶的特征，不但流露出对玩具的热爱，而且显示着真正的天才。

莫特里雅对老汉这手玩艺的看法比较单纯；她在贫困中过了一辈子，丈夫的性格使她非常苦恼：只要叶甫敏愿意，他满可以靠这些小玩意儿安安稳稳过日子，不愁衣食，也不必跟别兹包罗奇柯那一帮人闹别扭。现在她瞧着一匹泥马，忘了老汉准备与世永别，不合时宜地笑了起来。

“这招风耳、大肚子的一匹活像到我们这儿来过的那位首长。”

“基塞尔？”叶甫敏精神振作了些，他看看那件玩具，一个创造者感到满意的笑容——不是临死时的笑容——使他的脸直到胡子尖上都闪闪发光。

“是啊。不过他到了你手里怎么给捏成这副蠢相？”

“他本来就是个笨蛋。”

莫特里雅双手一拍。

“在你眼睛里的笨蛋不是太多了吗？听人家说，基塞尔从一九三〇年起就当领导干部。”

“可他生下来就是个笨蛋。”叶甫敏手一甩，好像在罢免基塞尔的职司。

他的回答莫特里雅认为中听，但她还是怀疑老头儿照例说得过火了些。

“你啊，叶甫敏，即使到世界末日也没有一个人能教你满意。一个笨蛋难道能从主席台上讲那么多时间的话，而且讲得那么高明，简直能教人睡着？正因为这样，国家才给他工资，让他在这个岗位上工作！”

“因为他有这样一些不用脑子、光用牙齿互相咬住不让摔倒的朋友，除非轰雷一声，否则他们就不让有清新头脑的人接替基塞尔的职位。基塞尔手中有权，有印，开一份证明就可以拨给饲料，可他就是见死不救我们的马。现在他看也不来看它们，来了也只看猪，好顺便带一头回去……哦，我再也不能在世上活下去。怎么也不能。”他一把抓住心口，他脸上所有被汗水涔透的皱纹由于疼痛而挤得更紧，“人家骂我不良分子，看起来骂得有理。”

“那是没心肝的傻瓜、草包、烂舌根才这样骂你！”莫特里雅大大地不以为然，她在惶恐中几乎凉了半截，因为叶甫敏平素恨透了这个坏绰号，而现在居然决定承认下来，这说明情况不妙；会不会老头子真的自己觉得快要死了？但愿不是这样。“你不是什么不良分子，你是一个公正的、大公无私的老爹，就是有点儿脾气。”

“我是不良分子，莫特里雅，”老汉继续固执而痛心地责备自己，“要是往前看，马又算得了什么？只是一种好看的残余，就像某些善要手段的人说的那样。不久各种机器将完全代替马匹，把马排挤出去，那时世上将没有骄傲的骑士，轧轧作声的大车，轻便的马拉雪橇。连带着赶车人、饲马员和盗马贼也将一起消失，正像丘马克[①]已经看不见一样。这个道理我明白，可我现在要死还是因为今天的马没有饲料。你说，像我这样的傻瓜还能上哪儿找去？”

老汉眼眶里闪着泪花。他忽然不但觉得马儿可怜，而且也为自己惋惜：天知道他几十年的光阴花费在什么事情上，他没有在生活中

① 指在俄国铺设铁路以前，用牛贩运盐、鱼等商品的人。

找到自己的道路，一生就像秋季里道路泥泞的一个阴雨天那样过去了，有一些小小的欢乐，可是有大大的悲哀，既没有赢得安乐的晚年，也没有赢得尊敬，甚至区里的报纸上也没有一行提到过他，却无缘无故落得一个“不良分子”的坏绰号。这一切就像浪潮一下子涌上心头，端的能把老汉气得直哭，但他不喜欢流眼泪，因此捏紧拳头，咬定牙关，迫使自己重新恼恨自己的生活，恼恨“不良分子”这个外号，恼恨别兹包罗奇柯，恼恨松松垮垮、无人做主的局面。他这样一恼，反而把死的念头忘了。他坚决地从床上伸下腿去，用脚摸到一双破旧不堪的靴子，鼻子里呼哧呼哧哼着气，开始穿鞋。

莫特里雅给这一突变弄得目瞪口呆。

“你上哪儿，叶甫敏？”

“哎哟，”老头儿眉头一皱，“满身是疼……我找马尔柯聊聊去。”

“你怎么走得到他家？瞧你身上的汗像雨一样淌下来。”

“我把汗擦干了去。”老汉说着，眼睛向一条白里泛紫的干净毛巾瞟过去。

“你这人到底是什么门道？病可不是毛巾一擦就会好的！”

“你别纠缠不清，莫特里雅，我的心可不会老是软得跟蜡做的一个样。”

“你想去跟马尔柯聊什么？”

“聊马呗，还有什么可说的！总得想想办法。”

“说来说去又回到马身上！你不是打算要死吗？”老伴提醒他说。

“我从马尔柯家里回来，那时大概要死了。让你也快活些！”他吹灭蜡烛，用毛巾仔细擦身上的汗，擦了两遍，然后穿上衣服，故意脚步踉跄地走出潮湿的住所，让老伴看到他是多么虚弱。但他随即又回转身来。

“你怎么啦？忘了什么东西？”

叶甫敏把视线移到一边。

“我想拿一个枕头。”

“你打算在马尔柯家里躺一会？”莫特里雅向他看了疑讶的一眼。

“不。”叶甫敏不悦地皱皱眉头，“我要把里边的干草抖出来。”

“抖到哪儿去？”

“你什么都要问！反正不抖在村道上，我拿去喂我的黑马。让它的栅栏里有一点点干草味也好！”老汉紧绷着脸说，把还有热气的枕头往腋下一夹，走出窑洞，不愿听无聊的劝说和责备。

“老头子这下不死了。”莫特里雅用兴奋的眼光默默地目送老伴出去，再向窗外望望，看到丈夫的靴脚已经迈着满有劲的步子，不再装腔作势，她笑出了声。她的老伴到底不大正经。得出这样的结论以后，她又对着那些用黏土捏成的小玩意儿仔细看了好久，从中发现了她所认识的一些人的特征，对于她的不正经的丈夫有这样一手玩意儿感到稀奇。

叶甫敏老爹来到别斯梅尔特内家的窑洞里时，只有赫维其柯一个人盘着两条腿坐在那儿读书。一见老汉进来，那娃子当即从铺板上起立，恭恭敬敬地站着不动。这使叶甫敏大为感动：虽然是战争时期，可是在成长中的这个孩子却很有礼貌。赫维其柯照看马儿的活也干得不错，这也不是没有意义的。叶甫敏抚摩了一下孩子的脑袋，把他拉到自己身边。

“赫维其柯，你在念书，用功？”

“是的。”少年微微一笑。

“好好用功，像长力气那样多长些学问。你在马尔柯·特罗希莫维奇这里过得怎么样，不错吧？”

“过得很好，老爹。”

“他家管不管饭？”

“管。”少年脸红了。

“这么说，你能成长起来。学校里的功课有没有捞到一分的？”

“眼下还没有。”赫维其柯自豪地回答。

“小心别捞上几个，不然我可要用鞭子把它们打出去，”老爹向他扬扬一个指头，“你是个有头脑的孩子，应当学习得很好，毕业时得到奖章。隔天你上我家里去，我送一只泥马给你，旁的没什么能送给你，老爹给这场战争打穷了。”

“谢谢。”

“哟，赫维其柯，你已经穿上了新靴子，也不向老爹夸耀一下！”老汉用惊异的口吻说。

“这是马尔柯·特罗希莫维奇亲自用他战前的一双靴子为我改的。楦头也是他自己做的。他也再三叮嘱，要我别捞上一分。”

“当然，我跟他看法一样，虽然没坐过同一张课桌。他在哪儿，你知道吗？”

“到马棚里去了。”

“去马棚？”老汉被提起了劲头，挺高兴地开始装一斗烟，“你不知道他干什么去吗？”

“因为心里焦急。刚才他跟特里迈伏达、戈尔季延柯老爹商量了各种办法，考虑怎样才能把牛和猪保存下来。最后想出一个办法：在没有弄到饲料以前，得把它们分给大伙去养。可是马的问题更伤脑筋。谁肯把马接受下来呢？”

“赫维其柯，看起来是这样：对干活最勤、最辛苦的牲口，人们反而最不关心。”老汉吸着没有点火的烟斗，十分感慨地说。过了一会儿，脑子里的念头完全把他抓住，他忘了赫维其柯坐在窑内，开始一个人自言自语：“天哪，究竟有什么法子可以想想？哪儿能给它们去弄点儿草料呢？哪怕走上偷儿的小道也是个办法！”

于是老爹真的开始考虑，能不能上哪儿去偷一点干草，他想起了自己的亲家奥列克桑德尔有几垛干草，但随即对于自己头脑里居然会出现这号馊主意吃了一惊，他忿怒地骂出声来：

“鬼知道是什么念头在往脑门里钻！真是想入非非！”

“老爹，您在说什么？”赫维其柯好奇地向他看看，“是不是有什么主意啦？”

“没什么，尽是些胡思乱想，”叶甫敏避而不答，接着喟叹一声，“隔天你上我家来，来玩。”他又一次把手搁在孤儿的头上，跟他亲热了一会，想起了自己的儿子，就匆匆走出窑洞。

但是到了外边，做贼的念头仍旧紧紧跟着他，老汉一方面竭力把它赶开去，另一方面又在听取它的意见，把它当作一个悄悄献计的秘密顾问。

“奥列克桑德尔亲家的干草反正堆着不用，”他又说出声来，“他还是打算让它们发酵，还是准备把它们腌起来？”

“老爹，您在想什么？”玛芙拉·波克雷特谦柯莫名其妙地在旁边站定。

老汉停住脚步，用鄙夷的目光把她打量一番，没好声气地说：

“想爱情……”

“什么爱情？”那寡妇先是一愣，但立即被一种可怕的猜想吓了一大跳。

“私情。某些人就是在搞这样的爱情。”

说完，老汉怒冲冲地向马棚走去。玛芙拉低下头来，从她怯生生的眼睛里掉下两颗泪珠，洒在开始解冻的初春车道上。

第十四章

年龄比较大一点的马还认识马尔柯，它们纷纷向他伸过头来，轻轻地嘶叫着，用丝绒似的嘴唇触碰他的手、肩膀和衣服，在它们饥饿、悲哀的眼睛里想必正重现着昔日的情景。

“马尔柯，它们在回想做马的幸福时代，那时它们有堆到齐膝的干草，槽里有燕麦的香味。”才进马棚的叶甫敏老爹从门口说。

“是啊，它们还记得我。”马尔柯在感动、忧急和愤慨之余，拄着拐杖低头拱肩，不知道用什么去安慰、怡悦这些盼望着从他那里得到抚爱和饲料的四足朋友。他一只手拿着拐杖，另一只手抚摩、搂抱它们，不怕难为情地把脸贴在马头上，怀着极大的悲痛看它们的眼睛。这些眼睛里信任、欢乐的神情到哪儿去了？投向某些动辄举鞭的人那种忧郁和宽恕一切的眼神到哪儿去了？血气方刚、掣电闪闪或者跟人没有两样的慧黠的目光到哪儿去了？

是幽灵，是饥饿这个可怕的幽灵抽尽了这些温暖的马眼睛里的全部生气，使它们的眼眶浮肿，并且以它丑陋的影子把这些仅仅还有一口气的骷髅笼罩起来，等待它们倒毙。真想从这个马儿受罪的地方跑出去，像小时候那样哭一场，或者在别兹包罗奇柯和他的贼党身上把拐杖打断，这样也能出一出气。马尔柯在悲愤中不觉热泪盈眶。他正想拐出马棚，但一匹嘴唇下垂的高头大马焦急地把头从旁边向他伸过来。至少应该用温柔抚慰它一番。

“洛尔德也认识你哩，”叶甫敏走近了些，“你还记得它吗？”

“当然记得。当年它是一匹火焰驹！”

“如今眼看这团火烧得精光，身体里只剩一堆灰烬。”

那匹马把嘴拱到马尔柯胸前，于是他想起很久以前一个丰饶、炎热的夏季，那时担任农庄主席的马尔柯常常忘记除了工作世上还有睡眠。只有在路上，当大车从一个地方赶往另一个地方时，才能打一会儿盹。在一个没有星光的晚上，他和叶甫敏老爹一起坐车到较远的一片田野上去，那里人们正不分昼夜把麦子脱粒。天上雷声隆隆，直射的电光时而划破漆黑的夜空，而远方闪电的反光又把天空往上推开。马尔柯在频繁的电光和殷殷的雷声中睡得挺安稳，醒来的时候听到头上有麦穗的苏苏声和雨声。他迷迷糊糊，一时不知道这是叶甫敏老爹用麦捆在车上匆匆搭了个小草棚，闹不清周围是怎么回事。正在这当儿，有一件黑糊糊、热烘烘的东西向他靠拢来。他打了一个哆嗦，向后退去，忽然在靠边一捆麦后一个小圆圈里接连两次闪起树根似的电光。这是闪电映在马眼睛里的反光。“洛尔德，是你啊？”马尔柯高兴地笑了，他这才完全醒过来。那匹马被响雷吓得轻轻地嘶叫一声，用嘴唇触到了马尔柯的头部，就紧紧地挨着，又发出一声嘶叫，而电光在它的眼睛里闪个不停……

现在马尔柯走到摇摇欲坠的洛尔德跟前，抚摩它的鬣毛，痛心地看着它的大眼睛：难道电光永远不会在里边跳舞了吗？……

“给你心爱的马喂一点干草吧。”叶甫敏老爹从拆开的枕头里掏出一把干草递给别斯梅尔特内。

马尔柯看到枕头和夹着干枯的香薄荷的一小束干草颇感意外，香薄荷使他联想到闪电在马眼睛里的反光。他用颤巍巍的手给马喂了草，急忙走出马棚，竭力不去听发自每一个角落、对他寄托希望的嘶叫。

“等一下，马尔柯，”叶甫敏老爹手里拿着枕头在门口追上了他，“这里还有一点干草……”

这句话和老汉哆嗦的手中的枕套，以及叶甫敏老爹溢于言表的悲伤，使马尔柯心痛如绞。

“我不能，老爹，我没有勇气再看这惨状。”马尔柯把拳头握紧。

“我也不忍再看。可是有不少空忙家在农庄周围转来转去，煞有介事地用鼻子吭气，在小本子里记着什么，回去向什么地方汇报一通——从此音信……渺茫。应该把他们记下的情况刻在他们心上，这样才能促使他们认真对待事情。我就是主张把公文写在心上！那时马儿就有草料，人们就有面包，满肚子学问的人也不用带本子，重要的是得有头脑。”

“老爹，您还在骂街？连有学问的人您也看不顺眼啦？”隔板后面的马克辛·波拉泰柯醒过来，打着呵欠把阔嘴唇张大成一个圆圈。

“你这个骗子还在躺死？”老汉着恼地问。

“心乱如麻，谁还睡得着觉？”马克辛说完，立刻又睡着了，尽管他由衷地认为，在这样艰难的时刻任何一个饲马员都睡不着觉。

“这小子今天为马偷了不少豆角，瞧他睡得多安稳，像个循规蹈矩的圣人。”老汉以谅解的态度向板壁那边点一点头，“我自己也在动脑筋到什么地方去偷点儿草料。”

马尔柯听了这话又能说什么呢？他痛心地看看叶甫敏老爹，握了一下他的手，忧心忡忡地一跷一拐向大路上走去。

“你上哪儿，马尔柯？”

“去向好心的人们求助。”

“要去很远吗？”老汉的语气又有了希望。

“走着瞧，去找朋友们想想办法。也许能从他们那里弄到一点东西。”

“那么我赶车送你去，那两匹拉车的马暂时还不会倒下来。你拄着拐杖能走多远？”

“谢谢，老爹，我不愿您回头挨别兹包罗奇柯的骂。您在这儿照看一下，我大概过一两天回来。”

“那么祝你顺利，马尔柯。”老汉摘下帽子，向着别斯梅尔特内的背影挥了几下，马尔柯在马棚里呆了这么一会儿，仿佛一下子瘦了许多。

大路上偏偏空旷无声，好久看不见人影或顺路的车辆，只有解冻变黑的菩提树上间或响起乌鸦似乎伤了风的叫声。灰溜溜的空中飘着毫无生气的几块乌云，天空偶然通过太阳这只眼睛俯视大地，好像拿不定主意：还是洒雾凇呢，还是下雪糁？

从树林里扛着成捆的枯枝没精打采地走来几个妇女——肩膀下垂，眼睛看着地上。马尔柯的心又缩紧了：这幅景象比任何报告更清楚地说明村里没有真正的当家人。农妇们走近来，跟他招呼，但是并不放下肩上的东西；当她们挺直腰板的时候，活像坟场上一座座摇摇欲坠的十字架围住了别斯梅尔特内。这情状使人惨不忍睹。是啊，在这场战争中妇女们背着一座无比沉重的十字架。但是为什么在没有必要的情况下也叫她们背着呢？

“别兹包罗奇柯、马穆拉和沙伏拉的女人是不是也这样去弄燃料？”马尔柯问的时候脸色也变了。

“哪里！人家像老爷太太一样不愁柴米。”

“什么都现成的从仓库、从树林里给他们送去。”

“马尔柯，这倒不打紧，我们什么都愿意忍受，”寡妇索菲雅·库希尼连柯说，她的大眼睛到现在还碧蓝碧蓝，没脱孩子气，“只要儿子们能够回来。”

“索菲雅，你又没有儿子。”有人纠正她。

“可是别人有哇。”她的语气充满了母性的深情，使马尔柯肃然起敬。

“马尔柯，你快快把身体养好，把我们的农庄好好整顿一下，我们的农庄没有当家人，简直成了孤儿。”寡妇向别斯梅尔特内走近一步，用自己蓝得有些稚气的、忧郁的眼睛正视着马尔柯的眼睛。

这时大路上出现了一辆老爷卡车。妇女们让到道旁，马尔柯举起一支拐杖。汽车整个车身发出刺耳的声响停了下来，从驾驶室里探出迦琳娜·库希尼连柯颧骨微耸的脸蛋，她是索菲雅的小女儿。姑娘面带笑容，嘴唇边黑糊糊的，被风吹得发干了，但是一双被浓睫毛遮暗的异乎寻常的青烟色眼睛里却凝聚着忧郁。

“您好，马尔柯·特罗希莫维奇。您要去远地方吗？”

“一直向前，直到世界的尽头。”

“那不行——有战争挡着路。”

“也许我们到那里时战争已经结束。”

“那您就上来吧，不过我会挨别兹包罗奇柯一顿臭骂。”迦琳娜黑糊糊的嘴唇边又露出笑容，但是忧郁仍然滞留在她的眼睛里，丝毫也不曾动弹。

要是分别端相这位姑娘的五官，她的脸说不上漂亮：微耸的颧骨，宽阔的腮帮，一个普普通通、毫不纤巧的鼻子——似乎一切都稀松平常。但在这稀松平常之中却有颇不寻常的前额，不安分的、向两边豁开的眉梢，很别致的青烟色眼睛和朝气勃勃、天真无邪的厚嘴唇，因此只要对迦琳娜看上一眼，心头立刻轻松不少。

她从驾驶室里跳下来，向妇女们亲切地问了好，建议母亲把枯枝扔到车上。

“用不着。大伙怎样，我也怎样。”母亲回答。

“随您的便，”女儿有些委屈地说，她扶着马尔柯坐进驾驶室。卡车放出气来，车身开始震荡，经过乱七八糟的一堆堆土窑和露在屋外的炉灶，驶向灰溜溜的远方。

“真的到世界的尽头去吗？”迦琳娜想从马尔柯脸上看个究竟。

“不，我的好姑娘，要近得多……世界的那一头将来你可以同心爱的人一起去。”

“要是能有这样的人就去。”迦琳娜的回答落落大方，一双粗糙的手紧握方向盘。

“一定会有的！”马尔柯热心地说，“没问题！”

姑娘的眼睛眯成两条线。

“这也难说。我们这一代有许多人将终生当姑娘——战争把心爱的人扔到各个地方，多少爱情被拆散。”她作这一番解释还是那样落落大方。

她这样理性很强的忧郁口吻使马尔柯吃惊，甚至有些不悦。这姑娘怎会变成这样？难道战争使她最宝贵的情感也变麻木了吗？

“你有没有心爱的人？”他脱口问道，虽然他知道不应该提这事。

“现在没有，过去也没有。”迦琳娜叹道。

“过去也没有？”

“也许有过，那时我什么也不懂，甚至现在也不知道什么是爱情，只听别人说起，”姑娘把心里话告诉他，她坦率地述说自己少女的心第一次不平静的情况，可能她对母亲也没有这样坦率地说过，“在战争正要爆发之前，瓦西尔·捷尼森柯开始对我特别注目。您还记得他吗？”

“记得。黑黑的脸，头发翘得高高的……”

“对，黑黑的脸膛，身体结实得像棵柞树。”姑娘的嘴角悲哀地垂下去，“不管我到哪儿，他的眼睛处处盯着我。我自己也偷偷地对他注目起来……当时是那么相信一切美好的、不寻常的事情。我做梦也见到他在瞧着我……后来战争爆发了。瓦西尔和我互相都没有说过一句表白意思的话。当他跟大伙告别的时候，也老是瞧着我，之后走到我面前，伸出一只手，说：‘再见了，迦琳娜。’并且向我微笑。我也说：‘再见了，瓦西尔。’自己差点儿哭出来。现在瓦西尔已经不在世上。可是我老记着他那时看我的情状。您说，马尔柯·特罗希莫维奇，这是不是爱情。”

“想必是爱情。”

马尔柯又怜悯、又惊讶地望着姑娘坦率而忧郁的脸，现在他看这位姑娘简直很美……

汽车穿过树林，在树林后面的低地里望得见一座美丽的村落，村舍有的雪白，有的浅蓝，恍然到了另一个世界。钵子似的一个圆池塘边伸展着集体农庄的一批整洁的房屋，结冰的池面上聚着一群群的鹅，形成几个白色的小岛，靠井的斜槽旁挤着好多匹健壮的马。

“一眼就能看出布罗瓦尔尼克是个好当家。”马尔柯心想。

“就在这儿停下。我们到了。”

他谢过迦琳娜，从大路折向一条松软的小径，一跛一拐地向农庄院子那边走去。

鹅见了生人呷呷地叫，嘘嘘作声，马儿则用柔和的紫色目光迎接他。当然，他也从某几匹马的眼睛里发现一点惊悸的阴影。那是一些身上带着战争留下的伤疤和斑痕的马。这个拄着拐杖的人使它们想起了自己的创伤。

“您找什么人？”一个上了年纪、唇髭成钳子形状留得很长的饲马员走到马尔柯跟前问。

“我来为马寻找幸福，如果这样的幸福还没有绝迹的话，”马尔柯和他招呼过以后说，“我很欣赏你们的牲口。”

“现在没什么可欣赏了。和当年已经不能相比。战前我们的马那才叫马！每一匹都有着水蛇腰！”饲马员脸色转趋阴郁，“您是受委托还是求援助来的？”

“不，”马尔柯感到窘迫，“怎么？”

“近来有不少各种各样的人到我们这里来求情：他要借这，你要借那；某些人干脆用大车或汽车来装。”

“那么你们给不给装呢？”

饲马员四下看看，捻捻小胡子。

“有时也给装。跟某些首长得搞好关系，否则，他们即使挑不出缺点，也会给你编派上一些，不是生产上的毛病，便是思想上的毛病。有些人经过这次战争变成了十足的无赖，他们自己见困难就摇头，可偏要动员我们。您找布罗瓦尔尼克？”

“对。”

“跟他认识吗？”

“认识。”

“您觉得他怎么样？”

“是个好当家。”

“敢情！”饲马员高兴地说，“农庄这个家他当得确实不赖。这样的农庄主席既不欺负人，也不辜负土地。现在您不用上管理处找他——他刚刚带一个客人到家里去了。您去刚好赶上吃午饭。达尼洛·瓦西里耶维奇的屋子能找到吗？要不要给您指路？”

“能找到。”

马尔柯熟知布罗瓦尔尼克家年代很久的、像个老婆婆似的屋子在什么地方，整个夏季，都有向日葵、锦葵的花冠向窗子里张望。达尼洛·瓦西里耶维奇性格豪放，在社会工作中总是惦着除了自己以外所有的人。他很聪明，读过不少书，热爱真理，丝毫没有往往被派到乌克兰人身上的那份狡黠，全村人对他的爱戴只差没把他抱在手里。他深谙庄稼人的心理，对待人们用的是一把钥匙开一把锁的办法，不用危言吓唬人，不用拳头捶桌子，因为他懂得，即便是木头也不能忍受人的愚蠢行为。他挑选热爱群众和土地的人当队长，从擅长歌唱的人中间挑选小队长，让最懒的人看门守夜。

“在现阶段我们的农民好有一比，”有时布罗瓦尔尼克喝上一杯酒会发表他的哲学观点，“好比向日葵！花冠朝着太阳，秆子深入地下。怎样能促使它欣欣向荣，花开不败呢？那就是：阳光越多越好，啄食葵花子的麻雀越少越好。目前这株向日葵还在苦熬，因为什么都向它要，谁都忍心弯折它的枝梢。但有朝一日，劳苦人也会轰赶麻雀和那些预先看准每一颗收成的家伙，轰赶吃白食的无赖和空喊家——那时向日葵和太阳之间所有的误会和官僚主义机构将被一扫而光。”

为了这套哲学观，布罗瓦尔尼克挨整不止一回：有些麻雀也啄到了他的头上，还查他的履历表。但布罗瓦尔尼克并不着慌，他在区委全体会议上说，他的履历表上共有八条——八片土地，其中每一片目前都保持着全区产量的最高纪录。这一切仅仅因为他相信群众，群众也相信他。他总是努力了解他们的心灵，不把爪子伸向他们的肝脏。最后，他侧过半边身子转向那些吹毛求疵的批评家，这样结束自己的发言：

“怎么样？苔藓们[①]还有问题没有？是不是把这场讹诈结束

① 苔藓是低等植物，语含鄙夷；同时“苔藓”这个词在原文中与“肝”同根，暗指正是他们“把爪子伸向人们的肝脏”。

了吧？”

会场里爆发出哄堂的掌声和笑声，从此布罗瓦尔尼克就永远得到了“向日葵”这个外号，虽然他头上没有金色的鬈发，只有寒冬的银霜……

达尼洛·瓦西里耶维奇家的院子里停着一辆其貌不扬的、看得出是用几辆汽车的零件拼凑成的小吉普，一只英俊的公鸡昂然立在车鼻上，时而怀着柔情和优越感用一只眼睛看看它的一群醋劲不大的情妇。

马尔柯像招呼一个人那样向老屋打招呼，几年来，它往地里陷得更厉害了。守卫在屋旁的是枯萎的向日葵和高高的、垂着铃铛般一串串子实的锦葵，屋顶上筑着一座蓬蓬松松的鹳巢。除了鸡喝水的一只泥土色德国钢盔，这里一切都跟过去一样。

马尔柯把战前的回忆从心上抖落，犹如抖去露水相仿，他怀着激动的心情向屋门走去：不知“向日葵”会怎样接待他？经过这一场战争，不知他变了多少？对他的请求会有怎样的反应？吱吱嘎嘎的推门声打断了室内一场激烈的辩论。马尔柯立刻感觉到，坐在饭桌旁三个人的视线一齐向他集中过来，他满意地吸一口黑麦的浓香：正对室门的贵宾席上竖放着一捆茂美的黑麦，向布罗瓦尔尼克和一位道貌岸然的客人头上垂下嘉穗。那陌生人转过头去，一只手举到发上，掠开一棵麦穗，紧皱双眉。

“马尔柯，是你？”布罗瓦尔尼克叫了一声，霍地站起来，一下子目定口呆。

“我拄着拐杖您也认得出来？”马尔柯用木拐敲一下地板。

桌子被撞了一下，上面不知什么东西啪的一声倒翻了，一张凳子飞到一边，“向日葵”一头白发闪着银光，笑容可掬地迎着马尔柯扑过来。这几年来他的脸憔悴而变黑了，灰蓝色的眼睛里透过惊异和喜悦也流露出哀愁——看来，他也没有免于不幸。

“这么说，你活着！”达尼洛·瓦西里耶维奇熟视着马尔柯，把一双大手搁在他肩上，然后热烈地吻他，“你没有忘记我老头子？

好！谢谢你，小伙子，谢谢！老太婆，你看，这是马尔柯来了，”他把别斯梅尔特内的身体转过去，“再拿一只酒杯放在桌上。”

“我这就拿来。你好，马尔柯，你好，孩子。”索洛米雅大婶把手擦擦干净，像从梦境中出来似的悄然无声走近马尔柯；透过短睫毛的疏网看得出她的眼睛里水汪汪的。马尔柯已经明白，看来这对老夫妻唯一的儿子再也不会跨进故家的门槛，再也不会叫一声“妈妈”吻她了。马尔柯以人子的身份吻了她，索洛米雅大婶把头伏在他的军大衣上，然后站直身子，长叹一声。炉火的反光照亮了悬在她睫毛上的泪珠。

“谢天谢地，你总算回来了。”她用头巾角拭拭眼睛，“孩子，你就在德米特罗以前的座位上坐下吧。”

“别哭，老太婆，别哭，不要这样。”达尼洛·瓦西里耶维奇轻轻地安慰她。

马尔柯走到桌旁，先到的客人坐在那里保持着紧张的沉默，这是一个大约四十五岁的胖子，脸色红润，雄狮型的脑袋，头发剪成平顶式样。一双眼睛冷冰冰的，跟通行证差不多，半军服式样的一身装束只能迷惑对部队情况一无所知的女人。

“我来给你介绍。这位是安德朗·波塔波维奇·基塞尔。”主人认为这样已经说明了一切，但这个客人的名字对马尔柯却完全陌生。

“十分荣幸。”客人庄重地站起来，隔着桌子伸出一只小面包似的软绵绵的手，但他脸上并无高兴的表情，只有掩饰得很差的不悦。接着他用疑问的目光看看达尼洛·瓦西里耶维奇，后者抬一抬眉毛，表示与刚来的客人也可以干一杯。基塞尔这才放心，紧张的戒备神情从他眼睛里消失，饺子形状的下巴颏上一个浅涡的肌肉也松弛了。

马尔柯注意到他们在交换眼色，便留神看看基塞尔臃肿的体态，不健康的肥胖使他的眼睛显得窄小，肚子以及腰下部分向外发展。半军服式样的马裤忠心耿耿承受着重压，尽管已不能保持完美的轮廓。但并不是这轮廓，而是腮帮凸出、颐指气使、自高自大的面孔在告诉马尔柯：安德朗·波塔波维奇不喜欢带给人们愉快、安慰，哪怕最平常的微笑也轻易不肯赏给别人。“不过，第一个印象往往是错误的，”马尔柯默想，“回头自然明白。”

“坐吧，马尔柯，别等伏特加发酸。”布罗瓦尔尼克发出邀请，等这位后来的客人在轧轧作声的凳子上坐下，他高高地举起一杯酒，说，“为了你，身经百战的斗士，为了你的健康，为了你的拐杖早日扔在我们的炉中烧掉，我们来干一杯！”

“说得好。这才像话。”基塞尔赞道，他眯着眼睛举杯对准别斯梅尔特内的酒杯，庄重地一饮而尽。

“那么在这以前我的话说得不大好吗？”布罗瓦尔尼克向他转过脸去，嘲笑的意味开始在农庄主席眼皮上的皱纹中间跳动。

“简直不像话。”基塞尔的嘴唇和带浅涡的下巴立刻扭曲变形。

“我倒觉得，你，安德朗·波塔波维奇，掉进了泥水坑，只是你不肯承认罢了。”布罗瓦尔尼克笑道。

“你又来了。你是个好当家，可是作为一个思想家完全不行，觉悟并不比那些一空下来就像政府的部长们大谈其政治和国际局势的农民更高。好像那些问题非经过他们评论不可。”

“可惜，安德朗·波塔波维奇，你没有在这些农民中间看到真正的思想家。有时他们一句话包含的思想比某些人整个脑袋里的还多。”

“我看得出，你又在弹你的老调。”基塞尔迸出一丝强笑，显示他的雅量，“达尼洛·瓦西里耶维奇，你是个愚昧得不可救药的唯心主义者！你把一些老人看成农民中的先知，把庄稼汉当作思想家，如果站在一边观察分析一下的话，你是在幻想建造农民的天堂。我对这甚至不屑一唾！”他高高地挥舞一只手，在黑麦穗上打了一下。

“这当然好办。”布罗瓦尔尼克高耸的额上倏然蹙起一道道阴郁的皱纹。

“你说什么好办？”基塞尔愕然问，他没有发觉布罗瓦尔尼克话中有刺。

“对一切加以唾弃自然好办，”达尼洛·瓦西里耶维奇慢条斯理、懒洋洋地回答，基塞尔却像掉下水以后跳起来的麻雀打一个寒战。

“一句话就给你抓到辫子啦？”

“我指的不是一句话，是领导作风！”

“哦呵，好厉害……这你可管不着了，也轮不到你发愁。”基塞尔企图一下子把对方的嘴堵住。

但他没有成功。

“对，这我管不着，但忧愁还是会轮到我身上，事情甚至比某些人的想象或猜测更加堪愁。至于唾弃，这并不等于领导。唾沫可能吐在你自己取水的井里，也可能跟人们互相唾骂闹翻；可以向黑麦穗啐上一口，也可以啐在麦穗下面的地上，但土地是欺瞒不了的，你唾弃它，它也会唾弃你。我就是这样想的，安德朗·波塔波维奇，看起来你觉得我的话不大中听。可要是把话说得动听一些，请原谅，我的良心不容许。这是你那些马屁专家的拿手好戏。”

基塞尔以演说家的姿态挥了一下拳头。

“你真调皮，达尼洛·瓦西里耶维奇，嚯，太调皮了，从每一方面卫护你的农民。”

“把他们咬上几口自然比较容易，可是这对谁有必要呢？”

“这也有必要！必须打掉农民身上的狡猾、个人主义和形形色色的遗毒。我们迟早能迫使他们为社会主义干活。”

布罗瓦尔尼克沉下了脸，马尔柯也面有愠色。

“难道说现在他们是为资本主义干活不成？”达尼洛·瓦西里耶维奇问。

“不，他们是在为社会主义干活，但没有为它献出全部力量，只是一部分。必须用沉重的锤子打掉农民身上的遗毒——所有那些果园、小池塘、蔬菜地……”

“恐怕应该通过富足的生活，而不是通过锤子吧？”马尔柯插言道，他谛视着基塞尔涨红的脸，“用锤子打脑袋比想办法容易。”

基塞尔脸上先是两条从唇边垂直下降的折痕悻悻然颤动了一下，

然后两道不对称的短眉愤慨地跳起来。他把眼睛里的怒火一齐喷到马尔柯脸上。后者感到不快：基塞尔的神态说明他一下子恨透了别斯梅尔特内，简直恨如仇敌。马尔柯心里明白，此人睚眦必报的性格不会原谅他这两句话，今后他们的道路无论在什么地方相交，哪怕只擦到一点点边缘，此人必定会损害他。

"如此看来，你是一个小人。"马尔柯思量着顶住了基塞尔的目光，后者已经倨傲地扯动一下肩膀，面向着布罗瓦尔尼克，声势汹汹地说：

"达尼洛·瓦西里耶维奇，今天跟你的谈话使我反感！从一开始就反感……战争总是给各种鬼话、自由主义思想和无政府状态造成冒头的机会。必须把它们当作妖孽关在瓶子里，要不然，今天某一位哲学家要求搞自由化或农民天堂，明天他就会要求修订税率和国家计划……我把你的意思理解得对不对？也许这是我喝了点酒产生的错觉？"

"不，不是错觉。"

"那好哇，"基塞尔得意起来，"到后天，这种蛊惑人心的言论不但会发展成对我们的经济政策的修正，而且可能形成一次经济上的反革命！"他又以演说家的姿态挥舞拳头。麦穗向后一跳，晃了两下，反弹过来打在基塞尔脸上。他站起来把它们揉做一团塞进麦捆里去，对付完了麦穗以后，他微笑着向布罗瓦尔尼克说："亲爱的，带着这种思想甚至可能滚到白匪一路去。"

达尼洛·瓦西里耶维奇气得变了脸，但他控制住自己，捺下心火，镇静地向基塞尔望望。

"才喝了一杯酒，还没让脑子转动起来，何必这样急急忙忙抡起大锤，甚至扯到反革命和白匪头上？这些难道是玩具吗？我跟你开头有说有笑，干吗你要闹得不欢而散？你们加重农民的负担，把他们压垮，用光洁漂亮的汇报或空话涂抹自己的错误或缺点——这样做能使谁轻松？国家、农民还是你们？多年累积起来的疙瘩不是那么容易砍断的。应当一个一个解开。我们迟早会卷起臂袖，甚至脱去衬衫，动手把它们解开。开始也许要用牙齿，但不抡大锤，不叫嚷什么反革命，而是对错误加以谴责，对于被你嘲笑和认为一窍不通的农民则表示尊敬。”

基塞尔皱皱眉头，但口气已经比较平和地说：

“那些可疑的疙瘩又是怎么回事？怎么会形成的？”

“亲爱的，你还猜不到吗？这是经营管理不善造成的。”

“你抱怨什么呢？你农庄里又没犯多少错误。”

“我考虑得最少的是自己。”

“考虑得最多的是农民的天堂？”

“不，是农民的幸福。是黑面包以及除此之外人还需要的东西……安德朗·波塔波维奇，你在高低不同的讲坛上不知多少次谈到农民的幸福，实际上你对此有一丝一毫的信心没有？难道你认为在讲坛上谈到的幸福已经等于真正的幸福？难道你觉得活在世上就像一只公鸡——啼过以后管它天亮不亮？”

“嗳，不要彻底搞坏我的情绪，今天我还得发言，”基塞尔把手一甩。他脸上泛起一团团深红的斑点，话中带有威胁的口气，“将来我们在另一个地方详细谈一谈你的天堂，农民使徒！”

“别吓唬人，我们是被吓惯了的。”

基塞尔绷着脸沉吟半晌，手指在桌上弹了几下，说：

“达尼洛·瓦西里耶维奇，你像一个笨拙的纺线女人打了许多结。那么你打算怎样解开这些疙瘩？为了这个目的应该做些什么呢？”

“应该思索，考虑，不是光考虑征购任务，而是要考虑生活、土地，要为庄稼人着想，”布罗瓦尔尼克若有所思地继续说，“在这方面着实需要动动脑筋，无论我还是你，一下子都不能解开，也不能劈开这些疙瘩。”

“那么由谁来劈开它们呢？”

“党，只有党办得到。”

“哦嗬！”基塞尔如释重负地松一口气，现出笑容，“简直象一座山从肩上卸下了。我本来已经对你产生各种各样的怀疑：怀疑你在打游击的时候毁了自己，也难保没有可疑分子煽动你……”

“你已经找过我的破绽？”

“找过……探查你是不是隐藏着第二灵魂。”基塞尔又淡淡地一笑。

“第二灵魂？”布罗瓦尔尼克灰蓝色的眼睛里燃起了不好惹的火光，“你不妨派民警到我灵魂里来兜底搜查一番。”

“你打了几年游击，火气怎么变得这样大？”基塞尔表示惊讶。

“因为有太多的冷血动物打我们农庄的主意。”

“这未免太过分了！”基塞尔离座起立，“客人是否失礼且不谈，但主人总该懂得一些分寸。”

“这跟客人也有关系。”布罗瓦尔尼克站起来回答。

“达尼洛，求上帝原谅你，你胡说些什么来着……安德朗·波塔波维奇，您再坐一会，看我的薄面……我的老头子不喝酒也会挑眼找碴，”布罗瓦尔尼克的妻子开言解劝丈夫和客人，“你们吃东西吧，吃吧——闲话就会少些。”

这席话对大家起了一服清醒剂的作用，马尔柯笑了起来。

“今天我简直认不出你了。”基塞尔紧张地望着主人，勉强在板凳上坐下来，“你发这么大的脾气干吗？人家踩在你的鸡眼上啦？”

“你踩到了我的命根上。”

“你的命根可也太脆了。我向你提出同志式的忠告：你还是收起那套关于疙瘩和农民思想家的高论。不要把太重的责任揽到自己身上。”

“我能挑多重的担子，从来不会少挑，有时候也稍稍多担一些；可是你，可以看得出，总是吝惜你自己。我当面说了实在话，你就准备跟我势不两立。现在你再听我谈谈我自己和我的灵魂。今天你把一口痰吐进了我的灵魂，你自己甚至还没有注意到，因为你不耕地，不撒种，只知道催促，逼迫，这正是你的悲哀所在。当某些亲王、国君也在惊异地注视着共产主义的时候，你居然能设想一个游击队员、共产党员存在第二灵魂？由此可见，你落在我们后面有二十年。”

“索性说三十年吧！”基塞尔撇嘴冷笑。

“二十年就够你呛……到底从哪儿来的这些心理学家、探索第二灵魂的猎奇者？这些人最好还是停止嚷嚷和猜疑，好好研究一下现今庄稼人独一无二的灵魂。”

“我为你惋惜，”基塞尔抑制着愤怒说，“你在过早地行善造福——应当考虑一下警惕性。”

“警惕性应当记住，只是不能学某些人的样，不能按照往裤子上打补丁的方式把嫌疑加到每个人头上。”马尔柯插进来说。

他的话使基塞尔暴跳如雷。

“您也想挤进农民活神仙的行列?!”他用一只眼睛向马尔柯瞪过去，这只眼睛里燃烧着从整个灵魂中聚集拢来的怨毒之火，“你到底是何许人，竟敢教训我？”

“您问我是何许人？我是种庄稼、而不是撒麦壳的人。还需要调查什么资料吗？”

“见鬼去吧！”基塞尔大声怒喝，他终于发作了。

“我已经见过它们！”别斯梅尔特内顶他。

基塞尔抓起帽子就往门外走。门砰的一声关上以后，布罗瓦尔尼克摇了摇头。

“权杖没有锤头也是废物[①]……再见吧，落后分子。”

“这家伙是什么人，这样无礼、粗鲁！”马尔柯问。

“你不认识他吗？”主人觉得奇怪，“这个人就是基塞尔呀！”

“我知道历史上有一个叫亚当·基塞尔的叛徒[②]，这个基塞尔可不认识。他到底是什么人？”

“怎么对你说呢？”布罗瓦尔尼克沉思起来，“人们送给他一个外

---

① 古时乌克兰统治者执锤形权杖作为掌握政权的标志。这句话在此处隐喻当权者没有头脑等于废物。

② 亚当·基塞尔(1580—1653)：十七世纪上半叶乌克兰地主贵族上层集团的代表人物，为了自身的利益竭力维护波兰封建领主在乌克兰的统治。

号——叫做‘来过又走了’。这正是他的本色：他来到一个地方，不调查研究，光叫嚷一通，就走了。他的职务是州农业厅厅长。”

“我们这位鞭策者好威严哪。”马尔柯叹道。

“是威严，但也并不对任何人都这样。在上级领导面前他是用丝织成的。在那里他和颜悦色，笑容可掬，可是在农村里只听见他吆喝：‘快，快，完成计划，速速运交，否则小心我把你们劈成柴烧！’这个人恐怕还要吃很久的领导饭：他用人一定要履历表上一清二白，或者由某人示意录用，工作完全遵照指示去做。可能也独立思考，但决不多费一举手之劳，唯恐有人对此一举产生什么不好的想法。来，祝你健康，马尔柯。”

“祝我们的向日葵健康！”

布罗瓦尔尼克笑了。

“你还没忘记我的外号？你说，农民到底是不是向日葵？”

“是向日葵。”

“战争结束以后，我们要治好自己的创伤，解开大大小小的疙瘩，把各种各样要我们变得愚蠢些的混蛋统统从道路上清除掉，到那时，你瞧着，我们真的要挺起枝干来攀向太阳！我就有这样的信心！”

“我也一样。”

“那就太好了。我还要把话题回到向日葵身上。在风调雨顺的夏天，向日葵开花以后，每一颗葵花子末梢都有一顶金色的皇冠，每一颗葵花子都把这个皇家尊严的标记引为骄傲。然而基塞尔之流难道会把人们引为骄傲？‘爱’这个字早已从他们的心上脱落，犹如蛀坏的苹果从树上掉下。除非来一道命令专谈对人的爱，那就另当别论了，那时他们立刻会从各个讲坛上大讲其爱。”

“而且会讲得非常动听！”

“马尔柯，你还没被选为主席？为什么？”

“这事难道由我决定？”

“也要决定于你。谦虚固然是美德，可是国家利益比这更重要。”

“那我该怎么办？难道登上讲坛去大喊：‘我要当主席！’”

“你别跟我扯闲文捉迷藏。你是到这里来耍花招的吗？”布罗瓦尔尼克用拳头捶了一下桌面。

“不，我是……求助来的。”

“求助？我能给你什么帮助？”

“不是帮助我，是帮助我们的马——它们已经在流最后几滴眼泪。我是上您这儿要饭来的。”

“不要这样说，兄弟上门哪怕光着膀子也不算要饭。”布罗瓦尔尼克泪眼迷惘地说，“马尔柯，我倒是真的要过饭，尝过这滋味。”

“您说哪儿的话，达尼洛·瓦西里耶维奇？怎会发生这样的事？”

“灾难既教会了我要饭，也教会了我弹七弦琴。一九四二年我加入格里高里·扎德聂泊罗夫斯基的游击队。如今他在你们那里教书。你跟他结识了没有？”

“结识了。”

“你觉得他怎么样？”

“是个好人。”

“岂止是好人！是个了不起的人！他有狮子的心，思想家的前额，一双眼睛却像姑娘。就是他叫我化装成要饭的，因为我年纪最大，免得我白吃游击队的粮食。我把头发留得很长，垂到胡子旁边，胡子长得几乎碰到膝盖，穿上一身破烂，带着一只讨饭包和一把七弦琴，到各条路上、各个村庄去走。在一个地方唱几首赞美诗，在另一个地方跟人们聊聊，在适当的地方就唱起这样的小调：

希特勒，太猖狂，
给刽子手一个个挂十字章，
总有一天，我们要把绞索
套在这恶魔的脖子上。

你也许不信，这个角色我演得相当不坏。我带着七弦琴往返于各个接头地点和游击队营地之间。告诉你，甚至莫斯科的《真理报》上也提到过我。我就这样当了一阵子演员。格里高里·斯特拉东诺维奇近况怎么样？他拖着这一家子很困难吧？”

“很困难。”

“你能不能给我带些东西给他？”

“可以。”

“你自己有没有面包？”

“反正有土豆。”

“待会儿从我这里拿一普特面粉回去。”

“我凑合得过去，问题不大……可是我们那些马怎么办？”

“马，马！”布罗瓦尔尼克学着样儿逗他，“你自己还在靠一条腿跳来跳去，可已经把心思全用在马身上……马的问题我们也帮你解决。现在你告诉我，你打算怎样当农庄主席？你肚子里藏着些什么计划？别摇头晃脑袋。谈谈吧。”

“我能谈什么呢？”

“谈谈从哪儿着手恢复农庄的元气。我也在为这个问题伤脑筋。别兹包罗奇柯之流少一些，大伙跟我都轻松些。这么说，你什么计划也没有？是不是大脑智慧减少了？还是如基塞尔所说的什么遗毒增多了？……你们那里有没有豌豆？”

“不知道。”

“不知道？那你活在世上干什么？”布罗瓦尔尼克勃然大怒，“嘿，你变得这样懒惰，成了教堂前的大门。我可知道：别兹包罗奇柯仓库里连一粒豌豆也没有。我倒有良种的豌豆，每公顷能收三千公斤！我借给你。”

“谢谢。”马尔柯抱住布罗瓦尔尼克亲吻。

“拍马屁？”布罗瓦尔尼克想把这话说得愉快、响亮，但结果声音低沉，他双手紧紧搂住马尔柯，不禁悲从中来：他想起了牺牲的儿子。

马尔柯跟达尼洛·瓦西里耶维奇夫妇俩直谈到半夜。几十年的往事，几十个活着的和死去的人从他们眼前晃过。这一个晚上，他们把所记得的每一个人、每一件事无不回忆到了……达尼洛·瓦西里耶维奇甚至还提到当年曾在马尔柯村里教过书的女教师斯捷芭尼达。

“她有一双美丽的椭圆形眼睛，还记得吗？”

“记得。”马尔柯陷入了沉思。

“我在医院里看到她在你身旁，我曾经这样想：这就是他的命运。”

“谁也不能事先知道自己的命运。”索洛米雅大婶发出一声喟叹。

“是个好姑娘，很好的姑娘，”达尼洛·瓦西里耶维奇继续说，“不知她现在哪儿？”

“也不知道什么人成了她的丈夫。”马尔柯想打断这个话头，免得触痛旧日的创伤。

头遍鸡叫过以后，达尼洛·瓦西里耶维奇把客人领到一间小室里去，那儿充满干燥的矢车菊和万寿菊浓郁的芳香。

“你就在这儿休息，马尔柯，”老达尼洛指指一张小床，“天明醒来考虑一下准备怎样开始当主席，必须考虑完毕再跟我见面。早晨我要考你一考，干草可不能让你从我这儿白白运走。好吧，祝你睡得又熟又香。”说完，他弯着腰走出小室。

马尔柯的确睡得又熟又香。遥远的年代蹑行到他跟前，还有花朵盛开的樱树，以及当年他赠以一枝樱花和第一次爱情的姑娘。后来，花园和姑娘腾空升起，而他像插上了翅膀，开始陷入温暖的假寐状态。这时，门忽然呀的一声推开了一半。他微微睁开眼睛，看见达尼洛·瓦西里耶维奇手擎蜡烛台站在门口。这使马尔柯大为纳罕，他想开口，但改变了主意，假装睡着。

达尼洛·瓦西里耶维奇走到一张小几旁边，把蜡烛台放下，自己在一张凳子上坐下。过了一会，索洛米雅大婶更加轻手轻脚，简直像个影子似的也走进小室里来，默默地站在丈夫身旁。她沉默了很久很久，然后说：

“他多么像我们的德米特罗。”

“性格上也有些相似。”达尼洛·瓦西里耶维奇也叹一口气。

马尔柯明白了是怎么回事，几乎哭出声来。他克制着自己，发出一声呻吟，身子动弹了一下，感觉到达尼洛·瓦西里耶维奇面对着他俯下身来。马尔柯睁开了泪汪汪的眼睛。

“你大概做了个噩梦，”布罗瓦尔尼克不好意思地说，“睡吧，孩子……”

第十五章

窑洞里暗沉沉，静悄悄。老叶甫敏拱着背脊，面对儿子的一件衬衫，坐在一张破旧的、也被战争弄成残废的桌子旁边。他的思想萦绕在遥远的喀尔巴阡深山密林中，哀伤地徘徊在他的伊万在那里倒下去以后再也站不起来的某处一条石径上空，或者回忆伊万还在地上轻快地行走的过去。

世上最可爱的莫过于春天里正在孕育汁水的松软的土地，莫过于星雾流动的深秋的天空，莫过于父母身边眼睛明亮的孩子。天空和大地从来不离开人。那么为何要从父母身边永远地夺走他们认为世上最可爱的宝贝——孩子？……这究竟是谁在行使残暴的食人权利？……应该让那些支持希特勒等辈上台的黄金白银遭到永远的诅咒，应该诅咒产生刽子手和杀人犯的种子，诅咒那些布满仇恨皱纹、装满坏主意的头脑！它们不懂得爱人，不懂得爱他的亲人，不懂得爱他的日常世俗忧喜和飞扬亢奋的激情。

无比的悲愤使叶甫敏·迪卞柯垂下倔强的白发脑袋，他悲痛的内心诅咒着全身长满仇视人类的横肉的那些坏蛋，滋长着用眼泪灌溉的、对儿子的无限深情；他的儿子始终没有能在地上走一个痛快，没有能尽情欣赏大地的丰采。

“我的宝贝，我的雄鹰，我的云中的明月。”老汉对着儿子的衬衫喃喃地说话。潮湿的泥顶上间或有大颗的水滴掉下来，宛如大地的眼泪落在衬衫上……回忆从遥远的年代、迢迢的道路纷至沓来，出现在他面前的儿子忽而是蓝眼睛的小孩，忽而是英俊挺拔的少年，忽而是双眉皱紧的灰眸战士。他在村外辞别父母、心爱的姑娘、奥列克桑德尔亲家和其他亲友，沿着平坦的道路奔赴生与死相持不下的战场，从那天起，仿佛一世纪过去了……他孤独的背影登上一个陡峭的高地以后，就在大堆大堆的白云后面消失，那里似乎成了世界的终极……工作、学习都压不倒他的伊万，值得骄傲的军人荣誉、金光灿烂的褒奖也夸不倒他，可是一缕黑烟和钻入他善良的心脏的一颗子弹却把他撂倒了。

“那时候你想什么来着，孩子？”老汉用毛糙的手珍惜地抚摩衬衫的袖子，遥远的异乡在眼前勾勒出既清晰又模糊的轮廓。“那时候你想什么来着？……”

叶甫敏神思恍惚地感到窑洞的墙壁豁然裂开，从遥远的斯洛伐克向他飘来了儿子轻声的回答：

“爹，那时我想到了忠实的同志们，想到只有我们，平凡、饥饿、疲惫、愤怒而极其善良的伊万们，才能把死亡从人们那里拖开，同时并不指望因此得到酬报，无论是钱、土地、田庄，还是头衔、褒奖。还想到魂牵梦萦的家乡土地，我在颈上的小盒里盛着一小撮家乡的泥土，如果被打死，就让这土和我留在一起。我也想到我的欧克萨娜，她有世界上最甜最美的笑靥和眼睛，她的干草垛堆得比谁都好……我到处找她。只在她呆过的那个可诅咒的集中营里找到一小堆少女的头发。法西斯强盗在焚尸炉里烧毁姑娘们和母亲们，把她们的头发剪下来用于经济目的，或者拿去做雅利安人的假发。当时我凭着手中的武器发誓，只要还有一个恶魔继续蹂躏被侮辱的大地，继续把魔爪和剪刀伸向姑娘们和母亲们的头发，我就决不罢休。在最后的一刹那间我还想到您和妈妈，想到你们用慈爱的手做了多少事情。我舍不得你们，我预先看到了你们怎样为我流泪，那时你们还根本没考虑流泪。但是我不能不这样做，因为我太爱世上的一切了……”

老汉抬起头来看向他走近的儿子。但幻象在冥暗中消失了，角落里似人影幢幢的是一张陶塑工作台，那里放着一些寻常的罐坯。伊万小时候常常跑到工作台跟前，要爸爸给他捏一匹马。叶甫敏就放下手中的陶壶瓦罐，拿起一团黏土，用指头揉软，孩子屏息凝神高兴地看着一匹长鬃烈马从黏土里诞生，看着父亲给它添上嘴唇、眼睛，甚至微笑。有时叶甫敏捏出的马大腹便便、鼓着腮帮或醉眼蒙眬，邻居从它们身上一会儿认出邻村的神甫，一会儿是本村杂货铺的店主任，一会儿又是别兹包罗奇柯或者某一个目空一切的笨蛋……这一切离现在近如昨日，远似隔世。

老汉用干瘪、僵硬的手指一再抚平绣着长春花的白衬衫，向它垂着脑袋，时而当它摇篮，时而当它棺材。

昏暗中不断浮现出往事的残片，他听到了儿子初坠地时呱呱的哭声，也听到他的笑声、歌声、埋头攻读深奥的学问时琅琅的书声，还有在渡口附近与欧克萨娜唧唧哝哝的话声……这一切都成了过去，再也不会重复。连一封三角形的军人来信也不会来敲父母的窗户。老汉的头伏到摊开的衬衫上，正好搁在虽然没有生命、却比他儿子寿命更长的长春花上。

“伊万，当你行走在大地上的时候，我不觉得年老；那时我是一个父亲，而现在成了一个没有儿孙的衰朽老爹。”他对着衬衫如同向自己的命运诉苦。

上面传来了脚步声，尚未干燥的窑顶发出回响。叶甫敏猝然一震，晃晃悠悠站起来，急忙折好衬衫藏在箱内，用手抹去脸上伤心的痕迹，不愿让别人看到他的悲哀。他走到陶塑工作台那儿，拿起一只没有完工的陶壶，装作在干活的样子。

门口出现了身材瘦长的饲马员彼得罗·盖舒克，一支自卷纸烟闪着一星火光。他身上永远发出烟草味、干草香和鱼腥气。

“您一个人坐在黑屋子里？”他纳罕地问，按照鸟的姿势摆开两腿，探出脑袋，“干吗不点灯？”

“饲马员应当像小偷，在黑暗中也看得见东西。”叶甫敏竭力把悲痛从身边赶开，他匆匆穿上终年不换的大褂，一点东西也不吃，就走出窑洞。

西边最后几块被太阳忘怀的紫红色浓云已经在散开，它们下面一些枝梢下垂的树木像是几位满怀哀痛的母亲。这时候甚至树木也在哀伤，盼望着什么人从远方归来。而他——叶甫敏——再也没有人可盼。于是老汉也同树木一样垂下脑袋。

“看天色好像要起风了，”盖舒克的男高音有些不大高兴，“明天我还想去捕鱼哩。”

“捕鱼？……”叶甫敏感到诧异。再一想，捕鱼消遣消遣有何不可？河水不会勾起痛苦的回忆……“今天你捕到了什么？”

“一条小鲇鱼，大约四斤重，”盖舒克现出得意的笑容，“是被笛声诱来的。”

“在哪儿捕到的？”

“在皇家河湾，离渡口不远。那里有鲇鱼喜欢居住的潭渊。”

“看到我的亲家没有？”

“看到了。他还在渡人过河。这两天正在等他的欧克萨娜。”盖舒克突然顿住，免得刺痛老汉的心。

“欧克萨娜？你说什么？是不是她有什么消息？”叶甫敏激动得直哆嗦。

“有消息。是从普鲁士来的。昨天您的亲家在渡船上整天请所有过河的人喝伏特加。有些人索性在两岸之间不停地来回。如今什么样的人物都能见到。”

“这样说，奥列克桑德尔亲家就快盼到女儿回来啦。他们真幸福，真幸福……”老汉不胜感慨，愚蠢的念头又在往脑袋里钻：他将作为一个老迈龙钟的客人，而不是新郎的父亲坐在欧克萨娜的婚宴席上……

“老爹，您吃过晚饭没有？”盖舒克猜透他的心绪，故意把他的思想引上另一条路。

“我倒是吃过了，可是我们给马吃点什么过夜呢？”叶甫敏从一桩伤心事又转到另一桩上面去，“我们把别兹包罗奇柯和马穆拉抓起来，当作沼地上的妖怪扔进槽里去，好不好？”

“马不要吃这样的垃圾。”盖舒克作了一个苦笑，整一整头上田鼠墩似的一顶略略嫌小的深色软帽。

两个饲马员并不绕过底部薄冰起了皱纹、从那里滚出车轮痕迹的水洼，心事重重地向马棚走去，那里的马快要饿死了。老汉既想着它们，也想着战争、欧克萨娜，想到在集中营焚尸炉旁的头发——这是姑娘的美的组成部分——竟然积成草垛似的一堆，不禁毛骨悚然……即便是恶魔，也不会野蛮到这般地步吧？……

“人们的爱越来越少了。”他大声回答自己的思想。

盖舒克放慢步子，意味深长地竖起一根食指，说：

“因为有战争哪，老爹。在战争的魔影下，一切都越来越少：无论面包、人，还是爱。战争甚至不给爱的时间。人必须用一辈子的光阴去爱，可现在某些人只得在不到一个钟头的时间里塞进全部的爱。”

末了一句话引起老汉一阵寒栗，他一挥手，说：

“我说的不是这个，彼得罗。”

“那么是什么？是不是又在说马？”盖舒克表示同情地问。

“不，我说的畜生还不如它们，是两脚畜生。”迪卞柯眼睛看着自己脚下说。

“两脚畜生？那么是说别兹包罗奇柯？您跟他真是冤家对头。他也不会饶过您的。您瞧着，他会不发木料给您盖房屋。”

“他做得出来，他会千方百计迫使别人向他低头。可是再一想，别兹包罗奇柯在我眼睛里又算得了什么？现在，老弟，我的对手是成千上万的恶贼。”

“什么样的恶贼有成千上万？”盖舒克愕然吐去烟头，向迪卞柯侧目乜视：莫非老头子伤心过度说起昏话来了？

可是叶甫敏在车道上站定，紧握两个拳头，激昂慷慨地说：

“你听着，那是用奸诈和残暴缠绕整个世界、为一切出世了的或尚未出世的生灵预先准备棺材的恶贼……世上这种恶毒的棺材匠和阴谋家并不如想象那么多，只不过他们把科学、虚伪、上帝、魔鬼、饥饿、恐怖统统给戴上嚼环，套在邪恶的金车上，并且利用这一切巧妙地禁锢、压迫、残害人类，还把人们往死路上推，叫他们到异国的土地上去寻找自己的坟墓和十字架。我寻思着：是时候了，人们应该起来把这几千名恶贼从人类中间揪出来，把他们流放到大洋中间某一个岛上去，让他们在那里渐渐地变得有点儿像人，哪怕跟未开化的普通野蛮人一样也就不错了。”

盖舒克惊诧地向后一仰，笑着说：

“这不是乌托邦吗？”

“淹死[1]他们也可以。”叶甫敏表示同意，这一误会引得盖舒克乐不可支。

紧靠马棚的一条小溪已经像在春天里一样潺潺作声，溪水还没有半点青草气，只有解冻的泥土的淡味。马儿感觉到叶甫敏来了，凄凉地叫着向他转过因绝望而低垂的头来。它们背后的墙上映着卷曲歪斜的巨大黑影，叶甫敏觉得它们的影子也都瘦骨嶙峋。

他一言不发，只沉痛地摆一摆手，示意上一班的饲马员可以走了，然后从柱子上取下手提灯，慢慢地走进马棚，让自己的影子从无辜挨饿濒于倒毙的马匹身上掠过。金色的灯光反射到它们眼睛里，只照出了饥饿痛苦的阴影。

叶甫敏把视线从指望他搭救的马身上移开去：他不忍再看它们，不忍看到它们的头骨逐渐凸出。老汉弯着腰，俯下身去把灯吹灭。

马儿发觉事情不妙：它们纷纷着急起来，蹬蹄踢腿，从四面发出凄厉的惨叫。叶甫敏全身发抖，一只手按到额上，挥动着熄灭的手提灯跑出马棚。饿马的哀号像鞭子抽在他脊梁上。

溪旁传来倜倜沓沓的足音，接着响起了别兹包罗奇柯惊慌不安的话声：

“喂，谁在那里把灯灭了?！难道没旁的游戏可以做吗？”

叶甫敏忘了是自己吹灭的灯，还把灯举到头上，想看看清楚恶狠狠地把酒气喷到他脸上的农庄主席。

---

① 原文“淹死”与“乌托邦”相似。

“老爹，马棚里为什么一片漆黑？”

“坟墓里难道有光明的时候?！”老汉劈头给他碰一个钉子。

“坟墓？您在说什么胡话？”别兹包罗奇柯恼了，“是不是喝多了酒？我好像问得很明白：为什么马棚里没有灯火？”

“这难道还是马棚？”老汉的声音很清脆，“这已经是坟墓！马儿都在诅咒你这个不中用的领导，听见没有？拿去，用这支送葬的蜡烛照亮它们吧！”说着，他把灯塞到主席手中。

别兹包罗奇柯吓了一跳，仿佛塞到他手里来的不是一盏灯，而是一只蛤蟆。他连忙把它抛进小溪，指着叶甫敏大骂：

“老爹，您一定醉得像个最没出息的无赖，要不准是疯了……”

“我的确气疯了。可是你就不为这件事发疯，一天疯也不发，而且也不赶紧去讨救兵，这是什么道理？明天你准备写牲畜倒毙报告吧。你自己想想，你还算个啥？是个农庄主席，还是个败家子？”

别兹包罗奇柯气得发抖。

“老家伙，说这样的话小心吃官司。要坐牢的！”

“我会自己去坐班房，让你称心如意。我愿意按照你的决定服一切苦役，只要你，安东，救救那些马，要不，我真的再也不能忍受——心都快碎啦。”老汉发出悲叹。

“说说容易：救救马！教我用什么去救它们？”别兹包罗奇柯的语气缓和了些，“明天把它们放到树林里试试看，怎么样？”

“放去自然可以，但是靠叶芽它们还是活不成。它们需要的是干草，或者麦秸也行。”

“您到底明白不明白：我已经尽了一切力量，”别兹包罗奇柯把嗓门压低，“国家赒济过一点点，再多办不到——战争嘛。”

“一切都可以卸到国家肩上，包括偷掉的和烂掉的。只是这套鬼话喂不饱马。”

“凭我一双空手也不能喂饱它们呀！”别兹包罗奇柯向叶甫敏伸出一双手。

“凭这样的手当然喂不饱——你的这双手不知抓紧活的工作，只知抓牢印信。你不配管这颗印信。”

别兹包罗奇柯不由自主地摸摸袋里的图章，但他沉住气，没有发作，只用嘲弄的眼光看看老饲马员，说：

“您眼红吗？我很愿意把它交给您。”

“你还是把它交给马尔柯的好。”

“跟您没什么可说的！”主席用手一摞，“还是出出主意吧，到哪儿给马去弄点儿饲料。”

“以前，在夏天，你为什么不跟我商量？现在也还没有到无路可走的地步，不过你反正不会依我，只会发脾气。”

“我不一定发脾气。”

“不可能。我对你太了解啦。”老汉喟然而叹。

“不管怎样，您说嘛。”

“事到如今，我求求你大发慈悲。把你所有的钱财不分干净肮脏一齐拿出来买饲料，甚至把你的宫殿也卖掉，将来你会从这些马和我们身上捞回更多的好处。让魔鬼保佑你，我们决不后悔。你不能像一个主席那样向前看，就像一个高利贷债主那样向前看吧，权衡一下能收到什么样的利息。担保你不会失着！在区领导面前也显得你脸上有光。不止一个人会说：有这样一位农庄主席，为了救集体的马，把房屋也放弃了。安东，这一切对于你的前途、履历、鉴定——岂不是一本万利的头奖彩票！”

这番话使别兹包罗奇柯又恼又惊：这个老不死，对我的腰包打起主意来了！不过，这一着虽然险怪，还不失为奇着。大概的确能捞到一些好处，甚至可以稍稍提高一点威信……老家伙相当能动脑筋。但是，别兹包罗奇柯想到要献出全部财宝，立刻吓了一大跳：拿着这样的彩票自己也可能住进窑洞，弄得不巧还会从主席高椅上摔下来，成为全村的笑柄。于是他冷冷地一笑。

“老爹，您真是一位举世无双的恶作剧大王。您说这样的话，教人简直没法认真生您的气……”

“你一个子儿也不肯花在马身上？”迪下柯泄了气。

“您把我当作银行还是钱庄？也许有人认为我钱包里有钞票，其实里边空空如也。”

“不是钱包，而是你的脑袋里空空如也。”老汉又是一声浩叹。

“我们现在究竟有多少情况最糟的马？”别兹包罗奇柯不耐烦地截断他的话头。

“你问这干吗？”叶甫敏警觉起来；他对坏主意和歹心眼的嗅觉非常灵敏。

别兹包罗奇柯唇角一道残酷的折纹牵动了一下。

“干脆宰了。”

“宰了？”老汉大为震骇，他低下头来，似乎准备挨锤子的敲击，“你怎么？神志清不清？”

“有什么办法？……我已经和一位领导同志商量过了，他也同意把不行的马宰了，用马肉喂猪，至少可以让猪保全下来。”

“该死的东西，你跟你的领导同志先得把我宰了，然后宰马！立刻从这儿滚开，你这个凶手！滚，恶贼！”迪卞柯用变了样的声音叱喝，并举起拳头作打击状。

“老东西发疯了！”别兹包罗奇柯胆怯地叫一声，把身子闪开，消失在黑暗中，始终没有等到马棚里点起灯火。

“吃马的魔鬼！混蛋！白痴！”老汉还在他后面怒骂，两条腿已经站不稳……“又是你！”他对心脏说，但手没有按到胸口，却举到泪如泉涌的眼睛上。他哭着走到溪边，摸到了那盏灯，用发抖的手和褂襟把它擦干。“或者你把我弄死，或者我当着大伙的面用铁叉把你捅穿，反正决不让你宰马。”他继续在跟别兹包罗奇柯说话，一想到马可能被宰杀，他就全身哆嗦。这些马犯了什么罪？为什么不惩罚用盗贼的缰绳把马牵上死路的别兹包罗奇柯本人？仅仅因为他脖子上长着的不是马头，而是人的脑袋吗？

“老爹，话说够了吗？”盖舒克从马棚门口用同情的口气问道。

“我倒是说够了，可是你干吗一声也不吭？刚才这一阵子你把舌头吞下去了不成？”老汉向他诘问。

“我何必来插一手？”盖舒克支吾起来，“这有什么用？将来我到林务局领木材的证明得由他开，别人不行。”

“像你这样的滑头可也太多了。”

“不是滑头，是谨慎，”盖舒克提出修正，“有时候不得不闭紧嘴巴，这也是出于无奈：我们就是这样被训教的。”

“我不也是这样被训教的吗？……”

“您比较轻松：还能把一个老人怎么样！”

“唉，彼得罗，我想过不止一回：为什么在战争时期，即使不在战争时期也同样，一部分人成为雄鹰，另一些人却变成贪得无餍的耗子侵吞我们的劳动果实。它们又吃，又搬，还要在上面拉屎，可是偏偏到处叫嚷他们是保卫者。他们叫嚷得那么高明，连上头也相信他们。难道我们不能摆脱一切的别兹包罗奇柯之流吗？”

“不能。”盖舒克肯定地回答。

“那为什么？”

盖舒克搔搔后脑，鼠墩似的帽子在他前额高耸的头上动了一下。

“老爹，这可不是普通的算术，这道题也不是一天一年编成的。是个费钻研、伤脑筋的难题哪！”

“你说给我听听。”

“好吧，您就听我说，反正闲着。您以为旧时代的歪理在我们这儿已经差不多绝迹了，还是怎么着？”

“还有一部分。它像贪吃的小杜鹃，能抠到什么东西就抠。”

“抠得可厉害呢！对于这玩意儿，既不能下命令把它撤职，又没法明令禁止，用对付富农的办法也消灭不了，更不能拿到市场上去卖掉。您说是不是？”

“别卖关子。把你的想法说下去。”

“这种想法不光我有，您也有。我无非是发泄一下在自己庄稼人的心中积下很久的牢骚罢了，”盖舒克眉头打结，“好吧，我就干脆把话说完。自从革命给我们带来了伟大的真理，歪理只有两条路可走：或者跟在资本主义后头从桥上掉下水去，或者巧妙地披上真理的外衣，利用它保护自己的生命。如今世上真理更壮大了，而歪理也就更加狡猾，一下子不可能在某一个办公室里或者讲坛上把它戳穿，它会在那里大谈其社会主义，拥护社会主义，口口声声为了人民，然后又从这些人民身上榨取油水。按照真理过日子的人，不会去寻找不劳而获的好处；厚不起脸皮踩在旁人头上硬往首位上爬的人，当饲马员也心甘情愿。可是各种各样衔头或大或小的别兹包罗奇柯等辈，要他们当饲马员就不干：他们尝到了靠如簧之舌或狡猾手段得来不费力气的面包和蜂蜜，觉得这些东西像母亲的奶一样甜，从此非狠狠地吸到胀死不可，哪怕母亲的血被吸干也不管。这号领导必须由真正的上级领导用鞭子管教他们。必须用鞭子！”

“你画出了一幅图画，”老汉眯着眼睛说，同时也在琢磨着什么事情，“据你看来，这些残余几时才能完蛋？”

“这又是另外一道题了，这道题的开头可以这样来写：话说起来容易，可是事情做起来麻烦。我认为，对所有的人应当一律信任，不要有这样的情况：比如把我当作儿子，把你当作继子，把另一个人干脆看成弃儿，原因并不是你或另一个人看着苏维埃政权不顺眼，只是由于一点小小的过失或一句尖刻的话，自己被某一个干部——老实说只是个采购员——看着不顺眼，而干部与蜂蜜、思想总是近水楼台。因此，只要对这样的采购员的信任还超过对你我的信任，就没法硬碰硬跟他斗。在你揪住他的尾巴以前，他会在你背后捶上一拳，或者把你绊倒。所以我们有很多人在角落里发牢骚，可是在公开的会议上嘴巴却好像贴了封条。我们的庄稼人还没有拿出当家做主的气魄来。而党又有够多的大事情不容拖延。目前它正在摧垮死亡的堡垒，也一定能摧垮！只要党腾出手来抓这个问题，一定能把所有专事空谈瞎吹的无赖揪出来，不论他们在各个讲坛上吹得多么动听，管教他们统统只剩下一缕灰尘。最先像烂梨子那样掉下来的是别兹包罗奇柯他们，随后是一批更狡猾的，至于手段最巧妙的一些人将自愿辞去他们的高位，临了不会忘记给自己弄到高额的退休金。”

“照你这样说，我们不会很快摆脱这些吃白食的寄生虫？”

“是的，恐怕我们这辈子还能看到很多寄生虫，官僚主义者，狠心肠的恶棍，不学无术的草包和那些不顾别人死活、只顾自己吃饱的人。”

“你没有给他们添寿吧？”

“没有，老爹。他们比我们更关心延长自己的寿命。”

“彼得罗，你就像屠夫用锤子砸牲口的脑袋那样善于安慰人。把灯拿着。”

老汉点了灯，又走到马棚里去，但不再去看马的眼睛。厚嘴唇的饲马员马克辛·波拉泰柯不慌不忙地走到他身边。马克辛矮墩墩的、粗手大脚的身材有点儿像一段砍剩的树，但这并不妨碍他在某些事情上表现惊人敏捷的身手。马克辛能从经验丰富的看门人鼻子前面偷走十来捆燕麦给马吃，能在黑夜里摸到邻近农庄的箭筈豌豆地或小扁豆地里去偷割饲料。他的几匹宠儿甚至现在也还像马，因为他不知从哪儿总能用布袋或席袋给它们弄来一些补充饲料。如果马克辛被当场逮住，他会声泪俱下地为马求情，结果人家一切都能饶恕他。为了这个缘故他被称做演员，但他并没有骄傲起来，因为生性不好虚荣。现在马克辛忧心忡忡：昨天夜里他把两个最有把握的贮藏室都摸遍了，连一撮燕麦也没找到。尽管他在布袋里装满了干蚕豆，但还得用手摇磨子把它们磨成粉。马克辛家里没有这家伙，求助于邻居又不大愿意。

“我们到底怎么办，老爹？”马克辛扮起一副悲天悯人的苦相，摆一摆头指指那些马，“人哭的时候还能够忍受，可是马哭的时候，实在教人心碎。”

“你的马还没有哭哩。”

马克辛把这句暗示当作耳边风，继续说：

“它们像孩子一样会哭会叫。有一次我往炮垒上拉炮弹。在里沃夫附近一大早就挨上一发迫击炮弹。这鬼东西恰巧掉在我的黑马蹄下。我还看到它们一下子被照亮，在火柱中往上一蹿，接着发出撕心裂胆的号叫，听得我哭了起来，用两手捂住伤口向它们爬过去。它们也拖着被炸断的腿向我挨近，用嘴唇吻我，豌豆似的一颗颗无辜的眼泪从眼睛里直往外冒……我们到底怎么办？”

“小伙子，我们去做小偷，说不定这也是个救急的办法。”老汉垂头丧气地说，但是立意甚坚。

“您怎么说起这种话来，老爹?！天快黑了，怪怕人的，”马克辛摊开两手，“全村都知道，别人的草您也不……捡一根。”

“这话不假，可是现在却要去出这样的丑，不这样不行。”老汉住口沉吟，用犀利的目光向马克辛看了一眼，而马克辛因为得到这样一个同行几乎乐得手舞足蹈，“你别得意忘形。你听着，不是任何偷窃都是盗贼行为。”

“这倒是新鲜事儿，连我也没听说过。”马克辛张大了嘴巴。

“你可记得，书本上写到过一个人，他从上帝那儿为人们偷来了火。这个人还被夸奖哩。由此可见，不是任何偷窃都是盗贼行为。我跟你不是什么了不起的伟人，能给马偷到一点干草也是件好事。怎么样，你有没有胆量跟我去？”

“您不是开玩笑？”波拉泰柯还不大相信地问，他的眼睛已经在闪光。

“现在我没有心思开玩笑。”

“那么我们走！马上就去！”小伙子立刻去解两匹拉车马的缰绳。

“你们发现了哪儿有干草？”彼得罗·盖舒克惊讶地摇摆着靠两条鹭鸶腿支住的身子。

“在你捕鱼的地方。”

“那不是您亲家的干草吗？”盖舒克叫了起来。

“亲家的干草永远像长春花。不会弄错。”

“真是怪事！”盖舒克伸手去搔后脑，又气又好笑，“这也可以算是看在亲戚分上。”

“夏天再看在亲戚分上还他。他有没有说明天要去赶集？”

“说了。他急于把自己的喜事告诉每一个人。”

“那很好。”老汉心中的问题似乎得到了解答。

不一会，一辆马车扑哧扑哧滚过水洼，溅起泥浆，走上一片柔软的草地。那里的柳树丛看去像一群黑鸟，树丛中看不见的水像一个受伤的人在紧张地挣扎，呻吟。一对野鸭哗喇一声几乎从马蹄下飞起来，立刻消失在潮湿无星的黑夜深处。树木见状也想飞腾，它们开始鼓动翅膀，往地上抖下已经半绽的叶芽的清香。这一年的春天在大地上行走的步伐并不稳健，叶甫敏老爹迎接它的心情也不平静。没想到自己这一回既不是去耕地，也不是去撒种，不去争取光明正大的劳动果实，却去偷盗别人的东西。即使不被当场逮住，可是若要人不知，除非己莫为。那时人们对他会有怎样的想法？会怎样谈论他？谈就谈吧，哪怕坏名声传遍全区也顾不得许多了：马总得活下去。为了壮自己的胆，他碰了一下马克辛的肩膀，说：

“你不是头一遭干这号事吧？”

“不是头一遭，老爹。”马克辛用悦耳的声音承认道，厚嘴唇并不妨碍他说话时音调如歌，口齿清楚。

“你偷过什么东西？”

“您应该问：什么东西我没有偷过？”马克辛愉快地说，“地里的燕麦，草地上的干草、再生草，脱粒机旁或贮藏室里的禾谷，烘房里的面包，粮垛上的麦捆，就是没有从饭店里偷过香槟酒，因为我不相信马喝了它真的受用，这或者是从前地主们用这种愚蠢的办法开过心。要是当真受用，我也能把香槟弄到手。”

“你试试看。”

“要是马都喝上了瘾怎么办？”马克辛严肃地问，“那有多难为情：饲马员滴酒不沾，而马都是醉鬼。我不喜欢颠三倒四。”

“那么豆你偷过没有，马克辛？”

“什么豆？”波拉泰柯警觉起来，向老汉转过脸去。

“蚕豆。”

“蚕豆？我偷过菜园里的蚕豆。”

“贮藏室里的呢？”

“没有。难道马爱吃蚕豆？”

“马爱不爱吃我不晓得，不过某些人倒是并不讨厌它。”

“美国人最喜欢。他们的肚子大概挺结实。”马克辛企图摆脱窘境。

“咳，你呀，压根儿成了个二流子。”老汉惋惜地说，马克辛则似含深意地哼了一声。

将近午夜，他们到达巍然屹立着几棵高大柞树的皇家河湾。马克辛在渡口附近汩汩作声的水旁把马勒住，为了防止失风，他走到艄公夏天经常住的一间不大的谷物干燥室前边。干燥室近旁陡岸下面堆着两个尖顶的干草垛，这是精明的亲家到没有一个刈草人到过的沼地和丛莽中去割来的。现在谷地里的风从下面轻吹着干草垛，裹在香气中的两垛干草似欲乘风飞去。

“奥列克桑德尔老爹，您在哪儿？给我们摆一趟渡吧！”马克辛向着大门高声喊了两遍，听听回声，然后大胆地走到车前，把马拉到一垛干草下面，从车上扔下绳索、压草杆和草叉。

这时老叶甫敏才开始感到不自在，他几乎哼唧出声，为了减轻痛苦，用叉挑开草垛顶上的盖子，使劲把它扔到车上。

“装起来！”

“遵首长吩咐！”马克辛抖擞精神应道，开始把干草踩瓷实。

“你这个调皮鬼！”老汉向他斜瞪了一眼。

“在您的领导下受到无微不至的关怀！”马克辛呵呵地笑，一边灵巧地使着草耙。

他们以主人的姿态把干草在车上装满缚牢。现在叶甫敏后悔没有多赶一辆马车到皇家河湾来。他再也不感到良心责备，毫无忏悔之念，只是欧克萨娜的形象老是在脑海中盘旋，仿佛她的影子就在这两垛干草上空徘徊。

“唉，闺女啊。”当大车吱吱嘎嘎开始往回走的时候，老汉在地上叹了一口气。

“您在说什么？”马克辛从车上问道。

“没什么，走吧。”老汉仍以主人的姿态把撒落的干草扒在一起扔到另一垛那儿去，自己在草垛上靠了一刹那的工夫。

被惊动的干草垛散发出盛夏浓郁的芳香，河岸上依稀飘荡着伊万和欧克萨娜的声音，伊万还是他的儿子，但欧克萨娜不是他的儿媳妇了。

“他们没有缘分。”老汉把草耙扛到肩上，跟在大车后面迈步走去。调皮的马克辛在车上哼一支快乐的小调。他这样玩世不恭，日子要比严肃的人好过得多。

大车还没有回到溪边，马棚里的马已经感觉到救星来临，马蹄蹬踢拴马桩的橐橐声和一片价的嘶鸣声把整个马棚都震动了。

“听见没有？”马克辛从车上扬扬得意地向叶甫敏喊道。

“听见了。”

盖舒克惊慌失措地从马棚里奔出来。

“马儿都发疯了。快卸快卸，要不它们会把缰绳挣断。事情顺利吗？”

“比普罗米修斯还要顺利！”马克辛一骨碌从车上滚下来。

“可惜当初他没有请你帮忙，”盖舒克刺了他一句，“否则你们俩合伙能把天神统统瞒过。”

“把你的俏皮话装在袋里送给老婆去吧，让她对聪明的丈夫留一个纪念。喃，干了这号事特别想吃东西。你那条鲇鱼一点没剩着吗？”

“还有一段。”

“那可谢谢你啦。让我解一解馋。”说罢，马克辛第一个把干草拿进马棚。

第二天，他到皇家河湾和集市上都去过，在集市上亲热地招呼还在跟亲友们碰杯庆贺女儿即将回来的奥列克桑德尔老爹，马克辛也喝了一杯不花钱的酒，拐弯抹角地打听到老艄公根本不知道昨夜的事。这可把马克辛乐坏了，他几乎一口气从集市跑回村里，以便争取时间再去偷一回干草。

“一不做，二不休，万一出了事情，一车草和两车草属于同一条同一款。仔细想来，还是多偷些比较合算。在我们这里偷一千跟偷十万反正一样受审判。”马克辛悄悄地向饲马员们阐释法律的奥秘。

“这些事情你怎么全知道？”盖舒克故意大惊小怪地问，“你研究过法律？”

“我研究的不是法律，是法律的空子，这也许用得着。”马克辛并不掩饰地回答。

夜晚，他又同叶甫敏一起到皇家河湾去，马克辛照旧先在渡船和干燥室附近叫喊奥列克桑德尔以策安全，再把马拉到干草垛前去。草垛上的盖子刚刚被掀下装到车上，从干燥室里传来了奥列克桑德尔老爹讥刺挖苦的声音：

“勤快的人们，你们是不是还需要添一个帮手？”

马克辛冷不防这一手，急忙弯下腰来想驱车逃走，但这时叶甫敏老爹说了句蠢话：

“原来是我的亲家到我们这儿来了……”

马克辛发出一声绝望的呻吟，脑袋搭拉下来：逃跑已经晚了。这时艄公尖刻的冷笑更把他压根儿给打垮。

“瞧你，夜里也认出了亲家！羞耻还没有蒙住你的眼睛。”奥列克桑德尔老爹像一棵白雪覆盖的大树，一头茂密的皓发闪着银光，他走到车前，跟亲家招呼过后，问道：“拿我的干草作买卖？按道理说，至少也该接受我加入一股啊。”

“我不接受，亲家，说什么也不接受。”痛苦和决心使叶甫敏的声音一再停顿。

“你干吗摆这么大的架子？”奥列克桑德尔故意夸大惊异的程度；站在迪卞柯一起他显得像个巨人，“干吗不公平合理坐地分肥呢？你们出力气、管运输，就拿你们应得的一份，可也得还几个钱给我去请请客。亲家，最近我为女儿的事见天游荡，跟人们喝酒。本来也要跟你喝一气，可是你瞧不起我，把我弄得不名一文。”

“亲家，我倒是更瞧不起我自己，”一肚子苦水在叶甫敏胸中翻腾，“我的名誉比一堆干草贵重得多，可是我出于无奈把它换了干草。你别耻笑，不要挖苦我，否则我一定揍你。”

“这简直从何说起哟！东西被偷，还要挨揍？”奥列克桑德尔失声惊呼，他笑眯眯地瞅了一下自己锤子似的一个大拳头，“你这一手我万万想不到。”

“住口！”叶甫敏举手欲打。

“岂有此理！”奥列克桑德尔恼了，“想在我的东西旁边动拳头？我劝你还是讲一讲，究竟是什么原因逼你到这里来的？”

“是不幸逼我来的，亲家。”

“我看得出不是因为日子太好过。说出来听听。”

听老叶甫敏讲完了全部故事，奥列克桑德尔直摇头，说：

“对你这次偷窃行为我无权责难。亲家，我抱着这样的主张：马也好，地也好，一切的一切，全是我们大家的。可别兹包罗奇柯他们光知道把我们的财富占为己有。因此他们不但忘了牲口，把人们也都给忘了。这两件事是分不开的……我这垛干草你就拿去吧，一根也不要剩下。你没来找我商量也好。否则我也许舍不得，现在生米已经煮成熟饭……不过对我家老太婆可别声张，目前她还没那么阔气。”

“老爹，您做得太漂亮了！”马克辛忍不住说。

“啊，原来是你啊，烂舌头的小丑！”老奥列克桑德尔对马克辛扬了一下拳头，又转向叶甫敏，说，“亲家，这号坏蛋是哪儿来的？今儿个早晨这个烂舌根的兔崽子白喝我的伏特加，晚上来偷我的干草，现在又拍马屁！你说该不该用鞭子抽他从这儿一直赶到村子里去？”

“您的手会酸痛的，”马克辛丝毫也不见怪，反而笑呵呵地说。这时他灵敏的耳朵听到某人的脚步声，“轻声点。别是真的贼偷您的干草来了？那我可要给点儿厉害让他们看看！”马克辛耀武扬威地举起草叉。

“瞧你这位正人君子！”奥列克桑德尔匿笑着摊开双手，马克辛示意叫他不要作声。

隔不多久，一个高大的身影走近了干燥室，马克辛败兴地撇撇厚嘴唇。

“原来是我们的不管部长。他来干什么？又要发他的哲学议论了。”

浑身是泥、但兴高采烈的彼得罗·盖舒克走到大车跟前，甚至顾不上打招呼，就宣布说：

“勤快的人们，快把干草还给人家。不用干这一行了。”

“是怎么回事？”叶甫敏心怀希望地看着他。

“马尔柯·别斯梅尔特内从好心的人们那里借来了干草和黍草。晚上好，老爹，”他这才招呼奥列克桑德尔，“您不太生我们的气吧？那就好了。我素来知道您是个少有的好人。”

第十六章

马尔柯借来的秣草使别兹包罗奇柯始而喜，继则忧。当他还站在装干草和黍草的车队中间时，就感觉到这些饲料像一场灾祸往他头上压下来。不错，现在马是得救了，然而他的日子将越来越难过。说实在的，这时候已经从一个窑洞往另一个窑洞连跳带纵传开这样的消息：不是他，而是马尔柯救了牲口。接着就会有各式各样贫嘴薄舌的人把马尔柯捧上三十三天，把他——别兹包罗奇柯——踩到泥浆里去。将有不止一张臭嘴企图把现任主席轰下台来。唉，说实在的，天有不测风云，人有旦夕祸福。

因此，他立刻感到借来的饲料味儿辛辣。但不管心里多么烦躁，仍不得不脸上堆笑，从肠子角落里憋出几句话来恭维一下别斯梅尔特内，其实别兹包罗奇柯的全副内脏都充满了仇恨，好像被放在油锅里煎得吱吱作声。

满载秣草的别人家的大车、脑中的思绪、黑暗的夜色，无不压迫着别兹包罗奇柯，但他还保持着必要的姿态：时而对这个人吆喝几句，时而责怪那个人办事不利索。他吩咐马穆拉招待赶车人吃饭，然后他把一只手搁在马尔柯肩上。

“说实在的，老弟，你把我救了。我满肚子寻思：该怎么报答你呢？不用说，接风是我的本分，”他说着向马尔柯留神观察，企图看透对方隐藏着的心思，“我们去为你的健康喝一杯。”

“不，安东，我要回家去——路上又累又冷。”

“喝一杯正好赶走身上的疲劳和寒气。不要嫌弃我们。”他不能不感到委屈。

“下次再上你的宅院拜访。”

“随你的便。强邀的客人不好伺候。”别兹包罗奇柯还控制着自己，眼睛微笑着，虽然他自己觉得眼睛里快要冒出火来。

马棚附近整整齐齐地堆起了好几垛草料，马在各自的栅栏里咀嚼着黍草，人们笑容满面，只有别兹包罗奇柯对这一切半点也不感到高兴。他胡乱抓来了几百个救命的主意，用自己的筛子加以汰选，但效果并不显著。在回家的路上，他就这样用脚踩着泥浆，脑中的念头转个不停。

周围春意已浓，从白杨和柳树的枝条上飘下饱满的叶芽的清香。再过几天将全部绽苞吐蕊。明天就得向区上汇报他弄到了饲料。该怎样用得体的措辞报告这件事情呢？可以这样写：困难尽管不少，但我们一点一点加以克服……可是那个傻瓜连一杯洗尘酒也不肯喝。咳，最好能悄悄地把他从村里挤出去，免得他蛊惑人心。

将近走到院子前面，别兹包罗奇柯忽然想出一条妙计。他甚至站住脚，琢磨再三，把门打开，然后满意地笑出声来：说实在的，脑袋还相当管用。

“当家的，什么事把你乐成这样？”耳朵灵敏的玛利娅从自留地里问，“灌饱黄汤啦？”

“别胡扯。我高兴是因为现在能喂饱马了，”他随机应变地回答，“饲料已经弄到，所以心里轻松。”

“是马尔柯弄来的，不是你。”妻子偏拣他不爱听的说。

“那又怎么样？说实在的，现在我也要去试一试。你在那里干什么？”

“我在把鱼池里的冰敲碎，不让冬穴鱼和鲫鱼在里边闷死。”

“做得对，”他夸奖妻子，“储存一些自己的冬穴鱼和鲫鱼倒也不坏。”

“鱼是自己的，可自己吃不到口。”玛利娅一甩手说。

“为什么自己吃不到口？给谁吃？”丈夫愕然问道。

“总是你的客人、上司们吃的。”

“唉，你的政治水平太低，光知道像叶甫敏老爹一样嘀咕。还是给我上迦琳娜·库希尼连柯那儿去跑一趟，叫她把汽车开到这儿来。”

“都这么晚了，你还上哪儿？”妻子积着很久的疑团又被勾了起来。

“反正不是你疑心我去的地方。”

“就回来吗？”

“头遍鸡叫以前回来。快去，别噜苏。”

妻子咯的一声关好栅栏门，消失在黑暗中，别兹包罗奇柯若有所思地倚在篱桩上，反复推敲他的计谋的细枝末节。

邻近有一座不大的村庄，叫青门村，那里的农庄主席是年老多病的萨符拉迪姆·卡普斯姜斯基。他当主席纯粹是战争使然——这个工作对他来说是不能胜任的。萨符拉迪姆曾多次请求解除他这项繁重的职务。现在必须设法使他抓住马尔柯不放。马尔柯当主席哪点不合格？这样有毅力的干部可不容易找。别兹包罗奇柯沉醉在自己的计谋之中，甚至没觉察到自己几乎破题儿头一遭夸奖别斯梅尔特内。要是能把他弄到青门村去，别兹包罗奇柯愿意办最好的酒席酬谢老萨符拉迪姆，为他的健康干杯……其实，为什么要他请萨符拉迪姆喝酒？应该由萨符拉迪姆请客才对。人家是为他着想。对，就这么办……

一小时以后，安东·别兹包罗奇柯庄重地走进卡普斯姜斯基的屋子。长须、清癯的主人躺在床上哼唧不已，他的妻子在服侍他，用蒸软的黍子和芥末膏进行土法治疗。

“您身子不舒服吗，萨符拉迪姆·格里高里耶维奇？用黍子赶走疾病？”别兹包罗奇柯招呼过后，脸上装出同情的样子，走到床前。

“是啊，这鬼毛病。”卡普斯姜斯基一挥手不耐烦地把妻子赶开，另一只手递给客人，“该死的疟疾整得我好苦……唉，岁月像鸽子咕咕地叫着飞走了，如今病痛和衰老在全身各处乱窜，像一群小偷在粮仓里大肆活动。最好能找到这样的钩镰，把它们从身上统统抠出来。你坐下谈谈，大滑头，来找我老头儿有什么事情？你是无事不登三宝殿的。说吧，你的脑袋瓜儿里头又想出了什么新花样？”

别兹包罗奇柯脸上的同情变成了惊奇和委屈。

“说实在的，我特地来看看您。听说您病了，所以来探望一下。”

“你的舌头转起来真灵活，就像狐狸摇尾巴。”萨符拉迪姆·格里高里耶维奇笑了，但立刻疼得皱紧眉头，“老太婆，你瞧瞧炉子里有什么东西？”

“只有病人吃的东西……。”

“你去拿来招待这只狐狸。”

“你怎么这样不礼貌？”妻子微笑着责备他，“客人才跨进门槛……”

“这位客人没事不会跨进门槛。他一定在我老头儿身上打什么主意。”萨符拉迪姆的眼睛里闪起了当年好斗的神气，“说吧，安东，你在什么地方碰了钉子？”

“吁，受到这样的接待简直想从屋里逃出去。”别兹包罗奇柯不悦地说，“赢得这样的礼遇才真正是碰钉子。好吧，再见。我算是尽到了邻居的情谊。”他把帽子使劲往头上一戴，转身要走。

“你上哪儿去，愣小子？！嗬，给我老头儿一番实在话说恼了！”卡普斯姜斯基感到奇怪。他从床上跳起来，身上的黍子和芥末膏纷纷跌落，双手按住别兹包罗奇柯，要他在木炕上坐下，“老太婆，摆上酒菜，看样子安东的确是尽邻居的情谊来的。”

“你不吩咐我也会摆上。你快去躺下。”妻子可急坏了。

“不行！客人坐着，我怎么能躺着？”萨符拉迪姆开始穿衣服。

“那你的病怎么会好呢，没脑子的老头儿？”妻子急得把双手一拍。

“既然病要整我，我也要整一整它！”萨符拉迪姆向想象中的病魔扬扬拳头，“安东，你福气真好，身体结实得像头公牛。春播的准备工作都做好了吗？”

“甭提啦。种子不够，牲口不壮……”

“我这儿的情况似乎还好，可就是精力像破碗里的水都漏光了……”老汉用手掌抹一把汗，颓然坐到一条长凳上，“我的年龄已经该坐在炉台或墙根的土台上休息，不该再当主席。越想心里就越犯愁，不知什么鬼使神差教我这大把年纪还受这份洋罪！”

“怪人。”别兹包罗奇柯暗暗笑他，但脸上仍旧深表同情，还知疼着热地说：

“您要多多保重，萨符拉迪姆·格里高里耶维奇，健康是没处借也没法买的。”

“工作老是一大堆，教我怎么保重自己？”

“这的确是个问题。”别兹包罗奇柯装做动脑筋的样子，之后说，“萨符拉迪姆·格里高里耶维奇，要不要我给您出出点子？”

“出吧，出吧，我听听。”

“呃，您可真性急。”别兹包罗奇柯伸出一根指头意味深长地向老汉点了两下，“您摆上一瓶酒，听我道来，也许能帮您解决困难。”

“慢说一瓶，哪怕一整桶也行，只要能给我老汉解围！”卡普斯姜斯基带着希望、好奇和怀疑的神情瞧着这个滑头。

“您说的那桶酒在哪儿？从现在起已经算是我的了。”

“别吞吞吐吐，快说吧！”

“说实在的，既然您等不及，我就说出来。您还记得马尔柯·别斯梅尔特内吗？”

“区里哪个不记得他？”

“您想办法动员他来担任这个职务。别让这样一个现成的农庄主席闲着没活干。您知道他是个多好的当家人。这样的干部不可多得哇！”

“您的话不像没有道理，”老汉听了很高兴，但旋即又表示怀疑，“不过马尔柯愿意到这样一个小农庄来吗？”

“这就要看您的手腕了。对于马尔柯来说，现在领导一个小农庄甚至更加合适，要知道他还拄着拐杖哩。到您这儿来他可以安逸一些。只要给创造条件，为他找一所或者盖一所小房子——可怜他眼下还在窑洞里苦熬——再作一些必要的安排，事情就能成功。怎么样，我的酬劳到手了没有？”

“到手了。谢谢你给出了这么个点子。”

“帮助好心的人是应该的嘛。”别兹包罗奇柯落落大方地说。

卡普斯姜斯基站起来向妻子喊道：

“老太婆，这个主意你听清楚了没有？”

“我还不聋。”

“那么我的皮统子在哪儿?！我这就去找马尔柯。”

“我不给！你哪儿也不能去。你疯了不成?！”妻子惊恐地叫起来。

“胡说，我要去！”卡普斯姜斯基生气地喝住她，“我还要带你去做个帮手。马尔柯看到我们，一定能卖我的面子。听见没有？……”

但妻子已经不再听他的话。她知道老汉的性情，急忙跑到衣架跟前，从上面取下皮统子和大衣，敏捷地向门外走去。

“你上哪儿?！等一下，鬼婆娘！瞧我揍你！”萨符拉迪姆·格里高里耶维奇向她追上去。但妻子砰然一声把门关上，脚步声已经到了窗外。

“你瞧，我跟怎么样一个鬼娘们过了一辈子？你去把她追回来，这老妖婆！”老汉怒气冲冲地用拳头捶门。

别兹包罗奇柯笑了起来。

“说实在的，现在坐汽车也追不回来了，看得出，她对您怕得厉害。”

“你也瞧见了她多么怕我。娘们到底是娘们。她老在我耳边嘀咕，可就是不明白我这支蜡烛已经点完。现在该怎么办？这样的事我不愿拖到明天。”老汉又抹了一下满脸油光光的汗水。

“您现在不能去，”别兹包罗奇柯经过一番斟酌以后说，“您给马尔柯写一封信，要写得有感情，要带着眼泪，说实在的，他喜欢这一套；再请他来做客，这也是他所喜欢的。”说到这里，他顿住了，因为想起马尔柯刚才曾拒绝到他家里去……

“写信归写信，可是能谈一谈更好。”卡普斯姜斯基叹一口气坐下来。

……第二天，别兹包罗奇柯去找别斯梅尔特内，一进门就兴冲冲地说：

“马尔柯，你不愿上我家喝酒，现在你得请我啦。”

“为什么要我请你？”

“就为这桩事儿！”安东从口袋里摸出一封信，郑重其事地交给马尔柯，“说实在的，青门村请你去当主席。”

马尔柯读完了信，警惕地向说客看了一眼，一声也不响。别兹包罗奇柯不安地问：

“怎么样？”

“不怎么样。至于这位老汉，我会去看他的。”

“应当去！你去当主席准没错。那边的土地比较好，村子没被烧毁，农庄也不大——对你来说比较安逸。总之一句，你得请客！”

“安东，恐怕该你请客吧？”

“为什么要我请？”

“我把这个空缺让给你。你同意不？”马尔柯眯着眼睛问，“你到那边去比较合适。”

“为什么你这样想？”

“那边的土地比较好，村子没被烧毁，农庄也不大，又不必介绍我到别处去当主席，你的聪明脑袋也可以少许多麻烦。”马尔柯笑了起来。

“做媒的自己竟找到媒人了，”别兹包罗奇柯不知说什么好，只含含糊糊嘟哝了一声，眼看自己的妙计彻底破了产……“你到林妖那儿去喝姜汁酒吧，管教你辣得两眼发直！……”

第十七章

池塘是大地的浅蓝色的眼睛。大地也需要看看太阳、星星、人们，以及这些像一群少女手挽手跳着轮舞的青皮垂柳。

一只道貌岸然的鹳雀，高高地蜷起一腿，挑剔地望着映出垂柳倒影的水面，仿佛在责备它，摇着头表示惊讶：这水为什么穷成这样——连一只青蛙也没有？鹳雀哪里能料到，青蛙在战争中都叫法西斯打手们吃光了。最初，德国人不分军衔高下都能品尝鲜嫩的蛙肉。及至青蛙王国濒于灭亡的时候，这种名贵菜肴只供应军官享受。那时在盛着凸眼阔嘴的青蛙的两只木桶旁边甚至白天黑夜都有全副武装的卫兵值岗。青蛙几时梦想到能享这般荣耀？

回忆起这个故事，马尔柯笑出了声，把老大不乐意的鹳雀吓了一跳。它向人扭过长着红喙的头来，但随即放了心，大模大样地沿着潮湿的池岸迈步走去，徒然期望觅到一只愚蠢的小青蛙。

土堤后面的沟峪里，黑杨在清澈的水面上摇曳着它们的影姿。在黑杨近旁，马尔柯看到一大堆经过一个冬季变得乱蓬蓬的大麻。一束束纤维脱落、花冠折断的半裸苴麻仿佛在埋怨人没有当好家。

“把它们堆到这里来干什么？”别斯梅尔特内百思不得其解，“谁想得出在冰水里浸麻这样的主意？……我还是在这里碰碰运气吧。”

马尔柯在麻堆旁边坐好，把一戈比买来的钓鱼竿上的线捯开，安上钩子，向它啐一口，然后几乎不抱任何希望地把饵钩扔进池塘。“不论大小，愿者上钩！”鹳雀走到大麻近旁，气概轩昂地站停，马尔柯默想，现在鸟觅食跟他钓鱼一样八成是一场空。但浮子忽然扯动起来，接着稍稍向前推移，沉入水中。马尔柯激动地不等钩子挂得更牢就把钓竿拉起来。一条七色缤纷的彩锭溅着飞沫从水中跃出落到草上。这是一尾银鳞上微泛金光的鲫鱼。它用一只黑眼睛楚楚可怜地望着高高的天空，不解其意。马尔柯第二次抛下钓钩，约莫过了两分钟，浮子又舞动起来，并不下沉，在水面上漂……这回又是一条鲫鱼，但比第一条更大更蠢：它把自己的催命符——整个钩子——都吞了下去。

“明天我带赫维其柯到这里来。”马尔柯心想。在他垂钓消遣的当儿，从池塘另一边逐渐传来妇女们愤懑的声音。托陀赫·马穆拉混浊的男低音叽叽咕咕地在向她们劝说，后来加入了主席威严的叱喝：

“你们这帮娘们打算在这儿造反吗？嘿，经过沦陷时期你们吊儿郎当惯了！”

“没心肝的东西，你干吗提到沦陷时期辱骂我们？”扬起了一片价妇女的咆哮。

“为的是消灭你们头脑里的私有观念。”

“你还是先消灭自己老婆的私有观念吧！沦陷时期多少人在奴役下死亡，可是她经常跑特兰斯尼斯特里亚做投机买卖。”娃尔卡·特里迈伏达不甘示弱。

“你看见的吗？”别兹包罗奇柯声势汹汹地问。

“当然！”

“你等着吧，不久教你回不到自己村里来。进行煽动跟当白匪差不了多少！”

“要走也得跟你老婆一同去！”娃尔卡反唇相讥，“你吓不倒我。”

“妇女们，你们疯了不成？这麻是我要还是主席要？一切都为了前线，完全是为前线！”托陀赫·马穆拉用调解的口吻说。

“早就该这么说，何必乱吓唬人！从四一年起我们就受够了恐吓。”

马尔柯从自己隐蔽的地方望出去。一群姑娘和女人正在走近大麻，别兹包罗奇柯和马穆拉骑着马跟在她们后面。一部分妇女拿着锹子，另一些肩后晃着一扎扎在太阳下闪光的草绳，水从绳子上淌下来。毫无疑问：主席在驱使妇女们去浸麻。马尔柯起先怔了一下，但立即怒气勃发。别兹包罗奇柯在秋前暖和的日子里打的是什么算盘？现在他这样摧残母亲们和姑娘们的身体，动的又是什么脑筋？

他们走到大麻旁边一齐止步，一个姑娘弯下身去从池塘里舀一握水。

“怎么样，甘纳？”

“比腊月里暖和不了多少。岸旁还有冰哩。”

“你们都是火辣辣的娘们，一下子就把水泡暖了。”别兹包罗奇柯在一旁说风凉话。

“你们连半点良心都没有，”娃尔卡·特里迈伏达由于气愤和哽咽声音发抖，“我们都得冻坏，日后胸中会感到刺痛。难道农庄只要用我们一天吗？”

“没问题，上岸来就同洗过一个澡相仿，”别兹包罗奇柯说，“为了不让最嫩的皮肤起了皱纹，我派人去拿伏特加来。谁有酒存着？”

“我有。”玛芙拉·波克雷特谦柯应道。她的脸宛如围着志哀的黑框。

“你？”别兹包罗奇柯不悦地向寡妇斜瞅一眼。妇女们用头部的动作指着主席，在互相丢眼色，“那就把钥匙拿来。让托陀赫去跑一趟。”

玛芙拉走到庶务主任跟前，不屑地把钥匙递给他，托陀赫带转马头，在两行柳树之间飞驰而去。

“去拿不花钱的伏特加跑得多快。”娃尔卡见状忍不住又嘴痒起来。

别兹包罗奇柯不以为然地摇摇头，说：

“亲爱的，你就不能熬住一会儿不开口吗？年轻人瞧着你，都在学这种不听话的坏作风。”他指指姑娘们，她们已经在用草绳捆扎一把一把的干麻。

“我不偷不抢，不怕别人学样。”性烈如火的娃尔卡把裙子一撩，动手干活。

别兹包罗奇柯从马上下来，看看表，又眯着眼睛望望太阳，说：

“瞧，今天阳光很猛。水一会儿就能晒暖。干吧，妇女们，哪一个最勇敢？”玛芙拉头一个下水，别兹包罗奇柯生气地喝住了她，“要你冒在头里干吗？难道没有少壮一些的吗？你还是扎麻吧。”

“总算对一个人表示心疼。只是不知道看在什么分上？”

玛芙拉涨红了脸，自顾默默地走到水里，奥尔迦·包依楚克和华西丽娜·库岑柯跟在她后头。

“站住，别忙！”马尔柯·别斯梅尔特内走过去向她们喝道，“快上来！”

妇女们面面相觑，开始窃窃私议。最使她们吃惊的是别斯梅尔特内的脸，甚至别兹包罗奇柯也发了慌，向玛芙拉做了个手势，可是她在另外两个姑娘上岸以后还站在水里。

“上来，玛芙拉！”马尔柯发出简短的命令，“你想成为女水仙，还是终生当一块废料？在这样的干部领导下距离这一步也不远了。”他向别兹包罗奇柯瞪了目光漆黑的一眼。

玛芙拉没精打采地垂下双手走到岸上。水从她的旧裙子边上淌下来。马尔柯猝然转向别兹包罗奇柯。

“你是不是打算给罗斯施一次新的洗礼？你想成为圣符拉其米尔？[①]”

“说实在的，我想成为什么人跟你有什么相干?！这里不需要历史学家！我还要派几个人下水去锻炼一下！经过锻炼会变得聪明些！……你为什么破坏我的威信？”别兹包罗奇柯越说越恼，“这儿没你的事，拄着你的拐杖回家去。我们要麻。”

“那你们就不该在黑夜里偷偷把麻运出去。”

---

① 符拉其米尔·斯维亚多斯拉维奇（生年不详，殁于1015年），978年起为基辅大公，约于988年接受基督教为基辅罗斯（古代俄罗斯国名，以基辅为中心）国教。

“我有比你聪明得多的人给我的指示。妇女们，你们站着发什么呆？下水！”主席向妇女们一挥手。

“不，亲爱的，她们不下水！”别斯梅尔特内声色俱厉、一字一顿地说。

“那么谁下去?！莫非你要命令我？”别兹包罗奇柯眼眶深处的阴影几乎冒出烟来。

“我就命令你！下去！”马尔柯向他逼近一步。

妇女们失声惊叫。

“我?！”别兹包罗奇柯脸色发青，“你疯了，还是忘了在跟谁说话？”

“下去，癞蛤蟆！不要犹豫！”马尔柯眼睛里一股黑气在沸腾。

“马尔柯，清醒一下！”别兹包罗奇柯可吓坏了，懂得这不是开玩笑。他的皮肤下面好像被扔进一把滚烫的蚂蚁，它们啃蚀着他的决心，循着所有的筋脉全身乱爬。他颠踬了一下，向一匹马那边倒退。

“我的话你听见没有?！”马尔柯用哆嗦的手从口袋里掏出手枪。黑洞洞的枪口打垮了别兹包罗奇柯身上最后一点胆量。蚂蚁在皮肤下面爬得更加猖狂。

“别开玩笑，马尔柯！”他怪声求饶，张开五个指头的一只手悬在空中没有攀到缰绳。

“下不下？一……二……”

马尔柯这时的神色可怕极了，吓得别兹包罗奇柯背靠着马举起双手没命地叫喊：

“我投降，不，不，我下去……但这是对主席的侮辱。你记住。”别兹包罗奇柯威风被打垮后显得十分可怜，他搬动两条不听使唤的腿走到水边，看到水中自己高举双手的俘虏模样，由于恐怖而抽搐起来，开始向马尔柯哀求，“你教我丢了脸，出了丑。把这出喜剧结束了吧？”

“还刚刚开场哩。下去！”

“马尔柯，你我何苦一定要闹到法庭相见？”

“你倒还没有忘记法庭？现在我是审判你的法官！奥尔迦，给你们的主席一把锹子。拣最重的。他反正力大如牛。”

那姑娘不好意思地照办了。别兹包罗奇柯像拿一条蛇似的接过锹子。他还指望马尔柯清醒过来，不强迫他浸麻。但当最初的几扎麻递到他手里时，这些希望也随之灰飞烟灭。他把麻浸入水中，用小橛子锲住，从池底淘起黏稠的淤泥。水已经在靴子里咕咕地响，像烈火灼烧着大腿，潮气在睫毛上凝聚成水珠，羞愤的眼泪刺激着眼眶。可不能让任何人看到这些眼泪。他弯下腰，偷偷拭了一下眼睛。

在这段时间内他考虑的是更可怕地向别斯梅尔特内进行报复的手段。“你腿上的肿疡长好了，我就让你全身布满新的毒疮。我要为你铺一条路通往安铁窗的砖房！”复仇的念头帮助他忍辱含垢，但是可恶的寒战他始终克制不住。此时别兹包罗奇柯方始想到，还是在洼坑里浸麻的好。为什么他早不想到呢？

“马尔柯，把这场儿戏结束了吧，我快受不了啦。”他向马尔柯转过身去，但是躲避着他的目光。

“已经够了吗？”马尔柯冷笑一下，“你得在水里泡上两倍于妇女们刚才泡的时间。”

“干吗要加倍？”

“因为你不用生小孩！”马尔柯铁铮铮地瞪着他，就在这时听到一声女人的喟叹。这是玛芙拉在叹气。马尔柯刚才一句话使她怯生生的浅蓝色眼睛吓得变成死灰色。

土堤那边响起马蹄的嘚嘚声。托陀赫·马穆拉像抱孩子似的把四分之一升一瓶土烧抱在怀里，雄赳赳地向妇女们驰近来。

“酒来了！”他才嚷了一声立刻顿住。瓶子从他手中滑下来软软地掉在地上，但他好像根本没有发觉，眼睛惊恐地瞪着手执锹子弯着腰在浸麻的顶头上司。托陀赫甚至眏眏眼睛，晃晃脑袋，以为被鬼迷花了眼。但别兹包罗奇柯确实站在水中。

“嚯，这儿出了什么事?!”马穆拉并不正对着任何人轻声地问。

“你要不要给主席去充当帮手？”娃尔卡·特里迈伏达搭腔说。

她捡起瓶子塞到马穆拉手里。“请你的恩人喝吧。”

托陀赫怀着鬼胎窥视马尔柯，向他诚惶诚恐地一躬到地，说：

“能不能给他一小杯活活血？”

“给吧！”

马穆拉从口袋里掏出一只二两酒杯，斟满酒，小心翼翼地递到主席面前，通过眼神和全身的姿态向落难的上司表示同情和忠诚。别兹包罗奇柯一口气干了这杯酒。

庶务主任走到马尔柯跟前，悄悄地说：

“这样会把一个人毁了的。他打游击得了关节炎，他有妻子儿女。你们何必互相折磨作对？过去你们明明相处得挺好，你们的父母也……冲突总是难免的，打过闹过也就算了。”

马尔柯的怒气渐消，他终于从眼前这一幕中看到了可笑的因素。

“上来吧，浸麻的人！”他向别兹包罗奇柯大喝一声。

别兹包罗奇柯沮丧地哼哧着走到岸上，脱下靴子，倒去靴统里的水，马穆拉此时拿着酒瓶大忙特忙——不但要往主席口中灌酒，还要给他揉搓冻僵的腿。

一村人从未这样迎接过别兹包罗奇柯。老老少少统统来到街上。甚至马棚和牛棚的饲养员们也丢下工作来看他们的主席浴罢归来的英姿。瞧，两位骑士在草地上出现了，一个搭拉着脑袋，另一个带着一副媚态胁肩拱背，手捧一只酒瓶。看到这么多人，别兹包罗奇柯紧张起来：

“他们见了什么鬼，在工作时间到这儿来发呆？”

这个问题连忠诚的马穆拉也无言答对。在他污黑的灵魂里对别兹包罗奇柯的信心也发生了动摇。要是他能把马尔柯投入监牢当然最好，但这次该死的泡麻事件会不会把主席的威信泡得稀烂？那时你托陀赫也要被揪下领导地位，就像从菜畦上拔一个洋葱头那样。想到这里，好像瓶子里的土烧也在一掬同情之泪。

别兹包罗奇柯老远看不清人们脸上的表情。起初他觉得整条街道汇成一个嘲笑的鬼脸，连一群妇女旁边的原木也都在呲牙咧嘴。俏皮的眼睛忽而在这里，忽而在那里闪光。他企图在某一个人的目光中捉住这俏皮的神情，但只要一碰到主席的视线，所有的眼神立刻表示怜悯和同情。

披头散发、羊皮统子敞着前襟的主席老婆从村道另一头奔出来，老远就放声大哭：

“哎哟，安东诺奇柯，我的亲人，你还活着哪，平安无事哪，那个瘸腿鬼没把你淹死哪，让他自己在报喜节、圣尤里节、圣伊万节、主显节[①]的水里淹死，让他的尸首沉下去，无论在哪个水洼、泥沼、大海、汪洋里都浮不起来。”

“也不能在姜汁酒里浮起来。”平素胆小的奥美良·柯尔日自己也感到意外地说了这么一句。

全街的人爆发出一片齐声的大笑，吓得骑士胯下的马身子直竖起来，酒瓶再次从马穆拉手中跌落，这一回终于伴随着噗的一声打碎了。

“哎哟哟！”托陀赫连连叫苦，从马上下来俯身想去捡碎玻璃片，不料脚下一滑，一个狗吃屎栽倒在自己的坐骑脚下。

这时，又一阵哄笑使他贴在地上不敢动弹，地面在马蹄下嗡嗡地发出震响——安东·别兹包罗奇柯被奚落得逃跑了。马穆拉站起来，目送上司去远，然后向人们扮出一副可怜的笑容：

“跑得多快！”

“你干吗不追上去呀？”长脚鹭鸶奥美良·柯尔日问。

“我？”马穆拉表示诧异，“我没有必要。”

“别兹包罗奇柯对你没有必要？”农民们纵声大笑，“这一脚踢得真快！”

“踢不踢由我，你们管不着。”马穆拉犹图解嘲。他带着满不在乎的神气上马走了，让大伙都看见他是回自己家里去的。到了院子

① 这四个教会节日依次在俄历三月二十五日、四月二十三日、六月二十四日以及正月二十九日。

里，向妻子喊过几句话以后，这才朝着他的上峰的宫殿走去。

别兹包罗奇柯已经换过衣服，喝过茵陈酒，在小腿结实的玛利娅的诅咒和数落声中爬上炉台，用蒸软的禾黍暖和身子。

“您得立刻在炉台上写信。”马穆拉一进门就出主意。他的声调充满了愤慨。

“写给谁？”别兹包罗奇柯深陷的眼眶里流露出渴望发泄的怨毒。

“写给各级机关，各级组织！要摆阵势就得全面摆开，要打官司就打到末日审判！玛利娅，拿纸来，”马穆拉发布命令，“首先写给民警局长，申述主席险遭溺毙以及被骂癞蛤蟆、人格受侮辱的经过。其次写给各机关，揭发马尔柯的破坏活动。第三写给区委第一书记本人，告发马尔柯破坏政策。第四写给报社，把所有的一切综合起来。日后我们可以看看：被按下水的是谁，而结果被倒灌一肚子水的又是谁！”

“状子是不是太多了些？”别兹包罗奇柯有些怀疑。

“往麦糊里加油越多越好！既然有人犯罪，就得加以惩罚。撒一张网马尔柯也许能逃脱，别看他拄着拐杖。可要是布下天罗地网，看他往哪儿逃！”马穆拉信心十足地回答，从他脸上别兹包罗奇柯又看到了当年的惯窃马穆拉心狠手辣的表情，这种表情自从他当上庶务主任以后总是竭力敛藏不露。

玛利娅把墨水瓶、钢笔、纸和一块揉面团的木板拿到炉台上。别兹包罗奇柯俯卧着蹙紧眉额。

“咳，可惜当时没有一位作家在场，否则可以请他着力描写一番。”马穆拉深表遗憾。

“不必劳文学的大驾。”别兹包罗奇柯悻悻地说。

“还得写一封信给基塞尔，把这件事告诉他。他是这样一位理论家……”马穆拉话没有说完：台阶上响起了急促的脚步声，他的老婆——胖嘟嘟的纳塔尔卡——飞也似的奔进屋来，双手一拍，直着嗓门大喊：

“哦，我的上帝，哦，好心的人哪！……”

“纳塔尔卡，你怎么啦？”马穆拉大吃一惊，“出了什么事？”

她用一双热泪盈眶的眼睛瞧着丈夫。

“哦，好心的人们，哦，托陀赫，我们的加丽娜活着！我们的小鹌鹑活着！她从奴役下得救啦！哦，上帝保佑我们盼到我们的孩子回来！”

马穆拉震惊之余，像被钉在地板上一样发了呆。他脸色煞白，喑哑地问老婆：

“是谁来说她还活着的？”

“刚才邮递员送来一封信。是加丽娜亲笔写的。”

“信在哪儿？”

“在家里桌子上。”

“蠢婆娘，你就不能带来吗？”马穆拉没向别兹包罗奇柯告辞就冲出屋去，在门口还一挥手说，“您写……”

托陀赫盖屋尚未完工，新屋有两间房。钻营工夫一等的仓库保管员米龙·沙伏拉已经等在他家。村里如有出生和死亡，喜讯和不幸，总是沙伏拉头一个得悉。现在，他那骟猪一般肥硕的身躯、杂色胡槎丛生的面孔和一双小眼珠，无不洋溢着喜气，表示与主人同感。

“我激动得什么似的，托陀赫，我太激动了，简直坐不安稳。你拿去看吧！”他把一页浅蓝色的信纸先嗅一下，然后递给庶务主任。

“是她，我的女儿！”马穆拉一看字迹就认出来，他喃喃地说了些什么欣喜的话，再仔细看看一张照片，说：“完全是个大姑娘啦！那旁边的一个是谁——不是别斯梅尔特内的女儿婕江卡吗？”

“是她！”沙伏拉说，“跟她母亲奥莲卡一模一样。喝一杯吧，托陀赫?！”

“干吗不喝？纳塔尔卡，把你做的菜拿出来，”他嚷得声震屋宇，从炉下取出四分之一升一瓶土烧，放在桌上信旁，那封信上的字母已经化作女儿的眼睛在瞧着他，“我高兴极了，米龙！”

“当然高兴！”仓库保管员把褂子的前襟敞开，从腰带上解下一圈皱皮的灌肠。当他得意洋洋地把灌肠扔到桌上的时候，胡槎丛中各种颜色一齐焕然发光。“外国货。”

“滚他妈的蛋！我不要外国货。我们的孩子在外国受了多少苦！”

“傻瓜，那是孩子，这是灌肠。不能一概而论，”沙伏拉用开导的口吻说着，在桌旁舒舒坦坦坐下来，他已经站着等得不耐烦了，“坐下吧。”他向马穆拉侧目乜视，第一次从他眼睛里发现一种类似妇女们软弱无力的神情。“甚至这样一个贼也动起感情来了，”沙伏拉暗暗称奇，他用哲学家的口气说，“我喜欢喝名正言顺的酒，让牙齿和肚皮也有活干。那时候人就会变得更有意思。”

“不知她什么时候能回来？”马穆拉自己问自己。

“活着迟早能回来，死了从地上也爬不起来，”沙伏拉继续发表他的哲学议论，“听说那个胆大包天的马尔柯给别兹包罗奇柯洗了一个澡，是真的吗？”

“这是他活该！谁教他逼着妇女姑娘们下冰水！”托陀赫说溜了嘴，但立即用眼梢对沙伏拉狠狠地瞪了一下，说，“小心别去给我们的头儿搬话，要不马上教你变成聋子。”

“从这一点又可以看出你是个傻瓜，”沙伏拉把他顶回去，“我又不是今天才生下来，难道这点道理都不懂？纳塔尔卡，你什么时候才能让我的肚子高兴一下？”

“就好了，米龙。”幸福的眼泪扑簌簌地洒在干硬的面包上，她刚用手抹去，又是好几滴洒落下来。

“你把面包泡咸了。”沙伏拉忍不住说。

“我去换一只。”纳塔尔卡恍然大悟。

“不换也罢，你又没害传染病。”保管员表示愿意将就。

“你怎么能说这样的话？”她含着眼泪用责备的目光看看沙伏拉。沙伏拉简直莫名其妙，他寻思着：“我说了什么不中听的话？你也摆起臭架子来！不想想过去和现在你是靠什么过的！”

沙伏拉不知道，在马穆拉第一次把偷得的东西拿回家来的那天夜里，纳塔尔卡曾诅咒自己的命运。当时托陀赫用刀威吓她，从此以后，她的冰凉的心不再有生命，只是苟且活着，每天每夜害怕新的不幸临头。

宾主已经吃喝了不少东西，这时门被打开，门口出现激动得面色苍白的马尔柯·别斯梅尔特内。

“原来是你呀！马尔柯，我以为你已经吃官司去了。”沙伏拉的满脸胡槎一齐现出狞笑。

别斯梅尔特内对仓库保管员连正眼也不给一个。

“托陀赫，信上关于我的女儿写着什么？”马尔柯问道，眼睛带着痛苦和希望向马穆拉瞧。

“他不会告诉你信上写着什么。”沙伏拉从桌旁站起来恶狠狠地说，所有的人都感到意外。

“为什么不告诉我？”马尔柯的脸色更加惨白。

“因为你跟我们作对，过不去。”沙伏拉从窗台上拿起信封，“瞧，信在这里，多么可爱……你得脱帽打躬，才能给你看。”

“人只在上帝面前脱帽！”马尔柯向沙伏拉狠狠地瞪了一眼，甚至没有觉察到拐杖脱手。他不靠拐杖向前跨了一步，又跨一步，吓得沙伏拉往后倒退。“把信给我，混蛋！”

“给你……我是闹着玩儿的。”保管员的小眼睛里糅合着仇恨和恐惧。

马尔柯用颤巍巍的手接过信封，抽出那张照片，凝神看了半晌，然后无可奈何地四下环顾，用手掌的侧面揉揉眼睛。

“马尔柯·特罗希莫维奇，亲爱的……”纳塔尔卡也流下眼泪。

“她现在哪儿？”马尔柯泣不成声地问。

“哟，那可不知道哇，好人哪，一点也不知道。可怕的歪理世道在一九四四年就把她们拆散了，好像轰雷惊散了一对小鸽子。”

“她是由于政治原因被抓去的，”托陀赫用同情的语气说，“难道这些孩子也懂什么政治？……”

第十八章

最先来看马尔柯的是以叶甫敏老爹为首的饲马员们和格里高里·扎德聂泊罗夫斯基。叶甫敏老爹还没脱下他的破帽子，就向整个窑洞里嚷起来：

“马尔柯，我没料到你竟是个姑息派兼机会主义者！”

马尔柯听到这出人意料的责备，哈哈大笑。

“为什么我是个姑息派兼机会主义者？”

“你还笑哩。应当后悔！”老汉很气恼的样子，“你说，你是怎么发落别兹包罗奇柯的？”

“您难道没听说？我教他在水里稍稍泡了一会。”

“稍稍泡了一会，”老汉不满地学样说，“还是个军人哩！你应该把这个大贪污犯淹死！让大伙举行一次愉快的葬礼。”

“这老头子准是疯了！”马尔柯的母亲双手一拍，除叶甫敏以外所有的人都笑起来。

“甘娜，难道你怜惜别兹包罗奇柯这个鬼东西？也许你还要为他哭一场吧？”老汉向她诘问。

“你这个不害臊的邪教徒。你打算害我儿子吃官司吗？”

“他不会吃官司的。圣水会承担全部责任，”叶甫敏安慰她，“不过，马尔柯，这几天你得找一个僻静的地方去躲一躲，旗牌官们已经带着十万火急的战报飞驰区委会、区执委会、报社、民警局和检察处。别兹包罗奇柯下决心要打这一仗，他决不会善罢甘休。”

“会闹出什么事来吧?！”母亲忧急地问，同时一眼不眨地望着马尔柯，仿佛母子又要分离。

“没什么大不了的事，不过总得提防一下。马尔柯，我送你到皇家河湾去好不好？等风头过去再回来。那边河岸上有我亲家的一间干燥室……”

饲马员们想起偷干草的事都笑了，叶甫敏老爹向他们瞪出眼睛，说：

“你们笑什么？等你们攀上了这样的亲家再笑吧。马尔柯，安东这个鬼子孙什么都干得出来，即使把你毁掉也不会手软。在风头平息下来以前，你跟我的亲家去钓一阵子鱼。他会带你到任何人也梦想不到有那么多鲫鱼的地方去。无怪那一带叫做皇家河湾！你还可以提着灯去捉狗鱼。你可以调养身体，对我的亲家也是件乐事。我们就在这儿放空气，说你治病去了。一言为定？”老汉用布满茧子的手在马尔柯数度住院后皮肤转嫩的手上使劲拍了一下。

“到鲫鱼繁殖的地方去呆几天——这的确是很大的诱惑。”马尔柯的眼睛里闪起火花，“您的亲家钓鱼在行吗？”

“他一辈子像只鹳雀老往水中瞧，兴致都在这上头。而且划船也是一把好手！他摇起船来就像拉小提琴。人又豪爽，就靠摆渡过日子。”

“这么说，您的亲家是位艄公？”马尔柯想起来了，那个高大的白发老汉夏天老是穿亚麻布衣服，因而像一朵浓密的白云，“他在皇家河湾划渡船？”

“是啊，他从小就在渡船上。不过在德国鬼子统治下除了游击队没渡过一个人。你愿意的话，我马上送你去。”

“我想隔一阵子再去，老爹。”马尔柯抱歉地说。

“民警今天就会找上门来。民警局只知道公事公办：姓名写进笔录，人送进班房。你何必等着吃眼前亏？”

“我罪有应得，老爹。”

“罪有应得，罪有应得！别兹包罗奇柯应得的罪要大得多，可老是以圣贤的姿态出现。应该问他一个强迫妇女下水的罪名，可是那些娘们既不敢去民警局，也不敢上检察处。”

“得动员她们去跑一趟。这对马尔柯·特罗希莫维奇有利。”扎德聂泊罗夫斯基说。

“等这一着起到作用，时间已经造成别兹包罗奇柯的优势。这一点也得明白！为了同他一样争取时间，马尔柯必须到我的亲家那里去。”

“的确，必须赢得时间。”格里高里·斯特拉东诺维奇用目光向别斯梅尔特内发问。

“我们要用别的办法赢得时间，”马尔柯笑嘻嘻地说，“你们想一想：要是叶甫敏老爹没有这样一个好亲家，那该怎么办？”

“嗳，聪明人怎么说起蠢话来！”老汉生气了，“当然，为了这件事不至于把你绞死，可是苦头还是够你吃的，因为现在别兹包罗奇柯到处告下了状，主动在他手中。说真的，应该把这个鬼子孙淹死！你可以早一点接替他的位置！”

“这大把年纪尽说孩子话！”母亲毫无办法，把手甩了一下。

格里高里·斯特拉东诺维奇站起来，说：

“既然别兹包罗奇柯摆开了这样的阵势，马尔柯·特罗希莫维奇，我今天就去见区委书记。”

“不必要。”

“管它必要不必要，至少可以让人家了解真相。”盖舒克插进来说。

“现在我们区里谁当书记？”

“伊万·包利森柯。”

“皮肤黑黑的，像个吉卜赛人，”叶甫敏老爹又开腔了，“他头一回到我们这儿来用一双大眼睛看我们艰难的光景时，我们以为：这个大眼睛一定要动手狠狠地压榨牲口、人们和土地，什么也不放过，对谁也不怜悯，只顾自己捞取勋章。马尔柯，结果你猜怎么着？我们全是瞎担心。勋章他在战争中已经得了不少，不必再从催逼完成各项计划方面追求什么东西。他为人非常诚恳、公正。一双眼睛严肃得很，甚至在笑的时候也是这样。看来天生如此……”

傍晚，派出所一位民警骑着一匹溅满泥巴的马来到窑洞门外。在揩去马身上的泥浆、把肮脏的马尾巴系好的过程中，他已经在生气，因此当他下土阶走进窑洞履行职责的时候，情绪非常不妙。

“游击队员马尔柯·别斯梅尔特内是否住在此地？”

民警在门口嚓的一声把脚跟靠拢，礼貌周到地举手碰一下帽檐，威严的目光望着主人。

“住在此地的是战士马尔柯·别斯梅尔特内。”主人迎着他站起来回答。

拐杖对来访者起了一些作用，民警用比较和气的眼光把马尔柯打量一番，重新举手行礼。

“我是派出所民警多罗申柯。这么说，住在此地的是一位战士？然而行为却是游击作风。”

“那要看时间、环境和力量对比而定。”

民警听到这样的回答相当满意，他眼睛里威严的表情趋于温和，开始闪出尚未熟透的红醋栗颜色的火花。

“说得对，当兵的！当初我自己的行动也是随时间、环境和力量对比而变更。我们推心置腹谈一谈，怎么样？”

“能谈得这样吗？”

“干吗说话带刺，当兵的？”

“哪里还敢带刺，我正在笔录陛下面前发抖呢。”

“应该这样，”民警点头赞成，“在它面前将军们也要发抖。”

“对于他们这样地位的人，笔录也就更可怕。”

“当兵的，你是个乐天派！”多罗申柯笑了。他对这个被讯问者越来越有好感。“你打仗打了多久？”

“这也要写进笔录吗？”

“不，只是想跟你认识一下。”

“一九四一年六月三十日跟伞兵部队初次交锋。从那时起生活的滋味不断变换：一会儿我挨打，一会儿我打人。”

“伤口疼吗？”

“不，就是有点儿酸。”

“这住所不是养伤的地方。打算过多久把木拐劈了当柴烧？”他扭着脖子指指拐杖。

“到春季的尼古拉节[①]那天。”

民警颇为纳罕：

“怎么算得那样准确？”

“因为我喜欢种荞麦。”

“荞麦！唉，它可真香哇！”民警忽然沉浸在深思中，脸上罩着阴影，“四一年我在开花的荞麦地里打过保卫战。迫击炮弹像雨点一样落下来，无处可逃，弹片的嘶啸不绝于耳，而荞麦地里却是一片价蜜蜂的嗡嗡声，那股香味简直像用蜂蜜当肥料在催长。当时我第一次发现，蜜蜂在战争中夜里也干活。”

“同人民一样。”马尔柯说着也沉入深思。

“对，同人民一样！你说得完全正确！”民警态度已经十分友好地瞧着被讯问者，“我就在那个采蜜场上负伤昏倒。醒来的时候，见荞麦秆长得又高又大；蜜蜂照旧在上面忙着，但它们已经不是为健康的人采蜜，而是在为伤员工作……怎么样，当兵的，你跟别兹包罗奇柯到底是怎么回事？出了洋相？”

“是别兹包罗奇柯出了洋相。”

“您否认事实？”

“不，我承认。把笔录本拿出来。”

“我先听听。”民警并不急于打开皮袋，眼睛始终注视着马尔柯，“我们以两个军人的身份，像同一命运的人那样谈谈如何？”

“哦！你这话也说得挺好。行，我们就像同一命运的人那样来谈一谈。你听着……”

听马尔柯讲完他的故事以后，民警默默地站起来，走出窑门，不久又带着一只形状显然是盛药品的瓶子回来。他自己找到两只陶土小

---

① 俄历五月九日。冬季另有一次尼古拉节，在十二月六日。

杯子，斟满以后，举杯祝酒：

“为了真理，不管是怎样的真理！”

“为了真理！”马尔柯感激地望着他。

“我不能多喝。再见吧，马尔柯·特罗希莫维奇。到春季的尼古拉节我来看你，我们一块儿去种荞麦！一言为定？”

“谢谢。”

别兹包罗奇柯在农庄管理处关切地把民警留住，热情地握着他的手，问道：

“事情怎么样了？”

“您指什么而言？”民警打着官腔反问。

“我问我的事情怎么样了！”

“就像译成乌克兰语的《国际歌》里那样。”

“我不明白。”别兹包罗奇柯两道眉毛聚到了一块儿。

“我乐于解释给您听。那里有这样一句天才的歌词：‘哪能容得寄生虫！’《国际歌》里一切都预见到了。”

“说得对，亲爱的，”别兹包罗奇柯按自己的想法理解民警的话，“的确容不得别斯梅尔特内。否则还成什么样子？”

第十九章

马费力地扇动着冒汗的两侧，走到新近粉刷过的区委会白房子前一座街心小公园那儿，在组成天然篱笆的一排矮树旁自行停下。

“它们挺有灵性！”赶车的米龙·沙伏拉向马尔柯转过脸去。仓库保管员胡楂丛生的脸上现出冷笑，小眼珠又闪起幸灾乐祸的神情。“到了！瞧，在那幢党的房子里，你可要挨整啦，马尔柯！毫不客气地整，像打一捆晒干的豌豆一样，管教你往后不再自作聪明。喝！”他声势汹汹地把鞭子高高举到头上。

马尔柯皱皱眉头，鄙夷地看看沙伏拉得意非凡的怪样子，不光是一双带着几分醉意的鼠目和紧绷着的、没有一条折痕的嘴唇，甚至他在战时赖以虚报年龄的杂色胡楂似乎也流露出这种神情。

“你高兴吗，米龙？”

仓库保管员用贝壳似的眼皮暂时掩饰一下幸灾乐祸的心情，当眼皮重新抬起来的时候，他的眼睛里已经闪烁着笑影。

“你问我高兴不高兴？说不上非常快活，但也不太发愁——没有什么愁嘛！嘻嘻……”他的笑声仿佛从空桶里飞出来。

马尔柯甚至夸奖保管员这种不寻常的笑声。

“你笑得不赖。”

“我就是这等笑法。”沙伏拉不知该表示生气还是奇怪，“我问你，马尔柯……我们住在一个村子里，论起来你我还沾点儿远亲，可是我从来没有一次听你说过好话。这是不是事实？”

“是事实，米龙，”马尔柯欣然同意，“我们之间从来没有说过好话，没有真情挚谊，将来也未必会有。”

“瞧你这脾性，真他妈的……既然你自讨苦吃，我要是为你担忧才见鬼哩！从中我看不到任何实惠……我真不明白，过去我们在一个村子里为什么老觉得很挤？现在村里人少了，坟地里十字架多了，可我们还觉得挤。这是什么原因？”

“你当真不知道？”别斯梅尔特内拿起拐杖好奇地问道，他开始对沙伏拉坦率的闲扯产生兴趣——这号人只有喝醉了酒才会暴露自己的心肠，尽管他们的心肠丑恶不堪，但是黏性极强，凡是与创造无缘，只知攫夺、榨取、吮吸的一切都是这样。

“为什么你我像在一条独木桥上那样势不两立，真正的原因我不知道，不过我自己这样猜测，”沙伏拉在车上坐得舒坦一些，“据我看，你把一副挑不动的担子压到了自己肩上：你要使全村皈依你的信仰。可是我不愿意在你的信仰面前脱帽：我有自己的上帝，自己的法律，我爱怎么过日子就过什么日子，只要苏维埃政权容许就行。这对我说来既自在，又合适。”

“这话不假。米龙，你一直在寻找这样的上帝，最好有真金的泪珠从他眼睛里掉下来落到你的手中。别说上帝，就是魔鬼你也要从它身上寻找好处。打从我认识你起，你的灵魂就死抓住卢布兄不放。”

“哪能不这样呢？”沙伏拉由衷地表示惊讶，“水中的鱼，天上的鸟，甚至洞里的瞎眼田鼠，同样都想寻找好处，我也在寻找如你所说的卢布兄。只要被我发现无论怎样一点点好处，我决不放过！”

“你的不幸甚至还不在于此，而是在于你被这滑腻腻的卢布沾粘了手。你不是水中的鱼，也不是天上的鸟，连洞里的田鼠都不如，而是蜂房附近的一只大胡蜂，不但吃掉人家的蜜，还把蜜蜂拦腰咬成两半。”

“马尔柯，你这番比方有些过分，”仓库保管员不以为忤，只是一本正经纠正别斯梅尔特内的话，“有时候我的手确也沾上一些东西——这我没有意见；要说看守蜂房不尝尝蜂蜜，哪有这样的道理！这是不可信的。至于把什么人咬成两爿或是四爿，这等事我绝对不干。我可不像托陀赫·马穆拉那样狠毒，再说这对我也不必要，不合适！”

“那么盗窃可合适？”

“小干比较合适，大搞有些可怕，万一不得脱身，我可是有家业妻儿的人……你瞅着我干什么？又不是第一次看到米龙。不是所有的人都愿意和能够坚持原则的。比方说，你想做坚持原则的人，你就坚持吧，我没意见，既不阻拦，也不羡慕。你为了坚持你的原则，从一九一八年到现在只捞到肩上一件士兵大衣和腋下一副拐杖——你还一点不怨。”

“我诅咒我的拐杖，但也引为骄傲！可是你呢？你是否诅咒你的灵魂？你的灵魂也拄着拐杖哩！”马尔柯生气了。

“等一下，这个问题下面还要谈到，”沙伏拉颇有涵养地暗暗一笑，“我是说，多年来你挣到的只是一件军大衣和一副拐杖，因为你关心的不是自己，而是国际局势、世界上的动乱、反革命、革命、民主以及各种各样的反对派等问题。可是对我来说，即使把这一切总括起来，还是痛痒不相关。我不懂什么思想，什么原则，我希望得到的东西并不多，但必须是我自己的。我考虑的只是用肥美可口的东西填饱肚子，甚至不必担心受党的处分；另外也想跟别人家多情的娘们来一手，还有就是在自己的贮藏室里积蓄一定的库存，免得吃不上面包，像你那样靠老娘的土豆过日子。娘身上只有她的奶是好东西，其余的一切都得自己去挣……这就是我的想法！你要使共产主义的太阳照到所有的人身上，那你就把它升起来，我觉得原有的普通太阳已经挺暖和，并不抱怨。”

马尔柯起初甚至有些惘然：保管员别是在开玩笑？但他看了一下沙伏拉的嘴脸，懂得对方完全没有打哈哈的意思。

“你过去是一个黑心的吝啬鬼，现在还是这样！甚至变本加厉了。”马尔柯愤怒地挥了一下拳头。

但沙伏拉立刻打断他的话：

“那又怎么样？你的那一套大道理我听腻了。你还有什么话说？”

“我只说一句：不管你多么狡猾，你的黑太阳已经在下山了！”

“你不必为我敲丧钟！”沙伏拉终于恼羞成怒，“既然你从战场上把一副骨头带了回来，在这儿就该老实点儿，否则管教它们像车杠那样一根一根散开。不要把你的真理硬往别人头上套。目前我自己的真理和歪理已经够用。我不知道党今天会给你什么处分，但你从今休想在讲坛上，在我们村里当领头人。我们在各机关为你布满了绊索，要是还不够，可以再添几条；战争不光使你一个人长见识，我们也学乖了，是人都想活下去。”

“你恐吓我？”

“不，是警告。你愿意过什么日子，能够过什么日子，就怎么过，可是不要妨碍我：沙伏拉也愿意过日子，不愿提心吊胆东张西望。你甚至可以去当主席，当模范，爬上领导地位，成为英雄，相片登上报纸；只要在另一个村，另一个区里！这个意思你明白了吗？”

“我明白你们的鬼心肠！谢谢，至少你的牌全部摊开了，你自己把自己彻底暴露在我的面前。这对我有用处。”马尔柯平心静气地说完，从车上下来。

仓库保管员已经张开嘴巴准备回敬几句，但忽然显得神态不安，脑袋朝着马尔柯身边移动，眼睛斜向一边，甚至把手指头靠在胡楂丛生的耳边：他今天已经是第二次依稀听到一种可疑的铿锵声——第一次听到是在马尔柯坐上马车的时候。

“马尔柯，你身上什么东西叮当作声？”

别斯梅尔特内回过头来；仓库保管员的神态相当可笑：活像一只紧张地竖起耳朵的大老鼠。

“猜不到吗？”他扭过头去尖刻地问。

“猜不到。”沙伏拉脸上掠过一道阴影，他仿佛受到一阵寒气的侵袭，甚至眼睛里也蒙上一层惶骇的翳膜。

“以后自然会明白。你预先在自己的上帝前面点一支蜡烛，求他保佑你吧！”

马尔柯一跷一拐向区委会走去，沙伏拉对他的背影留神看了很久，然后整理一下车上的绳索，搔搔毛茸茸的后脑勺。

难道是他的勋章和奖章在叮当作声？会不会这个坚持原则的怪人在战场上除了一副拐杖以外还捞到一大批荣誉？若是这样，那么暗箭也伤害不了他。你又何必作这番自白呢？看将起来，你的确不应该过早漏了底。万一马尔柯打出他的原则性王牌来，说不定你自己将会变成一只蜜蜂被咬成两爿。唉，米龙，你的涵养功夫还不到家，居然想做演说家，结果弄巧成拙。

沙伏拉无处发泄，只好在凸出的马屁股上抽了一鞭，闷闷不乐地向茶馆走去会见一个乳峰高耸、大腿丰肥的女服务员。

第一书记接待室里坐着一位黑眉毛姑娘，神情讳莫如深，好像在她新烫的卷发下面用图章打着“密件”的字样。但就连她也对马尔柯的姓氏感到一刹那的惊讶。不过她把美人鱼式的长睫毛一掀，立刻扫去这点惊讶的表情。

“伊万·阿尔杰莫维奇要您立刻去参加区委全会。”她彬彬有礼、但是相当冷淡地站起来。

“去参加全会？”马尔柯产生一种不愉快的意外之感。他正视着姑娘一汪黑水中漂着几颗灰色冰粒的圆眸。

“是的。会议即将结束，您迟到了。我带领您去。在二楼。”姑娘一丝不苟地把所有的抽屉锁好后再拉一下，偷偷用指头蘸口水抹抹眉毛，然后脚步稳健地走在心神不宁的马尔柯前头。

“干吗他要把这样芝麻大一点小事提到全体会议上去？难道他想用我作例子教训另外一些人？也许，别兹包罗奇柯的一些朋友和支持者正在把这次浸人事件渲染成具有某种‘思想倾向’？镇静，马尔柯，镇静，你要去见的那些人经过这次战争已经学会弄清楚一切事情。”他竭力安慰自己，但效果很差。

一进门他就把大会的主席团扫视一遍。主席团座位上只有两个人是他认识的：基塞尔和布罗瓦尔尼克。坐在他们之间的一个人大约三十五岁，长着阴郁的吉卜赛人的相貌，头发像是铁匠们锻造的一串串黑色的指环，他正聚精会神听讲坛上一位年轻妇女发言。

“他大概就是包利森柯。”马尔柯根据叶甫敏老爹向他描述的区委书记的模样暗自猜想。此人没有肩章的军官制服上佩着三枚战功勋章。

“既然他也是军人，事情就比较好办，”马尔柯默默自语。包利森柯用一双炯炯有神的大眼睛示意叫他坐在门口一张长椅上，又继续听那个时断时续、如银铃一般动人心弦地荡漾在会场上空的女人声音。那位妇女谈的是她怎样播种亚麻，怎样加以培育，亚麻又怎样开出美丽的花，然后结成小铃铛似的蒴果，在九月的露水下铺展开来。

“亚麻先给我们，然后又给国家带来了欢乐，只是不知为什么我们的队长却并不高兴……”她顿了一下，会场上发出一阵轻笑，“我们所有的姑娘都用这亚麻织成的细布做了衬衫。新衣我们要在胜利那天穿上。”她结束了发言，在掌声中走下讲坛。

接着发言的是一个没精打采的大个子。他语无伦次地解释了半天，说今儿个他对亚麻和刚才发言的小队长没有任何意见，不过今儿个还有另外一些作物也不能忽视。

“今儿个还有南瓜。”包利森柯学他的腔调插了一句。南瓜显然涉及这位队长与小队长的相互关系，既然提到这种作物，不会是偶然的。周围的人都笑了。队长窘得无地自容。小队长弯着腰用手掌捂住绯红的两颊掩盖笑容。马尔柯这时颇不羡慕那个队长的处境，区委书记已经开始批评他不喜欢亚麻。

“这位书记批评起来毫不留情。”马尔柯一边听着，一边在琢磨待会儿自己如何应对。其时包利森柯把他的问题也提出来了。

“我们的议事日程上除了亚麻还有另一种作物——大麻。”

会场上又响起一阵笑声。马尔柯耸耸肩膀，似乎在抖掉笑声，这时有一只虬筋盘结的手从后面塞给他一张折得很小很小的纸条。上面用铅笔写着寥寥数语：“马尔柯·特罗希莫维奇，不要畏怯，大胆上阵！格里高里·扎德聂泊罗夫斯基。”

虬筋盘结、被忧患和痛风扭歪了的一只手友好地拍拍马尔柯的肩膀。

“上面给好斗的勇士写着什么秘密话？是不是指导你怎样浸大麻的方法？”

马尔柯惊异地回过头去。原来是牧羊老人巴纳斯·加尔卡维在后面善意地取笑他。这位老人的脸稍有些干瘪，胡子雪白，他在一九一八年就拥护苏维埃政权，但是不要共产党，不要布尔什维克，也不要政委。现在老人穿着一件从德国人那里缴获的常礼服，胸前佩戴四枚乔治十字勋章[①]，勋章上端是一枚游击队员的银质奖章。

“巴纳斯老大爷，是您？”

“大概是我吧，”老人作了一个满意的微笑，“你怎么连一个起码的将军也没当上？害怕了吗？还是命运没有向你微笑？”

“没有向我微笑——我的命运严肃得厉害。您到全会上来有什么事？”

“你问什么事？我做的始终是同一件事：坐着，听发言，投票表决，只是自己不发言，也不提修正意见，免得犯政治性错误。”

“难道您老大爷入了党？”马尔柯更惊讶了。

老人点点头。

“我不但打过游击，现在我已经是个参加政治活动的党员老大爷，我的孩子也都是党员，他们正在各地大战敌人，就像当年我为了信仰、为了沙皇、为了祖国战斗一样。”

马尔柯微微一笑。

“老大爷，这样的话可缺乏党性哪。”

“要知道当年的战争本来就缺乏党性，不过乔治十字勋章到底是用鲜血换来的……你瞧着我的勋章纳罕吗？我不是戴给人们看的，是为了羊才佩上，它们喜欢听叮叮当当的声音。”老人这番补充说明不知是认真的还是开玩笑。

这时安东·别兹包罗奇柯身上佩着一枚奖章和好几枚徽章登上讲

① 帝俄时期嘉奖军人战功的一种勋章。

坛。他的神情好像刚刚受到莫大的侮辱，经历了无比的苦痛或者逃出了致命的危险。

“你想在全会上讨论这件事？”基塞尔不悦地向包利森柯耳语。

“不，我是在想，为什么这件事在区里掀起轩然大波？从早到晚耳朵里尽是浸人事件，简直当作罗斯受洗在谈论。”

基塞尔皱了一下眉头，说：

“应该把别斯梅尔特内送交司法当局，了结这桩公案。”

“把一个伤残的人送法院？”包利森柯扬起漆黑的弧形眉毛表示惊讶。

“跟这号人有什么可说的？他今天用手枪把一个人逼下水，明天会用同一支手枪把另一个人送上西天去牧羊。战争竟造成了这样的无政府状态！”

“是非曲直总会弄清楚的。”包利森柯一只手支着脑袋，开始听被侮辱的别兹包罗奇柯发言。

安东·伊万诺维奇颇有说服力地谈到去年还没有一根草、没有一颗粮的农庄如何同战争造成的困难进行斗争，谈到播种的准备工作，忽然他的语气趋于愤激，话题转到形形色色的不良分子身上，说他们妨碍着现阶段的工作。当他抑低嗓门，用最富戏剧性的音调叙述马尔柯持械威胁，把他赶下冰水的时候，全场突然爆发出哄堂大笑。

“这是怎么回事？他们为什么大笑？”紧绷着脸的基塞尔愕然问包利森柯。

“大概人们需要快乐一下。”区委书记露出一口洁白的牙齿回答。

“一个人受了侮辱，还要被人嘲笑。这太不像话，这说明同情心的沦丧。”基塞尔忿忿不平地嘟囔着，一面向发言人点点头给他打气。

别兹包罗奇柯把事情草草叙述完毕，末了控告共产党员马尔柯·别斯梅尔特内在一些曾经留在沦陷区、对之还应该多方观察的人中间破坏他的威信。别兹包罗奇柯相信，自己这样往全村人脸上抹黑是一种高度警惕性的表现。但它的根子扎得不深：对熬过被奴役时期的人们表示不信任，无非为了有利于在他们中间突出自己，以便将来对他们提出的指责和警告一概用鄙夷的态度回答："这都是曾经留在沦陷区的一些人闹的把戏，他们本人还需要好好甄别。"

别兹包罗奇柯末了几句话引起别斯梅尔特内极大的反感，连包利森柯的脸色也显得更加阴郁。只有基塞尔点头赞许。

"让别斯梅尔特内同志立刻进行解释。"布罗瓦尔尼克建议。

"对。"会场上有人附议。

包利森柯点点头，向别斯梅尔特内望望，叫他发言。马尔柯慢慢地站起来，向会场扫视一周，但是没有看清任何人的脸。他觉得自己费了半天工夫才走到讲坛上，又费了半天工夫安置老是准备摔倒的拐杖。

"别斯梅尔特内同志，刚才别兹包罗奇柯同志的发言您听仔细了没有？"包利森柯厉声向他提问。

"听得非常仔细。"马尔柯轻轻地回答。

"别兹包罗奇柯同志有没有诬赖您？"

"对我并没有，但他诬赖了群众：为什么到现在还要提沦陷时期的事伤他们的心？创伤应该加以治疗，不该刺激。"

"这话说得有理，"包利森柯点头表示同意，并且更注意地看看别斯梅尔特内，"在有关别兹包罗奇柯的那件事情上，您是否承认……怎么说呢……是否承认错误？"

"不，我不承认。"马尔柯答道，这时全场鸦雀无声。

"为什么？"

"从小时候起父母就教育我尊敬妇女的美、妇女的劳动，特别要尊敬母性；如果世界上这种尊敬减少了，那么爱将会减少，人与猿猴之间的距离也会缩短。"

"说得好！"包利森柯情不自禁发出惊叹，他的眼睛和牙齿亮晃晃地一闪，第一次露出笑容。

"这是在讲哲学，不是回答问题。"基塞尔表示不满。

“我们庄稼人都有一点哲学家的气质，因为我们终生同土地、面包、蜂蜜、太阳打交道，”马尔柯坦然答道，台下又发出一阵赞许的轻笑，“是的，我们没有写过什么著作，但到时候我们会写的，很有些事情可写。”

“好一位哲学家！”基塞尔冷冷地说，“请问哲学家，您为什么不把手枪交到民警局去？莫非您打算用手枪著书立说？您可知道，这件毫无哲学味道的东西能教你吃多少日子官司？”

“不，不知道。”

“三至五年！”基塞尔甚至抬起身子，用食指在空中坚决地划一道线。

“三至五年？不少哇！”马尔柯若有所思地说，接着转向基塞尔问，“要是这支手枪是一位将军送给我个人的礼物，那要吃多少日子官司呢？”

“这我不知道，如果有正式凭据，那另当别论。”基塞尔一时语塞。

这时别兹包罗奇柯从长椅上喊叫：

“别斯梅尔特内仗着一支私人手枪跟我这手无寸铁又没有思想准备的人较量自然容易。最好叫他讲一讲，他在战场上怎样跟法西斯较量，在那里赢得了什么？这就比较困难了。我们村里传说他在战争中也搞无政府状态，所以被剥夺了所有的或者唯一的奖赏。总之受过处分……”

“这是真的吗？”包利森柯用洞察秋毫的目光看定马尔柯。

“不，这是造谣。”马尔柯横遭这般侮辱，气得面色惨白，甚至咬了一下嘴唇。

“您受过嘉奖没有？”

“受过。”

“教他拿出来看看！”别兹包罗奇柯喊道。

“何必呢，安东？这只能对你不利……”马尔柯弯曲的马蹄形唇髭淡然一笑。

“既然拿得出，就教他拿出来看看吧！”会场里有几个人的声音兴致勃勃地表示支持。

马尔柯耸耸肩膀，向包利森柯望望，区委书记点点头，而别兹包罗奇柯紧张得站了起来。

“别挡住视线，落水鬼。”后面的人喝令他坐下。

马尔柯解开军大衣的扣子，好多枚勋章和奖章——尤其是一颗金星——灿烂夺目的光华把别兹包罗奇柯惊呆了。

“这到底是怎么回事？”他几乎喊出声来，“这是怎么搞的？”

“我的上帝，你奖赏捞到不少哇。”加尔卡维老大爷用嘶哑的声音说，他兴奋得忘其所以，竟在区委全体会议这样不相宜的场合提到上帝。大伙又发出一阵由衷的大笑。

包利森柯也乐了。

“又一位英雄回到我们家庭里，”他向全体与会者说，随后带着一种又像尊敬、又像调皮的表情把视线移到马尔柯身上，问，“挣得这么多荣誉不简单吧？”

“开始的时候相当困难，可是一跃而为英雄，却并不十分费劲。”别斯梅尔特内坦率地回答。

“马尔柯，你是凭什么当上英雄的？”加尔卡维老大爷又开腔了，他用一只手捂住自己的乔治十字勋章。

“凭坦克，巴纳斯·德米特罗维奇。”

“这倒是货真价实的勋章！”老人意味深长地说，手仍旧捂住乔治十字勋章，这些十字勋章甚至在一九三三年的饥荒中他也没有拿到外贸局去卖掉，“你搞掉了鬼子多少坦克？”

“在那一次战斗中搞掉四辆或者五辆。”

“怎么会是四辆‘或者’五辆？”包利森柯立刻警觉起来，他对马尔柯又有些难以理解：这个怪人委实跟自己过不去，“这样的战斗是忘不了的。”

“当然忘不了。”马尔柯带着思索的神情表示同意，他眼前又出现一小块弹坑累累的低地，一小块倾斜的天空常常在可怕的瞬息间被硝烟、烽火和黑土组成的柱子同遍体鳞伤的大地连接起来。

“您到底击毁几辆坦克？”基塞尔劲头来了，他指望揭穿马尔柯的谎言。

“我好像已经说过，”别斯梅尔特内回答他以后转而向台下说，“四辆我记得很清楚，那时我是一名战士，还不是被子弹打穿的筛子。至于第五辆不知道是我自己行将失去知觉的时候打中的呢，还是我的伙伴们搞掉的。八成是他们打的，但出于慷慨把它算在我的账上，让我可以得到英雄称号。”他坦然正视不相识的朋友们和蔼的眼睛，他自己的目光飞往前线，向活着的以及可能已经死去的战友们表示感激、挚爱和忠诚。在这一刹那，马尔柯的眼神和微呈伛偻的姿态有一种令人感动的，甚至是悲剧的味道，犹如一只折断了翅膀的仙鹤的神态。

“好样的！”包利森柯低声赞道，马尔柯的诚实比他的战功更使区委书记激赏：他明明可以不提这第五辆已经正式写在他名下的坦克。可以肯定，跟这样的人一道工作错不了。他不是那种看风使舵的人，永远不会要两面派的手段。

静穆和谅解的气氛荡洗着心中滞积的淤泥，贯通着善良诚挚的感情，再现着难以忘怀的过去——事实上，几乎在座每一个人的经历都可以写一本书。这气氛被别兹包罗奇柯打破了。

“你们都听见了，别斯梅尔特内同志的英雄事迹还附带着这样一个疑点，或者管它叫别的什么名目。这是一个不可忽视的疑点。显然，他走运也并不完全合乎规定。因此我还想了解一件事：指挥部是否知道别斯梅尔特内同志坐过牢？”

会场上有人叹息，有人愤懑地骂了一声，但随即又是一片沉寂，仿佛人们中了什么魔法。

马尔柯皱皱眉头，似乎感到一阵疼痛，他的小胡子的两端颤动了一下。别兹包罗奇柯到底触到了他的最痛处。

“知道，”马尔柯勉强沉住气镇定地回答，他觉得膝关节下面开始叽嘎作声，伤残的两腿开始发软，“我没有隐瞒自己的历史，无论在人们或在死神面前都没有昧过良心。你也是这样做的吗？”马尔柯的脸变成死灰色，眉头痛苦地攒紧，他拿起拐杖想走下讲坛。但包利森柯把他叫住。

“别斯梅尔特内同志，刚才您心头无端遭到阴险的袭击。为了免得日后谣诼四起，还是在这里当着人们的面把话说清楚。这样比较妥当……您坐过牢没有？”

“不幸也临到过我头上。”

“您扼要叙述一下。”

马尔柯悒郁而固执地望着区委书记，说：

“教我叙述哪一次坐牢的事呢？还是坐沙皇的监牢那次，还是……”

包利森柯扬眉问道：

“您还坐过沙皇的监牢？”

“有过这样的荣幸。”

“那就都谈一下，这样更好……”包利森柯没有把自己的意思说完。

“也许没有必要吧？”马尔柯警觉地问，“有些人不乐意听……”

“有些人也不乐意坐牢呀，可是至今还有人提起往事刺伤他们的心。难道这段历史就应该把您折磨到死吗？”包利森柯怒气勃发，“要是能谈，您就谈吧。”

马尔柯喝一口水，可以听到玻璃杯和他的牙齿相碰格格出声。他始终没法把逝去已久的年代集合在一起：它们忽而在黑暗的田野里徘徊，忽而化作一队骑兵飞驰投入战斗，忽而蜷伏在一座教堂旧址的花砖地上，这座教堂在自己的历史上曾经两度充当监狱：一次是在波兰统帅波托茨基统治时期，一次是在邓尼金占领时期。全场静下来等着听马尔柯的故事，只有别兹包罗奇柯和基塞尔如坐针毡。

“一九一八年，我刚满十七岁，一天晚上，我和我的好朋友乌斯基姆·特里迈伏达从露天马圈里牵出东家的两匹牲口，骑着马到树林里去投奔游击队。起先我不走运：那时候我给东家干活，被折磨得看上去好像只有十三四岁。总算有人证明，我才被勉强接受加入游击队，不过他们命令我快一些长大。我作了保证，第一件事就把嘴唇上边的细毛刮去。就这样开始了我的游击生涯：在战斗中我受到夸奖，战斗结束以后大伙老是拿我开心，问我几时能长出像波兰领主那样的胡子。在布格河岸上一次交锋中，邓尼金匪徒打伤了我骑的马，把我俘虏了。我跟另外两名游击队员一起被关在一座古老的、塔尖高耸入云的天主教堂里。夜里，我们开始在一座圣徒的石像下用手挖洞，手指头弄伤了，指甲脱落了，结果还是白费力气：第二天我们被带到学校里去见一名反谍军官。他既不嚷，也不骂，用文绉绉的声调命令把我们枪决，然后打一个呵欠，划一个十字，走到电话机那儿去。我还注意到他的靴子擦得铮亮。不知为什么我们又被带回教堂呆了约莫三个钟头，然后被押着在一座古老县城的僻静小巷里走。波兰贵族和土耳其苏丹统治时期残留下来的砖石结构的废墟正在那里一天天烂掉，而周围可以看到一座座极普通的白色土屋。当时的情景都印在脑海中，我想到自己的家也是这样一座小土屋，母亲也许在倚门眺望——大儿子快回来了吧。出城便是田野，菩提树高耸在古道两旁的田野上空。当时我有生以来第一次发现星尘从天上洒下来，在被灌溉的禾穗上闪闪发光。当时我是那么想活下去，不觉眼眶里挤满了泪水。这给一个老游击队员——我们都管他叫塔拉斯大叔——看到了，他小心地用手给我抹去眼泪，在我颊上吻了一下，轻声说：

"'坚强些，快了。屠杀孩子的人寿命长不了。我们的真理一定能战胜，它不会忘记我们，特别是你，孩子。'

"'我？'我感到惊讶，努力设想真理怎么不会忘记一个游击队娃娃，这时我看到了真理——它跟我的母亲很相像——于是眼泪不再从我眼眶里涌出来。

"过了一会儿，我们被排在庄稼地里。塔拉斯大叔还折下一株黑麦穗，放在掌心上嗅嗅。我只看到一排步枪举起来，火光一闪，麦穗从塔拉斯大叔手里跌落，有人轻轻地喊叫一声。然后步枪重新又举起来，我只觉得我家的白色土屋在我眼前一晃。

“我苏醒过来的时候，已经在游击队控制的一个小村落里。这便是我第一次坐牢的经过……

“我第二次身陷囹圄是在一九三七年，为了粮食的事。当时我担任农庄主席。我们交齐了征购数字，献礼计划也完成了，在这以后，我怕又有什么额外任务派到头上来，就在一夜之间按工分把粮食分了。可是马上有人写信告密，于是我被加上经济反革命的罪名关进牢房。司法侦查员切尔诺沃连柯苦苦地逼我供出收买我的人是谁……”

一听到侦查员的姓氏，基塞尔站起身来想说什么，但他改变了主意，面孔涨得通红，重又在椅子上颓然坐下。

别斯梅尔特内用眼梢向他一瞟，继续说：

“那位侦查员不知为什么不愿意相信我把应得的粮食分掉与任何间谍无关。我坚持了很久，后来实在已经力乏筋疲，想结束这样的审讯，我就开始寻思：我可能受什么人收买？当时想到了各种各样的念头：有可怕的，有痛心的，也有包含希望的。我们的家族个个都非常爱好音乐，我的祖父和父亲能用五十年前从一个过路的摩尔达维亚人那儿换来的一把小提琴光凭听觉拉曲子。我也会拉，甚至还学会了看谱。我有这样的爱好，用当年安东·别兹包罗奇柯的说法叫做乱弹琴。最使我神往的是肖邦的练习曲。世上能诞生这样的天才真是人们的幸福！在监狱里，我曾经不止一次回想起，以前女儿常常跑到农庄管理处来对我说：‘爸爸，快听肖邦！’我们就打开收音机，心里充满了节日的喜悦，在田野里干活劲头更大，人们和鸟儿的声音听起来也更加欢畅。想起了这一切，于是在某一天夜里我对切尔诺沃连柯说，从少年时代起肖邦就收买了我。侦查员高兴极了，马上录下口供，大概没有弄清楚我说的是一句辛酸的笑话。没过一个钟头，我在供词上签了字，而侦查员还在纳罕，为什么我签字这样爽快……很久以后，在复查我的判决书的时候，预审笔录使所有的人都莫名其妙。我被提去问清楚以后终于释放回家。那已经是在一九三九年……”

会场笼罩在死一般的寂静之中。不止一个人的眼前浮晃着三七年的幢幢魅影，马尔柯也感到难堪：恐怕不应该旧事重提，这样他势必触及很多人的创痛。

“果然是一段不轻松的经历……马尔柯·特罗希莫维奇，当时您从监狱中带了些什么出来呢？”包利森柯激动地问，“委屈、痛苦、怨恨？”

“也许有这样一些东西沉积在我的心底，要知道心也不是铁打的。但是有几天工夫，那恐怕是最痛苦的一些日子，我却有幸和一位老布尔什维克在同一间牢房里度过，他是一位天文学家，同弗拉基米尔·伊里奇·列宁本人认识。这位学者在地球上从事革命，在想象中窥测宇宙的秘密，他的形象我到现在还想得起来。那是一个水晶般纯洁的人。他教我懂得了很多道理。他的讲话中有一句关于蜡烛的中世纪格言我记得最牢：人应当像一支蜡烛那样，即使在快要点完的时候，也要为别人发光。当时我曾经尽自己所能把一支燃烧的蜡烛的图像刻在牢房的砖墙上，并且发誓：无论什么火把我燃烧，也要为人们服务到底。我就带着这样的誓愿走上战场。在战场上，我的蜡烛燃起烈火烧毁了最可怕的德国坦克，让这些战车连同战争一起永遭诅咒……”

马尔柯结尾的话淹没在全场同时响起的掌声中。谨慎的基塞尔听了别斯梅尔特内的故事脸色十分尴尬，甚至连他也拍了一下手掌，但总算及时恍然大悟，立刻把手放到桌下，攒紧眉心。

这一节马尔柯也看在眼里，但他甚至带着怜悯多于谴责的心情想道：

“人的躯体里带着这样一颗多疑或卑怯的灵魂谅必感到沉重吧？你受过教育，衔头也不小，对于政治、哲学、各种计划、指示、价格政策、公文措辞也许掌握着不少知识，可是能给谁好处呢？”

马尔柯由赞许的微笑、亲切的目光和言语伴送着走下讲坛，在长椅上坐好，抹了抹汗。

“好样的，孩子，”加尔卡维老大爷向他表示欢迎，老人的两只手已经都按在乔治十字勋章上，“我就是要你这样一个助手。”

“瘸子也要？”

“瘸子也要。”

“那您就要了吧。”

“呃，不，我不能要。”老人忽然改变主意。

“为什么？”

“难保你不会用私人手枪把羊群赶下水去。羊儿就跟姑娘似的，也要人疼它们。”老人笑着说。

“我们到底把别斯梅尔特内怎样发落？”包利森柯从桌旁站起来向大会征求意见，“追究他的责任，还是推荐他当农庄主席？”

“当农庄主席！”

“这个人能把农庄整顿好！”

“是个好当家！”

“当主席，当主席！”会场上喊声四起，每一声呼喊都打在别兹包罗奇柯拱起的背脊上。

想不到竟在该死的池塘里栽这样一个大斤斗！相反别斯梅尔特内连一根汗毛也没有沾湿；他这支蜡烛究竟多咱才能点完？

尽管遭到这次意外的惨败以及设想由此产生的后果对他说来非常难堪，但远远不如另一件他竭力企图忘却的事更使他不安，那就是一九三七年他告发马尔柯这一节。他不是受到良心的谴责，不是因忏悔而苦恼，而是担心他的名字也会像切尔诺沃连柯的名字那样在某一次会议上被提到。这位侦查员居然在音乐这样不足道的玩意儿上头跌交子。也许他那时候也得完成计划吧？……

“怎么样，安东，是不是该准备移交主席职务啦？”加尔卡维老大爷问他，语气不带恶意。

别兹包罗奇柯哭丧着脸对他看看，默默地朝门外走去。

会后，基塞尔预料将有各种麻烦产生，他不悦地向包利森柯说：

“我对今天的会议很有意见。伊万·阿尔杰莫维奇，你毕竟太年轻……”

“我的履历上的确有这样一个缺点。”包利森柯无忧无虑地笑了起来。

基塞尔皱皱眉头，用手一摆，似乎在撂开笑声。

“我的直觉告诉我，马尔柯·别斯梅尔特内会给你带来麻烦，你将不止一次被他连累。别的不说，单是他谈到一九三七年的那些话就够呛！我们的国家安全局局长知道了这些谬论会怎么说呢？”

“难道您要把这件事告诉他？”包利森柯沉下脸问。

“我不说，别人也会告诉他的。你也知道，我们的局长性如烈火，行使职权铁面无情。”

“他的权力也太大了，超过了必要的程度。”

“既然你明白，为什么把妖精从瓶子里放出来？谨慎一些，在地上行走得时刻留神，否则很容易摔倒。在谈到缺点的时候，要再思再想，眼睛得看看左右两边。”

“干吗要这样东张西望？”

“因为有一句并非傻瓜胡诌出来的俗话：谨慎的人自有上帝保佑。当你提到缺点的时候，必须马上指出：总的来说成绩极其伟大，缺点只是个别现象。要不然，首先，这可能引起某人不满，其次，国外可能抓去当话柄，那时……”

包利森柯吉卜赛式的脸膛愤懑地涨得通红。

“谁需要这份……谨慎？谁需要？像您这样只会使坏蛋欢欣鼓舞，不但不能拔除莠草，反而为它们准备土壤。为什么我们必须自寻烦恼地顾及从一九一七年起就仇视我们的那部分外国舆论？”

“这是高级的政治问题。……”基塞尔又扮起深思熟虑的样子，“不要急躁，伊万·阿尔杰莫维奇，否则会碰钉子的。你才初出茅庐，我是识途老马。小心别斯梅尔特内今天所讲的故事害你也跟着倒霉。你的马尔柯在前线还可以玩一通民主的把戏，在这里必须把他的牙齿锉钝，舌头截短。光是他的模样就足以引起戒心。”

“连模样也成问题？”包利森柯感到奇怪。

“他脸上那股……怎么说呢？……那股坚持自己做主的神气你没注意到吗？”

“的确，那张脸不属于集体！”包利森柯忍不住说一句笑话，但这使基塞尔只是更加着恼。

“我不喜欢这种独立自主的面孔，更恰当地说是无法无天的面孔。有着这种面孔的人不大把别人的意志放在眼里。喔，这些乌克兰面孔我太熟悉了……我凭直觉预料，这个无法无天的人必定会给自己，同时也给你招来祸害。”

“为什么您说他无法无天?!”包利森柯发作了，“他到底不是彼得留拉分子，而是苏联英雄！他遍体没有完肤……”

“这还应当存疑！”基塞尔的神情含有深意，好像他还掌握着马尔柯的什么材料，但暂时不说出来。

包利森柯已经学会如何识破这种看起来莫测高深、实则用以掩盖委琐本质的可憎面目，因此他愤而向基塞尔发动攻势。

“那么您认为什么才是绝对的呢？谨小慎微、猜疑战术、恐惧哲学？可是我愿意看到自己的人、自己的土地摆脱这些死气沉沉的阴影。如果这些阴影早日离开我们，我们就会变得更美、更坚强、更团结。”

“这都是诗句、华而不实的词藻、鲜啤酒的泡沫。对于一个新进诗人说来是好的，但是对一个肩负重任的领导干部则不然，他应该在脑壳的两个半球上铭刻一条理论定律：越是接近共产主义，阶级斗争就越尖锐……我不想充当先知，但我要提出警告：伊万·阿尔杰莫维奇，小心你的脖子，它对你还有用，”基塞尔用长者的口气说，“去吧，用汽车把你的马尔柯送回去。留神别让他到时候把你从车上和马上撵下来。你瞧着，我的理论将在实践中得到证明。”

“您为什么这样攻击别斯梅尔特内？……是不是为您的亲戚辩护？”

“哪个亲戚？”

“切尔诺沃连柯。你们不是儿女亲家吗？”

“你怎么知道？”基塞尔立刻紧张起来。

“我听人们谈起过有关他的佳话……那么他跟您确实是亲戚喽？”

“呃，这无关紧要！”基塞尔紧绷着脸，但是他再也说不出一句有力的话。

第二十章

在郊外，傍晚的田野和阴影摇晃转动起来了，变得活跃了。在那些舒适的低地里，一片片平静的池塘闪烁着暗淡的银光；像在梦境里一样，鸟儿从那些池塘里飞起来，扑扇着翅膀在水面的上空和水里飞翔。一座座嵌入天空的风车耸立在山岗上，它们都睡意蒙眬地等待着，好似准备迎接某个人，并用它们那软弱无力的手抚摸他。

那些浴在月光里的孤零零的杨树和梨树动人地闪烁着点点金光，显现出浅蓝色，被烟雾遮住了。它们都陷入了那种美妙的、女性的凝神沉思中，那种凝神的沉思愉快而又惊慌不安地向远方逗引着，抹掉人与自然间的界限。谁知道，那边的一株幼小的、被雾珠一滴一滴地沾湿了的梨树从前不是一个姑娘？这株梨树没准是为纪念含着泪水去异国的姑娘们而生长在路边的。

马尔柯若有所思地望着这株梨树，不禁想起了女儿，便叹了口气。

"腿疼吗？"包利森柯驾驶着汽车，严峻地打量了一下别斯梅尔特内。只有眉宇间那唯一的一条颤动着的皱纹才表明他的同情。真的，在别斯梅尔特内的眼睛里，在他那略带浅蓝色的眼白中，那严峻的全神贯注的神色是这么强烈，以致其他一切色调都被这种神色给掩盖住了。"或者，开得慢点儿？"

"用不着，我的腿疼好了。"

"还没有好吧，"包利森柯斜溜了拐杖一眼，"咱们在各方面都太有耐心啦。"

"伊万·阿尔杰莫维奇，咱们应该要有耐心。"

“这是为什么？”

“如果我们单是在这一次战争中所遭受的一切痛苦都用嚎啕表露出来，那么，大概不但人类——连石头也受不了——而且山也会崩裂的！”

“这话似乎也对，”包利森柯若有所思地表示同意，“不过有一种卑劣的行为，不管你用生活中纯洁的美，或者用深厚的爱情，或者用无限的悲痛，或者用母亲的眼泪，或者用孩子的叽叽喳喳的话语，你都没法感化。只是这种粗野的缺陷是怎样产生的呢？”

“由于黄金多和财富多嘛。这些东西在大地的上空张开了死亡的暗影。在这样的晚上，咱们却谈着扫兴的话。”马尔柯朝高爽的天空瞥了一眼。天空中飞舞着星星似的灰尘，仿佛有人驾着几辆银色的大车驶过，或者有人在整片天空里散布着薄雾似的花粉。

“哦，马尔柯·特罗希莫维奇，您不生我的气吗？”包利森柯调换了话题。

“为什么？”

“因为我轻率地推荐您当集体农庄主席？”

“从你的介绍到结婚还有很长一段时间哩。”马尔柯含笑说。

“我想，不过您不会拒绝吧？”包利森柯探问地打量了一下别斯梅尔特内：谁知道，他会干出什么样的怪事来，这个勇敢的人头脑里转着什么样的念头呢？“您不会拒绝吧？”

“拒绝不难，可是重担应该有人挑，应该有人去搞经济领导工作。”

“啊哟，您似乎吹起牛来了？”包利森柯感到惊讶。

“去结这样的婚，干吗不吹牛：一只手拿的不是大圆面包，而是二十四万卢布的债务；而另一只手拿的是三分之一的休闲地。有个地方逍遥啦……今天这些过错还是别兹包罗奇柯的，明天却变成我的了。您会在各种会议上带头谈到这点，也会骂起我来，仿佛这一切都是我一个人搞的。”

“我会这样做！可是有什么别的办法呢？”书记惊讶地打量了一

下别斯梅尔特内，“不管儿子从父亲手里继承了什么，他总是管这些东西叫遗产。”

“谢谢这样的一份遗产。”

“您担忧吗？”

“干咱们农民的工作，担忧总是避免不了的。”

“又是哲学？”

“不，这是真理。难道今天我把麦子撒在土地里，就不为明天担忧吗？从这个时刻起，我已经担忧起来，怕遭受旱风和旱灾，怕遭受冰雹、大风和各种灾害。心里经常存着恐惧和希望。”

“别兹包罗奇柯却没有这种心情。您对他有些什么意见？”

“您怎么还不了解他？”

“我还不十分了解他。他的真面目今天才暴露。要知道，我认为：每个人的心脏都有两个心房和两个心室，可是别兹包罗奇柯的心脏却只有心室……”

“我们这里还有不少这样的只有心室的主席，某人很满意他们。”

“某人，这是指基塞尔吗？”

“即便是他，我也不表示异议。”

“您早已跟他争吵过吗？”

“我们一见面就争吵，可以说，我们不停地争吵着。”

包利森柯一笑也不笑，可是他脸上放出光彩，仿佛他勉强抑制着笑似的。

“这您干起来像打游击一样迅速。你们心情不相投吗？”

“我们未必会心情相投。要是您在路上不改变决定，那我就开始执行主席的职务。”马尔柯边回答，边一股劲地想要看清楚那在远远的田野上孤零零的一台还看不见的拖拉机——灯光的闪烁才表明它在干活，“眼下我最需要的就是这种东西。”他已经作为集体农庄的主席思考着。

“今天您很生基塞尔的气吧？”

别斯梅尔特内用探究的目光向包利森柯投了一瞥，突然在这个书记身上发现一种善良的和忧郁的东西。“看来，你不像初次相识时那么严厉可怕。”

“不，伊万·阿尔杰莫维奇，他不值得我生气。我简直瞧不起他和他整个家族。”

“原来这样！连他的家族也瞧不起啦？”包利森柯减低了速度，“您抓住了他的家族的哪一支？”

“我来告诉您。可您要想一想，推荐我当主席值不值得。不论是在众人面前，或是在田野上……我跟基塞尔是不会和解的。一看见真正的领导人，我的心扉就打开了；可是站在我面前的是一个基塞尔的时候，我的心就会发疼，像要发病似的。他甚至不是你叫他祈祷就会磕破脑门的那种人，他会污辱最神圣的东西。总有一天，学者或作家们都会在他们的著作里写下：十月革命以后，农村里都非常信任一切新来的首长，认为他们都不是普通人，而是革命的优秀分子。可是，正如各报所记载的，不久以后，由于发展的需要，其实并没有任何需要，首长却增多起来，而后来更多了。不良分子巩固了自己的地位，窃据着各种职位和办公室。基塞尔们也巩固了自己的地位，不是由于他们的功绩或劳动，而是依恃心机和欺骗手段。显然，母亲和接生婆都没有把大智给他们放在摇篮里，而他们，基塞尔们本人，也没有在读书或工作中获得很多智慧。可是他们只想窃据重要的地位，只浮在面上。为了使自己的地位能保持更久，他们开始不跟人接近，而跟他们疏远起来，恫吓他们，漠不关心他们的年龄和命运。基塞尔们获得了成功，他们因此得意扬扬，他们不跟人谈话了，而一味纠正人们的思想，训斥他们，乱骂人，乱扣帽子。基塞尔们竟然相信，不是关心人，而是他们的恫吓提高着人们的思想和田里粮食的产量。其实，他们造成了更多不应该发生的悲剧。因此，应该把基塞尔们当众，嗯，甚至作为对人的伟大的信任和革命瑰宝的盗窃者从各种职位上赶走。”

“赶走他们可不是那么容易呵。”包利森柯若有所思地说，一边转脸看田野里那台孤零零的拖拉机。

那片新耕的土地在汽车前灯浅蓝色的雾样的反光里微微晃动着，现在甚至可以看出，黑土低地里的那些犁沟闪烁着肥沃的油光。一个年轻的、嘴唇上露着笑意的拖拉机手刹住车，跳到地上，兴高采烈地向区委书记和别斯梅尔特内问好。

“雅罗斯拉夫，你在哪儿弄到了汽油？”包利森柯满怀希望地问，“难道晚上送来了吗？”

“不，伊万·阿尔杰莫维奇，他们没有送来过。”拖拉机手那饱经风霜的嘴角含笑地向上翘着，他的嘴像是两角朝上的一弯新月。

“他们没有送来吗？”包利森柯愁眉不展了，“你用什么耕田？”

拖拉机手仔细地打量了一下区委书记，接着那对含笑的眼睛移开了：

“暂时用我叔叔的混合汽油。”

“你的叔叔的？这样的东西他是在哪儿弄到的？”

“他，我的叔叔，是很有办法的。当德国鬼子从我们的村子里逃跑的时候，他自己也不知道为了什么，偷来了几桶索拉油，藏在自己的暖蜂房里。”

“谢谢你那机灵的叔叔。他真是好样儿的。应该拿些东西去谢谢人家的帮助，哪怕在报上把他提一下也行。”

“嗐——嗐，何必还要把他上报。这没有什么了不得。”拖拉机手的嘴角忧心忡忡地垂下了。

“这算什么亲戚！你对他有什么不满吗？”包利森柯惊讶地打量了一下拖拉机手。

“不，我对他没有什么不满，大概，他对我倒有些不满。”雅罗斯拉夫笑起来了。

“小伙子，你要滑头？得啦，你可要说老实话！”

雅罗斯拉夫搭拉着脑袋，一只脚在犁沟上移来移去。

“说吧，说吧，别用脚耕田啦。”书记催促他。

“这有什么可说的……伊万·阿尔杰莫维奇，我的叔叔不知道我在用他的索拉油耕田。”

“这到底是怎么回事？”

“我的叔叔，祝他健康，他是个吝啬鬼。所以我就……偷偷地把他从敌人那儿虏获的东西夺了过来。”

马尔柯咬着嘴唇，免得笑出声来；可是包利森柯继续严肃地追问：

“你找到了一个好工作。要是你的叔叔知道了，那怎么办？”

拖拉机手打起了精神。

“我想，他不会知道，我巧妙地……”

“他偷了人家的东西，还认为巧妙呢，”包利森柯禁不住微笑了，“你怎么巧妙地偷的？”

“得啦……您还要向大家介绍不成，这个经验可不值得介绍。”

“谈谈吧，谈谈吧。”

“我是这样干的：我并不把汽油拿完，剩了点儿，而把桶装满水。不露一点儿破绽。我的叔叔急急地奔去看自己的财产，他以为，德国鬼子撇下的就是这个样儿。我甚至还安慰他，叫他不必很难过。”

“你的叔叔有个好侄儿——心地善良，这样的侄儿不是一下子找得到的！”马尔柯放声大笑起来。包利森柯跟着他笑起来了，拖拉机手本人也跟着他们笑了。“伊万·阿尔杰莫维奇，您把这个富有同情心的人哪怕借给我两天也好！”

“您把查坡洛什的谢契召集起来啦？”

“我要跟这些谢契分子一起修补所有破洞。”

“雅罗斯拉夫，您用叔叔的汽油驶到马尔柯·特罗希莫维奇·别斯梅尔特内那儿去吗？”

“驶到别斯梅尔特内那儿去？就是那个人吗？”

拖拉机手脸上喜气洋溢，他兴致勃勃地打量了一下马尔柯。

“就是那个人——哪一个？”书记问。

“嗯，让别兹包罗奇柯在池塘里洗过澡的那个人吗？”

“就是他。”

“我要去！试一试嘛！”拖拉机手兴高采烈地表示同意。

第二十一章

当天晚上马尔柯去找养蜂人齐诺维·戈尔季延柯。这个年迈的养蜂人有个时候不但看管过蜜蜂，而且看管过荞麦。现在应该去跟他一道研究一下，怎样种荞麦，在哪儿种荞麦好些。

在戈尔季延柯的院子里摆着几只新蜂箱，一口发黑的旧钟仍旧吊在那些蜂箱上面的一根横木上。马尔柯在这口钟旁站住了。科托夫斯基的战士戈尔季延柯的这个战利品使他回忆到那些久远的年代和久远的青年时代。他也回忆到那个年轻的女教师，他们村子里的一切都使她大为惊奇过。这一切早已过去了，只留下了一个令人不安的和不寻常的回忆。

马尔柯伸过手去碰了一下钟，又轻轻地摇了一下钟锤，这口还不多久在泥土里变黑了的铜钟发出一阵低沉的唱歌般的声音。

还在四一年，当战火逼近村子的时候，齐诺维·彼得罗维奇把这口钟埋在院子当中。他边埋钟，边对邻居们说：

“现在不得不干这桩白费力气的事。嗯，钟可以埋入和掘出，但必须把法西斯主义埋葬。我的这口钟还要给法西斯主义敲丧钟呢。可不是，大家将会过好日子，钟也会有好日子的。”

“大家都埋着东西，可是我的老家伙想出了什么玩意！”赫莉斯嘉大婶埋怨着，“年纪那么大，却像个小孩儿……”

戈尔季延柯的土窑里吵吵嚷嚷的。人影在小玻璃窗里晃动着。马尔柯打开了门，看见靠桌子坐着男主人和女主人、叶甫敏老大爷、瓦西里·特里迈伏达和他的玛丽雅大婶、队长杰米扬·萨莫依连柯、索菲雅和迦琳娜·库希尼连柯母女俩、奥美良·柯尔日、彼得罗·盖舒克、眼里含笑的美人儿奥尔迦·包依楚克，她的两颊上笼罩着一层薄薄的三月的雾，稍为过一会儿会换上一片雀斑的。赫莉斯嘉大婶头一个跑到别斯梅尔特内跟前去，脸上浮出微笑，可是睫毛上却挂着泪水。

“马尔柯，晚安。请坐，孩子，坐到桌边去。谢谢你劳驾，我们这儿有喜事哪！”

“有什么喜事？”

“难道你没听见吗？”赫莉斯嘉大婶惊奇地，甚至有点儿受委屈地把两手一摊，可是在她那像树根一般分开的许多皱纹里却浮出和善的微笑。

“马尔柯，她认为，如果她的儿子当上了将军，那么全世界立刻得知道这件事。”齐诺维·彼得罗维奇嘲讽地说。

“没准儿全世界会知道他！他还不满三十岁呢，可是已经是个包兵（炮兵）将军了！但是你呢！”她鄙夷地打量了一下丈夫。

“要是我没有那么早就跟你结婚，没准儿我已经是个元帅了。”

“对呀，齐诺维，对呀，女人是我们这些人的最大的绊脚石。”叶甫敏·迪卞柯应和说。

马尔柯拥抱了赫莉斯嘉大婶，并把她吻了一下。可是这会儿她没有垂下头来，也没有用手掌去掩住眼睛，却幸福地和感谢地望着远方——她的儿子正在那里打断法西斯主义的脊骨。

“请坐，将军太太，马铃薯要冷啦。”齐诺维·彼得罗维奇又那么含讽带讥地向她摆摆头，并对客人们说，“现在，将军太太们是什么样儿的？你们看我的妻子，脚上蹬的是汽车轮胎内胆做的套鞋，两手皴裂得像泥土。还有什么不美啊？”

赫莉斯嘉大婶看看自己身上那件不漂亮的衣服，又看看脚上的鞋子，不禁笑起来了。除了齐诺维·彼得罗维奇，大家都笑了。齐诺维·彼得罗维奇虽然说着挖苦话，可是心里却以自己的儿子自豪。老头儿站起来了，跟马尔柯握手问好，并沉思地说：

“现在多了一桩心事：我的儿子当了将军啦。”

“这算什么心事呀？”马尔柯含笑说。

“我相当担心哪，”老头儿坚信地说，“还只有二十八岁，怎么能算个将军？既没有一撇灰白的唇髭，又没有一部银丝般的大胡子！连大肚子也没有。法国人写过文章，说他不是按照常规击溃德国人的。法国人——他们是个重要的民族！”

靠桌子坐着的人们又笑起来了，可是戈尔季延柯却摇摇头，沉吟了一下，走出土窑去了。大家都肃然静下来，仿佛等待着什么似的。不大工夫，屋外响起了复活节的钟声。

“祝贺你的儿子吗？”马尔柯问。

“祝贺你啊，”赫莉斯嘉大婶回答道，“祝贺你当主席嘛。我们已经知道啦，区委会里人们都这么说。世界上是有真理的。”

“世界上并不是只有像别兹包罗奇柯那样的家伙；可是他们都紧抓职位不放，好似刺实植物。”高额角、尖脸儿的杰米扬·萨莫依连柯说，他的嘴唇上流露出固执的神情，眼睛里闪烁着含敌意的光芒。

齐诺维·彼得罗维奇带一只还没有完工的自编的大筛子进土窑里来交给了马尔柯。

“搞新的生产会有用处。你没有忘记这是做什么用的吧？”

“筛荞麦用的吗？”

“对呀！”

“您谈谈荞麦吧，荞麦怎么个种法。”胸部高耸、长着两条好像描出来的漂亮眉毛的奥尔迦·包依楚克请求道。

“马尔柯·特罗希莫维奇会谈的。就让他这样开始新主席的职务。”

“我没有当主席。”马尔柯把手一挥。

“你别太自高自大！”叶甫敏呵斥道，“你谈谈吧！甚至有人还不知道荞麦的一根茎上开几朵花。”

“齐诺维·彼得罗维奇最熟悉这个，因为夏天他不离开荞麦田。”

年老的养蜂人打量了一下姑娘们。

“饶舌的姑娘们，你们可要记住：普通荞麦的每根茎上大约开三百朵花，可是在良种的荞麦的每根茎上常常开六百朵之多。从前有个时候我和马尔柯·特罗希莫维奇一同计算过。这样的茎是从高产的种子里生长出来的——这种种子供给植物养料，使茎长得又高又结实，获得丰收。我编了这个大筛子是选颗粒大的种子用的。可惜，我们都没有学习过荞麦栽培学。”

“姑娘们，你们那几个小队活儿干得怎样？”

“不好，马尔柯·特罗希莫维奇，谁也不对我们像人跟人那样说话。只挨骂，”奥尔迦·包依楚克回答道，“甚至不给各小队指定土地。我那块已经搞得最好的土地倒分给了沙伏拉的家属。”

“你在种甜菜吗？”

“在种甜菜，我可不喜欢甜菜。”

“为什么？”

“一半甜菜去酿造‘三叶牌’白兰地了。喝了这种酒，连泪水也会变模糊的。”

“只有我们的蔬菜队的情况还不算太坏，”杰米扬·萨莫依连柯向玛丽雅·特里迈伏达摆摆头，“这个队里种子也很充足。那些温室里都已经一片翠绿，黄瓜和番茄都比人家生长得早。蔬菜也搞得很好。”

“这反正得不到什么好处：力气都白花，”寡妇伤心地说，“马尔柯·特罗希莫维奇，一切希望都寄托在您身上。”

“假如有蔬菜，那就有希望，”马尔柯含笑说，“齐诺维·彼得罗维奇，您那儿荞麦多吗？”

“眼下只有痛苦很多。蜜蜂毁于战火，荞麦也毁于战火——集体农庄的仓库里没有荞麦了。我不得不向那些在自留地里种过荞麦的邻居们去征粮。我这样做，人家会骂我吗？”

“哪会不骂。您从人家的嘴里抢走了最后的一些东西。”叶甫敏老大爷说。

“最后的一些东西，”戈尔季延柯点点头，“战争使我们变穷了。

贫穷攫住我们不放。因此，我们都应当同心协力消灭穷困，也要整顿田间管理。老婆，你还有留给将军吃的黄瓜吗？”

“现在他的凝乳也要变成将军的了。好人们，大家吃菜吧，还得请你们原谅，我的这个懒鬼在这样的好日子里却没有请你们吃用自己种的荞麦做的春饼……”

月儿已经下沉到地平线上了。当马尔柯告了别，悄悄地一拐一瘸地向集体农庄的温室走去的时候，村子里已经一片漆黑。在他的头脑里翻腾着各种生产领导计划。也应该考虑到很快地弄到资金。只有早熟的蔬菜才能提供这笔资金。

在低地里，那些温室的头一排玻璃窗都闪着暗沉沉的光。马尔柯小心翼翼地在一扇玻璃窗跟前蹲了下来，把它稍稍抬起，那些稚嫩的番茄幼苗的一股又暖和又潮湿的气息沁入了他的肺腑。另一扇窗的玻璃十分暗。马尔柯取出一盏灯照了一下，不觉大吃一惊：有几百个人从那块很暗的玻璃里望着他。在他们中间，他认出了朋友们和邻居们；认出了活着的人们，也认出了死去的人们。他们死后还在为活着的人们把太阳的热能集中起来……可是，亲爱的朋友，你活着，因此，你要想一想，并要照活着的人所应做的那样行动起来……

第二十二章

几条冬穴鱼的那些死气沉沉的眼睛都呆板地望着别兹包罗奇柯；沙伏拉的目光也是那么呆板。

“安东，你叫我们依靠谁，依靠谁啊？”略有醉意的仓库保管员用他那双草耙样的胖手抱住了头，嘟嘟喃喃说。他那长满胡楂的脸上流露出醉汉的苦闷神情，那野梨样的小鼻子痛苦地颤动着。“你叫我们依靠谁啊？”

“嘿，他像死了人一样哭起来了，”马穆拉瞪了他一眼，鄙夷地做了个鬼脸，“你最好想个办法，起个卦，怎样才能让我们亲爱的安东·伊万诺维奇保住他的职位，要不然，事情就难办了。应该好好儿动一下脑筋，把自己的亲戚和朋友团结起来，改进一下群众工作，在大会上让自己人都坐在角落里，来表示发言民主。安东，你觉得怎样？”

“弟兄们，现在这个办法行不通啦：时代不合适啦。得现实地考虑一下。为你们的健康干杯。”愁眉不展的别兹包罗奇柯不失尊严地举起酒杯，碰过杯后，就喝干了，喉咙里咯咯咯地响，嚷道：“火辣辣的！”

“这杯火辣辣的酒浇不灭你心头燃烧着的东西……安东，难道你就罢手，就这样认输了吗？”沙伏拉拿餐叉戳鱼眼睛，“难道你就认输了吗？”

“朋友们，没办法啊，我并不愿意，但不得不如此。”他悲痛地举起双手，“问题不在于马尔柯将坐我的位置，而在于得快些把他从我的职位上推下去。在领导工作上不犯错误，没有缺点，不搞得过火或不足，这样的主席还没有出世哩。说实在的，咱们如今应该抓住这些……”

“他还没有当主席，抓住他什么？”不大聪明的沙伏拉感到惊讶。

“咱们要抓住还留在农庄里的尾巴。抓住这些尾巴，用死结把它们捆住。”马穆拉用教训口吻说，“你只要想一想：马尔柯现在用什么播种，怎样播种？你就抓住播种工作上的缺点。用口头或书面向各上级机关去反映，你要为真理而斗争！”

听到最后几句话，沙伏拉甚至微笑了。“‘真理’这个词儿对托陀赫·马穆拉是很不合适的。你瞧，他说这样的话，并不觉得害臊。看来，十足是个厚脸皮！”仓库保管员想挖苦一下马穆拉，可是这当儿别兹包罗奇柯开腔了：

“朋友们，你们别发愁，可是你们要把火药保持干燥，这会有用处的！说实在的，现在不当主席对我甚至更有利。现在的一切麻烦事情都留给马尔柯去搞，让他在各上级机关里和各报上挨落后的批评，让他累死，那么我们东山再起的时候就到来了。”

“您倒有个部长的头脑。”马穆拉赶忙接嘴说，不禁笑了起来。

“不管是什么样的头脑，反正是长在肩上。”别兹包罗奇柯并不夸大自己的功绩，“所以，说实在的，咱们现在应该退却，不过这只是有计划的退却，免得阻碍前进的道路。你们去准备各种凭证，可要搞得很仔细，不露破绽。要是有问题，那你们就得设法弥补，按照内行的说法，要做到毫无毛病。而且谁知道，将会有什么样的人来我们这儿突击检查。重要的是要做得首尾相符，不露破绽。哦，我们从集体农庄里牵来的那几头母牛今天都得归还，你们马上就去告诉家里人。这不应该傻里傻气地感到肉痛和犯自由主义！”

“那么，现在牧场也会有牛奶了，”沙伏拉做出不满的样子，说，“难道奶牛不能不还吗？”

“不能。”别兹包罗奇柯断然说。

“哎哟，我这个笨脑筋！怎样把这几头母牛牵到牧场去呢？在全区丢脸么！”沙伏拉喊叫起来，又用双手抱住了头。

别兹包罗奇柯安慰仓库保管员：

“这算什么耻辱？你的观点不对头，所以那种事情你不懂，也想不到。咱们不过让那几头母牛免于饥饿——免于饥饿，现在规规矩矩地把它们归还给集体农庄。咱们帮了集体农庄的忙。”

“可不是嘛！”沙伏拉惊讶地用鼻子哼了一声，说，接着又冷笑一声，过了一会儿，又拧紧了眉头，“还给他们这样的一头母牛！它的乳房有桶那么大呢！安东，可以用我自己的一头去代替吗？”

“不行。暂时要牺牲一下。”别兹包罗奇柯严峻地把他打量了一下，“狐狸是自己的尾巴害死的；可你也会被母牛的乳房害死。你别从你所处的地位来考虑，你要准备受检查。嗯，免得你舍不得把自己的一头母牛交出去，我带头，先把我的一头牵走吧。”

“什么时候？”

“立刻就牵走。”

三个人都从桌边站起来了，往院子里走去。别兹包罗奇柯果决地向铁皮顶的大棚走去，解开一头散发着牛奶和草地的气味的良种母牛的拴绳，举起一只穿着靴子的脚轻轻地把它推了一下，就牵往大门口去了。

“米龙，说实在的，就是这么干，”他转身对庶务主任和仓库保管员说，“大门打开啦，宝贝，走吧。米龙，你要铲除意识中的遗毒，把母牛牵走吧，免得坐牢。”别兹包罗奇柯甚至冷笑一声。

沙伏拉啐了一口，悄声骂了一句，拱着背，跟在母牛后面走了。

“安东，您怎么一点不可怜这头创造纪录的母牛？”马穆拉悲怆地摇摇头。

“怎么不可怜？只不过我的头脑还不糊涂。咱们不应该做傻瓜。托陀赫，照我的话办吧，不要转弯抹角，直截了当地说吧。哦，你去准备自己名下的凭证，顺路关照迦琳娜开汽车来接我。”

“你要走啦？”

“去找邻居们唱歌儿……还有各种事呢。我要不当主席了。”

他跟马穆拉告别了，各种不愉快的思想在心里翻腾着，走进房子里去了。那些冬穴鱼的死气沉沉的眼睛呆板地盯着安东，他深长地叹了口气。

“我要不当主席了。”他又说了一遍。

当汽车的喇叭声在街上轻轻地响起来的时候，他熄灭了灯，从房子里走出去了，可是突然踌躇起来：他去找萨符拉迪姆·卡普斯姜斯基呢，还是放弃这个主意？可是事已迫在眉睫，怎么可以放弃呢？他默默地坐进驾驶室，向姑娘斜溜了一眼——这个傻丫头在嘲笑主席没有？他吩咐开到青门村去……这个村子有什么不好呢？村名也怪好听的，四周是一片花园，好像是在一个花环里似的，人也都比较好静。不论是叶甫敏·迪卞柯，或是杰米扬·萨莫依连柯都奈何你不得。他以为，既然他在坦克里没有被火烧死，那他就可以为所欲为?!

一长列仇敌在别兹包罗奇柯的眼前掠过，这些人都会在总结选举大会上揭发他，激烈地批评他。那一天应该派他们中间的某个人到州里去。嗯，有些人是可以用狡猾的办法封住口的。到处都得使用手段。

安东·伊万诺维奇心里转着这些念头，驶近了萨符拉迪姆·卡普斯姜斯基的大门口，他在门槛跟前悄悄地向左面回过头去吐了三口唾沫，含笑地走进去了。

“啊，媒人来了！”萨符拉迪姆·格里高里耶维奇含讽带刺地迎接他。他甚至穿着皮短大衣坐在家里还觉得很冷，“也许，你已经说服别斯梅尔特内同意上我们这儿来吧？”

“我可劝不动他，”别兹包罗奇柯遗憾地回答道，“果真不出您所料：他不愿搞小农庄。”

“啊，这是他自己的事，”萨符拉迪姆·格里高里耶维奇感到遗憾，“什么时候才会有人来接替我的工作？工作这么繁重，我的身体吃不消啦，会搞垮的。哎呀，年纪啊年纪……从前我常常骑最倔强的公马，军刀在手里不住地呼呼作响，闪闪发光，从犁沟里不费吹灰之力一下就拔出犁，用一个肩膀就能推翻满载圆木的大车。给人力气可是不会把人送命的大夫上哪儿去找啊？”

“没有这样的大夫，而且也不会很快就有，”别兹包罗奇柯深信不疑地回答道，“在切除和截短人体方面，他们有丰富的经验，可是增进人的健康——他们就没有这种本领了。他们没有这种滋养人的好养料。”

“你所说的养料倒很有意思，”老头儿伤感地表示同意，“可是这往后也会有的，你把这种增进健康的养料吃个饱，在土地上像太阳在天空中那样走一会儿……你上这儿来有什么事吗？还是你仍旧想帮忙？”

“如果您愿意，我可以帮忙。”别兹包罗奇柯说，还是提心吊胆的。

“谁会拒绝人家的帮助，”老头儿脸上放出光彩，“说吧，你有什么事？”

“不好意思说，可是我告诉您：我愿意做你们的入赘女婿。”别兹包罗奇柯突然脱口而出。

“怎么?！”萨符拉迪姆·格里高里耶维奇惊讶地把他打量了一下，“你想到我们这儿来当主席吗？我没有误会吧？”

“对。您应该退休啦。我以同志的身份对您说。”

“那么往后我躲在你的背后休息吗？”老头儿的眼睛睁圆了，他靠在墙上，放声大笑起来，笑得大胡子也抖动了。

别兹包罗奇柯不觉一怔，现在他也觉得发冷了。

“难道这很可笑吗？”他气愤地撇着两片厚嘴唇。

“我觉得可笑，可你就觉得伤心，”卡普斯姜斯基捧住了肚子，“哎呀，我再也不能……别兹包罗奇柯关心我的退休了……你不要撇嘴，也别生我的气。请你原谅老头儿，可我也不会让你在我们的集体农庄里当看猪人。”

“你们的这个农庄有什么值得这么自豪？您用黄金和白银使你们的农庄得到了幸福吗？”别兹包罗奇柯愤愤地说。

“如果你有时间，请听着，我告诉你。”卡普斯姜斯基终于平静下来了，鄙夷地打量了一下客人，“你听着，并要记住。大家当面很少谈这样的事。我认为，搞实际需要的事业的人应该高高兴兴地搞这个事业。喂，你想想看，你高高兴兴地搞过什么吗？你什么也干不来！你不是种粮食，而是从土地里榨取粮食。你也不是高高兴兴地吃粮食——你的粮食是偷来的。虽然我是个犯了病的老头儿，我不会再有你的年纪，可我总是很高兴——不论是人，或是土地，或是草地上倒伏的草，或是天上的星星都使我感到高兴。我虽然快要死了也不让你为所欲为——你是个心地不良的人，毒辣的人！连替你干活的人你也不喜欢。你害怕他们的目光，害怕他们的话语和笑声。谢甫琴柯早就说过：‘坏人在这个无限广大的世界上找不到一所欢迎他的房子。’你要牢牢记住这句伟大的真理。你家里也没有欢乐，因为这所房子和它里面的一切东西都是用不正当的手段弄来的。我怎么能让你去管理公共财产呢？你马上想到的不是怎样增加公共财产，而是怎样偷公共财产，怎样用一批狡猾的家伙和马屁鬼来代替正直的勤劳的人；你还着手连根砍除人类的希望和欢乐。别埋怨啦，别撇嘴啦，请听听老头儿的话吧，你自己写你的判决书吧，要不然，人家早晚会给你写的……老太婆，把我们所有吃的都端来放在桌上，让安东·别兹包罗奇柯吃晚饭。我还要以邻居的身份跟他谈一谈人是怎样变好的。也许我们会想出什么办法来。”

“我什么也不要——不跟您谈话，也不吃晚饭。你们自己吃吧！”气呼呼的别兹包罗奇柯霍地站起来了。

可是卡普斯姜斯基的妻子已经端着一个钵子迎面走来。钵子里盛着鱼。那几条梭鱼死气沉沉的眼睛呆板地凝视着别兹包罗奇柯。

第二十三章

安东·别兹包罗奇柯上马和下马已经不止一次，多年来，他已经习惯于把这看作某种规律。他被选为主席的时候，自尊地高高昂起了头；在改选的时候，他那苍白的脸上也自尊地流露出一副受了不公正的委屈的神情，对真挚的或假意的同情只用一句话回答：

"难道你能满足我们这里的人吗？"

他最喜欢开那些不举行改选的总结选举大会。心坎里有时有一种温暖的、像自己的家一样的东西在搅动，虽然周围进行着暴风雨般的激烈的发言。在这样的大会上，他乐于尊重批评，答应努力做到某事，在某方面作改正，各处都进行改革，努力克服各种缺点。可是以后还是老一套：有人指出了缺点，批评了他，他就用战斗精神接受批评，进行自我批评，利用着什么，在工作中和在报告中想出了些办法，打击某些批评他的人，用狡猾的手段封住某些人的口，在工作上提出新的保证——谢天谢地，这些都是不用花钱买的。

当他落选的时候，他就不安起来，但他并不悲观失望，因为在未来的迷雾里，他已经看到新当选的主席将要下台，而他将重新上台。对安东来说，在这些不愉快的时间里，最难受的时刻是他交出印章这个时刻。某个爱说闲话的人甚至挖苦说，在别兹包罗奇柯看来，印章是他的第二颗心脏。只有不了解印章是什么东西的人，才会这样不怀敬意地谈论它。

可是今天他把印章特别重地放在桌上。也许因为大会是在教堂里召开的，人们、上帝和魔鬼，都目睹着主席可耻的下台。意识中残余的迷信的恐怖有时会使安东·伊万诺维奇惶惶不安，特别是当他跟眼睛里闪烁着地狱里灼热的反光的恶魔们的目光碰上了的时候，虽然他身边出现了穿着司祭内长袍的赫里山蒂神甫那令人敬畏的身形。神甫在总结选举大会上要干什么？啊，他是怕教堂的器具失窃……别兹包罗奇柯跟不上自己的思想，他今天的发言比他的口才要拙劣得多。有个人在他身后舒畅地打了个呵欠，接着大声说：

“你的话这么多，我们听得累死了。蠢话说得够啦。”

“别打岔！人家在这么困难的时期里工作！”从各个角落里传来了别兹包罗奇柯的拥护者们的声音。

“他这么忙于工作和营私舞弊，以致看不见世界，也看不见人。”

“你亲眼看到吗？瞎掉你的眼睛！”

“我亲眼看到安东盖起了大房子，还有几个傻瓜跟他在一起。”

“哈——哈——哈！”

“安东，你把圆锥[①]放在桌上吧！你利用集体农庄进行投机，干得够啦！”

别兹包罗奇柯的两肩抽动了一下，他不作声了，两眼凝视着地狱，控制住自己，草草地结束了发言。接着他把手伸入口袋里掏印章，折着腰，把印章放在桌上。但伸手去拿印章的不是马尔柯，头一个拿印章的是叶甫敏老大爷，他用一只好怀疑的眼睛瞄准一下，放肆地把印章在一只手掌里转了转，又拿到鼻子底下嗅了嗅。

“有什么味道吗？”瓦西里·特里迈伏达在旁边问。

“有甜菜土烧的味道，也有香槟酒的味道。”老头儿一本正经地回答道，一阵大笑在周围哄然而起。

别兹包罗奇柯又愣了一下，虽然这归根到底并不那么糟：发笑总比发怒好些。没准人们笑笑就会忘记复查的？但愿这片乌云会过去。他苦闷地端详了一下大家和圣徒们的脸，他最怕规定以外的检查，他自己也不知道，这种检查会揭穿什么。

可是事情顺利地过去了。不论是包利森柯，或是别斯梅尔特内本

---

① 意指印章。

人，都没有想到进行复查。别兹包罗奇柯心头觉得轻松些了：不用拍卖自己的房屋了。房子盖得太早啦！等一二年就好了……

马尔柯简短地说了几句，在发言中甚至没有提到前任主席的姓名，在座的人们和别兹包罗奇柯本人因此都觉得奇怪。

“他还是有点儿怕我。”安东按照自己的想法来理解这种情况。

“不管集体农庄主席是什么样的人，没有你们这批人，没有你们的协助，没有你们的真心诚意和宽宏大量，他起不了什么作用。只有跟你们同心同德，他才是个主人。没有你们的协助，他只是个伙计。可是土地不喜欢伙计，虽然他们得到比真正的种田人更多的劳动果实。可是这样的伙计所得到的粮食和蜂蜜吃起来都是苦的。”

“别兹包罗奇柯没有皱过眉头。”后几排座位上有个人回答道，人们都笑得摇头晃脑。

尽管如此，马尔柯却没有抓住这个容易做的题目——把前任主席讽刺一番。

“我不想吃从你们嘴里抢下来的面包和蜂蜜，这样的蜂蜜是有毒的。如果你们真心诚意地支持，我希望，并且保证，今年每个寡妇和孤儿都会有面包吃。”

“特罗希莫维奇，我们都不怕干活，只要收割后不把我们忘记，可是他们要等到农忙开始后才会记得我们。”寡妇索菲雅 · 库希尼连柯抱怨说。

“索菲雅大婶，我们不会忘记你们。目前咱们很困难，”马尔柯继续往下说，“国家也有困难嘛。可是我们都很高兴，因为我们的战士已经有一只脚踏着胜利的门槛。你们生产的最珍贵的粮食也创造了这个胜利。国家和各族人民永远忘不了你们用血汗所生产的粮食。今年要获得粮食也不容易哪：我们连种子也不够，没有牲畜耕种土地。铲子——去它的——还会很久地使妇女和姑娘们的手磨出老茧。可是我们不惜任何代价要把全部土地耕完！我们会长大起来的，虽然有困难，但是会长得很结实的。如果我们大家齐心协力，我们今年就会有粮食，两三年后粮食就会富足。依我想，好好儿干两三年，往后咱们会回想起来，并会感到惊奇的：难道在一九四五年我们还是那么贫穷和饥饿？但愿随着我们对法西斯主义、对歪理的伟大胜利，克服贫困的胜利会到来得更快！”

马尔柯的最后几句话淹没在一阵友好的鼓掌声中。他觉得大家都相信他，但又觉得包利森柯不赞成他的发言中的某一点：这可以从区委书记那阴忧的、略带蓝色的眼白中看出来。可是他不赞成什么呢？

第二十四章

新管理委员会会议结束后，最后走到院子里去的是包利森柯和别斯梅尔特内。

月夜那迷茫的银白色在大地的上空微弱地时暗时明，而在黑杨的树影后边的土地上盖着一片片云影。银河从两条支流里把自己的种子径向遥远的田野撒去，升起了一片星星似的迷雾。那片淡紫色的高不可测的天空显现出夜和寂静的无瑕的完美，在这种完美中有一条肉眼看不见的小溪，它一会儿抽噎，一会儿像孩子吃妈妈的奶似的咂嘴，一会儿生某人的气，一会儿柔声絮语。在它那戛然中断的嗓音里，在少女般温柔和孩子气的热情的表露中带有一种可爱的和天生的纯洁。

“多么美啊！”包利森柯仰望天空，“要是土地和人没有遭受战祸，我真想唱唱歌儿，欣赏欣赏呢。上车吧，马尔柯·特罗希莫维奇，我送您回家。”

“送我回家！还是在田野上兜兜风吧，我哪怕看看田野怎样呼吸也好。”

“我们就瞧瞧田野怎样呼吸！”区委书记赞同地微微一笑，“您已经在考虑啦？”

“我考虑是在考虑，可是没有多大意思。”马尔柯叹了口气。

“有什么顾虑吗？”

“最伤脑筋的是播种。拿什么耕田呢？让土地休闲到什么时候呢？”

“眼下有多少人为这个问题伤透脑筋呵！真不得了，乌克兰又出现了熟荒地和在可耕种的土地里没有生长过的野草……我没法安慰您……您自己设法解决吧。目前国家也没有力量帮助您——国家也很困难。”

“啊，很困难，”马尔柯又叹口气，坐进了汽车，“但过不了多少时候，一切都会像梦一样消逝的。生活到处占着优势，大家都会感到惊讶：我们经受了战火，却没有丧命；我们都活在世上，我们所吸取的不是霉菌，而是土地的汁液；我们挺直了腰板，在一切废墟和火烧场上复兴起来。”

“马尔柯·特罗希莫维奇，在这个夜里，您应该写些诗。”包利森柯驶到了道路上，小心翼翼地在黑杨树间绕着行驶。

“可我昨天夜里已经写过诗。”

“真的吗？写了些什么诗？”

“关于当前最重要的题材：每公顷番茄、黄瓜和葱能使我们得到什么。这样的诗您觉得怎样？”

“在现阶段，这些诗是合适的。您怎么一下子想种番茄和葱？”

“蔬菜——这是不稳固的收入，眼下我们还没有稳固的收入。有的是急需偿还的债务。往后得依靠妇女的劳动——用蔬菜——来偿还这些债务。”

“用铲子和小锄吗？”伊万·阿尔杰莫维奇咬住了嘴唇。

“对啊，用铲子和小锄，靠双手的老茧，甚至靠新出现的皱纹。对我们大家来说，这个年头是困难的，而对妇女们来说，是最困难的年头。我们要委屈她们一下了。”

“幸好还有可以委屈的人。”包利森柯悲怆地眯起了眼睛。

“您说什么？”马尔柯不懂他的意思。

“你不懂吗？……我说我的妻子和你的妻子。”包利森柯突然用“你”相称。

“您的也？……”马尔柯睁大两眼，望着那张阴郁的、仿佛用块黑石雕成的脸。

“我的也……”书记声音嘶哑地说。他脸上没有一条皱纹颤动过，痛苦像块冰似的把他封住了，在他的眼里闪烁着冰冷的目光。

那些黑压压的、古老的菩提树在大道两旁那透明的雾样的月光里像幻象一般掠过。在它们那默默无言的轮廓里，在低垂的、沾着露珠的树枝上渗透了丧了亲人的母亲的悲哀的泪水。哎呀，叶卡吉琳女王时代的这些菩提树，这条宽阔的大道。这儿发生过多少桩悲痛的事呵。包利森柯向别斯梅尔特内转过脸去：

“我知道你的妻子是怎样死的……她的歌声同她一起被枪杀了。而我的妻子同还在腹中的孩子一起被烧死了。她怀胎七个月了，满希望给我养个儿子，养一个不是像我那样的吉卜赛人……房子被浇上了混合燃料，他们拿火炬燃点着屋檐纵火，用自动步枪向每个窗户射击……我的妻子长得这么美，按理来说，火焰不应当把她烧死……我跟你的亲人就是这样死的……”

在低地里一个把不安静的月儿掩藏在黑暗的深处的池塘旁，包利森柯停下了汽车。他们默默地下车，并默默地向岸边走去。岸上已经长出了怯生生的草。他们彼此没有什么可安慰对方的话——话语会使他们更加激动。现在使他们感到焦急不安的只不过是各种念头、各种回忆和各种幻象，而那些急待解决的日常所操心的事——耕作、播种、蔬菜和汽油，也使他们烦恼不安。

“我们缺乏耕田和播种谷物的汽油，可是法西斯分子们用汽油烧死人。”可怕的篝火的那些凶猛的魔爪在马尔柯面前举了起来，一个漂亮的女人的形象也在他面前浮现出来。按理来说，火焰不应该把她烧死，但是火焰把她烧死了。火焰既不怜惜美，也不怜惜怀孕的妇女。可是大家都不知道这件事，如今他们还觉得奇怪：包利森柯为什么脸色那么阴郁，目光那么严峻。

“咱们就这样成为渐渐衰老的鳏夫。”包利森柯把一只手按在他的肩上，这个姿势告诉了马尔柯许多事情，“可是我们活着，使我们活着的不是各种痛苦，而是各种希望。你怀着更大的希望。”

“真的吗？”马尔柯感到惊讶。

“你希望跟女儿见面，可我见不到什么人了。但愿战争快些结束。”

他们踏着柳影走去，月夜的幻景在柳影间微微晃动着。他们走到了栽植着一列类似槭树的树木的坝上，一对小鸭子宛若两块黑黝黝的东西离开了水面，从它们的翼膀上掉下水来。鱼儿在深处用尾巴泼水，激起了一个个圆圈，它们互相追逐着，荡漾到岸边去了。

“马尔柯，你要在低地里播种什么？”

“我将要播种大麻，想不出更好的作物。”

“种子够用了吗？”

“哪里有种子！别兹包罗奇柯的一帮人把它们偷光了。可是他们把罪迹掩盖得很严密，检查不出破绽，明天管理委员会要挨户去串门。我们就要开始一点一点地搜罗种子。”

“我们会给您送来最优良的亚麻。不是亚麻，简直是桩喜事。”

“谢谢。我将会拥有三个台柱：蔬菜、大麻和亚麻。”

“您要还债吗？”包利森柯眯起了眼睛。

“我希望如此。”

“你嘴上这么说，可是心里想的是伟大的计划吧？”

“你说得对，假如获得丰收的话。”

“这是庄稼人的谨慎吗？”包利森柯看着马尔柯的眼睛，“嗯，今天主席在大会上没有吹牛吗？”

“他不喜欢这一套，”马尔柯回答说，仿佛不是谈着自己，“他用不着吹牛。”

“那很好。可是你当真相信，两三年后你能够实现在大会上所描绘的那种情景吗？还是在加冕典礼上说这么几句敷衍一番，头一天当主席就想自吹自擂骗人？”

别斯梅尔特内的脸沉下了，他从包利森柯身上移开了目光，望起平静的水面来，在水下深处，云彩、月亮和星星微微抖动着。

“新主席没话说吗？”

“伊万·阿尔杰莫维奇，我保持缄默。”

“如果你叫我伊万，咱们的友谊会更牢固。哪怕等到你还清你的债也好，咱们为亲密的友谊去喝一杯。”

“已经是‘我的’啦？我可记不起来，我什么时候借过债。”

“今天晚上嘛。这样看来，你自己并不相信，两三年后，你们村子的人会忘记他们从前过的是什么样的穷日子？”

“我相信而又不相信。”

“这算是回答嘛！外交辞令！”包利森柯不满地扬声说，“你耍滑头啦？在大会上是一种人，对我又是一种人，而心底里却是第三种人。这一切是怎样在你那聪明的头脑里并存的？”

“您为什么轻率地说我‘耍滑头’！现在，咱们说老实话，我不耍滑头可不行，有时您也对这视若无睹：要知道，我不是为自己而耍滑头——我必须摆脱穷困。”

“啊呀，马尔柯，马尔柯，你不提这个发现才好。你是不是预先把我当作同盟者？嗯，请你说个清楚，你怎么相信而又不相信，两三年后本村能够摆脱穷困？”

“说这种话只不过刺激创伤。”

“刺激吧，别姑息。现在你什么也不能使我们惊讶，哪怕用最后的审判。”

“我说！我来描绘几种情况！”别斯梅尔特内恼火了，“这是第一种情况：某个集体农庄内部乱七八糟，搞垮了。集体农庄主席串通自己手下的一帮人，把可以卖掉的东西都卖掉喝酒了。庄员们都不出工，一个劳动日只分得几克粮食，大家对社会主义竞赛不感兴趣，连报纸也不订阅。终于有一个年轻、漂亮、精力充沛的区委书记了解了这种情况。有一天晚上，他带一个同样年轻和漂亮的主席到村庄上来了，热烈地推荐他，大家都支持他，一切都像在童话里的王国一样开始了……新主席不喝酒，在干活时甚至不吃东西，大家都踊跃出工，一个劳动日可以分到几公斤粮食了，大家互相展开竞赛，订阅报纸，这个集体农庄成为全区最优秀的单位，得到他们订阅的报纸的表扬。在这个情况里一切顺利而美好——不是这样吗？”

包利森柯开头惊讶地听着马尔柯的述说，接着不禁哈哈大笑起来。

“你在哪儿找到了这么一个典型的情况？”

“从一些有典型意义的小说里找到的。下述的情况在许多长篇小说里描写过吗？例如，在交售马铃薯的时候，集体农庄出售马铃薯所得的货款还不够抵付送到采购站的汽油费。或者有多少作家描写过大丰收，描写过金黄的谷子，描写过这种谷子使庄稼人那幸福的心感到高兴。还有您在哪儿读到过下述的情况：这种金黄的谷子缴付了实物地租，付清了拖拉机站的账款后，又一股脑儿用在各种补充计划和响应计划上，因此庄稼人的心血都枯竭了？”

“唉，你要知道这些干什么！你是不是要让作家挨一顿使他犯血管梗塞症的批评？也应该可怜可怜作家，他们培植出金黄的谷子可不容易哪。嗯，不论在农业中或文学中……不可能没有废物。您谈到这种情况，想要说明什么呢？”

“您的想法也就是大家的想法：在土地上，我们还搞得不好，搞得很不好。我知道，祖国的繁荣不是依靠外国的黄金，而是依靠劳动人民手上的老茧；我知道，我们为什么必须忍饥挨饿，睡眠不足；我知道，为粮食而奋斗是怎么回事。可是，如果我们节约的是几克粮食，而丢失的却是几普特粮食，并使庄稼人对社会主义疏远起来，我反对这样的奋斗。”

“马尔柯，你没有胡扯吧？”包利森柯警惕起来。

别斯梅尔特内眼边和嘴边的皱纹病态地颤动了一下。

“没准这是我胡扯，关于这些问题，是不常常来向我们商量的。我自己也想把这搞个清楚。我像是一个臼牙犯病的人，这样的病人常常觉得浑身都在疼痛，分不清哪儿是牙痛，哪儿是心痛。对啊，第一条戒律[①]是最重要的，但是要到什么时候我们才会像谈到第一条戒律那样，谈到第二条戒律——谈到庄稼人桌上的口粮呢？我们不知怎的都不好意思谈这个，因为有人以为，仿佛这是私有制的偏见和意识中的遗毒。可是粮食还绝不是意识中的遗毒！……每个集体农庄主席或

① 意指社会主义。

领导干部对第一条戒律总是怀着害怕上帝那样的畏惧心理，但是有些人对第二条戒律却满不在乎，因为这条戒律既不会使他们受到严斥，又不会使他们受到审判，也不会使他们受到恫吓……收获完毕后，庄稼人从粮仓里领来按他们的全部劳动日所分到的一袋或一背包的粮食，他还有什么办法呢？不愿饿得浑身发肿，就得另谋出路，或耍滑头，或丧失人格或良心。庄稼人也开始尽可能地并尽力设法摆脱困境：有一种人看见了什么东西，夜里就把它从集体农庄的田野里拖走了，甚至并不认为这是盗窃行为；另一种人把腰弯得很低捎着蔬菜到市场上去卖，跟投机商贩在一起，他们不是引以自豪的庄稼人，而是弯腰曲背的背口袋者[①]；第三种人丢下了土地，去找更可靠的饭碗，如果失败，坐牢也满不在乎！……农民的心肠就这样变得冷酷和凶狠起来，而土地也因为没有农民的爱抚而变得干硬了。关于这种情况，我们大家都竭力少谈，而且少写。可是由于这一切，归根到底，我们丧失的粮食比消费所需要的更多，我们丧失人对集体力量的信任，使庄稼人脱离了伟大的共同的欢乐，庄稼人被推上了一条狭窄的道路——从广阔的田野走到自己屋边的小块土地上去了。大家都认为，算术是一门科学，可是我们都不会做集体农庄劳动日的算术。”

“嗯，你想要什么？”

“我想要土地的主人！我想要主人，而不要专员，不要采购员，他们送谷物入粮仓，却在田里丢了穗。例如，我们怎样割草，您看惯了吧？像布罗瓦尔尼克那样的主人们把一部分收割的草发给了人，如果这种情况能获得进一步的发展，那么国家、集体农庄和集体农庄庄员们都能够获得像日日草那样绿的干草。可是在割草时期没有给庄稼人以任何希望的地方——草久久不割，变得铁丝一般硬了，竖立着的干草腐烂了，或者干草垛渗入了水，因为他们不是由于热爱而是由于愤恨而堆干草垛的。谁需要这种节约呢，是国家，是集体农庄，还是集体农庄庄员？我们常常靠收购马铃薯、牛奶、羊毛、鸡蛋、羽毛等

① 指苏联内战时期，往返于城乡之间进行粮食投机买卖的小商贩。

的专员来填补农业上的不足，仿佛我们连最简单的真理也不知道；问题不在于这些专员，而在于谁种田。战前，我们开始实行了发给补贴费这个好办法。可是有人马上害怕起来，唯恐农民吃胖，就改变了论调。空谈家还没有绝迹哩。他们总是记着黑麦、小麦、母牛、猪、兔和鸡，但只字不提庄稼人。如果我们认真地搞好生产领导工作，完成一切计划，我们就会有粮食，我们就会眉开眼笑，心里充满幸福的感觉。我们不会写诗来描写周围大丰收的景象，某些人拿剪刀去剪穗。如果田间管理得好，哪个坏蛋会想去剪穗？”

“马尔柯，你的想法很好，不过你要做个袋把其中一些想法藏起来，暂时存放在你那儿。”包利森柯脸色阴沉地说。

“糟糕的是，我们把这些想法藏在袋里很久啦，我们总是怕事情不成功。如果我们了解一切情况，把自己的所有缺点摆出来，检查一下，坦白地告诉人家，鼓励他们在劳动上作出功绩，那么，庄稼人大概不久就会成为高于国王的人而不是他的教父。在社会主义制度下，他应该是高于国王的人。反正我们会认识清楚的，虽然谁也不想考虑庄稼人的问题。”

“马尔柯，我们会认识清楚的，只不过不能一下子都做到。现在我是区委书记，我们决不会强迫你加重任务。你要加强信心。”

“谢谢。今年应该不惜任何代价使庄稼人获得粮食。”

“目前这是主要的任务，而最重要的事情还在后头呢。”包利森柯和善而沉思地说，“我也有一颗庄稼人的心，要把心血花在土地上。我已经想过不止一遍，那些解不开的结不止一次地使我烦恼和痛苦。但我毫不怀疑，我也会把这些结子解开的。我们将采用这个办法，就是让每个农民都感觉到自己是土地的主人，让每个农民都感觉到！你知道，我们的人多么不喜欢谈缺点，他们都乐于夸耀，说什么他们这也有，那也有，等等。为此，他们在圣诞节前夜摆满了一桌子吃的东西。我此刻想的不是一年中的圣诞节前夜，而是这样的时代，那时压根儿不必谈什么口粮：我们什么都会有！我相信，这样的日子已经不远了。”

“但愿快些到来。”

“我们会盼到的。现在你怎样播种呢？”

“我自己还不大知道。应该想办法。”

一台拖拉机在道路上隆隆地驶来。马尔柯和包利森柯迎着走去。当嘴上露着笑意的雅罗斯拉夫坐在拖拉机上出现在他们面前的时候，他们多么惊讶啊。

“你们这么晚干吗？”拖拉机手也感到惊讶，从拖拉机上跳下来了，“马尔柯·特罗希莫维奇，我上您这儿来了。您能招待我两天吗？”

“你真是好样儿的。”马尔柯感动地拥抱他，“你不知道我怎样感激你呢。”

“我很高兴来到了您这儿，”小伙子微微一笑，“咱们将从哪儿开头？”

“汽油呢？”包利森柯也微微一笑。

“汽油有的是，我知道到哪儿去取，”雅罗斯拉夫无忧无虑地回答道，“但愿我的叔叔睡得更香。”

“你不饿吗？”马尔柯问。

“现在哪种人吃得饱饱的？不过是些寄生虫和仓库保管员。”

“或者，咱们上我那儿去，稍为吃点儿东西提提精神？”

“夜里我不敢吃东西，要不然还会在战时养成这样的浪费习惯。明天早晨您送些吃的来。打哪儿耕起？”

“就从向我们鞠着躬的那些柳树那儿开始吧。只不过不要纵耕，而要横耕。”

“这是为什么？”

“不让黑土和水流入池塘里。”

“是部队里的队形吧！”雅罗斯拉夫举手敬了个礼，就爬上拖拉机，向那些柳树驶去。

不大工夫，犁后边延伸着一条条笔直的犁沟。

“祝你幸福！”马尔柯摘下制帽，像只被打伤的白嘴鸦似的一拐一瘸地沿一条犁沟走去。

第二十五章

马尔柯很晚才回家，可是妈妈还没有睡——等着他。

“孩子，让我瞧瞧，你喜欢新的职务吗？”她边问，边表示责备地和嘲讽地打量着儿子。

“您瞧吧，妈妈！”他扔掉拐杖，挺直身子站在土窑中间，“您觉得怎样？”

“人家怎么能了解你呢？你心里也许在哭泣，但在人们中间你却在笑。”

“您把您的儿子说成这样。”马尔柯把手一挥。

“孩子，那就祝贺你就新职。”母亲悲怆地在胸前划了个十字，“现在你又会被人家拖着上各区委会去，上检察机关去，上各局去，上各级法院去。你想吃些东西吗？”

“很想吃些东西！”

“我去热一下菜汤吧？”

“好吧！”

“我马上去抱柴。”

“妈妈，用不着。”

“那么用什么东西热菜汤呢？”

“有烧的东西！”马尔柯弯下身子，从长凳下面拿出一柄斧，劈起拐杖来。

“你疯啦，你干什么？！”母亲大叫道。

“我给您准备木柴嘛，”马尔柯边劈拐杖，边笑起来了，“妈妈，现在我要独立自主地当主席，按照人家的意思干得够啦。”

“孩子，不早了些吗？”母亲又忧愁又高兴地看着拐杖的木片向四处飞散。接着，她把木片捡起来，扔入炉灶里烧掉。干燥的木片马上燃烧起来，发出哔剥的响声。

“烧了吗？”马尔柯稍为弯下身子，张望了一下。

“烧了！但愿一切不好的同这副拐杖一起烧掉吧……有几个客人已经来找过你两次。”

“我有什么客人？”

“你想不到吧，”母亲把一大碗蘑菇菜汤摆在桌上，“你等着吧，他们，这些走投无路的人，是不是又来了？”母亲扭转头去往门外望了望，“是他们，他们是没有夜的！”

外边有人用手摸着门，门闩鼻哗啦一声，吃了一惊的马尔柯看见了别兹包罗奇柯和沙伏拉那弯腰曲背的身形。

“首长同志，可以找你吗？”别兹包罗奇柯挺直腰板，装出一副精神勃勃的样子，问，“还是你现在不让人进房子里去？”

“等到我盖了房子，我也许会不让人进来，可是你们进土窖里来吧。”马尔柯不很客气地打量了一下这两个深夜登门的不速之客，他们已经肩挨肩地走到桌子跟前来了。

“只有蜜环菌浮在上面！”沙伏拉往大碗里瞥了一眼，傻里傻气地脱口而出。

“马尔柯，你这顿晚饭很简单。”别兹包罗奇柯摇摇头。

“简单得很，请勿见怪。”

“嗯，说实在的，这种事情明天就会改善，”别兹包罗奇柯明显地暗示说，并且马上开起玩笑来，“不过，也许今天就应该吃一顿主席吃的晚饭吧？”

“难道你已经想到给主席带来什么吃的吗？”马尔柯嘲讽地问。

别兹包罗奇柯像浮在水面上的鹭一样警惕起来，他不知道怎样回答这句话，但他把手一挥，直截了当地说：

“嗯，我带来了！你别嫌不好。”

“我不会嫌不好，如果是你自己的东西，而不是……挪来的东西。”

“马尔柯，你这是什么话！难道我们敢带这种东西来见新主席吗？应该懂得法律。”

“哼，沙伏拉就敢这样做。他有次在区委会附近跟我说过这样的话。”

“马尔柯，别把人打死，”头发蓬乱的沙伏拉负疚地拧紧了眉头，“如果可以的话，请你忘了并原谅我的那些蠢话吧。我当时喝醉了，这你是知道的。我像发着烧一样胡言乱语。”他揭开上衣的下摆，毕恭毕敬地弯下腰，把一串灌肠和四分之一块腌猪油放在桌上，而别兹包罗奇柯从口袋里拿出一瓶伏特加，手掌在瓶底一拍，塞子就噗地向炉灶那边飞走了。

“安东，你倒是老资格，”马尔柯的妈妈忍不住了，又惊讶又愤怒：她的儿子怎么忽然想交结这样的一帮人，“他应该看得更清楚，沙伏拉们也还活在人间——世界上各种坏蛋还没有绝迹……”

“马尔柯，祝你健康，”别兹包罗奇柯扬扬得意地举起高脚酒杯，心底里觉得奇怪，这顿不平常的晚饭那么容易地吃起来了，“我祝你生活幸福和工作顺利！”

“安东，你到底向我祝什么愿啊？”马尔柯心里恨透了，“你祝我快些拧断自己的脖子，或者得到诸如此类的下场？”

别兹包罗奇柯被这种目光看得憋死了，但是他忍受住了这种目光，只全身一怔，那对深陷的眼睛的眼皮歪斜了。

“不，马尔柯，我不向你祝这个愿，”他回答说，又郑重其事地斟满了伏特加，“我不瞒你说，今天的大会结束后，我心里十分不愉快。你处在我的地位也未必会高兴的。但是应该耐心地听取批评，改正缺点。我今天更清楚地看到了各种错误等等。咳，我很后悔，我太早想盖自己的房子。就是它，这个讨厌的东西，使我离开了集体农庄和群众。该死的财产像水妖一样使我陷入了泥沼里。”

“真没想到。”母亲惊讶地说，别兹包罗奇柯的懊悔使她猛吃一惊：原来他还不是一个无可救药的家伙？

“哪有向外推的耙？人的手越来越往自己身边扒。”沙伏拉深思地插嘴说，贝壳样的眼皮盖住了眼睛，“马尔柯，请再一次原谅我在全体会议开始前的那一番胡说八道。我们干吗结一辈子仇？你还会用得着我沙伏拉，你等着瞧吧！”

有一忽儿工夫，狡猾的眼神在马尔柯的眼里闪现了一下。可是他那有意做作的严肃的神情一下子就使这种狡猾的眼神消失了，他甚至用手捂住了嘴，免得那些颤动着的皱纹暴露他的情绪。

“米龙，不管怎样，我竭力想把你的废话忘掉，虽然你使我很气愤。可是不论是我，或是庄员们，谁也忘不了那些帮助你盗窃集体农庄财产的家伙。这只有法院，如果会宽恕你的话，才会宽恕你。你还没有跟法院交上朋友吗？”

沙伏拉不安起来，在椅子上坐不稳了，变得愁眉苦脸：他没法抵赖得一干二净——他向马尔柯坦白地承认了，他偷过集体农庄的一些东西，但是他当面受不了别人的指责。

“我们这里的人总是言过其实：小题大做。你不了解我们的人吗？”

“我了解我们的人，而且也了解你：米龙，你在全体会议开始前展开了你所有的花瓣，好似华丽的刺实植物。关于这，有一大堆检举你的信呢。”

“什么样的检举信？”沙伏拉更不安了。他把“检举”这个词儿只跟那些不愉快的事联系起来。

“你不知道是什么样的检举信吗？”马尔柯惊讶地耸耸肩膀，这句话说得前仓库保管员哑口无言。

别兹包罗奇柯也不安起来。

“我不知道，”沙伏拉用指头捂住了厚实的、像钱袋那么深的两只耳朵。

“你不久就会知道。你可看见那边印着德文字母的灰色纸夹吗？”马尔柯指指露出在常胜乔治后面的那个藏着文件的纸夹，“那儿有检举你的材料，那儿已经记录着你的一切或大部分罪状，也有马穆拉的和别人的。”

“唉，他们把一个人像用楔子打入短木头里一样，塞入了纸夹里。”沙伏拉慌张失措地向那个纸夹斜溜了一眼。他那深藏在浓密的胡楂里的鼻子尖上闪烁着一颗颗微小的汗珠。“马尔柯，你到底想怎么办？”

“问这个干吗？米龙，你有脑袋，跟随过首长，见多识广。你自己知道，我不会把检举你的信当做黄瓜腌起来的。大家只有一个要求：拿你法办。”

“马尔柯，你可否运用你的权力，饶恕饶恕我，不拿我法办？”沙伏拉的整个脸庞——眼睛和撇着的嘴，甚至那胡楂浓密的两颊——都怪可怜地恳求着把他从宽处理。

“我怎么能这样做呢？你把整理好的仓库移交给瓦西里·特里迈伏达了吗？”

“还存在一些小问题。短缺的东西我明天就补足。”

“失窃的东西你怎样拿回来。欲使人不知，除非己莫为……已经收到了八封检举你的信，叫我怎么办？”

“我的天啊，有八封？”沙伏拉惊呆了，“检举马穆拉的信有几封？”

“检举马穆拉的信比你少些——只有六封。”

“世界上到底有没有真理？”他又在马尔柯的眼睛里找寻同情，“马穆拉跟我相比，他是一条蟒蛇，而我只是一只家兔，但是他的罪倒比我轻。”

“我不懂法律条文，关于这，你们自己在法庭上谈判吧。”马尔柯看了一下钟，“哦，我们谈得够啦，该休息了。”

沙伏拉恳求地向他伸过两手去。

“马尔柯，你倒很轻松，说什么该休息了。可我怎么办？”

“如果你可能，也去睡吧！因为你没有睡够，好好儿去睡一觉。难道你还没有想到过，你所干的事有朝一日会使你失眠？”

“马尔柯，我请求你：看在孩子和上帝分上，你救救我吧！我永远不会忘记你！你要我干什么，我就干什么。”他眼睛里那发黄的大片眼白是湿润的。他似乎快忍不住，要哭出来了。

马尔柯沉思起来了，沙伏拉心里又出现了希望，可是也被那该死的纸夹吓坏了的别兹包罗奇柯怯生生地想替仓库保管员辩白。他终于开腔了：

“对，你就把这件事马马虎虎了结吧？谁不知道，仓库保管员，不管他有没有被揭发，都是诡计多端的？你何必刚上任就打官司？”

“我刚才考虑过这件事，”马尔柯坦白地说，“不是因为我同情沙伏拉，而只是因为我没有时间跑法院和进行侦查。米龙，即使我向区法院起诉经法院判决，你也是要逐级上诉，把我们直告到最高法院，对吗？”

“当然，我要告到最高法院，”沙伏拉振作起精神，“马尔柯，那么你就帮个忙吧！”

“好吧，我替你保守秘密，假如证人，”他向别兹包罗奇柯摆摆头，“不吐露真情的话。”

“你何必为这件事伤脑筋呢。要知道，他这件事也有我的责任。”别兹包罗奇柯坦率地说。

马尔柯保守秘密地压低了声音：

“那么我们就这样办吧：米龙，你此刻回家去，如果你不愿让全村知道的话，明天天亮以前，把猪悄悄地宰掉，烧干净猪毛，然后把猪肉送到仓库去。你悄声告诉马穆拉，叫他也这么办。明天早晨，你和他两个人就开始干集体农庄的活。”

“整只猪都交去？”沙伏拉抓抓后脑勺。

“你可以把猪鬃和肠子留下，肝和脾脏也可以留下，”马尔柯慷慨地应允了，“这样做也许不合适，你不愿意吗？”

“咳，谈不上愿意不愿意，”沙伏拉绝望地把手一挥，“你不让我有油渣过复活节。”

“可是你会有灌肠，”马尔柯安慰他，“你要每天出工。你还有两头母牛吧？”

“只有一头了。”

“在林务区的那一头卖掉了吗？”

沙伏拉叹了口气。

“那一头不产牛犊的，没有奶。”

“不要紧，我不要喝它的牛奶。马穆拉也有母牛吗？”

“他有两头母牛。”

“明天早晨也把它们套上轭。”

“套上轭？你不让我们有一匙子牛奶吗？”

马尔柯恼火了：

“米龙，你不愿意，我不强迫你。我知道，你什么都不愿意……”

“哦，不，我愿意，”沙伏拉重重地叹了口气，“给母牛套的轭到哪儿去弄来呢？”

“你弄不到现成的吗？岸上有着干燥的柳树呢。”

“哎呀，母牛要倒霉啦！”沙伏拉又叹了口气，“那么你不受理检举我的信吗？”

“如果在工作上表现得好，播种结束后，我亲手撕毁，可是现在你要做些牺牲。”

沙伏拉气呼呼地把高脚酒杯里的酒一口气喝完了，一个什么念头使他拧了一下眉头，接着坚决地站起来，手里拿着帽子，往门口走了。

“那么，再见吧。我沙伏拉算有过一头八普特重的猪。”

他砰地关上门，蹬蹬地走上台阶去了。

“拿似乎比归还容易些吧？”马尔柯探究地打量了一下别兹包罗奇柯，可是后者移开了目光。

“你不起诉，这是做得对的：现在沙伏拉和马穆拉干起活来都会卖劲了。”别兹包罗奇柯又给马尔柯倒满了酒，“你干吗不喝酒？听说，弹片还使你感到不舒服？”

“不舒服。”

“还留着很多弹片吗？”

“还留着两片。”

“你吃得不好，应该让它们周围长满活的肉。要不然，这个辛苦的主席你会做不了多久的。”

“居然发起慈悲来了。”马尔柯含讽带讥地说，“有什么倒霉事儿叫你不得不来找我？”

“马尔柯，我也感到后悔。”

“这种事情你还是去找赫里山蒂神甫商量吧。”

别兹包罗奇柯身上透过一阵令人厌恶的寒颤。

“胜利者，你在嘲笑人？”

“我不嘲笑人——可我不相信你。这更糟。”

“对，更糟，”别兹包罗奇柯没精打采地表示同意，“反正我是带着后悔和恳求的心情来找你的。”

“哦，这是另一回事，你可能有这样的心情。说吧，我听着。”

“马尔柯，你别嘲笑人，这不是你的性格，”别兹包罗奇柯气得两片嘴唇哆嗦起来。两个又薄又小的鼻孔也翕动着，但那对睡意蒙眬的深沉的眼睛发黑了。“我们忘掉那次在池塘里倒霉的洗澡吧。从那次‘洗礼’以来，因为我很气愤，总是归咎于你。”

“现在你的心情好些了吧？”

“现在我冷静下来了，已经从各方面看到了自己的渺小。”

“安东，难道这是实话吗？”

“你要相信，只剩下我一个人的时候，我就不住地责备自己，尤其是因为我使你想起了一九三七年，触痛了你的创伤。”别兹包罗奇柯因为使马尔柯想起那个时期，真的后悔不迭。他也恐惧地想到自己很久以前的那封告密信，最好用一把烈火把这封告密信烧掉！不过，这封告密信大概在战争时期当真烧掉了。“如果你可能，那就把我的话忘掉吧。你可记得，我跟你同坐一张书桌，常常一块儿上学校……已经有许多我们的同学去世了。”

“已经有很多人……头一个去世的是乌斯基姆。”马尔柯回忆起童年时代和青年时代，他想起一个结义兄弟和没有跟他结为夫妇的一个年轻的女教师。现在她在哪儿？生活过得怎样？久远的青年时代的回忆使他感触万端。他更同情地打量了一下别兹包罗奇柯：这个人狡猾而又不大可靠，但他毕竟不是敌人，往后还得跟他一起工作。“不过，安东，像你这样的人还是去种田吧？你思想上有充分的认识没有？你作为一个普通的劳动者去种田，不会抱屈，不会说怪话吗？只有这样才能使你的头脑正常。”

可是别兹包罗奇柯也回想起青年时代，老实地微微一笑：

“你可记得，在复活节那天，正是花园里百花怒放的时候，你追赶着匪帮？”

“可不是！你可记得，你怎样搭了合作社的大车逃脱了一伙强盗？”

“怎么不记得呢，”别兹包罗奇柯甚至也显得年轻了，“那时我所有的马都是性子暴躁的！稍为抽几鞭，它们就会像一阵疾风似的狂奔起来。一路上浑身布满了泡沫。”

“当时那匹辕马倒毙了。”

“倒毙了，可是这匹马把我和货物都救了出来。马尔柯，当时我跟你的友谊比较好。”

“好像是这样，可是当时金钱已经在使你的心变坏，并且把你引上歪路。”

“正是这样，”别兹包罗奇柯表示同意，并叹了口气，“你可知道，是什么东西迫使我去追求金钱吗？”

“是干损和漏损吧？”

“不，马尔柯，干损和漏损——这都是合法的。引我走上堕落的道路的是我们的贫穷。你可记得，不论是在节日，或是在平时，我们都没有脱下过那套亚麻布的衣服？”

“我也记得我们的非常困难的日子，但也没有忘记我们有更重大意义的财富——诚恳、老实和真挚。可是你啊，安东，却把这点忘了；可是这个，单是这个就使你精神上变得残废，而且也可能把你毁灭。”

“可能，”别兹包罗奇柯又表示同意，“穷日子过得使人厌烦、苦闷，可我不谈这个，我要从另一方面谈起。马尔柯，如果你同意，我很愿意在你的领导下工作……总得改嘛。你对这有什么意见？”

“你想干什么工作？”

“当你的副主席嘛。”

“你为什么要当副主席？”

别兹包罗奇柯眉头一皱，但果决地打量了一下马尔柯，十分坦率地、声音里带有苦闷的情绪，说：

“马尔柯，因为我已经不能当普通庄员了，我干不来，而且也不好意思干。我已经习惯于荣誉，虽然是不大的荣誉：我习惯于在讲台上发言，坐在主席团里……今天，大会结束后，你召集管理委员会委员开会，我也站了起来。我在半路上才恍然大悟，因为我不能设想我已经不是主席。你算算看，我在领导同志们中间混了多少年，自己已经成为一个核心干部了。说实在的，我怎样离开这条轨道呢？”

心头的温暖和青年时代的幻象——这一切都被这些话驱散了。马尔柯的两片嘴唇哆嗦起来。他在自己面前看到的已经不是人，而是他的最坏的习惯和头脑里发酸了的沉渣。但他抑制住了心头的怒火，平心静气地、一本正经地问：

“安东，难道你不当主席团委员，没有职位就受不了吗？”

“受不了啊。”别兹包罗奇柯已经满心希望能够得到马尔柯的谅解。

“好吧，也许我往后让你当我的副主席，甚至还要让你当主席呢。”

“会提升你吗？”别兹包罗奇柯高兴起来，“对啊，这样一个人，一个英雄，干吗呆在农村里呢？马尔柯，谢谢，我拿什么来感谢你呢？”

“别感谢我，要感谢大家。”

“那么你想要什么呢？”别兹包罗奇柯立刻警惕起来，因为他首先想到了，马尔柯是否会把他的房子拨给管理委员会做办公室或开办托儿所；他已经接受了沙伏拉和马穆拉的礼物，甚至毫不在意。

“我不要很多东西。我首先要你学会和蔼地和有礼貌地待人的态度，要你老远就向他们脱帽，就像现在看见首长就脱帽一样，要你用令人高兴的话跟他们打招呼，而不破口骂人，要你永远不用粗野的话骂人。”

“那就不会有什么纪律！”别兹包罗奇柯害怕起来，“他们只会看到我不是主席，而是一个窝囊废，他们马上就会把所有东西偷光。”

“谁带头陆续偷光了集体农庄的东西？不是你，也不是跟你一样的人们吗？坏事由你而起。”

“不管由谁而起，但是对待人要严格，不能马虎。如果主席或副主席拿些东西——这还算不了什么；可是每个人都拿起东西来，那会怎样呢？”

“那么你不相信人民吗？”

“我相信人民，可我不相信人！你还不知道，战争使他们变成了怎样。说实在的，你相信人，就不能高升，好言好语不能保护公共财产，必须警惕地看管它们。”

“你的意见很宝贵，不光是对我有益。过了几年，我们会不需要一个看管人，这你想到过吗？”

“想这样荒唐的事，难道我是傻瓜吗？你相信这样的事吗？”别兹包罗奇柯像看着一个怪人似的看着主席。

“我相信，在我们的集体农庄里将会这么办。”

“你简直疯了！”别兹包罗奇柯发怒了，“或者，你也许在替报馆准备关于高度的觉悟的材料吧？”

“哎呀，安东，你的脑子像秋夜般一片漆黑……我国革命胜利后，生活好转了，夜间家家户户都不用锁上门户了，你可记得吗？有过这种情形吗？”

“有过。”别兹包罗奇柯表示同意。可是在他的眼里察觉出一种苦闷而又空虚的心境。

“后来为什么又得上锁呢——这是因为富足还是由于匮乏

呢？……几年后，如果一切都顺利，我们将会富足得把所有房屋和仓库的门闩鼻和锁都拆掉。”

“空想！说实在的，你没有一点儿现实主义。我还要活下去，活到看见我的一个朋友会怎样由于这个空想而挨整，甚至会被撤去主席的职位。那么，你不愿同我一起工作？”

“我不能跟你一起工作。安东，你没有领导能力。”

开头别兹包罗奇柯因受了侮辱而惊慌，可是立刻愤恨地斜睨着。

“你试过我的能力吗？我上区里去工作也够资格呢。可是还没有这样的靠山能把我安插到区里。你叫我干什么？”

“明天你去耕田吧！”

“这您休想！马尔柯，你可以随心所欲地叫我折腰，可别叫我折得过低，要不然，我一挺直腰——首先就揍你！”

“好吧，如果你丧失了理智，那就准备你的力量吧。”

“我会准备的，决不罢手！”

气得满脸通红的别兹包罗奇柯霍地站起来了，他不告而别，从土窑里走出去。

“孩子，你那些客人都是宝货，”母亲在炉灶那边说，“你怎么跟他们同坐一张桌子？”

“只不过出于好奇罢了。”马尔柯斜溜了桌子一眼，冷笑一声，“不是没有好处的，冷盘可以派用场：明天早晨送给拖拉机手去当早餐。”

“马尔柯，有那么多检举马穆拉和沙伏拉的信，真有这种事吗？”

“不，妈妈，我故意多说些，吓他们一下，”马尔柯不禁哈哈大笑起来，“这是无害的。农民叫鬼耕过田，我来试试叫偷儿耕田。让他们稍为劳动一下也好。妈妈，您睡吧。”

“你也睡下吧。还是主席的失眠症已经发作了？”

“已经发作了。”

“这没有使你发生忧愁吗？”

“为什么忧愁？工作很多呢。”

别兹包罗奇柯走过桥的时候，很大的一堆火光闪闪的篝火照得他眼睛发花了。在这堆篝火的衬托下，有两个人的黑影在忙着干活。安东打果园向这两个黑影走去，一会儿他就看清楚了，这是沙伏拉和吹毛求疵的妻子在烧猪毛。

“米龙，你那么快就倒向马尔柯那边去啦。”别兹包罗奇柯挖苦地说。

沙伏拉恼火了：

“不是每个人都能像你那么有办法：你养着猪，人家都不说闲话；可是对我的猪就有人说闲话。”他用脚踢了一下公猪那呲露着牙的嘴。

“对啊，对啊，”俯身在猪上的娜斯嘉支持丈夫，“有些人只丢了职位，可是另一些人既丢了职位，又丢了公猪，而且还遭人家的嘲笑！”

“别说啦，好心的人们，没有人嘲笑过你们！如果烧的不是猪毛，而是马尔柯的毛，那我就替你们高兴。”

这句话一下子就投合了米龙和娜斯嘉的心意；他们都不约而同地挺直了腰，抹掉脸上的烟炱，叹了口气。

“我辛苦地喂养阿里斯托克拉特，照料它，起早睡晚在铁锅上张罗，忙得我精疲力尽，在饲料里加了牛奶，现在却让人家去吃。”娜斯嘉朝着菜园哭诉道。

“呲，人家会听见的！”米龙向妻子吆喝道。

“反正他们会听见。咳，安东，安东，咱们真倒霉。”

“咱们还会走运。马尔柯是只候鸟：他自己不走，我们就轰他下台。他会滚蛋的！只不过你们要看住他。如果发生什么事——立刻就写信到区里或州里去，也可以写信到更高的地方去。”

“关于洗澡的事，你写去了很多封信——有什么用哪？”娜斯嘉毫无顾忌地说。

“你别着急，”米龙安慰她，“你还不知道，纸有什么样的力量。纸什么都能忍受，可是纸也是万能的。”

“这话不错，”别兹包罗奇柯表示同意，一边用两手摸着猪，“好肥啊！你们把内脏油也留下吧。”

第二十六章

当窗外的夜色还没有跟晨曦会合的时候，马尔柯就醒了。他在睡梦中制订着各种经营管理计划，筹划着各种应办的事，有一件什么事必须办好，但究竟是什么事，他现在想不起来了。不觉得烦恼吗？用鼻子轻轻地哼着："哦，有一个哥萨克，名叫苏普隆，他不知道怎样攀附光荣。"他洗了脸，开头搞不清楚，有那么多要紧事儿，为什么这么高兴。啊，对了，因为区里发给了六百立方木材提货单。也许是因为今天将开始播种大麦？没有比播种更有意义的事，货物或粮食——反正全都一样。

赫维其柯扔开那带条子的粗布衣服，在床上动起来了。他用臂肘撑起身子，惊讶地问：

"您唱歌啦？"

"我用鼻子哼哼。你干吗不睡觉？"

"我很高兴。"

"为什么？因为你昨天得了三分吗？"

"不，"赫维其柯噘起嘴，"这个三分批得不合规则……"

"怎么不合规则？你想不要这个三分？"马尔柯不以为然地看了孩子一眼。

"马尔柯·特罗希莫维奇，本来是我头一个解答了习题，可是后来我给人家抄了答案。这应该扣除一分，而不应该扣除两分。难道这合规则吗？"

"赫维其柯，我不懂这些规则。你最好去跟格里高里·斯特拉东诺维奇谈谈。"

“为什么？”赫维其柯又噘起嘴，“算了吧，何必多此一举。”

“那你到底为什么高兴？”

“因为你当了主席嘛。现在我们开始过生活啦。”男孩子信心百倍地说，可是马尔柯放声大笑起来。

“怎么开始过生活？”

“这你应该知道得更清楚。”赫维其柯审慎地回答道，一边穿起衣服来。

“再睡一会儿吧，赫维其柯。”

“人贪睡，马儿就不耕田。我跟您一道去。”

“谢谢你的支持。”马尔柯严肃地回答说，可是那个少年不信任地看了一眼：人家是不是在嘲笑他，可是马上就放下了心。

“如果有必要，我会经常帮助您。您可知道，我有两条什么样的腿……”

“你快去找奥尔迦·包依楚克，叫她召集甜菜小队和玉蜀黍小队的全体成员。你再去找迦琳娜·库希尼连柯——叫她开车到榨油厂去装喂小猪的油渣。”

“难道他们会给吗？”赫维其柯感到惊讶。

“会给的。”

“不见得吧。这种事别兹包罗奇柯就办不到。”

“赫维其柯，这一切事情你怎么知道？”

“当然知道，住在村子里哪能什么也不知道！”

当马尔柯走到牛棚跟前的时候，黎明已经从夜的怀抱中挣脱出来。在东方，有人用豪放的笔触描绘出日华，一片片小云彩像珠宝般地在日华的光芒中闪烁着夺目的光彩。马尔柯用一个肩膀轻轻地推了一下大门，走进牛棚里去了。他站住了，让眼睛习惯于黑暗，突然听到一阵轻微的悲怆的呻吟声。母牛哞哞地应和着，可是又传来了一阵呻吟声，并变成了一阵抽噎声。

马尔柯赶忙走到女挤奶员室的隔板跟前。当他推开一扇薄薄的三夹板的门时，索菲雅·库希尼连柯不觉一愣，从一张小桌后面惊慌地站起来。她用屈着臂肘的手擦了一下眼睛，想笑一下。

“索菲雅大婶，您怎么啦？”马尔柯仔细地端详着那张未老先衰、长着一对孩子气的明亮的眼睛的脸。

“没有什么，没有什么，马尔柯 · 特罗希莫维奇……”悲伤的微笑停留在她的两片嘴唇上。

“怎么没有什么？别隐瞒啦，说吧。”

“对你说干吗？”寡妇悲怆地摇摇头，“这是女人家的事，你听也不能听。”

“我现在也应该知道女人家的事，您昨天为什么举手选举我。发生了什么不幸的事吗？”

“可不是吗？我所得到的幸福并不比梦见可以饱餐一顿的那个穷人所得到的好些。穷人突然在梦中微笑起来，可是幸福打他身边溜走了，幸福看见一个割草人在笑，就避开了他。”

“也许我们还会使幸福回来，”马尔柯若有所思地说，“什么事情使您痛苦？您哼叫得这么厉害。……”

“马尔柯 · 特罗希莫维奇，你也会在这儿哼叫。”不但这个女人那发亮的眼白，而且她那抿紧着的嘴也流露出痛苦的神情。她整了一下头巾，悄声说起话来：“女挤奶员发生了这样一桩倒霉事儿，牲口消瘦了，它忽然生起癣来。我为我们的姑娘惋惜——她们都十分年轻，染上这种癣该多么痛苦？我就把病牛挑出来由自己饲养，可是现在我也被牲口传染了，治也治不好：不论敷什么油膏都不见效。”

“只不过是这么回事吗？”马尔柯微微一笑，可是寡妇又生气了。

“我也听到别兹包罗奇柯说过这样的话。”她表示责备地说。

“可我还要说别的话呢，”马尔柯又微笑了，“我要占个卦，悄悄地念几句咒语——您的发癣就会好，像用手剥掉一样。”

“难道你会占这种卦？”寡妇怀疑地把他打量了一下。

“索菲雅大婶，我知道，因为在人的一生中什么事都会发生。”

“那么为什么医生或兽医都治不好我的发癣呢？”

“因为医学确实还不能包含人所知道的一切。我给您用槲树皮和甜苹果树皮熬成汁——不会留下一个疤痕。”

“真的吗？”

“真的。哎，让我看看您的牛棚。牛奶增产了吗？”

“可不是。良种母牛都从别人的手里拿回来了。”她压低了声音，“您需要牛奶吗？”

“索菲雅大婶，很需要。您造一份孤儿的名单来，从今天起，我们发给他们每人至少一杯或一杯半牛奶。有很多不合格的或没有奶的母牛吗？”

“有八头。”

“应该把它们卖掉。”

“怎么卖啊？”寡妇非常着急，“我们的每头母牛都登过记。区里和州里都知道。”

“那么八头母牛不产乳，他们也知道吗？”

这个女人沉思起来。

“不见得吧。眼下我们首要的任务是点准确数字，虽然这是没有多大用处的。”

“如果我们把这八头母牛卖掉，而买进四五头产乳的母牛，难道这不合算吗？”

“合算是合算，可是由于头数减少，咱们都会倒霉。您为什么要从这方面着手呢？”

“人总是从他能够做的事情着手的。晚上您到我那儿去，咱们一块儿调制些药，我来兼做巫医。”

“谢谢，您给了我希望，可我甚至已经不能看我的双手。”

她举起了双手，而她真的发愣了。

可是在马厩的门口响起的不是呻吟声，而是一阵快乐的笑声。饲马员们围成了一个圈，瞧着一个什么东西，都哈哈大笑着。叶甫敏老大爷头一个看见了主席，他那满意的微笑掩藏在胡髭里，他搡了一下波拉泰柯的腰，故作正经地呵斥道：

“你们笑得多么开心！”

饲马员们都挺直了腰，回过头来看。马尔柯看见地上有一匹滑稽可笑的泥马，嘴里衔着一枚印章。它的一只耳朵朝上竖起，另一只耳侧向一边，鬃毛直竖着，它的整个样子表明，不经过一番战斗，它是不会交出印章的。马尔柯忽然在马儿身上看到别兹包罗奇柯的性格特点。这是那么出乎意外，以至马尔柯不禁放声大笑起来，饲马员们又跟着他大笑不止。

“马尔柯·特罗希莫维奇，马衔着一枚印章，您觉得怎样？”彼得罗·盖舒克擦着眼泪，问。

“老大爷，您真是天才！”马尔柯兴高采烈地扬声说。

“塑马的天才。”老头儿马上皱紧了眉头。

“真正的天才！您把这匹马送给我吧。”

“如果你喜欢，拿去吧，”老头儿冷淡地回答道，“为了一个好人，一些黏土算得了什么。还有个玩意儿你也许也喜欢？”他不慌不忙地走进马车夫的屋子里去了，带回来一匹哥萨克的好斗的马。这匹马做出奔驰的姿势，好像要跳过一个什么障碍。马尔柯只在童话里或歌里遇见过这样的马，他欣赏起来。可是老头儿睁大了眼睛看着主席，压抑着心头惊慌而又愉快的情绪。

“老大爷，您塑这匹马的时候，心里想着什么？”马尔柯问。

老头儿的眼皮颤动了一下，他惊讶地用鼻子哼了一声，在他那对含讽带讥的眼睛里闪烁着感谢的亮光。

“只有你才问我心里想着什么。这是在新年之前。我边塑，边拖长声音地唱着一支马的歌，它使一个哥萨克逃脱了追赶他的人；你可记得：

可汗带着一帮鞑靼人
像一片阴霾般地追赶着
可我纵身一跳，跳过了多瑙河……”

“骑着这样一匹马当真可以跳过多瑙河。老大爷，谢谢您，您使我成为过命名日的人了。”他举起礼物。

老头儿打心底里微笑了。

“既然你喜欢，我再给你送来。哎呀，假如我们的马都像这些泥马一样，那就好了。”

这当儿，在马厩附近传来一辆汽车的低沉的隆隆声，也传来了赫维其柯的一阵愉快的声音：

“马尔柯叔叔在这儿吗？”

马尔柯从马厩里走出来了。开头他看见赫维其柯自由自在地坐在袋上。汽车还没有刹住，达尼洛·布罗瓦尔尼克就从驾驶室里跳下，眯着眼睛向马尔柯迎上去。

“我向你祝贺，我向你祝贺。我现在按照诺言，把豌豆送来了。很干净——一粒一粒的。你要播种谷物使大家过幸福的生活，已经撒下了够多的痛苦啦。趁眼下咱们还没有对骂起来，咱们来亲个嘴，要知道，我立刻就会找出缺点的！”

第二十七章

十六张犁沿着道路一长列地平摆着，这些犁都是修补过的或重新修补过的，那些木头的或铁的前小犁的一端都是磨损了的。

从前他可没有这样的犁，可是这种破烂东西也没有使马尔柯惊慌不安——那些瘦弱的马更使他难过。可是这一天，它们看起来都好些了，也许是因为姑娘们的绸带在它们的鬃毛里闪耀着光彩。这桩细小的事情似乎正如赶牲口的都是姑娘，而扶犁的都是老人和少年这种情况一样，使马尔柯很感动。

“可以拍成新闻片！几年后让大家看看，我们是从什么事情干起来的。”他对也出来耕田的格里高里 · 斯特拉东诺维奇说。

“行。不管姑娘们穿得怎样坏，可是她们都包着过节日的头巾。这也是个好兆头。”教师回答道。

别斯梅尔特内被大家围住了。他用心地端详着每个人，在所有的人的脸上看到了信任：有些人的信任是藏在微笑里的，另一些人的信任表露在聚精会神中，第三种人的信任是透过悲伤，透过旧恨或者透过在那对睁大着的眼里还未消失的新痛表露出来的。

“乡亲们，”马尔柯温和地说话了，“自古以来，庄稼人在农村里就是一切：粮食和富足都是庄稼人创造的。眼下我们都很困难，但是只要我们互相帮助，努力干活，使田里长出丰满的谷穗，我们的好运气就会到来……我们中间有没有病人，或被迫的和不愿出工的人？”

“马尔柯 · 特罗希莫维奇，没有这样的人。大家都自愿出工。”有几个声音回答道。

“那很好。我不愿叫那些不情愿的或者只想吃买来的粮食的坏心眼的人去耕田。”

“马尔柯·特罗希莫维奇，今年会有自己的而不是买来的粮食吗？”柯扎奇基夫斯基老大爷用一只手掌贴在耳朵上，嘴里露出一颗孤零零的牙齿，喃喃地说。

“够一颗牙齿嚼的。”有人打趣地说，大家都笑了起来。

“如果大伙儿都像庄稼人而不像短工那样干活，不但没有牙齿的人，连那些牙齿过多的人都会有……别让马跑得精疲力尽，让它们多多休息。祝你们成功！”

马尔柯把手一挥，姑娘们都向牲口奔去，马具叮当地响了起来，整个队列在道路上延伸着，从云层里探出头来的太阳在队列的上空狡猾地眯起了眼睛。

这个平凡的情景似乎有什么令人激动的地方。在田野上移动着的只不过是些带着几匹瘦马和一些简陋的农具的半饥不饱的庄稼人。可是马尔柯激动地在后面望着这个队列，并因他自己不能去耕田而感到遗憾。他最喜欢耕田和割草。

格里高里·斯特拉东诺维奇意味深长地打量了一下别斯梅尔特内：

“我明白，您感到羡慕吗？”

“我羡慕。怎样扶犁，您没有忘记吗？”

“这是忘不了的。嗯，我要去赶上跟我搭伙的那个黑眉毛的赶牲口的姑娘。”

“谢谢。”

“为什么？”

“因为您放弃了休息。”

“这算不了什么！”教师微微一笑，跟着其余的人一块儿走了。

叶甫敏·迪卞柯驾着两匹马在道路上奔驰，可是他没有折向主席驶来，却往左，向一条胡同驶去。几棵幼小的柳树那还未干枯的柳条在胡同的上空闪耀着光彩。马尔柯用手一招，老头儿这才不乐意地折向他驶来。

“您上哪儿去？还带去一张好犁。”马尔柯察看着一张完好的六犁铧的犁，这些犁铧一个也没有修补过。

“给你耕自留地嘛。”

“给我？”马尔柯脸上发红了。

“为什么不能？今天或明天总得有人去给你耕自留地。我去有什么不好？——不能让耕田的人离开土地啊。”

“叶甫敏·达尼洛维奇，谢谢您自愿为主席效劳。您也是这样关心别兹包罗奇柯的吗？”

“你捧自己莫非是为了吓唬别人。”老头儿生气了，“如果不可以，我就回去。我想帮你点儿忙，可是魔鬼也难讨你喜欢。”

“老大爷，我们首先要帮助寡妇和孤儿，以后再看情形吧。”

“每个首长各有各的脾气。”迪卞柯嘟嘟囔囔说着，掉转马头向马厩走去。

“不，我要把这几匹马牵走，我要到各处看看去。”

“那么我头一天就跟着你去，也许可以挣得些什么。”

“好吧，不过您要把犁留在什么地方，您去看看瓦西里·特里迈伏达——给拖拉机手送些鲜肉去。”

“是沙伏拉的猪吗？”老头儿脸上放出光彩。

“您已经知道啦。”

“全村都知道了。”

“怎么样？”

“有的人嘲笑，有的人哈哈大笑，可是也有人觉得奇怪，你竟然巧妙地使这个家伙上了当，弄到了鲜猪肉。沙伏拉已经起疑，有那么多检举他的信，是不是事实。”

“让他起疑吧。嗯，他跟马穆拉都没有让自己的母牛套惯轭吧？”

“我没有看见，可是他们从林务区赶来了藏在那儿的几头母牛。瓦西里·特里迈伏达在那边喊叫。他有什么事？”

马尔柯迎着一拐一瘸地快步走来的新仓库保管员走去，挂在胸前的几枚勋章和奖章一阵阵地铿锵作响。

“马尔柯·特罗希莫维奇，您快些表扬我，要不然，我要自我表扬了！”他站住了，用手整了一下那可爱的酒花草样的卷发，“我好容易弄到了两桶汽油！”

“天才，一下子就看得出来！半小时后，咱们就把汽油送到田里去。你从哪儿弄到的？”

“向人家换来的。用实物换的。”

“用腌猪油吗？”

“一块腌猪油换一桶汽油。”

“你得了便宜啦。这样的便宜货你怎么搞到的？”

“人家什么也不要。我们谈了些国内外形势，也谈了些心，他们就同意了。”

“你有很多腌猪油吗？”

“有满满的一大箱，另外还有一大桶。我还没有称过呢。”

“你得赶紧称，那些受损害的人们中间似乎还没有人写信去告发。我现在到玛丽雅·特里迈伏达的菜圃去看看。”

在温室近旁已经有许多手持铲子和耙的妇女叽叽喳喳地吵嚷着。

“马尔柯·特罗希莫维奇，这样的群众大会，我怎么应付得了？”脸色浅黑的玛丽雅悄声问他。

“为什么？”

“因为从来没有过这么多人啊！”

“这么多人您就觉得害怕吗？”

“不，我很高兴，”那个女人笑起来了，“不过叫她们到哪儿去干活？”

“或者叫她们到果园去吧？”

“去掘松树木周围的泥土吗？”

“为什么只掘松树木周围的泥土？把整片土地都掘松。果园开辟了还不多久，我们将在那儿种西瓜，让它们给我们生产出迫切需要的戈比。这个办法您觉得怎样？”

“那儿是一片好土地，这些年来却变成一片生荒地了。”玛丽雅表示同意。

当妇女们把铲子拖得当当响，拥到果园里去的时候，马尔柯察看起温室来。农庄里只有这一个部门没有搞垮，因为玛丽雅热爱工作，为自己温室的窗、田畦和那些土地操着心。而且别兹包罗奇柯鼓励过她：秧苗带来了若干利润，而早熟的蔬菜满足了他和他所需要的人们。

马尔柯看到番茄那长着细毛的卷曲的绿叶和白菜那柔和的银白的颜色，心里满高兴。他在温室的每扇窗跟前站了一会儿，盘算着每座温室将会把什么东西带到田野上和财务科去。

“您喜欢秧苗吗？”玛丽雅问，虽然她早已看出，马尔柯很高兴。

“很好，只不过少点儿。”

“马尔柯·特罗希莫维奇，您在开玩笑吗？”玛丽雅用那对睁得很大的眼睛打量着他，这种目光又使那个久远的年代重新出现，当时他跟乌斯基姆一同把富农的一双靴子交给了这个当年光着双脚的女雇农。

“不，玛丽耶奇卡，我不是开玩笑。”他用从前乌斯基姆叫她的名字喊她。这个女人那对丰满的、直到现在还没有衰老的嘴角惊慌失措地颤动了一下。

对，对我们农妇来说，那些苦难的年代是最残酷的年代：烈日和寒风使她们的美很快地变得枯槁了，雨雪冲洗着她们的美，菜园和田野、铲子和小锄使她们的美黯然失色。岁月、劳动和悲痛也夺走了玛丽雅的美，但似乎还没有被全部夺走。当这个女人激动的时候，这特别显眼。于是她那出奇的温柔、母性的沉思的妩媚像夏末的阳光透过云彩一样，在她脸上透露出来了。此刻她的美就是这样显露出来的，这使马尔柯惊讶不置。

“您记起旧事来了吗？”那个女人几乎声音低沉地问。

“是呀……儿子给您捎来过信吗？”

“马尔柯·特罗希莫维奇，他已经荣获了第三枚勋章。”玛丽雅脸上发光了；的确，心里有什么事必然在脸上显露出来。

“我向您祝贺……这个孩子已经升为上尉了吗？”

玛丽雅点点头，微笑透过快乐和悲哀流露出来。

“喀秋莎像闪电一样发射着。他像姑娘一样，想念着我。但愿他平安回来……可是在乌斯基姆的坟墓上，黑麦直到现在还在发芽。”

“真的吗？”

“没有绝迹嘛。麦穗一成熟，麦粒就散落下来，于是又发芽了。一年年，和平时期和现在都是这样。”

“生活嘛……应该怎样帮助您呢？”

“不，马尔柯·特罗希莫维奇，我还不穷呢，我的儿子有钱寄来。您说，秧苗不够？我们把大部分秧苗都卖给邻居。”

“现在我们要把全部秧苗自己种下去。”

“那么多？”

“不多。我希望您用蔬菜来偿还我们的全部债务。”

“二十四万卢布靠种蔬菜来偿还？！”玛丽雅大吃一惊。

“只靠种蔬菜。我还希望有所收入呢。您就照办吧。”

那个女人摇摇头，沉思起来了。

“我们未必能够偿还这些债务。”

“只要有强烈的愿望，您是能够偿还的。我们大略地估计一下：种一公顷土地的番茄能使我们得到什么？真正的菜农在每公顷的土地上能够收三百多公担，对吗？”

“这是在由一个人做主，而不是由十个人做主的时代。”

“往后只有您一个人做主。您能收三百公担吗？”

“不，在我们的土地上收不到三百公担。我希望能收二百公担。”

马尔柯把手一挥。

“好吧，那就试一试——我们就写二百公担！您要知道新主席的一片好意。但愿付给我们的采购和市场的平均价格是每公斤一卢布。我们的蔬菜应该是最好的，而价格应该是最便宜的。因为种一公顷土地的蔬菜可获得二万卢布，那么十二公顷土地就足够偿还债务。”

“我怎么能种出那么多蔬菜呢？”

“为什么不能？”

“这件事不简单。我的队几乎需要半个村子的妇女都来参加。”

“我想，您需要几个，就给您几个，也许还可以稍微多给您几个。”

玛丽雅摇摇头：

“您对生活看法不是太乐观了吗？可是，我们现在的生活已经和过去不同——不必央求人去干活了。”

“今天的情况告诉您什么呢？”

“明天的情况会告诉您什么呢？我告诉您吧，我所有的番茄种子恐怕还不够种十二公顷的土地呢。”

“您去搜罗一下，想个办法。晚上咱们一块儿研究。咱们种多少黄瓜，多少白菜，多少四季萝卜和葱。收上四季萝卜后，在这片土地上不是可以移植冬季白菜吗？”

“可以。”

“您坐下来拿支铅笔马上计算一下，好好儿动一下脑筋。眼下我对您的队寄托着最大的希望。我们要拿白菜、葱和黄瓜换来的钱去买母牛和猪。”

“往后我们怎样运厩肥？”

“用母牛运嘛。我们决定啦，玛丽耶奇卡？”

“这些庞大的数字会产生什么结果呢？”那个女人沉思起来。

“会产生结果的。如果队长工作得好，队员们会向队长看齐。嗯，为了使事情更明确，咱们今天再讨论一下补贴费问题。蔬菜的收成达二百公担以上的每个小队，除了基本工资以外，超额可得收入百分之二十五。”

“哎呀！”玛丽雅不由得脱口而出，可是接着她微笑了，“您想送真正的嫁妆给我的姑娘们吗？”

“我想使她们成为创造者，”马尔柯若有所思地回答说，“看到姑娘手里拿着小锄头，我并不感到惊奇——这种事情我大概从摇篮里就见惯了。今天应该使姑娘们不但听队长的话，而且也应该让她们读书，研究科学，在土地上成为一个研究工作者，而不仅仅是个劳动力。从另一方面来说，补贴费就是这么回事。得到补贴费去求知识，成为英雄，成为百万富翁。”

“主席的这番话，我即使再听一遍，也觉得很有意思。”玛丽雅眯起那对褐色的有点儿湿润的眼睛。她那昔日的美透过那对眼睛完全显露出来了。

第二十八章

这里就是奥廖娜·米罗年柯的家。一所白色的房子，土台是红色的，屋顶变得灰白了。像在一幅古画里一样，它挨近了雾气弥漫的森林边缘，谛听着森林那神秘的簌簌声，洒着春天的泪水不停地哭泣。它是不是在哭男主人呢?

波泽路依柯一边全神贯注地倾听着在地上打出一个个小坑的融雪的沉重的水滴声，一边在那扇叽嘎作响的大门旁边，像站在自己的命运的门槛前面一样，呆立着：打开门呢，还是飞快地跑掉。在这扇白鹅在里边嘎嘎地乱叫的大门里有什么东西等待着他呢?是新的打击，是新的痛苦，也许是那座摇摇摆摆的、吹口气就会倒塌的桥?他可以稍微弯倒身子打这座桥越过在战争年代他所造成的那条深沟。

他花了不止一个通宵，自作聪明地用一种不结实的材料——用狡猾的方法和诡计——建造着这座桥，削成了造桥用的木钉，已经把木板一块接一块地紧密地盖上了、钉牢了，还洒上了类似真理的东西。他点点滴滴地搜集了关于伊万·米罗年柯支队的情报，估计着游击队的真实情况，使人以为他也是这个游击支队里的一个成员。这座摇摇摆摆的桥在他的头脑里就这样建成和架起来了。现在应该把这座桥从秘密的地方搬出来，架在这儿，架在这片昨天的那个荒诞不经的传说的土壤上。如果奥廖娜·米罗年柯走过这座桥，那么，别人也会走过，然后他，波泽路依柯本人，就从昨天的那个荒诞不经的传说的暗影中出现，借这道闪光把自己哪怕照亮一会儿也好，他不再需要别的什么。

丰富的想象力在他面前展开一片未来的美景，洗净着过去的污点。波泽路依柯有一忽儿工夫感到振奋，满怀希望地眺望着那座没有他这个人的森林，但是也许在他看来，一个悲惨的传说已经发生了。可是他一下子拧紧了眉头，另一个念头想得他惶恐不安起来：你在玩闪电，玩着闪电的火。你玩吧，闪电不会杀死所有的人，不会杀死所有的人！别的人突然被照得这么亮，这道光足够照一辈子……但那是别的人呵……

他紧偎着一匹热汗涔涔的马，打开大门，赶开那群白鹅，走进屋子里去了。啊呀，此刻他很难从必须把桥架在上面的这片春天的土地上拔脚逃跑。他感觉到血热辣辣地涌到两颊上，往眼里直冲。水滴从屋顶上掉落到脸上，波泽路依柯不禁战栗起来，赶忙把水滴抹掉。

在屋子里桌边站着一个身材高大、穿着一双厚油布高统靴、面孔俊俏的中年妇人，如果她的眼睛没有蒙上悲伤、苦闷和痛苦的阴影，她的脸可以称做一张年轻的脸。她那蓝灼灼的目光因而变得暗淡了，而眼皮和睫毛经常怯生生地颤动着。连波泽路依柯也可怜起这个寡妇来了，可是这种怜悯却消除着他的恐惧——这个妇女的容貌有着几乎察觉不出的跟瓦西林娜·瓦库连柯相似的地方。她们是本家不是偶然的吧？

他摘下制帽，恭恭敬敬地鞠了个躬，心底里感觉到一阵寒颤。

“请接受一个游击队员最诚挚的敬意，奥廖娜·格里高里芙娜。”波泽路依柯谨慎小心地拿住她的手，吻了一下。

这句话立刻感动了寡妇，虽然她并不喜欢客人那湿漉漉的灰色的目光。

“哎呀，好人，您怎么啦，”她猝然一振，把手抽回去了，在屋子中间惘然呆立着，“请坐……您认识我的伊万，还是跟他一同打过游击？”

“奥廖娜·格里高里芙娜，对您怎么说呢？我不会吹嘘自己的功劳。我打过游击——对我来说，这很不错啦，我不过是伊万·奥略克西耶维奇的一个普通的联络员。当然，那时知道这个的人很少，而现在——尤其因为时过境迁，大家都淡忘了。”他十分自然地叹了口气。

“多么容易忘记啊！”寡妇又伤心又同情地说，“在别些地方，人们的记忆力比较好，可是我们这儿连区的报纸也没有提起过伊万的游击支队。据说挤不出版面。”

“那好哇。”波泽路依柯暗暗高兴，他尽量真诚地回答说：

“我们这儿到处都有英雄或英雄行为，人们对这种现象也习惯了，就像习惯于日常的生活一样。当然，也有些人因得不到好处而不愿传播某人的英雄事迹，要不然，另一些人就相形见绌了。生活是生活……所以我想在报上谈谈伊万·奥略克西耶维奇的全部道路，让大家知道，同时追忆一下他那些死去的和活着的朋友们的战斗的事业。”

“还活着的人不多啦。”这个女人叹了口气，在她的眼睛里那被遮暗的蓝色中出现了也好似蓝色的泪水。

“对，只有三四个了。”波泽路依柯同情地证实说。

“包括您在内，一共四个。”

她信任地把他当作一名游击队员，波泽路依柯用目光感谢她。

“只不过为什么要把他们调到前线去？”他故意把话扯得更远。

“他们自己要求去的。”

“应该爱护这些人。要知道，他们都是重要的人……有一个已经在前线牺牲了。”

“是的。维塔里·柯尔尼延柯又在布列斯劳附近受了重伤。我不知道他有没有活下来。”

波泽路依柯差点儿流露出自己的高兴情绪，但他及时压制住了。

“战争并不宽恕英雄，把他们像伐槲树一样伐倒了。维塔里·柯尔尼延柯——他是管林员的兄弟吗？”

“是他的兄弟，战前，他自己也是管林员。”

“如果他一死，那就只剩下两个证人了。”这个念头像只猛禽破卵而出。他驱走了这个念头，决心去找管林员，打听一下情况……

“奥廖娜·格里高里芙娜，请允许我把马牵进院子里来吧。”

波泽路依柯心里满高兴，从屋子里飞奔出去。一群白鹅展开翅膀，慢悠悠地从他身边走开了，可是他没有注意到。他开直了大门。那匹两片嘴唇被撕破了的马向寡妇的院子里斜溜了一眼，又斜溜了一下那些白鹅扑扇着的翅膀。波泽路依柯从大车上拖下一袋面粉，扛在肩上，稍为弯下腰，把礼物掮进屋子里去了。

在他看来，这一天剩下的时间和整个晚上倏然而逝，像一分钟那么短促。他贪婪地把奥廖娜·格里高里芙娜的每句话都记在心里，一个普通人的、严格的、几乎像神话般的生活在他眼前展开了。这个人赤手空拳，身边只带一把螺帽扳头，就破坏了法西斯分子的列车。米罗年柯跟自己的几个朋友用非常巧妙的办法夺获了一辆坦克，把它驶到公路上横冲直撞，直到汽油用尽为止。但是最使波泽路依柯感到惊奇、高兴和不安的却是这个游击支队的文件都埋在奥廖娜·格里高里芙娜的烘房里。

“您可知道，这个宝贵的东西在哪儿埋着？”他用几个指头用劲地抓住了自己的胸口。他最感惶恐不安的是，在这些文件里有没有提到他。

“在右边谷仓里，可是在哪个地方，他们没有告诉过我。”

“没有人掘到过这些文件吗？”

“没有。我不敢掘。我一想起来，泪水就像下雨一样。”寡妇无声地哭起来了，可是波泽路依柯急不可耐地等待着她安静下来。

没有吃完晚饭，他就同奥廖娜·格里高里芙娜往烘房里去了，为的是，照他的话，即使在黑暗里也感觉得出英勇的往日的情景。当波泽路依柯弯下腰，站在脱粒场上的时候，有个雪白的东西在烘房里动起来。他恐惧地退到小门口，可是寡妇安慰他：

“白鹅夜里都关在这里。”

他一早就干起来。他一辈子从来没有这么高兴地和满怀希望地挖掘过。午后，铲子终于碰到了一个坚硬的东西。波泽路依柯偷偷地走到大门口，往外边张望了一下，寡妇是不是在院子里，过后才把自己的这个宝贵东西掘了出来。一会儿，他拖出一只不大的木箱，从木箱里取出一包用羊皮纸包着的文件。

波泽路依柯又惊又喜。他发热病似的哆嗦起来，把文件塞入了各个口袋里，接着匆忙地掘了个深坑，把那只空木箱永久地埋在这个坑里了。当天，他佯装犯病，跟女主人告别了，答应不久再来探望，就使劲地催着马回家去了。在森林里，他好多次准备展开文件，但是连树木也使他感到害怕，他怯生生地朝四下看看，继续使劲地催着黑马往前跑。

夜里，波泽路依柯把窗子都遮蔽得严严实实的，像壁虱似的啮咬着游击队的神话般的传说的残稿。开头，他很快地翻阅着，只查出了姓名。关于他的事件，在一本练习簿里有几行可怕的记述。瓦西林娜·瓦库连柯的被捕是同他的名字有关系的。他用汗湿的手一下子就把这一页撕掉了，揉成一团，用火柴烧毁了。这张被汗水沾湿了的纸勉强地燃烧起来，波泽路依柯那充满恐惧的眼睛盯着这张纸。他的判决书在手里烧毁了，甚至这张纸烧成了灰，散落了，他还觉得浑身发冷。

由于这个荒谬的事件，波泽路依柯现在最了解伊万·米罗年柯游击队的活动。他把这一切材料像背诗一样记得滚瓜烂熟，过后，为防万一，又把它们埋入地下，并花了很多工夫写着一篇足够占报纸底栏几面地位的长文章，现在这是一种最时髦的工作，干这种时髦工作不但可以博得一点荣誉，而且还可以捞稿费。可是想这干吗……他驱走了这些念头，又埋头在纸里，边写边划掉已经写下的文句。

波泽路依柯在写作中并不赞扬自己，应该不太使人注目，让大家赞扬你的客观态度和谦逊精神吧。他暗自想入非非，不止一次地意识到，报上将出现一个陌生的联络员的姓名，他奉一位传奇式的人物伊万·米罗年柯的命令，不得不离开游击队，而在田庄里搞徒劳无益的和无人注意的工作，甚至还受罪……

在这件事情上，一切都很顺利，如果格里高里·扎德聂泊罗夫斯基不活在人间的话。他，现在只有他是个头号敌人……可是那天在教堂里又发生了这件令人讨厌的意想不到的事……如果不发生这件意外的事，掌握了这些文件，连扎德聂泊罗夫斯基也会受骗的……怎样使你从道路上滚下去呢？……

波泽路依柯的大脑又好像在罗网中挣扎，同时他自己也在编织陷害别人的罗网。

第二十九章

马尔柯跟雅罗斯拉夫和他的配手库兹马·扎沃罗热内一块儿吃着冷盘，库兹马·扎沃罗热内是个狡猾的家伙，在战争时期，他在区的一个城市里做过一家小饭店的老板，在罗马尼亚做过买卖，在乌克兰第三方面军的部队里当兵，受过惩戒。在部队里他用彼得大帝时代的一支火枪——他管它叫反坦克枪——击毁过两辆坦克，他又到了罗马尼亚，他已经是个老兵。在前线的一条道路上，他截获了一辆旧式御用马车，他高兴得呆愣愣的，把马都卸下来了。

“您干什么？”马车夫喊叫道，“这几匹马都是米哈依陛下的！这是一辆御用马车！”

“国王不会再坐了——我的司务长徒步走着哪，”库兹马沉静地回答道，他骑上一匹纯种马疾驰而去，回到自己的部队去了。

扎沃罗热内那对豌豆色的水汪汪的眼睛现在已经能够适应生活，而不觉得不必要的怀疑和犹豫。他心里思索着，不劳而获是怎么回事，从前他也不劳而获，良心这个旧观念并不十分使他感到不安。同时他也善于从客观的立场来观察自己，他感到惊讶的是，这种“糊涂”的性格使他什么事都干得出来。

此刻他也讲述了自己所干的几件几乎是不可思议的事，他自己也觉得这些事情都是可笑的，他毫不隐瞒地得到一个结论：他应该或者生在资本主义社会，或者生在共产主义社会，在那些社会里，他会生活得像浸在猪油里的腰子。可是在社会主义社会里，他很少有机会走运。连那个当区仓库主任的荒谬绝伦的懒汉光是在肥料上所赚的钱就比他开拖拉机得到的工资多。既然如此，世界上还有真理吗？

“他赚得了什么？”雅罗斯拉夫奇怪起来。

“一笔资本！不是卡尔·马克思的资本，而是储藏在钱罐里的那种资本。眼下有些集体农庄的主席觉得没有肥料更太平。为了不让上级把他们当作懒马来驱使，他们都向这个仓库主任脱帽鞠躬，而且还请他喝酒。他在账册上写着某某人领去肥料，其实他自己卖掉了。因此，大家都满意：上级满意，主席满意，仓库主任也满意。”

“你既然有这样的想法，那你为什么当拖拉机手，而不到仓库里去工作？”马尔柯问。

“我的老婆改变了我的生活，她叫我和大家一样过日子，我的老婆是为社会主义干活，”库兹马带着嘲讽的口吻回答说，可是他那对混浊的水汪汪的眼睛变得温和了，“这是什么样的工作——在这上面休息？”他向拖拉机挥了一下手，“只有叫人伤心：干一天活，玩一个星期。可是，如果派我去当拖拉机站站长，所有拖拉机就会日夜隆隆地工作，不会歇工。”

“你从哪儿弄来了汽油？”马尔柯惊讶而又满怀希望地看着扎沃罗热内那张意志坚决的脸。

“我耍了手段。”后者简截地回答说。

“耍这样的手段，不会吃官司吗？”

“这是可能的，但是可以翻耕土地啦，”库兹马漠不关心地回答说，“只要有需要，我会给您弄东西来。我爱干这样的事……啊，好像我们的站长坐着他的破旧汽车上这儿来了？”他朝道路望了一下，说。

对，拖拉机站站长坐着一辆虏获的德国汽车来找他们了，站长是个矮墩墩的、身体壮健的人，蓄着一撮半俄尺长的唇髭。他轻捷地跳出汽车，和蔼地跟大家打招呼，并向扎沃罗热内点了点头：

“这个部下没有说我的坏话吗？他没有说过，如果叫他当站长，所有拖拉机就会日夜工作这样的话吗？”

马尔柯和雅罗斯拉夫都笑起来了，可是库兹马大吃一惊：

“您这么远，而且还坐在这辆破旧汽车里，怎么听见的？”

“你这个懒鬼，应该吻一下这辆破旧汽车！”

“它有什么功劳？”库兹马鄙夷地举起脚踢了一下汽车。

“我把你的奥廖娜送到医院去了。”

库兹马脸上顿时失色了，眼睛眯细了，两片薄嘴唇痉挛地哆嗦起来。

“怎么啦？”

“别担忧，一切都很顺利，”站长在唇髭底下浮出了一丝笑意，“我向你恭喜，你生了个女儿啦，可是她的体重有几公斤，我在路上忘记了。”

“生了个女的吗？”库兹马伤心地叹了口气，紧紧地拥抱了一下站长，头偎贴在他那宽阔的胸膛上，“谢谢，这是在我的意料之中的，但也出于我的意料之外……”他挺直了腰板，叹了口气，像那些心不在焉的人一样，可是用深表谢意的目光望了一下空间，手一挥，笑起来了。

“为什么做父亲的在这个时刻都变得很糊涂？”拖拉机站站长问，“该死的冒险家，上车吧，我送你去。”

“再一次向您道谢。”库兹马像条狗鱼似的溜进了汽车，顺从地坐在后座上。

站长向他摆摆头，问马尔柯：

“您多少有点儿了解这个狡猾的家伙吧？您瞧，爱情怎样摆布着他。反正我们会把这个家伙教育好的。这个沼地里的魔鬼，人很聪明，只是头脑里粘着做买卖这个脏东西。洗干净后，头脑会清楚的。汽油弄到了没有？”

马尔柯失望地把手一挥：

“现在哪来汽油？只要有汽油，我们就一瓶一瓶地收购。”

“您送汽油来，全部拖拉机都开到你们的田野上去。我很同情您，马尔柯·特罗希莫维奇，可是我爱莫能助。我白拿着一半工资，心里很难过。可是，也许还会走运。”他还有什么话没说完，那撮唇髭里又露出了一丝笑意，告了别，坐上汽车走了。

略带灰色的蓝绸似的暮霭悄悄地笼罩住田野，凹地里的水暗淡无光，水面上空的柳树像是一群跑到岸上来的鸟儿。在一片片没有消散的云彩间，带各种柔和色调的蓝色和略带绿色的浅蓝色在唱着、摇着，使大地入睡，并抹去大地上在那些荒乱年代遗留下来的痕迹。大地也被笼罩在使人沉入各种幻想的蔚蓝色中；看见了头几颗星星，听到了姑娘们的嗓音，它似乎快乐得战栗起来了。这是扶犁的老汉们和赶牲口的姑娘们从远处的田野上归来了。一天中，姑娘们在马儿旁边忙得累死了，用缰绳擦着破裂了的手掌，弄破了两脚，但她们还是唱着情歌，虽然她们没有情人……在这样的晚上会悄悄地向情人走去，谛听那慌乱的心怎样在蓝色的暮霭的静寂中跃动，谛听世界上最美妙的词句，睁大愉快的眼睛眺望星星和月亮，眺望那片被晚雾笼罩着的、但也许沉浸在爱情的幻境中的大地。

慈父般的怜惜攫住了马尔柯的心，他多么想为这些疲劳的姑娘们谋幸福，仿佛她们都是他的女儿。但是那普通的少女的幸福不是每个人都会有的。在他的青年时代，这种幸福多些。战争快要结束了，死神不再使人的目光熄灭，可是战争结束后，还要流多少无法安慰的少女的眼泪啊？

他的悲痛——他的独养女儿又在心里浮现出来了。爸爸，你在孤独中感到痛苦、难过，但你要带给大家微笑和大笑，也要带给大家安慰和主意，要弄到木材、金钱、种子和饲料，使每个庄稼人至少获得二百克粮食，使每个孤儿至少喝到一匙子牛奶。

此刻这个人的心坎里出现这个春天的黄昏美景，同时也出现慈父的烦恼、每个戈比的核算和这个伤透脑筋的问题——到哪儿去弄汽油，怎样耕田。他命该如此。

晚上，在他的土窑里召开了管理委员会会议，做了一天的总结，筹划着最近的将来应办的事，派谁去卡明涅茨波多尔斯基州去运石灰，在这上面哪怕赚几个钱也好。石灰的数量不多，总共只有五吨，他们已经获准在采石场采石灰，但是按照目前的价格，可以得到一万五千卢布，应付一下急需。大家又为汽油而伤脑筋。

管理委员会会议结束后，他又跟捕鱼队谈了一会儿——应该捕些鱼，哪怕为庄稼人、挖土工和孤儿们捉些做汤的鱼也好，接着又跟玛丽雅同坐了一会儿。她建议，趁早在砂土上种植半公顷早熟的番茄。不错，番茄也会冻死。但是，如果顺利的话，就可以获得一笔数目可观的收入。

“我们试试看。您种一公顷吧……哦，儿子来信吗？”

“您怎么知道？”

“我从您脸上看出来的。”

那个女人的脸唰地红了，在她的脸庞上又透出奇妙的秋天的美。

马尔柯望着玛丽雅，悄悄地欣赏着她的美，屏住着呼吸。

她走后，母亲惊讶地问：

“今天她为什么打扮得这么漂亮？过什么节日啊？”

“我可没有注意到。”儿子微微一笑。

末了，他在赫维其柯身边躺下睡觉了。疲劳立刻使他进入了睡乡，有一些心事搁置脑后了，浑身觉得轻松了，天空像翻倒了的摇篮在他眼前摇晃着，他香甜地沉入了暖和的深处，望着那些闪闪发亮的很大的星和那黄澄澄的一弯新月。月儿越来越下沉，月光像前灯一样照在雅罗斯拉夫的拖拉机上，他嘴唇上露着笑意。这个小伙子把拖拉机开到池边去了，他为什么笑得这么高兴啊？啊，他弄到汽油了。马尔柯也很高兴……可是这一切突然破灭了，消失得无影无踪——眼前只有一些什么点子，再没有别的什么。

“起来吧，孩子，起来吧，有人找你来了。”母亲俯下身子，叹着气，对他说。

他完全醒了，觉得疲劳的身子十分沉重。他赶忙穿上衣服。土窑里已经点上油灯，桌上摆着一瓶外国酒，可是库兹马·扎沃罗热内在桌边狡猾地斜睨着他。

“你从哪儿来？”马尔柯感到惊讶。

“从医院里来。”

“夜里他们也让你这个像疯子的人进去吗？”

“不是他们放我进去的，我自己爬进去的。”库兹马一点儿不觉得害臊。

“怎样爬进去的？”

“跳窗进去的。我怕打碎玻璃，就悄悄地卸下了玻璃爬了进去。”在库兹马那两片薄嘴唇上和他那豌豆色的、在油灯灯光的照耀下显得十分乌黑的眼里浮现出温和的和满意的微笑。

“你看见了女儿吗？”

“当然啰！我跳窗进去干吗？”

“怎么样？”

“奥廖娜说，她生得很好看，可我不相信，”库兹马拧紧了眉头，老实地承认说，“您自己想想看，她连眉毛也没有，这像个什么女孩子？”

“你真糊涂呀，她往后会长出眉毛来的。”马尔柯的母亲向库兹马叫道，不禁笑了起来。

“会长出来——真的吗？”这个无所畏惧的人信任地和令人感动地望着她。

“难道你的妻子没有告诉你吗？”

“我不好意思问她。真的会长出来吗？”

“一定会长出来的，眉毛会长出来的，也会变得好看，往后她也会有丈夫。我的孙女两星期后才长出眉毛。”

“那么我的女儿还要等一个时期。”库兹马放心了，他摇摇头，笑起来了：“往后甚至也会有丈夫？真是少见的！我们为她的健康干一杯！”

“你为什么上我这儿来喝酒？”马尔柯惊讶地问，“你没有亲戚吗？”

“一个也没有……连自己的父母我也不知道，马尔柯·特罗希莫维奇，我是个私生子。”在扎沃罗热内的脑门上忽然出现了阴云，“我这辈子倒霉透啦！伤痊愈后，现在才有了亲人——妻子和女儿。可是我觉得，您是个心地善良的人，我想请您做我女儿的教父。可是我有这样一段历史，您不会拒绝吧？”

“我决不拒绝。”

“不，我是说正经话。您这样一位英雄真的愿意做我那没有眉毛的女儿的教父？”

“我已经告诉你了。”

“我幸而想起了您。要知道，我是个有遗毒的和各种迷信的人。”库兹马喝了口酒，拧紧了眉头，信任地向别斯梅尔特内弯下腰，“马尔柯·特罗希莫维奇，今天不花钱就可以弄到汽油。”

“在哪儿？”马尔柯愣了一下。

“离这儿不远有这么一个好地方。那儿的一个军用仓库正在迁移。这个仓库里现在只剩下了两个哨兵。他们也寻欢作乐去了。马尔柯·特罗希莫维奇，咱们去跑一趟，怎么样？咱们凭良心拿几桶，谁也不会发觉的。”

那些愉快的念头像漩涡般地旋转起来，一下子就消失了。

“这分明是盗窃。”

“哪能算盗窃！”扎沃罗热内耸耸肩膀，“又不是为自己，是为集体农庄，也就是说，是为国家嘛。战争对一切都会原谅的！”

“不，库兹马，我不干这种事。”

“您这么正直有什么用？您可以知道啦，我一心想帮助您。”库兹马很快地喝下第二杯酒，愁眉不展地说，“这样看来，我这个人不配过社会主义的生活。您可知道，这是什么缘故吗？在社会主义制度下，应该长上翅膀，哪怕长上小翅膀，哪怕长上麻雀的翅膀也好，如果没有长上兀鹰的翅膀。可我学习的不是飞翔，而是钻隙缝！”

“您该别钻隙缝啦。”

“我的老婆也日日夜夜对我这么说。我努力改正，可是结果怎样呢——只有真主知道。”

马尔柯用目光打量着他。

“真主是真主，可你从今以后是爸爸啦，不再是一个什么小偷。不要像你父亲那样使这个称呼蒙受耻辱。”

库兹马不觉一愣，探究地打量了一下马尔柯，跟他握了一下手。

“再见，我去接雅罗斯拉夫的班。哎，我今天要好好耕一番地！”他扬扬拳头，“为纪念女儿的出世嘛！”

早上忧心忡忡的瓦西里·特里迈伏达头一个来找马尔柯。

“‘您表扬我吗？要不然我要自我赞扬一番。’”别斯梅尔特内迎接他，可是这句笑话没有逗乐这个仓库保管员。

“马尔柯·特罗希莫维奇，机会来了。”他压低嗓音，“只不过您未必会因此表扬我们。”

“什么机会？”

“夜里有个坏蛋来找我，他想做一笔交易。他不知从哪儿打听到我们的情况，想跟我们做生意：他答应拿一桶汽油来换一汽油箱白酒。”

“哪来这样的家伙？”马尔柯怒冲冲地问。

“从战争的泥潭里浮出来的。我们该怎么办？我们做酿白酒的私商吗？”

“这倒是个难题！……事情靠得住吗？”马尔柯问，还拿不定主意。

“如果仔细地瞧一下这个坏蛋的鼻子，有成功的希望——他会为一杯酒而出卖亲爹。他带来了两桶汽油给我作货样。”

“他的汽油放在哪儿？”

“如果告诉您，他才是傻瓜！他的堆栈不告诉人。”

“有一仓库吗？”

“大概是这样。他说，我们用他的汽油可以耕我们的全部土地。”

“那你去跟他谈妥吧！”马尔柯把手一挥，“不幸也会使人去做酿白酒的私商。”

“用什么酿造呢？”

“我立刻到糖厂去。那儿有糖浆……神圣的事业和犯罪的勾当一手包办。”

……糖厂厂长的脸色并不使人乐观。他那张满是皱纹的嘴像个角形的小面包，垂着两边嘴角，眼睛在狭小的眼眶里显出苦闷的神情，而鼻尖嗅着胡髭，好似嗅着冷盘。

“从这个家伙的手里未必能得到好处。”马尔柯在心里寻思，一边盘算着，怎样才能打动这个厂长的心。他添枝加叶地谈起被烧毁的村庄的苦楚来，可是这个厂长苦恼地听着他的话，总是嗅着胡髭，仿佛从胡髭里散发着一阵阵异香。等到马尔柯讲完话，厂长的那对眼睛立刻变得活泼了，他简短地述说了自己的想法：

“现在的村庄像是一首抒情诗，特别是被烧毁了的村庄，它本身就很有意思，可是我们不从事写作，我们是实干家，所以我们还是马上言归正传。我们厂里的糖浆是很好的，哪怕抹在面包上也行。您要多少，我们可以供给，如果您拿铜来交换的话。这样的交易合适吗？”

马尔柯惘然了。

“铜？什么样的铜？”

“随便哪一种都行，不管是什么性质的，不管是什么地方出产的，只要是铜就行。德国鬼子把我们抢光了。”

“我到哪儿去给您弄这种铜？”

“这是您的事。我供给您糖浆，您供给我铜，一公斤换一公斤！”

“也许，您还可以把糖浆去换黄金：一公斤换一公斤！”马尔柯挖苦说。

“目下我可不需要黄金。”厂长沉静地说，又嗅起胡髭来，显然没有什么东西能打动他的心。

马尔柯痛恨这个厂长，也痛恨自己，又悔恨不该干这种事，他怀着恶劣的心情回家去了。决意做酿白酒的私商——尚且不能如愿，想老老实实地挨批评——又不能……人是一种怪物。一早起，他就因怀疑和踌躇而苦恼不堪。他怎么会同意私酿白酒去购买汽油，可是现在他因为不能够这样干而痛恨起来。简直想掉转马头去找库兹马·扎沃罗热内，同他一块儿去打仓库的主意。

在槲树林里，那凉爽的、烟雾沉沉的黄昏像手掌似的抚摩着他的脸，使他的怒气稍为平息，可是现在一切思想像围住蜂王的蜜蜂在绕着耕田打转。不管怎样，他得去给这个鬼东西弄到铜。

马尔柯在家里向特里迈伏达和扎德聂泊罗夫斯基谈起自己所遇到的事。这个故事甚至引起平素沉着的瓦西里的愤慨，可是格里高里·斯特拉东诺维奇却笑起来了。

“您干吗笑？”马尔柯困惑地把他打量了一下，“您喜欢这个家伙吗？”

“他的鼻尖和胡髭都像在眼前一样，”格里高里·斯特拉东诺维奇笑着说，“您碰到一个实干家啦！可是我们似乎已经有铜了。”

“怎么？！”别斯梅尔特内和特里迈伏达突然异口同声地喊叫起来。

“您也许知道，在戈尔包维茨基森林里，有一个炮弹仓库挨了炸。仓库全部炸毁了，可是直到去年，弹坑周围还狼藉着许多炮弹壳……”

“那就应该立刻去！”马尔柯拿定了主意，“也许咱们会走运。”

当天晚上，他，格里高里·斯特拉东诺维奇和瓦西里都上戈尔包维茨基森林里去了。他们在月光下，顺着林中道路曲曲折折地走了很久，终于找到了一个巨大的弹坑，仿佛俯身在一个天然金矿上，他们都弯下了腰看着那些因天气恶劣而发绿了的炮弹壳……

一星期后，六台拖拉机来耕那片肥沃的、渗透着雨、露和雾的土地，使庄稼人都兴高采烈。又过一星期，有十封告密信在各上级机关流传。在这些告密信里写着，集体农庄新主席马尔柯·别斯梅尔特内是个道德败坏的家伙，强迫庄员们为他私酿白酒，常常喝得烂醉……

第三十章

土地散发着青草的清新气息，也散发着柔软的、令人沉醉的蒲公英的花儿以及树液和秧苗的汁液的味儿。姑娘们卸下了温室的窗扇，辛勤地劳动着，一会儿弯下腰，一会儿又把腰板挺直，而她们的歌声在那些柔弱的细枝的上空荡漾。在她们的歌声里，久远的时代的悲哀同眼下的少女的苦闷混合起来了。姑娘们向谁也不知道的未婚夫们唱着歌，向他们倾吐着像蓓蕾似的透露了一半的爱情，但是谛听着少女们想念情人的苦闷的不是未婚夫，也不是眼睛含笑的小伙子们，而只是那片沉思的大地。

这支歌又使马尔柯不安起来，他又想起了受到战争摧残的少女的命运，也想到可能因为没有音讯和没有孩子而在心里枯萎了的爱情。现在为什么连少女的笑声里也含有悲哀，他怎么会不知道呢？你简直无能为力，也许只有用亲切的话语和对那些由于命运而在少女时代就丧失了欢乐的人表示敬意，才会有所帮助。

这些沉思和悲伤不知不觉地把他带到了他发生初恋的那些晚上……这种爱情到底有过没有？

世界上有过那个性情温柔、长着一对刺花李似的眼睛、对他似信非信地倾心过的姑娘吗？有一年春天，他带给了她一枝被风吹折的樱花，哪里知道，也在那一年春天，他的爱情就破灭了……

到如今已经有多少年啦！你已经有了这样一个女儿，可是这件伤心事还是常常在心里浮现出来，使他痛苦而又烦恼。应该从心坎上撕掉它，把它当作过去年代的苦汁挤干，把心思用在工作上和生产上来压制它，以便减少痛苦。他撕着，但初次的和第二次的恋爱的回忆却时常打他心底里浮现出来。

突然在一支关于一只鹤的歌里，他听见了奥莲卡的声音，他甚至回过头去端详姑娘们。真的，在她们的歌声里有一种他的妻子的声音里也有过的东西。大概，这是她们向奥莲卡学的，在唱给他听，也让那只被打伤的鹤为自己的妻子而忧伤。她留着一条金色的辫子，她的歌声令人沉醉，她显得非常美！现在他家里再也没有那棵金色的柳树了，剩下的只是一棵被雷电烧伤的柳树，这棵柳树是从父亲坟墓上的十字架里生长起来的。

“马尔柯·特罗希莫维奇，我该拿玛芙拉怎么办？”玛丽雅·特里迈伏达走到他跟前来了，日常工作使一切幻想破灭了，只是没有消除心头的悲哀。

“为什么？”

“她还是不出工。”

“您跟她谈过吗？”

“我谈过几次，劝说过，也骂过，可是一点儿不起作用。她答应来，但总是不见她来。要不要罚她钱？”

“战争已经课了我们妇女很重的罚款，我们这样做太不应该。”马尔柯不高兴地回答说。

“那么怎么办呢？别人都看着玛芙拉，干活都不卖劲了。”

“还得谈谈，真心诚意地谈谈，她似乎不是一个懒女人。”

“这是对的。可是您为什么不问问，我们的工作进行得怎样？”

“一切都摆在眼前哪。您为什么把一部分秧苗留在这些温室里？”

“在这个暖和的地方，秧苗会给主席和首长长成第一批蔬菜。”那个女人笑起来了。

“谢谢，您挖苦了人；想不到您是个这样的人。”

“在别兹包罗奇柯当主席的时候，总是这样。这不是来接您的平板大车吗？”

“是来接我的。叫我去参加区委常委会议。”

“大概他们要表扬您。我们耕田啦，播种啦，搞得热火朝天！”

马尔柯默不作声：他心里想的不是表扬；换汽油这件事总是使他心神不安。

在大车上有个陌生人跟马车夫并排坐着，他头上戴一顶有点儿肮脏的浅灰色的帽子。他跳下车，脸上浮出恭敬的微笑，两个指头按在青筋毕露的鬓角上。

“马尔柯·特罗希莫维奇，您好。您让我搭车到城里去好吗？”

“行。”马尔柯不友好地打量了一下这个身上不整洁的、头发蓬乱的人，他有一个狗鱼的大鼻子和两片像袋的皱褶似的凸出的嘴唇。一股大蒜味儿从嘴里直喷出来。

“这好哇，我请客。”那个头发蓬乱的人讨好地微微一笑，忙碌地在原地踏步，仿佛土地燃烧着他的脚掌似的，并且声音更低地问：“大概，您也不知道我是个什么人吧！”

“我没有荣幸认识您，”马尔柯的目光冷淡地把他打量了一下。

“您猜不到吗？”在这个不速之客那对眼神狡猾的、细长的眼里浮动着烟雾似的瓦灰色的醉意。这种醉意里还含有一种令人讨厌的、无耻的、谨慎小心的和不可思议的东西。

“我没有时间考虑这个重要的问题。”马尔柯嘲讽地说。

可是身体像猎狗般细长而结实的这个头发蓬乱的人却没有注意到这句讽刺话。他带着神秘的神情朝四下望望，一阵谄笑扯开了他的嘴。

“这是因为我不是跟您，而是跟仓库保管员打交道。我叫费多尔·克拉西，就是供给您汽油的那个人。我希望咱们彼此会了解。可以说，我现在是您的耕田人！”

“您是我们的灾难，不是耕田人！”马尔柯气愤得一下子就涨红了脸，暗影在他那金黄色的眼眶里晃动着，“您在世界上过着这样的生活，难道不觉得害臊，甚至不害怕吗？”

“政治教育吗？”克拉西发出一阵啸声，一点儿不生气，“我已经不在政治学习小组里学习了——不是那些年代啦。至于良心和恐惧，如果您想知道的话，我可以提出真实的证明，只不过开头得找个支点。”他爬到大车边的木杆上，更舒适地坐下来，可是从他眼里浮出带醉意的微笑。目光变得更坚决了，在眼角里深藏着讽刺和仇恨。“那么从何谈起呢？难道就从这个谈起：甚至在社会主义时代，每个人也有金钱和商业关系，人在这样的关系中挣扎，就像鱼儿在网里挣扎一样。比方说，您现在想摆脱大家的债务。这对您是有利的，而且为了荣誉也有必要这样做。我处在您的地位，也会这样干。可是日常生活中的一些挫折却使我丧失了荣誉，甚至冲毁了通向荣誉的桥梁。现在我的脑袋还长在两肩上，所以我得比那些只会干活不会动脑筋的人生活得好些。现在我一个劲儿地想游到一个静悄悄的码头上去，在那儿为自己安度艰难的日子而作些什么安排。因为在我看来，如今集体制不是一个理想的东西。您做您的生意，我做我的生意，而做生意，首要的是找货源，找到货源，就买进，然后加上利润卖出。嗯，至于恐惧——那是另一个范畴，这是避免不了的。但不是所有的人都会被揭穿，都会落网，而且不是每个被捕的人都会受到法律的制裁。要知道，在法院里也可以找到中间人。譬如，我做着买卖，谁能按照某一条法律来审判我呢？这只有法西斯分子，因为我偷了他们的东西。您跟我的交易可以说是违法的，因为您是国家的代表。请问，应该谁向谁指出良心？”克拉西那令人厌恶的脸因浮出着洋洋得意的微笑而发亮了。

“下车，去见你的鬼吧！”马尔柯向前迈了一步，夺下马车夫手里的鞭子，大叫起来，“哼，不要脸！”

“我走，我走，何必发这么大脾气。”克拉西恐惧地跳下大车，“可见，有些人不爱听真理。”

“你别滥用这个词儿，坏蛋，你别污辱这个词儿！”马尔柯跳上大车，向马儿吆喝一声，大车就缓慢地在还没有被踩实的道路上移动了。

一会儿后，马尔柯甚至觉得跟克拉西所发生的事很可笑：这么一个坏家伙，可是他也懂得自己的权利，而且不比一个法学家差。假如他向你追忆的不是权利，而是自己的职责，那又怎样呢？正在想着、反复想着这一切的时候，马儿跑过槲树林和草地，那蓝湛湛的天空、那青青的水、那绿油油的大地在眼前创造出一个青春焕发的春天的童话世界，而在这一切中间立着几棵像新娘似的戴着绿花冠的柳树。

一只鹡鸰好似一块浅蓝色的东西从天而降，栖在一辆德国坦克的破裂了的炮口上。这只鹡鸰用尾巴在那个打坏了的怪物身上漫不经意地抽了几下，跳到地上，一会儿用这只眼睛，一会儿又用另一只眼睛小心翼翼地望着道路，在水塘里喝起碧青的水来。这只鹡鸰跟这辆坦克、跟它那盖在一片闪闪发亮的草地上和两丛小毛茛上的截短了的阴影有什么关系呢？！

听见了一阵嘚嘚的马蹄声，这只鹡鸰惊惶起来，伏在地上，接着无忧无虑地跳到一个土墩上，想把这个世界和水里自己的倒影看得清楚些。一会儿工夫，另一只鹡鸰飞到它跟前来了，它们互献殷勤，一会儿飞到坦克跟前，一会儿又从坦克跟前飞走了。

“死神能把人和鸟儿杀死，可是消灭不了爱情。”马尔柯在心里寻思。

他从一条杂草丛生的狭窄的村道驶到了大道上。春天在大道两旁到处都打上了蒲公英的金色的印章，还是去年的老蜜蜂宛若一个个深色的球在这些金色的印章上爬动着。一个多云的春天的故事越来越长，可是马尔柯心里却有这样一种感觉，仿佛他是在一个遥远的地方，在那儿，一会儿那些在阳光照耀下的湖闪烁着光彩，一会儿各种阴影紧紧地挤在一起。心里出现了各种回忆、忧虑和打算。在整个这一时期里，尽往土地里播种麦子，在目前的困难情况下，这是大可夸耀的，如果没有这桩该死的换汽油的事。

在区委会里，大家都用警惕的目光迎接马尔柯。他刚要在离布罗瓦尔尼克不远的地方坐下来，包利森柯就打开了一个藏着一些揉皱了的文件的纸夹，嘲讽地把他打量了一下。

“您在耕田、播种和管理吗？”

“正如汇报上所说的，我在耕田、播种和管理。”马尔柯细瞧了一下纸夹和那些揉皱了的文件，全都明白了，“已经收到了大量‘检举’我的材料啦？”

“已经有足够的批评您的材料。”

“如此说来，邮电部着实忙了一阵。”马尔柯不愉快地冷笑一声。

“有人也会忙碌起来，”包利森柯拧紧了眉头，“那么你们在用私酿的白酒耕田？”

“在小品文里可以这么写。”马尔柯表示同意。

“在长篇小说里呢？”

“在长篇小说里应当写，我们是用自己的悲痛来耕田的。这是迫不得已的事。”

包利森柯同情地看了他一眼。大量的检举信和基塞尔的坚决的催促才迫使书记叫来了别斯梅尔特内，要不然，他会挨更多批评。为了耕田，他搞出荒唐的事来，只有战争才会把好事和坏事牵扯在一起。

“你认识到自己的过错吗？”

“认识到。”马尔柯温和地说，但是他心里依然很平静，虽然搞得不好，可是田地不会休闲着。

“好在别斯梅尔特内同志认识了自己的错误，虽然现在才认识。”区委会指导员根纳奇·戈洛符青柯吹毛求疵而又含讽带讥地说。他善于根据各种情况或者显示一下自己的优越，或者显示一下自己的关心和尊敬，甚至会表现出十足的民主作风，特别是在晚会上。“你从前怎么没有头脑？”

“我的脑袋因为没有跟您的碰过，所以感到难过。要不然，就不会出毛病。”马尔柯像要打人一样把手用力一挥，这惹起在座的人们微微一笑。他们都不大喜欢头发梳得精光的戈洛符青柯。

指导员恼火了，他那无可指摘的圆圆的两颊刹那间发红了。

“大家看看这个正人君子！他自己犯了错误，却迁怒于别人！铁的逻辑！”他威胁地打量了一下马尔柯，对他的错误作了理论的分析。他从集体农庄的田地突然谈到古罗马，吹掉了中世纪史上的尘埃，从那儿选出某个例子，借助于这个例子，架起了一座桥，从过去时代的迷雾中过渡到我们这个世纪的二十年代。当时农村中的富农把粮食私下酿成白酒。

“好渊博的知识；你谈到了罗马啦，克里米亚啦，酿酒器具啦，可是一点儿用处也没有呢，”布罗瓦尔尼克做出不满的样子，“别说这种废话啦，给别斯梅尔特内记下，他受到了申斥。他应受……”

戈洛符青柯气得发抖了，但他克制着，平心静气地对别斯梅尔特内说：

“您可知道，您在争取丰收的战斗中输掉了多少，在群众和干部的眼里丧失了多少？”

“我懂得自己失去的东西，但也懂得自己赢得了什么。”马尔柯愤怒地站了起来。

“这可耻！他根本什么也不懂！”戈洛符青柯大声叫道，“您赢得了什么？”

“我赢得了女子保持美的年代。”马尔柯自豪地说，大家的目光都集中在他的身上。

“他说什么？”戈洛符青柯惊讶得连下颏也搭拉下来了。

“就是您听到的那句话，”马尔柯毫无顾忌地说，“当我派妇女和姑娘们带着铲子到田野上去干活的时候，我心里很难受。这种力气够不到的劳动会多么严重地损害她们的健康，会在她们的脸上添上多少条新的皱纹？现在我虽然有些损失，可我保住了女性美的年代。这也是值得的。”

包利森柯微露笑意，接着笑起来，把手一挥，愉快地对在座的人们说：

“同志们，听见吗？”

“伊万·阿尔杰莫维奇，我们都听见了。”除了知道自己失败了的戈洛符青柯，所有的人都回答道。

“我这么想，”包利森柯继续往下说，“由于对妇女和女性的美抱着这种体贴关怀的态度，有些人虽然犯了更严重的错误，但也得到了宽恕！大概，也应该原谅别斯梅尔特内同志。你们以为怎样？”

“应该。”传来了一阵声音。

“我这辈子头一次作出这样的决定。”布罗瓦尔尼克满意地说，拍拍马尔柯的肩膀。

会议结束后，包利森柯跟别斯梅尔特内两个人留下了。

“批评临到了你的头上，可你还是巧妙地摆脱了。”他放声大笑起来，“如果给你处分，你会生我的气吗？”

“不，我已经准备受处分。”马尔柯笑了笑，说。

“你口头上说说吧？”书记不满地斜溜了他一眼。

“我说的是实话。换汽油这件事在梦中也使我很痛苦。所以受申斥只有使我得到安慰，因为受了申斥后，就没有事了。”

“你真是个有趣的家伙，”包利森柯又像斥责，又像赞扬，“你可知道，有一次我受了申斥后，也有过这样的想法……不过酒还是应该少喝些。”

“喝酒？”马尔柯发愣了，接着又放声大笑起来，“这倒是新闻。有时因为心里烦，很想喝一杯，可是喝不下：我只能喝一点儿……”

“可是在那些匿名信里写了多少这样的话呵！”包利森柯把一只手按住纸夹，“你可知道，谁在努力地干这种事？”

“就是那些不愿老老实实地干活的人：前任主席和接近他的一批人嘛。我们打垮法西斯主义会比打垮这批诽谤者和贪吃懒做的家伙快些，这批人都学会了又狡猾又聪明地侵占社会主义成果的手法……您打算把这批信件怎样处理？”

“暂时保存着：我要算一算，对一个不畏强暴的主席一年中会写来多少这样的信，这些信耗费国家多少时间和金钱。然后公开审判那些最狡猾的告密者。”

“可是法律里没有这一条。”

“我们往后甚至应该设法要他们支付派人外出调查的出差费。在金钱上打击告密者……池塘里养了鱼没有？”

“养了。”

“战前你捕了很多鱼吗？”

“每公顷捕了六公担。当时我们把鱼都喂得很肥，而现在没有饲料。”

“你去找区消费合作社主任，他会拨给你一部分喂鱼的油渣。为这些油渣，你往后至少要邀我去钓钓鱼吧？”

“这要看他们能供给多少油渣。”

包利森柯笑起来了。

“我知道你是个什么样的吝啬鬼。汽油我们已经设法解决，运到了车站上……”

他们俩同时向窗外望去，暮色苍茫的远方渐渐接近窗口。他们此刻都不想汽油了，而想着已经在整个大地上振翅翱翔的胜利。

第三十一章

当低地里开始弥漫着一团团蓝灰色的薄暮的雾气的时候，马尔柯从远处的田野上归来了。许多小水鸭在天地间飞翔，长脚秧鸡在雾中"笛尔笛尔"啼叫；原来它好容易把客人邀到自己的地方来，不时给客人打开那叽嘎作响的小门。不用说，长脚秧鸡的歌是简单易懂的，可是每天晚上都唱着这首歌，特别是在天蒙蒙亮的时候，它使庄稼人都心花怒放。你常常在黎明的时候去谛听那"笛尔笛尔"的歌声，就会对在黑暗中劳动、逐渐驱走大地上的夜色的长脚秧鸡深表敬意的。

村边已经漆黑，树木连接成一片了，雾在脚底下翻滚着，万籁俱寂，甚至听得见折裂了的树枝的哭泣声。

马尔柯站住了，谛听着这阵哭泣声，接着走到一座小木桥跟前，走到他从前在青年时代头一次用双手抱起一个姑娘，把她抱到对岸的那个地方。正如河的两岸不相连接一样，他的命运跟那个女教师的命运也不相连接。和从前一样，在那座小木桥底下，水也在热恋地絮语，那些折裂了的树枝也在水面的上空哭泣。

"你老啦，"马尔柯在心里寻思，"常常没有必要地想起称做爱情的东西，常常没有必要地怀着悲伤和诧异的心情注意女性的美，这种美像艺术作品和大自然的奇迹一样，使你感到另一种的激动。在书本子里所见到的那个姑娘的形象也在头脑里愈加常常地使他想起那些久远的傍晚的暗淡的蓝色……你老啦，亲爱的朋友！"

他甚至在一座小木桥旁边站住了，四下看看，老年跟随着他没有？柳树拂着少女的衣袖，掉下来几滴露珠，老远又传来了一阵秧鸡的啼叫声。

马尔柯走过了小木桥，他的步子像奇妙的绗缝向村子的另一边走去——应该去看看玛芙拉·波克雷特谦柯。

当主席跨进土窑的门槛的时候，玛芙拉在一座小炉灶旁张罗，炉灶上那个独一无二的、像拳头那么大小的瓦罐在火焰的密幕上烧得发黑了。门叽嘎响了一声，寡妇猛地扭转头来，惊讶和恐惧的表情在她脸上混合起来。两道眉毛几乎垂到了那对有点儿腼腆的眼睛上。睫毛把眼里的火弄灭了。这个女人还不相信自己，挺直了腰板，不知为什么摸了一下腹部，但马上就惊慌地把两手移开，垂下了。

“你为什么这么害怕？”马尔柯感到惊讶。他觉得玛芙拉近来发胖了。这是由于什么样的富裕生活？“晚安！”

“您好，”玛芙拉警觉地点点头，此刻她那漂亮的脸上流露出凶狠和倔强的神情。她整了整那块鹅掌黄的头巾，伸手拿了一把火钩，把它紧握在手里，低声问：“您来强迫我去干活吗？”

在马尔柯的唇髭底下浮现出寻衅的微笑。

“你马上握住了火钩，你怕出工吗？”

“我不怕。”她打量了一下客人，又扭转脸去看火。

“我也这样想。”

“您爱怎么想，就怎么想吧，可我不到集体农庄去干活。您不必说服我，各种人都来劝说过了！”这个女人坚决而又固执地掉转脸去，不理睬马尔柯，又把火钩放入炉灶里，在炉灶里扒了几下，烧红的炭飞到炉灶口和地板上了。

“你招待人的态度挺不错。”马尔柯冷笑一声。

“人家也是这样对待我的。”玛芙拉头也不掉转来，回答道。她的整个脸和胸部全都被那闪亮的红色火光照亮了。“不论什么人，我现在一个也不相信！”

“这很可能。”马尔柯表示了同意。

玛芙拉觉得奇怪了。“什么很可能？”

“你说的那个嘛。人一次又一次地受到欺侮。他的信心就会动摇起来……你受过欺侮吗？”

“哪个不欺侮我们女人！”玛芙拉呻吟地脱口而出，此刻她仍旧面对着火，而不是面对着马尔柯，“福是求不到的，祸是避不开的；假如再加上寡妇的脸长得不丑，是一张……”

“这话一点不错：我们男人还会干卑鄙下流的事。”马尔柯又表示同意。

这句话猛扎了一下这个女人的心，她把已经冒烟的火钩从炉灶里拉出来，一边向客人掉转脸去，想回答什么，可是忽然改变了主意，谈起别的话来：

“是不是有人诬赖我，向您说了一大堆诽谤我的话。”

“你自己知道，你不是小姑娘啦。”

“我不是小姑娘，”这个女人声音极微弱地又说了一遍，把两手按在胸上，刹那间想起了做小姑娘的那些年代，但她立刻又痛恨起来，“让他们去嚼烂舌头吧。说人家坏话是容易的，可是怎样度过这个时期，谁会出主意呢？现在您当主席了，您要整顿一下，您帮助过别人运木料盖屋子，现在又替人家耕自留地，可是谁会给我耕自留地？靠这几个指头吗？”她向马尔柯伸过去那双长得很美、但却变得粗糙了的手，那双手在火光的反映下像秋天的枫叶般地哆嗦着。

她的手里、她的目光里和胆怯的心中的某种东西使马尔柯不安起来。

“唉——唉，亲爱的，不是耕田，而是一种更重要的事情不住地谴责着你的良心，它像陷入了网里的鱼儿那样战栗着。”马尔柯心里想。

“明天我们来给你耕自留地。”

“明天？”她不相信地追问一句，那双有点儿腼腆的眼睛向马尔柯炯炯发光。一种敌意的猜测使她拧紧了眉头。可是玛芙拉不再猜测，不安地把一只手按在含着怒意的漂亮的嘴上。“您给我耕自留地是出于一片什么样的好意？”

“不是出于好意，也不是叫你去干活作为代价，而是因为你的命运是如此。”马尔柯温和地回答说。

“命运？”玛芙拉不觉一怔，“您可知道，这是什么样的命运？”

“当然是寡妇的……”

这句话说得玛芙拉伤心起来，她把身子向后一仰，痛苦地打量了一下马尔柯；痛苦像一片灰沉沉的雾在她的目光里晃动起来，两边嘴角悲怆地垂下了。她突然极伤心地嚎哭起来；眼泪像断线的串珠从两颊上和高耸的胸部滚下来。她的奶头十分显眼地突出着。她用两手捂住了脸，可是泪水透过指缝流下来了。

“亲爱的，你干吗哭？……”马尔柯慌张起来，“你怎么啦？”他把玛芙拉拉到桌边，让她坐在一只方凳上。这个女人把头搁在两手上，痛苦地哽咽着，像个受了欺侮的孩子。马尔柯在桌子的另一边坐下，用手托住一边脸颊，悲伤地望着她，不知道怎样安慰她。末了，她稍为安定，拿衣袖擦去泪水，那双泪水模糊的眼睛望着马尔柯，说：

“我的命运您现在全都知道了吧。”

“我什么也不知道。”

“您会知道的。大家都会知道的……我怀孕了。哎哟，天啊，天啊，生下孩子来，我怎么办？”她的嗓音听起来是那么痛苦，那么悲伤，马尔柯不觉哆嗦了一下，从桌边站了起来，“因此我不出去干活，免得人家现在就说闲话，可是避免不了啊……我的孩子是私生子。”

在这个女人的悲痛的压迫下，马尔柯不觉缩紧了身子。谁不知道，有多少这样的母亲含垢忍辱。他走到寡妇跟前，把一只手按在她的肩上。她十分紧张，不是等待着挨打，而是等待着同情，哪怕是一点点的同情也好，虽然她分明知道，她不应该得到同情。

“玛芙拉，你别这么说，也不要这么想。听见吗？”

“唑……”从她嘴里只发出这么一阵声音。

“生活里什么事情没有？各种各样的事情都会发生……不过你要知道：爱情也许是不合法的，可是孩子是合法的。我们不再是他们的法官，而是他们的父母，他们的教养者。你明白吗？”

“真的吗？您真的认为，所有孩子都是合法的？”这个女人精神一振，也站起来了，低下了头，“可我却想把他杀死。”

“你怎么会有这样的念头，”马尔柯很愤怒，“你是母亲，听着——你是母亲！”

“母亲，大家都会用指头点这个母亲。”玛芙拉哼叫起来。

“我根本不是安慰你——人是各种各样的，也会有傻子用指头或言语当作一把刀来剁碎人家的心，虽然他的智慧并不因此有所增加……”

“如果孩子的父亲这么说就好了。”泪水又在寡妇的睫毛上抖动起来。

“他是谁啊？”

“难道你没有听说过，猜想不到吗？在村子里是隐瞒不了的。就是安东·别兹包罗奇柯。”

“他打算怎样？”

“他恳求啦，威吓啦，给钱啦，要我保全他的颜面。他要送我到一个在她手里已经有一半妇女丧了命的婆娘那儿去。”

马尔柯握紧了拳头。

“你唾他的眼睛……要知道，他并没有孩子，他为什么不觉得高兴？”

“高兴？”玛芙拉的眼里头一次出现一丝希望，“我不知道，我不知道，马尔柯·特罗希莫维奇，我该怎么办……修道院里已经有人来过了，叫我到他们那儿去。上那儿去也许是对的？”

“别这么想！”马尔柯从她的头顶上愤怒地向苦行修士的使者来的那个地方望去。这些乌鸦，他们嗅到一个妇女有悲痛的事，他们就缠住她的心……我们还不会及时地帮助人……“等到孩子生下来，你会开始过根本不同的生活。你要抚养自己的亲骨肉，他先会向你微笑，然后咿咿呀呀学话，再过一阵子就会说起话来。”回想起自己的女儿从前怎样躺在摇篮里，他不禁微笑了。

“您说了这许多话莫非为了宽慰我的心。”玛芙拉摇摇头。

这当儿门轻轻地打开了，别兹包罗奇柯踮起脚尖偷偷地走进土窑里来了。看见了马尔柯，他惊慌地眨巴着眼睛，放下脚跟，摘下头上的制帽，擦起热汗涔涔的脑门来。

“既然我们在田野上不能见面，在这儿见面也好。”马尔柯透过睫毛看了他一眼，并从牙缝里含糊地说。

“啊——啊——啊……说实话，你在这儿干什么？似乎并不顺路……”别兹包罗奇柯慌张失措地嘟哝说，一边警惕地盯着马尔柯和玛芙拉的脸：他们谈过他没有？说实在的，这个傻女人现在敢于谈他最害怕的事了。

“我到这儿来干什么吗？我来叫玛芙拉出去干活。”

别兹包罗奇柯心头轻松地吁了口气，不自然地冷笑一声。

“原来是这么回事！你催促人家去干活，你无聊得乱抓一气。你又想得什么勋章和奖章吗？跟我们的人一起，你得不到。老实说，我这么想过：你是不是看中了玛芙拉？她哪一点算不上美人儿？”

听到这句诽谤的话，马尔柯浑身发抖了，可是他忍住了，而玛芙拉的眼皮痛苦地抖动起来。

“唉，你干吗难过？”他想伸过手去拍她的肩膀，可是他没有这样做，“你把酒摆在桌上，请新主席喝吧，如果你不喜欢旧主席了。一个脸孔漂亮的寡妇跟新主席在一起准没错，何况他还是个光棍。”他把目光从玛芙拉的身上移到了马尔柯的身上，谄媚地吃吃地笑着，满以为大概多少会使女主人感到高兴。可是他没有使她感到高兴，反而使她更伤心了。

马尔柯眼边的皱纹变得很显明。

“嘿，安东，你倒挺聪明！”

“谢谢你的赞扬。亲爱的朋友，得到你的赞扬可不容易。”别兹包罗奇柯脸上放出光彩，“也许，当真喝一杯吗？”

“好吧，行，”马尔柯目光锐利地看着别兹包罗奇柯，表示同意，“你可知道，我为什么想喝酒。”

“为新的思想，或者为庄稼长得青翠茁壮？我猜中了吗？”别兹包罗奇柯漫不经心地问。

“不，你没有猜中。我们为玛芙拉将要生下的你的儿子或女儿干杯。”

别兹包罗奇柯几乎憋死了，他吸了口气，脸色惨白，精神萎靡。眼睛里开头流露出惊慌的神色，接着换上了一种可怕的空虚。

“你……你当真全都知道吗？”这句话在两片扭歪了的嘴唇上可怜地挣扎着，唠叨着。

“我知道。”

别兹包罗奇柯用手掌摸了一下脑门，带着表示责备的绝望的神情看着玛芙拉：

“是你说的吗？为什么？……”

寡妇躲到角落里抽噎着，于是他硬着头皮问马尔柯：

“你觉得怎么样？高兴吗？……”

“安东，我很高兴。但不是由于你所想象的那个缘故。你到底会有一个孩子，你也要做爸爸，而不是一棵没结果的树，这怎么不叫人高兴？”

“可是没有孩子也许更好些？……咳，玛芙拉，玛芙拉，你弄得我倒霉而又丢脸，”别兹包罗奇柯痛苦地说，“本来你要干什么还不迟，可你却向人家说我的坏话。”

玛芙拉默默地饮泣着。别兹包罗奇柯痛苦地把手一挥，解开上衣的钮扣，从一只口袋里拉出一瓶酒，而从另一只口袋里拿出一块陈的腌猪油。

“那么咱们喝酒吧？”他对马尔柯说，“没有别的办法……情势……”

“安东，咱们一定喝。”马尔柯在碗橱里找出两只有柄的瓷杯，放在一张摇摇摆摆的桌上，自己倒了伏特加，“为你的孩子，为你的后代！”

“咳！”别兹包罗奇柯拧紧了眉头。他想着心事，像举起一个石磨盘般地把杯子举起来。“你至少暂时不要告诉任何人：万一突然生下一个死孩子，可是消息会预先传遍全区的。”

马尔柯用含着敌意的目光把他打量一下。

“这又是什么样的蠢话？”

“要知道，玛芙拉想不要这个孩子，她曾在地窖里摔过好几跤。这样的事……可要小心地处理。老弟，你暂时要保守秘密……”

马尔柯浑身战栗起来。他走到玛芙拉跟前，好容易劝得她在桌边坐下来……

对马尔柯来说，这一夜是很辛苦的。在他面前坐着两个人，开头，一种类似爱情的东西使他们发生了关系，可是现在他们都诅咒着这个爱情，同时每个人都认为自己受了委屈。马尔柯既要做法官，又要做辩护士和法律顾问，而且还会自告奋勇做教父呢。他甚至想博取别兹包罗奇柯的欢心，只要能从别兹包罗奇柯心里敲出父亲的情感的微弱的火花。可是后者愁眉不展，埋怨着，逃避责任，心里用最粗野的话咒骂着马尔柯和玛芙拉，像送丧似的坐在这个孕妇身边。马尔柯好不容易地把安东和玛芙拉劝住了，然后头一个走出土窑去。

温柔而严肃的静寂笼罩着春天的大地，在这一片寂静中，那高不可测的天空中蜜蜂在成群地飞翔，[①]天空中这些蜂群中间有一条银河向地面俯视着，把一道道像蜜蜂食料那样的银光撒在草地上。天空中的养蜂场跟他们现有的、设备简陋的、只有二十一只蜂箱的养蜂场不一样。马尔柯穿过菜园，接着打田野向那儿走去。

森林里散发着腐烂的树叶的味儿和略带苦味的艾草的汁液的味儿。在这个时刻，整片槲木林布满了星星，仿佛天空使这片树林陷入了一张金黄色的网里，它沉思着，应该怎样处置这个捕获物？

马尔柯走到养蜂场，看了很久。在那些蜂箱间，像石雕的骑士立着一座座高高的、在树洞中挖成的蜂房。这些蜂房被用一只只宛若钢盔的大碗覆盖着。马尔柯靠着一个蜂箱，蜜蜂的屋内用一阵悦耳的嗡嗡声应答着。在凉快的时刻，成千上万只蜜蜂都成了关心孩子的妈

---

① 意指星星。

妈——它们为未来的孩子把蜂房弄得很暖和。马尔柯又想到寡妇的土窑，仿佛从那儿带来了她的一部分苦恼。心情沉重，好心的女人，你的痛苦还在后头呢。将有不止一根舌头，不止一对眼睛侮辱你这个不幸的孕妇，但你同样没有权利委屈孩子，说不定他将是你一生中最大的喜悦。

第三十二章

一早，建筑队来替叶甫敏老大爷奠屋基，并且当天就给他安上了窗框。

“马尔柯，那些窗不太大吗？”老头儿不安起来，“只有我们那个逃到资本主义世界去的地主老爷家才安过这样的窗。”

“现在要让从前的雇农也显一下威风。让阳光在您的屋子里逗留得更久。您会更高兴地塑马。”马尔柯微笑着回答说。

“的确是这样，这对塑马有好处，可是冬天老头儿会怎样呢？不会冻得像马驹般地跳跳蹦蹦吗？”

“您别担忧，我们让窗与窗之间的距离相隔六厘米，那就能够保持暖和。”

“科学。”老头儿摆摆头。他打量着那柔和地散发着一股干燥树液气味的屋架，叹了口气，感激地说，“如果各方面都这样搞工作，那我就拥护社会主义。”

马尔柯向他投了惊讶的一瞥，想起了基塞尔的一句话，不觉笑了起来：

“那么您以前一直不拥护社会主义，而拥护资本主义？”

叶甫敏老大爷生气了，气势汹汹地翘起了如糖萝卜样的胡子，扬扬拳头。

“你是党员，可是胡说八道，像个落后分子。你还算是个有学问的人，却弄不清楚我老头儿是什么人。除了我的老伴，总应该有人了解我啊。”

马尔柯愉快地把双手一摊。

“那么您为什么说社会主义的坏话？”

“说坏话，说坏话，”老头儿学着说，“老子骂儿子，不是因为不爱儿子，而要使他变得更好。可你马上就好似冲着我的鼻底下把大拇指从食指与中指间伸出来一样，给我扣上资本主义的帽子。而且你还在笑，像是在说：老大爷的话给我揪住了小辫子啦。虽然你是开开玩笑，但是换了别人，为了一句话，就会不问情由把你痛责一顿，而你还自称为进步的、思想好的人呢。可我认为，我也是一个有自己的主张的思想好的人，不是一个落后分子，可以写些我的事迹，这对大家会有好处。要知道，我们这儿所写的是一些什么样的老头儿呢？他们写的都是些最聪明的或者有点儿古怪的老头儿，可是那些并不样样都知道的、不好不坏的老头儿就没有人写了。就拿我们的齐诺维·戈尔季延柯来说，他狂敲过自己的钟号召大家参加革命，所以直到现在他还是一个自豪的打钟人。你不能使他动摇，也不能使他倒向另一边。如果对他说，我们的法律里还有一条不公正的条文，他就会咬断你的喉管。这虽然很好，但也不很好，因为戈尔季延柯相信一切好的东西，任何一个坏蛋就不难混进我们那个神圣的和有切身利害关系的事业中来。可我是个爱批评的和不轻易相信的老头儿，但我热爱自己的人和政权。而我怎么能不热爱这种政权呢？你看看我的一生，我过的是什么样的生活啊！两脚刚刚能站立，我就出外去谋生了。七岁上就光着脚板踢落早晨和晚间的露珠，在秋寒中和料峭的春天早晨踩踏泥土。两脚常常皴裂得几乎露出骨头，可是妈妈悄悄地安慰我：‘孩子，到烘房后边去把脚泡一阵，就会好的，药没有地方弄呀！’大约过了两年，我当了雇农。当时不但脚上的皮，而且两肩上的皮都破裂了——只有上教堂去点蜡烛的时候，东家的手才是仁慈的。马尔柯，那儿活儿那么多，不管你相信不相信，我连哭的工夫也没有。在富农那儿过过苦役般的生活后，甚至觉得在地主的大农场里干活是过奢侈的生活了：那儿有可靠的朋友，也碰到了爱情，免得穷人在世界上绝种嘛。”叶甫敏带着善意的讪笑回忆着自己的青年时代，“后来战争爆发了，又发生了革命和饥荒，末了，分得了一小块土地。大家的生活过得稍为好些了，粮食年年丰收，虽然得到粮食也不容易。这时集体化跟着来了，两个月内实行了全盘集体化，可是这以后胜利冲昏了头脑，但是也因为失败、做得过火或不足而变得头脑糊涂。难道你没见过，某些上头派下来的人坐着四轮马车，向村苏维埃疾驶而来，他们不向神圣的事业致敬，也不说‘你们好’，却站在门口叫嚷：‘你们为什么落后？’‘我们在哪方面落后？’‘在百分比上。你们没有全盘集体化！你们要鼓足干劲！’他跳上四轮马车——又去叫别的村子赶上百分比。可是庄稼人并不是傻瓜，他们都知道，在那个时期里，他们在这种为百分比而奋斗的领导下，也没有过好日子。马尔柯，当时有些人也根本不了解我们庄稼人，某些人后来也不了解。我不止一次地考虑着：也许在最高的领导机关里——在部里有人蒙蔽着我们。举个例来说：有个什么坏蛋呆在那儿，他像苹果里的果心虫，过着奢侈的生活，而且常常从中捣鬼，使我失眠得脑汁枯竭；如果我跟大家和和睦睦，他就挑拨我找他们的碴儿。嗯，不管怎样，一切错误都得改正，把工作搞得比以前更好。我也想在田头和家里看到社会主义，而不仅仅在报上读到它。可是有谁写过关于这样的一些老头儿的事迹呢？”

“这谁知道呢？”马尔柯沉思起来。

“不会写的，”老头儿坚信地说。“因为我不上照，人家在照片上都是笑眯眯的，要了解我和我那痛苦的爱可不简单——爱不是摆在脸上的。嗯，马尔柯，我感激你们为我盖这间屋子，安上这些大窗。你此刻上哪儿去啊？”

“到养蜂场去。”

“啊——啊，我知道去干什么。”老头儿脸上放出了光彩。

“去干什么？”

“听听头儿只夜莺的歌唱，对吗？”

“一点不错：那儿的夜莺唱得比任何别的地方的都好听。”

“为什么？大概它们觉得那儿风景优美，自由自在：池塘里的水是清澈的，绣球花上布满着甜滋滋的露珠，一只猛禽也没有。”

马尔柯晚上很迟的时候来到了养蜂场所在的一座小林里。那些夜莺已经唤醒了那柔和而又潮湿的寂静，那片蓝灼灼的黑暗似乎在晃动和啼啭。

马尔柯站在一株微微摇动着的白槭树底下，欣赏着夜莺的啼啭，欣赏着夜晚的各种诱惑力，欣赏着雾的怯生生的飘动，那片雾不知道从草地上应该飘往何处。

一群野鸭沙沙地飞过，它们的翅膀碰着一颗星，这颗星掉到大地上碎裂了。

马尔柯微露笑意，不知为什么很高兴。他打蜂箱间穿过，从那儿隐隐约约地传来一阵蜜蜂的嗡嗡声。在离窝棚不远的地方，他看见了一台简单的切碎刨花的手摇机床。机床旁边堆置着剥净了皮的白杨木劈柴和几捆奇怪地散发着鲜鱼腥味的刨花。

“你在瞧我自己制造的玩意儿吗？”齐诺维·彼得罗维奇的声音在背后响了起来，“可我以为，谁溜进养蜂场来了？”

马尔柯跟养蜂人握手问好，并递给他一条刨花。

“您利用这干什么？”

齐诺维·彼得罗维奇深深地抽了一口烟，在他那头白发上掠过一道明亮的光。

“我干什么吗？可以利用它盖屋顶。现在没有麦秆，砖瓦或铁都买不到。”

“是这么回事！一所房子需要多少？”

“花七十卢布买二立方米白杨木就够了。”

“真的吗？”马尔柯高兴起来，“齐诺维·彼得罗维奇，这好极了！不管怎样，对我们的村子来说，这是个好办法。从前您为什么不说？”

“我哪能知道，我为什么不说？”戈尔季延柯诧异地把双手一摊，“不知怎的，我总是想不到。”

马尔柯表示责备地瞥了他一眼。

“有好的东西，你就要毫不犹豫地献出去，因为这是个好东西。

在林务区里现在有白杨木的劈柴吗？”

“大概有。”

“那我去找林务员，叫他保留一下这些有用的东西。”

“为自己吗？”

“为集体农庄和大家。”

“那么你夜里就去打搅柯尔尼延柯吗？”

“林务员夜里不应该睡觉。您在造蜂箱吗？”

“可不是。分群的日子不远了。我爱分群和采蜜的日子！”

“还有什么好东西您不喜欢？”马尔柯笑起来了，“有蜜源植物的种子没有？”

“我在占领时期也没有抛弃过它们。在战争时期，菩提树大大地减少了。人们都肆无忌惮地剥菩提树的皮去编鞋子。”

“有人家的蜂群飞到这儿来吗？”

“有。”

“这也应该考虑。去跟那些有蜂箱的人谈谈，让一部分蜂群给我们。”

马尔柯告别了，沿着一条羊肠小径快步走到槲木林的深处去了。

在林务员的那个坐落在花园和树林间占地很广的宽敞的院子里，停着两辆大车，在一辆大车旁，有一匹高大的马把头络弄得叮当响，用马蹄刨着松软的泥土：春天也使它感到不安了。一条公狗在一个敞棚旁嗅到人，就凶恶地狂吠起来，把系在脖子上的链子弄得当啷响。不大工夫，一个体格结实的主人津津有味地打着呵欠，从屋子里走出来了。

“哎，你可要小心点儿，我这条狗的祖先是只狼！”

“奥斯塔普，你干吗想吓唬好人？”

“马尔柯，是你吗？”林务员走到大门口，问。

这个林务员在马尔柯心里留下了一个深刻的印象，他在发怒的时候，脸上也总是挂着微笑。大概，由于那撮使嘴角的皱纹稍为向上扯起的、歪得奇形怪状的胡髭，他的脸看起来是这样。据说，在内战时期，科托夫斯基麾下的战士奥斯塔普挥着军刀冲向敌人，敌人都纷纷溃逃。在一九二〇年，首都的一个画家甚至替他画了一幅肖像，可是奥斯塔普看了一下自己的肖像，不满地说：“夜里看，这样的笑容会把人吓一跳。”“您就是用这样的笑使敌人丧胆。”“您不是画给敌人看的，同志，您要把我画得诚实可爱才好，我在人们中间是这个模样，但在坏蛋们中间便不是……”

“没有把你吵醒吧？”马尔柯边打招呼，边问。

“没有，我跟波泽路依柯瞎扯了一个晚上。你听说过这个善变的人吗？”

“我听说过。这是个不用眼睛而用绞索看人的家伙。他向你要求什么？”

“鬼知道这个滑头安什么心眼。他从来不直截了当地说话，不看人家的眼睛，老是想逐步深入地探听出什么来。他一会儿说我们的教师扎德聂泊罗夫斯基的坏话，一会儿打听米罗年柯的游击队员的情况，一会儿打听我的哥哥维塔里。听到某人被杀或被折磨死了，他甚至仿佛很开心。他不是疯了，就是为了自己的某种需要而搜罗着死魂灵。他简直是个新的乞乞柯夫[①]。”

“这个狠心的魔鬼，他在哪儿？我要让他瞧瞧死去的和活着的人们！”

“我把他赶走了。他赶往另一个地方搜罗毒物去了。我听说，蝮蛇一年中能生产半克干毒物，而从波泽路依柯身上大概可以挤出几公斤。是什么风把你吹来的？”

“有事呀。奥斯塔普，你有没有钱？”

“我自己也不知道。”林务员耸耸肩膀。

“你怎么不知道？”马尔柯发呆了，“我可没有听说过，一个人不知道自己有没有钱？”

“可我和妻子都不知道。事情是这样。不过你要听着。我们过去

---

① 果戈理的长篇小说《死魂灵》里的主人公。

和现在的生活——这是有目共睹的。我们没有获得过巨大的财产，没有银行的存折，没有让钱在土地里烂掉过；可是，如果弄到了钱，我们就寄给孩子们，让他们在学院里、在中等技术学校里或在讲习班里学习得更好，让他们成为学者和正直的人。我直截了当地说，除了奥列克桑德尔以外，我们对所有孩子都赞不绝口。”

“这么好的一个小伙子，你们为什么责备他？”

“好是很好，但是路子走得不对头。你想想看：他为什么要当演员？有什么目的？要知道，这是一种什么样的工作：人是一个，可是过着各种各样的生活，而且他自己永远做不得主。譬如，他想开开心，但是他必须哭，甚至硬要挤出眼泪来。总之，这种生活不是严肃的，而是恰恰相反。一个月前，他忽然寄给我一万二千卢布。我和妻子一同到区里去取钱，我们把这笔汇款在手里转动着，心里很难过。我们把钱寄还给他，并给他写去一封信：‘孩子，在我们这一代中，谁也没有做过懒虫。我们请求你，你也别做懒虫，别使人受辱——你在哪儿拿的钱，就在哪儿归还，悔悟地或者悄悄地归还都行。永远不要再干这样的事，我们可受不了这样的耻辱……’你猜怎么着？两天前，这些钱又寄来了，还捎来了一封信。沙希柯[①]发誓说，这些钱是他当电影演员赚来的，叫我们要怎样花，就怎样花。现在我们也不知道，我们有钱没有？”林务员发出悲哀的笑声。

“奥斯塔普，这些钱都是正当的，你可以拿自己的儿子自豪：他大概是个天才。”

“你这样想吗？”林务员脸上放出了光彩。

“这没有什么可想的。你借柴钱给我吧？”

“你需要多少？”

“我需要能买下所有白杨木的劈柴那么多钱。你有多少白杨木柴？”

“大约可以凑到六七十立方米。”

---

① 奥列克桑德尔的小名。

“这很好。请你明天替我在林务区付款。”

“你用白杨木刨刨花吗？”

“刨刨花。”

“好吧，”奥斯塔普像贩子一样，跟马尔柯击了掌……

“谢谢你同意我的请求。请向令郎问好。”

那令人不安的夜色宛如深蓝色的破衣烂衫，在那些被砍掉了树木的森林上空升起，向四处散开了。柔和的、闪烁着光彩的晨曦往夜色退走的地方流动着。它已经使树木可以识别了，产生了新的色彩，动人地摇着连露珠也能把它们压得弯向地下的柔软的嫩枝头。槲木林陷入了快乐的静思中。樱桃树是一副结婚的打扮，野苹果裂开那丰满的粉红色的嘴笑着。

马尔柯走出森林来到了春播地上，这儿，在土地的上空出现了淡绿色的宛如一条条小船的豌豆。在每张风帆似的叶子上还留着夜间凝缩的露珠。东方不知怎的一下子就充溢着粉红色的珍珠的光辉，在东边的天空光芒四射。它们用暖和的指头摇动着和温暖着一束束白雪般的云彩。百灵鸟最先迎接太阳，开始在天地间拉紧了自己那银灰色的经线。随着它们的歌声，蒲公英那湿漉漉的金黄色的眼皮睁开了。

在远处的一条道路上出现一个黑黝黝的东西，马尔柯突然看到，在阳光照射下的田野间，有个骑马的人追逐着影子。接着又有几个骑着马的人在另一条道路上和第三条道路上出现。这种神奇的奔驰以及他们的身形和姿势中带有一种异常的东西。马尔柯预感到，有一种伟大的东西猛叩着他的心扉。他急忙向十字路口跑去。头一个骑马的人的皮帽上系着一条色彩鲜艳的红布，高举着一只手，向他飞驰而来。

“胜利啦，胜利啦，胜利啦！”他喊了三遍，打旁边疾驰而过，向蓝色的远方飞驰，在天地间消失了。

又有一个骑马的人飞驰到了十字路口，看见马尔柯，他也洋洋得意地举起了一只手。

“胜利啦！德国投降啦！……”

春天的土地在马蹄下轰响着，那几个骑马的人在各条道路上跟太阳平行地飞驰着。在各条道路上，光荣急急地赶往那些为它忘我地献出一切的人那儿去了。

马尔柯像着了迷一般很久还不能把视线从道路上、从那些胜利的报信者身上移开，没有觉出泪水从睫毛上滴到那些小船似的豌豆上了。接着他按住了心，赶快走回到村子里人们跟前去了。首先投入他的眼帘的是在草地上行走的玛芙拉。这个寡妇肩后背着一个小锄，孤单地出工去了。马尔柯走到她跟前，拥抱她，并把她吻了一下：

“胜利啦，祝贺您，玛芙拉！祝贺您。伟大的日子到来了！咱们终于盼到了这一天……”

这个女人开头惊惶失措地缩紧了身子，接着突然大叫一声，悲哀地微笑了。

“谢谢，马尔柯 · 特罗希莫维奇，谢谢。”

“你回到村子里去，让大家高兴。”

可是她仿佛在这个地方扎了根似的，痛苦地问：

“现在我该怎么办？”

“你说你自己吗？”

“说我自己。别兹包罗奇柯变卦了。昨天夜里他来过了，说什么他不会把新生的孩子认作亲生的孩子去登记。”

“那就作斯杰潘的孩子去登记吧。”

玛芙拉愁眉苦脸的。

“怎么可以作为被杀害了的人的孩子呢？”

“那就用我的名义去登记！要知道，重要的不是名义，而是生命！”

马尔柯急忙赶到村子里去了。寡妇呆若木鸡地很久还望着他的背影。

人们已经集合一起，跑到广场上去了。大家都拥抱、接吻。在人们的眼里显出了欢笑和泪水。赫里山蒂神甫没有穿上长袍和内长衣——穿着普通的世俗服装——爬上了钟楼，一个劲儿地打起钟来。鸽子从钟楼上飞了起来，它们在村子的上空盘旋着，使全村人越来越高兴，越来越充满各种新的希望。

第三十三章

黄昏时歌声四起，那些住在潮湿的土窑里的人，有的在歌唱，有的在悲伤。狂欢和最沉痛的悲戚聚合在一张桌上。同样的一首歌使有些人的眼睛闪出欢乐的火花，而使另一些人的眼睛掉下泪来，这些泪水把悲痛掺入了那些庆祝胜利的酒杯里。

不止一个母亲，不止一个寡妇，在这个伟大的日子里扭绞着两手，像受伤的鸟儿从土窑里跑出来，一径去参加循环地进行着的欢呼、喧闹、歌唱、大笑和满怀希望的谈话。她们发愣了，呆若木鸡，细瞧着那些变得暗沉沉的道路：被杀害的丈夫或被烧死的儿子也许会归来吧?

每一条街上都有姑娘们经过，她们都青春焕发。她们那洗过的辫子都散发出花儿、强碱和甜滋滋的露珠的味儿。在这个静悄悄的世界的上空，没有遭过枪击的春天的星辰都闪闪发光。虽然大地上还有许多悲伤和痛苦，可是世界在发展，它在星空底下创造了新的历史，为和平培植出新的麦穗，也许不是为了战争，开始了新的生活。

这一天，胜利者们的心都是那么轻松而又愉快，在苦难的年代里，这是从来没有过的。大家聚在一起，分享着仅有的一片面包，共同欢乐，共同安慰因死亡而大为扫兴的人们。只有赫里山蒂神甫依然是孤单单的。连那个有点儿笨手笨脚的教会长老和诡计多端的烤圣饼女人也不愿跟他一起进餐，他们都到亲人那儿去了，尽管赫里山蒂神甫接到了儿子的电报，高兴得甚至说要卖掉法衣喝酒。

当门在教会长老和烤圣饼女人的身后砰地关上了的时候，神甫立刻感觉到谁也不需要他，而烦恼开始侵入他那年老的身躯。

亲爱的朋友，你已经上了年纪啦，一切事情都得好好儿想一想啦！还在悲伤和死亡的年代，教徒们都需要你，可是在伟大的欢乐的时候，他们就顾不到你了，也顾不到你的祈祷了……人们的好事情和幸福越多，那你就会如尘世的绿色的田野上的稻草人一样孤单。

赫里山蒂神甫向那个钉着搭拉着脑袋的基督的大理石十字架投了一瞥，脚上那双钉了铁钉的德国皮鞋发出吱咯吱咯声，他轻轻地唱起那支祷告前的圣歌："我的心哪，你要称颂耶和华。"接着他表示责备地晃了晃脑袋，望着那瓶瓶腰很粗的外国酒。仿佛在这瓶酒的周围没有进行着热烈的谈话是它的过错。在这样的日子里，他甚至会满高兴地跟使他吃尽苦头的主教的侍者一同吃晚饭：这个年轻而又聪明的孩子老是向大主教悄声说话，仿佛赫里山蒂神甫肆无忌惮地欺骗教区当局。难道他保证过在烛箱上不赚钱吗？哪一个傻瓜不在蜡烛上进行着投机？

"那又怎样呢，'如果亲爱的人不来，我自己吃饭。'"赫里山蒂神甫有腔有调地说。他用那粗大的毛茸茸的手握住了瓶颈，把酒瓶举了起来。酒像芬芳的天鹅绒般地咕嘟咕嘟倒入了神甫常常拿着它去参加洗礼宴和丧宴的那只银质小酒杯里。赫里山蒂神甫把酒瓶放在桌上，闻闻酒，已经想喝了，这当儿从外面传来了一阵悄悄的脚步声。有人从窗前经过，打梯阶走进土窑里来了。

"上帝派来客人了。"神甫把小酒杯摆在酒瓶旁边，脸上流露出忧心忡忡的神色，又念儿子拍来的电报。

他的儿子在这个致命的风暴中到底活下来了，甚至升为少校了，报上好多次提到过他。神甫可想到过，他能活到这样的好日子？赫里山蒂神甫自豪地抬起眼来看一张大照片，一个年轻的、眼里含着笑的少校胸前挂着几枚政府颁发的奖章，似乎马上就要从这张照片上走下来。诚然，父亲的身份开头使他不能获得提升，可是他突然很快地晋级了！天才，真正的天才，此刻应该为他举杯祝贺。悲伤完全离弃了神甫，他心里只充溢着父亲的自豪感。

门咿呀地打开了，一个瘦长的客人低低地弯下腰，跨进门槛来了。当他挺直了腰板的时候，赫里山蒂神甫那对像两只毛茸茸的蜘蛛似的眉毛惊吓得直扬到光亮的额上。在他面前站着格纳特·波泽路依柯，那对眼睛骨溜溜地在土窑里扫了一眼。在这样的日子里他来这儿干什么？上帝的手领来了这样一个客人，应该把他在地狱里烧死！

“晚安，神甫。”波泽路依柯深信没有别的人，心情轻松地微笑着打了个招呼。

“也祝您晚安，”赫里山蒂神甫低沉而又冷淡地回答道，他搞不懂，什么风把这个亵渎神圣的波泽路依柯带到了他这儿，“您来向我祝贺胜利日吗？”他立刻向客人进攻。

“不……可是，也为了这个。”后者慌张失措地嘟哝说，恼火起来：嘿，神甫，毒害人民的鸦片，嘴里不祷告，却一味嘲笑人。

赫里山蒂神甫发觉了客人那凶恶的目光，举起小酒杯，不对着波泽路依柯，却对着一句句歌词像鸽子般地从街上向它猛撞着的窗子，说：

“那就为胜利日，为虔诚地信仰基督教的战士们干杯！”他勉强地忍住笑，喝了酒，把小酒杯摆在桌上，甚至没有想到给客人倒酒。

那个人的灰脸上出现了不怀好意的、复仇的红晕的痕迹。他企图用手把它们擦掉，并极勉强地微微一笑：

“或许您也要尝尝我的酒！”他从口袋里拉出一瓶酒，酒瓶上贴着这样一种商标，使这个神职人员的眼睛马上盯住它。

“这是什么酒？”

“一种法国的佳酿。”

“法国的？”神甫咂了咂嘴。

“给您倒吗？”波泽路依柯忙碌起来。

“不，我不喝这种酒。”赫里山蒂神甫回答道，心里跟这种诱惑物进行着斗争。

“为什么？”波泽路依柯愕然问。

“我自己也不知道为什么。”神甫嘲讽地向客人的头顶上面望去。

“神甫，今天您好像特别高兴。”波泽路依柯的声音里含有威胁，“当心乐极生悲。”

“我绝对没有这个想法，您不必吓唬人。说实在的，您在我的小室里要干什么？”他鄙夷地凝视着这个不速之客。

“我只要向您调查一个事实，”波泽路依柯把声音压低到不祥的耳语，像用刀扎心一样，“请您告诉我，在令郎的履历表里可填写着他父亲是神甫吗？”

赫里山蒂神甫被这个问题吓得晃了晃，他脸色发白了，往后倒退。恐惧像一只猛禽啮咬着他的心：在胜利的头一天，阴云就密布在他的儿子的头上了。

“在这样的日子里，您问这干吗？”这个神职人员不像在说话，却发出一阵嘶哑的声音。

“干吗？随便问问嘛！”波泽路依柯假心假意地露齿而笑，“我并不认为，苏军少校瓦西里·赫里山蒂耶维奇夸耀过自己的社会出身，并在履历表里填写了真实的情况。您觉得怎样？”

“关于这点，我没有问过他……他上前线的时候是个列兵。”

“我认为，如果他隐瞒自己的出身，他会作为一个列兵复员的。”波泽路依柯走到照片跟前，佯装一副惊讶的神色，扬声叫道，“他已经获得了几枚勋章！不过他能挂得很久吗？您可不可以把令郎的通信地址告诉我？难道我还得去向某人打听？”

赫里山蒂神甫哆嗦了一阵，变得和善了。

“您要我干什么？”他问，叹了口气，在长凳上坐下了。

“我要干什么吗？”波泽路依柯向他转过身去，“首先要您请我在您的小室里坐下。”

“那么请坐吧。”赫里山蒂神甫叹一口气，非常疲倦地挥了一下胖手。

“这样就好了，我们这儿总是这样请客人坐。”波泽路依柯在凳上坐下了，用两个臂肘支在摆满各种小吃的桌子上，并用手掌托住自己的丑脸，“您预备那么多菜过节日。”

“您也许要喝些酒吧？”赫里山蒂神甫低首下心地问。

“喝您的还是我的？”波泽路依柯天真地问。

“随您的便。”

“好人们请客的时候，值得为他们的健康干一杯。”波泽路依柯宽宏大量地表示同意，“也可以尝尝您的。”

赫里山蒂神甫站起来，从架子上又拿了一只酒杯，斟满了酒，手嗦嗦发抖，递了过去。

“请喝吧，别嫌不好。”

“神甫，那么您自己呢？”

“我也……”他像吃毒药一样喝下了酒。他那已经变得模糊的目光打量着这个可怕的客人，等待着他的新的攻击。

波泽路依柯久久地用心地吃着小吃，嘴里说着下流的俏皮话，一边满意地注视着，主人的目光在怎样变化。“现在可以把他捏成蜡烛，可是开头他多么骄傲啊。神甫，你也自高自大。嗯，我好像已经使他矮了半截。”喝了第二杯酒后，他甚至同情地问赫里山蒂神甫：

“神甫，您干吗这么闷闷不乐？我不打算使您难堪……”

“您对我有什么要求？”

“我对您有个小小的要求，一个微不足道的要求。往后即使令郎升为将军——我也不来过问。我需要的是您写个书面证明，证明教师格里高里·扎德聂泊罗夫斯基跟您有交情……嗯，他常常跟您一块儿喝酒，一块儿谈论拯救灵魂的问题，对困难或对政权发牢骚，总之，就是这样的事……”

“这完全是谎话！”猛吃一惊的赫里山蒂神甫扬声叫道。

“可是令郎不隐瞒出身能获得官衔和勋章吗？”

“这些是他用鲜血换来的。”

“可是他在履历表里没有填写他的血是神甫的血？”

“我不知道他在履历表里填写了些什么。”

“神甫，别假装神圣的天真啦。您十分明白，不是我，而是您教导过自己的孩子，他在阶级社会里应当怎样生活。现在令郎和大家一样过着生活，愿他和您健康快乐。要我不揭令郎的底，那就请您给我写一张能令人信服地揭发格里高里·扎德聂泊罗夫斯基的证明字据。他也要揭我的底哪。难道这是高昂的代价吗？”

赫里山蒂神甫甚至把双手按在心上，想从心坎上揪下一只猛禽——恐惧。可是这只猛禽越来越往内心深处啮咬，把他的内心深处翻了出来。

“我怎么可以这样冤枉人呢？”

“您以后可以为他祷告。您只要在白纸上写几个字，”波泽路依柯几乎快乐地说，“同意吗，神甫？”

“上帝会惩罚您！在这个伟大的日子里逼我写诬告笔据？”

“您说什么！”波泽路依柯面露愠色，“那么您不愿让令郎过幸福的日子吗？”

可是赫里山蒂神甫的脸色突然变得严厉了。

“您给我滚……今天我什么也不告诉您……”

“那么明天呢？”波泽路依柯不让步。

“我不知道，我会不会活到明天。”

“您活得到！”波泽路依柯慨然应允，一边意味深长地打量着神甫，“唔，既然您那么慎重，那就明天再见。祝您晚安。”他又低低地弯下腰出去了。

当门在他身后关上了的时候，赫里山蒂神甫带着难以形容的烦恼心情，悄声地说着升天节才唱的“有罪的犹大不愿知道”这句圣歌。他又开始从心坎上揪下这只猛禽——恐惧。

第三十四章

半边天空中悬垂着淡紫色的乌云，就规模、宏伟和形状来说，这些乌云都很美丽，这时变得浓密了，扩大了。现在它们从天空当中一片片飘落下来，揭开了一部分的天空的深处，攫住了它那雪白的大理石的皇冠。现在不论是那些乌云，或是它们的上空，或是它们底下的土地，或是从地平线的一边出现的那黄澄澄的迷雾般的最后的一线光明，或是从地平线的另一边出现的头一道闪电——这一切都像那些天才的巨匠们描绘那创造世界的未完成的画面。

格里高里 · 斯特拉东诺维奇赞叹地欣赏着这些画面，快乐得微笑了。马尔柯 · 别斯梅尔特内也微笑了——四周是那么宽广、美丽和雄伟啊！何况五月的雨水在他的土地的上空直挂下来——这是欢乐和粮食的象征。

"两个半饥不饱的怪人行走着，不知道为什么都兴高采烈。"教师向马尔柯斜溜了一眼，不禁笑起来了。

"为什么不高兴呢？"快乐的狡猾神情在眼底下的皱纹里和在那撮马蹄形的歪唇髭底下掠过，"我们快要把田耕完了，幼芽显得多瑙河那么蓝；雨好似按照人的吩咐下着，大家都更加高兴。加之，木材也弄到了。可是你为什么高兴——我猜不着。"

"为什么高兴吗？"格里高里 · 斯特拉东诺维奇昂起了头，"一片什么样的天空啊？好看吗？"

"好看！"

"在打雷吗？"

"在打雷。这是丰收的预兆。"

“学校发展起来，回忆录正在点滴地写，此外，今天我还向州报的记者们作过一番说明。”

“说明什么？”马尔柯马上警惕起来，“还是那件事吗？”

“还是那件令人莫名其妙的错综复杂的事。又出现了一封匿名信，说我在游击支队里聚过赌。”

“有根据吗？”

“有。波泽路依柯们总是夸大事实……冬天的晚上，游击支队里的弟兄们确实玩过杜洛克[①]和二十一点[②]——钱很多，有苏联的和德国的。我同政委一道跟这种坏事作过斗争。有些人不打牌了，可是那些最爱打牌的人仍在偷偷地赌。有一天晚上，我碰到了一伙牌迷。他们正在分牌，他们是那么热中于打牌，没有发觉我在庄家身边坐了下来。他们非常慌乱，一个个直跳起来。可我说：

“‘大家坐下吧！’

“他们都坐下了，把目光从我身上和庄家面前的赌本上移开了，庄家面前放着一大堆钱。

“‘谁分牌？’我问。

“‘是呀……我们再也不……您瞧着吧，指挥员同志。’

“‘为什么要戒赌？’我信任地把他们打量了一下，‘也把牌分给我。’

“‘指挥员同志，您瞧着吧，我们再也不……’弟兄们都慌乱不安，如坐针毡。

“我好容易说服了他们同我一起玩牌，并且一下子就把庄家面前的赌本赢了过来。”

“这是我意想不到的。”马尔柯感到惊讶。

“我自己也想不到呢，”格里高里·斯特拉东诺维奇若无其事地回答道，“总之，这个晚上，我赢了队里全体牌迷的钱，把钱满满地

---

① 纸牌游戏的名称。

② 纸牌游戏的名称。

装了一袋，送给了政委。等到从大后方开来了飞机，我们把这些钱转解到国家银行。幸好我保存着收据，要不然，现在就会因侵占这笔赌本而被传唤。”

“到底要等到什么时候，我们才会没有毒化我们生活的寄生虫？”马尔柯愤慨地说。

“这大概谁也说不上。各处都接到各种告密信和匿名信，各处都受理这些信，他们以为，他们在保卫真理。真理和歪理就这样混淆起来。人家容忍着，受着苦，可是告密者怎样呢？在这个地方不成功，就换一个地方。在我们这儿，告密是无罪的，告密者自以为是不可侵犯的人——应受尊敬的人。”

雷声隆隆。

“他们会遭雷击的！”马尔柯说，“这是可怕的、然而是暂时的疮痂。”

“我也这样想。”

第一队队长杰米扬·萨莫依连柯骑着一匹没有加鞍的马从田间的道路上向他们奔驰而来，这是一个目光严峻的很棒的人，脸上泛出了一片深红色，秋天的梨叶上常有这样的深红色。这个退伍的坦克兵在战争中烧死、压死和冲击敌人，而自己像火炬一样燃烧着，他已经一辈子无法避免在自己那对大眼睛里流露出吓人的神色。现在，如果在那对大眼睛里反映出人来，那么遥远的战斗和火烧场的反光也会在他的头顶上熊熊地燃烧。

杰米扬下了马，严峻地用断手敬了个礼。

“马尔柯·特罗希莫维奇，地里已经长出黍！现在，可以说，已经完成了主要的工作：春播作物的田地已经翻耕完毕了。”

“杰米扬，谢谢。”

马尔柯把两手按在队长的两肩上。

“简直难以相信，”后者叹了口气，“以后干什么？”

“用拖拉机翻耕休闲地，翻耕的深度是二十七到二十八厘米。”

“为什么要耕得这么深？”

“你想一想：去年和今年老天爷赐给了很多雨水，因此，明年可能出现旱象。我们这儿老是这样：两年涝，一年旱。所以得预先作好战斗准备。咱们可别失算。”

“拖拉机手们会反对的。”

“我们要跟他们和睦地谈谈。今天把马都放到放牧地去，明天给大家耕自留地。”

“这很好！”萨莫依连柯赞同地点点头，“翻耕土地收多少钱？耕百分之一公顷土地，邻近的农庄付四个卢布。”

“便宜一个卢布吧。给老人们和孤儿都免费耕田。”

“对待没有完成定额的人怎么办？”

“暂时不给那些人耕。”

“那么给别兹包罗奇柯耕吗？”

“别兹包罗奇柯？让他试试用告密信耕田吧。”

又是咕隆一声响雷，周围的一切都寂静无声了，五月的雨一下子在大地上撒下一张略带瓦灰色的蓝灼灼的网。

萨莫依连柯跃上马背，向自己的工作队疾驰而去，别斯梅尔特内跟扎德聂泊罗夫斯基向池边走去，雨水在池里跳跃得非常高兴。

“这几天来增加了多少水啊。”格里高里·斯特拉东诺维奇惊讶不置。

他们走过坝，倚在一株枝条茂密的树心遭过雷击的柳树上。马尔柯朝四下望望，看见两只草鹬嘴里衔着几根干燥的草茎在水面上飞过。这两只草鹬飞下来停在水面上，一会儿后，又诉苦地吱吱啼叫着飞走了。

当他归家的时候，他在雪地上碰见的是不是这两只草鹬呢？它们已经穿上了春装，白色的翅膀闪闪发亮，宛若两面明镜，衔着草茎又往水面上飞下来，接着又惴惴不安地向草地飞去。它们为什么这么焦急不安呢？

马尔柯悄悄地、小心翼翼地沿着岸走去。他所看到的东西使他又激动又惊讶。就在青草上，有个用干草筑成的不大的巢，巢里有四只浅赭色的鸟蛋，排成了一个十字。水快要淹没这四只蛋，那两只小鸟徒劳地一股劲用干草的茎把巢垫高，使自己那个不牢固的小巢和自己未来的孩子免受波涛的冲击。水只要哗哗地再冲击几次，就会把巢和蛋冲走。

这两只草鹬看见了一个新的仇敌——一个人，便放下嘴里的那些草茎，绝望地发起愁来。马尔柯不知为什么向它们嘘了几声，取出一把刀，不碰着巢，把巢周围的泥土切割下来，把巢连这块土一起移到了稍高的地方，安置在苔草丛中，不知道那两只草鹬会不会飞来。

他浑身淋淋漓漓的，回到柳树跟前去了，雷电从那株柳树的树心里打落了最后一些粉腐屑。教师笑眯眯地站在那里，他看到了这件事的全部经过。

“马尔柯 · 特罗希莫维奇，幸好您活在世上。”他说完，就紧紧地拥抱别斯梅尔特内。

“咱们俩都是怪人，”马尔柯窘困地说，“这不是自找烦恼吗？如果这两只草鹬不离弃这个巢，这到底还是令人高兴的。”

两个朋友在柳树下蹲下来，细瞧着马尔柯把巢移过去的那个地方。现在两只草鹬吱吱地啼叫着在那儿出现了，打一个转，它们像两面明镜般地闪闪发亮，落到了大地上，又飞起来，又落下去。

使万物生气蓬勃的沛然大雨下在整个广大的世界的上空，下在天空中画成一条细线的森林的上空，下在那些最早发绿的田野的上空，下在快乐的草地的上空，下在弯下腰的柳树的上空，下在寂然无声的鸟儿们的头上，下在花冠的上空，下在那两个平凡的好人的头上。

第三十五章

在傍晚的天边，一座古老的拱背的风车扎入了一片星光灿烂的暮霭之中，它一直挥舞着翼板，在它的轮廓中含有一种顽强得不可遏止的热爱劳动的人的东西，而它的生活也跟人的生活相似。虽然它的心是石制的，但是当它给你把麦子磨成面粉的时候，这颗心是多么温暖啊！而当人的血因缺乏粮食而变冷了的时候，风车的心也变得冰冷了。那时它站在开阔的高地上，像个为全村作安灵祈祷而竖立的十字架。

马尔柯悄悄地走过庄稼垂下了的田野，细瞧着眼下唯一的一座没有被战火烧毁的风车的劳动；在它那宽阔的、受了伤的翼板间一次比一次多地出现了毛茸茸的、被月光照得发白了的云彩，好似它们被磨成了面粉一样。啊，假如从磨粉人的手里撒出来那么多面粉，那么马尔柯就不会因关心饥饿的人们而伤脑筋了。要不，为了一袋因经受过战火而被熏坏了的麦子，你就得像个乞丐踏破一切机关的门槛，而且还得像市集上的吉卜赛人那样，要滑头和施展欺骗手段。可是战争也使人学会这种手段。不论是什么样的战争，它永远是可诅咒的！战争不是已经被捆住了，以胜利结束了么，但是它还到处使人感觉到它的存在，不离开生活，就像乌鸦不离开血一样。虽然它已经没有力量屠杀劳动人民，把他们烧成灰，但在睡梦中，它还在用屠杀威胁他们。现在连好梦也像面包一样不可多得。

马尔柯若有所思地抚摩着黑麦的穗，它们把自己那轻微的颤动和生长子房和麦粒的膨胀了的露珠撒在他的手上。这当儿，一阵少女的歌声，像一阵悲哀的叹息，从远处柳树后边一座看不见的小木桥上传来。这似乎不是歌，而是寻找着但总是找不到自己的命运的女性的苦闷。

没有，妈妈，
没有樱花；
风把它吹走了
在世界上……

姑娘们歌唱着一朵什么样的樱花啊。她们歌唱着某个时候从那些白树上掉下来的花瓣呢，还是歌唱着被战争和苦难过早地带到世界各地去的那些人。

由于这支歌的触动，在马尔柯的心坎里掠过了一阵引起他所遭遇的各种苦难的辛酸感的寒颤。今天跟基塞尔吵了一架后，这些回忆已经第二次使他回到因岁月的消逝而变得模糊了的自己的生活道路上。他预感到这点，看了一下手掌：一颗颗水珠在手掌上闪闪发亮，手掌上还摆着两朵动人的、黑麦的小花，这是决定农民的生死命运那种希望和秘密的两个部分。

从那个有麦穗的阴影、真露珠和由月光变幻成的露珠交替着的、幻成了各种色彩的黑麦的幻景里，透过少女的歌声和度过的岁月，向他传来了一首淡忘了的奥莲卡唱过的歌，当时奥莲卡还不是他的妻子，而他还没有打算向她求婚。她不是用美貌，不是用那对浓眉，不是用体态，而是用歌迷住了他，并使他爱上了她。听到她的嗓音，他，已经不是一个年轻的小伙子，就急忙从满屋子烟雾的村苏维埃里跑了出来，走到一堵板墙跟前去了。那些长着金黄色额发的向日葵活像年轻的小伙子，从那堵板墙后面朝街道搭拉着头，不怕谁的盗窃的手拧断它们的脖子。不管他怎样悄悄地向少女的歌声走近，奥莲卡却像只小岛地带的苇莺，一刹那就听出了他的脚步声，不再唱歌了。于是他迈着寻常的步子走到了她跟前，跟她打了个招呼，请求说：

“你唱吧，奥莲卡！”

可是她用那些皴裂了的纤细的小指头扯着一条绣了镰刀的便宜的头巾的边，总是用这么一句话来回答：

“我不想唱……”

“为什么？”

“为什么吗？因为不能当着人们的面唱歌。”

“在牲口面前可以唱歌吗？”

“在牲口面前可以唱歌。”

“你说蠢话。”

“可我倒想听听聪明的话。”

“好吧，你为什么怕见我的面？”

“我不怕，虽然您是个领导。”她两片怪样的、微肿的嘴唇不是发出叹息，就是抿紧了嘴唇的中间部分。于是——真是奇怪的事！——姑娘的脸上显得满面春风不是由于一种笑容，而是由于两种笑容；这使马尔柯那么高兴，以致他禁不住笑了起来。

“你怎么会有两种笑容？”

奥莲卡并不生气，只耸了一耸肩膀，郑重其事地回答道：

“我什么都需要成对的。您再稍为笑一阵。我的东家说您不论在村苏维埃或在人们中间，都很严肃。谁想得到呢？”她又耸了一下肩膀。绣在肩上的酒花草微微抖动了一下。

从此以后，他晚上经常跟奥莲卡相会，听到她的声音，他就像看到诱人的火光一样跑去，跟她一同站在向日葵的阴影下，这些向日葵把自己那金黄色的芬芳的筛子垂在他们的头顶上。有一天晚上，姑娘眼睛不看他，却看着土地，温柔地问：

“马尔柯，您觉得我怎么样？”

“我觉得你怎么样吗？”他向女雇农那柔弱的体态斜溜了一眼，心里感到奇怪，她那小鸟般轻捷的身体怎么会有一种异常的声音：只要她的声音在村子里响起，草地上的割草人、田头的庄稼人、森林里的伐木工都会听见她的声音。连那个像魔鬼一样阴险和吝啬的美连蒂·戈罗别茨也不止一次地对一些富农朋友说过，他亲手给自己的女雇农喝向日葵油，免得她的嗓子发干，嗓子是脆弱的东西嘛，甚至不是每个神甫都有一副好嗓子。“奥莲卡，我觉得你是只夜莺。”

“真的吗？”她害羞地抬起眼来，因吃惊而扬起的眉毛在眼睛上面颤动着。

“真的。你会给未婚夫带来好嫁妆：这样的东西不是在市场上买得到的。”

“我再没有什么别的东西了。”奥莲卡感谢地瞥了他一眼，“马尔柯，您听到我的声音觉得快乐吗？”

“像在天堂里一样，虽然现在不论在尘世或在天上都没有天堂。秋天我一定把你送到文尼察的训练班去学习。你会成为一名歌手，会穿上丝绸的短上衣，可是你会忘记跟我打招呼。”

“亏您想得出，”她用手碰了一下向日葵，向日葵把两片过熟的花瓣抖落在她的肩上，“我决不离开村子。”

“这是为什么？”

“我不走，就是这样。”

“你以为，那个地方比戈罗别茨那儿坏吗？”

“未必会有更坏的地方。”

“那你为什么不愿离开？”

“为什么吗？”她讷讷地说，把手掌按在心上，仿佛怕它从胸腔里飞出来似的，“马尔柯，难道您没有看到，我……爱您吗？”奥莲卡突然脱口而出，她脸儿涨得绯红，并且一下子变得人鱼公主那么惨白。

他惊讶地向这个搭拉着头的十分年轻的姑娘瞥了一眼，蓬乱的向日葵在她的头顶上摇曳着，他微微一笑：

“哎哟，你撒谎，小姑娘！”

“真的。”她抬起头来，向他投了诚实的、怀着恐惧和痛苦的一瞥，她的嗓音带有歌里一样的苦闷。

马尔柯更觉惊讶，他不知道，对这个姑娘应该怎么个看法，这个姑娘还不成为一个姑娘，她一次也没有出来闲逛过。

“这在你的心里是什么时候发生的？”

“马尔柯，一下子就发生了。像个晴天的霹雳。”她望了一下天空。仿佛此刻爱情还从那儿同一片星星似的灰尘一齐散播到她的心坎里。

这是怎么回事啊，是嘲讽呢，还是这个小姑娘当真有点儿懂得爱情？但这个爱情是在什么时候发生的呢？她怎么会发生这种爱情呢：是在草地上人家的母牛中间发生的呢，还是在田野上笨重的麦捆底下发生的呢？这些少女的性情连魔鬼也摸不清楚呢。马尔柯喉咙里咯咯作响，意味深长地搔起后脑勺来：

“嗨——对……常常有的……这声雷是什么时候打响的？”

奥莲卡全身一震，挺直了腰板，一双大眼睛这样望着他，她那被爱情弄乱了的心一下子就向他揭开了。

“您可记得，我怎样头一次到村苏维埃来找您？那时大雪纷飞，什么也看不见。”

“嗯，我记得。”他说，他已经记不起来，这是在什么时候：不论在晴朗的或在暴风雪的日子里，村苏维埃里都挤满了各种来访者！

“我当时去向人们哭诉：东家无缘无故地揍我。可是一看见您，我就什么都忘了：忘记自己是来哭诉的，也忘记了他——这个邪教徒；那时您的眼神是什么样儿的啊！……嗯，您的两眼直看到我心底……”

“真的吗？”马尔柯很感动。他突然发觉，她的两条辫子在月光下闪闪发亮，仿佛是用强烈的太阳光编成的。

“真的，马尔柯。”姑娘叹了口气。

“那时你为什么没有谈起你的这个邪教徒？我会把他痛斥一顿的！”马尔柯突然痛恨起戈罗别茨来。

奥莲卡悲怆地眯起了眼睛。

“可是我当时忘记了我是活在世上！”

“这是常有的……年轻的姑娘，你可知道，我比你大几岁？”他问，心里明白这个姑娘顾不到开玩笑。

“那又怎样呢？”她随口回答道，“年纪大些，就会聪明些。”

“我现在对你该怎么办？”常常像在村苏维埃里一样，出声地在心里寻思。他的确不知道应该怎么办：仍然站在这个有两片可爱的嘴唇、脸上有两种笑容的姑娘身边呢，还是赶快回家：要知道，村苏维埃主席有不少要紧事儿呢。要是立刻告别——弄不好泪水会使姑娘激动起来，就像露水使小草摆动起来一样。站在她身边呢——也好像不老实。

他往街上斜溜了一眼，跟姑娘一同走到阴暗处去了。他在土台上坐了下来，奥莲卡也勉强地坐在边上，羞怯而又温柔，快要从睫毛上掉下因爱情而涌出的头几颗泪珠。

她像等待判决一样，等待着他的话，她后悔说出了心里的秘密。真了不起，姑娘头一个谈起这个来，行吗？！在村子里人家都采取这个办法：等待时机成熟。可是她克制不住了，也许她从此会后悔一辈子的。

“哦，你的两条辫子很可爱，沉甸甸的！”马尔柯不知道怎么说才好，把她的两条辫子在手里掂了掂。这两条辫子在月光下像小麦的穗变幻着光彩，散发出一股还未消散的过熟的田地的和薰衣草的气息。他知道，她的眼睛也像薰衣草一般蓝——好极啦！

她什么也不回答，把脸掩藏起来，不让他看见。于是他不禁起了怜悯之心，把一只手按在她的肩上，另一只手先在自己那件节日穿的衬衫的袖上擦一阵，然后小心地用指头抚摩着姑娘的眼睛。泪水使他的指头发痛了，可是也带来了一种使人愉快而又忧愁的感觉：原来她深深地爱着他呢！姑娘自己坦率地承认这样的事，这当然不很好，可是她心里的爱情或许也像歌儿一样不是藏在心底的？她也向人们倾吐着！

嗯，马尔柯，你追求过的那个已经不知去向了，没准在你身边的她就是你的温柔的妻子？唉，跟他一起，难道她会幸福吗？……同情和怕丧失光棍的自由这两种心理在他心里斗争着。奥莲卡的确是可爱的，尽管鼻子有点儿翘。可要让她穿得像个人的样子！只不过哪有钱打扮这个姑娘？一副好嗓子和一颗轻信的心就是她的全部嫁妆，这颗心一下子就从身子里跳了出来。幸而它跳到他面前，万一碰上了一个油头光棍，那就会不堪设想。

他立刻为奥莲卡的命运害怕起来，仿佛真的有个人的淫荡的丑脸向她挨近，他突然痛恨一切少女。喜鹊都不爱听忠言：生活教导它们多少遍，它们总是不学乖，我们这些人只在结婚后才可以相信，在这以前万万相信不得。

从那些沉入了睡乡的院子里和从村子里的那些僻静的小巷里，突然向他飞来了客人和朋友们正在欢唱的结婚曲，而在婚礼马车队里的一群欢乐的、吵吵嚷嚷的人们中间，他看见了这个戴结婚花冠的、有一张可爱的嘴的姑娘。想必是个可爱的新娘!

颤动着的、她喜欢稍为抬起的那个少女的肩膀在他手底下缩紧了，甚至在这个肩膀里、在肩膀的全部弯曲处也有那快要停止跃动的震惊的心的那种跳动不匀的反应。要使她心头轻松些，不觉得拘束，应该怎样安慰这个姑娘呢？可是他那聪明的头脑却想不出一个办法，他打量了一下奥莲卡的那双光脚，问：

“你有靴子吗？”

她不觉一怔，大概这个愚蠢的问题把她吓了一跳。她摇摇头：

“没有。”

“你需要一双靴子！”

“夏天穿靴子？”

“夏天也该穿，免得脚踩着寒冷的泥土和露水而把嗓子冻坏。你要明白，嗓子不是你独个儿所有——大家都需要它！”

“妈妈会在圣母节替我买的。”

“为什么要妈妈给你买？”

“我把工资全都交给她。”

“那么，家里人口很多吗？”

“有八个弟妹和一个妈妈。”

“没有父亲吗？”

姑娘叹了口气。

“没有。被弗兰格尔分子杀害了。”

“邓尼金分子枪毙过我。”

“我知道。”

“你的家住在哪儿？”

“很远，住在草原上。”

“你们过着穷苦的日子吗？”

“现在没有什么。可是一九二一年是怎样的情况啊？……我们是怎样活下来的——我直到现在还弄不清楚。”她的全身通过了一阵寒战。

“你说吧，奥莲卡。”

“这怎么说呢？”她忍住哭，问。

“把藏在您心里的一切事情都说出来吧。”

“值得记忆的好事情很少呢。”

她向他抬起了心不在焉的、已经充溢着怕想往事的恐惧的眼睛，沉默了半晌后，发出一阵银色小河里的流水似的声音：

“我们丧了爸爸后，就像陆地上的小鱼：妈妈靠一双累得发酸的手哪能养活这么一个人口众多的家庭呢？可以卖掉的东西都卖了，拉扯到春天，眼看就要饿死。那时我跑遍了所有附近的村庄——也许会有人雇用我。可是什么活儿也找不到，甚至找个光吃饭不要工钱的地方也找不到。有一天傍晚，我来到了一个富农的田庄。开头有几只捕狼的猎犬向我猛扑过来，接着男主人走出来了。他把我从头到脚打量了一遍，并不把我撵走，却把我带进屋子里去了，那儿吃的东西香味扑鼻，闻得我没有一丝力气了。女主人也在屋子里，全身穿得通红，仿佛刚从炉灶里拉出来的。男主人向她丢了一个奇怪的眼色，扬起了一对毛茸茸的浓眉毛，她点点头，问我是从哪儿来的，来干什么。他们似乎温柔地把我打量了很久，过后女主人慢悠悠地走到了炉灶跟前，叫我吃饭，甚至还称赞我的两条辫子：大概她没有发觉，我把两大片面包塞进了怀里带回去给弟妹吃……

“第二天，我看见几匹马跑到我们的大门口来了，它们不是马，简直是蛇，被套在一辆簇新的、高大的敞篷马车上，马车上坐着我昨天去过的田庄的男女主人，他们都穿得像过节日一般。我开头在院子当中愣住了，嗯，我心里想，他们是为那两片面包来的！但是我看到，田庄的男女主人都温柔地向我点点头：他的袖口和衣襟上都镶着襞饰，像向日葵，而她包着头巾，像颗发黑的大白菜。他们跳下马车，互递了个眼色，走进院子里来了，总是细瞧着我们——细瞧着发肿的和枯瘦的孩子们。过后他们叫妈妈出去，好似两个裁缝拿目光打量她。他们当着妈坦率地说，他们是有钱的人，可是没有孩子，昨天他们看到了奥莲卡都很喜欢，叫妈妈把我送给他们，决不会后悔，他们会维持我们的家庭。他们带来一袋麦子作为我的身价。只不过附有一个条件：任何人都不能去看我，因为我是他们的女儿了。

“‘哪怕在重大的节日也不能去探望她吗？’妈妈很伤心。

“‘哪怕是复活节，’田庄的男主人严厉地回答道，‘我们不愿让孩子在你们和我们之间把心分散。一切都得有个规矩嘛。’

“‘难道这是公正的吗？要知道，我是她的妈妈啊。’

“‘您不是还有这些孩子吗？’田庄的男主人把孩子们扫视了一眼，‘您可要为他们着想，我们替奥莲卡想的比您好。那么咱们要成亲家啦？’他递给妈妈一只像把铲子似的又大又黑的手。

“妈妈看看我们，哭起来了，拿衣裾擦着眼睛，对田庄的男主人说：

“‘把您的麦子拿进来吧，咱们将会是不好的亲家。’

“‘为什么不好？’后者觉得奇怪。

“‘因为往后我既看不到你们，也看不到女儿了，而且你们此刻就不愿看见我们。’

“‘我们不勉强人。’妻子开腔了，她用头巾把红润的两边腮帮扎得更紧些。

“‘痛苦迫使我们做这种事。您的麦子在哪儿？’

“‘我马上就拿来。’

“田庄的男主人拿来了一袋麦子，放在屋子当中，我们都围住了这袋麦子，像围住亲爹一样。妈妈赶忙跑到一只箱子跟前，找出自己少女时代戴的一串珠子，把它们在胸口擦着。

“‘女儿，这个给你，作为纪念，也作为嫁妆。’她给我挂在脖子上，她的两颊上滚下来比珠子大的泪珠儿。

“‘我挂着这串珠子去吗？’

“‘去吧，去吧，孩子，你别责骂妈妈不养活你，可你救了她的命啦。’

“她匆匆地送我们到大门外，大概免得我觉察到她心头的痛苦。田庄的男主人让我坐在敞篷马车上他和他的妻子中间，轻轻地拉了一下缰绳。那几匹马打了个响鼻，伸了一下脖子，就跑起来了。母亲把我打量一下，忽然大叫一声，从大门里跑出来，双手抓住车轮不放。

“‘你们把我的女儿还给我，还给我！我不要你们的麦子……’

“田庄的男主人勒住了马，两道毛茸茸的浓眉拧紧了。他回过头来垂头丧气地向母亲点点头：

“‘那么，咱们不做亲家啦？’

“‘哎哟，咱们不会做亲家的，永远不会做亲家。您去过您的富裕的生活吧，让我跟我的孩子一起过活。’

“‘好吧，你要这么办，那就这么办吧。如果你乐意让他们送死——随你的便。’

“他从敞篷马车上爬下来，从容不迫地走进屋子里去，抓住袋口，往女主人的座位后面一扔，猛地把马抽了一鞭，马儿和田庄的男女主人刹那间在尘土里消失不见了。仿佛有一个世纪没见过我似的，妈妈把我狂吻了一阵，但没有把那串珠子拿下来。

“第二天我又跑到各个村庄去，在大道上碰见了一个九岁的小姑娘。她是跟着父母从伏尔加河那边流落来的。陌生的人们帮她把爸爸和妈妈的尸体埋葬了，瓦西琳卡饿得几乎走不动了。我们好容易走回到家里，我把她带到妈妈跟前，恳求说：

“‘妈妈，让瓦西琳卡跟我们一块儿过活吧。她是个父母双亡的

孤儿。她孤零零的一个人上哪儿去过日子？’

“妈妈转过脸去，可我先跑上去，抱住了她那枯瘦的两腿，说：

“‘妈妈，你可听见，她是个父母双亡的孤儿！……’

“妈妈无可奈何地摇摇头：

“‘如果她能吃苦，那就让她住着。’

“所以我的妈妈就有了八个孩子。因为我带来了一个小姑娘，她还没有定下神来，谢尔吉依柯、伊万柯和彼得鲁西这几个男孩子都跑进院子里来了。他们那股高兴劲儿简直难以形容……

“‘妈妈，我们现在不会饿死了！’他们眼睛瞟瞟自己的便帽，齐声喊叫道。

“‘淘气鬼，你们拿来了什么东西？’妈妈呵斥道，她害怕，是不是偷来的——当时，我们那儿有几个孩子因为偷东西而被人杀了。

“‘乌鸦蛋嘛。你瞧，那么多呢！’他们夸耀着自己的东西，‘生的吃得够了，这些咱们烤着吃。这些蛋很好吃。我们还要拿来。我们还要捕捉乌鸦！’

“过了几天，贫农会发给我们一普特面粉。我们都活下来了——没有一个饿死。可是妈妈直到现在还说，仿佛我有这副好嗓子是因为吃了乌鸦蛋的缘故。”

这个平淡的、可信的故事使马尔柯很感动，在马尔柯心里不但发生了同情，而且产生了恋爱的第一颗种子。

“哎，你啊。我的嗓子优美的宝贝。”他把姑娘拉到身边，用劲地吻她。

“哎哟，马尔柯，不应该这样。”奥莲卡惊慌地让开了。

“为什么不应该这样呢？”他又向姑娘探过身去。

“不应该这样。”

“应该，”马尔柯坚信地说，“你爱我吗？”

“您还问。我说的是心里话。”

“我也有点儿爱你……”

“你也……？”

“真的。”

“您骗人。”

“我还没有学会呢。”

“您真的有点儿爱我？”奥莲卡怕抬起眼来，免得把希望吓跑。

“我真的有点儿爱你，而且不久会更爱你。这也不是一下子就会发生的。”他真诚地相信，应该如此。

“哎哟……”她感谢地把他打量了一下，“我这不是在做梦吧？”

他们竟没有发觉，农舍的门打开了，在门坎上出现一个笨手笨脚、穿着亚麻布裤和亚麻布长衬衫、头发蓬乱的美连蒂·戈罗别茨。

“哈——哈——哈，”这个富农不是在笑，而是在沙哑地咕咕叫，“我睡得很安宁，想不到主席同志亲自来巴结我的女雇农了！要知道，像您这样一位大人物爱上了她，她会不肯刨厩肥，甚至会在干活的时候睡大觉。主席同志，您征收各种捐税弄得我破产，您至少别用爱情来使我破产啦！”

“美连蒂，您是不是要去见鬼？”马尔柯恼火了，从土台上霍地站起来。

“啊呀——呀，主席同志，”美连蒂挖苦地说，“在我的家门口，在我的雇农身边说这样粗暴的话！全村的群众对自己的主席会有怎么个看法呢？他们不会拎他的领子吗？你到牲口棚去吧！”他呵斥奥莲卡，“真是想入非非，你忽然想跟首长站在一起，不怕人家说闲话！”

“美连蒂，你别胡说！她不再到您那儿去！”马尔柯拥抱着姑娘，而她留着金黄色辫子，像一株秋天的垂柳投入了他的怀里，“她上我那儿去。”

“去过夜吗？”富农刺激他。

“过一辈子……”

……从那个时候以来，好似已经过了一辈子。他的奥莲卡已经不在人世了：敌人的驼背的自动枪用几发子弹夺走了她的生命——好像没有过她这个人似的……

“残暴的人们，别对着我的眼睛开枪才好啊。”她临死时说。

他们没有对着她的眼睛而是对着她的胸脯，对着喂孩子奶和唱出好听的歌的地方……开了枪。

马尔柯咬紧了牙关，身子晃了一下，悲伤地把一边脸颊偎在一个肩头上，仿佛他能够使头脑免受各种回忆的冲击似的。严寒像发硬的苔藓塞满发根间，在发根上留下了灰白的痕迹。马尔柯把手伸入头发里抓起来，想驱除寒气，并眯起了眼睛，望着远处。

在地平线附近那座孤零零的拱背的风车还是那么顽强地干着活，在它的翼板间，天空像个金色的篮子哆嗦着，仿佛准备把麦粒撒入风磨里。虽然战争在这片田野上把各种风车破坏殆尽，可是这座仅存的风车只损伤了两臂——它也没有想到抛弃工作，它以风和劳动取乐，逗人们开心，虽然大家只给它一颗石头的心。

马尔柯想到这点，就拧紧了眉头：他又回想起跟基塞尔的争吵，常常暗自管他叫“不老实的家伙”。要知道，不管基塞尔怎样脆弱，可是他窃据着高位。他爬上了讲台，像爬到了永久火力点一样，用眼镜和文件作掩护，突然向他马尔柯射击起来。

“这是个无政府主义者，不是一个主席！在这个职位上，只有‘金星’才救了他。”

“基塞尔同志，要不然怎样呢？！”马尔柯忍不住了，在座位上喊叫起来，“‘金星’不只使我一个人获救。”

“你们都可以明白啦，”基塞尔高兴起来，向在座的人扫视了一眼，“别斯梅尔特内甚至企图总结……”

“我要总括地说一下！”马尔柯站起来了，愤恨而又固执，“几百年前，它把可怜的奴隶们从鞑靼人的桎梏中、从土耳其、从非洲海岸救了出来。那些可怜的奴隶当时既没有地图，又没有讲台，更没有眼镜和文件，而有的只不过是自己的星辰，在星光的照映下，他们看见了一千里外的故乡的土地。我也在一千里外看见了故乡的土地，因为不但在我的胸前有一颗星，在更高的地方也有一颗星。对您说来，从州到我们的集体农庄的土地正好是五十二公里，任何一颗星都不会引导您到我们这儿来，引导您来的是那些匿名信。我希望那些小猪在这封该死的匿名信里哪怕嚎叫一声也好，别兹包罗奇柯想利用那些小猪重新当主席呢。”

一阵大笑声在这儿大厅里哄然而起，基塞尔已经顾不上匿名信了，连他的恫吓也没有使大会上的人们安静下来。

“亲爱的朋友，现在基塞尔要吃掉你了，”在休息时候，邻近的那些集体农庄的主席们走到马尔柯跟前来了，“他是个爱记仇的人，可是你把他的脸刮得那么厉害，甚至把他脸上的红晕也刮掉了。”

像基塞尔这一类的卑微的小人哪来的？受过高等教育，老是想往上爬，在讲台上像鸟儿般啼啭，只是巢不筑在土地上，而筑在一堆纸上，把匿名信当作他的建筑材料。

一只鹌鹑在道路旁边应和着。后来它害怕一个什么东西，逃跑了，在庄稼里沙沙作响，马尔柯对它微微一笑，撇开了自己心里的日常的讨厌事儿。在那片不像是由于风，而像是由于露珠而摇曳着的黑麦的上空，那少女的歌声依然悲伤地回荡着，而那片透明的雾悄悄地把歌声从这片田地传到那片田野，就像晴朗的天气传送预示丰收的花粉一样。要使人们不为面包、不为住所发愁，要使人们每天晚上在小木桥上不唱悲哀的歌，而让情人们在那儿相会，你还得跟大家一起过多少天，干多少活啊？……但这一切都会实现的！幸福的桥将架遍整个大地。

马尔柯像在青年时代一样，怀着温暖的友谊，想到那座静悄悄的小木桥——他直到现在还爱那座小木桥，在那座小木桥的上空是几株柳树，在它底下是绣球花，在水面的上空是薄荷和梅花，而在水里映出了星星，一股细小的上层积水甚至使这些星星晃动着。在孩童时代，他夜里有点儿害怕桥，因为听老人们说，桥底下有鬼，这些鬼都千方百计嘲弄庄稼人。嗯，这还是革命以前的事。后来各种鬼啦、水妖啦、吸血鬼啦、巫妖啦，统统都绝迹了，总之，各种牛鬼蛇神都涌到唯一的一条歪路上去了——变成了官僚主义者。对付一个可怜的鬼，庄稼人也有办法，可是恶劣的官僚主义者欺骗着一切人，打击最神圣的东西——思想，他自己却干净地从泥污中爬了出来。战争没有把他从那该死的巢穴里驱走。如果发生什么事，这帮人甚至借口战争来掩饰自己。

“战争已经过去了，你会束手无策的。”

马尔柯又在低地里的一片黑麦前面站住了。这里的黑麦比丘岗地带的长得好，花开得更密。今年的秋播作物还不错，可是春播作物——简直像一条碧绿的河流。五月的雨下得及时，一切仿佛都预示着丰收。哎哟，现在人们多么需要它啊：他们都经过了苦难的岁月，往后要让他们有热烘烘的面包放到桌上。但愿不再征收各种额外的捐税：各种响应的捐税和捐助，为了这些捐税和捐助急得心要掉下来了。报上一公布征收这些捐税，庄稼人又得啃马铃薯过穷日子，又会不到田野上去干活。

想要分庄稼人的粮食的主人大大地增多了！可是真正的主人却一个也没有。在土地上怎样干活呢——在打场期以前你是主人，可是到分配的时候，你已经变为短工了。你向谁去反映这种情况呢？大家私下都同情你，想起一切困难，可是在什么地方的会议上，你稍为提一下，他们就会像敌人一样向你突袭。那你就闭口不谈吧，如果置若罔闻，会少犯错误。你只抱着这样的希望：不管怎样，一切都会改变的，将会有人不但交下计划，说“你去执行”，他们还会调查这种混乱情况，用真挚的话语和最宝贵的面包帮助庄稼人。我们都学会了向庄稼人榨取戈比的本领！可是由于榨取了这个戈比，就会丧失几百万戈比和人的伟大的信任。

庄稼后边的一片春耕休闲地烟雾茫茫，闪烁着淡紫色的光彩。马尔柯在休闲地上的一片大水前面站住了，摘下了几根芜草的茎，沉思起来。如果这儿播种早熟的豌豆，怎么样呢？为什么让土地荒废着？它既可以替人生产，而它本身也会变得肥沃。

“从前我怎么没有想到这点？”他甚至很生自己的气，“明天叫瓦西里·特里迈伏达找种子。幸而已经卖掉了些四季萝卜和葱，收回了少数钱，钱还存着点儿。”

马尔柯心里转着这些念头，走到了一座当中塌下的桥跟前，几株树根被冲坏了的老柳树在桥的上空打战。尽管那些柳树跟水一会儿分离，一会儿又像离别时一样悲伤地拥抱在一起；尽管时间和战争已经使它们的心受尽折磨，并被烧毁了，但它们依然怀着对世界的爱举起了那些绿色的手臂，让鸟儿们有时栖在树洞里，有时栖在那些结了疤的伤口里。姑娘们站在那些柳树底下唱着悲伤的歌：

我的悲痛，悲痛有如海洋里的巨浪，
有如辽阔的田野上五月的露珠。
风一吹，露珠就飞散了；
可是我的心在苦恼中快要停止跳动。

五月的露珠没有风吹却从那些倒垂的柳树上掉到了姑娘们的身上，她们不是在唱歌，而是唱着自己的生活——真的，这儿有没有哪怕只有一颗在苦恼中并不停止跃动的心？要不是时代，谁也消除不了这种苦恼。

马尔柯向姑娘们那轻盈的体态、向她们那可爱的、轻信的、遭受战争摧残的脸投了忧郁的一瞥：这几张脸在半明不暗中动人地闪现着，都带有在月光下年轻的脸上最易于显现出来的洁净和神秘。

那些年轻的心在他面前都像鸽子般地胆怯，突突地乱跳着，希望和爱情鸣响起来了……世界突然在他的眼里变了。假如他面前不是一座寻常的、被压坏了的和被月光照得迷惑人的桥，而是久远的年轻时代的门槛，那怎么样呢？当时，在战争结束后，姑娘们也唱着伤感的歌，而月亮也怀着慈父般的爱，甚至把美赋予在复活节也不换下那粗亚麻布衣服的那些不幸的人们。马尔柯开始惋惜藏在月光的幻境里的自己那些久远的岁月，也惋惜在她们柔弱的肩上直到现在还挑着那体力够不上的战争重担的这些姑娘们。她们为男子们，也为她们自己成天价干着活，她们当中会不止一个因等不到自己的佳期而在别人的婚礼上哭泣。可是亲爱的朋友，你无力帮助那些青年女子，那些连桥底下的绣球花都向她们伸出洁白的手的青年女子。你最多只能安慰她们几句，把生产领导好，以便驱走农民家里的饥饿和贫困，不让四十岁光景的妇女显现衰老的形迹。

但是为了这，也值得献出你所有的一切。现在这有很重大的意义，因为正当在海洋的彼岸，某些骄傲自大的人计算着在猪肉罐头上发了多少财的时候，我们饥饿的、疲惫不堪的、但却爱好自由的人打断了战争的铁脊梁。先生们，我们把它打断了，虽然这不是你们很愿意的。现在你们有点儿感到惊讶，愈加常常地抓住我们极微小的失策，用恶毒的言语大肆污蔑。假如你们哪怕只用一个月体验我们喝清水的艰苦生活，你们会说些什么呢？

马尔柯那颗热情洋溢的心痛斥着那些邪恶和歪理的仆人，他们那支有毒的笔不是在墨水里蘸，而是在我们的伤口里蘸。拳头已经自然而然地握紧了，可是那柔软的、给露水浸湿了的绣球花的花冠碰了一下拳头，他这才重又一下子想到那些更接近的和更亲爱的人们。

歌声恰好停止了，只有回声还在半睡不醒的田野上回荡。姑娘们看见了主席，更紧地挤成了一个圈，可是歌里唱的那种哀伤情绪也在仿佛很久以前梦见过的她们的脸上流露出来了。

“姑娘们，你们唱得很好。只不过你们唱的是很凄切的歌。你们不能找几支快乐些的歌吗？”

姑娘们都默默地互使了个眼色，不知谁轻轻地叹息一声，奥尔迦·包依楚克突然固执而痛苦地说：

“马尔柯·特罗希莫维奇，我们办不到，怎样也办不到，您不应该问这个。”

“你们为什么办不到？”使马尔柯感到惊讶的与其说是奥尔迦的回答，倒不如说是她的声音里那断然的决心，“不久以前，你曾在区里的舞台上唱过一支欢乐的歌啊。”

“马尔柯·特罗希莫维奇，那是在舞台上。”那个姑娘表示责备地回答道。像是在说：主席怎么不懂？

她体态柔软而又匀称，站在这儿那些黑森森的柳树底下月光里，好似站在舞台上一样。怪不得大家都叫她演员。

“此刻我们唱给自己听的是只有使我们心头感到烦闷的事儿。”

“难道心里只有忧愁吗？”

“哪来快乐呢？”奥尔迦声音发抖地问，“您也不是生活在香甜的蜜里，您是在光秃秃的瓦砾场上摆脱着歪理。可是您忍受着一切。我们也忍受着自己的痛苦。可以帮助解除您的痛苦，但是没有人帮助我们。”

“对，在这方面没有人能帮助你们。”马尔柯表示同意，姑娘们都向他靠拢来——这个人了解一切没有明说的和迫切的事情，大概对她们的痛苦的命运，他不是漠不关心的。

“要知道，我们都想恋爱，”迦琳娜·库希尼连柯那含有深刻的信任的、低沉的嗓音响起来了，“周围是那么可爱，仿佛这一切都是在画里画的一样。那儿有太阳和月亮——真想欣赏欣赏，在它们底下成对地散散步，可是没有小伙子……我们都没有出嫁，我们不愿一辈子做老姑娘。”

受苦受难的妇女们的大悲剧，通过一个绣球花把洁白的手伸向她的普通的、纯洁的姑娘的形象，呈现在他跟前了。

“我的亲爱的孩子们。”他想把这个可爱的轻信的脑袋紧搂在胸怀里，喃喃地说一番好意的安慰。可是这样的安慰能使人得到什么呢？难道农民自古以来所说的“不要紧”这句口头禅不含有半点虚伪吗？

仿佛是在半睡不醒中，姑娘们的身形、那座桥、在悲伤的离别中拥抱在一起的两株柳树和一股月光直照到底的清澈的溪水又在他眼前掠过。要不是迦琳娜的“我们都想恋爱……”这句话直到现在还在耳朵里鸣响的话，这一切似乎都是半睡不醒的。

“你们都该死，屠杀孩子和妈妈的刽子手，摧残人类和土地的美的恶魔！”在痛苦的感情的迸发中，马尔柯见到了前面遥远的地方，他向迦琳娜俯下身子，默默地拥抱她，过后掉转身，一拐一瘸地、尽快地沿着道路向集体农庄的马厩走去。

这些姑娘中没有一个说起话来，只传来了谁的一阵轻微的“啊呀”的叹息声。庄稼在前边重新撒下了阴影、露珠和月光。只有道路上的月光是明净的，好似夏天金黄色的蜃气。

叶甫敏老大爷用探究的目光迎接主席，斜眼瞟了一下月亮。

“老弟，睡不着吗？”

“睡不着，老大爷。”

老头儿捋着糖萝卜似的短胡子。

“这是怎么回事，主席的职务使你睡不着，还是年岁已经到了？”

“年岁到了，老大爷。”

“年岁到啦，马尔柯，”老头儿不禁叹了口气，“不论是好是坏，年岁过得真快，简直没法拦阻它；不管你骑上什么样的马也追不上。现在我已经感觉到，死神在不远的地方转来转去，可是你明白，我还没有痛痛快快地过过日子呢。我一辈子等待着好日子。我很希望哪怕在幸福的旁边坐一下也好，但要靠它近些，嗯，我像在别人的婚礼上一样。”

“我们会坐下的，不是坐在旁边，而是紧靠着它！”马尔柯扬扬拳头。

“你安慰老头儿吗？”

“我相信这点！”

“我也相信，”叶甫敏坦率地承认了，“真的，我相信……给你套马吗？”

“套马吧。”

“哎呀，马尔柯，你倒非常好动，”叶甫敏老大爷摇头晃脑，“此刻你已经精疲力竭，应该睡觉啦。可是你偏不这样！”

“人贪睡，马儿就不耕田。”

“那是对的，”提到马，老头儿甚至不觉微笑了，“你要到远地方去吗？”

“到监狱里去，老大爷。”

“到监狱里去？！”老头儿不觉一怔，着慌了，“难道你又发生什么麻烦事儿？那我们就发动全村……他们跟你闹别扭要闹到什么时候啊？”

“谢谢，老大爷，眼下我还能自己打退各种牛鬼蛇神，就像马尔柯·普罗克里亚蒂打退鬼怪一样。”

“马尔柯，你要打退它们，好小子，你还要自己转入攻势，你是我们非常需要的人！”他用双手握他的手，“你为什么到监狱里去。”

“我有一个熟人在那儿。”

“啊——啊——啊，你送东西去？”老头儿的脸上明朗了，“嗯，你送去吧，别耽搁很久，我会等着你。虽然你跟我这个老头儿有什么关系？他是谁？人家管我叫螺丝钉，可我总是不愿意做一块没有情感的铁：既不愿做螺丝钉，也不愿做螺丝帽，甚至不愿做个完整的齿轮。我有一颗心，虽然是一颗衰老了的心。就算我的心不大健全，让有些发言者来治疗它，使它变得正常，但它到底是颗心。当一个上面派来的人管我叫螺丝钉的时候，我就退出了主席团，哪能弄到这样的螺丝钉啊！我和我的反革命的言论使你感到讨厌了吧？”

“从一点来说，当真可以认为您是个落后分子。”马尔柯笑起来，走进马厩里去了。

跟叶甫敏老大爷闲扯了一会儿后，马尔柯就跨上马找瓦西里·特里迈伏达去了，把印章交给他，吩咐他明天找到早熟的豌豆，过后回家去了。他在家里把叶甫敏老大爷的泥马珍惜地包了起来。

“马尔柯，你是不是把它们带到集市上去？”母亲觉得奇怪。

“带到大集市上去。”马尔柯一本正经地回答道。

“你想出一个什么办法？”

“我想带到城里去让专家们瞧瞧。据我看，叶甫敏老大爷是个天才。”

“照你这样说，我们乡下不知有多少天才。”母亲不相信地摇摇头。

“比我们想象的多呢，”马尔柯坚信地回答道，一边欣赏着“一纵身会跃过多瑙河的泥马”，“嗯，还有哪一点不美啊？”

“不过是黏土和釉罢了。”母亲表示怀疑。

第三十六章

在郊外，离大道不远的地方，那些带铁丝网的墙垣里面有一座灰色的两层楼房，这是一所充满人的道德堕落和恶劣行径、各种没有平静过的激情、无法形容的各种悲剧、痛苦和悔恨的房子。

马尔柯像站在阴间的入口一样，站在一扇包铁的独眼的小门跟前。只有那株孤单的、不知道在监狱旁边是怎样生长起来而且长得不好的向日葵使他想起，聚集在那些石墙下的不仅仅是那些受到严重摧残的心灵的影子。

“不，我不会回忆这种事，我将要记住昨天的黄昏、少女们唱的歌和少女们的悲伤——要知道，我只是由于她们的悲伤才到这儿来的。”马尔柯吩咐自己说。一些幻象从眼前退走了，而另一些幻象——一九三七年的残留的印象——取代了它们。于是他拧紧了眉头，又想起了一件在心灵深处认为是人类的悲剧的沉痛的事。当时不知谁疑神疑鬼，于是把昨天的朋友称做敌人，把战士称做间谍，把创造者称做叛徒，而把农民称做粮食的毁坏者。在那个时代，残暴的行为每天夜里把无辜的人们投入了监狱，悲伤充溢着许多住所；恶劣的告密者卑鄙到极点，对祖国忠诚的正直人士都饱尝了痛苦；最聪明的人也都失魂落魄，而革命的英雄们走上了断头台，在最意想不到的地方和最意想不到的条件下会碰到不同的难忘的人们。典狱长、顿河哥萨克的后裔斯杰潘·彼得罗维奇·东恰克就是这样的一个人。

在那个悲惨的时刻，他凭着正直的良心、智慧、正义，甚至狡猾的手段，救过不止一个人。当时他也帮过马尔柯·别斯梅尔特内的忙，马尔柯获释后来到斯杰潘·彼得罗维奇的寓所道谢，可是后者挥动他那有力而多毛的手阻止他道谢，并挥开一团团烟草的烟雾，接着不高兴地说：

“不必为真理致谢，这是我们的生活法则。为了真理，我从顿河杀到了华沙，军刀上砍出了缺口。别过于夸大我的功劳。我自己万一做了囚犯，那你要为我的健康，或者没准要为我的灵魂干杯。”

“难道他们也想把您吃掉？”马尔柯不觉战栗起来。

“是的，”后者相信地回答道，“我监狱里的敌人似乎比某个人所希望的少。”

“难道是这样吗？”

“这甚至是千真万确的，因此歪理也临到了我的头上。我不知道，天平明天会往哪一边倾斜。唔，祝你健康，马尔柯，播种吧，播种是我们的工作：播种谷物和真理，而主要是热爱人，相信人。”

于是他从桌边站了起来，他个子高大，背微驼，在卷发里有了白发，身上穿着一套穿旧了的科托夫斯基的战士的制服，在制服上一枚战斗红旗勋章闪着暗淡的光辉……

从那一天以来，已经过了八年。有多少水和多少血流入了河里和土地里啊！唔，这些年来，科托夫斯基的老战士斯杰潘·东恰克有很多变化吗？

大门旁边那扇独眼的门叽嘎地响了一声，典狱长在马尔柯面前出现了。他的两肩和身躯都有点儿发胖，双颊上泛出了略带蓝色的红晕，一头卷发已经完全灰白，而那双褐色的、目光刺人的眼睛里和在眼睛周围的皱纹里都流露出不安的倦态。

“你好哇，马尔柯。”他边伸过手去，边端详着别斯梅尔特内。

“斯杰潘·彼得罗维奇，祝您健康。您似乎不相信：到底是不是我？”

东恰克微微一笑。

“我对你从来不怀疑。只不过欣赏一下你的勋章。你挣得了不少贵重金属①。”

① 意指勋章。

“我到过一些地方，干了些事。”

“好样儿的，虽然大家都说你至今还在劈柴[①]。”

“有木柴就会暖和些。”

“当心，别劈得扎破手。嗯，上我那儿去吧。”他向监狱指了指，“你有什么事吗？不过你别说，你是来探望的，我反正不会相信。人家都避不见我的面呢。”

“斯杰潘·彼得罗维奇，我找你有事。”

“对呀，现在每个人的工作都达到了饱和点。也许您想起了监狱里的伙食？”

“让鬼去回想监狱里的伙食吧。”

在一间充满烟气的办公室里，他们靠桌子坐下了，摆在桌上的一束茉莉花上的朝露还在闪闪放光。

“你抽烟吗？”东恰克把香烟移到马尔柯身边，掏出监狱出品的打火机。

“谢谢，我直到现在还没有学会哩。”

“可我总是戒不掉。”东恰克还是细瞧着马尔柯，“那么，你又当主席啦。耕田啦、播种啦，甚至把人家的蜂群引诱到自己那儿去？”

“这您也知道？”马尔柯打心底里感到惊讶。

“我还知道你已经跟基塞尔发生过争吵。你没有保障后方。”

“拿什么去保障后方——拿小猪吗？”

斯杰潘·彼得罗维奇笑起来了。

“也可以用蜂蜜。但是你是个不畏强暴的人，我为你高兴。你来找我，有什么要求没有？”

“是爱叫我来的，斯杰潘·彼得罗维奇。”

“你说吧！”东恰克惊讶地甩了一下灰白额发，“莫非你的情人无意中到我的屋子里来了？”

“在女人方面，我不是能手，”马尔柯的脸色变得阴沉了，“这是

---

① 意思是说：你在干傻事。

一桩复杂的事情，我不知道，有没有人为着还能变为爱情的那种事上这儿来过？”

“你说话有点儿像叫人猜谜语。”

“我说得简单些。斯杰潘·彼得罗维奇，请您告诉我，您怎样理解爱？”

“马尔柯，别开玩笑啦。”一条条愉快的皱纹在东恰克的脸上跳动起来，“等到二十年后我已经站不起来，你再向我提出这样的现实问题吧。嗯，你干吗要滑头？关于你的各种把戏，我听到的比你想的多哪。你有没有挨过揍？”

“我们谁没挨过揍？那么您不愿意说，爱是怎么回事？”

“我还是听听你的意见，你比我年轻。”

“好吧，遵命，我来试试。我认为爱是崇高的事业！”

“这是新发现！”典狱长不觉笑了起来，“你要到一个讲台上去声明，说你要造福大众。”

“我要声明！”马尔柯激动起来，他两颊上的红晕扩大到胡髭上了，“假如有个坏心眼的魔法家夺走了别人的爱，这个人会变得怎样呢？他会变成两只脚的畜生，没准也会变成牲口。在资本主义制度下就出现了罗密欧和朱丽叶，这不是没有原因的。”

“更早呢，在封建社会里就出现了。”东恰克纠正说，他听得津津有味。

“您可以明白啦，甚至还在资本主义以前的时代，人们就这样相爱了，”马尔柯装出十分高兴的样子，故意搞错社会结构，为的是吸引对方加入谈话，“可是当时一切都比较简单：没有像现在那样可怕的战争，因此就有更多的朱丽叶和罗密欧。可是现在谁会描写只有朱丽叶而没有罗密欧的爱情呢？这不仅仅是少女的痛苦，而且，如果仔细地想一想，这也是国家的不幸，因为在国内恋爱减少了。我想得对吗？”

斯杰潘·彼得罗维奇耸耸肩膀，把两手一摊。

“你以为是这样么；可是你说这一切，目的何在，我可想象不出。”

“我的目的吗？这很简单：现在小伙子应该去追求姑娘，像鸽子那样咕咕叫，往一只耳朵里低声地说些实话，可是往另一只耳朵里说不定要撒些谎……”

“为什么要撒些谎？”

“难道您自己没有添枝加叶地夸赞过您的妻子，说她是个最好的人。”

“你这个狡猾的家伙，”东恰克哈哈大笑道，“我也赞成这种夸张。你话说得这么动听，到底有什么目的？”

“这取决于您。应该让生活的循环完成：让年轻人每天晚上欣赏星辰，欣赏柳树，欣赏道路；让小伙子拥抱姑娘，把手按在她的胸上，往后让孩子投在这个胸怀里，和从前我们一样，在她的怀里睡觉。那么我们的孩子将会成为沉着的、温和的和善良的人，而不会长成为患歇斯底里的弃儿。痛苦的爱情或胡闹使这些孩子被偷偷地放在人家的门口。我是就广大的范围来说，可是现在我说的是本村的姑娘。她们因为没有爱情而变得憔悴了。所以，斯杰潘·彼得罗维奇，请您释放那些罪情并不严重、行为并不十分恶劣、只因为犯了过失或诸如此类的原因而吃官司的小伙子们，上我那儿去……”

“原来你作出了这样的结论！”东恰克惊呆了，“你的精神状态正常吗？或者，你也许有点儿醉意？”

“我的头脑很健全，也没喝过一滴酒，”马尔柯毫不发窘，“难道您对我这番呼吁无动于中？”

“不，这简直不可能！就大胆以及——，请原谅——就无耻的程度来说，这是闻所未闻的！”东恰克站起来了，在办公室里走了一阵，便在客人面前站住了，表示责备地摇着头。

“这确是闻所未闻的，”马尔柯表示同意，“但是，如果仔细地想一想，也有可能。”

“你总是匆促地作出草率的决定，”东恰克做出不满的样子，“你灰心了吗？”

“这些话会使人灰心。”

“嗯，假定说，我派几个囚犯到你的集体农庄去……”

“斯杰潘·彼得罗维奇，那已经不是囚犯，而是恢复了自由的和权利平等的公民，他们将用劳动赎罪。”马尔柯委婉地纠正说。

“就这样吧：派恢复了自由的和权利平等的公民去，”东恰克嘲讽地继续往下说。“你将要告诉他们，说他们离开监狱后马上就会做未婚夫？这样，你不会贬低你那令人奇怪的愿望吗？会过分抬举这些年轻的未婚夫吗？”

“斯杰潘·彼得罗维奇，您说什么话啊！除了我们，谁也永远不会知道我们的愿望。这是一桩很奥妙的事。我不过要几个小伙子到集体农庄去劳动，劳动的期限和他们在这儿的未满刑期相同。”

“往后他们将有一半以上回到各自的家里去。”

“那就祝他们一路顺风。可是也有人会留在我们那儿。他们会知道诚实地劳动的愉快，会在星辰底下找到自己的情人，跟她结婚。”

“不，不，马尔柯。据说，这根本不是典型的。”

“当然不是典型的。可是将会有孩子，您会看到他们受洗礼。”

“好一个宣传员！我怎么会碰到你这样的一个宝贝？难道用这样的办法可以解决这个问题吗？”

“当然不能。可是甚至只使一个人得到的幸福同样是幸福。”

“不，不，这我办不到。”

“为什么？”马尔柯带着恳求的口吻问，“要知道，在您的掌握之中的是幸福而不是灾难。”

“这个幸福就是所谓越权，大胆的人，你想到这点吗？”

“我想到。从前我是个什么样的小领导啊，可是我一有可能就越权。重要的是，几乎没有人因此责备我。”

“你当然干得出来！比这更大胆的事你也干得出来——你今天已经证明了。你这样做，造成了怎样的结果呢？”

“当集体农庄主席的时候，我在小麦、黑麦和制糖的甜菜方面都越权过，可是在区里黍的收成最大——报纸甚至报导了这个越权。斯杰潘·彼得罗维奇，现在您也越权一下。”

“马尔柯，你是个罕见的大滑头！你转到哪方面去啦！”

“我是转到好的方面，而不是转到坏的方面，不是吗？”

“谁知道呢，”东恰克沉思起来了，“听你的话，我不知道你们那儿会怎样，可是在我这方面，事情将会变得很糟。你会使我陷入非常尴尬的境地。”

“您也会觉得愉快的，”马尔柯坚信地说，“要知道，以后有多少人会感激不尽地想起科托夫斯基的老战士东恰克！”

“你是只狐狸，”典狱长摇摇头，“你的每一句话都能叫人上当。照你这样说，为这件事，我死后，大家还会为我建立纪念碑呢。”

“嗯，干你们这一行的人未必有谁会享受这样的荣誉。请原谅，你的职业是没有发展前途的。”

“你杀了我，杀了我，马尔柯！”东恰克苦笑了一下，“你以为，我是蹦蹦跳跳地跑来就这个没有前途的职务的吗？……你要相信，我像小孩儿一样，向区委书记哭诉过。可是他们对我说：‘需要嘛……’媒人，您还有什么意见？”他用最后的这个词儿来使自己减轻痛苦，并且含讽带讥地把这个有着一撇歪胡髭的怪人打量了一遍。

“我没有什么意见，”马尔柯诚恳地回答道，“难道我不知道您的工作不是愉快的工作吗？要做个光明磊落的正派人才不会由于每天目睹人间的卑劣行径和痛苦而变得麻木不仁。我直到现在还忘不了一九三七年审理我的案件的那个侦查员。”

“是切尔诺沃连柯吗？”东恰克流露出愁眉苦脸的若有所思的神情，两片眼皮盖住了眼睛。

“是他。他接连不断地审问我，不得到口供不罢手。他一定要给我扣上人民敌人的帽子。初步审问了几次后，他就不跟我好好儿说话，而是吱吱地叫、咆哮、威吓、大叫大嚷，用不堪入耳的话骂人。用恐吓的方法逼供。有一次真的把我吓坏了。”

“用拳头吗？”

“不，利用一些鸡毛蒜皮的琐事，利用心灵和智慧的迟钝向我逼供。用拳头或坦克，魔鬼也吓不倒我，我是个有经验的人。”

“你谈谈吧。”

“为什么？”

“我偶然听说，好像切尔诺沃连柯从后方回到这儿来了。他避而不上前线。你谈谈吧。”

“这是一桩不愉快的事。”

“反正我不大听到愉快的事。”

“有一天夜里，我被传到他那儿去了。我走着，身子摇摇晃晃的。在侦查员的桌上摆着我家里的一只背囊，两个面包，一件什么东西用白麻布包着，大概是块奶油，还有几个折断的罂粟头——恰好是八月一日[1]，此外还有像核桃那么大的一个小布包。我明白了，家里送东西来了。妈妈甚至没有忘记罂粟头，她知道我很喜欢罂粟头。我想起了家，于是我不是从两颊上，而是从内心里滚下泪珠来了。我可怜自己，可怜母亲，也可怜妻子和女儿，甚至还可怜这些从我们菜园里采来的罂粟头。切尔诺沃连柯把罂粟头都挖了个洞，在里面找着字条，或者还找着鬼知道什么东西。而他神色冷得像坟地里的墓石，走到我跟前来了，他的两颊上出现一个个赤褐色的圆红块，指着包裹，问：

“‘被告，这是什么东西？’

“‘我不知道，我还没有学会透过布看出东西的本领。’

“‘我们会教你学会这种本领，’他对我意味深长地说，‘可是现在你往这儿看看。’他解开包裹，感谢家里的人，包裹里是一块故乡的泥土。

“‘嗯，这是什么啊？’他问，希望揭穿我。

“‘泥土嘛。’我回答道，一边俯下头去吻泥土。可是切尔诺沃连柯闪电般疾速地把手缩回去了，目光更怀疑地打量着我：这个傻瓜大概以为我要吞下一个什么密码。

---

[1] 民间的节日。

“‘泥土？’他不信任地追问一句。

“‘可不是嘛。从我出生的村子里拿来的。’

“‘你不会死在那儿了，’他毫无顾忌地说，‘给你送泥土来干吗？’

“‘您闻闻，就会知道。’我说，希望他能记起祖先的习惯，泥土多少会使他心肠变得软些。

“切尔诺沃连柯摘下了眼镜，小心翼翼地把一小包泥土拿到鼻子底下，仿佛泥土会开枪似的。

“‘泥土有什么味道？’我问。

“‘什么味道？’他又凝视着我，‘有一股蛆虫的味道。’

“这时我害怕了：难道人会堕落到如此地步，以致从他出生的、吃着它所生产的粮食的土地上的泥土里他只闻到一股蛆虫的味道。于是我头一次审问起他来。

“‘你自己是一条倒霉的监狱里的蛆虫。根据什么样的法律，或者由于什么样的违法行为，你这个畜生得到了审问热爱土地的人们的权力？……’我喊叫道。

“嗯，至于以后怎样，这您知道。我一辈子也忘不了，您怎样把我从还没有掘好的坟墓跟前拉开了。那时您冒着更大的危险……斯杰潘·彼得罗维奇，你把罪情不重的小伙子释放，交给我吧。”

“媒人，我害怕，正如我们大家所说的，那时就会给某人办喜事，而母鸡要遭殃了。”

“斯杰潘·彼得罗维奇，您别害怕，有人结婚，咱们就去喝喜酒。”

“刚才你邀我去参加洗礼，现在邀我去喝喜酒。你还要叫我上哪儿去？”

“这应该考虑考虑……咱们往后都是媒人啦。”

“好吧，马尔柯，”东恰克坚决地说，“让我独个儿考虑一下，我委实给你闹糊涂了。你明天早晨来吧。”

“多谢，”马尔柯鞠了个躬，仿佛他们已经谈妥了，“我代表自己和我们那些漂亮的姑娘们向您道谢。不过您得给我挑选一批纯洁的小伙子，没有狡猾的家伙……”

“好，你走吧，宣传员……”东恰克打趣地把他推出去了。

几乎我们所有城市里的地志博物馆都展出毛象的门牙和斯基泰[1]石俑。马尔柯参观的那个博物馆也不例外：从一楼大厅的所有角落里，那些没有丝毫女性美的雕像都把目光一下子集中到他的身上来了。在这些雕像的头顶上都伸出着好几普特重的毛象的獠牙。

“您参观博物馆，还是送来了陈列品？”一个年轻的爱说爱笑的女人像出色地完成文化史一样，从那些雕像后面走出来。在她那只漂亮的手里，连那块她抹古物上灰尘的抹布好像也不是多余的东西。

马尔柯不由得微微一笑，点点头。

“我送来了陈列品。”

“古代的，还是现代的？”

“现代的。”

“您自己发现的？”

“我自己。”

“费心，让我瞧瞧。”

“可以让您瞧瞧，您是谁？”

“我？……我是清洁工，”这个女人发窘了，“可我非常喜欢瞧瞧送到我们这儿来的东西。您是不是一定要找馆长？他此刻不在馆内，封建部分和现代部分的管理员也不在。他们都出差到各区去了。”

“嗯，既然首长不在，您看吧。”马尔柯含笑地斜溜了这个女人一眼，把几匹泥马摆在石板地上。

“哎唷，多么可爱，而且多么可笑啊！”女清洁工看到一匹马衔着一颗印章，不禁扬声叫道，“这是您自己塑的吗？”

“不是，一个乡下老头儿塑的。”

---

① 纪元前黑海北岸的草原上的一个游牧民族。

“老头儿？可是想象力是年轻的！”她兴高采烈地察看着另一匹马，“您叫什么？”

“马尔柯·特罗希莫维奇。”

“我叫瓦莲丁娜·奥列克赛德罗芙娜。您的这几件陈列品很好，只可惜——不属于我们的专业范围。我马上到民间创作馆去把美尔尼克同志或基塞尔同志叫来。”这个女人没命地从博物馆里跑出去了，可是马尔柯警惕起来：她要领来的又是个什么样的基塞尔？不大工夫，瓦莲丁娜·奥列克赛德罗芙娜带领一个淡黄头发的年轻人回来了，在这个年轻人的胸前令人注目地挂着一枚卫国战争勋章和一枚银质的游击队奖章。

“尤里·安德朗诺维奇·基塞尔。”这个年轻人简单而亲切地自我介绍说，立刻在“陈列品”前面蹲下来。他默默地把那几匹马察看了很久，把它们这样看看，那样看看，接着皱了一下眉头，末了微微一笑。

“好极了！这是道地的艺术家塑的！这几匹马会跳得很远！”

“真的吗？”马尔柯也高兴起来了。

“我立刻把它们送到共和国展览会去。您不反对吧？”

“直接送到共和国展览会去吗？”

“我希望，它们会奔驰得更远。”尤里·安德朗诺维奇和善地眯起了眼睛。

“您说什么？”马尔柯更觉惊奇了。

“您要相信，我对这样的东西嗅觉很灵。谢谢您把它们送来。明天早晨请您上我们那儿去——我们要做手续。我们将汇钱给艺术家……”

马尔柯悠闲地在那个半毁的城市的几条街上蹓跶。那些发黑的、烧坏了的房子的四周最近搭起了脚手架，那儿不时响起一阵阵女人们的声音。突然有人像用刀向他的背部刺来那样喊道：

“马尔柯·普罗克里亚蒂！”

马尔柯勃然大怒，猛地扭转头去。有个身材矮短的人叉开着两条腿站在他的面前，这个人身上的一切都是圆滚滚的：不论是脑袋，或是两颊，或是那些赤褐色的红块，或是马裤，或是肚皮都是圆滚滚的。

“切尔诺沃连柯公民，我不知道，咱们谁该死。”他憎恨地对他说，好似用一块石头往眼镜中间扔去一样。

切尔诺沃连柯看到马尔柯胸前挂着一枚金星勋章，不觉慌乱起来，从鼻梁上摘下了眼镜，接着他发窘地和惘无所措地微微一笑。他那对经常想从对话者的心里挖出什么东西来的眼睛，仿佛立刻用一张网掩盖住了原来的表情，并陷入深处了。

“请原谅，请原谅，马尔柯，您的父称叫什么……我不合时宜地想起了……”

“您想起自己对不起人的事了吗？！”别斯梅尔特内毫不客气地直说。

“对不起人的事？……您指的是什么事？”切尔诺沃连柯打心底里感到惊讶，他脸上那些赤褐的红块扩大了，“嗯，当初对您有所误会，可是这不是罪过而是错误。”

“您就是我们的一个可怕的错误！我希望您不再审问人。”

“为什么？”切尔诺沃连柯更觉惊讶，甚至见怪了。

“无论在战前或在战时，您从来没有跟人们共过患难，光凭这一点就够了。您转业了吗？”

“我没有别的专长。”切尔诺沃连柯脱口而出。

“原来是这样！……那就上我那儿去，到集体农庄去。我教您耕田，现在还不迟哩。”

切尔诺沃连柯开头感到愤怒，接着笑起来了。

“您直到现在还没有失去农民的幽默感？真是想入非非！这全都是因为您只想到土地的缘故，可是应该有人去解决其他问题。您简直使我发笑：您想想看，有这样的事情么——一个侦查员却在被他侦查过的人那儿干活……”

“这不可怕……当以前被侦查过的人们因侦查员的……误会而要

审判他的时候，这才更可怕。”马尔柯厌恶地转过脸去，离开切尔诺沃连柯，往旅馆走去。

晚上东恰克打来了电话。

“喂，马尔柯，你又在酝酿些什么样的妙计啊？”他的声音含着温和的微笑，问，“没有什么计划吗？出现奇迹啦！你不打算进攻其他机关吗？……你的计划，虽然很荒唐，荒唐透顶，但居然可以实现了！上级支持你，虽然当我详细地述说，在你的理解中爱是怎么回事的时候，他们都大笑不止。结果是按照你的意思办，爱会战胜一切的！你怎么啦，掉下泪来啦？掉下了真正的泪水，还是在电话里演戏……？嗯，祝你健康，神经失常的人！”

第三十七章

在茉莉花那又酸又涩的和令人沉醉的气味里还含有一种使人心旷神怡的东西。一丛盛开着的茉莉花向年轻的基塞尔的窗子含情脉脉地张望。离那丛茉莉花不远的一个安适的角落里，情人们情话喁喁，笑声洋溢，尤里·安德朗诺维奇忧郁地摇摇头，打开了窗。那丛茉莉花从透出一线亮光的黑暗里用那些白眼睛望着他，而在窗台上有发黄的花粉的残迹。

还不多久以前，也似乎已经过了很久，他自己就在这丛茉莉花旁边跟眼神忧郁的玛丽雅娜低声地交谈过，她害羞地把头藏在他的胸怀里靠近心脏的地方。这是他一生中最幸福的时刻，那时他觉得好像他什么都办得到；那时他又好像觉得那丝绸一般的透明的夜色、天路上那片灰尘似的星星、月光织成的纱幕和那童话般的古代的城市的轮廓——这一切都是为他们而创造的。

“玛丽雅娜，你瞧，一个多么迷人的夜啊……”

可是一听到“夜”这个词儿，她不禁哆嗦起来。

“你干吗害怕？”他把她的头扭过来，让她看到夜的原始的美，并让那片灰尘似的星星在她的眼睛里反映出来。可是使他高兴的东西反而引起姑娘的悲愁，她又把头藏在他胸怀里靠近心脏的地方。有一天夜里，玛丽雅娜忽然挺直了腰板，站在他面前，满面泪水。他从来没见过她是这么美，这么悲伤。

“你怎么啦，亲爱的？”他拥抱着姑娘，怒冲冲地朝四下望望：附近有没有威胁她的东西躲藏着。不，四下里是空荡荡的，只有星星像风中的花儿在抖动。

"尤里，亲爱的，带我走吧，"她恳求道，非少女的伤心的泪水从眼里滚了出来。

"带你到哪儿去？……"他惘然地吻她，泪水和茉莉花的余味使他一辈子也忘不了，"我的小燕子，上哪儿去啊？"

"随便上哪儿去，到海角天涯，只要离开爸爸远点儿就行。"她像岸边的波涛似的呻吟着。

"玛丽雅娜，为什么呢？"他不明白，睁大了眼睛望着她，又望望那片已经容纳不下所有星星而把它们扔到大地上来的天空，"为什么呢？"

"你别问……我不能看他。如果你爱我，那就带我走吧……要不然，我也会离开你。"

"你说什么？"他用双手抱住了她，仿佛她当真要走似的。他没有想到父女间所发生的那件事，虽然他一下子就讨厌切尔诺沃连柯。

他们紧紧地拥抱着。在河岸上徘徊了一夜，在那儿，一条像道路似的月光在急流上打瞌睡，碎裂了。翌晨，他们就在布格河上玛丽雅娜出生的一个小村里登记。他们在那儿举行了简单的婚礼。大为不满的切尔诺沃连柯脸色阴沉，一直坐到黄昏；可是晚上一些要紧事儿使他离开了来宾们，他们都一下子感到了自由和快乐。

他们俩离开了这个小村往游击队在活动的森林里去了，可是只有尤里一个人从那儿回来。现在另一对情人在一丛茉莉花旁边陶醉在幸福中，可是他只剩下了一鳞半爪的记忆。

尤里又坐到桌旁，桌上摊开着扎德聂泊罗夫斯基的手稿。这本手稿里真诚而尊敬地提到了女游击队员玛丽雅娜，虽然她是在另一个支队里。游击生活中所发生的各种事件和对这些事件的描述使尤里感到不倦的惊奇。在这本手稿里，紧张的情节、人的精神的伟大、辛酸的幽默和民间创作的金色小河汇合在一起了。难道这些关于玛丽雅娜的话不是安魂弥撒吗："死草很快就会变成干草，死人却不会很快变成草……在我们的记忆里，玛丽雅娜依然是一只白天鹅，她也像一只受伤的天鹅那样迎接死神，在绿油油的布格河沿岸的小岛地带……"

“格里高里，你是个慷慨的人，”尤里·安德朗诺维奇想起了游击队员们给扎德聂泊罗夫斯基本人起过一个天鹅的绰号，不禁沉思起来。不是每个人都会给别的人起一个奇妙的绰号的。

这当儿，在一堵薄墙后面，在另一个稍大的屋子里，酒杯叮当地响了起来，微有醉意的两亲家把话说得越来越响。尽管天已经夜了，他们此刻才会回忆自已狂风暴雨般的青年时代，不满现状，并且因为徒有各种功绩和才能，却得不到提升而暗中愤愤不平。虽然尤里对自己这两个亲人抱这种看法是很痛苦的，但他明白，他的父亲和岳父都是卑微的人，都是不发光的星球，他们胸中没有炽烈的火焰，没有崇高的感情。大概，在他们达到了一定的工作能力，但没有用牙齿咬住和用双手抓住职位之前，在他们没有开始害怕个人的利益遭受威胁之前，在他们没有逃避挑我们大家平均地挑着的重担之前，在他们没有在怕说实话的时候撒大谎之前，以及在他们没有偷割不是他们播种的东西之前，他们也都是朝气蓬勃和有才能的。可是现在他们都惊奇而愤怒地觉察到那别人的不恭敬的态度，弄不明白为什么他们脚底下的土地摇晃起来了，而且徒劳地盼望着他们还会上马。这是枉然的——一个冷淡无情的人创造不出热火朝天的事业。

“祝你健康，祝你从后方回来找到新的工作。”父亲低沉地、像一阵秋雨似的喃喃说。

“谢谢，安德朗。可以说，我已经找到了工作，虽然有人挑拨离间。哎哟，我的命运不好……我过着夜鸟一般的生活。”

“现在谁过着好生活？”

“唉，别说啦。你到底是在庄稼中间跑跑，闻着花蜜的香味，欣赏着怎样耕田、播种、生长、开花、灌浆。可我不得不从内心采取着另一种浆。”

“应该做的就得做嘛。”

“我也这么说。我的职业是跟人道主义相悖的。祝你健康。你可知道，在鉴定书上把我写成怎样？”切尔诺沃连柯流露出喝醉的人的自负情绪。

"他们大概已经喝得酩酊大醉了。"尤里·安德朗诺维奇做出厌恶的样子。他想把精力集中在手稿上，可是岳父的自负情绪增强了，并且从隔板后面传过来。

"鉴定书上说我是揭发集团的能手。就是这样！从前我办理过各种案件，今后还要这样做！"

"还要这样做吗？……"父亲甚至恐惧地问。

"当然。战争造成了相当严重的混乱，要把一切弄清楚就需要像我切尔诺沃连柯这样的人。不久以前，有个人给我送来了一批材料，连反特小说的作者也梦想不到这样的材料。你要知道，这些简直不是材料，而是黄金的河岸。"

"很有意思。这是谁的材料？"

"可你埋头种庄稼，永远不能想象这样的事！昨天的游击队长！他也许挂满了奖章，但他本人却是一个间谍。"

"你说什么？"

"还在土耳其，他就被收买当间谍了。这样的事是常有的。"

"这个人……在我们这儿打过游击吗？"

"在我们的森林里。你的尤里对他的情况应该知道得很清楚。"

"这个人是谁？"

"是扎德聂泊罗夫斯基。"切尔诺沃连柯放低了嗓音。

"是格里高里·扎德聂泊罗夫斯基吗？！我也知道他！"大吃一惊的安德朗·波塔波维奇脱口而出。

"听我说，你要保守秘密，这会有好处……"他也没有把话说完。

尤里气得脸色发白，走进屋子里来了。

"啊——啊，女婿！"切尔诺沃连柯装出一副快乐的样子，向他递过来酒杯，"好容易等到了，跟我们坐一会儿吧，让科学因为没有你的参加而受点儿损失吧。"

"哪个坏蛋把诬告扎德聂泊罗夫斯基的材料交给了您？"尤里·安德朗诺维奇瑟瑟发抖，两眼盯住岳父。

“怎么，你暗中听到了吗？”后者有片刻工夫惘然失措了。

“我听到了全部卑鄙龌龊的勾当，在我们的房子里有人利用这件事来污蔑一个像水晶般纯洁的人。”

“当心，这个水晶般纯洁的人恐怕会连累你，”切尔诺沃连柯低声埋怨说，“没准你也跟他有交情？”

“我认为跟扎德聂泊罗夫斯基交朋友是很光荣的。我拿脑袋担保：扎德聂泊罗夫斯基像天鹅一般清白。可是只有犯罪的人才吃天鹅。您最好研究一下告密者的心眼。”

“别教导行家！”切尔诺沃连柯自豪地回答道，“我们自己懂得的不比人家差。你可知道，扎德聂泊罗夫斯基的游击支队是他自己组织的？”

“那又怎么样？”

“你可知道，这样的游击队照例总是由外国特务机关指挥的？”

尤里·安德朗诺维奇气死了，他痛斥岳父：

“这您是怎么知道的，难道你从自己的斗室里看到过人民的斗争吗？哪个下流东西，哪个蠢货捏造了这个谣言？”

切尔诺沃连柯仿佛被锥子扎了一下似的直跳起来，握紧了拳头。他那张有一个个赤褐色红块的脸气得变了样，而怒气不但充满了他的眼睛，而且也充满了他的眼镜。

“幼稚无知的家伙！糊涂虫！傻瓜！你懂得生活中的什么事？在森林里鬼混了不多久，你就想教育人，破坏人家的名誉？你首先要抹净你的嘴！说这话的是这样的一个人，是这样的一个人，他不是头一天领导我和那些地位比我高的我的同行。”

“那么他也是一个下流坯！”尤里·安德朗诺维奇怒冲冲地用粗暴的话回答道，“怎么，您也要写告密信去控告我吗？”

死一般的静寂是对他的回答。连切尔诺沃连柯也脸色发白了，在他那副圆眼镜后面的一对眼睛也睁圆了……他干吗来到这所房子里？现在他怎么办？他用目光找着自己的皮包和制帽。女婿的那些可怕的话像一把冰冷的钳子夹紧了他的心和脑袋。这些话还有点儿荒谬地补上了另一些话："只有犯罪的人才吃天鹅。"这个幼稚无知的家伙干了许多什么样的事啊？不说，还是说？如果说，你也会被……要是不说……"只有犯罪的人才吃天鹅……"这样，你会像公鹅一样被扭断脖子……窗外的天空晃动着。很久没有这样的夜了……

第三十八章

收割期快到了!

出现暑天的各种幻景的时期和热火朝天的劳动时期都快到了。一片片田地上那发白的黑麦的穗、容易断裂的锯齿状的大麦的卷须、小麦的金黄色的小袋囊和一窝窝幼鹑的啼叫声都证明了这点，而对这点的最有力的证明是一页页的各种决议、命令、打在打字纸上的各种通告、狂叫着的久久不停的电话铃声、区委的特派员的申斥、匆匆来去的和路过的检查员们和日以继夜的无线电广播。啊。这算是无线电广播吗！这种无线电广播没有丝毫幽默感，老是向庄稼人反复说着：收割运动——像斯大林同志所教导的——是一种季节性的工作。

特派记者拍来的电报已经用大号字体排在报纸的头条新闻里："南方开始收割庄稼。"田地的主人们眼睛注意着南方，仿佛从那儿，从田地那边，就会出现一个头戴阔边草帽、用又轻又软的麦穗代替唇髭的童话里的丰收老公公。

各机关里也热火朝天：不止一个领导同志都在想尽办法，怎样才能使南部接近他的地区，怎样才能使本地区在报纸上和通报上名列邻近地区的前面。可是邻近地区的领导人也不是今天才出世的，而且在他们那儿丘岗都较高。早晨的无线电广播使基塞尔心烦意乱；那个狡黠的克里敏柯还在前天声明过，要在一星期后才开割，可是今天却宣布要在山坡上和小山岗上进行有选择的收割了。基塞尔立刻带一个总农艺师飞往南部各区，给予一切"有未成熟想法"的人以致命的打击。州里的收割终于开始了。

基塞尔凭着自己的良心在各区奔波，到中午他的嗓子已经哑了。

他吓唬一个人，说要对他起诉，对另一个人要“纠正思想”，而对第三个人暗示说，可以把明天收割的和今天收割的加在一起，对第四个人猛敲拳头：“干吧，干吧，普希金不会替你干活！”对第五个人，作成情况记录，但他并不表扬任何人，因为表扬会使人松劲。自从他匆匆来到后，大家的愉快情绪就低落了，割草人和割麦人的快乐情绪被一扫而光。

末了，基塞尔勉强来到了马尔柯·别斯梅尔特内当主席的那个集体农庄的田野上。单是这个缘故就已经使他满不高兴，并在脸上流露出不满的神色，甚至肚子里也咕噜咕噜叫起来，仿佛肚子里扔入了一条老黄狗似的。马尔柯很久以前所说的那些话直到现在还会使人难受。但是，亲爱的，我也会刺激你！不犯过错、不必施加压力的主席还没有出世哩。

“或者，咱们上别斯梅尔特内那儿去喝免费的菜汤吧？”头发卷曲得像绵羊的司机那张风尘仆仆的脸向基塞尔转过来，他那张嘴长得非常可爱，活像一张少女的嘴，他的腮帮上还有两个灵活的酒窝。

基塞尔马上凝神地倾听着司机的这些话，并注意起这两个酒窝来——这两个酒窝对他有什么用？

“什么免费的菜汤？”

“您难道没有听说过吗？”司机咧开着两片富有表现力的少女的嘴唇，感到奇怪。他又怀着敬意补充说：“马尔柯·特罗希莫维奇设立了这样的一个食堂，真是皆大欢喜：免费供给在田头干活的人们喝菜汤，不错，暂时还没有面包。别的主席想不到送茶水到田头去，可是这个……”

“你说得牛头不对马嘴，不知道在胡扯些什么，”基塞尔毫无顾忌地插嘴说，“好吧，开得快些，开到吃白食的地方去吧！”

汽车又行驶了两公里，离开了公路，驶上田间的一条长满了浅蓝色的菊苣的道路，这条道路上一下子冒起一团团烟雾，仿佛有人在纵火烧这条道路似的。在道路两旁，蜜蜂在那些大金碗般的向日葵里大吃大喝，燕麦的蓝色铃铛在略带蓝色的茎上摆动着，颗粒很密的荚状豌豆的那些枯萎的叶心闪闪发亮。豌豆的那些卷曲的地方有点儿像那个司机的蓬松的卷发。

“啊呀，这儿豌豆长得挺好！”外表萎靡不振的总农艺师脱口而出，“简直是豌豆大王！”

“豌豆总统。”基塞尔鄙夷地说，可是总农艺师却把他的话当作耳边风，还是赞不绝口：

“大概，他们每公顷能收三十多公担！”

“每公顷五十公担！”基塞尔言下透露出一种露骨的轻蔑口吻。在这些田野上甚至丰收的景象也不会使他高兴，因为这儿的生产领导人是不尊重人的和吹毛求疵的马尔柯·别斯梅尔特内。

“每公顷收不到五十公担，收四十公担也许可能，”农艺师是那么热衷，以致没有捉摸到首长声音里那种恼怒的语调，“马尔柯走运了……”

“可是不管你怎样做，不管你怎样说，不管你怎样劝告他，对他都不起丝毫作用。霍霍尔[①]的脾气。”

“哼，”伊万·格那托维奇斜溜了一眼。他心里不同意基塞尔的话，可是他不想表示异议：反正无济于事，而且天气这么热，他也懒于说话。不多一会，他又高兴起来：

“您瞧，别斯梅尔特内在休闲地里也种上了豌豆哪。不是好样的吗？”

“这是怎么个看法！这不是有耍手腕的味道吗？”基塞尔嘟哝说。

“但愿大家都会耍这样的手腕。”

“您捧他，捧吧，可要小心哪。”基塞尔不赞成地望着休闲地，想起自己的事来。

在田间宿营站里，他们只见到被包围在向日葵中的一个厨娘，她身上因为被太阳晒、火烤和吃葱而散发出一股燥热。在她的三角白头

① 旧俄时代俄罗斯人对乌克兰人的轻蔑叫法。

巾上和饱经风霜的脸庞上，蒙着一片在阳光下发亮的尘埃。她一下子就认出了基塞尔，撩起围裙抹了抹脑门，那对含笑的、略带绿色的、有两颗黑眼珠的眼睛温柔地微笑着，一只眼里的黑眼珠比另一只眼里的大些。这种不相称引起了基塞尔的注意——在别斯梅尔特内农庄里甚至这儿也有问题。不过这个女人非常好——在这样的女人那儿即使吃净素的菜汤也会觉得满意。她是不是扎德聂泊罗夫斯基的妻子？大概就是她。扎德聂泊罗夫斯基可知道，有什么样的灾祸临到了他的头上？

“日安，您在烧菜汤吗？”他比平日和气些嘟哝说。

“可不是——我在烧菜汤，这就是我的工作嘛，”卡捷琳娜·巴甫洛芙娜愉快地回答道，“你们上我们这儿来喝菜汤，这好极了。快熟了。”

“快熟啦？”基塞尔不知为什么追问一句，一边提心吊胆地往黑铁锅里张望，仿佛那只铁锅里煮着什么炸药，“这菜汤您免费供给吗？”

“可不是嘛！”这个女人自豪地说，“今天我们还可以拿第一批腌得不很咸的小黄瓜请客呢。种出了那么多小黄瓜，姑娘们连运也来不及运呢。”

“运到哪儿去？”基塞尔注意起来。

“运到收购站和自由市场去。”

“免费，免费，”基塞尔不对着谁沉思地重说了一遍，“伊万·格那托维奇，这您要写下来。把您的一套用具拿出来吧。”

“对，不妨写下来，”卡捷琳娜·巴甫洛芙娜轻信地把基塞尔打量了一遍，两手交叉在胸前，“您可知道，我们将按什么价格把黄瓜和番茄分给庄员们？”

“我不知道呀。”

“按照成本。您也把这写下来。让别的村庄也照办。”

“他们可不会这样做！”基塞尔大声呵斥道，一边偷偷地用目光瞟一下这个厨娘那丰满的胸部，“你们私卖集体农庄的东西，还很高兴？”

“我们私卖？这您是说菜汤吗？”这个女人的那对绿眼睛睁大了。

“这是说菜汤，也说价格。为了这个，我们还要严厉地批评你们的主席呢。他缴入集体农庄财务科的是戈比，而不是卢布。这应该想一想！”

“大家应该怎样生活，这不应该想一想吗？”卡捷琳娜·巴甫洛芙娜勃然大怒，“还是您舍不得我们的甜菜和白菜？您不是一个善良的、真诚的人，虽然您是个当官的！”这个女人从汽车跟前走开了，站在向日葵下面。看不见的愤怒的泪水拧着她的眼皮。

“您作成记录！”基塞尔吩咐伊万·格那托维奇。

“何必浪费纸张？虽然你在白纸上写什么都行。”后者口气冷淡地问，“莫非您舍不得让大家喝他们自己的菜汤？”

“难道您赞成这些集体农庄财产的盗窃者的做法？”基塞尔扬声叫道。

“我赞成这些‘盗窃者’的做法。”伊万·格那托维奇又那么冷淡地回答道，他向那个厨娘动了一下眉毛，但最后还是不好意思向她讨菜汤喝。

基塞尔紧闭着眼睛。

“我这个助手很不错。”

“我不抱怨自己。”

“今天您就会抱怨起来。您滥用民主。”

“您会看到您的民主！”伊万·格那托维奇绷起了脸。

这当儿，马尔柯·别斯梅尔特内来了。

“他真是个活动家！你要比令尊早进入共产主义吗？”基塞尔不等对方站停就窘住他，“你想用免费供给菜汤来获得威望吗？这个气泡会破裂的。”

“您好像说了些什么话？”马尔柯示威地看了一下太阳，面向太阳摘下了制帽。这个动作他做得那么自然而又滑稽，以至卡捷琳娜·

巴甫洛芙娜不禁扑哧一笑，司机也哈哈大笑起来，伊万·格那托维奇快乐起来，可是基塞尔却气得面红耳赤，威吓地拧紧了眉头。

“你没有听见我问您的话吗？”

“我没有听见。”马尔柯装出一副天真的样子回答道，因为田地、工作和天气都使他打心底里感到高兴。

嗯，实际上基塞尔能拿他怎样呢？基塞尔会叫嚷、威吓，嗯，最多也不过是作成记录，然后跑掉。要知道，这个上级甚至没有工夫仔细地想想自己的错误，怪不得大家都给他起了这么一个绰号：“来过又走了”。

基塞尔指着铁锅，说：

“今天，马上就停止自作主张免费供给菜汤这种可笑的事。”

“我们不觉得干这种事是无聊的，虽然这是自作主张的。”马尔柯一点也不恼火。

“不消一小时，你就会觉得无聊啦。侦查员会来调查……”基塞尔用仇视的目光盯着别斯梅尔特内。

“让他来调查吧。”马尔柯还在微笑，“也许，他有更有趣的性格。”

“侦查员的性格是大家所熟知的！应该想到：负着债，可是你却铺张浪费！”

“假定说，债务已经还清了呢。”马尔柯纠正说。

“怎样还清的？”不愉快地吃了一惊的基塞尔怀疑地追问了一句，“你把这些债务弄到哪儿去啦？扔到水里去了吗？”

“正是这样。而且扔入了急流里，不让它们卷土重来。”

“这些债务你是用什么办法偿还的？”基塞尔端详着马尔柯，怀疑其中有鬼，“用什么办法？”

“用葱、四季萝卜和熟得最早的黄瓜偿还的。或者，咱们到村子里去吧，您要查看收据吗？”马尔柯恭敬地说，不知道他应该发怒，还是发笑。

“原来是这样，”基塞尔较为放心地说，“葱根不会使你走得很远。”

“我们也这样想嘛。我很高兴，因为咱们虽然地位不同，但想法却是一致的。”马尔柯更恭敬地接嘴说。

“你往后利用什么呢？”

“利用母牛的尾巴嘛。只是首先得设法抓住它。”

“用牙齿嘛。”基塞尔嘟哝说。

可是马尔柯不管怎样决意忍耐，还是简截地回答道：

“我们要试试！”

“怎么‘试试’？”

“照您的主意办嘛。”

“今天你多么和气啊，你哪怕摸摸伤口也行。这是为什么？……”基塞尔出声地盘算着，眼睛不看别斯梅尔特内。“嗯，走吧，带我去看看你的王国。有人把它捧得很高。”

“让您看什么呢？看看您马上就要吩咐开割的庄稼吗？”

“你怎么知道？”

“我知道您的性格。”

“你知道得太多啦。当然，你没有想到收割，是不是？”基塞尔在这些话语里和随同这些话语所使的眼色里都含有最恶毒的讽刺。

“想是想过的，但我没有开始。”

“伊凡尼申的集体农庄已经在收割，搞得热火朝天，他没有像某些人那样自作聪明。”

“他不觉得困难，他就收割。”

“为什么他觉得这没有困难？”

“他为编造汇报，把未熟的冬麦充数，可是我们并不急于要编入汇报。”

“我们知道这些未成熟的想法。”基塞尔做出不满的样子，“可是后来没有收割的麦子都枯萎了。”

在低地里庄稼当真还未成熟，基塞尔用怀疑的目光把它们仔细地察看了一下，一句话也不说。可是在山岗上他活跃起来了。他在麦穗中间挤了过去，挤到最高的地方摘下了穗，用两个指头取出其中的麦粒，试也不试，就说：

“这儿，你马上就挑选一部分开割吧。”

马尔柯固执地摇摇头：

“我不考虑。”

“没有什么可考虑的——我们会拧下你的脑袋！”基塞尔用双手做出手势，表示他们会怎样拧下别斯梅尔特内的脑袋。

“没有脑袋的人不会很多吧。”在马尔柯的眼睛里闪过憎恨的火花，可是基塞尔没有发觉。

“你对国家开玩笑？马上就开割。在不成熟的脑袋里脑子也总是不成熟的。当心，我们会很快使它们成熟的。”

马尔柯忍不住了。他稍为俯下身子，像准备跳跃一样，用那对气得发花的眼睛望着基塞尔那含有敌意的、绷着的脸，咬着每个字眼，说：

“你立刻从田野上滚吧！你干吗上这儿来践踏庄稼和人？还没有践踏够吗？”他把一只手伸入口袋里，这时基塞尔恐惧地记起来，别斯梅尔特内怎样教训过别兹包罗奇柯。

一连串念头闯进了他的头脑里，啮咬着每个细胞。他的傲气已经烟消云散了。这个无政府主义者会不加思索重新拿起武器。基塞尔用一种对胖子来说是出乎意外的速度跳到了道路上，他在那儿才觉得安全。

“你疯了吗？你可知道，这会闹出什么事来？”他几乎用耳语说，一边谛听着头脑里的嗡嗡声，“你可知道，你从田野上赶走谁？”

可是马尔柯毫无顾虑了。

“我知道！不是赶走一个工作人员，而是赶走风滚草，赶走一个逼迫人的家伙。要耕田了——你就逼人耕田，要播种了——你就逼人播种，要收割了——你就逼人收割，你干这一切都是为了写报告。你为写报告服务，而不是为人们服务。从我们的田野上滚吧！”

基塞尔回头一看。汽车驶到他跟前来了，汽车里坐着无忧无虑的伊万·格那托维奇和司机——大概，他们没有看到他的失败。他赶忙爬上座位，从座位上扬扬拳头威吓别斯梅尔特内：

“无政府主义者！今天就叫你去坐牢！在监狱里会让你喝免费的菜汤！”

“托洛茨基分子！”马尔柯追着向他喊，并在后面向汽车吹口哨。

基塞尔气得喘不上气来了，连眼睛底下那些深色的弧形青紫斑也抖动起来。

“您听见吗？他叫我托洛茨基分子！您要作证。他要负责的！……”

“真的叫您托洛茨基分子？”伊万·格那托维奇口气冷淡地问。

“您说什么——您没有听见吗？”

“没有，这我没有听见。”

“那么你呢，伏洛奇米尔？”

“他喊过，可是他喊了什么，我没有听清楚。好像末尾是‘分子’这两个字，可是前面是什么字，我搞不清楚。”司机抬起了那对天真的眼睛，在他那两片少女的嘴唇上浮现出神秘的微笑。

“你们怎么啦，一齐变聋了吗？！”基塞尔咬牙切齿，“假定马尔柯是个真正的傻瓜——那他自己会承认的。去找侦查员。”

吉普车驶上了公路，在桥上疾驶而过，在离三个池塘不远的地方，基塞尔发觉州委书记的汽车迎面驶来。

“停车！”他急忙吩咐司机说，稍为弯下腰，跳下汽车，站在路边，举起了两手。

一辆黑色的闪闪发亮的“齐斯”在一簇簇浅蓝色的香薄荷旁边嗞嗞地停了下来，一块黝黑的天空和一个耀眼的阳光斑点在汽车上游动着。州委第一书记还没有下汽车，基塞尔就很激动，目不转睛地看着他，挥着两手，说起话来：

“我再也不能工作啦！米哈依洛·瓦西里耶维奇，我……一切都有个界限……”

“您为什么再不能工作？”一阵说话声突然在旁边响了起来。

基塞尔回头一看，因为冷不防这一着惊呆了，他往后倒退了几步。站在他面前的是乌克兰中央委员会的书记。在一些相片上基塞尔惯常看到他穿着将军制服。现在这位书记穿着一件绣花的衬衫，戴一顶普通的轻便的草帽。在他那诚恳的目光里流露出智慧和嘲讽。

“我……”基塞尔完全不知所措了，勉强做出一副逢迎献媚的笑容，可是这种微笑没有能够使上述的一切表情消失，因而变成了一副可怜的尴尬相。

“您说吧，别怕难为情，同志……”

“基塞尔，州农业厅厅长。”米哈依洛·瓦西里耶维奇悄悄地提示说。

“要知道，我拿一个脾气倔强的集体农庄主席简直毫无办法，”基塞尔从头到脚跟都发冷了，没有信心地说起话来，“他谁的话也不听……”

“这个集体农庄主席犯过什么过错吗？”中央委员会书记的目光变得更严峻了。

“不论订计划、工作和生活——他在各方面都是个无政府主义者，”基塞尔稍微定下神来，“刚才他拒绝收割，骂我托洛茨基分子，把我从田野上赶走；他简直无法无天……”

“赶走？从田野上？好厉害！米哈依洛·瓦西里耶维奇，这有问题。”

“他什么都是这样，”基塞尔活跃起来，“他浪费集体农庄的东西，在田头开设养老院：菜汤请客。”

“请客？”中央委员会书记感到惊讶，“汤好吃不好吃？”

“我没有尝过。”

“应该尝一尝，我吃白食倒不怕难为情。”中央委员会书记笑起来了。基塞尔撇着嘴，脸上浮出一副勉强的、讨好的笑容。“咱们走吧，去看看这个无政府主义者……”

当别斯梅尔特内穿过邻近的一个集体农庄的秋播作物地的时候，

听见了一阵汽车的隆隆声，可是他头也没有回过去：他又愤恨又痛心，不时看看刈倒的一束束未熟的黑麦。他们会长久地破坏庄稼人的劳动吗？甚至那些干练的、但却胆小怕事或者过分谨小慎微的主席们要向基塞尔们弯腰曲背、鞠躬欢迎讨好他们到什么时候呢？

可是两辆汽车拐个弯向他径直地驶来，停下了，马尔柯认出了中央委员会书记。他心里产生了快乐、惊讶和恐惧。

“那么您就是马尔柯·别斯梅尔特内？”中央委员会书记一边端详着，一边跟他握手。书记的脑门上刹那间出现一条条皱纹，可是眼睛却望着远方。“我们好像见过面？”

“我们见过面。”马尔柯脸上放出了光彩，可是在基塞尔的脸上却蒙上了阴影。

“在哪儿？”

“在前线嘛，在斯大林格勒城下。您授予过我列宁勋章。”

“很高兴又见面了，”中央委员会书记打心底里微笑了，可是立刻拧紧了眉头，“您手里拿的是什么？”

“糟蹋了的庄稼。”

“糟蹋了的？”

“对，这些庄稼是为了……编造汇报。难道可以这样干吗？这些庄稼还有一股奶香呢。”

“是哪个家伙为了……上报强迫人收割没有成熟的庄稼？”

马尔柯踌躇起来，可是基塞尔的脸色发白了。

“您说吧，说吧，别隐瞒。”

“是我命令收割的。”基塞尔勉强地说，他喘不上气，也说不出话了。

“为了什么？”中央委员会书记向他转过脸去，他的目光变得暗淡了。

“我认为麦子应该在堆里成熟。”

“哎哟，如果麦子种在田里也没有成熟，哪能在堆里成熟呢？！”中央委员会书记的眼里怒火闪闪，“您懂农业吗？”

“我是从农学院毕业的。”

“还是从农学院毕业的？”中央委员会书记感到惊讶，他从马尔柯手里拿过来一束麦穗，给基塞尔看，“您割下了农民的希望，您没有感到良心的谴责吗？”

“请原谅……我没有看到……我毁了……”

中央委员会书记带着严斥的神色望着基塞尔。

“您不但毁了这些庄稼，而且也毁了对劳动的态度和对人的关系。您开着一辆空车驶往社会主义，”他向州委书记转过脸去，“我认为基塞尔同志说得对，他再也不能在自己的职位上工作……别斯梅尔特内同志，请上车吧，领我去看看您的农庄。”

这一切像个晴天霹雳打在基塞尔的头上，他想说话，可是忍住了，他跳上吉普车，苦恼地看着州委书记的汽车砰地关上了车门。坐在汽车里正要开走的人们的一阵笑声像透过一片雾一样传到了他的耳朵里。真想不到哪，在汽车里居然还有人高兴！基塞尔用一只发抖的手从口袋里掏出一块手帕，擦去不是由于炎热而是由于苦恼而冒出的汗水。当“齐斯”起步的时候，前农业厅厅长把两手向汽车伸去，可是立刻就垂下了——难道用哀求能挽回失去了的东西吗？这必须另想办法。紧随着这个念头接连出现了其他念头，这些念头也是不愉快的和悲伤的。可是他立刻就制止自己：难道他辛辛苦苦地工作是为了自己，难道他自己需要这种黑麦——让它尚未收割就枯萎！各种怀疑又油然而生，可是他默然铲除着这些怀疑，他想承认，但又不愿承认自己的过错——他不是在辛辛苦苦地工作么，就是说，他辛辛苦苦地做着领导工作！哪能想到对劳动的态度呢——想得较多的是，唯恐因不能及时播种和及时收割庄稼而受到严斥。

这时他，这么多年来还是头一次，不是作为一个应该为了翻耕、播种和采购谷物而大骂人的领导工作人员，而是作为一个普通的人望着田野……可是没有用处……从他那对模糊的眼睛看来，那些田地是发了黄的剧院的舞台，他的生涯突然在这个舞台上中断了。麦穗没有为他唱歌，却在嘘他……

“那么去找侦查员还是回家？”司机从司机室里问。那未成熟的被糟蹋了的麦穗在他手里孤独地发愁，基塞尔不觉一怔，绝望地把手一挥。

“你要上哪儿去，就上哪儿去，反正……”

“或者去找那个长着一对青春焕发的眼睛的厨娘吧？”伊万·格那托维奇脸上放出了光彩；他突然想再见这个女人一面，被她看一眼，你就想变得年轻和漂亮。

基塞尔像被咬了一口似的抽搐了一下……如果他听厨娘的话，尝尝她做的菜汤，那会怎样呢？这样，坐着中央委员会书记的汽车就不会停下，不会发生不愉快的事，他也不会倒霉。可是人怎么能知道自己会在哪儿绊跌呢？

基塞尔抬起脑力衰退了的脑袋。道路上的尘土已经落下，而在庄稼那边像烧红的玻璃样的空气分裂成一条条透明的纹儿，蜃气在田野的上空抖动着，他，基塞尔，往后某一个时期不会再作为首长到田野上来了。嗯，情况总有一天会改变的，基塞尔企图想象以后的事情，可是有个记忆使他很恼火，他记起来了：人家都叫他“来过又走了”。于是他痛苦得差点儿哼叫起来。这就是他的一切活动在目前还留下的全部印象……

“齐斯”在每一片田地旁、在农庄的每块土地旁都停下来，中央委员会书记用双手碰触、扒开和抚摩着麦穗。庄稼使他感到安慰和高兴，看到一片被烧毁的荞麦田，他就愁闷起来了。

马尔柯已经没有张皇失措的感觉，他表面上是镇静的，虽然有各种念头在头脑里漩涡般地翻腾着。

“头一年领导生产，成绩很不错啦，甚至是很好，蔬菜的情况简直是一个奇迹！你们都是好样的，你们没有叫顾客付出高价。一定得表扬玛丽雅·特里迈伏达和她的队员！”中央委员会书记同时对马尔柯和米哈依洛·瓦西里耶维奇说。

“我们不会忘记的，”州委书记在便条本里记下了些什么，“这个主席怎么办？”

“这个无政府主义者吗？”中央委员会书记笑起来了，“等到秋天收获的粮食运进了谷囤，您瞧吧。马尔柯·特罗希莫维奇，您为什么骂基塞尔是托洛茨基分子？他从前不是一个反对派吗？”

“不，他不是。”马尔柯笑起来了。

“您把话说完，把话说完吧。”

“我们这样叫他，是因为他不懂并且不爱庄稼人，总是希望庄稼人犯政治性的错误，怀疑他们不忠诚。当他知道，农民有了一片剩余的面包，或者有一个苹果给孩子吃的时候，他简直会发抖。在他看来，农民，这只不过是完成粮食采购和贷款的人，完成供应牛奶、肉类、羊毛和蛋品的定额的人，而且也只不过是他的演说的听众。基塞尔什么都讲节约——为此不惜牺牲孩子的红晕、女性的美和农民的力气。”

“这样的农村专家还没有绝迹哩。”中央委员会书记若有所思地说，他的目光变得阴沉了，并且又往远处眺望。

有一会儿工夫，他们坐在车子里不作声，一边细瞧着田野和田野上空的幻景。

“您请我们喝菜汤吗？”马尔柯突然听到了这句话。

“请你们喝菜汤？非常乐意。只不过汤是素的，没有肉。”

“大概，素的对我们更有好处。”中央委员会书记嘲讽地瞧瞧自己的身子，又瞧瞧那胖胖的米哈依洛·瓦西里耶维奇。

他们正好在午饭时间驶到了田间宿营站，当时疲劳的人们都坐在地上，那些感到惊讶的向日葵在上面俯视着他们，也俯视着那些画着向日葵的大碗。

“这里免费供应菜汤吗？”中央委员会书记走到了卡捷琳娜·巴甫洛芙娜跟前。

“啊呀，我的天啊……”她脱口而出，睁圆了眼睛，不知为什么问，“是您吗？”

“是我。您请我们喝菜汤吗？”

“我马上端来。”

她跑去端了一大碗菜汤，一边骂着自己，请这样的一位客人，连一片面包也没有。

可是当中央委员会书记跟庄稼汉们一同在向日葵的阴影下坐下的时候，几只拿着黑面包干的手一齐向他伸了过来。他从叶甫敏老大爷手里拿了一片，把那片面包扯成两半，并把半片还给了老头儿，向他道了谢。

“请别见怪，这样一片黑面包，像我们的命运一样，掺杂着别的东西，您是知道的：困难嘛！……”叶甫敏老大爷照常含讽带讥地插嘴说。

中央委员会书记仔细地把他打量了一遍：

“说得对，我们的命运还掺杂着各种困难。可是现在我们也要着手清除这种杂质了。”这句话书记是说得满有信心的。但是一会儿后，他的目光变得若有所思。他在想什么呢?

有一个念头还是头一次使马尔柯大为激动：这个大家对他都怀着巨大希望的人有时却也有困难，而且也觉得不愉快呢。

第三十九章

儿部脱粒机已经在田野上轰隆轰隆地响了五天五夜。长着金色的额发的麦捆宛若无数的牺牲者，在它们的上面飞腾；脱粒手们用切皮刀把捆在它们胸口的草绳割断。那些无力的麦穗没命地飞入露着大獠牙的嘴里，飞入贪婪的嗡嗡声中，飞入疯狂的回旋中，那疲乏的麦粒在回旋中发出一阵阵呻吟声和丁当声，哭泣着，温柔地掉落到地上。因风吹和日晒而变得粗糙了的、蒙着一层草原上的尘土的妇女们的手对它施着魔法，仿佛在传给它肥力。秤手们来不及过秤，司机们和拉车的来不及运走。在草原上崛起了一座座火山似的金黄色的黑麦堆、小麦堆和大麦堆。

在那些旧的道路上和新筑的公路上，鸟儿增多了。大批粮食不断地运往大粮仓、土窑和新建的住所。村子里散发出一股黑麦的味儿，因而满怀希望的庄稼人日日夜夜不离脱粒机一步。

当麦捆不够、机器抱屈地不作声的时候，大家都像麦捆一样倒在他们的机器旁，倒在金黄色的火山似的麦堆上，倒在被月光照得白亮亮的收割后的田地上，含着微笑或叹息着，一刹那就沉入了睡乡。可是在他们的头上，长着额发的麦捆又飞腾起来，脱粒机发狂了，麦子在旁边孩子般地嘟嘟囔囔说起话来。

马尔柯在那片像被魔法控制着的王国的草原上行走，边走边打瞌睡，有时会全身一震，愕然望见，四下里纺出一条条银蓝色的线似的月光，在这些线似的月光下面，头发蓬乱地竖立着的青年们自由自在地——头搁在麦堆上，两脚伸到小路上——在香甜地睡觉，一边谛听着露珠的低语，这时马尔柯就会自言自语地说：

“我爱你们。”

一只鹌鹑在春播作物里应和着，马尔柯睡意蒙眬地对它说：

“我爱你，小鸟儿，我爱听你唱歌……”

一幅天空的星辰图在他面前旋转地掠过——他也对星星说着话，说他爱它们，可是他觉得：爱情已经在他心里容纳不下了。

在低地里，马儿们在一个池塘的岸边打起响鼻来。马尔柯站住了，他完全醒了，惊奇地对月光从深色的鬃毛里洒下来的马儿们微微一笑，也对那个映出了天空和一片片雾的池塘微微一笑，那些雾踮起脚似的悄悄地在芦苇的上空飘过。

马尔柯心里很久没有这么高兴了，人、土地和夜以及那几匹鬃毛深灰色的马、麦子和大有成功希望的未来计划充塞在他的胸中。如果往后一切顺利，大家都会得到粮食和副食品。这已经可以从秋播作物和大麦上看出来。而亚麻和大麻当真准会使他成为百万富翁。不错，感谢大自然，现在大自然本身比他更关心这个：嗯，田野、草地、菜园和花园都得到了大自然的恩赐。今年他鸿运高照！可是，亲爱的朋友，现在你别疏忽大意，你要为明天着想……

现在这个新的百万富翁穿着褪成了棕黄色的厚油布的靴子和一件褪尽了颜色的士兵制服，在田野上慢悠悠地行走着，他又瘦又饿，对广大的天地和在土地上睡觉的人们微笑着。他同他们相处得很好，宛如一根穗里的麦粒，一齐迎接雷雨和阳光。

马尔柯从一只口袋里掏出一本写满了数字的便条本，又从另一只口袋里掏出一卷谢甫琴柯的诗。可是在若隐若现的月光下既不能念诗，又不能看数字，他向那些黑森森的、照在树上的月光宛若一个个鸟巢的柳树，低声地背诵起来：

人们互相询问：
母亲生下我们做甚？
是为了作恶？还是造福人们？
我们为何活着？何所探寻？

树木都惊讶地听着人的话，向他摆动着树顶，把蓝色的露水撒在水面上。鱼儿在岸边泼水，马群又嘶叫起来，远远地，从那座孤零零的风车后边，传来了一阵少女的歌声。她在想念谁啊？在这个被魔法控制着的世上，她在寻找谁啊？

从前有个时候，奥莲卡每天夜里也是这样跟他相会，唱着歌儿在田野上找他。他朝着她的声音飘来的方向走去，接着在某处的一条小径上看见了一个瘦小的、手里提着一个白包袱的身影。奥莲卡看见了马尔柯，就不唱歌了，并且责备起丈夫来，说他没吃午饭，又没吃晚饭，忘记了妻子，而他自己变成了一块木片。可是他欣赏着那张可爱的、有一个由两片抱怨着的嘴唇抿成的结子的娇小的脸蛋，微露笑意，解开了她的白头巾，赞美着那儿的一切东西，直到妻子开心为止。于是她说，他是只狡猾的狐狸，她把头搁在他的肩上，伤心起来，说他总有一天会倒下的，她又轻轻地唱起歌来。他在她的歌唱下睡熟了。难道有过这样的事吗？

他感到惊讶，那些柳树也感到惊讶。天空在它们后边抖动，仿佛在地平线上沉了下去……啊，原来他又睡着了……梦像一股股流水甜蜜地流入他的身体里。眼皮合得紧紧的，睁不开来。或者就在这儿，在这株盘根错节的、树心遭过雷击的柳树底下躺一下吗？马尔柯被摇得快要摔倒了。可是这是怎么回事？……歌声传到他那儿来了，逼近了，他清楚地感觉到，这是奥莲卡在唱歌，这是她的声音！她的！……他这是怎么啦？

他惊讶得睁大了眼睛，相信而又不相信，谛听着这阵向他飘来的声音，使他陷入了各种回忆里，并且在他心底下扎，像刀扎麦捆一样。不，这是不可能的！这是错觉……他爬上一座略带蓝色的山岗，那些卷曲的燕麦在睡梦中叹息着，他呆住不动了：他的奥莲卡从风车那边大声而又快乐地唱着歌，向他走来，手里挎着一个白包袱。马尔柯大吃一惊。天和地在他眼里晃动，合了起来。他倒退了几步，慌张失措地朝四下望望，这当儿传来一声凄切的号叫：

“爸爸！”

那个白包袱掉落在小径上；有个瘦小的姑娘在马尔柯眼前显得衰弱无力和模糊了，又哭又笑向他飞跑过来，扑在他的胸怀里。

“婕江卡，女儿，是你？”猛吃一惊的父亲还不相信，悄悄地问，成千上万的父亲们在这个年头都是这样问的。他拥抱她，再也说不出一句话。

“是我，是我。”女儿说，边吻父亲边哭。她在他的胸怀里像只鹌鹑一样发抖，她那条金黄色的、跟奥莲卡一模一样的辫子也抖动着。

马尔柯把女儿的头朝着月亮抬起来，端详着她的脸蛋，用几个指头抹去她的泪水，不是高兴而是悲戚地对她微笑着。

“你多么好看呀，我的亲骨肉。”

婕江卡生平头一遭在他的眼里看见了泪水，于是她也用手指头给父亲抹去那些泪水。

他们就这样站着，好像是用石头雕成的。

“你活像你的妈……头发也一模一样。”

“不一样。”她悲怆地把他打量了一遍，她的眼里一下子掠过她所遭受的一切痛苦。她把头巾拉到肩上，父亲在金黄色的头发里发现了一绺白发。

“谁那么狠心地欺侮过你？”他哼叫道，一边把她那两个瘦削的肩膀紧偎在自己身上。

“这些恶魔，爸爸……在集中营里……他们把我揍得那么厉害，以致从眼里流出来的不是泪水，而是鲜血……他们可以从我的眼里揍出鲜血，可是他们得不到口供。”她从痛苦中用明亮的目光打量了一下父亲，在她的嘴角上颤动着固执而自豪的微笑。他也从这根穗中认识了自己的力量和坚强不屈的性格。

他把自己的幸福拥抱得更紧，仿佛在保护她，免遭往日的幽灵的折磨，而他向黑夜的边缘投了一瞥，那儿还躲藏着各种恶魔，那儿，没有被打倒的歪理还对黄金和武器卑躬屈膝。你们都该死！……

“您怎么啦？”婕江卡兴高采烈地问。

“没有什么，女儿，没有什么……你回来了，那多么好啊……咱们走吧，亲爱的，见奶奶去……”

他们互相挨得紧紧的，循着一条狭窄的小径往村子走去。婕江卡记起什么来，把那个白包袱打开，递给马尔柯，从前奥莲卡也这样做过。

“您吃吧，您还没有吃过午饭，也没有吃晚饭哪。”在她的声音里含有很久以前她妈妈的那种责备的口气，甚至两片嘴唇也刹那间抿成了一个熟识的结子。

“这真的是你吗？”马尔柯满高兴地追问，用双手把女儿抱了起来，又笑又哭。

第四十章

晨曦用愉快的双手从地底下推出了一轮宛若小麦粉圆面包的红日，把它摆在蒙着一层雾气的、好似一块绿台布的冬麦上。

一群孩子沿着街道向一所新建的学校飞奔而去。其中一个感到幸福而又高兴，不是大声地喊叫着，只是唱着一支关于一个小圆面包的故事的歌："我离开了奶奶，我离开了爷爷，我离开了狼，我也要离开你。"一轮宛如小麦粉圆面包的红日随着这个简单的故事，离开好似一块潮湿的台布的冬麦，向上升腾，有时狡猾地、有时愉快地向人们眨巴着眼睛。可是这些人像啄木鸟一样已经爬上了那些新的屋架——用斧头笃笃地敲着，笃笃——笃笃！那些斧头唤起一阵回声，这阵回声一会儿跑进这所还未落成的房子，一会儿又跑进另一所还未落成的房子，高兴得喊叫哎呀一声。

几辆大车在街上吱扭地驶过，头几个潮湿的轮迹延伸到被露水浸湿了的土地上。这是驭手们把第二次收获的豌豆分运到各个农民家里去，马尔柯已经高兴了几天。今年他鸿运高照！大家开头甚至不相信，他们分得的是一袋袋豌豆，而不是几公斤豌豆。仿佛赢得了跟穷困斗争的第一回合，可是现在得认真地准备第二回合和应付大自然的各种变化。这大伙儿都明白：他们都认真地干着活，并提示着，怎样更好地关怀未来的收获。

"日安，马尔柯，"莫特里雅·迪卞柯从院子里喊住他，"您是主席吗？"

"我是主席。"他带着打趣的傲慢态度回答道。

"你把我的老头儿藏到哪儿去啦？"

“他老是不在家吗？”马尔柯感到惊讶。

“不在家。他没有回来过。没准他在首都迷路了。”

“叶甫敏老大爷迷路了吗？！只要给他两匹好马，他就会找到上各个首都去的道路，他顺路还会上天去找圣徒们呢。”

“这不错，他只去一次——就什么都记住了。”莫特里雅不无自豪地说，并陷入了沉思中，“马尔柯，难道连首都的居民也会喜欢他的马吗？……人活那么久，却不知道自己是个天才。他很可能还会骄傲和狂饮起来。假如有工夫，你来读读报，报上是怎样描写他的。”

马尔柯在胡髭里藏着笑，庄重地走进新房子里去了，已经在房子里占据着大部分地位的是各种神、首领和统帅们，而他的一家人只住了很小的一块地方。莫特里雅大婶从一只箱子里取出一份报纸，报上虽然还是头一次，但是把她的老头儿写得又好又多，她不好意思地把报纸递给马尔柯。

“你再给我念一遍。”

他念起来，叶甫敏老大爷的那些泥马已经准备跳过多瑙河和英吉利海峡，准备去参加在法国和英国举行的展览会。

“写得很诚恳，简直像在福音书里的一样。谁会想得到呢？”莫特里雅感到惊讶，“从此，我的老头儿永远不想死了。现在应该给他运几车泥来。马尔柯，这篇文章是谁写的？”

“是一个学者写的。”

“对啊，没有学问的人写不出这样的文章，”莫特里雅表示同意，“大家不会再叫我的老头儿做不良分子了。可是他们都在埋怨你。”

马尔柯注意起来。

“莫非我得罪了什么人，或者犯了什么过错？”

“他们怪你老是建设啊建设，可是忘记了自己。大家都说：他们选举了你当主席，而不是选举你当入赘的女婿。他们要给你在一个星期中建造一所漂亮的新住所。”

“我已经说过了，我最后一个盖房子。我们要给所有寡妇和孤儿们安屋架，然后才可以考虑自己。”

“可我要说：不应该像别兹包罗奇柯和他的一帮人那样做，但也不必跟自己过不去。或许，你晚上也来看看吗？”

“为什么？”

“如果不觉得讨厌，”老婆子窘困地说，“你再来念一遍。你念得非常好。李霍依瓦年柯也给我念过这份报纸，他念出来的老大爷和他塑的泥马的形象都不够生动。”

马尔柯笑起来了，把手一挥，往外走了。他还在门口就听到了在邻近的一个院子里的喧闹声和叫喊声。似乎快要打起架来。马尔柯赶忙打菜园往那儿走去。所有邻居都聚集在萨莫依连柯的院子附近那些编得很巧妙的篱笆和大门旁，而在院子里，那固执的、性子又很暴躁的丽萨维塔痛骂着自己那沉着的波尔菲里和他的哥哥，一个擀毡子的老工人。丽萨维塔气得眼睛都跳跃起来，两片嘴唇抿成了长方形，而两个拳头却像用连枷脱粒一样在空中挥打。

“我的丈夫的头脑里没有一个血球，没有一点儿脂肪，也没有一滴油，有的只是谷糠，而且那也是没有簸净的。”她双手插着腰对邻居们说。

“老大娘，老大爷的头脑里有什么东西，您应当知道得更清楚。”人群里有人回答道，一阵大笑在四周哄然而起。

受到鼓励的丽萨维塔责备着波尔菲里和他的哥哥，他们都默不作声，可是气势汹汹地持着利斧站在土窑旁边，听着这个老婆子骂人。

“这个倒霉的土窑，它向您要吃的呢，还是它拦您的路，还是捻您的腰？您为什么忽然想拆毁它？嗯，你说吧，老笨蛋，哪怕说一句也好，让大家听听！”

“我要说，”波尔菲里沉着地回答道，他连眼也不眨一下，听着妻子的嚎泣，“你可知道，在《国际歌》里是怎样写的？……‘旧世界打个落花流水！……’”

“那是旧世界，不是我的土窑嘛！”

“它也属于旧世界。我是不得已住到那儿去的。现在我也要拆毁它。”老头儿挥了一下斧子。

斧子那白闪闪的亮光和丈夫的话把丽萨维塔吓呆了。她把两手按到胸口，已经打算悲怆地眯起眼睛，可是这当儿马尔柯出现了，老婆子向他奔了过去：

“马尔柯，我的亲爱的，我的好人！你叫他们这些没心肝的，照我的意思干吧，要不然，我把那些盛满牛奶的壶往哪儿放啊？”

“呸，她还要用这些娘们的蠢话来蒙骗一个好人。”波尔菲里愤怒地啐了一口，向哥哥摆摆头，他们一齐挥着两把斧子干起活来。

老婆子用双手捂住了眼睛，可是听到一阵咔嚓声，她就垂下两手，看到土窑所在的地方冒起一阵烟云似的粉腐屑和灰尘。

“嗯，上帝保佑你。”她叹了口气，沉着地走回家去了。

“工党分子！”波尔菲里鄙夷地向她摆摆头，一边掸掉衣服上旧住所的灰尘……

马尔柯整天在绿油油的和发黑的田野上行走，翻耕着秋耕地的拖拉机的隆隆声、牧场的建设、在甜菜种植场上的谈话，甚至那些朴素的、在自己那柔软的花瓣上显现出秋日和春天的天空的色彩的蝴蝶花，都使他感到快乐。

在池塘的岸边闪耀着变得稀疏了的柳树的金色，白云间的蓝天像少女的发带在那些柳树间飘动，轻盈的秋天的蛛丝在蓝天中飞舞。渔夫们互相呼应着，拉上来头一网鱼，鱼堆在河岸上一下子就堆得很高。今年池塘也提供了收入。现在必须添购良种的母牛和动工建造砖瓦厂。

手里挎着一个白包袱的婕江卡在那绿得像日日草的洋油菜田近旁把他找到了，并像从前奥莲卡那样责备他。但是他也愉快地倾听着她的责备，并对女儿微笑着。她得出了一个结论：她有一个令人难以容忍的父亲。

“令人难以容忍吗？”他逗乐地说着，斜溜了一下她用两片嘴唇抿成的一个表露出抱怨的情绪的结子。

“您最好看一看您变得像个什么……”

“我变成一块木片……”马尔柯悄悄地提示。

“嗐，跟您说不上一句正经话！”女儿恼火了，“您应该休息啦，哪怕休息几天也好。”

“我不久将要出发远征。婕江卡，我要到我击毁过坦克的那些地方去。”

“这您已经说过多少遍啦。”

“你再听一遍吧，年老的人都喜欢把自己的话多说几遍。”

“您算是个什么样的老人？”她含怒地问。

“嗯，我不老，可我世面见得多啦。你等着瞧吧——我不久就要走，留在胸腔里的那几片弹片在反抗啦。”

“应该去动手术。”

“哦，这不用着急……”

安东·别兹包罗奇柯从田间的一条道路上兴高采烈地急匆匆地赶到他们跟前来了。他的神色立刻引起马尔柯的不安：别兹包罗奇柯感到高兴，那么一定发生了不好的事。

“你好，你好，马尔柯！”别兹包罗奇柯边走到别斯梅尔特内跟前来，边收敛着笑容，“我在路上走，看见你们父女俩，我就想跑过来。”

“你带来什么消息？”

马尔柯在安东的脸上看到一副小题大做的幸灾乐祸的神色，虽然后者竭力对他表示怜悯和同情来掩盖这种神色。

“对你怎样说呢？”别兹包罗奇柯东张西望，“老弟，你太卖力啦，太卖力啦。我不是对你说过：别过于积极，说实在的，在我们这儿不会给你建立纪念碑或纪念石像，哪怕你使尽九牛二虎之力。瞧，你自作聪明种了豌豆，可是到头来落得个什么地步呢？做了小品文的材料啦。这就是你得到的全部好处！”别兹包罗奇柯慢悠悠地、仿佛不乐意地从口袋里取出一份揉皱了的报纸。

马尔柯拿过来报纸，小甲虫样的字母在眼睛里跳跃起来了。可是头脑里始终转着那么一个念头：为了什么缘故？

在第四版上《豌豆大王和一个狡黠之徒》这个标题本身就使他惘然失措了。还能想出更刻薄的方法吗？在这篇文章里，他被描写成一个利用消费者和小私有者心理进行投机的骗子，吹嘘自己的威望，滥用土地的富源。在那篇文章里甚至只字不提这件事：第二次收获的豌豆上缴给国家的达一千五百普特。这不是用“一颗豌豆”这个笔名来隐姓匿名的作者所要知道的。

脸色变得煞白的马尔柯念完了这篇小品文后，就厌恶地把报纸还给了别兹包罗奇柯，并把一只手按在里面还留着几片弹片的胸上，由于受了这种冤枉，连这几片弹片也轻微地颤动起来。

“说实在的，在生活里这样的事是司空见惯的。”别兹包罗奇柯谨慎小心地把报纸藏起来，“我明白，拉这辆大车不是你的体力所够得上的。”

“安东·伊万诺维奇，您走吧，”婕江卡说完，走到父亲跟前，“您离开我们吧。”

“你已经代你的爸爸指挥啦？指挥员太多了，”别兹包罗奇柯见怪了，“你最好叫他爱惜爱惜身体，人家还是不会给他建立纪念像的。”

“您的夸夸其谈大家都听见了！”婕江卡气得满脸通红，“您走吧！”

别兹包罗奇柯掉转身子，庄重而又自尊地向一条田间的道路走去。

婕江卡的眼里充溢着痛苦。

“嗯，难道可以这样刺人家的心？”

“女儿，这没有生命危险。这刺不到心。但是人家不经过调查研究而诽谤自己人，心头到底不好受。对一个人来说，没有比这更重的刑罚。不过，这会过去的……”

“您打算怎么办？”

“听从你的意见：离开几天，上我击毁过坦克的那些地方去。”

“反驳吗？”

“干吗要反驳？不应该用书面反驳，而应该用事实来反驳。”他伤感地望着远方，太阳像个金色的圆面包沉落到静悄悄的大地上了。

“我离开了爷爷，我离开了奶奶，我离开了死神，可是离不开诽谤。没关系，亲爱的朋友，我们加把劲，我们加把劲，继续把我们的犁往前拉……”

第四十一章

既然真理是在你方面，你干吗悲痛？但对你的诽谤还是引起你的心灵的不安，而且天上散布着的星星看起来似乎不那么明亮了，少女那低沉的歌声也不那么动人了。

风在一边像在秋天里一样叹息着，你也对它用叹息应和着。现在你感觉到了在艰苦的春天和夏天里积累起来的疲劳。难道你是一匹马，已经被骑得精疲力尽了吗？那些炮弹片宛如烈火在胸膛里燃烧。大概还得动一次手术。

> 妈妈很高兴，因为有了个女儿而高兴，
> 她把女儿在蜜里洗……

少女的歌声越来越近。这是卡捷琳娜·扎德聂泊罗夫斯卡雅爱唱的一支歌。他在面前的黑暗中仿佛看到她那对充满母性的美丽的明亮眼睛，她的嗓子唱起来了，她的两手仿佛又按到他的两肩上。几小时前，她跟她的格里高里一同安慰过他，可是他看着他们，心里还是很苦闷，仿佛他当真有罪。此刻你在村子里走路的样子甚至和从前不一样了，拱起背，仿佛想缩做一团似的。

> 她把女儿在蜜里洗，——
> 她没有占卜过运气。

他们不常替你占卜运气了。谁要偷走运气，玷辱运气？安静些儿，马尔柯，安静些儿，比这更糟的事你也碰到过。你的那些烦恼一两天就会过去，可是有这样的一些烦恼，时间对它们是无能为力的。现在母亲不再为许多人占卜运气，你要想到这点……安静点儿，亲爱的朋友。

他挺直腰板，举目望着远处的那些星座，那些星座在天空中嬉戏，仿佛鱼儿在水里嬉戏一样。有个影子在木栅旁边晃动着，马尔柯想打旁边走过，可是这个影子径直地向他这边移动着，一会儿后，他认出手里抱着一个孩子的玛芙拉·波克雷特谦柯。"妈妈很高兴，因为有了个女儿而高兴，她把女儿在蜜里洗。"

玛芙拉全身穿黑，像个修女，在他面前站住了，他听到婴孩在睡意蒙眬中咂嘴，只因为这个缘故，他就感到心头轻松。

"睡觉啦？"他用耳语问这个女人，一边俯下身去看婴孩。

"我的女儿很文静，"母亲悄声回答道。在她的声音里带有怜悯和一点儿快乐的心情。这样看来，最困难的阶段已经过去了。可是这个女人的声音里带有真正的悲哀："马尔柯·特罗希莫维奇，您当真要离开我们吗？"

"我怎么会离开你们？"

"嗯，您要辞去主席嘛……您很生报纸的气吗？马尔柯·特罗希莫维奇，别这样。我跟您在一起甚至觉得心头轻松些。"她怀着由衷的悲哀把他打量了一遍，这个女人的同情、她那张漂亮的、还留着遭受过歪理的欺凌的痕迹的脸都使马尔柯感到惊讶。

为什么我们常常用带一半蔑视的目光来看这样的女人，并且害怕说出好意的话？她们比有合法的丈夫和孩子的更需要好意的话呢。如果对她说："玛芙拉，你用我的名义登过记，那就让她做我的孩子，你做我的妻子吧，"怎么样？他立刻就驱除着这个念头。不是因为这样的婚姻或流言对他是可怕的，而是因为他一辈子只恋爱过两次，而且直到现在还徒劳地希望碰到称做爱情的东西。不，甚至最深刻的同情也会破坏自己和这个女人的生活，她站在你面前，只怀着一个希望，希望你永远不对人失去信心，不丧失人道精神。

“谢谢，谢谢。”他深受感动地打量着玛芙拉和婴孩。

“谢什么？”

“感谢支持和一片诚意。”他关怀地拥抱玛芙拉，吻着她的脸颊，听到“哎哟”的惊叫声，就快步走到道路上去……

第二天，马尔柯好容易来到了他在那儿差不多跟死神进行过一场肉搏战的地方。那个黄墙头的、十字架歪斜了的破旧的教堂引起他的各种难受的回忆。他来到了他的许多朋友找到了最后的安息的墓地上。这儿，在那些十字架和槲木的方尖碑的上空，西班牙樱桃树越长越高，果实累累的梨树和苹果树树叶都卷曲起来了，胡蜂像火热的耳环吊在果实上。马尔柯小心翼翼地摘下一个红喷喷的、带着秋天的露水的苹果，瓢虫在苹果树的叶柄上取暖。

在墓地深处，从树上传来了一阵阵悦耳的声音：这是妇女们在摘果子。一对马儿静悄悄地在一条白色的道路上吃草，它们是套在一辆满载苹果的大车上的。一匹卷毛的白驹亲昵地偎着大眼睛的妈妈的乳房。

草从教堂门前的台阶上的隙缝里生长得很旺盛。在步级上坐着一个老态龙钟的、面容憔悴的神甫，死神的阴影在他的眼睛里晃动，他身上有一股陈蜡和腐烂的东西的气味。他对马尔柯端详了很久，末了，在他那衰老的脸颊上皱纹都颤动起来了：

“孩子，我在什么地方见过你，你是活着还是死了……只不过我记不得是在哪儿？”

“我不知道，神甫。”

“我也不知道，”神甫悲戚地摇摇头，脑袋上几根如蒲公英的细毛样的残发颤动着，“儿童时代的情况，我记得，可是以后所发生的事情都忘了。你瞧，苹果已经熟了，可我已经咬不动苹果。”顺着他那干瘪的两颊滚下来了发黄的蜡样的泪珠。

从果实累累的树上飘来了一阵轻轻的和谐的歌声——不是唱着天堂，而是唱着明月、亮晶晶的星星和忠实的爱情。

在一条平静的小溪后边停着几辆重坦克，从前他在那儿的一条壕沟里躺过。疮痂似的铁锈侵蚀了那毁坏的体躯，那些死气沉沉的炮口呆板地望着大地。在一只毁损了的轮子上，一滴鲜血呈现出鲜红的色泽。因为出乎意外，马尔柯甚至怔了一下，他走得更近些。不，这不是血，这是开晚了的豌豆的一朵红花，开在从前带来过死亡的那个东西上面。现在只有这还使人想起了战争的恐怖。

暮色苍茫，绿油油的田野上笼罩着一片迷雾，而槲树林上笼罩着一片瓦灰的蓝色。在世界的上空是一片极幸福的宁静，甚至可以听到黑麦丛掉落露珠的声音。过去的和现在的混合在一起了，使心神安定了。马尔柯慢悠悠地向山岗走去，在那些山岗上，好似在画里一样，散布着一个小村庄，一条小河环绕着它。靠边的一所有红边饰的泥板屋盖了没多久，从粉白中还透露出一点点黄澄澄的未干的树脂。在门口，一个眼神里显出大胆精神的、包着一条花头巾的年轻妇女像在演戏一样巧妙地筛着小麦，一边望着吊在桑树上的摇篮，一个男孩子挥动着两条小腿，啊呜啊呜地喊着。

马尔柯打了个招呼，问，可不可以借宿一宵。她没有停下活儿，温柔地回答道：

“如果是个好人，行。您是个什么样的人？”

马尔柯耸耸肩膀，微微一笑。

“大概是个好人。”

“咱们看吧。”

这个女人把小麦倒入袋里，顽皮地把筛子顶在头上，从摇篮里抱起婴孩，带马尔柯进房子里去了。在暗沉沉的房子里有一股万寿菊、矢车菊和放了一些时候的安东诺夫卡苹果的浓郁的味儿。这个女人开亮了灯。马尔柯向那个宽敞的、整洁的屋子投了一瞥，惊愕地后退几步：神龛的左边有一张他本人的照片——一个蓄着唇髭、戴船形帽、胸前挂着三枚勋章和一枚近卫军的徽章的士兵——望着他。这件意想不到的事使马尔柯惊呆了。他对那张照片又看了一遍，耸耸肩膀，一点也不明白，把目光移到了这个对婴孩哼着一支什么歌、同时在屋子里收拾东西的女人的身上，装出一副冷淡的神气，问：

“这个是您的什么人？”

正在唱“小鸽子飞来了，小宝贝快睡觉”的女人中断了摇篮曲，向马尔柯所指的那边墙上瞥了一眼，说：

“救主。”

“不是在神龛里的，而是在左边的。”

“我也称他是我们的救主。在战争时期，这个人救过我们的村庄。”

马尔柯的两片嘴唇发干了。

“他怎样救了村庄？”他问。

这个女人叹了口气，把婴孩放在床上，整了一下头巾，向窗口转过脸去：

“那是一个可怕的日子。法西斯分子带着各种武器和坦克疯狂地向我们冲来，这时整片土地上都填满炮弹，我们直到现在还从田野里把它们像浮肉一样挖掘出来。在这场战斗中一个叫马尔柯·别斯梅尔特内的士兵表现得最坚强勇敢。您信不信呢——他在这个地狱里把德国的坦克全都打退了，可是他本人，这个可怜的人，在某地医院里牺牲了。人们在他作过战的堑壕里只找到了他的证件和一张照片。现在他活在每个农民的家里。”

“真的吗？”马尔柯仿佛半睡不醒地问。

“嗯，真的，”这个女人自豪地说，“怎么可以不尊敬这样的一个人呢？你想想看，他独个儿击毁了八辆坦克！”

“不是八辆，只有四辆。”马尔柯纠正说。

这个女人惊讶和气愤得眯细了眼睛。

“您什么时候有工夫点数？”

“有过这样的时候。”马尔柯含糊其词地回答说。

“当时您在那儿当统计员吗？”这个女人的脸越涨越红了，“全村、整个部队都知道，他击毁了八辆坦克。”

“这是言过其实……”

可是这个女人不让他把话说完。她气愤地用一个拳头敲另一个拳头，她不是温柔地，而是声大如雷地回答道：

“魔鬼派了一个客人来借宿啦！你来污蔑这个英雄吗？！你是个什么人？！这个人救我们的村庄的时候，你在哪儿？！你滚吧！”

“善心的大嫂。”马尔柯想使她安静，可是她握紧了两个拳头向他冲来：

“我对你没有善心！趁我现在还没有叫来邻居，你走吧，要不然，他们会揍你一顿。”

“您听我说……”

“你走吧，走吧，现在还不迟哩。”

马尔柯从屋子里跑出去了，女主人那愤慨的声音从门口紧追着他叫嚷：

“你别想在我们的村庄里借宿……我立刻去告诉大家，说你是个什么样的人。嘿，你上这儿来了，这样的家伙很久没见啦……”

“金卡，你骂谁啊？”一个男人的声音问。

“我在这儿骂一个坏蛋。真想不到，他来污蔑马尔柯·别斯梅尔特内。他妒忌那个人击毁这么多坦克。”

“这个流氓，他在哪儿？！”

“他走了。这么爱妒忌和胡说八道的家伙是哪来的？！”

可是马尔柯倚在一棵野梨树上，无声地大笑着，用手掌抹去了快乐的泪水。

“你们是我的亲爱的好人！”他暗自对还在痛骂他的那些人说。一股伟大的爱的力量又在他的胸腔里复苏了，而在两手上劳动和行动的渴望也复苏了。微不足道的委屈感消失了，好似谷糠被风吹走了一样。

第四十二章

晚上，天上星光灿烂，马尔柯回家去了。陨星从天上掉下，但是它们没有到达尘世，也许一片普通的秋叶反比它们幸福些：它像一叶金色的小舟掉落到令人沉醉的大地上，让自己成为泥土，使万物生长。树叶在头上或脚下轻轻地簌簌作响，马尔柯声音更轻地唱着歌儿，他只为自己的心灵而歌唱：

哦，有一个哥萨克，名叫苏普隆，
他不知道怎样攀附光荣。

“孩子，是你吗？”母亲从黑暗中出来迎接他，她的嗓子发出像秋叶般悲愁的声音。

“妈妈，您怎么啦？”不祥的预感像爪子般掐入了他的心坎。

“哎……你回家啦。我们都想念你哪。”母亲隐瞒着。

马尔柯惊慌不安地拥抱她，瞥了一下她的眼睛。

“您说吧，别隐瞒……”

“我说，我说，孩子，”母亲叹了口气，她头上的一株树也叹息着，“这支歌唱出了真理：哥萨克不知道怎样攀附光荣。你的同志格里高里一个劲争取荣誉。大家都喜欢他，他的妻子和孩子们都受人尊敬，可他原来是个敌人。”

“您怎么的，妈妈？！”

“我告诉你，我们的教师被捕了。勋章被扯下了，仿佛这些勋章不是用鲜血换来的，而是像小丑一样在什么地方搞来的。那么，如果一个人不跟法西斯分子作战，而像一条虫那样躲入树皮下，他就能过太平日子，就不会从他身上扯下什么东西……他受了多么严重的侮辱啊！卡捷琳娜昨天在我们的土窑里昏倒了好几回；她一爬起来又倒下了，她的孩子们都在窗下哭泣。马尔柯，我决不会相信，这样的一个人会变成敌人。大概，叶甫敏老大爷说得对：一条什么虫爬入了苹果里，咬成了许多洞……马尔柯，你上哪儿去？等一等！”

“我要走啦，妈妈。”

“上哪儿去？”

“我自己还不知道。但应该到一个地方去，想个办法嘛。”

他打睡意蒙眬的村子走出，一边倾听着自己的心突突地跃动。他看到，在前面星星怎样从天上掉下来，但没有到达大地……格里高里，谁的肮脏的双手玷污了你的心灵和生活经历？谁想根除一切对我们是神圣不可侵犯的东西？波泽路依柯们，只有波泽路依柯们，你们真该死！难道一个纯洁的人的血是为了让你们用铁锈腐蚀爱情、忠诚和真理而流的吗？不，你们撒谎，你们都是毒蛇，我们会收拾你们的。

马尔柯走到扎德聂泊罗夫斯基的院子跟前，心里着急得好久还打不开小门，差点儿把小门从铰链上拉了下来。他想起了在教堂里头一次见面的情形，接着卡捷琳娜和孩子们在他眼前浮现出来，他被包围在这些幻象中，久久地站在那毫无生气的土窑前面。有一个睁圆着眼睛的洋娃娃遗落在土窑的门口。马尔柯捡起了它，那洋娃娃绝望地叫一声“妈妈”，把他吓了一跳。他把那个冰冷的、被露水沾湿了的洋娃娃当作一个婴孩偎贴在身上，走下台阶，轻轻地叩起门来。

在土窑里响起了一阵沙沙声，接着有一个女人用惊恐的声音问：

“谁啊？”

现在连马尔柯也感到惊讶：卡捷琳娜的声音变得多么厉害，她的嗓子变得压根儿不好听了。她的嗓音甚至变得年轻了。可是在这样的时刻，她的嗓音怎么能够变得年轻呢？……真是荒唐透顶。

“卡捷琳娜·巴甫洛芙娜，是我。”

“您是谁？”又不是卡捷琳娜的声音在回答。在这阵声音里有一种疏远而又熟识的东西。

“您听不出吗？我是马尔柯·别斯梅尔特内。”

“啊！等一等，我马上就……”

大门敞开，马尔柯看见的不是卡捷琳娜，而是另一个女人。她身材苗条，个子不高，站在土窑当中，把两手按在胸上。现在马尔柯焦急不安地问：

“您是谁？”

这个女人一句话也不回答，只是目不转睛地看着他，两手更紧地按在胸口。他走到她跟前，简直不敢相信自己的眼睛。他浑身打着寒战。这是怎么回事——是幻觉，还是梦的片断，还是他的年轻时代的一部分？

“斯捷芭尼达，是你？”他用近乎耳语的声音问，害怕他的声音会使这个幻象消失。可是这个幻象没有消失。

“是我，马尔柯·特罗希莫维奇。”这个女人也用近乎耳语的声音回答道。

洋娃娃从他手里掉落了，又诉苦地慢吞吞地叫了一声“妈妈”。

“你还活着？”他不由得说出了完全不应该说的话。

“活着。”她叹着气回答道，仿佛并不因为自己活着而感到高兴。

他握住她的两手，把两个手掌分开，紧紧地贴在胸上，感觉到她的身子在发抖，并且是暖和的。

“难道真的是你？”他痛苦地追问，“这是什么样的奇迹？”

斯捷芭尼达仿佛从雾里走出来似的，轻轻地抽出两手，噙着泪水说：

“卡捷琳娜拍来了电报……我是格里高里的义姊。她带着孩子们向格里高里哭诉去了，可我来到了这儿……我们相左了，没有碰到……”

“我们也相左了，”马尔柯说，心里想着自己的事，“我们有二十年没见面了，整整一辈子啦……”他知道此刻只应该谈谈和考虑关于格里高里的事，可是往事把他攫住了，以致他的两手自然而然地向斯捷芭尼达的两肩伸过去。“你过得怎样？”

“我活着，我在教孩子们读书。”她叹着气说。

“你自己有孩子吗？”

“有过一个女儿……丈夫死后，我在大后方把她埋葬了。当时我刚到北方，人地生疏……我同一个老头儿用一辆小雪橇把她运到了墓地。我们撒上一层薄薄的泥土，一半还是雪，老大爷在坟墓上喝了一瓶四分之一升的酒，就完了……”

“你的痛苦就是我的痛苦。”马尔柯拥抱着斯捷芭尼达，并吻她的手。他不知道，他在做什么。他们的青年时代、爱情、离别、相会、格里高里的命运——这一切交织在一起，像在狂风中在他眼前旋转着。他没有能力表达自己的思想和感情于万一。

一颗星星远远地掉落在夜的深渊中，可是格里高里不会退出生活的。

“你不离开这儿吗？”马尔柯问，他精神抖擞，腰杆笔直，像人们出发远行前一样。

“我要等卡捷琳娜回来……您要到很远的地方去吗？”

“到很远的地方去，我要上乌克兰中央委员会去找第一书记。”

“那边叫您去吗？”

“是良心叫我去的。”

“谢谢您。”她明白了后说，直送他到大门口，用那双惊慌失措的手勉强地碰碰他的肩头。天上的陨星在她的眼里转动。一支往日合唱的迎春曲不合时宜地在心里引起了反应，眼里不禁涌出泪水来了。

第四十三章

"在厂长的圈椅上坐下的时候，要摸一摸你有没有尾巴。"

正当兴高采烈的时候，波泽路依柯十分不恰当地想起了这两句话。那时他独个儿呆在炼油厂的厂长室里，四周是一股由鲜奶油、油脂和酒精混合而成的经久不散的气味。格纳特·罗狄昂诺维奇不愿想这句蠢话，站了起来，像厂长所应该做的那样信心十足地走到窗前去了，一只肥胖的带蛆的黑苍蝇在窗上取暖。他挥手赶走这只苍蝇，它笨重地站了起来，抱怨地嗡嗡叫着，飞到办公室的里边去了，在那儿停了下来，很久还流露出不满的神色。

窗外，在那寂静的秋天的蔚蓝色中，太阳的光点像水面上的小水蝇一样战栗着、分裂了、熄灭了。在晴和的初秋所常见的一种游丝在它们中间飞舞。但是这些东西也没有使波泽路依柯感到高兴：他忽然想了起来，正是在这样的一个晴和的初秋的日子里，他来到了田庄找寡妇，一种好看的女人的疼人的表情在她的嘴角颤动着。

他拧紧眉头，想摆脱这些不愉快的回忆，但是今天这些回忆有意作难——它们千方百计使他不开心；龌龊的心尽力跟这些回忆斗争着，并且像蜗牛一样避开它们，躲进壳里去了。

这是怎么回事？是预感吗？不，是神经不安。在当上厂长以前，他不惜让神经十分疲劳。等你稍为熟悉工作，就可以上黑海沿岸去。在那儿神经又会变得像绳子一样结实，不会吼嘎作响，宛若风车里那低劣的索具。正是这样，亲爱的朋友们！他已经暗自告诉过自己的敌人，并且勉强克制着，没有学男孩子的样向他们伸舌头。

有人叩门，波泽路依柯不觉一怔。

“进来！”

一个浑身油污，举止笨拙而迟钝的司机走进办公室里来了。他两手粗糙，衣服油亮发光，目光阴郁，嘴噘起着。

“谢尔盖，搞得怎样啦？”

“啊，真倒霉！”司机不满地喃喃说，“您要知道，我爬了出来，活像个鬼从灰里爬出来一样。”

“没有修好吗？”

“我修补过了，马马虎虎补上了。”

“那么你来干什么？”

“我担心我们的这头羚羊在路上会举不起蹄。步行要比坐这辆车子少些麻烦。”

“你等着吧，咱们往后弄一辆好些的。”波泽路依柯安慰着司机，一边想象着一辆簇新的私人坐的汽车，有了一辆这样的汽车就可以向那些倒霉鬼显显威风了。

“在下台以前，前厂长也这样安慰过我，”谢尔盖失望地挥了一下手，“那么咱们走吧？”

“咱们走。”波泽路依柯走到衣架跟前；那只带蛆的苍蝇嗡嗡地叫着从那件簇新的、裁缝刚做好的外套上飞了起来，在厂长的空圈椅上停下了。

这辆破旧不堪的、经常修理的汽车各部分都叽嘎作响，这不大体面，但是坐汽车到底使人感到高兴。当波泽路依柯的汽车驶近一条宁静的、长满狐尾藻的小河的时候，在这条小河的支流的左边，他看见了一个磨坊，不由得想起了儿童时代和那几匹腹部下垂的马，他同父亲常常骑了它们去磨麦子。那时发热的面粉从风磨里不断地洒在张开着的五个指头上，这使他多么高兴啊。后来有个客人夜里送来了面粉，作为出那张证明的报酬，而印章却从证明书上用不满的目光望着……

“呸！”

“格纳特·罗狄昂诺维奇，您在说什么呀？”司机纳闷地斜溜了他一眼。

“没有什么，我在想我自己的事。”波泽路依柯生气地眯起了眼睛，驱不开这个关于直到现在还使他感到痛苦的、那令人胆战心惊的面粉的念头。在这样一个快乐的日子里，这是一种什么样的魔力？……

在城里，波泽路依柯先去探访一下他的靠山切尔诺沃连柯，实际上，让他当厂长的就是他。当汽车在侦查员的家门口停下的时候，波泽路依柯亲自从汽车里拖出一箱鲜奶油，捧在胸前。这位厂长好容易跑到了五楼上，甚至跑得上气不接下气。他微笑着，用一个膝头支着这箱鲜奶油，按了一下电铃。

一个年纪不轻的、穿着一件烧坏了的短衫的女管家开了门。由于她的性格，大家都叫她做莫罗齐哈①。这个女人含讽带讥地用目光打量了一下这箱鲜奶油和上气不接下气的波泽路依柯，仿佛她至少是油脂联合工厂的厂长，而他是个懒惰成性的搬运工人。波泽路依柯勃然大怒：也是监视嘛！

“主人在家吗？”他冷淡地问。

“不在家。您送来礼物吗？”她撩惹这个客人。

“不是送来礼物，有些事情！”波泽路依柯严峻地拧紧了眉头。

“啊，看得出来有事情。”莫罗齐哈鄙夷地用双手插着腰，不满地说。

“住口，要不然就强迫您住口。主人在哪儿？”

莫罗齐哈佯装地叹了口气：

“他老是气喘吁吁地东奔西跑，寻找着别人的倒霉事儿，直到自己碰上了倒霉事儿为止。于是你们这才发慌了，而且还慌得那么厉害！你们是半斤八两。”

波泽路依柯愁眉不展了。他觉得，一阵寒战恰恰在腹部抵住那箱鲜奶油的地方引起了一阵痒酥酥的感觉。

---

① 意指她冷酷无情。

“你不喜欢上面所说的话吗？不要紧，您还会从好心的人们那儿听到更不中听的话。等着瞧吧。”从莫罗齐哈的眼里闪射出大量凶恶的火花。（她的短衫是不是这些火花烧坏的？）

“箱子放在这儿呢，还是现在就带回去？”她问，又射出一束束火花，波泽路依柯因而从头到脚都感到热辣辣的。

他默默地掉转身子，迈着不稳的步子下楼去了。

傍晚，他们驶到了黑沉沉的厂长办公室门口。波泽路依柯打开门，开亮了灯，因此惊动了那只孤独的带蛆的苍蝇。

“鲜奶油拿到哪儿去？”司机问。

“鲜奶油吗？”波泽路依柯用心不在焉的目光望着他。一种迷信使他想起，在这样的时候，应该不惜做些好事，以便消灾免祸。“谢尔盖，你拿去吧，你不是有几个孩子么……”

“不，我还没有干过这样的事，虽然我有一大堆孩子。”司机摇摇头。

“这是怎么回事——正直还是脑筋迟钝？”波泽路依柯在心里寻思，他勃然大怒，决意开除谢尔盖。可是马上就改变了主意：不应该头一天就惹祸，于是较为沉着地说：

“那就送到我家里去。”

“这是另一回事。”

一辆汽车隆隆地在窗外停下，这时波泽路依柯正循着对角线在办公室里来回踱步。

有人叩门，波泽路依柯又怔了一下。有人叩门，他为什么惊慌呢？他克制了心头的恐惧，用故作镇静的声音喊叫道：

“请，请！”

一个穿炮兵制服的中尉和一个矮个子的、淡黄头发的、穿着一件旧上装的人走进办公室来了。四道目光强烈地交叉在波泽路依柯的身上，他从他们的眼里知道自己要被逮捕了。

“你们是什么人？你们要干什么？！”他已经吓得浑身哆嗦。

中尉像个影子似的，一刹那来到了他的背后，捉住了他的两臂，客气地说：

“别动，波泽路依柯公民。您被捕了。”

那个淡黄头发的人开始有步骤地搜查他的口袋。他掏出了一个什么东西，波泽路依柯低下了头，看见那颗普通的印章用心不在焉的目光打量着他。

波泽路依柯在审讯中拒不认罪。他脸色发黑，装出一副可怜的样子，在国家安全委员会的侦查员面前哆嗦着、哭泣着，又用各种告密来污蔑正直的人们，并为瓦西林娜·瓦库连柯的遭遇表示伤心，说他深深地尊敬她，把她当作一个水晶般纯洁的人，甚至单恋着她。谁会这么恶毒地诽谤他？他要求跟诽谤者对质……

“这样说来，您没有向伪警察局出卖过瓦西林娜·瓦库连柯？”侦查员沉着地问，可是连波泽路依柯也看出了，在这种沉着里冒起了怒火。

“我把一切都坦白了，请相信我，完全坦白了。瓦西林娜·瓦库连柯这个人是我最敬爱的：她救过我！”波泽路依柯又夸夸其谈，还希望能无罪开释，“只要她还活着：一切误会都会豁然冰释的。”

“您认为是这样？”侦查员厉声追问一句，然后拿起电话耳机，悄声说着什么。

“这不必考虑！既然她救过我一次，她还会再救我。”

有人叩门。

“进来！”侦查员叫道。

门慢慢地打开了，波泽路依柯回头一看，不禁吓得哆嗦起来：瓦西林娜·瓦库连柯像在雾里一样出现在他面前。现在也似乎可以从她身上闻到一股秋天的绣球花的味儿。可是此刻不是漂亮的女人的疼人的表情，而是蔑视和厌恶的表情使她的嘴角歪斜了。

“是你？！”他脱口而出，就像那天晚上看见她的一件晾挂着的连衫裙一样。萧瑟的秋风要把这件连衫裙从夹子上扯下来。

瓦西林娜从波泽路依柯的身上移开了眯缝着的眼睛，自豪地走到了侦查员的桌子跟前，简截地述说，她怎样落入了盖世太保的魔掌里，而后来又怎样被关进了集中营。

“侦查员同志，她毁谤我，她上了人家的当啦！”波泽路依柯用变了样的声音叫嚷起来，“瓦西林娜，您是个善良的、有正义感的人！您为什么陷害我这个无辜的人？谁对您说了一大堆诽谤我的坏话？”

“克雷查克本人！”她像用大铁锤揍了他一样。

波泽路依柯怔了一下，但还是矢口否认。

“克雷查克？他是个奸细，他向您挑拨。这全都是假话！……”

“不，这是真话，有些人永远不说真话过日子。那就让他去尝用自己的假话培养出来的果实吧。”寡妇毫不同情地把他打量了一下，走出去了。

波泽路依柯用痛苦的、暗淡的目光送走她，他又闻到一股秋天的绣球花的味儿，可是脑子里却发热病般地搜索着，往后如何应付审讯，——要知道，一个证人还不是证人，可是没有地方找到第二个证人。哎哟，在这件事上怎样才能开脱自己！关于瓦西林娜的事，他现在应该怎么说呢？设法使人怀疑这些年来她的心灵上受到了别人的不良的影响，这样好吗？……他突然瘫软了，仿佛他的脊梁骨被抽掉了：克雷查克本人被押着低首下心地走进侦查员的办公室里来了……

由一张该死的证明书作为开场的一出戏至此结束了。

第四十四章

格里高里·斯特拉东诺维奇一走出监狱马上就投入马尔柯的怀抱。他们像熊一般互相紧紧地拥抱着，呼哧着，交叉地吻了三遍，并且同时停止。在格里高里的睫毛上忽然挂着泪水，他用指头去抹，可是马尔柯眯缝着眼睛说不必抹掉，让它落到地上去。格里高里用手掌拍拍他的两肩，幸福地微笑着。

一个脸色浅黑的女人脸上流露出好奇的神色，站在他们旁边。大概，在她看来每个场面都是喜事。她整了一下头巾，同情地望着那两个互相拥抱着的男子。

“你们是两兄弟吗？”她悄声问，把两手按在胸口。

马尔柯和格里高里互使个眼色：

“我们是两兄弟！”

“完全不像！没有一点儿相像的地方！”这个女人细瞧着他们，感到惊讶，“或者你们不是一个父亲生的？”

“可是由一个母亲生的！”马尔柯快乐地回答道。

“我还是不大能够想象……”

“我们是混合种，所以不很像。”格里高里安慰她，三个人都哈哈大笑起来。

“公民们，能不能稍微离得远点儿去演你们的戏？”站在监狱门口的岗哨用呆板的口吻说，虽然他也想笑一下。

这三个公民都笑着往前走了——那个女人上城里去，而马尔柯和格里高里去搭汽车。

苍茫的暮色蒙住了那很凉的、闪闪发光的人造丝样的蔚蓝的天空。这样的时刻就要到来：星星马上会啄破天空钻出来，道路将会被一种没有危险的神秘气氛所笼罩，人的说话声将会变得较为深沉，而那些风车将会大大地活跃起来。在那些幼小的白杨树上还留着叶子，格里高里·斯特拉东诺维奇像向亲人问好一样，向树木问着好，卡捷琳娜和孩子们似乎都站在他面前。多么想快些拥抱他们和闻到妻子的头发和嘴唇的气味啊！

迦琳娜·库希尼连柯在汽车旁边鞠着躬迎接他。少女的睫毛像河岸一样宽宽地分开了，带烟灰色的蓝眼睛显出美丽和幸福的光辉。

“你多么好看啊！”格里高里·斯特拉东诺维奇不由得说。

“要做新娘啦！下星期举行婚礼。”马尔柯说，心里想着斯捷芭尼达。

“真的吗？”扎德聂泊罗夫斯基感到惊讶。

“真的。”姑娘把一只手按在心上，身子弯得更低地鞠着躬，唱歌般地说：

“教父、妈妈和我自己都邀请您去参加婚礼。”

“谢谢，谢谢，亲爱的，”教师感动地打量了一下姑娘，“你的未婚夫很漂亮吗？”

“比谁都漂亮。”

“他也有像簸谷机一样的睫毛！”马尔柯笑着说。

“您倒会说笑话。”迦琳娜像个公主一样微笑着，向一辆卡车走去。

两个朋友爬上卡车，卡车载着他们驶向刚刚出现晚霞的暮色苍茫的明朗的深处。

“你爱晚霞吗？”格里高里问。

“我爱晚霞，也爱朝霞……”

“我在监狱里常常回想霞光……我还在那儿的墙上找到了你刻的一支蜡烛。”

“难道岁月没有把它磨灭吗？”

“没有。显然，有人把这幅图画刻得更深了。这话真是一点不错：即使将燃尽也得给人们照亮！多谢你。”

“不必谢我，”马尔柯若有所思地说，“应该感谢故乡的土地和好人们。我们是为他们和跟他们一同生活的……”

秋天的槲木林的翼膀包围住这两个朋友，把黑暗和悲戚的簌簌声抖落在他们的头上。马尔柯敲了一下小窗，汽车就停下了。

“你敲窗干吗？”格里高里惊讶地问。

“咱们在森林里稍为散一会儿步，你喜欢听树叶在脚底下的簌簌声吗？”

“很喜欢。”

“我也喜欢。我喜欢在这样的时候闻到蜜环菌的味儿。你可知道，今年这种蘑菇的收成怎样？我很想看看，咱们找去？”

“摸黑去找吗？”

“摸黑去找。”马尔柯离开道路，弯下腰，在散发出酒花草的味儿和烟味的叶丛中找寻。

“你还会碰到蝮蛇……”

“蝮蛇的时代过去啦……出现纯洁的美和巨大的星辰的时期到来了。”

“你说得多么好啊！”格里高里站住了，心里想着自己的事。“我要在书上使用这个形象：出现纯洁的美和巨大的星辰的时期到来了。你同意吗？”

“不，不必，要不然，某些评论家会说，这是外表的美。可是你喜欢出现巨大的星辰的时期吗？”

“我喜欢。我也喜欢你。”

“古怪的人！”马尔柯不满地说，忽然高兴地扬声叫道，“我找到了！它们都生长在腐朽的树墩上！”他递给格里高里一簇动人的、紧紧挤在一起的蜜环菌，它们的脚上都缠绕着青苔，露珠在它们的帽子上歇息。

“生命！”格里高里欣赏着这簇生物，他又想起孩子们和妻子。

碰一下树枝，一颗晚熟的槲实从槲树上落下来，在树根上一撞，落到了别斯梅尔特内的脚边。别斯梅尔特内捡起一个冻坏了的光滑的核仁，用树枝掘成一个小坑，把这个槲实种在散发出一股新酿的酒味儿的泥土里。在天空中出现了更多的星星，槲木林变得更浓密，迦琳娜简直有点儿像个魔法家。

“生活在世上是多么美妙啊！”格里高里在马尔柯的眼里看出这个意思。“真的，你是我的亲爱的人！”

晚上，他们驶近格里高里·斯特拉东诺维奇的土窑。汽车开进集体农庄的院子里去了，可是马尔柯送格里高里直到门口。他们又拥抱起来。

“进去坐一会儿吗？”扎德聂泊罗夫斯基轻轻地问。

“夜里我不想惊动你的孩子们。”马尔柯也那么轻轻地回答道，可是，他心里很烦闷：假如斯捷芭尼达还等着弟弟……也许等着他，那怎么办？

“那么你明天早晨来。”

“一定来……祝你幸福，老弟。”

格里高里因激动、喜悦和愉快的困倦而喘不上气来，他踮着脚走进土窑。斯捷芭尼达靠桌子坐着，头垂在两手上睡着了，她那件亚麻布衬衫的两肩上的绣花都发黑了。卡捷琳娜在睡梦中叹气，格里高里的脸上泛出和蔼而又窘困的微笑。他小心翼翼地向床跟前走去，突然在桌边站住了。卡捷琳娜微微动起来，呻吟起来，在梦中说道：

“格里高里，亲爱的……”

这是他最近几年来最幸福的时刻。卡捷琳娜的呻吟声把斯捷芭尼达弄醒了。她开头惊慌得往后跳开，可是接着心情紧张地大声嚷道：

“格里茨[1]！”

“姐姐，怎么样？”

“你回来啦？”

“回来了。”

---

① 格里高里的小名。

“跟马尔柯·特罗希莫维奇一同回来的吗？”

“跟他一同回来的。”

“他在哪儿？”

“大概回家了。”

“你怎么不叫他进来？……”

他们的谈话声把卡捷琳娜弄醒了。

“格里高里！”她的声音又痛苦又愉快地叫起来。头发像黑黝黝的波涛抖动了一下，沙沙作响。她扑入了丈夫的怀里，用双手和脸颊检查着，这是不是他。“格里高里！”她再也说不出别的话来，他看到她的睫毛上挂着泪珠。

“两条辫子，两颗泪珠，”他拥抱着妻子，像念诗一样暗自重复说。

可是没有穿上外衣的斯捷芭尼达从土窖里跑出去了。

开头她只看见布满星星的遥远的天涯。接着一座孤独的、直到现在还替人干着活儿的风车的轮廓在天空底下清楚地显现出来。斯捷芭尼达跑到小门跟前，打开了小门，站在一株嵌入了黑暗中的枫树底下，在街道对面发现了别斯梅尔特内。这时她才想到自己衣衫不整，用手掌掩住了衬衫的大领口。

“晚安，马尔柯·特罗希莫维奇！”

马尔柯微微一笑，默默地走近去了。血在两鬓上像锥子一样敲击着。

“您为什么不进去？”她那两道半圆形的眉毛带着责备的样子扬了一下。

“有人在等他。可是我呢？……”

他小心翼翼地把两手按在她的两肩上。

她怔了一下，扭转头，避开他的目光，并且怕说她也在等他这句话。

秋天那高爽的天空同那个姗姗来迟的月儿，以及成堆的、零星的和一片像浅蓝色灰尘似的小星星在她的头顶上摇晃着，逼近了，并且倏然转动起来……屋脊上的风轮啊，原来你是如此充满了离合悲欢……

一滴寒冷的秋露使脸上感到一阵舒畅，就像很久以前一条折断的樱枝上那温暖的汁水使她脸上感到舒畅一样。一阵阵远远的少女的歌声传到了斯捷芭尼达的耳朵里，久远的岁月在她面前晃动起来，虽然她现在不是站在一个带来了鲜花盛开的樱枝的小伙子面前。那枝樱花很久以前就凋谢了，它留下的痕迹眼下也许正在使马尔柯的两鬓变白，虽然现在大家都叫他做别斯梅尔特内[1]……

① 见第 6 页注。

结　尾

时间有时像一只乌鸦，有时像一只雪白的天鹅在我们的头顶上飞过；岁月用雪和淡忘的灰尘盖没不巩固的和暂时的东西，而对于不可摧毁的事物却赋予不断更新的、无限的美。

日月变色的和生活动荡不定的年代已经过去了。在世界的台座上出现的是在战争时期心坎里留着子弹离开了我们的人们；在博物馆里，我们的姑娘们跟圣母像并列；在那些新建的住所里，母亲在晚上或清晨生下了儿子，他们也许不会经受恐怖和战争的风暴，不会知道歪理。但愿樱花像一阵美好的暴风雪飘落在他们的摇篮里和他们的道路上。

当马尔柯出了医院大门，把不多久以前还留在他的心坎里的两片金属放在教师兼作家格里高里·扎德聂泊罗夫斯基手掌上的时候，格里高里·斯特拉东诺维奇脑海中出现了上述想法。他把这两片金属在手上掂了很久，并久久地细瞧着落日余辉照射着花儿盛开的樱桃树，接着窘困地问：

“最后的两片吗？”

“最后的两片。”

“它们喝饱了血啦，甚至因而变得有很多细小的孔洞，并且发黑了。”

“邪恶的产物是没有亮光的。嗯，家里好吗？”

“你这个可怜的人，不知道吗？”格里高里·斯特拉东诺维奇眯起了眼睛。

“我知道的情况不全面，还是你来描写一番。你有时描写得非常生动。”

“你讽刺我的写作吗？”扎德聂泊罗夫斯基注意起来。

“你怎么说啊！你的一本近著使我感到很自豪呢！”马尔柯拥抱他。“我会带着它走到田野上去。”

“真的吗？”扎德聂泊罗夫斯基感动地打量了一下那对蒙着一片薄雾的带金色箍圈的深棕色的眼睛。“书中哪一点使你感兴趣？”

“首先，是真实！虽然它有时是痛苦的、艰难的和半饥不饱的，但这是真实。有些人只希望在文学作品里看到绯红色的虚假的真实，有些人希望谈些蜜的河流和果羹的河岸，不想看到还不是每家的桌上都有面包。要知道，现在才在各处整顿着秩序，心变得更完美，土地才会有更丰富的出产。现在连官僚（按衔头和本性说）也考虑起来，他在‘现阶段’应该怎样做得非常巧妙，为的是坐待隆隆的雷声停止，甚至想侧着身子挨近共产主义，因为他明白，最后的一些弹片正在从我们的生活中取出。”

两个朋友走到了一辆敞篷的、蒙着一层灰尘的迦斯牌小汽车跟前，格里高里·斯特拉东诺维奇坐到方向盘后面，过分恭敬地向马尔柯鞠了个躬：

“请坐，青铜铸成的同志！”

“可你也高兴诽谤吗！”别斯梅尔特内做出不满的样子。“我读过你写的那篇关于广场上的那尊铜像的札记，并用粗野的话把你痛骂了一顿，骂得连体温也升高了。”

“为了什么？！”格里高里·斯特拉东诺维奇打心底里感到惊讶。

“为了你把我说得毫无缺点，使我成为一个光荣的、强有力的和廉价小说里骑上一匹不可思议的怪物——三头凶龙——去找美丽的公主阿那斯塔西·瓦赫罗美耶芙娜的叶鲁斯兰·拉扎列维奇式的人物。呸！一句话，某些活动家趁我病倒的机会，浪费了国家的青铜，而且还很高兴呢。”

“嗤，爱发牢骚的老家伙，这不是你管得着的事。谁教你又当上了英雄？”格里高里·斯特拉东诺维奇笑起来了。

“你还笑哩！”

两个朋友驱车来到了城郊。在四周的花园里，花儿在白云下怒放，路边的枫树洒下最后一些花粉，蒲公英在路旁像孩子一般动人地睡着了，只有那所旧监狱呈现出一片阴森森的灰色。有几个人突然从它那敞开着的大门里跑到已经站着几个拿铲子的人的道路上来了。

格里高里·斯特拉东诺维奇愕然刹住车。这时，像在无声电影里一样，这所监狱笨拙地摇晃了一下，歪斜了，膨胀了，轰隆一声，灰尘、砖瓦和石子像烟云似的飞腾起来。

“这一下可好了！”有人激动地说。

马尔柯跳下汽车，走到了愉快地细瞧着在这以前被称做监狱的那浓黑的一团团的东西的人们跟前。州报的一位记者认出了他，关切地打了个招呼，就蹲下来写完关于毁灭这个过时的东西的报导。

“往后会有什么东西来代替监狱？”马尔柯问他。

“城市花园嘛。”州报记者的脸上突然出现一副沉入了幻想的神情。“您可知道，往后最多的是什么样的树？”

“什么树？”

“甜樱桃树！让大家既可以欣赏它的花，在休息的时候，又可以采它的果实。我要跑了！”他真的往旧事物的尘埃下沉的地方跑去。

一轮满月突然从那些花园后面，就像从云彩后面一样出现了，露珠在树叶间发出簌簌声，在不远的地方夜莺开始啼啭呼偶：连爆炸也没有把鸟叫吓住，使它们停止谈情说爱。

他们深夜才回到村里。格里高里·斯特拉东诺维奇把由于道路上的尘土和枫树上的花粉而变成灰色的汽车停在广场上，向马尔柯摆摆头，叫他看自己的雕像。

“咱们瞧瞧这个蓄着一撮唇髭的叔叔？”

“可以瞧瞧。”马尔柯沉着地回答道。

“你的忍耐力不错！”教师摇摇头。

他们走到了一座纪念像跟前，在一道低矮的栅栏跟前站住了，那道栅栏后边长着茂密的春小麦。只是在这儿，当马尔柯注视着自己的雕像的时候，他很激动，而且感受很深；他觉得这些年来在周围和全部土地上所创造的东西是多么不可思议啊。他有一刹那间觉得，不论是这个夜，或是照亮土地的月光，或是站在对面的默默无语的青铜铸成的人——不过是一场梦而已。

“嗯，怎么样，马尔柯？”格里高里·斯特拉东诺维奇耐不住了。

但是马尔柯没有跟他谈话，却跟自己的雕像谈起话来。

“人们把你美化了，使你显得更庄严、更沉着、更年轻。大概塑成皱纹的材料不够……”

“啊，你这个家伙！……”格里高里·斯特拉东诺维奇恼火了，可是瞥了仿佛变成了石头样的马尔柯一眼，就不作声了，倒退了几步，悄悄地退到广场的另一头去了。

马尔柯似乎没有注意到这点，沉默了很久后，他又对青铜像说：

“这种事情是常有的……嗯，既然要你日夜站在这儿，那你就监视着，不能让歪理或任何丑恶的东西从黑暗中爬出来。我们应该工作——耕田、播种……”

他整了一下自己那顶被太阳晒得褪色了的制帽，眺望着远处那些浴在柔和的月光里的田地，眺望着因风吹雨打而发黑了的风车，眺望着被一片半透明的雾气笼罩着的草地，慢悠悠地走向那雾气弥漫的黎明前的田野……

生活在城堡里

四幕八场剧

〔苏联〕雅柯勃逊　著

荣如德　竺一鸣　译

作者简介

阿乌古斯特·米赫凯列维奇·雅柯勃逊，一九〇五年九月二日在爱沙尼亚的小港埠比亚尔努的一个工人家庭里出生。他在中学读书的时候，就靠自己在泥炭采掘地、港口、木料堆栈等地劳动挣来的钱缴付学费。一九二五年，他在中学的最后一年级开始写长篇小说“贫穷罪人的城郊”。这是一部描写都市贫穷现象的自传体小说。该书在一九二七年出版。中学毕业后，雅柯勃逊考入爱沙尼亚首都塔林大学，起先研究政治经济学，后来又研究医学。

雅柯勃逊在创作的第一个时期——当时爱沙尼亚尚未加入苏维埃社会主义共和国联盟——曾以工人、知识分子、资产阶级的生活为题材写过几个长篇，许多中篇和短篇小说。他尖锐地批判了资本主义的制度。但是，在这一时期内，他的作品还缺乏明朗的远景，并且带有自然主义的色彩。

苏维埃政权在爱沙尼亚的建立，对这位作家的创作产生了极良好的影响。他积极参加年轻的爱沙尼亚共和国的建设事业，掌握了社会主义现实主义创作方法的雅柯勃逊，天才地描绘了国内所发生的许多复杂的现象。他写了许多以现实生活为题材、具有强烈的社会性的剧本。其中有两个曾荣膺斯大林奖金：剧本《生活在城堡里》（一九四五年）描写了爱沙尼亚知识分子思想上的成长，这个剧本获得了一九四六年斯大林奖金二等奖；剧本《无战线的斗争》（一九四七年）刻划了爱沙尼亚无产阶级在二十年代的阶级斗争，这个剧本获得了一九四七年斯大林奖金一等奖。此外，雅柯勃逊还写了剧本《铁锈》（一九四七年），主题是克服人们意识中残余的资产阶级思想的问题。在《我们的生活》（一九四八年）一剧中，作者描写了走向集体化道路的爱沙尼亚农村中的阶级斗争。同年他还写成《两个阵营》一剧，反映了爱沙尼亚知识界两种世界观——共产主义世界观和资产阶级亲法西斯主义世界观——之间的冲突。一九四九年，作者完成了一个写战后经济恢复工作的剧本《建设者》。

在这一时期内，除了剧本以外，雅柯勃逊还写过许多短篇小说，其中一部分作品已收集在为苏联读者所熟悉的短篇小说集“游击队员之子”中。

这位杰出的爱沙尼亚作家的近作有《豺狼》《来自尼勃拉司加州的守护天使》《在黑夜与白天的分界线上》《死亡》等剧本。作者在这些剧本中无情地揭露了美国侵略集团的狂妄野心和丑恶面貌。

雅柯勃逊同时也是一个优秀的电影剧本作家，他的较著名的电影剧本有《世外老人》(根据《生活在城堡里》改编)及《银灰色的粉末》(根据《豺狼》改编)等。

雅柯勃逊不仅是苏联戏剧中许多天才作品的作者，而且还是一个社会活动家。一九五〇年，雅柯勃逊被选为苏联最高苏维埃主席团副主席。他以自己在文学方面的创造性工作和社会政治的巨大成就获得了苏联人民的崇高敬爱。

译者　1955 年 3 月

登 场 人 物

阿乌古斯特 · 密拉斯——退休的古代语言教授，五十五岁。

艾娃 · 密拉斯——他的妻子，三十八岁。

莉其雅
卡　尔 } 他们的孪生子女，二十岁。

拉尔夫——密拉斯教授前妻的儿子，三十六岁。

利哈尔特 · 密拉斯——密拉斯教授的侄儿，医生，四十五岁。

安茨 · 利拉克——密拉斯教授的好友，作家，年约五十岁。

弗里德利赫 · 维亚利亨——建筑师，只懂一点皮毛的诗人，年约六十五岁。

艾密莉雅 · 维亚利亨——他的妻子，五十五岁。

安茨 · 顾斯拉普——建筑工程师，苏军少校，三十岁。

安娜——他的母亲，密拉斯教授家里的女管家，五十岁。

杨 · 桑德尔——作家，报馆编辑，曾为游击队员，三十五岁。

一位肤色黝黑的夫人。

一位戴眼镜的先生。

一位客人。

中士一人。

苏军战士三人。

德国军官一人。

地　点

爱沙尼亚某外省城市。

时　间

一九四四年九月到十二月。

第一幕

第一场

密拉斯教授住宅里的会客室，这是一间糊着深色壁纸的宽敞的房间。左边的门通向前厅，右边的门通隔壁几间房间。正面是朝花园开的两扇窗子和通阳台的门。淡黄色的室内楼梯通到二楼。到处陈设着许多十九世纪中叶的家具：几只靠背很高的椅子和脚上雕花的小桌子；一张笨重的深褐色人造皮的沙发；一架跟沙发同样笨重的钢琴和几口阴沉庄严的书橱，从书橱的玻璃望进去，可以看见一本本跟书橱同样庄重的皮面精装书。虽然到处呈现出一片小资产阶级学究式的整洁气象，但总令人感觉到，整个房间似乎覆上了厚厚的一层灰尘，仿佛在空气里也有灰尘在飞舞似的。

阿乌古斯特·密拉斯教授（一个清瘦，头发斑白，上了年纪的人，穿着黑色燕尾服，后襟垂到椅子的两旁）和作家安茨·利拉克（中等身材，结实，秃头，蓄着楔形黑胡子）俯身坐在屋角一张小桌子旁下棋。艾娃·密拉斯（教授的第二个妻子，是个身材匀称，肤色黝黑的妇人，她的脸色很不安）站在阳台门边望着花园。

早晨。在这半暗的室内的一片寂静中不时听见远处大炮的沉重而缓慢的轰隆声。

密拉斯教授　（对迫近的事变装做漠不关心，但看得出很不安，他掏出一条雪白的手帕，心不在焉地在刮得精光的面颊上抹着，他的面颊也跟屋子一样，好像覆有一层看不见的灰尘）喂，喂，你要好好防守啊！作家！你要好好防守啊！

作家利拉克 （考虑着走哪一步棋）棋子还有呢，朋友。（走了一步。）

密拉斯教授 你简直在用沙子搓绳。这样也救不了你。

作家利拉克 不错，我看到了，看到了，原来你偷偷地钻到我这儿来了。（又陷入深思）你简直是个强盗，哪像个受人尊敬的古典文学和古代语言教授呀？

密拉斯教授 有什么办法呢？战争嘛。虽然在这场战争里，作战双方的头脑全很清醒，而且，这也不过是想像中的战争，可总还是战争……是呀，是呀，总还是战争啊……

作家利拉克 （倾听着突然变得更加猛烈的炮声）看来，今天在那边像要决定什么事情了。已经有一个多钟头……还是那么轰隆轰隆直响。

密拉斯教授 （皱眉）是呀，是呀，也许是这样……这么说，你走马？

作家利拉克 走马。到傍晚的时候，可能我们已经在红旗下面了。（向前弯下身去，看棋。突然挺直身躯，很快地走了一步）你也太轻举妄动了，老兄，将！

密拉斯教授 什么？（聚精会神地看着棋盘）你说得对……真见鬼，我看漏了？

作家利拉克 将！

密拉斯教授 怎么，怎么，你还从这儿进攻？

作家利拉克 对啦，还从这儿进攻。将！……死了！

密拉斯教授 什么？（炮声愈来愈猛烈；教授神经质地玩着棋子）不错，真是这样。只要功夫深，铁杵磨成针哪。再下一盘，怎么样？

作家利拉克 （斜视着艾娃·密拉斯）不，够了……我看，最迟到今天晚上，红军就要进城了。

密拉斯教授 （像小孩似的执拗）请别说下去了。有关今天世界上的那些乱七八糟的事情，在这儿，我们好像是约好不谈的。我辛勤工作，为把我的屋子变成一座惊涛骇浪所侵袭不到的隐蔽的小岛，可不是为了这种乱七八糟的事情。（起立，神经质地在屋子里踱来踱去）让我的屋子成为一座城寨，精神堡垒，而不是任何政权都能畅行无阻的大杂院。（突然笑了起来；咳嗽）你总记得，还在我在达尔都领导一个教研室的时候，就有人企图把我拖进到各种可疑的事情的漩涡中去！后来，在一九四〇年的大转变时期[1]和一九四一年战争开始之前，红军方面也有人来请教过我。以后，又有一个地方上的德国官员……就是那个……那个鹰钩鼻、带有稀奇古怪的军衔的军官……嘿嘿嘿！……他也来找我联络……当时，我什么也不怕，我回答他说："不赞成，也不反对！"在这严峻的战争的日子里，无论是科学，或者是艺术，全都保持沉默。（不无卖弄地）后来，也有一些流言传到我们这个僻静的地方来，说这个军官极其残暴……可是，当时我说的那些话，倒对他起了些作用呢！

作家利拉克 未必起了作用吧。据说，他曾经对当时在场的一个人说："这种文化猴子，不值得枪毙，要不，就捅了马蜂窝了。"再说，那时候，他们正好从你那里得到了这个"不反对"。

密拉斯教授 管他得到没得到，可是，我到底保全了我自己的平静。

一次异常猛烈的爆炸声。

艾娃·密拉斯 （缓慢地）我的天哪……

作家利拉克 （走到她的前面）艾娃夫人……您为什么要站在这儿？您还是到比较安全的地方去吧。

艾娃·密拉斯 （暗哑地）现在哪儿还有比较安全的地方啊？

作家利拉克 我认为，除了您现在站的地方以外，哪儿都安全。（引艾娃·密拉斯走到沙发那边。）

艾娃·密拉斯 （低得几乎没有声音）他们在那儿轰……车站和仓库……

作家利拉克 那就是说，很快就要攻城了。

艾娃·密拉斯 莉其雅跟卡尔，怎么还没有回来！

作家利拉克 难道说，你们家的年轻一代不在家吗？

艾娃·密拉斯 嗯。

---

① 一九一七年爱沙尼亚曾建立苏维埃政权，但在一九一九年初被国内反动派勾结外国干涉者所绞杀，仍成为资产阶级共和国。一九四〇年七月二十一日爱沙尼亚国家杜马（议会）通过成立苏维埃政权。

密拉斯教授　（皱眉）怎么，他们不在家？到哪儿去啦？

艾娃·密拉斯　（突现反感）他们到我妹妹那儿借马铃薯去了。

密拉斯教授　听我说！你们听我说！我说过多少次了！不可以！不可以在这种混乱的日子里出门！要跟城里断绝任何关系，直到那儿再建立起秩序、安定下来为止。（气冲冲地）这些事情难道我没有说过？

艾娃·密拉斯　说过。我知道。（又一次突然的爆炸声使她打了个寒颤。）

作家利拉克　（对她微微弯下腰去）亲爱的艾娃夫人……我们到掩蔽室去吧！（安慰她）至于你们的年轻人，用不着为他们特别操心。不要紧，他们认得回来的路。

离屋子很近的地方响起了爆炸声。

作家利拉克　听！这已经不是开玩笑的了。请允许我送您去。（微微弯下身躯，有礼貌地向艾娃递过一只手臂。）

艾娃·密拉斯　（竭力显出笑容）谢谢您，利拉克先生。我自己来……（起立，走向右门）安娜！安娜！

安娜是个骨骼粗大、头发斑白的妇人，可有张年轻的脸。现在她出现在室内的楼梯顶上，很快地走下来。

安娜　什么事，太太？

艾娃·密拉斯　请拿一支洋蜡来，炮轰得厉害，我们还是到地窖去躲一躲。（下。）

安娜　是，太太。（下。）

作家利拉克　（向走到书橱跟前想给自己找一本书的教授说）你呢？

密拉斯教授　（傲慢而固执地仰起头）我？我留在这儿。就像罗马军队侵入城里的时候那个著名的希腊数学家所做的那样①……

房子由于接连三次的爆炸而震动，之后突然一切归于沉寂；密拉斯教授倾听了一会儿。

---

① 指希腊物理学家兼数学家阿基米德（公元前二八七——前二一二年）。罗马人侵时，死于乱军中。

密拉斯教授 希望这一切今天能够结束就好。(找到了需要的一本书以后，把它放到桌子上，指着棋子说)下一盘吗?

作家利拉克 不，够了。我们何必把自己描写成古代的罗马人呢?还是做普普通通的爱沙尼亚人好。(慢慢地走向阳台门，把它推开)嗯，看来，大炮的工作今天已经结束了，现在，大概是步兵在接替它的任务。可这是我们所听不到的。(带着不愉快的微笑)我说，在你这一重三米高的围墙的后面，的确曾令人感觉到，世界和世界上的斗争离开这儿像是很远。(踮起脚尖)瞧!那边已经烧起来了!

密拉斯教授 (翻着书)是的，也许，也许是这样……(静场)关上门。

作家利拉克 烧起来了……真的烧起来了!(为了看得清楚些，他把脚踮得更高)假如我没有弄错……

密拉斯教授 (打断他的话)请关上门!

作家利拉克 (还是望着)假如我没有弄错，起火的地方是……是在火车站那边。

密拉斯教授 (忍耐不住)我请求你把门关上!

作家利拉克 (关门；来回踱步)是呀，是呀，就是这样……(沉思地)人类在呻吟，在东奔西窜，在痛苦中挣扎……他们像一个再也不能得救的人那样在呼喊……他们飞快地向一个地方奔去……跌倒了……又爬起来……淌着血……目的地在哪里呢?往哪里去呢?(放慢语调)曾经有过这么一个时期，当我写长篇小说、中篇小说，写到人们的期待、理想和希望的时候，我以为，我能够刻划到人类的灵魂深处……可是，现在我才知道，过去我所想的常常是错误的，错到难以想像的程度……于是我的笔也不听使唤了……不听使唤了……(重复着刚才的话)往哪里去呢?……目的地在哪里呢?……(重又陷入沉思，可是越想越糊涂，就换了个话题)那些完全不合逻辑的、惊惶失措的、荒谬得近乎幼稚的谣言，从这个屋子传到那个屋子，从这道门钻到那道门……而人们在我们这种可怖的日子里连这些胡说八道都会相信。(静场)好多好多人竟会决定离乡背井，离开那扎着他们的老根的土地。他们抛弃曾经度过一生的家园……（静场）我们北方人那种引为骄傲的沉着和清醒的理智又到哪里去了？……（静场）今天早晨，在到这里来的路上，我碰到了康多尔博士和工程师施列尔曼。那两个老头儿，已经满头白发……像一对覆着青苔的树桩……孤单单的。可是……他们也走了！他们的眼睛陷了下去，面颊像木乃伊……可是……他们也走了！（静场）到哪里去呢？

密拉斯教授 荒唐，荒唐！走……那是不必要的。只要稍稍听天由命，把所有那些……那些……伤脑筋的事情全都丢开……只要坚持绝对的真理，这个真理是不会骗人的……（低声暗自微笑）我好像还没有跟你提起过……近几天内，我要开始翻译荷马的“奥德赛”。至于那边……在围墙的那边，让他们去狗咬，把一切都咬光也不管！

作家利拉克 （耸耸肩膀）你别见怪，我认为这也荒唐。我担心像这样漂亮的孤立主义不会有什么好收场。生活的巨浪在汹涌澎湃！迟早它要把你的城堡冲倒，把像你这样的孤立主义者全都压垮，把你们的高墙和象征性的堡垒全都捣毁。这次的事变委实太巨大了，根本不可能安安稳稳躲在一边。（从钢琴上拿起帽子和银头手杖）可现在我该回去了。我那亲爱的玛蒂丽达，我的女主人——也是个孤立主义者——她虽然是个勇敢的太太，可到最后还是会害怕起来的。（倾听）多静啊。这不正是暴风雨最后一次猛袭以前的沉寂吗？（戴手套）德军整夜过城……开到前线去，希望他们抵挡不住这股突如其来的、像是从泥土里冒出来的惊心动魄的力量。

有人在外面用力敲门。

作家利拉克 要不要开门？

密拉斯教授 （愤怒而粗暴地）安娜！安娜！

作家利拉克 别白费神。她们大概在底下一层，大概坐在防空洞里。（向左门走去。）

密拉斯教授 问一问……先问一问！

作家利拉克 这一定是你那两个走失的孩子。（下。）

莉其雅 （黝黑肤色的姑娘，年约二十岁，带着惊恐的脸色从左边走了进来）爸爸，妈在哪儿？（把篮子放在地板上。）

密拉斯教授 （从眼镜上面望出来望着女儿）妈在哪儿？还问呢！为你们也担心得够了！（缓慢地盘问）你到哪儿去了，莉其雅？

莉其雅 到姨妈家去了。妈妈知道的。（约束不住一连串印象的奔流，很快地叙述着）到处在抢劫……没有人的屋子里也闯进去……那些人……天知道他们是从哪里来的……有的独个儿，有的三五成群地到处乱闯……把可以拿走的东西全都拿走……还捣毁仓库……我的天，这一切是多么可怕……多么可怕啊……

作家利拉克 （跟着两个年轻人走进房间）真的？这么说，这城很快就给攻破……

卡尔 （他更加激动；兴奋地说着，时而有点口吃）工人和职员们在自己工厂的附近布下了巡逻队。他们武装了起来。掮着枪，在大门的前面走来走去。德国人想要烧房子和炸工厂，他们默默地开枪。在谷仓旁边就发生过这样的战斗……结果双方都有伤亡。最后，德国人只好……溜之大吉。

密拉斯教授 德国人只好……怎么样？

卡尔 溜之大吉……溜之大吉。

作家利拉克 （笑）他想说，他们不得不放弃纵火和破坏而逃跑了。

密拉斯教授 （把书丢在桌上）够了！我最后一次跟你说，你闲逛得够了，那些丑恶的勾当也看得够了！明白吗？

莉其雅 爸爸……听我说！

密拉斯教授 够了！下去，到防空洞去！明白不……你们俩在妨碍我们。

莉其雅 爸爸……我……

密拉斯教授 你听见了吗？够——了！

莉其雅下。

密拉斯教授　（望着儿子）卡尔，你呢？

卡尔　（气势汹汹）我，怎么样也……而且也不想钻到那里去……去看守马铃薯。

密拉斯教授　啊……是这么回事？看马铃薯！而且你也不想去？

卡尔　对了！

密拉斯教授　卡尔，我请求你——马上离开！

卡尔委屈地打右边下。

密拉斯教授　（摇头）这简直是丑事！近来老是有这种混乱和崩溃的气氛从外面传过来。（生气地在屋子里踱步。）

作家利拉克　那就是现实生活的气氛。哦，好吧，我走了。

密拉斯教授送客人到门前，然后重又走向书橱。

敲门声。

密拉斯教授　请进！

作家利拉克　（挽着维亚利亨建筑师的手臂，又回到房间里来）瞧，又给你带来了一个朋友。

密拉斯教授　哦，维亚利亨，是你！欢迎，欢迎！（装作有兴趣地）你的大作"宇宙之火"进展得怎样了？（伸手给客人。）

维亚利亨建筑师　（老态龙钟，几根白发没精打采地垂在两鬓旁边，由于年老已经有点昏聩；时而格格地高声大笑，舌尖常常舐着发青的、经常干燥的嘴唇）可怕……可——怕！（踏着碎步挨到沙发前面，坐在沙发的边上）我一整夜合不上眼睛……一整夜……老是轰隆轰隆地响……毁灭……毁灭……毁灭……（突然性急地说下去）我从家里出来，想散一会步。我向着公园走去。突然，炮声响起来了。我——连忙就跑！在吴杜教授的房子旁边发出了这么响的爆炸声，我的耳朵都给震聋了。就在这一刹那间，吴杜教授的房子变成一堆废墟。变成了碎木片和尘土。吴杜教授一家人，倒仍旧安然无恙。他们都躲在地窖里。那时，我站在那里，看着……看着……吴杜从地窖里冲出来，跑到屋子里去……可怕呀……可——怕呀！那时候，他已经是面无人色了。

密拉斯教授 （缓慢地）的确……可怕！（静场）的确……可怕！（静场）他几十年来的全部研究就这样完了，这些研究应该在生理学界引起变革！（静场）难道他没有救出他的资料和手稿？

维亚利亨建筑师 （又开始语无伦次地咕哝起来）没有，没有，没有。可怕，可怕。他从屋子里跑出来……手里只拿着一钵子酸牛奶……酸牛奶……它……它……泼出来……溅在他的……袖子边上……衣襟上……裤子上……脚上……可怕，可怕。

作家利拉克 （倚着手杖发笑）是这样！几乎是举世闻名的学者，在千钧一发的关头，从烈火燃烧着的屋子里拿出一钵子酸牛奶……而不去抢救自己毕生以赴的著作。（对密拉斯教授）而你，我亲爱的朋友，你还以为，这座高墙，能够保护住你不遭受到类似的事故……哈哈哈！

密拉斯教授 （不满意地转过身来）请别拿这样严肃的问题开玩笑。（向维亚利亨）火救熄了吗？

维亚利亨建筑师 哦，没有，没有……哦，没有……

密拉斯教授 （坚决地用手指敲着桌子）维亚利亨，你来得正好。我老早就想问你……你还记得你在圣诞节那天拿过我一本卡杜尔[①]写的书。（挺直身子站着，等待回答。）

维亚利亨建筑师 （显出老年人的糊涂相）卡杜尔？这人我不知道……不认识……

密拉斯教授 （不悦）不认识！（解释）就是那本老式的猪皮封面的，开本很窄，长方形的。

维亚利亨建筑师 （张大了嘴）啊……啊……这本书……（一声突如其来的炮声使他惊恐地弯下身去）啊……这本……书！

密拉斯教授 维亚利亨，你应该控制住自己！别忘了你是谁。（转身）恕我坦率地说，你的举止，实在是有失身分的。

---

① 卡杜尔（大约公元前八四年——前五四年），古罗马诗人，以写抒情诗著称。他的作品对诗体拉丁文的发展曾起了重大的作用。

又是一连串的爆炸声。

作家利拉克 得了，老头。我们到防空洞去吧！（挽着维亚利亨站起来，引他向右边走；很快又转回来）哦，好吧，我总得走才对。暴风雨似乎又要来了。再见！（向左下。）

密拉斯教授 （稍缓）好，再见。（小心地把刚才翻过的那本书放进书橱，走到窗口，放下防空窗幔，再掩上窗帘，同样关上了另一扇窗。之后，朝着阳台门走去，可又改变了主意，开开了桌子上一盏有着笨重的铅制托架的台灯；带着疲倦的样子走到阳台门边，已经举起手来，想把这里的防空门帘也掩上，但突然惊愕地呆住了）谁……谁在那儿？是谁……在那儿？

密拉斯医生 （小胖子，穿一身黑色衣服，戴着黑色礼帽，一件淡灰色大衣搭在手上，走进房门；他的过分轻快的步态显得有点像个小丑）叔叔！您好！哦，多幸运——正好碰到了您。您好，叔叔！（握住密拉斯教授的手，用力摇着。）

密拉斯教授 （惊奇得目瞪口呆）利哈尔特……是你？

密拉斯医生 是我，是我，的确是我！而且，除了我以外，还有一个人，您也是很熟悉的。

拉尔夫跟在堂兄后面在门槛上出现。他身材高大，很漂亮，是个运动员模样的三十六岁的男子。穿着时式夏装。脱帽，微笑着。

拉尔夫 是的……还有一个人……爸爸，你好！（也跟受惊发呆的老人握手；环视一下以后，把大衣、帽子和皮包放到沙发上）我想，你允许我这样做吧？（不自然地大声笑着）还没有到十二点，你就关窗开灯了？不是太早了一点吗？

密拉斯教授 （恢复说话的能力）是你，你，拉尔夫……你失踪三年了，现在突然回来了！是你，拉尔夫！

密拉斯医生 （嘿嘿笑着）嗯，是他。他和我，正如您所看到的那样，亲爱的叔叔。出乎您的意外，对不对？啊，呀，呀，呀，拉尔夫，我不是对你说过，你的敬爱的父亲，我的了不起的叔父，会因为碰到这种意外的事情而中风的。啊，呀，呀，呀！（故意显得很谦逊的样子，坐到安乐椅的边上）请允许我问一下，您好吗……在我们亲爱的祖国遭受空前浩劫的苦难的日子里?

密拉斯教授 （还不相信自己的眼睛）你们从哪儿来?

拉尔夫 （带着莫测高深的微笑）我们?我们是从不是成万就是成千的人们来的地方来的……那就是说，是从难民的艰苦的道路上来的。（也坐下来；抽烟。）

密拉斯医生 是呀，就是从难民的艰苦的道路上来的。（挥手）您只要仔细听一听……有一批人在进逼，另外一批人在退却。大地在震动，苍穹在吼叫，就像一头熊……在这样巨大力量的斗争声中，你叫我们这些小毛虫又能做些什么呢?只能想法救活自己，给自己找一块可以安身的地方……（凝视教授）又有什么办法呢……反正这是我们每一个爱沙尼亚人——一个小国的老百姓的命运……（起立；以恳求的声调说）您以为怎么样，我的父亲的兄弟，您能够允许我在这里歇歇脚、喘一口气吗?这当然是暂时的，等到暴风雨平息和巨浪依着自己的道路奔流的时候，我就要离开的。或者要我马上就滚?（等待回答。）

密拉斯教授 （给这个问题问得不大高兴，缓慢地）问这些干吗，利哈尔特?

拉尔夫 再说，我们的证件十分完备。十—分—完备。

密拉斯医生 （急忙接下去说）当然，当然!否则是不行的……嘿，嘿，嘿……

第二场

同一房间。当天傍晚。莉其雅和卡尔经过阳台门走进来。莉其雅踮起脚尖，惊恐地东张西望，卡尔心不在焉地像在沉思。战斗的轰隆声现在更迫近了——几乎不停的机枪的哒哒声和步枪的噼啪声也听得见了。

莉其雅 你认为怎么样，今天……会不会结束?

卡尔 一定会结束的。不论他们怎样顽抗，到今天晚上……这里就没有他们的影子了。

莉其雅　（激动地）这一切……像是一场梦。每根神经都紧张得快要……

卡尔　当然。这难道只有你是这样？我也是这样，大家都是这样。

莉其雅　是的……大家都是这样……就连爸爸……也不能再装得像和这一切没有任何关系了。

静场。

卡尔　（低声）下面……有外人吗？

莉其雅　没有，一个外人也没有。爸爸，妈妈，堂兄利哈尔特和哥哥拉尔夫。（沉思）告诉我，他们给你的印象怎么样？

卡尔　谁？

莉其雅　谁！当然是利哈尔特和拉尔夫咯！

卡尔　（耸耸肩膀）不知道。像平常一样。

莉其雅　像……平常一样。（果断地）不，给我的印象……可不像平常一样。你有没有这种感觉：在拉尔夫的身上出现了……某种过去所没有过的东西？

卡尔　某种过去所没有过的东西？（考虑着怎样回答）我没有这种感觉。（慢慢地在房中踱步，用手指敲几下琴键。）

莉其雅　（坚信地）是的，是这样！（压低声音）有时候我感到他不是用眼睛看我，而是用某种尖锐的东西刺我。或者……更奇怪的是……好像我赤身裸体地站在他的面前。（拿起大衣和便帽，放到前厅去，立刻就转回来）多静呀！说不定他们真的击退了进攻。

卡尔　（轻蔑地）哪里……什么真的击退了！战斗本来在离城十五公里的地方进行，现在离城只有两公里了。什么真的击退了！（向窗外看着；突然转变了话题）当我爬过围墙以前的几分钟，碰到爱司高和基纳斯蒂。他们走了。

莉其雅　唉……这么说，他们还是走了。

卡尔　是的，他们走了。

莉其雅 （缓慢地）他们昨天还在说……留下不走。

卡尔 说是这样说……可又有什么用呢？

莉其雅 这是为什么？

卡尔 一点儿也不用奇怪：满城谣言纷纷。

莉其雅 （凝视着弟弟不安的神情）是的……（静场）听着……卡尔……好兄弟……

卡尔 （站住）什么？

莉其雅 （小声地）你说，你也……怕吗？我不是说怕战争的灾难，而是……

卡尔 （皱眉）怕什么？怕谁？

莉其雅 嗯……怕那些从东方逼近过来的真跟他们描写那样可怕的人。

卡尔 （不置可否地耸耸肩，学着父亲的口气说）荒唐，荒唐。

莉其雅 不，你还是告诉我！

卡尔 （挥了挥手）现在是战争时期……多少年来，人们已经习惯于使用武器了……一切都可能发生……

莉其雅 （露出一丝微笑）我记得很清楚，你们——你跟你的几个朋友，曾经怎样期待着德国人的灭亡。你们梦想出现一个奇迹：法西斯匪徒能像欧洲原野上的积雪一样消灭。（静场）而现在，这个伟大的时刻终于来到了……而且，并没有任何奇迹，你们倒反而好像有点儿害怕起苏联人来了。

卡尔 （诚恳地）也许，是这样。因为我们对他们差不多一点儿也不了解。你呢？……你难道不怕？

莉其雅 我？（摇摇头）不，我不怕。

卡尔 你的忠实的女朋友赫列·基纳斯蒂，甚至在昨天晚上也还这样说过。可是今天她还是逃跑了。

莉其雅 （重复）不，我不怕他们。

卡尔 你在撒谎。

莉其雅 （严肃地）你可以相信：我决不是撒谎。（坐到钢琴旁边，抚弄着琴键）你知道吗，弟弟，今年春天，我碰到了一件非常奇怪的事情。

卡尔　（心不在焉地）是吗？

莉其雅　（叙述）你记不记得，有一次，我从别墅到城里来看病……那个时候，我正害喉痛。你还记得吗？

卡尔　记得。

莉其雅　那时，安娜在这儿管家。我忘了通知她我要来。结果，我突然到了，就像从天上掉下来那样出乎她意料之外……

静场。

卡尔　唔，以后呢？

莉其雅　我们的大门当然关着。我就跟你一样走了进去——干脆爬过了围墙。

卡尔　（笑）呵呵！

莉其雅　是真的，翻过了围墙。（静场）我走到客厅里——一个人也没有。到了饭厅——也没有人。我走遍了大部分房间——到处都是空的。（静场）最后，我走到厨房里。就在那里，我发现了……一个人。（起立，困惑地微笑）有一个人坐在桌子旁边，正在刮胡子。

卡尔　唔？

莉其雅　一个……从另一个阵营里过来的人……

卡尔　（很感兴趣地）从另一个阵营里过来的人？红军？

莉其雅　是的。

卡尔　是逃亡的战俘吗？

莉其雅　不。

卡尔　（稍停以后）是游击队？

莉其雅　是的。

静场。

卡尔　（用一双因为惊奇而睁大的眼睛望着莉其雅）跟……跟我们的安娜在一起？

莉其雅　（又微笑）是呀，就是跟我们的安娜在一起。我们还时常拿她开玩笑，说她好像是童话里的女长工白桦姑娘，只知道不断地工作，对什么也不感兴趣。（静场）原来她还是一个相当积极的人物……当她认为应该这样做的时候……

卡尔 （沉思）那么这个人……这个游击队员……他是从那边来的吗？

莉其雅 是的，是从那边来的。

卡尔 他是怎么样的一个人呢？

莉其雅 （遐想地）他是怎么样的一个人吗？……大个子……挺强壮……一双眼睛很勇敢……（静场）嗯，一双眼睛非常勇敢。（微笑）他站起来看着我，而他的那一边面颊上还抹着肥皂……（静场）正在这个时候，安娜从她的房间里走出来了。（笑）那时候，要是你看一看她——我们的那位善良的白桦姑娘就好了。她跟我招呼……不像用人对小姐那样，就像对同样身分的人那样。她对那个人说："别害怕，安茨，这个姑娘是不会出卖你的。"我们三个还一起喝了咖啡……（遐想地）那时候我在城里约摸耽搁了十天光景，他常到这里来休息……来过不止一次。是的……卡尔，从那个时候起，我就再也不相信那些关于游击队和红军的谣言了。（突然紧张起来。）

外面响起了一支路过的部队的脚步声和汽车、坦克驶过的轰隆声。

莉其雅 听见了吗？

卡尔 （兴奋地）哦呵呵！这不是在街上做防御工事，就一定是干脆在逃跑啦！我早说过，今天一切都要决定了。

从椅子上拿了帽子跑出去。莉其雅慢慢地走到钢琴边，又心不在焉地抚弄琴键。拉尔夫口衔雪茄烟从饭厅里出来；他内心异常激动，但他控制着自己；在门口停留了一会儿，看着莉其雅。

拉尔夫 哦，小妹妹在想心事，是吗？在这样的生死关头……在这样的生死关头！（穿过房间，倚在桌子旁边）这种紧张的期待，不刺激你，不使你害怕吗？

莉其雅 （迂缓地站起来）就说害怕——又有什么办法。

拉尔夫 （似笑非笑地）对——又有什么办法！（挺身走近莉其雅）你是个

聪明的姑娘，所以你才不和他们在一起。他们全吓坏了，而且，我也是这样！（笑）唉，我也是这样……这种感觉就像是一个站在绞架上的犯人给慢吞吞慢吞吞套上绞索一样。（抬起妹妹的下颏）你是这样的姑娘呵！我真喜欢你……喜欢你的镇静。（压低声音）刚才我注意着你……望着你。站在你的旁边……我感觉到你的身上奔放出热情和勇气。（重复）你是个这样的姑娘！

莉其雅 住口！放手！

拉尔夫 哟哟哟！干吗要这样生气。

莉其雅 （挣脱）别装傻，你浑身发出酒味！

拉尔夫 哈哈哈！酒味！（企图搂抱妹妹，但又失败了；他把雪茄烟蒂丢到烟灰缸里，换了支香烟抽起来。）

密拉斯医生踮着脚尖，从右面出现；看到莉其雅和拉尔夫，装着无忧无虑的样子。

密拉斯医生 哦！青春呀！（向莉其雅）孩子，你这是在闹着玩吗？啊呀呀，任何障碍也挡不住潺潺的流水。对于我和拉尔夫这样的人来说，这样的新鲜玩意儿，简直是一种享受。我们的身上浸透了烟火气。我们的身上浸透了被焚毁的乡村和燃烧着的战场的煤焦味。上哪儿去，哪儿去……好姑娘？

莉其雅趁机很快地溜走。

密拉斯医生 （立刻变得忧虑起来，低声地）看样子在拖下去！

拉尔夫 （点头）是在拖下去。

密拉斯医生 见鬼……赶快结束吧！

拉尔夫 （神经质地抽着香烟）嗯……

密拉斯医生 （把两只手放在背后，滑稽地用小步疾走）他们干吗还在卖这种力气！俄国人的军队老早已经从两侧把城包围起来了。他们还在等什么！

拉尔夫 （耸肩）不知道……

密拉斯医生 傻瓜……傻瓜！

拉尔夫 看来红军……还没有大力施压。

密拉斯医生　红军在集中力量。要是压一下，那……不论任何东西，任何人，全会粉碎。事情很明显……事情很明显……（低声地）顺便问你一声，我们在那里的财产怎么样了？今天我们不能把它们搬到这里来吗？

拉尔夫　不，不可能。

密拉斯医生　很危险，是吗？

拉尔夫　当然危险。（缓慢地）不到一个钟头以前，我在街上……走了约摸二百步路。你猜我碰到了谁啦？……

密拉斯医生　谁呀？

拉尔夫　盖尔曼。

密拉斯医生　盖尔曼？你说什么？

拉尔夫　真的是他。（恶狠狠地）那个我们最不愿意看见的人……

密拉斯医生　（踮着脚尖徘徊着）盖尔曼……怎么……他不正是……

拉尔夫　是呀，真想不到，是吗？

密拉斯医生　不是人家说他……

拉尔夫　嗯，是这么说。甚至还举出许多人的名字，说他们亲手把他埋在地里了。（装作轻蔑的样子）可见都是谣言。

密拉斯医生　（小声地）他……认出你了没有？

拉尔夫　还用说！　当然认出来了。我们还谈了几句话呢。

密拉斯医生　（显出很恐怖的样子）还谈了几句话？他盘问你吗？

拉尔夫　盘问了。

密拉斯医生　你怎么说？

拉尔夫　（耸耸肩膀）唔，那自然得扯一阵谎。（静场）回来的时候我兜了几条弄堂，努力想消灭脚迹，可我还是觉得他老是跟在我的后面，而且……一直盯着我的后脑勺子。

密拉斯医生　去他妈的，真是见鬼！真是见鬼！像这种穷凶极恶的家伙……假如他跑到这里来打我们的耳刮子，我一点儿也不会感到奇怪的。

拉尔夫　朋友，就是发生比这更糟的事情，我也不会感到奇怪的。

猛烈的射击声突然恢复。

拉尔夫 啊，又开始了。

密拉斯医生 （听）是的，又开始了。这样好些，不然的话……简直要发疯了。

远处，在步枪和机枪的扫射声中传来了“乌拉”的欢呼声。

密拉斯医生 嗯，嗯，好朋友盖尔曼，这阵刺骨的红风，很快就要把你从这里吹走了。见鬼！（随着战斗的轰隆声的增强，医生更加显得神经质起来）见鬼……见鬼……鬼……鬼……见鬼！（停立在拉尔夫的前面）你认为怎么样，我们留在这里，是不是个聪明办法？

拉尔夫 （焦躁地）那当然！这是毫无疑问的。总而言之——还有什么可议论的呢？在这种时候，这不仅是聪明的办法，而且是我们唯一的出路，唯——一的出路。

密拉斯医生 假如我们……栽倒了呢？

拉尔夫 （皱眉）那又算得了什么！到时候即使倒下去，我们也要拚出全副力量……倒下去以后，也就别想再站起来。（用发抖的手点燃香烟）没关系，老兄，用不着担心。战争快要结束了，我跟你重新再去过那安分守己的正经生活。我去加入苏维埃的经济部门；你去干苏维埃的医务工作。（把头侧在一边）听着！在这样的暴风雨当中，不能跑到它的前面，一定要站在一旁等候它过去！因为迟早它总会追上你的。他们已经不会客客气气地来敲这扇门，而是要横冲直撞地闯进来的。很快，这扇门就要跟门框一起倒下来了。

密拉斯医生 明白了，明白了！

拉尔夫 （带着轻松的心情）啊哈，声音沿着公路愈去愈远了……

密拉斯医生 （从门边退回来）拉尔夫，见鬼……

一个德国军官，胡子已经很久没剃，身上非常肮脏，凶恶地眯着眼睛，从阳台门外看进来。

拉尔夫 哦……这就是好朋友盖尔曼。

密拉斯医生 盖尔曼……

拉尔夫 （小心地从后面衣袋里掏出手枪，推开医生，连打三枪；人看不见了，只听到跌到地上的响声）哦……我早就准备好了……可见，他真的钉住了我……（把枪藏进口袋里。）

密拉斯医生 （慢慢地把门打开，用脚踢着尸体）死了……（静场）你干得太蠢了。要是还有人跟他一起去——那可怎么办？

拉尔夫 （重又恢复没精打采的镇静样子）到那时候……就不得不动手打起来了，假如力量够不上——就算白死！

密拉斯医生 嗳，老弟，你干得太蠢笨了！啊呀呀呀，多愚蠢啊！（消失到某个地方，一会儿又出现）看起来他倒好像的确只有一个人在追猎。（又用脚踢尸体）他大概急于想要把自己的那一份夺过去呢。我们把尸体搬到摇椅后面的犄角里去。血迹用地毯盖起来。（突然挺直身躯。）

莉其雅在侧门出现，站住，掩身在门帘背后，仔细注视发生的事故。到顾斯拉普少校出现以前，一直站在那里。

密拉斯医生 鬼！那又是谁来啦？（向外瞧）啊哈，是你呀，年轻的朋友！

卡尔 （惊恐地侧着身子走进房里，指尸体）这东西怎么会到这里来的？

密拉斯医生 我们以后再谈。现在请你来帮帮我们的忙。（但终于开始讲述）这混蛋东西想炸毁你父亲的城堡，我们想阻止他。就这样发生了一场搏斗，拉尔夫把他打发掉了。

卡尔 打发掉了？

密拉斯医生 是的……（无耻地）打发到极乐世界去了。在德国人还没有被驱逐出城以前，还得把他隐藏起来。

卡尔 啊……是这么回事！（像孩子样兴奋地）德国人已经被赶跑了。至少……至少……在这一带已经看不见他们了。我幸亏跑得快。哦，要是你们看到红军战士向前冲锋有多厉害就知道了。

密拉斯医生 是呀，是呀，是呀，是呀……

卡尔 简直是暴风雨！他们呀，看起来全像巨人。

密拉斯医生 啊呀呀呀！这么说，红色的小伙子们已经进城了吗？

（向拉尔夫投了意味深长的一瞥。）

卡尔　是的！德国人就在他们来到以前逃跑了。（指着军官的尸首）用不到把这个暴徒藏起来——相反，即使把他摆在公开的地方展览，想来也没有什么关系……

密拉斯医生　（笑）你这样想吗？我们真要表扬表扬自己的功劳吗？哈哈哈……

卡尔　（摇摇手）当然，我是开开玩笑。把他埋起来，或者……抛到门外去。

某处，就在附近，手榴弹的爆炸声、叫喊声、奔跑的脚步声和自动枪的扫射声一齐爆发；顾斯拉普少校出现在阳台门口。

顾斯拉普少校　（一个强壮的男子，中等以上身材；制帽覆在脑后，衣领敞着；朝德国人的尸体投了一瞥）你们好！

密拉斯医生　（最先看到他）哦哦，同胞，爱沙尼亚人！欢迎，欢迎！请，请进来。（鞠躬，搓手。）

顾斯拉普少校　（对屋外说）中尉同志，把他们赶出去……别放走一个人！（向密拉斯医生，以为医生要想对他说些什么似的）嗯？

密拉斯医生　您瞧，在我们这儿也已经发生过战斗了。

顾斯拉普少校　看见了，这是怎么回事？（仔细环视在场的人。）

密拉斯医生　很明显，这是个所谓纵火犯队伍里的混蛋东西。像是从地底下钻出来似的突然出现了。他嚷嚷着："快走开，马上一切都要炸毁了！"于是我们自己就……（重又搓手）一件生疏的事，很生疏，极……可没有别的办法。

顾斯拉普少校　生疏的事吗？（静场）于是您……您就自己动手了？（指着密拉斯医生。）

密拉斯医生　（沉默片刻之后，指着拉尔夫说）不，是他。他是我的一个勇敢的堂弟。

顾斯拉普少校　（向拉尔夫）您？

拉尔夫　（碰了一下脚跟）是的，正是我。

顾斯拉普少校　呵吹，也是军人吗？

莉其雅紧张地把手捂着嘴，退到隔壁房间去。

拉尔夫 我？军人？哦，不，我是个经济学家。为什么您会想到我是个军人呢？

顾斯拉普少校 根据您的……姿势。（打量着）再没有别的纵火犯闯到这儿来吧？

拉尔夫 没有。

密拉斯医生 （对顾斯拉普鞠了一躬）今天我们这个可爱的小城能彻底肃清吗？

顾斯拉普少校 基本上要肃清。（微笑，但还是在察看，好像等待或者寻找什么人似的）请原谅，我带弟兄们闯到这儿来了。（叙述，虽然这是多余的，但他只是想赢得时间）德国人沿着围墙逃跑，我们的一个弟兄，在他们的后面投了一对手榴弹，把围墙打开了一个缺口。德国人就从这个缺口爬了进来，我们就跟着追进来……（注意到桌子上的水瓶）假如您允许……

密拉斯医生 哦，请，请！

卡尔 （很快地斟满一杯）请。

顾斯拉普少校 谢谢。（喝水。）

卡尔 还要吗？（欣羡地望着少校。）

顾斯拉普少校 （带着微笑）既然您这样客气，好吧，那就再来一杯。我真没觉得会这样渴。

卡尔 （又斟满一杯）请。

顾斯拉普少校 （喝水）非常感谢您。（指着躺在阳台上的尸体）这东西，你们只好自己去埋掉。等待帮助得很久。如果我没有弄错的话，在花园那里还有三四具死尸。（把茶杯放在桌上）再见！

下。

密拉斯医生 （稍稍迟延一会，拖长着音调说）再……见。（向拉尔夫）是这样……

拉尔夫 （沉思地）是啊……是这样……

卡尔走到阳台上，望着顾斯拉普少校的背影。

第二幕

第三场

同一房间。艾娃·密拉斯坐在屋角一张小桌旁边做针线。天气晴朗，异常寂静。门铃响了起来。

艾娃·密拉斯 （震了一下，慢慢地抬起头来）安娜！

安娜 （即刻从右面出现）是，太太？

艾娃·密拉斯 有人叫门，请您去看一下，是谁来了？

安娜 （向左面下）马上就去。

作家利拉克 （从左边上）您好！

艾娃·密拉斯 （带着社会上一般妇女所惯有的和蔼可亲的态度，虽然她的心情显然有点抑郁）哦，利拉克先生！是您呀！您好！承您的好意，到底还是来看我们了。（伸手给客人。）

作家利拉克 （愉快地笑着）我说，艾娃夫人，您好像是在笑我吧？

艾娃·密拉斯 怎么是在笑您呢？我感到自从您上次到我们这儿来过以后，好像已经过了很久很久了。请坐！

作家利拉克 （坐下）可是我倒以为，上次到你们这儿来，还只是两天以前的事。（想）是的，一点儿也不错，只有两天。

艾娃·密拉斯 不会是这样吧？

作家利拉克 真是这样。要知道，善恶两大巨人争夺我们这个城市的斗争，在三天以前刚刚结束。

艾娃·密拉斯 我的天……是这样。可是我好像感到，从那个可纪念的日子起，已经过了好几个星期了。

作家利拉克 （点头）嗯……的确是这样。（缓慢地）这是因为，我们在休息。就是现在，我们也还没有留意到时间怎么样在流逝，而且它到底是不是在走……我们忘记了这些……故意的……（静场）在这种提心吊胆的日子里，我们每个人都尽量表现得勇敢和沉着，可是，事实上我们都在受着最痛苦的煎熬。（重复）嗯，现在我们仍旧在休息。（带着叙述的声调）昨天，我整天在城里闲逛。我要尽情地享受那种奇特的感觉，这种感觉正好是在战斗的喧闹声静下来的一刹那产生的。我好像感到，在我周围各处，发生了许许多多以前我所没有注意到的事情。（列举）你躺到沙发上想喝一点热咖啡让受了震荡的神经安静一下，可是这咖啡会使你突然感到，它不像你喝了几十年的那种饮料……你站起来，走到书架那儿，去看看那一排排你自己写的书，可是这些书本也好像不是你曾经为它们绞尽脑汁，又在后来翻过几百次，看过几千遍……天天看到，每星期看到的那些书本了。你拿起衣架上的旧呢帽，你就会感到奇怪："我的天哪，你瞧瞧，这顶帽子的样子多怪，它的绒毛在你的手指底下多暖和呀！"你走到街上，就会奇怪得睁大眼睛说："啊，这么多的树木！啊，这条不平坦的灰色的石子路多像一条宽阔的钢带！啊，瞧那带着小孩的女人，那带着洋伞的老头儿……啊，瞧那掮着冲锋枪的威风凛凛的战士！"（笑）我就这样从这条街跑到那条街，从这个街心花园跑到那个街心花园，老是看着什么就觉得奇怪，看着什么就觉得奇怪。允许我抽烟吗？

艾娃·密拉斯 请，请。怎么，您现在已经摆脱这种古怪的感觉了没有？

作家利拉克 嗯，好像已经摆脱掉了。（抽烟。）

艾娃·密拉斯 （带着苦笑）嗯……说真话，我也好像感觉到，在我的生活里，有些东西需要根本改变一下。

作家利拉克 真的？您也有我刚才跟您说的那种不可捉摸的感觉，是不是？

艾娃·密拉斯 不可捉摸的？（微笑着摇头）不，我的那种感觉也许是捉摸得住的。

作家利拉克 哦哦，这就有趣了！假如这不是秘密，请告诉我，您对这些东西有些什么体验？

艾娃·密拉斯 （依然恬静地微笑着）我感到，在我个人的生活中——在我对别人隐藏着的那一部分……一定要产生出某种新的东西……

作家利拉克 真的吗？……

艾娃·密拉斯 （困惑地）您知道，我很难把它表达出来。（静场）唔……这环绕着我的一池死水……我感到，它应该流动起来的，激起波浪。（不好意思地垂下眼睛）请原谅我这样说，可是……

作家利拉克 （变得很严肃，低声地）这种变化，您早就应该期待到了！（凝视艾娃。）

艾娃·密拉斯 您这样想吗？（把针线活放在桌上；耸耸肩膀）也许是这样。（静场）当然我现在已经晚了，不能挽回了。（又作苦笑）我已经是两个成年孩子的母亲了……

作家利拉克 这跟孩子有什么关系？

艾娃·密拉斯 您以为没有关系？

作家利拉克 当然没有关系。（静场）用一些糅杂的感情来解释自己的不安和对现实生活的憧憬，这就未免太千篇一律了。您缺少工作，缺少真正的工作，缺少负担，缺少真正的负担！您知道我想跟您说些什么？……

艾娃·密拉斯 （已经控制住自己的感情）不，不知道。（开玩笑地打一下客人的手）说句老实话，今天这对我已经不是特别有兴趣的了。（站起来，理一理头发，走到阳台门旁，眺望花园）是的，您是对的，自从发生了不久以前的那些事变以后，的确令人感觉到，好像到处都出现了一些新的、从未有过的东西……

作家利拉克 （站到她的旁边）对不对？（指着花园某处）请看，那棵老杨树，就是在两棵同样年老的枫树之间的那棵老杨树。我相信，您已经有几百次在这样的光线下通过这扇玻璃窗看到过这棵杨树。虽然如此……虽然如此……您有没有看到过它像现在这个样子？（慢慢地转向艾娃）您该明白，和这场在四十八小时以前刚刚结束的战役同时，的确已经有某种新的东西渗进了我们的生活，这种东西没有一条向后退，退到老地方去的道路！

艾娃·密拉斯 是的，难道我们和我们这一类盖着一层厚厚的灰尘的生物，真有一天能理解这种新的东西……

作家利拉克 哦，哦，一定能够，一定能够。（低声地）至少我们，也就是说我跟您是能够的。只有这样去跟世界接触，才能激动您周围的死水。

艾娃·密拉斯 您这样想吗？

作家利拉克 我是这样想！不过，我们两个——无论是我，或者是您——都必须准备尽可能地献出自己的全部智慧。

艾娃·密拉斯 （沉思地）也许是我弄错了，可是……可是我无论如何对这个不能相信。（静场）不安的时候就要过去，寂寞又要笼罩在我们的周围。（静场）所有一切，又得跟以前一样了。

作家利拉克 亲爱的，这种悲观主义的想法是从哪儿来的？（静场；带着笑容）请原谅，您还记得古斯塔夫·苏依兹的一首叫做《雷雨》的诗吗？

艾娃·密拉斯 记得，怎么样？

作家利拉克 不知道为什么，今天早晨我正好想起了它。（像在讲课）这篇短短的迷人的作品，一开始就急速地向上发展，引向高潮，以后又急转直下，回复到以前那样沉寂平静的状态。（朗诵）

微风慢慢地吹着，
波浪轻拍着河岸。
风和浪——汇成一股激流，
心和它们和谐的歌声相印。

这以后，开始急速地向上发展，到狂风掀起、雷雨大作的时候进入了高潮。于是又：

傍晚的微风吹着，
雷雨后的波浪抚摸着河岸。
风和浪——重新汇成一股激流
心又和它们和平的歌声相印。

这样，所有一切又回复如前，是不是这样？不过——究竟是不是所有一切都保持着以往的那种样子？

艾娃·密拉斯 我懂得您的意思。我懂得。（羞惭地）我相信，我们相识这么久，您对这里的生活已经形成了某种概念，但我还是想跟您坦白地谈一谈……谈谈我私人生活的几个问题……我希望您不会觉得这只是一个普通的正在衰老的女人的怨诉……（停下来倾听；轻轻的沙沙的脚步声从右面愈来愈近）我的丈夫……来了。（重又把脸转向阳台门，望着花园）是的……（突然急促地说）我想，您讲的还是对的——一个人生下来是为了要做些比较大的事情……（没有说完话）那些用心和手参加到人类事业中去的人……（又沉默，因为教授已经走进房间。）

密拉斯教授 （戴着眼镜，穿一件条子的长袍；起先没有看到房里有人）艾娃！艾娃！

艾娃·密拉斯 （没有回过头去）嗯，什么事？（从钢琴上拿下手提包，从里面拿出手帕。）

密拉斯教授 （把眼镜推到鼻尖上。因为他是个远视眼，把眼镜除去以后，立刻就看到妻子和客人）啊，你们在这儿。（向作家利拉克）欢迎，欢迎，利拉克。你来得好，我正等着你。（向妻子）现在当我们这位情感丰富的诗人又在这儿的时候，我没有必要再麻烦你了……是的，没有必要了。（在房里往回踱着，像找寻什么似的）是的，是的，没有必要麻烦你了。

艾娃·密拉斯 好。谢谢。（把手提包放在桌上，把毛线肩巾披到肩上，走到花园去。）

作家利拉克 我能帮助你些什么呢？（笑）难道只是跟可敬的荷马进行斗争吗？

密拉斯教授 正是这样，我的好朋友。不过先别忙。坐下来。（自己先坐下来；解释）穿过羊肠小径，才走崎岖山道。（伸出一个手指，想笑）穿过羊肠小径，才走崎岖山道。任何事情真正的困难，只有当你动手去做的时候才碰到……（低声地，好像在揭露某种秘密似的）当我看书看到前辈们在这方面的经验的时候，我时常这么想：他们这样白费精力干吗呢？他们这样使自己和别人熬受痛苦，又是为了什么呢？（摇头）而现在，我自己就得整天为这句或者那句诗弄得汗流浃背！而成绩呢，成绩呢？我虽然长时期地熬受着痛苦，可我还不能说，我终于能够找到解决这个问题的唯一可靠和可能的办法。

作家利拉克 是的，我相信。现在，看来你甚至也想跟像我这样酷爱散文的人商量商量了。

密拉斯教授 我想念几个我比较满意的地方给你听听。

作家利拉克 啊，你已经有那么多的成就了。（拿起一支香烟）听着，我的朋友，告诉我，你有没有到城里去看看……自从发生这些巨大的事变以后？

密拉斯教授 （不满意地）没有……我也不打算去……无论如何，最近不会去。反正在花园里也可以散步。（皱眉）我看，你也许还没有听到过这件事吧……（站起来走到窗前）喏……就在我的台阶前面……发生过一场战斗。就在阳台上……倒下过一具尸体。

作家利拉克 尸体？你说什么！（很明显，他已经听到过这件事了。）

密拉斯教授 嗯！（回忆使他战栗起来；叙述）我们坐着……等候这次风浪平静下来……一会儿到地下室，一会儿到饭厅……一会儿到这儿，一会儿又到那儿……突然，所有一切都静了下来，我就走到这儿来。忽然……我看见……你知道，我从来没有丧失过镇静，可是，这一次……我叫了起来……我怕那个时候我还像马车夫那样骂过人呐。

作家利拉克 骂人？你骂了谁啊？

密拉斯教授 骂了所有的人！所有的人！（又在房间里踱起步来）你避开了人世间的琐事……把自己孤立起来……可是人家还是不给你安静！一会儿这个闯到这儿来，一会儿那个从这儿冲出去。（静场）一直到前天为止，我还是不能完全恢复我的工作能力。（放低声调）还好，拉尔夫把这些事情全给安排好了。他弄来了一匹马，叫了几个工人，让他们把这些尸体给运走了。（耸耸肩膀）还听说，好像有个红军军官到这儿来过，他提议把那些尸体埋掉……就埋在我的花园哩，呸！

作家利拉克 （讽刺地）那么，你筑在你房屋四周的围墙怎么样啊？

密拉斯教授 围墙也不管用。被他们打开了一个缺口。

铃声。

密拉斯教授 安娜！安—娜！

安娜 （从右面出现）是，教授先生。

密拉斯教授 您去看看，又有什么人闯到这儿来了。

安娜 就去，教授先生。

安娜向左下。

作家利拉克 （笑）在我没到你家来的这几天里，你的城堡的上空原来已经爆发过那么大的暴风雨啦……

密拉斯教授 是啊，你想想！你想一想吧！（把手放在背后，继续踱步。）

安娜 （从左面上）教授先生，有人找您！

密拉斯教授 （急剧地转过身来）谁？……是谁？

安娜 他说他叫杨·桑德尔。

密拉斯教授 （回忆）杨·桑德尔……杨·桑德尔？我记不起这个人。他找我干什么？

安娜 他说，有要紧的事情……要跟您本人谈谈。

密拉斯教授 （生气地）不……不见。我……不见。

作家利拉克 （对安娜）请等一等！（对密拉斯教授）我看……你还是去见见这位杨·桑德尔的好。

密拉斯教授 （奇怪地扬起眉毛）什么？为什么？

作家利拉克 嗯，对我来说，这是很高兴的事，（解释）我曾经有一个文艺界里的青年朋友，他就叫这个名字，他是个左翼作家……写过一些短篇和长篇小说。在一九四一年，他忽然失踪了。（微笑）好多年不见了，要是能再看到他倒是件挺愉快的事。

密拉斯教授 原来如此……（对安娜）那么好吧。请这个人……这位杨·桑德尔进来吧！

安娜下。

杨·桑德尔 （宽肩膀，强壮结实；举止浑厚有力，脸上充满愉快的表情；穿着半军装似的衣服——草绿色的上装、靴子和马裤；不大灵活地向教授鞠了一躬）对不起。请允许我……（突然发现作家利拉克，他的面上立刻露出了开朗的笑容。）

作家利拉克 好家伙，我已经想到是您了。（伸手给客人）又到老地方来了？

杨·桑德尔 又到老地方来了，利拉克同志。

作家利拉克 （轻轻地推开他，但还抓住他的手）让我看看……嗯，没什么可说的，怎么样，身体好了，发福了！

（对密拉斯教授）我来给你们介绍……这就是我跟你讲起的小说家杨·桑德尔。

杨·桑德尔 （按照军人的礼节立正，对教授行礼）您好，教授同志。

密拉斯教授 您好！

作家利拉克 我说，年轻的朋友，我们已经有三年半没见过一次面没碰过一次杯了。

杨·桑德尔 （微笑着）这个时间对我来说不算怎么长。利拉克同志，我有一次看到过您。

作家利拉克 怎么会看到的？

杨·桑德尔 嗯，在一九四三年……我在游击队的时候，有一次我忽耐不住了，想从森林里跑出来看看城市。就在那一回，碰到了您……简直是面对面。

作家利拉克 可是，听我说，您难道没有离开这儿？

杨·桑德尔 离开过。而且到过很远的地方。可是，忍耐不住……又回到故乡来了……

作家利拉克 因此，您就成了这儿德国人经常追索咒骂的对象。

杨·桑德尔 是呀，这是一九四三年初的事。（叙述）那次我想念城市忍不住回来是在五月中旬。您在加里雅街上走，后来又转到阿雅街去了，我就从那儿走过来。（微笑）信不信由您，我那时急得满身发烧。虽然我当时穿了农民的衣服，披着粗布雨衣，脸上还留了络腮胡子，可是，您还是很可能马上把我认出来的。（静场）虽然那时我已经对您的观点有一点了解，不过……

作家利拉克 等一等。您怕我会出卖您吗？……

杨·桑德尔 把像我这样的人交给德国人这种行为，有不少人不把它叫作“出卖”。（看表）我想跟您好好地谈一谈。您能不能允许我找一个晚上来看您？

作家利拉克 听我说，桑德尔，假如您不这样做，那简直就是卑鄙。请您记住：古拉塞巴街七号三室。在中午十二点钟以前，晚上八点钟以后，我总在家里。您现在在哪儿工作？

杨·桑德尔 我被派在本地的报馆当编辑。

作家利拉克 啊，真的？那好极了，好极了。也许，有时候您需要我帮忙吧？

杨·桑德尔 当然。不仅有些时候，现在就需要。

密拉斯教授 呀哈，现在我想起来了，我在哪儿看见过您……

杨·桑德尔 想起来了吗，教授同志？

密拉斯教授 （不客气地）想起来了，想起来了。

作家利拉克 对不起，我再打搅您一下。桑德尔，您能不能就在今天晚上……到我那儿去一次？

杨·桑德尔 我争取来。

作家利拉克 我非常希望您来。（指着杨·桑德尔手里拿着的一份报）是最近的吗？

杨·桑德尔 不很近了，可还不算太久。要不要看看？

作家利拉克 （拿报）哦呵，是《真理报》？好极了。

退到靠近阳台门的屋角里的小桌旁，戴起眼镜，专心读报。

杨·桑德尔 那么……教授同志……假如您能允许我……

密拉斯教授 （相当不客气）您说吧……我已经等得很久了！

杨·桑德尔 我们昨天讨论了我们报纸在最近期间的计划……说得简短一点……我们在第三期或第四期上要刊载本市有声望的人士对于过去被占领年代的回忆。因此，我就斗胆首先来向您请教，教授同志。

密拉斯教授 原来是这样，原来是这样。您说您斗胆来向我请教……（显得非常愤激）告诉您，年轻人，我今天还是用四年以前同样的那几句话来回答您……是呀，是呀，是呀！就是那几句话……年轻人。

作家利拉克放下拿在手里的报纸，倾听着。

杨·桑德尔 （严肃地）您是想说……

密拉斯教授 我想说，我已经是五十六岁的人了，而且，在我的一生当中，还没有搞过所谓政治……就是再活五十六岁，我也不想搞这个政治！明白吗？

杨·桑德尔 （缓慢地）如果我没有误解您的意思，……您是拒绝了？

密拉斯教授 对，对，对！……您没有误解我的意思！“老鹰不捉苍蝇”……是的！（沉默，把张开着五个指头的手伸到桑德尔面前）瞧，我的手还是完全干净的……完全干净的……现在，在你们的所谓新时代，我不想把这双手弄脏，就像在俄国沙皇时代，在毕雅兹和拉唐纳时代[①]，还有在那个疯子希特勒时代不想玷污这双手一

① 指爱沙尼亚资产阶级“独立”的时代，当时毕雅兹是大总统，拉唐纳是军队总司令。——俄译者注。

样。（突然像想起了什么事情似的）年轻人，您是怎么进来的？

杨·桑德尔 （被教授尖刻的话激怒）按了门铃，就给我打开了门。

密拉斯教授 打开了门！给他打开了门！你们听听，给他打开了门！再见吧，年轻人。哩，给他打开了门！（把推在额上的眼镜拉到老地方，立刻就失去辨别方向的能力，结果撞在门框上，之后向右面走出去。）

杨·桑德尔 （困惑地耸耸肩膀）见鬼，这是什么意思？

作家利拉克 这意思是：您竟敢大胆地闯到一个对世界上的一切都看不起的人的城堡里来了。

杨·桑德尔 他……完全不可救药吗？

作家利拉克 不，我不是这么想。我认为总有一天，他会醒过来的，会来开始检查自己的。

杨·桑德尔 这里，除了这位令人可敬的教授以外，好像还住着其他的人吧？

作家利拉克 是的。

杨·桑德尔 那些人又怎么样呢？

作家利拉克 那些人已经展开翅膀，展开翅膀了！（笑）我现在很乐意跟您一块儿去，可是，我已经答应给这个固执的人作职业性的帮忙。

密拉斯教授 （又跑进客厅来）安娜，安娜！

安娜从教授背后走出来。

安娜 是，教授先生。

密拉斯教授 （在她的面前摆动手指）啊，您在这儿。把这个人……从他进来的这条路上送出去。从大门进来……也从大门出去。（下。）

杨·桑德尔 （伸手给作家利拉克）好，我就走。要不然这事情可能会弄得更糟。

作家利拉克 （送他到门口）晚上您到我家里去吗？

杨·桑德尔 发生了这件事情以后，我就非去不可了，即使在您那儿也有同样的逐客令给我……（下。）

密拉斯教授 （又出现在门口；神经质地）安茨-克里斯江，安茨-克里斯江！

作家利拉克 我在这儿。

密拉斯教授 请，我们该走了……（向右下。）

作家利拉克 好，朋友，给你效劳！（向右下。）

密拉斯医生从室内楼梯上走下来，一面低声哼着一支歌；四面张望了一下，而后坐到钢琴前面弹起琴来，弹得还可以。拉尔夫从阳台门走进来；他穿着皮大衣，帽子压在一边的眉毛上；两手各提着一只皮箱，背上挂着淡黄色皮带的皮包；脸色很阴沉，隐晦；把箱子放在地上，开始解皮包的带子。

拉尔夫 请来帮帮我的忙！

密拉斯医生 （四下张望着）啊，是你啊，安东尼斯？你回来啦！

拉尔夫 回来啦！

密拉斯医生 （帮助他；小声地）喂，都安排好了没有？

拉尔夫 安排好了。

密拉斯医生 （提起一只箱子，带着笑容）啊，好极了，好极了……再好没有。没碰到什么麻烦吧？

拉尔夫 （简截地）差不多。（终于解开了带子）如果不把警卫队在门口把我拦住这一点算在里边的话。

密拉斯医生 哦——哦——哦！

拉尔夫 （蹙额）讨厌的手续……（把背包提到一边肩上，走上楼去；不久又下楼来）我敬了中士一支香烟，还跟他这个那个地胡扯了一会儿……（又走上楼）幸亏那个小伙子倒不是个吹毛求疵的……（沉重地喘了一口气，点雪茄烟。）

密拉斯医生 晚上应该……工作一下了？（又走到钢琴那儿，弹奏起来。）

拉尔夫 当然。（好像随手从桌子上拿起艾娃·密拉斯的手提包，把它打了开来。不经意地在里面翻了一阵。摸到手提包里的一封信，突然注意了起来。向医生乜视了一眼，以后转过身来，背向着钢琴看那封信。偷偷地把信塞到内衣侧面的口袋里去；在房间里走来走去。）

密拉斯医生 你看好……地方了没有？

拉尔夫 当然看好了。我们在这儿至少有半公顷地。

密拉斯医生 这很好，这很好。（又停止弹奏，离开钢琴）只能说，你真是个好小子。（骑坐在椅子上，用手抓住椅背）我原打算昨天到城里去的，可是又懒得去；今天打算去——又懒了。在墙的那一边，听到了什么没有？

拉尔夫 没有什么特别的消息。（冷笑着）他们在建设新生活。（眏眏眼）我甚至还参加了一次群众大会。

密拉斯医生 啊呀呀呀。你瞧瞧！那儿说了些什么呀？

拉尔夫 （叙述）开始的时候，是地方执行委员会主席讲话。（静场）他说，纳粹分子在市郊干了不少秘密的勾当。

密拉斯医生 啊呀呀呀！你说什么！你在……说些……什么！地点他们知道不知道？

拉尔夫 地点——知道了。可是，去年夏天，好像已经强迫战俘们把这件事情的某些痕迹毁灭了。

密拉斯医生 啊呀呀呀！你说些什么……你说什么！

拉尔夫 （沉默不久以后）唉……

作家利拉克 （从右面上）我还以为客人们都已经出去散步了，原来……

密拉斯医生 是呀，拉尔夫是出去散过步了。（带着悲惨的面色）他正在讲他在一个群众大会上听到的事情。全是什么坟墓，坟墓。又是骨灰……人的骨灰……

拉尔夫 （他说着，有时略略停顿，口气好像故意在向什么人挑逗）还有……他们说，在塔林附近有一个纳粹分子的集中营，这个集中营在撤退以前给毁灭了大约有五百个人……

密拉斯医生 啊呀呀呀……大约有五百个人，枪毙了吗？

拉尔夫 其中大约有三分之一……被化成了烟和灰了。

密拉斯医生 啊呀呀呀……

作家利拉克 （某种因听后而发生的感情压制着他，低声地）这些两脚兽，到处留下了可怕的痕迹。（叙述）刚才我看到莫斯科报上登载着在南方和波兰所发生的一些事情。有用最新的科学技术装备起来的瓦斯禁闭室；发明得极其巧妙的从监狱到墓地的路上就能把人窒死的汽车……还有许多放着人发的大仓库……他们做出这种事情以后，还要人们相信，好像他们是跟我跟您跟我们所有的人一模一样的文明人……

拉尔夫 （苦笑）他们是要人们相信。还有人说，他们的确是文明人呐。

作家利拉克 （坚决地摇摇头）不，他们是没有道德、没有良心的动物——这不是文明人，而是野蛮人。

拉尔夫 （把一只脚搁在椅子的横档上，手臂撑在膝盖上）据说，道德和良心好像不是文明人的主要特征。

作家利拉克 （皱起眉头，注视拉尔夫，敌意地）什么，什么，你这是什么意思？照你这么说，那么，什么东西才是一个人的人性呢，假如不是良心的话？

拉尔夫 据说，要把人们从这种观念中解救出来，好像并不困难，而且完全可能……又据说，主要的是清醒的头脑。

密拉斯医生 （注意地听着作家利拉克和拉尔夫的谈话）啊呀呀呀！

作家利拉克 熟悉的论调，熟悉的论调。过去也读到过听到过这种论调。可是，事实早就证明，我对于这些杀人设备的看法是正确的。这种人类心理的基础，譬如良心，有时可以使它动摇，可以有意识地、故意地使它衰弱，有时可以按照某一些人的利益的暗示使它向着一边，偏袒一方；甚至，还可以把它失去一个时期……但是，我亲爱的朋友，这种破坏行为是不可能变为常规，不可能变为某种经常和永久的东西的。不可避免的崩溃会很快地到来，正像此刻我们所看到的一样，（提高嗓子）谁纵容了那些凶恶的魔鬼，谁叫他们胡作非为，谁就得去尝血的滋味，谁教唆他们杀害和破坏，谁就不会有好的收场。（静场）他们要对这一切负责……而这是极其痛苦的！

拉尔夫 （挺直身子，笑）妙哉高论，妙哉高论！“天涯海角”我们也要抓到那些……造孽的人。哈，哈，哈。

作家利拉克 不仅是造孽的人，而且是凶手和强盗。

拉尔夫 （带着明显的嘲笑）确实，确实，是凶手和强盗。

作家利拉克 毫无疑问，人们会抓到他们的。正如……他们……能够在这儿……发表……漂亮的言论……用蛇叫那样发出嗞嗞的声音……来迷惑人们一样。（重复）人们会抓到他们的，当然会抓到的！

拉尔夫 好吧，我们活着准会看到的！（吹口哨，顺着扶梯走上楼去。）

密拉斯医生 （起立，拍拍作家的肩膀）是呀，是呀，是呀，在这一点上您完全对。会抓到的，会抓到的，会抓到的。（跟着拉尔夫上去；当他说最后几句话的时候，已经在楼梯顶上了。）

作家利拉克沉思地望着离去的人；拿起桌上的报纸放到口袋里，看起来打算走了。

密拉斯教授 （从右面上）啊哈，你还没有走，真好。到我那里去一会儿，我找到了……找到了……我所要的那个成语。（仔细地看了他的朋友一眼）你怎么啦？你的脸色怎么这样白……你好像得到了什么不好的消息。

作家利拉克 没有什么……我稍为有点想出了神。

密拉斯教授 唔……你到底在想些什么想得这样出神呀？

作家利拉克 （慢吞吞地）我在想，在你的城堡里，好像还有一个地方给打开了个缺口……

第四场

同一房间。星期日傍晚时分。院子里暮色苍茫。

艾娃·密拉斯坐在自己老坐的那个地方，做绒线活计；密拉斯教授站在书橱旁边，时而翻这本书，时而翻另一本书；密拉斯医生躺在摇椅上，抽着装在时髦的长烟嘴上的香烟，他懒洋洋地摇摆着，时时用鞋尖敲着地板。

密拉斯医生　（不向任何人）美妙的日子，美妙的日子。像……珍珠那样滚过去。瞧那树梢上的彩云又有多美……啊呀呀呀！（雅致地弹去烟灰）虽然，我仅仅是你们临时的客人，可是，我是那么珍视这种和自己家里一样的妙不可言的深厚的情感……啊呀呀呀……多么珍视这种和自己家里一样的情感啊！

艾娃·密拉斯　（低声地）这么说……您在我们这儿休息得不坏吧？

密拉斯医生　哦，哦，我尊贵的婶婶，这还用说。这还用说。

密拉斯教授　（没有抬头）既然你喜欢这里，为什么还要走呢？给你住的地方是足够的，住下吧。

艾娃·密拉斯　是的，您不会给我们添麻烦的……真的，不会给我们添麻烦的……

密拉斯医生　谢谢，谢谢，请你们相信，我亲爱的，我深深为你们这番盛情所感动。（张开两手）可是，没有办法，没有办法啊。迟早总得再投入到生活的激流里去，在这种情况下，住得靠近中心一点就比较方便。当然，空闲的时候，我是一定要到你们这儿来的……

密拉斯教授　你尽管来好了，尽管来好了。（另外拿一本书。）

密拉斯医生　（用甜润的声调说）对了，叔叔……因为我是个门外汉，老是怕打扰您，因此我避免常常向您问长问短……您的伟大的工作进行得怎么样了？

密拉斯教授　（有些隐讳）没有什么，虽然在进行，可也许不像我所希望的那么快。

密拉斯医生　难道这样巨大的事业能讲速度？

密拉斯教授　是呀，当然是不可能的。（伸出一个手指）你知道，有时……有时……一整天会花在这么一行东西上面。

密拉斯医生　（摇头）啊呀呀呀……花在一行东西上面。一整天……花在一行东西上面。

门铃响。

密拉斯医生　有客……这么晚了！（神经质地看了看表；之后，自己安慰着自己）哦，哦，还只有六点半呢！

安娜自右上，向左下。

艾娃·密拉斯　（低声，好像很疲劳）是呀，现在白天短了。（望着门，放下绒线活计）看看到底是谁来了。

作家利拉克　（从左面上）朋友们，你们好啊！（走到艾娃·密拉斯跟前）又在忧郁了！不值得。（向密拉斯教授）你呢，是不是像平常一样，跟书橱里的好朋友一起度光阴？（向正在勉强地从摇椅里站起来的密拉斯医生）您怎么样啊，有学问的人？（静场）我希望，我没打扰你们吧？

密拉斯教授　（隐藏住内心的温暖）你说哪儿话，朋友。说实在……我已经在等你了。请坐。

作家利拉克　等我吗？（大笑；带着神经质的奇怪的气息）是不是又是为了我们俩共同的偶像——善良的老荷马？（向艾娃·密拉斯）艾娃夫人，您呢？您大概……不在等我吧？

艾娃·密拉斯　（淡然一笑）算了吧！

作家利拉克　（竭力掩盖着内心的激动，但这种激动愈来愈显著了）哦哦，谢天谢地，那就好了。（静场）今天早晨我到塔林去作了一次相当远的汽车旅行。回到家里以后……就觉得有点烦闷。（坐到沙发上，靠着沙发的高背）在到你们这里来的路上，碰到了维亚利亨夫妇俩，我就跟他们一块儿到这里来了。

艾娃·密拉斯　什么？您不是一个人来的吗？

作家利拉克　是呀，只有我一个人进来。我们的维亚利亨夫人要在镜子前面化化妆，而那位大艺术家——她的顺从的丈夫，就留下来等她了。瞧，他们不就来了。

维亚利亨夫人　（肥胖高大，约摸五十多岁；高昂着头，一张胖脸镶着黄铜色的头发；时常打断别人的话，不让人家把话说完，因为她特别感兴趣的是要让她自己说话）教授先生！（凝视密拉斯教授。）

密拉斯教授　（殷勤地转向她）夫人！（弯身向着维亚利亨夫人向他伸过来的一只手，用嘴唇轻吻了一下）近来好吗？

维亚利亨夫人 （习惯地）哦，哦，谢谢，很好。（突然想起了什么事，将两手掩住面颊）我的天哪……喔，最好请别问下去了！

密拉斯教授 （好奇地）怎么啦，怎么啦，夫人！

维亚利亨夫人 教授先生，难道您还没听说吗？难道利拉克先生一点儿也没有提起过？（看了作家利拉克一眼；沉重地坐下去，安乐椅在她的压力下发出格格的声响；她把手帕按住眼睛）我的天哪……我们遭了火烧……（开始呜咽起来，但是，看得出她对她在下面所说的一切已经习惯了；她一面说着，一面站起来，依次向在座的人一一问好。）

密拉斯教授 怎么，遭了火烧？

维亚利亨夫人 是呀……天哪……唉……这简直像一场噩梦……（沉默片刻）当隆隆的炮声猛烈得无法忍受下去的时候，我们从屋子里逃了出来，躲到隔壁的地窖里去，因为我们自己的地窖靠不住……我的天哪……亲爱的艾娃……听说，你最近身体也不大好……（继续说下去）我们在地窖里坐了一整天……一——整——天呐。这你们自己也还记得，这一切是多么可怕。哦哦，您好，您好，医生先生。唉……

维亚利亨建筑师 （一直跟随在妻子后面，用碎步迅速地走着）可怕，可怕！（依次向大家问好。）

维亚利亨夫人 （坐下，又擦着眼睛，继续说下去）到处都是轰隆轰隆的声音。我们一直请求我们的男子们出去看看，那里发生了些什么事情。这可从哪儿说起呀！那些英雄们都害怕了，嘿嘿嘿。说句老实话，就是我们自己，也吓得直发抖。等到这一切终于完全结束的时候……我们看到……看到（提高嗓子）我们房子所在的地方，只剩下了一堆还在冒烟的废墟！烧光了……我的天哪！

艾娃·密拉斯 这么说……你们所有的东西都烧光了？（睁着一双充满真挚的同情的眼睛，望着维亚利亨夫人。）

密拉斯医生 啊呀呀呀……

密拉斯教授 怎么……怎么会这样？（仿佛打算对什么东西提出愤怒的抗议似的。）

维亚利亨夫人　啊，教授先生……是呀，我们就遭到了这样的事！

全都沉默。

作家利拉克　（带着一点讽刺的口吻）如果我们聪明的维亚利亨夫人，对这种不幸没有及时预防，对这场火灾没有先加制止，那么，我们这两位亲爱的朋友的处境，当然是非常困难的了。（欠身，好像在表示自己对她非常尊敬。）

密拉斯教授　（不明白是什么意思）怎么，怎么？

密拉斯医生　（有点明白）啊呀呀呀！

艾娃·密拉斯　这意思是……

维亚利亨夫人　（洋洋得意地笑了起来）是的，您知道，我真有过预感。而我的预感果真实现了。（叙述）当我们一得到战线正在逼近过来的消息，我就对自己说：这是每个人应该关心自己财产的时候了。我有许多熟人。我就把家具、书籍送到乡下，把必需的东西分开来寄存在城里的朋友家里——东存一点，西存一点。说句老实话，烧掉的东西，只不过是些留下来的两三个旧的床垫子跟几条被子。当然咯，还有些小东西，不过不值得去提它了。（转为激动的低语）诸位，要是跟别人比，比方跟吴杜教授的遭遇比起来，那……

密拉斯教授　侥幸得很，侥幸得很，您应该谢谢您的好运气。

密拉斯医生　（摇摇头）啊呀呀呀呀……

艾娃·密拉斯　（冷淡地）不错，你们真是好运气……

维亚利亨建筑师　（竭力想插入他们的谈话；可是他并没有做到，他总来不及发表自己的评语）可怕……可怕。（看着大家。）

维亚利亨夫人　（祷告似的合起两手）是的，我的预感是这样奇怪，这样神秘……我的心突然痛起来，而且，在我没有作出正确的决定以前就一直痛着……（叹息）可怜，吴杜一家人，可怜哪。（秘密地）信不信由你们，他们身上连一块破布也没有，抱歉得很，就连遮羞的东西也一点儿没有了。（低声地）吴杜太太身上穿的全是我的……全是！从头到脚。

密拉斯医生 哦，哦，哦！

维亚利亨夫人 真的！就是连衬衣……都是我的。（又嘿嘿地笑起来）唉……从前她还是个挺神气的太太呢。我的天哪！谁不记得！特别是当她的丈夫的名望遍及欧洲的那几年中。（站起来，在房里踱着步，用张开手指的一只手当作扇子那样挥着）她骄傲得简直像……一头孔雀，老是："我的彼埃特这么说，我的彼埃特那么说。"（环视一下，诚恐听众不愿意听）而彼埃特自己也是……什么事情总是夸耀自己的能干……你们回忆一下，在一九四〇年，他多么好地去迎接苏维埃政权。夸下了海口，说科学要怎么样繁荣……嘿，嘿，嘿！而现在呢？……吴杜太太却不得不穿维亚利亨太太的衣服了！……至于吴杜老爷自己身上……哈，哈，哈……穿着维亚利亨的衣服……（从鼻子里嗤嗤作声，随即高声大笑）如果你们能亲眼看到他就好了！他真活像个稻草人，真正的稻草人！他本来个子就很矮小。（用手比一比）他的衣服也是……很小的；而我的老头子……是这样的！（又用手比一比）他的衣服也是……这样。嘿，嘿，嘿！你随便给他怎么穿，总是不配身，不论是衬衣，上衣，或者是裤子……我的天哪，你们猜我看见谁啦！莉其雅，是你啊！（拍手。）

维亚利亨建筑师 （又一次可笑地没赶上发表自己的意见）可怕……可怕！

莉其雅从阳台走进来，非常激动；一一向客人们握手道好之后，就坐到沙发上。卡尔跟着进来。

维亚利亨夫人 （像平常那样兴高采烈）我的天哪……她真像一朵花儿……像田野里的紫罗兰……啊这……这不是我的教子卡尔吗！真的，是卡尔！这么大啦！没有多久，他不是还穿着短裤跑来跑去的吗？可是现在，要是跟我亲爱的干儿子说话还像跟小孩子一样，可就有点不好意思了！……（点点头）啊，日子一天一天地过去。而我们……我们……快要老了。（静场）可这又有什么办法呢，有什么可惜的呢……要生活下去，要为亲爱的祖国和自己人民的幸福生活下去……并且，即使是死，我们也必须勇敢地迎上去……（又把手帕按到眼睛上。）

密拉斯医生 啊呀呀呀……您说得多漂亮呀，维亚利亨夫人！（站起来，急忙走到维亚利亨夫人跟前去吻她的手。）

密拉斯教授 （还是注意着自己的书本）是的，光阴过得……好像它的腿上长着翅膀似的。

这时卡尔也向所有的客人问了好。

艾娃·密拉斯 你们到什么地方去的？

莉其雅 （支吾）我们在一个女同学家里。

艾娃·密拉斯 （跟先前同样冷淡）你们总该知道，现在晚上走路是很危险的。（拿起放绒线活的小篮子，又动手编织起来。）

维亚利亨夫人 我亲爱的，这完全对！诸位……是呀……（叹息）当然，如今不是所有的东西都可以相信的……但是（又回忆起刚才那个话题）哦，对了，至于可怜的连衣裳都给烧光的吴杜一家人……（又一次叹息）可是有什么办法呢？我们大家在主的面前，还不是像一群无依无靠的羔羊一个样。今天他们倒了霉，明天也许是其他的人……而且在我们中间，难道没有一个人丢掉过一些贵重东西？可不是吗，医生先生？我即使看着您……也有点心痛。

密拉斯医生 （带着悲痛的样子）啊……有什么可说的呢……有什么可说的呢……在这种灾难深重的血腥的日子里……

作家利拉克 （缓慢地）这是对的，在这些日子里……我们之中哪一个不受到一些损失？

维亚利亨夫人 可不是吗？

作家利拉克 只是……我们的损失的本质可大不相同。

维亚利亨夫人 啊，本质！那当然！……各人有各人的本质。比方法官露特维先生。我们全都在他家里做过客，看到他那优裕的处境，谁都产生过羡慕的感觉……（伸开手指，开始屈指列举）大厅里——全部是法国路易十五式的华丽摆设……餐厅里——讲究的橡木家具……书房里——所有的家具都是最贵重的桦木制造的，漂亮得好像在梦境里一样……至于露特维夫人的房间就更不用说了……我的天哪！突然一颗炸弹！在离屋子很近的地方从天上掉下一个炸弹，一颗无眼睛的、愚蠢的、可怕的炸弹，房子烧起来了，一切都完了。（不无幸灾乐祸的口吻）完啦！嘘！永远的完了！（悲痛地）那些克勤克俭的人们的心血……都变成了灰尘……都变成了灰尘……

作家利拉克 （讽刺地）哦，痛苦啊！哦！真是飞来横祸啊！

维亚利亨建筑师 可怕啊！可怕啊！

密拉斯医生 啊呀呀呀！仅仅是一颗意外的炸弹……一切就完了！

密拉斯教授 （有点不高兴地）朋友们，我建议你们，选一个别的话题吧！

维亚利亨夫人 （向作家利拉克）请您……不要笑。（回复以前的话题）唉……譬如像那个公证人金格，（屈下第二个指头）他的老婆今天在我家。我的天哪……这是个多扣人心弦的故事呵！他们一向收集水晶和瓷器。当战线逼近的可怕的谣言流传过来的时候，他们也像我那样，把家具送到乡下去，把其他的东西分别存在城里的熟人那里。而自己的财宝——那就是水晶和瓷器，埋到地里去。他们决定把它们埋在自己的花园里。他们把所有的东西都装在箱子里。两只箱子已经放在土坑旁边了……金格先生就去拿第三箱……当他拿了箱子回来的时候……忽然滑了一跤……一股脑儿跌倒在那两只箱子上……为了要在泥坑旁边挡住那二只箱子，手里拿着的最后一箱也掉了。于是所有三只箱子全掉进了土坑。（又带着幸灾乐祸的口气）这两个不幸的人几十年以来血一滴汗一滴搜集起来的东西，结果只剩下了一些碎片……唉……战争——好像一场可怕的瘟疫，它把我们周围的一切都变成了沙漠……（擤着鼻涕，好奇地从手帕上面看出去，对大家扫视了一周。）

密拉斯医生 哦，哦，多么凄惨的故事。（摇摇头。）

维亚利亨建筑师 （突然健谈起来，好像突然醒来一样）在这战争期间，我也经历了一些奇怪的事情……非常奇怪的事情。（伸出一个瘦骨嶙峋的手指）这事发生在一九四一年，正好是决定维尔杨其城的命运的时候。我在那个城附近的一个熟人的家里做客。他有一个很大的果园……黑色的醋栗……有我的大拇指的指甲那样大……事情发生得真快，我还来不及回到家里，德国军队就出现了。

维亚利亨夫人 仁慈的老天，那时候我为他多么担心呀！

密拉斯医生 完全可以理解，夫人，完全可以理解！

维亚利亨建筑师 （继续叙述，愈说愈有味道）一开始轰大炮，我就从城里逃出去。谣言那么多，什么也别想闹清楚，简直分不清这里面究竟哪一种说法是可以相信的。可是，我的心里是怕……怕极了。忽然——天知道这是怎么样会发生的——我碰上了希特勒的军队。有一个瘦长的德国兵笑着把自动枪和放东西的袋子塞给我，并且向我吆喝着："拿好！"（不出声地笑了起来）于是我就拿了……整整三天……像个老马弁拿着主人的枪……（静场）当最后一批红军战士刚撤离城市的时候，我们也从另一方面进了城……我也……我也扛着枪，背着袋子。（沉入回忆之中）商人锡蒙——我的一个老朋友，走过来向我道贺，而他的妻子却大声哭了起来，好像……好像一个小孩子。大家都冲着我喊："维亚利亨英雄……维亚利亨真是个英雄！"很多其他认识我的人也跑了过来，那都是些有钱的人，什么商人啦，房产主啦……他们把我高举起来，那个商人锡蒙的妻子一直以响亮刺耳的声音喊着："这就是英雄维亚利亨……这就是维亚利亨英雄！"

维亚利亨夫人 轻一点，轻一点，我的先生，难道现在还可以讲这些事情！

密拉斯医生 啊，夫人，我们都是自己人……

作家利拉克 （缓慢地）啊哈，原来您那时候就是这样成为英雄的？……

维亚利亨夫人 （笑）您还以为是怎么样呢？当一然是这样。（善意而又轻蔑地望着丈夫）连把大衣拿过一个房间都感到很困难的人也算是一个军人了！嘿嘿嘿……当他挺胸凸肚神气活现地回到家里的时候，我就跟他说："维亚利亨，你老老实实告诉我！"（又笑）好，最后他终于不再拿着自己的相片和剪报吹牛了。（转为严肃）唔，当然，报纸把这件事情吹嘘了一通，使不少爱沙尼亚的青年人受了宣传参加到爱沙尼亚的军团里去。（惊恐地环视着）我的老天……今天我们胡扯些什么来着！（低声地）那时候，如果你们能够看到这种情形就好了，这里的上流社会，是怎么样来迎接维亚利亨的呵！……

密拉斯医生 哦，哦！

维亚利亨夫人 （兴奋地）啊！花啦，音乐啦，全都有……过去的大商人列希斯特的太太，在车站上献给他一大束鲜红的郁金香。（用手比了比那束花的大小）而新市长的夫人，在宴会上请他坐在自己身边……

维亚利亨建筑师 而市长啊……市长他亲自……致词！

维亚利亨夫人 是真的，市长他亲自致词。

作家利拉克 嗯，是呀……

维亚利亨建筑师 （兴奋地咬着嘴唇，等待时机，重新抓住话头）那时候我还碰到了……另外一桩奇怪的事情。今年夏天，当我下乡去休养的时候，战争又开始逼近过来了……不过这次是从东方过来的。记得在一个美妙的暖洋洋的夜里，当时我正睡在房间里，睡梦中突然有人喊我："维亚利亨！维亚利亨！"我好像马上就起来走了出去……当时我穿了一身古罗马司令官的服装。只见院子里站着一个陌生人……穿着黑色大氅……他对我说："维亚利亨，跟我走！"我问："到哪儿去？"那个不相识的人回答："伟大的事业在号召你，维亚利亨，伟大的事业。"忽然，我好像到了一座大厅里。那里摆着一条长桌，周围坐着的人，全是我的好朋友：工业家奥尼，皮鞋厂厂主列尔列普，地主克拉乌捷，而且，甚至还有胖工程师朗格——你们知道，他是个民主主义者，又是个百万富翁。他们全都站起来了，按照罗马的习惯欢迎我，高呼着："维亚利亨万岁，我们的执政官维亚利亨万岁！……"（环视所有的人。）

维亚利亨夫人 嘘——嘘——嘘……你安静点儿！别再说下去了，维亚利亨！

密拉斯医生 我不是说过，我们都是自己人，没有关系。

维亚利亨夫人 （低得几乎像耳语）嗯，你们想想，这是一场多么有意义的梦。当他喊醒了我，把这梦告诉我的时候，我就对他说："维亚利亨，你起来，把这件事情记下来！……这些事情，都不是平白无故的。"（带着意味深长的姿态向前欠了欠身）于是我的先生就坐到桌子旁边。你们猜……他做了些什么？（静场）他写了一首美丽的……歌曲……用的是民间格调。（注意着自己说话的效果）这个曲子，老早就在……在我们的青年一代中流行了……当然啰，正像你们所了解的那样，大家都不知道它的作者……

密拉斯医生 啊呀呀呀……您在说什么！

作家利拉克 是的，在我们的时代里，出现了很多做梦的人和详梦的人。（慢慢地对莉其雅和卡尔说；他们两个人，直到现在为止，还是默默地坐着，低头望着地下）你们认为怎么样，我们讲一个故事给他们听听好吗？

卡尔 （隐藏着内心的紧张）是啊……我们告诉他们……

作家利拉克 好。我的年纪最大，那么……我就先讲。（转向其他在场的人）事情是这样的，我刚才已经提到过，我们今天作了一次长途的汽车旅行。三个人……

密拉斯教授 汽车旅行？三个人？

密拉斯医生 呵——呵，汽车旅行？

维亚利亨夫人 我的天哪……汽车旅行？在这种时候！

密拉斯教授 （把刚才翻着的一本书放在书架上；暴躁地）我不是已经说过……好多次了……

作家利拉克 （挑战地）你是说，你的孩子应该永远关在这里，关在你的城堡里吗？即使要想跑出去，也只能在一定的距离内，而且只能是偶尔离开一次，是不是？嗯，这个我知道。我年轻的朋友们也知道。（欠身）可这次，我们决定违反一次你的禁令。责任由我一个人负。（冷笑着）可是，你看，这次却一点儿事情也没有发生。

密拉斯教授　（从放到鼻尖上的眼镜上面看着莉其雅和卡尔；嘟哝着）有什么重要的事情使你们非去不可？

作家利拉克　（放慢声调）我们到……克洛奥格去的！

密拉斯教授　（很快地转过身来）哪儿……你们到哪儿去啦？到克洛奥格？

艾娃·密拉斯　（抬起头）到克洛奥格？可是，这不正是那个地方吗？那儿……

维亚利亨夫人　我的天哪……到克洛奥格！

卡尔　（突然活泼起来，对母亲）是的，就是这个地方，现在，在那里还没有熄灭的火堆中，在烧毁的废墟和灰烬里，躺着将近二千五百个无辜的人的尸体……这……这个……地方……

维亚利亨夫人　（塞住耳朵）我的天哪……卡尔……别讲下去了……别讲下去了！

密拉斯教授　（仿佛放了一枪似的）卡尔，住口！

维亚利亨建筑师　（歇斯底里地）请不要说下去了……不要说下去了！

艾娃·密拉斯　（小声地）卡尔，我请求你……别说下去了！

作家利拉克　（慢慢地环视了一下所有的人）出了什么事啦，朋友们……出了什么事啦？

密拉斯医生　啊呀呀呀！卡尔，别说了！

维亚利亨夫人　（对作家利拉克）什么也没有发生。这只是太可怕了，我们不想听这些！不想听就是了！而且也不需要！

卡尔　（等大家激动的情绪平静下来以后）那里还有……譬如……

密拉斯教授　卡尔，住口！

维亚利亨夫人　（又塞住耳朵）我的天哪，卡尔……别说了，别说了！

密拉斯医生　啊呀呀呀！卡尔，既然父亲禁止你……

维亚利亨建筑师　（叫着）请不要说了！不——要——说——了！

莉其雅　（忽然跳了起来；很快地说下去；她的话常被自己的抽噎声打断）那边

有，譬如，被强奸的母亲……在自己的孩子旁边。孩子的头给打穿了……在烧焦的木头上，躺着千百个面孔朝下的尸首……一个老头儿，好像……在作临终祷告，伸着两手……他的嘴……他的嘴……张得大大的……在大门旁……是酒瓶……有的大门旁……是一些冷菜……在大门旁……是几箱冷饮……（抽噎）当然……当然，那儿没有打碎的水晶和瓷器……没有路易十五式艺术风格的镀金家具……是的……（把手掩住脸，跑到昏暗的阳台上去。）

密拉斯教授 这简直……不像话！东跑西闯，然后又带回来这么些莫名其妙的故事……尽讲些莫名其妙的事儿。（带着责备的口吻对利拉克说）你干得不漂亮。不能这样污损年轻人的心灵。应该给他们看些美丽的东西，而不是看这种丑事……

维亚利亨夫人 完全正确，教授先生！呵，圣母马利亚，好像所有五脏六腑都翻过来了……好像……还有一股焦味儿……

作家利拉克 （对着自己香烟所冒的烟看了一会儿）请原谅。

安娜 （在右边的门那儿出现）太太，茶点已经准备好了。

艾娃·密拉斯 （很快站起来，觉得有机会转变话题，因而很高兴）我们一起喝咖啡去！

维亚利亨夫人 喝咖啡？你们想一想！甚至在这种时候，他们也还没有改变这高贵的习惯。维亚利亨，我的好丈夫，喊我们去喝咖啡呢！（也站了起来）谢谢，谢谢……衷心地感谢。（拉着自己的丈夫向右面下。）

艾娃·密拉斯 （让密拉斯教授从自己的身边过去以后，向着作家利拉克，好像无言地在向他道歉）那么……你们呢？

作家利拉克 马上就来。让我抽完这支烟。

密拉斯医生 我也是这样，我也是这样，亲爱的婶婶。

艾娃·密拉斯 （轻声而温柔地）卡尔……你也来吧。

卡尔 （站起）嗯……（跟着母亲向右面下。）

密拉斯医生 （坐在摇椅上，又懒洋洋地摇晃起来）这么说，你们到克洛奥格那个臭名昭著的集中营里去过了？

作家利拉克 是的。

密拉斯医生 很可怕，是不是？

作家利拉克 是的……可怕极了。（凝视空中）这种可怕非笔墨所能形容……形容不出这一切到底是怎么发生的，也形容不出根据保留下来的痕迹所能看到的一切……（静场）好像在作一场噩梦……人们无声无息地……徘徊在火堆里……那些人是被奇迹救活了的，可是，他们的亲人和朋友……没有得救……（静场）整堆整堆的……都是烧焦的，血肉模糊的尸体……在二十世纪中叶。

拉尔夫 （从二楼走下来；手插在袋里；倾听着）你们在谈些什么？不是秘密吧？

密拉斯医生 作家先生今天去拜访了你昨晚对我讲起过的那个集中营。（伸出一个手指）不是五百人，而是两千五百人！

拉尔夫 （拿过一张椅子，骑坐在上面）啊！

密拉斯医生 是啊。（向作家利拉克）这么说，是先把他们枪毙了，然后再放火烧？

作家利拉克 （低声地）这些火堆是他们自己堆起来的……他们用自己的两肩，扛来了木头……把它们堆好了……然后，自己就躺在火堆上……脸朝下……一排一排的……

拉尔夫 （明白）啊！然后……一批一批地躺下去？（一面做相当的手势。）

作家利拉克 是的。一批解决以后，又强迫另一批被监禁着的人去拿木头，把它们向淌着鲜血的、有的甚至还在抽动着的同志的身上堆上去……然后，他们自己……也躺了下去……

密拉斯医生 啊呀呀呀！这么说，是层层叠叠的，有好几层？

作家利拉克 是的。

拉尔夫 （点头）不错，是有好几层。而且始终是……一个接着一个地堆上去。

作家利拉克 （好像在自言自语）当我站在那里望着的时候……我突然

比什么时候都更清楚地明白了这个强盗民族的一首叙事诗，那首关于尼伯龙根的歌。[1]是的，我明白了。

密拉斯医生 （继续摇晃着）啊呀呀呀！您明白了吗？

维亚利亨夫人 （劲头很大地从右面进来）衷心感谢，衷心感谢！这杯真正的咖啡，对于我简直像甘露一样。可我们现在应该走了。（跟所有的人握手作别，拉着丈夫下。）

艾娃·密拉斯 （纯粹为着礼节）真抱歉，这么早就走了……

送客出去。

作家利拉克 （仿佛竭力要摆脱自己那种茫然的感觉）好，我也要走了，我们是同路的。（行礼，下。）

艾娃·密拉斯 （很快就转回来，走遍房间；显得很冷淡的样子）你们不想吃点儿东西吗？

密拉斯医生 不，好婶婶，不大想吃。

艾娃·密拉斯 不想吃就不吃吧。请允许我……祝你们晚安。（向右面下。）

密拉斯医生 （随即转向拉尔夫）怎么样？

拉尔夫 （站起，耸耸肩膀）没有关系……一切都非常顺利。（懒洋洋地吹着口哨，从楼梯上走上去。）

密拉斯医生 啊呀呀呀……（跟着拉尔夫。）

莉其雅 （低着头，悄悄地从阳台门进来）为什么要找我？我又不是个小孩子……（在房间里慢慢地走着）所有这一切就是这样清清楚楚地摆在眼前。

卡尔 （跟在姐姐后面走着；尖刻地）也应当摆在大家眼前看看！

莉其雅 可此地这群……小市民！（用手掩住脸）当我们要想说的时候，他们全都嚷了起来，全都用手乱摇！

卡尔 （更尖刻地）怎么，让他们去叫喊好了！让他们去摇手好了！会

---

[1] 这是十三世纪初的一首叙事诗，是由许多关于古代日耳曼英雄的传说加工而成的文学作品。

有不喊叫的人们，他们会把这一切永远记住……就跟我们一样。

莉其雅 （痛苦地）可是，这又有什么用呢？

卡尔 对那些牺牲在火堆里的人们来说，是已经没有什么用了。可是，正义的人们一定会跟那些想侮辱全世界的强盗们算账的……一定会严厉无情地惩办他们！

莉其雅 （带着一种内心的热情）他们不要听！可是，所有这一切，他们都应当看到！所有，所有的人们……都应当看到这……我的天，真是岂有此理：当人们被折磨被拷打的时候，还有人在为水晶瓷器而流泪……在哪儿呢？……那些愿意保卫这世界的人在哪儿呢？那些愿意去为这一切复仇的人又在哪儿呢？

卡尔 我们参加了在那里举行的大会……你总也听见了在那里俄罗斯和我们爱沙尼亚的红军战士所讲的话了。他们，就是那些人！

莉其雅 （犹疑地看着弟弟）卡尔……

卡尔 什么？

莉其雅 我本来不想对你说的……那个……那个……少校……就是夏天躲在我们的安娜那里的那个人。

卡尔 哪个少校？

莉其雅 喏……就是那个……今天宣布大会的人……他讲得比什么人都好……（静场）也就是在作战的时候，你倒水给他喝的那个人。

卡尔 （惊奇地）这个人……就是那个时候？

莉其雅 是的。

卡尔 （开始思索起来）怪不得……我觉得他那么面熟。

莉其雅 （看了弟弟一眼，突然坚决地说）假如我请求你……让我一个人留在这里，你不会生气吗？（静场）那上面太挤了……像在笼子里一样。

卡尔 （微微一笑）唔，为什么我要生气呢？祝你晚安。（上楼去。）

莉其雅 晚安。（等弟弟离开以后，走到阳台门那边，像要走出去的样子。）

安娜 （从左面出现；轻轻地）没有关系，孩子。他们都睡了。

顾斯拉普少校 （随她进入大厅）妈妈，你用不到为我担心。

安娜　（温柔地）嗳，等等，亲爱的。在我这里坐一会儿，喝点热的东西。

顾斯拉普少校　这样自然不坏，可是……（突然看到莉其雅，她正张大着眼睛看着他；微笑着向她伸出手去）您看，多么凑巧。我本来想把信留给妈妈，要她转交给您，可是突然见到了您本人……您好。

莉其雅　（小声地）您好。

安娜　（幸福而温柔地）啊，我的天……原来是您。我想把儿子带到我那儿去，省得打扰旁人。

莉其雅　难道您……是他的母亲？

安娜　是的，他的母亲。（微笑）那时，我不敢告诉您。您可不要生我的气，亲爱的？

静场。

顾斯拉普少校　（还握着莉其雅的手）你放心，妈妈，她不会生气的。（笑）倒是我自己应当向她道歉，（向莉其雅）我没有履行我的诺言。您没有忘记吧？

莉其雅　没有忘记。（抬起头，坚定地）那一次……夏天……您为什么不来？

顾斯拉普少校　因为……当时我得到另外一个地方去。

安娜　那么……我的孩子，我在房里等你吧？

顾斯拉普少校　好，我很快就来。

安娜下。

莉其雅　我在那天……在你们攻下城的那天看到您的。（指指后面）我站在那扇门后面。（静场）今天……我还听到您的讲话。

顾斯拉普少校　是的，我一下子就注意到您也在场。（抓住莉其雅的肩膀，轻轻地把她的脸转向自己。）

第三幕

第五场

还是这个房间。一个阴暗的秋天的早晨。微弱而黯淡的光线，通过窗子和阳台门射到屋子里来。

安娜忙着整理房间；拭去灰尘，摆正家具。拉尔夫从左边上，神经质地解开皮大衣的钮扣，四面张望。

拉尔夫 （对在前厅的人说话）请宽衣进来。（向安娜）您快收拾好了吧？

安娜 我这就收拾好了。（向右边下。）

拉尔夫 （没有注意安娜离去）那就好了，那就好了。我偶然碰到了个熟人，想谈一会儿。（搓搓手）我楼上没生炉子，很冷。（又向前厅）喂，朋友，你好了没有？

客人故意用沉重的脚步走了进来，那人身材高大，穿着灰色骑装。

客人 啊哈，原来你住在这里。

拉尔夫 是的，请坐。（脱下大衣）对不起，我一会儿就来。（向左边下。）

客人舒适地坐在安乐椅上，头一动也不动，仅用目光扫视了一下屋子里的陈设。

拉尔夫 （回转来；这时才注意到安娜已不在房里）现在只有我们两个人了。（也坐下来）来，说说你听到些什么了？

客人 （不慌不忙）我看，你住在这里……正像在上帝的怀抱里一样舒服……

拉尔夫　（微笑）目前——是这样。

客人　密拉斯教授……那位有名望的人……是你的近亲吗？

拉尔夫　不错，相当近。

客人　是你的叔叔？

拉尔夫　不，还要亲些。他……是我的父亲。

客人　哦哦……（静场）他目前有些什么活动？

拉尔夫　我感到大家对他都很尊敬。（嘲笑地）要是老头儿自己不那么孤僻的话，也许要更好些。

客人　难道他是这样的吗？

拉尔夫　是的。他始终认为要专心于自己的科学工作就非这样不可。

客人　人家——相信他吗？

拉尔夫　绝对相信。譬如，不久以前，在塔林和本地的报纸上，都登载过他在翻译《奥德赛》的消息。

客人　（沉思地）在这种情况下，只有鼓励他那种孤僻的愿望。（静场）那么，你自己的情况怎么样？

拉尔夫　可以说，非常令人满意。（沉默片刻，望着自己交叉握着的手指；然后，抬起头来）你喜欢喝点什么东西吗？

客人　譬如说，什么呢？

拉尔夫　譬如说，白兰地加咖啡。

客人　白兰地加咖啡？……嗯，好极了。

拉尔夫　（站起，走向右边的门）安娜……安娜太太在吗？（等待回答）可不可以劳您驾，给我们弄两杯浓咖啡？怎么？已经预备好了？哦哦，那就好极了。请把一瓶白兰地酒跟咖啡一起拿来，酒在我房间里的书架上。好了。我要先谢谢您了。（坐到先前的位置上，有点神经质地搓着手）真巧，咖啡已经预备好了。

客人　（心不在焉地用手在空中划来划去）这里不透风吧？

拉尔夫　不。这里非常安全。（低声地）跟你说吧，对于这位不声不响的太太，我倒反而有点儿戒心。（静场）看起来，她对什么都冷淡，老是不说话，跟一条鱼一样。（静场）可是，她的眼睛有时候真是太活动了……

安娜捧着托盘上；很快地把东西放到桌上，默默地下去。

拉尔夫 来吧……（斟满两杯酒）祝你健康，好朋友！

客人 请。

喝酒。

客人 我听说，城里正在进行着一种居民登记。这还没有轮到你吧？

拉尔夫 轮到了。昨天我已经去过。登记好了。

客人 啊哈。很好。问过你占领期间的服务地点没有？

拉尔夫 （冷笑）问过的，可是这一点也对付过去了。我的证件上写明我在一个遥远的小城里担任过一个不重要的庶务工作。（向酒瓶那边点一点头）再来一杯吗？

客人 谢谢。你今后打算怎样弄到工作呢？

拉尔夫 我希望在后天，我已经能够坐在一个机关里的办公桌旁了。（笑）一个钟点以前，我的履历表已经送到了主任同志那里。四点半，我就要详详细细地去跟他谈这件事情。（又斟满两杯酒）祝你健康！

客人 请。

喝酒；客人从侧面口袋里取出一个信封。

客人 喏，给你的信！

拉尔夫 （显得很不安，而且没法掩盖住自己不安的神情）信？哦哦！谁写来的？

客人 （生硬地）不知道。

拉尔夫 （撕开信封）见鬼……信上写些什么啊？

客人 不知道。

拉尔夫 （读信；蹙额）是这样……（小声地）以后……由你亲自来联系吗？

客人 不知道。（仍然生硬地）但这无关紧要。不管是什么人来，你只要记住：他的名字叫“契比斯”！（站起来。）

拉尔夫　（也站了起来）契比斯？

客人　是的。

拉尔夫　（静场一会儿以后）不喝了吗？（指着酒杯。）

客人　不喝了，谢谢你。（碰了一下脚跟，伸手给拉尔夫）那么，再见。（下。）

拉尔夫送客至前厅；很快就转了回来；站在桌旁，喝酒；反复念了几次："契比斯"，"契比斯"。轻轻转过身来，踮起脚尖走向右门，很快地把门打开；慢慢地往回踱步，喝酒。

拉尔夫　契比斯。（又喝酒）啊……

铃响。安娜从室内楼梯上走下来，朝左边的门走去。

密拉斯医生　（急速地跑进房间）你好，你好，老弟。哦哦，瞧我看到了什么呀！白兰地！马特尔[①]！（向安娜）亲爱的管家，也请您照顾我一点儿。（细看酒）见鬼！还是战前的货色！真正的陈年美酒……嘿，嘿，嘿。啊呀呀呀呀，是什么样的王子，你要用这样珍贵的酒招待他？……

拉尔夫　（努力装出开玩笑的神气）你猜。跟你也有关系。

密拉斯医生　哦哦，跟我？（走近拉尔夫）是谁？嗯？

拉尔夫　（俯身到密拉斯医生耳边，对他说了些什么）现在明白了吗？

密拉斯医生　（惊愕）哦，哦，哦……

拉尔夫　嗯。

密拉斯医生　（坐下，皱眉）怎么会这样……见鬼……在这样的情况下……这简直莫名其妙……莫名其妙！

拉尔夫　也许是这样。我本人是个渺小的人物，不够资格对这个问题发表意见。

密拉斯医生　（坚决地摇摇头）不，不，不，不！我……不愿意！我……不愿意！够了！这时候大船在所有港湾里都会沉没，而我们却要……乘着小船到暴风雨的海洋里去。（反剪着手焦急地来回走

---

① 法国最好的白兰地酒的牌子。

着）我还要找寻怎么样的幸福呢？谢天谢地，我总算已经从这些个麻烦事里头逃出来了。（列举）住宅有了吗？有了。家具用物有了吗？有了。声誉和名望有了吗？有了。有没有积蓄点钱以备不时之需吗？积蓄了。（又摇摇头）不，不，不，很清楚，这一回哪，我要退出这个游戏了。因为除了最大的不幸以外，我什么好处也得不到的。嗯，我就这样决定了……决不更改……

拉尔夫 （带着恶意的冷笑）我认为你还没有作出决定。

密拉斯医生 随便你认为怎么样！

拉尔夫 （不慌不忙）告诉你，老兄，有时常常这样：人们会走上一条道路，那他只有顺着这条路走……一直向前。不断地走……走。只要他一停下来，他的一生也就完了。

密拉斯医生 那又怎么样呢？

拉尔夫 我们现在就是在这样的路上。（走近密拉斯医生，俯身到他的面前说）逃避世事的人，有时候是要和叛徒一样看待的。明白吗？

密拉斯医生 （拭额）啊……啊……是这样吗？

拉尔夫 是的，朋友，他们就会这样来理解你的逃避世事的行为。再说，马上就拒绝又何必呢？暂时，这仅仅是一份通知，通知我们……在名单里头。这事情的后面究竟发生些什么——还不知道。（静场）当然，那完全决定于前线的情况……完全决定于战争最后阶段的情况。

密拉斯医生 （渐渐镇静下来）呣，是的，当然是这样的。（慢慢地连饮两杯白兰地酒，放慢声调说）我们自己的事情……怎么样了？

拉尔夫 （把手插到后面的裤袋里；从那儿掏出一束钞票，交给密拉斯医生）你拿去吧！

密拉斯医生 噢—噢—噢！（很快把钱放入怀中）这就是说……一切都妥当了吗？

拉尔夫 妥当了。

密拉斯医生 我们的劳力得到抵偿了吗？

拉尔夫 甚至超过意料以外。

密拉斯医生 （轻松地）那就好，那就好，一个人受尽灾难、折磨和苦痛而得到了酬劳，即使是很小的一点酬劳也就好了……（又喝酒；醉）可是突然又给你一个命令，要你再把你的头放到枪林弹雨中去……偏偏在我们俩的事情都很顺利的时候！（低声地，带着无耻的讥笑）喂，你知不知道，昨天我对我们的附属医院的人员作了两小时的报告，题目是“花柳病是第三帝国最卑鄙的武器”。他们听的时候……都张大了嘴。（拍着自己侧面的口袋）那么……这……够不够用一生呢？可以不用装穷喽？

拉尔夫 当然。

密拉斯医生 （更加无耻地）说句老实话，我总不能……就是在连一个铜子也得称称分量再用的时候，我也没有做得太过分。干吗要这样呢？（叹息）嗯，有时候也应当公平点儿。（狡猾地挤挤眼睛）这要感谢劳动者的政权和苏维埃制度……朋友，你有空也到我那边去走走。有三间挺不错的房间，全部面积有六十平方米左右。有浴室，有橡木壁橱……当时有不少人想要这房子。有一个是跟英勇的红军一起回来的负责同志；还有一个是工程师，他在一次火灾中损失巨大，将来要规划这个城市的复兴工作……还有我。后来，终究决定了……把这所住宅给我。再说，你有没有听到过，很快就要召开知识分子大会了，而……我很想在大会上发表演说。嗯，你笑什么？

拉尔夫 （仰头）哈，哈，哈，哈！（斟白兰地酒。）

密拉斯医生 别笑了……你这是怎么啦？……

拉尔夫 （喝酒，把酒杯放到桌上）我忍不住了，亲爱的老哥，我怎么也忍不住了，其实，如果你衣襟上佩上一颗五星徽章突然在这儿出现，我也不会感到奇怪的……哈，哈，哈，哈！

密拉斯医生 可是，我亲爱的，有什么值得大惊小怪的呢？（从贴胸的口袋里取出一颗红星）你瞧，这是我新认识的一个朋友送给我的。是红宝石做的，还是乌拉尔的出品呐。

拉尔夫 哈，哈，哈，哈！

密拉斯医生 （看表）喔，见鬼，我得走了。你知道，我又当起医生来了。我手上已经有这么一小部分病人了。

拉尔夫 坐一会儿，忙什么。

密拉斯医生 没有办法，到时候了。（向门口走去）而且，除了这所有一切事情以外，今天还是我们政治学习小组的第一次会议。请了市委的一位同志做启发报告。我，当然已经报名参加了政治学习小组，无论如何要去参加。（下。）

拉尔夫 （送密拉斯医生到前厅）哈，哈，哈，哈！

回到房间里，在桌旁坐下，用手支着头喝酒。铃响。他很快站了起来，踏着并不坚定的步子走去开门。很快就跟顾斯拉普少校回来；显出惊慌的样子；一只手插在口袋里。

拉尔夫 嗯，请问……我能为您效劳吗？

顾斯拉普少校 （凝视拉尔夫）您大概不明白我的来意……

拉尔夫 为什么不，为什么不呢？您想进来坐一会。不是吗？

顾斯拉普少校 我再加上一句，我想见一个人，这个人跟您住在同一所屋子里的。您没有听清楚我的话。

拉尔夫 （轻松地）啊，那这是另外一回事了。

顾斯拉普少校 （强调地）是的，我也认为这是另外一回事。

拉尔夫 （笑着把手从口袋里抽出来）那么，不是来找我的？

顾斯拉普少校 （否定地摇摇头）不，不是找您。（静场）安娜在家吗？（解释）是这样的……她是我的亲戚。

拉尔夫 您的亲戚？原来是这样！老实说，这真是个新闻。顺便说说，假如我没有弄错的话，我像在什么地方已经……看到过您？

顾斯拉普少校 是的，您没有弄错。（静场）您的确看到过我。

拉尔夫 在什么地方？

顾斯拉普少校 大约在一个月以前，我偶然到这所屋子来过……当时我在追捕几个德国鬼子。

拉尔夫 对了！我想起来了，想起来了。怪不得我觉得有点面熟……那么……要叫您的亲戚到这儿来吗？

顾斯拉普少校 好，劳您驾。

拉尔夫 （勉强显出殷勤的样子）首先，请您宽宽大衣，别客气。我们来自我介绍一下吧……我叫密拉斯……是这儿屋主人的儿子。

顾斯拉普少校 （微微欠身）少校顾斯拉普。至于大衣，我看不必了吧？

拉尔夫 怎么？

顾斯拉普少校 我待一会儿就走的。

拉尔夫 宽一会儿也好。（伸出手）请吧？

顾斯拉普少校 （笑）既然非这样不可，那就……（脱去大衣，从大衣口袋里取出手枪，放在裤袋里。）

拉尔夫 啊……武器随身带的吗？

顾斯拉普少校 是的，这已经习惯了。（耸肩）本来嘛，今天的战争，正如您所知道的……是"总体战"。这就是说，跟敌人的冲突不仅可能发生在前线，甚至也可能发生在像这个安适的小城市里。（笑）信不信由您，在某些场合，直接从大衣口袋里放枪要比较方便些。不是吗？

拉尔夫 （也笑）当然，当然。（把大衣和帽子拿到前厅，立即回来）请坐。少校同志，抽烟吗？（把香烟递给他。）

顾斯拉普少校 谢谢。不过我比较喜欢抽我的老烟斗。它跟我已经走了不少路，考虑过好多次计划，特别是在森林中流浪和追寻野兽的时候。

拉尔夫 啊……是游击队员？

顾斯拉普少校 是的，曾经干过一个时期。

拉尔夫 那时候的情况，你还记得起来吗？

顾斯拉普少校 （点烟斗）记得……而且还不少。说起来，有一次我几乎把这支短烟斗儿给丢了。

拉尔夫 在战斗的时候吗？

顾斯拉普少校 （已经点着了烟斗）不。（叙述）有一次，我主持执行一个麻皮纳粹分子的死刑，他做过死亡集中营的长官。（静场）我们把他吊在树枝上。

拉尔夫 哦……（挺直身体，微笑着说）现在请您等一下，我马上去找您的亲戚。（向右边下。）

莉其雅 （愉快地哼着歌曲，手里拿着一本书，从楼上走下来）对不起……（认出是顾斯拉普少校）是……你！

顾斯拉普少校 （起立）是的，是我。（以隐蔽的温情向莉其雅问好）说实话，我正想看到你。

莉其雅 （高兴地）我？可你自己却坐在……这儿？

顾斯拉普少校 不错，你看，我还不得不扯上一阵子谎。（重新握住莉其雅的手）天不从人愿，亲爱的！

莉其雅 （低声地，胆怯地说）这么说……

顾斯拉普少校 嗯，我接到一个紧急任务——正好就在今天晚上。（把莉其雅拉到身边，努力想解除她的忧愁）有什么办法呢？是这种时候嘛，我们还不可能经常如愿地支配自己。（半开玩笑地）总有一天。我们要尽情地谈一谈……

莉其雅 我明白……亲爱的。可是，我有什么办法呢，既然每一个……我的每一个思想，都萦绕着你。（信任地紧贴着顾斯拉普少校。）

拉尔夫在门口出现；立刻躲到门帘的后面，门帘下面可以看见他的雪亮的鞋尖。

顾斯拉普少校 难道我真的……对你有这样大的意义？

莉其雅 （小声而热情地）我的天……如果你知道就好了！（沉入幻想地）当我第一次看见你的时候，你就立刻控制了我的心。（静场）以后，我……一次又一次地想起你……我们在这里……两个人……坐着……黄昏的时候，走到花园里去……当你在那一次，那时我想我们好像要决定一件什么事情的时候，你却没有来，我……就好像从天上掉了下来……掉到一片漆黑之中。（孩提般地天真）请别笑我……（继续说下去）我不止一次地走到那几株白杨树那儿，很久很久地站在那儿……（更低声）低低地呼唤着你……反反复复地叫着你的名字……轻轻地……现在，当世界上的一切都是这样冷酷的时候，如果我没有你来支持我，我简直就活不下去了。（努力抑制着自己，微笑）什么时候我们才能比较长久地待在一块儿呢？

顾斯拉普少校 希望后天就能这样。（抚摸着她的头。）

莉其雅 你这样希望？仅仅是……希望？

顾斯拉普少校 我尽可能使这希望实现。

莉其雅 我忘了告诉你，下星期我可能要走了。

顾斯拉普少校 走？到哪儿去？

莉其雅 到达尔都去，想回大学里去恢复……我的学业。（羞答答地）你对于这个计划有什么意见？

顾斯拉普少校 （严肃地）这个决定很正确。（静场）你什么时候走？

莉其雅 这完全决定于交通工具。据说汽车在下星期六以后才开。

顾斯拉普少校 噢，是这样……这么说，大约要过十天。要是能帮助你早走两天怎么样？

莉其雅 （又贴在顾斯拉普胸前）难道你要早些跟我分开？……

顾斯拉普少校 （微笑）傻孩子！当然不。（沉思地）好吧，到那时候再说吧。

莉其雅 亲爱的……（踮起脚尖，吻顾斯拉普少校。）

拉尔夫轻轻地退到隔壁房间，咳嗽一声，故意顿着靴子发出响声，回到房间里。

拉尔夫 对不起，让您久等了。（假装现在刚看到莉其雅的样子）哦哦，你们早就认识了？

顾斯拉普少校 是的，我很荣幸。

拉尔夫 （搓手）妙极了，妙极了……您的亲戚马上就来……好，不打扰您了。再见，少校同志。（鞠躬告别，走上二楼去。）

安娜 （从右面进来）是你，孩子……

顾斯拉普少校 是我，妈妈……（解释）本来想请你把一封信转交给莉其雅的，可现在我自己已经碰到她了。妈妈，你好吗？

安娜　没什么。一切照旧。我在等战争结束……好重新安安静静地跟你住在一块儿……（微笑。）

顾斯拉普少校　这种日子就要来到。可我还是要把你先安置好，能够使你在我那儿过独立的生活。我能看见你就好，看到你就会使我愉快地感觉到，我还没有跟和平生活割断联系。（向莉其雅）好吧，我们就这样谈妥了吧？

莉其雅　（柔顺地）好！

顾斯拉普少校　（伸手给她）再见。

莉其雅　再见！（送客至前厅，同安娜转回来）爸爸还在工作吗？

安娜　是啊，一清早就开始了！（向右下。）

拉尔夫轻轻地走下楼来；这时他醉得更厉害了；他悄悄地走近莉其雅，站在她后面，抱住她的腰。

拉尔夫　嗳……

莉其雅　（本能地从她的异母哥哥那里挣脱出来）你干吗？

拉尔夫　你近来……变得可太漂亮了……（又靠近莉其雅。）

莉其雅　（站起来）你这套愚蠢的行为又来了。

拉尔夫　（和先前一样）变得太漂亮了……是的……我父亲的女儿……（轻轻地笑着。）

莉其雅　（离开他）拉尔夫，你……这是什么意思？

拉尔夫　你像一朵花儿在开放……愈开愈好看……我父亲的女儿……（嘶哑地）那些都是成见……完全是成见！别去管这些！（抓住莉其雅的手，但就在这时，莉其雅打了他一个耳光；他仿佛吓呆了）啊……这……

莉其雅　（气喘地）白痴！（奔出房间。）

密拉斯教授　（喊着艾娃·密拉斯，匆忙地跑到房间里来）来，来，亲爱的！这里……地方大得多。（看见儿子）啊，拉尔夫，你也在这里。那更好，那更好了。请你们两位给我五分钟时间！我想给你们看看我的初步的一些真正的成绩……并且想要听听你们的意见。（从上装口袋里掏出一张对折着的稿子，有些滑稽地挺起胸脯，朗读）

于是密涅发[1]媚转双睛似水清，
为尊神禀白言唯谨：
“盛哉尊神！尔唯万物之根，
尔实神中之神！
提起那污秽罪人，
这般刑戮原相称；
凡喋人之血者，都应得这般报应。
只是我胸中，愤激与悲伤交并，
都为那攸力栖兹[2]英勇超人，
却依旧厄于运命。
他如今身居孤岛，
四面是巉巉海滨，
但听的林声萧索浪奔腾，
叹无辜远离乡井，
被妖女洞中蛊禁。
想她父亚特拉斯[3]，原是个魔道中人，
他目能烛海底生灵，
手提着无疆天柱，把天地支撑。
如今他此女，把这可怜人无端拘禁，
欲待逞风情博彼欢心：
却谁知万种温柔俱无益，
慰不得他怀念故园情；
可怜他极目家乡终渺茫，

① 密涅发为文事之女神，又名拍拉司，又名雅典尼。
② 攸力栖兹或称奥狄秀斯，为伊大卡国主。其人智勇兼全，声誉广著。特罗亚之役尝立奇功；事俱载《伊利亚特》中。《奥德赛》所记为特罗亚城灭后攸力栖兹归途所历之事。盖希腊既克敌，各军皆先后凯旋，独攸力栖兹与所部辗转在外不得归国者凡十年，其间尤以居奥吉吉亚岛之时为最久。
③ 亚特拉斯，建天柱之神；其柱相传在北非之西部：故亚特拉斯山脉及大西洋均因此得名。

只落得心灰意冷，
恨不能立时重见故里炊烟影。
呜呼无上神，
尔怎忍教他颠沛，漠不关心？
念他在弗里家[①]大海之滨，
也曾建祭坛奉尔尊神，
唯虔唯洁唯恭谨；
尔缘何事心怀恨，
必欲使受尽人间最不幸，
恪施福祐，不与怜矜？”[②]

（从眼镜上面望着大家）朋友们，你们认为怎么样？你们有什么意见？或者是“我竖起了一座比青铜还坚实的里程碑”，或者仅仅是“我在用沙子搓绳”？（抬起眉毛，等待回答。）

拉尔夫 （喑哑的声音，很吃力地掩藏住自己的心情）这是空前绝后的杰……空前绝后的杰作。

密拉斯教授 （严肃地）你太夸大了，我的孩子。（在房间里踱来踱去）不过我要竭尽我的一切力量。（走向书橱，从那儿拿出一本很薄的书）譬如说，这本小小的书，居然也要我像翻译荷马的不朽史诗一样地把它翻出来！看起来可怕，说起来也可怕！（耸肩）又有什么办法呢，正如古罗马人所说的，谁也没有责任做超越自己能力的事情。（表示责难地摇摇头，向右下。）

拉尔夫 （突出下颚，用贪婪的目光看着艾娃·密拉斯）嗯……亲爱的……我父亲的妻子……

艾娃·密拉斯 （轻声地）这就是生活！（以手抱头。）

---

① 特罗亚就在小亚细亚的弗里家。

② 本节中译文引自商务印书馆版《奥德赛》中译本正文一至三页。注解引自同书第二十四页。

拉尔夫 在城堡里的生活……哈，哈，哈，哈……（走近艾娃·密拉斯，慢吞吞地说）喂，亲爱的，我父亲的妻子……

艾娃·密拉斯好容易伸直身子，注意到拉尔夫的举止，用手靠着安乐椅的椅背，凝视着他。

第六场

莉其雅的小房间，布置得精致雅观。从朝向花园的窗子里可以看见在微风中摇摆的树梢。右面靠壁摆着写字台，旁边放着一个矮矮的书架，几把颜色漆得很淡的椅子；左面靠壁放着沙发。黄昏时分。两扇窗子之间，放着一张桌腿交叉的小桌子，点着一盏高脚煤油灯，而昏黄的灯光照着周围的一切。

顾斯拉普少校和莉其雅坐在沙发上；卡尔背靠写字台站着，两手撑着台子。安娜坐在窗口旁边打毛线；虽然她没有插嘴，但也像参加这场谈话似的。

顾斯拉普少校 （向卡尔）您怕在您被送上前线之前，战争就要结束了吗？（友好而揶揄地微笑着。）

卡尔 是的。现在德国人只是一个劲地……撤退。

顾斯拉普少校 （点头）撤退，这是必然的。我们把他们解决得越快，那就越好。（沉思地）就是这样，我们也已经流了太多的宝贵的鲜血了。

卡尔 （解释）您别以为我愿意让战争继续下去。可是应该快一点办我们的事。

顾斯拉普少校 您的意见是？

卡尔 德国人从这里被赶走以后，已经有一个多月了。可是直到今天，我才接到征兵站的通知。

顾斯拉普少校 （又带着友好而稍含揶揄的微笑）又有什么办法呢？一切都需要时间呀！

莉其雅 （有点孩子气地）难道你不怕……一点儿也不怕？

卡尔 （轻蔑地）怕？怕什么？（向顾斯拉普少校）好了，明天我到底可以到委员会去报到了。（挺身，跨着坚定、沉着的步伐，在屋子里走了几步）对了……我想请问您……

静场。

顾斯拉普少校 问吧，问吧。

卡尔 关于军队的种类……

顾斯拉普少校 啊？

卡尔 您知道，我最感兴趣的是飞行员的称号。可是，训练期限……一定要很多时间吧？

顾斯拉普少校 哦，是的，确实需要不少时间。

卡尔 （沉思着）海军……这也很有趣。可是海上的移动和战斗是很难得的。譬如……只能打一些辅助性的战斗，像炮轰海岸……

静场。

顾斯拉普少校 老实说，这的确很可能。

莉其雅 （笑）不错。你也许等得不耐烦，会掉下水去的。

卡尔 （严肃地）请你少说蠢话。如今战场上炮兵的意义，像是很大的吧？

顾斯拉普少校 当然喽。有时候我们甚至还称它是“战争的上帝”呢！

卡尔 我想，训练的时间……也不会很长吧？

顾斯拉普少校 就算不长，也不是很简单的……

莉其雅 最主要的是轰隆轰隆的炮声太厉害。

卡尔 住一口！或者当一个坦克手……（又倚到桌子上）嗯……少校同志，您以为他们一个月就能把我们训练得能够作战了吗？

顾斯拉普少校 一个月？可能。现在训练新战士比起和平时期要快上十倍。

卡尔 （拿起一根香烟抽了起来，显然他不是一个经常抽烟的人）是的，是的……真的，他们这会可被揍得够呛，连喘息的机会都没有。那么，他们还反抗个屁？难道他们还存着什么希望？

顾斯拉普少校 （变得严肃多了）亲爱的朋友，这种反抗是有特殊原因的。（静场）您参观过克洛奥格的集中营没有？

莉其雅 天啊……到现在为止，这些东西还老在骚扰着我，弄得我睡不着觉！

顾斯拉普少校 我相信。就因为这个缘故，因为他们犯下这些罪行，这些刽子手才不得不进行疯狂的反抗。

卡尔 （沉思地）这意思是说他们怕报复？

顾斯拉普少校 与其说他们害怕报复，不如说害怕正义的裁判。（叙述）在南方战场上——记不清楚是哪个地方了——我们包围了一个相当大的德国军团。十几个师被我们全部歼灭，因为他们拒绝投降。后来，在一个小纳粹的口袋里发现了一封没有寄出的信。在这封信里，这个侵略者写上了下面这些话，我几乎每个字都记得："我们陷入了罗网。大炮的轰隆声愈来愈远——我们在退却。看来，我们得拚到最后一口气。因为投降作俘虏是根本谈不上的——要他们宽恕我们的希望实在太少了。我们手上的血实在太多了。"这是实实在在的、坦白的、直率得近于无耻的招供，可不是吗？

卡尔 （愤怒地）是的。要是我作为一个战士在克洛奥格斗争的话，那些刽子手落在我的手里，我就等不到法庭的判决。

顾斯拉普少校 那就对了。这一点他们也知道。

艾娃·密拉斯 （从走廊那边叫喊）安娜，安娜！

安娜 （顺从地站起来）哦，我听你们说话听出神了……

把绒线活放在桌上，欲下。

艾娃·密拉斯 （在门口出现）莉其雅，你知道我们的安娜到哪里去了？

安娜 我在这儿……就来了……

艾娃·密拉斯 （渐渐看清这间光线黯淡的房间里的人们）哦哦，请原谅。

维亚利亨夫人 （从艾娃·密拉斯的背后走出来）嘿，你们像在开秘密会议。怎么，我们俩也参加进去吧！

艾娃·密拉斯 （微笑）犯不着去打扰年轻人……

莉其雅 （站起，走向母亲）妈妈，听我说……

艾娃·密拉斯 （注视着少校）嗯，孩子，什么事？

莉其雅 真的，妈妈，跟我们坐一会儿。

维亚利亨夫人 自然啰！我们要坐一会儿，自然啰！

安娜 我到这儿来想跟我的儿子谈一会儿……可是一坐就坐了半天。

艾娃·密拉斯 跟您的……儿子？

莉其雅 （很快地说）对了，妈妈，我给你介绍……这位是顾斯拉普少校。

顾斯拉普少校 （他在艾娃·密拉斯进来时，就站了起来，向她行礼。）

艾娃·密拉斯 （伸手给顾斯拉普少校）看到您，很荣幸。您就是我们女管家的那个神秘的儿子吗？我们刚才听说。

顾斯拉普少校 （微笑）是的，是我。

安娜 有什么办法呢？……常有这种时候，母亲不敢认亲生儿子。（当顾斯拉普少校向两位夫人问好的时候，她站在一边）艾娃夫人，有什么要紧事吗？

艾娃·密拉斯 （还有些困窘地）哦，没什么紧要的事……我的丈夫昨天工作了一整夜，感到疲倦了。他想喝一点热咖啡，我找不到咖啡壶。如果您告诉我在什么地方，我自己……（准备离去。）

莉其雅 （拉住她的手）妈妈，请你别走。

维亚利亨夫人 我也想这么说。那就坐一会吧！让他去等他的咖啡吧！（向顾斯拉普少校）诸位……这些诗人和学者啊，真是天晓得！他们的神经实在损坏得太厉害了，像那种黑咖啡……也会大口大口地吞。您……是不是从那边……东方来的？

顾斯拉普少校 是的，我不久以前刚从东方过来。不过我是生在这里的。

维亚利亨夫人 我的天哪，这真有趣。（压低声音）这么说，您是亲眼看到过那些在这里只能……在自己人之间秘密地说说的事情的啰？

顾斯拉普少校　不。我亲眼所看到的事情，都是可以公开地……大声地说出来的。

维亚利亨夫人　您……说的是什么呀？

艾娃·密拉斯　（向维亚利亨夫人）我看，我们还是离开的好。

维亚利亨夫人　等一等，耐着点儿！

安娜下。

艾娃·密拉斯　（带着微笑，由莉其雅和顾斯拉普少校伴随着走到沙发那儿，坐下）好吧，我就留下来。

维亚利亨夫人　（挤入安乐椅）你们可知道，我就喜欢坐这种四面都有依靠的椅子……

艾娃·密拉斯　（停了一会儿以后，向卡尔）有个穿军装的女孩子来找过你。要亲自见你。她做什么来的？

卡尔　（从贴胸的口袋里掏出通知书，郑重地）请看！

艾娃·密拉斯　（接通知书）这是什么？

卡尔　（还是那种声调）请你……看下去！

艾娃·密拉斯　（看通知书）这是说……（没有说完。）

卡尔　这就是说，我很快就要上战场去了。

艾娃·密拉斯　（沉默片刻）什么……这是怎么回事？

维亚利亨夫人　怎么？你……要去打仗？

艾娃·密拉斯　（重复地说着）是啊……这是怎么回事……这究竟是怎么回事？

卡尔　（带着年轻人的果敢和踌躇满志的姿态）很简单。他们送来了通知书……就是这样。（笑）一定要集中力量给敌人以最后的打击……就是这样。

莉其雅　妈妈，你听……好像没有了他战争就不容易结束似的……就是这样。

艾娃·密拉斯默默地凝视一个地方。

维亚利亨夫人　我的天哪！这是多么疯狂的日子啊！卡尔，你要上战场去！去……去送死！

卡尔 （自豪地）我的教母，这个，可完全不在我的计划以内。还是说，我要去打死德国人好。

维亚利亨夫人 （轻声地）玩笑毕竟只是玩笑，可是……你还是躲一躲吧！

卡尔 怎么——躲一躲？

维亚利亨夫人 这是很明显的——应该躲一躲。（压低声音，几乎像耳语一样）特别是，现在战争已经快要结束了。（惊恐地）这可不是开玩笑的。据说德国人打起仗来……像魔鬼一样。

卡尔 （困窘地看着顾斯拉普少校）那就让他们……这样打吧！

维亚利亨夫人 （摇头）要说……你是个有头脑、已经成熟的成年人那就不去谈它了，可是你，要知道你还是个……小孩子呢！没有多久以前，我还抱着你在我的膝头上面摇呢。难道你能够避开子弹，保得住自己？

卡尔 （严肃地）在作战的时候，根本不应该去想什么保得住保不住自己的事儿……不应该想躲避子弹。相反，应该去迎接危险！

维亚利亨夫人 （生气）啊，别说了，我的孩子！（好像在推测着什么似的）我猜哪，这个……是你自己去要求的，对吗？

卡尔 完全对，是我自己去要求的。

维亚利亨夫人 （更加生气）住口……别再胡说！你疯了吗？再说……战争，这根本不是我们的事。即使没有战争这回事，我们老年人要操心的事情，也已经是够多的了。（用手着力地打着安乐椅的靠手）嗳，别做……傻瓜。你不能去打仗……永远不能。明白吗，我的孩子！

卡尔 （勉强保持镇静）我不明白……教母……可我觉得，你说的话简直……简直令人奇怪。

维亚利亨夫人 一点儿也不奇怪！我的天哪！他要去打仗！他也搞起政治来了！你等着，让你父亲也知道知道这件事！他会来教训你……（坚决地）不管怎样，这是已经决定的了。小伙子，即使只是战争的气味，你也别想去嗅它！

卡尔 （突然平静下来，明白自己犯不着去跟她一般见识，向顾斯拉普少校霎霎眼睛）可是，亲爱的教母，你要知道，这是官方的命令。这是征服兵役的号召。

维亚利亨夫人 号召……全都给我滚蛋！（屈指计算）在一九四一年的时候，我们已经看到过这种号召了。可是，没去的人有不少……也照样没事。后来（屈下第二指）德国人要拼凑爱沙尼亚军队……可露特维法官和杨涅斯院长照样把孩子们安置得非常妥当……结果他们一点儿事情也没有。（压低声音）就是现在，也有一些人在两个星期以前就把自己的儿子送到乡下去了……去你的什么号召。（天真地转向顾斯拉普少校）你问问你自己的好朋友吧。他在那里是不是很愉快的？我相信，他一定常常后悔没有及时地从那么糟糕的事情里面摆脱出来。

卡尔 我不会拿这样愚蠢的问题去问我的朋友——我早就知道，他会回答我些什么话。至于我，我无论如何不会去走露特维法官和杨涅斯院长儿子的路。相反！我要穿过全德国，打进柏林去！我不仅要为自己而战，而且也要为我的父亲而战……我要尽一切力量使他从迷途中走回正路。

维亚利亨夫人 我的耶稣……孩子！你怎么这样议论你的父亲！那么，照你的意思，他迷了什么路？

艾娃·密拉斯 是啊，卡尔，你在讲这种话以前，应该先考虑一下。

维亚利亨夫人 （勃然大怒）别扮演《卡列维波埃格》里的英雄[①]了，小孩子！也想当战士！打进柏林去！对你说，柏林不干我们的事！正像疯子希特勒曾经拚命进攻的莫斯科不干我们的事一样。可耻，可耻！（起立；向密拉斯夫人）听这种谈话会把你气得中风！我下去了，在下面等你。呸！我又何苦自寻烦恼！（昂首，傲慢地走出房间。）

---

① 这是一部爱沙尼亚著名的叙事诗。一八六一年由克列茨伐里德出版。这部叙事诗主要以歌颂一位为人民幸福建立了空前未有的功绩的英雄卡列维的传说和歌谣为基础。这部叙事诗对以后爱沙尼亚民族文学的发展有很大的影响。

艾娃·密拉斯 （对卡尔慢慢地说）你说得太过火了！你看你教母生气了。

卡尔 让她去！她说的话实在可恨！我不能装聋作哑！

艾娃·密拉斯 难道你不懂得，像这样吵架……有多愚蠢？

卡尔 愚蠢！从她那方面说，当然是蠢笨的。

艾娃·密拉斯 （斜视顾斯拉普少校）特别是……不只是我们这些人，而且还有客人在场的时候。（静场）请原谅……原谅这次意外的争吵。

顾斯拉普少校 （带着善意的微笑）唔，您说哪儿的话！本来嘛，这些问题，据我了解，在我们的故乡是时常引起争吵的。

艾娃·密拉斯 是的，我们有时候真不知道，究竟怎样做比较正确，怎么做比较合情理。

卡尔 （固执地）有些人可能不知道。可我是知道的。

艾娃·密拉斯 （长久地凝视着儿子；又转向顾斯拉普少校）我能不能请问您一个问题？可不可以爽爽快快、不用转弯抹角地说出来？

顾斯拉普少校 为什么不可以？请说吧！

艾娃·密拉斯 （看着地下）对于这个问题，您的看法怎么样？

顾斯拉普少校 您是想问刚才的事，是那位老太太对，还是您的儿子对，是吗？

艾娃·密拉斯 是的。

顾斯拉普少校 您是想说，您做母亲的心使您对于这个问题不能看得很清楚、很明白是不是？

艾娃·密拉斯 是的，就是这样……真是很难想像……（住口不往下说。）

顾斯拉普少校 （很严肃地）丝毫不容怀疑，唯一可能的正确的解决这个问题的办法，就是您的儿子——我的年轻朋友所采取的办法。（微微一笑）我完全相信您是一位贤妻良母……（小声，但很坚决）虽然如此，但您还是很可能把您的儿子推向耻辱的道路，结果将玷污他的一生。（静场）我们假定，他按照他教母的劝告做去，他会很健康地活下去。我们假定即使人们会宽恕他那种卑鄙地逃避公民义务的行为……但是无论怎么样，到将来当他的同年朋友们可以昂首阔步地行走在祖国的大地上的时候，他就不得不去走那些冷僻小道避开人们的注意。逃兵！叛徒！不敢参加争取全世界幸福的斗争的懦夫！请原谅我坦白地说——您非常可能犯下这样大的罪过！

艾娃·密拉斯　（小声地）那么，您认为……

卡尔　当然，少校同志认为我应当上战场……我也就准备这样做！

顾斯拉普少校　（差不多是亲切地微笑着）是的，你说得对，我是这样想。（向艾娃·密拉斯）如果您能够撇开您那母爱的天性，撇开您那担心会失去孩子的不必要的惊恐，那么，您也会这样想的。（静场）在我们的时代里，只有两条道路：一条是正直人民的道路，是我们这一辈的人们，走向不朽的道路；另外一条是卑鄙可耻的道路，那条路上没有一座小山，没有一个土丘可以让你避开被你出卖的人们，甚至也不能避开你自己。有些人就想把我们的人民推到第二条道路上去。（静场）表面上完全相似的行动，在各种不同的情况下，有完全不同的意义。如果那个法官露特维，使自己的儿子逃脱了德国人的动员令，这是对我们有利的，同时也对真理和正义有利。可是，假如这位法官露特维，隐藏自己的儿子逃避我们的动员令，那么，这等于支持法西斯强盗，那就是完全违反真理和正义的行为。

卡尔　换句话说，这就是帮助了那些……那些把像克洛奥格那里的杀人工厂布满全欧洲的人们。

艾娃·密拉斯　（几乎是歇斯底里地）住口！我对你说过有几十次了——别在我的面前，说到这种可怕的事，这种……

顾斯拉普少校　那也没有办法，这毕竟都是事实。（带着一点开导她的口吻）密拉斯夫人，您明白吗，您为什么一想到您自己儿子要上战场的事，就这样痛苦？那就是因为您不愿睁开眼睛去看世界，不愿懂得正在我们周围所发生的那些巨大事件的意义，不愿冷静地、客观地正视这些事件，考虑这些事件，分析这些事件。（静场）人类的鲜血已经流了三年多了，令人发指的滔天罪行也已经干了三年多了。我相信，过去，您每走一步路，您就能听到这些罪行。一定听到过的。可是，您听到这些话以后，您就努力想快一点把它忘掉！您在您所听到的和您那有分析能力的理智之间放下了一道钢幕。这道钢幕妨碍了您去理解这些事实的具体意义。当您听到同样的事情的时候，您不愿运用您的想像力和您的理智去作必要的分析归纳。您有几百次、几千次听到过那些所谓“欧洲问题”“消灭战俘”“必须为日耳曼民族在东方取得广阔的生存空间”“无情地根除布尔什维克思想”等的说法。可是，您从来不让自己开动一下脑筋去彻底了解这些话的意义，去看看隐藏在这些话后面的大规模的毁灭人类的工厂，充满了裸体死尸的城郊的壕沟，用最新的科学方法制造成功的毁尸炉，塞满一袋袋、一包包给垫子厂用的女人头发的现代化仓库，几百万双还保留着孩子脚上的暖气的大小鞋子，敲下来的金牙齿，从死人身上剥下来的贴身衬衣……正因为您不去看一下，去了解一下，思考一下这一切，自然，在您的面前，就不会出现干这一切的那些所谓“新欧洲人”的野兽的嘴脸——那些策划并且亲自蹂躏毁灭一切生灵的、强奸一切生灵的“新欧洲人”的野兽的嘴脸。在您的面前，那副嘴脸不会以他的本来面目，以他恬不知耻地向全地球显示出的面目出现。（静场；点着一支香烟，沉默地抽了片刻）刚才，当您的儿子谈到纳粹分子在克洛奥格一手造成的死亡营的时候，您立刻就阻止他，不让他讲下去，而且高声叫了起来：“住口！住口！”那为什么？（微向前倾，等候回答。）

艾娃·密拉斯　（犹疑地，仿佛越来越觉得内疚）因为……我的神经……太衰弱，经受不起这些残忍和恐怖的消息。（用手掩住眼睛）我不能。我没有力量！

顾斯拉普少校　（小声但坚定地）您无论如何得努力！无论如何得努力！（静场）假如您能够克服这一点，那么，您可以相信……您自已就会把武器放到您儿子的手中。（静场）是的，您不但不会在心里同意那位健谈的维亚利亨夫人的劝告和愿望，相反您会自己尽快送您的儿子到附近的征兵站去，送他到前线去，以您的母爱为他祝福。

艾娃·密拉斯　（慢慢地心不在焉地抚摸着前额）是的……也许……也许……（望着一边，带着苦笑）是的，那些“新欧洲人”，我好像在不久以前看到过……虽然，这已经是太晚了。（静场；突然抬起头来）请原谅……请问您多大年纪了？

顾斯拉普少校　三十岁。

艾娃·密拉斯　这么说……您从战争一开始就穿上军装了？

顾斯拉普少校　是的。

艾娃·密拉斯　（沉思地）已经是第四年了吗？

顾斯拉普少校　是的，已经是第四年了。

艾娃·密拉斯　战前您做些什么？

顾斯拉普少校　（略略迟疑一会，仿佛不易记起战前的生活）战前？战前我是个建筑工程师。

艾娃·密拉斯　（重复）建筑工程师？

静场。

顾斯拉普少校　是的，再早我是一个很穷的父亲的儿子，我是一个倔强的小伙子，绝不听凭生活摆布。（微笑，但随即又复严肃起来。）

艾娃·密拉斯　您，一定坚信，这新的一切……的优越性……坚信您为了它已经战斗了很久的新的一切的优越性。

顾斯拉普少校　是的，我的确坚信这一点。

艾娃·密拉斯　是不是……从小就开始的？

顾斯拉普少校　（皱眉）从小？（想）我得承认……在战前，我对苏维埃制度的同情，主要是在理论上的。（静场）可是仅仅依靠理论，依靠冷静的理智，就不能深入一步，不能使你行动起来，也不可能教人以真正的爱和恨。（静场）很幸运，我参加了一场伟大的惊天动地的斗争——这场斗争把两者都教会了我。（微笑。抽烟。）

艾娃·密拉斯 （慢慢地）教会了爱，也教会了恨？

顾斯拉普少校 是的，教会了爱和恨。

艾娃·密拉斯 爱……这就是爱这新的，今天的东西？

顾斯拉普少校 是的，爱这在前进、在发展、在引导人类走向幸福的一切……即使历尽千辛万苦，付出艰巨的自我牺牲和奋不顾身的劳动的代价，也在所不惜。

艾娃·密拉斯 （迟疑一会以后）这就是你们叫做社会主义，或者……共产主义的东西吗？

顾斯拉普少校 是的。

艾娃·密拉斯 您又学会怎么样去恨呢？

顾斯拉普少校 我学会了恨那些臭名昭彰的"新欧洲人"，恨他们的行为，恨那些残酷、恶毒、刺激人们最卑鄙的性能的怪物，他们在大地上留下了那么多那么可怕的污迹。（熄了将要烧尽的烟头，看表）哦哦，时间已经晚了，我不得不中断我们这次有意义的谈话。（起立）如果您肯稍为听我的劝告，决心睁开您的眼睛看看周围一切，那么，可以相信，您也许不会那样痛苦了……（行礼）现在请允许我祝您晚安。

艾娃·密拉斯 （小声地）祝您晚安，少校同志。我衷心感谢您。

顾斯拉普少校 （友善地微笑）密拉斯夫人，感谢什么呢？顺便提一声，如果我下次有机会得到您的许可再来府上的话，我想夺走您的——女管家。该是重新成家的时候了。

（与直到现在还是默默地听着的莉其雅和卡尔握手告别。）

艾娃·密拉斯 （带有几分为难的样子）噢……我们真没有想到，我们的好安娜……她竟有这样的一个儿子……

顾斯拉普少校 （准备离开）这个儿子，已经有三年多没有可能去想到她了。而且，他直到现在，还从来没有停止过向她的需索，可始终没有给过她一点什么。现在，该努力把这种情况纠正过来了。（拿起衣架上的军大衣，穿起来，行礼）再一次祝您晚安！

艾娃·密拉斯 （送客至门边）晚安！

顾斯拉普少校下。莉其雅轻轻地走到窗口，凝视着月光倾泻下的花园。卡尔坐在沙发上沉思着。

艾娃·密拉斯　（轻声地）莉其雅……

莉其雅　（没有回过头来）嗯，妈妈。

艾娃·密拉斯　（讲得更低）莉其雅……小女儿……

莉其雅　（偷偷地挥着手；仿佛努力要掩饰这个动作，放下了手）嗯，妈妈……

艾娃·密拉斯　（走近她）你这是在跟刚才离开这儿的那个人挥手？

莉其雅　（转身，羞答答地看着地下）嗯……（幸福地贴近母亲。）

艾娃·密拉斯　（搂住莉其雅的肩膀）唔……很好……唔，很好……（望着卡尔，他又站起来，仔细地看他的动员通知书）是的，很好……很好……

第四幕

第七场

密拉斯医生的工作室，是个陈设得很时髦的漂亮房间；几口放着医疗器械的橱和一张用上等桦木做成的工作台，靠壁放着一排雅观大方的书架。左面是通向卧室的门，右面的门通向候诊室。舞台正面的壁上有两扇朝街开的窗，秋天傍晚苍白的光线从窗外泻进房间，隐隐传来城市的喧嚷声——汽车的喇叭声和行人的脚步声。

密拉斯医生 （穿着白色的医生工作服；习惯地擦着手，时而向站在他前面的一位肤色黝黑的太太迅速而颇献殷勤地鞠躬行礼；显然他是尽力想讨好她）是啊，我亲爱的。在目前的情况下，主要是安静，安静，绝对的安静。完全的安静。因为心脏发炎。我亲爱的，可不是闹着玩的，有了这种病如果还要工作的话，我亲爱的，那真是不堪设想，因为工作能使肉体紧张。（叹口气，显出很歉疚的样子）是的，我明白，我们亲爱的社会主义祖国的创伤正需要治疗，我们许多城市的恢复工作，从它的意义上来说，是不能跟其他工作比的。（又叹息）可是从另一个角度来看，我们伟大的领袖们曾经不止一次地提到过：将来在我们的国家里，最宝贵的资本是人。第一是人，第二是人，第三还是人！为着给将来的幸福生活打好基础，我们所必须保护的是人，人，人！

肤色黝黑的太太 （衣着入时，个子相当高；老是带着狡猾的、会意的微笑）谢谢您，医生。您相信他们很重视这张纸？

密拉斯医生 重视，我亲爱的，他们是重视的，您完全可以放心。

肤色黝黑的太太 嗯，可是，您的那位同行，古尔特纳医生，他从前是我们家的一个朋友，他就不肯赏脸帮我办这件小事。

密拉斯医生 列叶维凯同志，我们最好不要谈起他，最好不谈！不要谈那位古尔特纳医生！

肤色黝黑的太太 再一次向您道谢，医生。真荣幸，我能真正相信您的好心肠。应该给您多少钱？

密拉斯医生 （热情地）不，不，不，不！哪儿的话，哪儿的话！（挺起胸膛）我们，社会主义社会的医务工作者，决不追求利禄。我们是自己人民和国家的勤务员……是新制度的可靠的战士。（拿起那位女病人的手，抚摸着它）瞧这些小巧的、玫瑰色的手指……我的天，这些手指多可爱……（轻声地）假如您能在什么时候再到我这里来……那我真是无上荣幸……

肤色黝黑的太太 （会意地望着医生，也轻声地）譬如……在什么时候？

密拉斯医生 （吻她的手）譬如……譬如……在今天晚上，八点钟以后……这个时候，您方便吗？（把她的手指一个一个吻过来。）

肤色黝黑的太太 （站起来，垂下眼睛；忽然调皮地微笑）那么……就在八点钟以后啰？

密拉斯医生 是的，请光临……哦哦，难道您就要走了吗？

肤色黝黑的太太 是的，要不然，天知道候诊室里的那一位同志会想些什么的……多谢您的好意。

密拉斯医生 不敢当，不敢当！（小声地）等着您……就像所罗门王在葡萄园里等自己的苏拉米芙一样[①]……

肤色黝黑的太太 （打他的手）您啊……您这个马屁鬼！再见。

密拉斯医生 再见。

---

① 所罗门王是犹太国王大卫第三子，以英俊贤明著称。中年时，与苏拉米芙邂逅于葡萄园中，一见钟情。

肤色黝黑的太太以妖娆的步态离去。

密拉斯医生 （向候诊室）请下面一位进来！（等着，把腰弯下一点；但没有一个人进来）请下面一位进来！（望望门外，自言自语）哦，一个也没有了。为什么她说下面还有位同志等着呢？（吹着口哨，走到水龙头那里洗手；铃响；从候诊室那里传来女仆人的脚步声；叫她）卡特琳，卡特琳小姐！请您告诉他们，门诊时间过了。（关上门，但立刻把它打开一条缝，向外面张望一下，突然快乐地说）哦呵，伙计，是你？进来，进来吧！

拉尔夫 （慢步踱了进来）你好，医生同志。（很随便地把手指碰一碰压到耳边的帽子。）

密拉斯医生 你好，你好。不宽宽大衣吗？

拉尔夫 不。（笑）有正经事情的时候，我们就直截了当地解决了再说。你大概就要到附属医院里去了吧？

密拉斯医生 （看表）还来得及，还有时间。

拉尔夫 （又笑）我相信你还有时间。可是，我倒希望你已经没有时间了。（搬过一把椅子，骑坐在椅子上）事情是这样的，我对你有一个很大的要求。

密拉斯医生 你说吧，说吧。

拉尔夫 （点起一支雪茄，好大一会不说话，让烟向天花板上升去）当我在大学里念书的时候，我们有一个很好的习惯——那就是在患难中互相帮助。

密拉斯医生 什么患难？（轻声）见鬼，难道你有患难？……

拉尔夫 （摇摇头）嘿嘿嘿，不……不是这个。（解释）是这样，我要一所房间，只用一两个钟头，要没有一个人来打扰我。

密拉斯医生 啊，懂了……你就是为这件事来找我的吗？

拉尔夫 是的。

密拉斯医生 （摇摇头）啊呀呀呀……你这个小鬼！你这个小鬼！我都能做你的父亲了，又是你的近亲……你竟会提出这样的要求……（滑稽地踮着脚尖，走到拉尔夫跟前）你在哪儿抓到了那只小鸟？

拉尔夫 偶然的，这样的事常有。

密拉斯医生 是秘密吗?

拉尔夫 这种事情，往往是秘密的。

密拉斯医生 啊呀呀呀，你这个骗子。(低语) 会不会我也认识她?

拉尔夫 (不肯定地) 不知道，也许可能。

密拉斯医生 啊呀呀，你这个骗子！(从橱里拿出一瓶白兰地酒) 干得好隐秘……不露声色！(倒了两杯酒) 祝你健康，好朋友！

喝酒。

密拉斯医生 她……漂亮吗?

拉尔夫 可以这么说。

密拉斯医生 年轻吗?

拉尔夫 正是成熟的年龄。

密拉斯医生 哦呵，用你父亲喜欢的成语说：买瓜要看皮色。照我说，玩女人就得看年龄。(小声地) 我记得……我记得……从我们开始流浪的时候起，成熟的果子就常常给你弄到手。而我这个老头儿，常常只得拿几个情窦初开的来开开心。哈，哈，哈，哈！那个女人，是金发的，还是黑发的?

拉尔夫 是黑发的。

密拉斯医生 啊呀呀，你这个人啊！个子高吗?

拉尔夫 哦，比起一般中等身材的要高一点儿。

密拉斯医生 (把身子微向前倾，低语) 是不是身段很匀称的? 肩膀很窄? 一双褐色的眼睛常常很忧郁，是不是? 是不是走起路来背有点儿弯的? 虽然她已经是两个成年孩子的母亲了，可还有一双匀称的大腿，是不是? (突然挺直身子，高兴地笑了好久) 别要你的把戏了吧，朋友！(用手指威吓着他) 啊呀呀呀……你真是个骗子！你的好爸爸还在继续从事着著名的翻译呢！

拉尔夫 (支吾不答，佯装正经) 这跟我父亲有什么关系！

密拉斯医生 别再装腔作势了，拉尔夫。(前后踱步) 见鬼，真有点神经质！真有点神经质！(拍拍拉尔夫的肩膀) 我真佩服你老弟！你这小伙子真有办法，真有办法，打破一切过时的成见和陈腐的真理，勇往直前！（摇摇头）对老天爷总该怕几分吧，你这个骗子！给我猜到了，对吗？

拉尔夫　（懂得反驳也没有意思）是的，给你猜到了。

密拉斯医生　不是吗？一块荒芜的黑土，是不是？

拉尔夫　唔……也可以这么说。

密拉斯医生　这是你近三年来最有趣的罗曼史之一吧？

拉尔夫　唔，也许是的。

密拉斯医生　有高度的刺激性，是不是？瞧，亲爸爸的……妻子！

拉尔夫　如果从刺激的观点来说……也许是这样。

密拉斯医生　哈哈！今天在我这里的幽会，一定还不是罗曼史的开始吧？

拉尔夫　（皱眉）说句老实话，暂时成就还很微小。（自白，仿佛与愿有违的样子）说得更确切一点，目前还没有成就。

密拉斯医生　啊—啊……碍于成见，对不对，朋友……（静场）好了，我该让你一个人留下来了……（伸出一根手指）可是，别拖得太久！别拖得太久！要注意，我正八点钟回来。到那个时候，应该有新鲜的空气，房间也应该通通风。（吃吃地笑。）

拉尔夫　（起立）你也知道，我总是很准时的。谢谢你，谢谢你。（脱去大衣，随便地把它丢在椅背上。）

密拉斯医生　啊哈，这意思是，你在这里等她啰！……

拉尔夫　是的，我们是这样约定的。

密拉斯医生　（穿大衣，戴上手套，把手杖挂在手臂弯上）啊呀呀，你这个骗子……啊呀呀！好，祝你成功！（用跳跃的步态走向门去。）

拉尔夫　谢谢你，朋友。

密拉斯医生下。拉尔夫把几只玻璃杯放在桌上，倒满了一杯酒喝起来，同时狡猾地挤着眼睛，仿佛在跟一个看不见的人交谈似的，在屋子里徘徊着，望着窗外。然后，走到密拉斯医生的工作台那里想去翻一下桌子里的东西；他试着打开抽斗，可是抽斗锁着；他随即从口袋里掏出一串钥匙，非常迅速地把抽斗打开。在一堆信札和文件中翻了一阵，眯缝起眼睛看那些东西。突然门开了，在门槛上出现了一位戴眼镜的先生。

戴眼镜的先生 （向拉尔夫看了半晌；低声地说）您好！

拉尔夫 （很快抬起头来，张大眼睛，一动不动地愣住在那儿；然后，把手从桌子上慢慢地缩了回去，用非常迅速的动作把手插进裤袋里去）您要什么？

戴眼镜的先生 （他那狭窄的，长着一部艺术家风度的黑胡子的脸上迸出一丝笑容，走近过来）算了吧，伙计。顺便跟您说，以后别带武器，这是非常非常危险的。（拿过一把椅子，把它摆在桌子的旁边；向拉尔夫伸出手去）您好。

拉尔夫 （还是无法控制自己）您要……什么？您是……谁？

戴眼镜的先生 我要什么，我马上就可以告诉您。至于我是什么人，那……您干脆叫我“契比斯”同志好了。

拉尔夫 啊啊……那就是另外一回事了。（擦擦额头，微笑）您是来找我堂兄的吗？

戴眼镜的先生 不，相反，我正是来找您的。

拉尔夫 （惊奇地）找我？

戴眼镜的先生 是的，找您。（用手指指打开了的台子抽斗）您想抓住这个机会吗？

拉尔夫 您这是什么意思？

戴眼镜的先生 没有什么。（轻声地）了解了解熟人的情况，从来也不会妨碍什么事情……（指着沙发前面的小桌子）跟您的朋友喝过两三杯酒啦？（更轻地）您……像在等人吧？

拉尔夫 是的。

戴眼镜的先生 那个人……什么时候来？

拉尔夫 （看表）最迟再过半小时。

戴眼镜的先生 那没有关系，在那个时候以前，我跟您可以谈妥了。（回答拉尔夫目光中流露的疑问）看来您有一个问题搞不清楚，我怎么会想到……到这里来找您，是不是？

拉尔夫 我想，从我这一方面说来，这完全是一种很自然的好奇。

戴眼镜的先生　我也不反对，伙计。（解释）一早，我就想找个机会来跟您碰碰头。（静场）我跟着您，一直跟到我们共同的朋友——亲爱的医生——的诊疗所的门口。当他出去以后，当您或者是医生自己把那位……使女卡特琳小姐打发走以后，我就决定进来了。至于门上的钥匙，我老早已经弄到了。

拉尔夫　是这样……

戴眼镜的先生　（无耻地用逗引的口气说）是啊，没有办法，这一切都是我的职务。（静场）事情是这样的，我要向您转达一些口头的命令。您应该……开始一点儿一点儿行动起来了。

拉尔夫　（关上抽斗，以熟练的动作把它们锁好，把钥匙放到口袋里）哦？

戴眼镜的先生　我们认为，令尊——可敬的密拉斯教授——的那座所谓的城堡，很合适于安装……比方说安装一座小型的无线电台。

拉尔夫　是吗？

戴眼镜的先生　可不是吗？（带着冷笑）一位著名的学者在过着安静的生活，他的怪僻性情，就可以用来解释很多事情。他在自己屋子的周围筑起了高高的围墙，把所有想靠近他的人都驱逐开去。我们肯定，如今的政府工作人员，对他极其器重，而且，决定尊重他的一些怪脾气。（静场）甚至可能要在令尊的城堡里建立我们地方组织的中心。（默默地吸了一会儿烟；望着拉尔夫；慢吞吞地说）对您本人寄予很大的希望。（突然显得非常严肃）可是表面上要使自己的行为无可非议。明白了吗？

拉尔夫　这意思是……

戴眼镜的先生　这意思是……要避开一切可能使您受到怀疑的事情，对苏维埃制度一句也不能批评。别闹出任何笑话……在任何情况下，不要随身带着不准携带的武器，明白了吗？

拉尔夫　明白了。

戴眼镜的先生　（向拉尔夫弯过身去）您变卖了一些贵重的东西，那当然是允许的。可是要小心。（静场）不过关于您的第一次活动，实在不够谨慎。

拉尔夫　我认为，我已经用了一切办法，使……

戴眼镜的先生　我相信，我相信，我们知道您很机警。可是，某些地方您似乎还考虑得不够周到。（静场）您的表兄医生先生的情况怎么样了？

拉尔夫　您是指哪一方面？

戴眼镜的先生　您信任他吗？

拉尔夫　完全信任。

戴眼镜的先生　这很好。不过您还是得记住……开始的时候，重要的事情别派他去干。（静场）假如您觉得他有一点点不可靠的时候，立刻就把这支蜡烛吹熄。懂吗？

拉尔夫　是的，懂了。（小声地）万一要这样做的时候，要我自己动手吗？

戴眼镜的先生　您自己。（站起来。）

拉尔夫　（也站起来）请允许我向您请教一个问题。

戴眼镜的先生　非常乐于效劳。请问吧！

拉尔夫　有没有一点小小的希望；能够保全某一个网？

戴眼镜的先生　将来看吧……将来看吧。（擦眼镜，似乎不愿解释，但在最后还是说了一句）一部分据点被粉碎了。现在不得不去依靠另一部分据点了。

拉尔夫　（慢慢地猜想着他的话的意思）啊，是这样。（静场）这意思是……

戴眼镜的先生　嗯。

拉尔夫　那么，就连鼓动的河流也要走向另外的河道了？

戴眼镜的先生　对。那已经是在这样做了。（又突然转变话题）明天晚上九点三刻，在令尊的城堡的北面的转角旁有人等您；在那里，将有人给您一份必要的材料……和一些指示。旁的没有了。（伸手给拉尔夫）再见。

拉尔夫　（按军礼立正）再见。

戴眼镜的先生很快下场。拉尔夫沉思地来回踱步；喝酒；又是铃声，他去开门，过一会儿，在候诊室那里传来了他的声音。

拉尔夫 请进来。（艾娃·密拉斯走进房间。）

艾娃·密拉斯穿着深色的秋季大衣，戴着深色的有面纱的帽子，走到房间中央站住。

拉尔夫 （用一种甜蜜的声调）亲爱的，请允许我，让我来帮你的忙。

艾娃·密拉斯 （很轻地，几乎听不见）谢谢。

拉尔夫 （伸手）允许我给你宽宽大衣？

艾娃·密拉斯 不用了。

拉尔夫 （渐渐紧张起来）可是……为什么这样忙呢？你总不见得打算回过头就走吧？

艾娃·密拉斯 （揭起面纱）嗯，我只打算在这儿待几分钟。（走到沙发跟前，坐下；默默地看着前面。）

拉尔夫 （拿过一把椅子搬到艾娃·密拉斯的膝边，坐下；摆起一副有点像在演戏的姿势）是这么回事，亲爱的，我邀请你来……

艾娃·密拉斯 （厌恶地耸耸肩膀）邀请！我不认为这是邀请。

拉尔夫 唉，你知道……请你了解我的意思……

艾娃·密拉斯 （小声地，但有很大的力量）昨天晚上，在你又一次向我提出你那荒唐的要求的时候，你说，要是我不到这里来跟你会面，那你就要把我的家庭生活彻底破坏。好，我现在已经到这里来了。你说，你好像抓到了什么把柄。我倒要见识见识，你手里究竟有些什么王牌能使你达到勒索的目的。

静场。

拉尔夫 亲爱的，别生气，可是……（没有说完话，神经质地猛吸几口香烟。）

艾娃·密拉斯 请不要对我尽说那些废话。你要知道，我从来没有什么把柄落在你手里能叫你这样做。（静场）好，我等着，你说吧。

拉尔夫 请你相信……我是想使……

艾娃·密拉斯 （不耐烦）我的老天，为什么还要装腔作势？够了！

拉尔夫 （站起来，表面上心不在焉地在屋子里踱着）事情是这样……有一封寄给你而本来应该在你那儿的信，落在我的手里了，至于怎么会落到我的手里，这并不重要。（越说下去，越变得大胆和厚颜无耻起来）可这封信，无论如何不能让我那可敬的父亲得到……（静场。眯起眼睛，观察自己话的效果。）

艾娃·密拉斯 （不解）信？

拉尔夫 （慢慢地伸手到口袋里，从那里掏出信来，拿到艾娃·密拉斯的面前）是呀，人常常是健忘的！（讽刺地）现在总该想起来了吧？

艾娃·密拉斯 （经过了紧张的静默以后，向拉尔夫看了一眼）啊，原来是这样……（没有说完话）是的，我真没有留意到，会把它丢失了。（静默。）

拉尔夫 （重新把信放进口袋，微笑）现在想起来了吗？

艾娃·密拉斯 （镇静地）是的，想起来了。你以为现在我会因为怕被揭露而同意你那卑鄙的要求？（等待回答；说得更慢）天哪，这多么下流！

拉尔夫 （叉开两腿，站在艾娃·密拉斯的面前；抽着烟；嘲笑地说）是呀，瞧你！可是没有办法，一点儿办法也没有……

艾娃·密拉斯 （重复地说着）我的天哪……这多么下流！

拉尔夫 （还是用那无耻的口吻）没有办法，亲爱的……（吸烟，又踱步）生活！你知道，生活主要是要为自己的幸福而斗争。因此，必须斗争。（他的声调突然变得粗暴起来，几乎是恫吓地）请允许我告诉你，你的行为简直可笑。你是个理智清明的成年女人，可你的行为简直像个任性的小姑娘。（突然恢复过去的习惯，把香烟扔在地板上，并用鞋尖把它踏熄）干土拒绝雨露……真是笑话！（嘶哑地）今天你放明白点儿！要不然，我就要强迫你，听见没有？……而到了明天，你就会觉得今天这样任性是可笑的了。（又压制住自己的冲动；笑起来）至于那封信——那封迷人的、热情奔放的情书，你可以平平安安地拿回去，正好像它从未离开过你那别致的手提袋一样。（坐到艾娃·密拉斯的旁边想去搂抱她。）

艾娃·密拉斯 住手！（静场）我从来没有相信过，世界上会有这样下流的东西。

拉尔夫 （又粗暴地）请把你的那套仁义道德收起来对别人去说教吧！（又竭力抑制自己，用诱惑的声调说）傻瓜，傻瓜！那些字眼都是空头玩意。（小声地）是不是良心不允许你？（笑）去他妈的那些规矩、礼貌！今天的时代，是不计较那些傻玩意儿的人的时代。今天的时代，是自由人们的时代！（静场）是的，你最好别让那些连三个铜子儿也不值的胡说八道来折磨你自己吧。

艾娃·密拉斯聚精会神地听着拉尔夫的话。

拉尔夫 （仍在房间内踱步）你是我父亲的妻子，你对于像我这样的一个男人，是有所顾忌的。（耸肩）笑话！那个不中用的、一只脚已经踩进棺材的老家伙挡住了我的路，而那所谓崇高的道德偏偏认为我没有权利去把他推开，甚至认为我应该尊重他，应该默默地忍受那种可望不可即的痛苦，演出一场悲剧。（恫吓地弯下身去）不，我连想也不想这样做！（倒了一茶杯白兰地，喝酒）要是为了这么一个干瘪蘑菇就此罢手，那才丢脸呐！老实说，他本来就自然而然地在走向毁灭，那么在他走向毁灭的路上把他推在旁边一点儿又有什么关系呢！

静场半晌；只有从窗外钻进来的街上的喧哗声划破这里的静寂。

别破坏这个喜剧吧！（抓住艾娃·密拉斯的手臂，紧紧地捏住它）别再扮演什么圣洁的天使啦！你以为我想像不到，你在明月之夜，不止一次地燃起对我父亲的憎恨之火；你以为我想像不到，每一滴你的血，从傍晚到黎明都因为对爱的怀念——对那奔放、大胆的爱的怀念——而苦闷着。那孽障会使你拿起利刃毒剑……或者燃起熊熊火焰！（用舌尖润一润干燥的嘴唇）装腔得够了！（伸出两手）你放心，我不怕那孽障。如果不这样，就不能遂我的心愿，我能够勒死它。如果不这样，就不能达到目的，我能够杀死它！（换一口气，坐下。）

艾娃·密拉斯 （拉尔夫越来越清楚地暴露他自己，她却变得越来越镇静了）你说完了？

拉尔夫 （生硬地）完了。

艾娃·密拉斯 现在请允许我，让我跟你说几句话。

拉尔夫 好，说吧！

艾娃·密拉斯 （不慌不忙，清晰地咬着每一个字眼）几天以前，有人在我的面前画了一幅“新欧洲人”的像，那些“新欧洲人”在不久以前还在妄想统治全世界……

拉尔夫 （心不在焉地）㖿，㖿……新欧洲人的像。

艾娃·密拉斯 你也是这样的“新欧洲人”！

拉尔夫 㖿……㖿……

艾娃·密拉斯 你是个残忍的、凶恶的、无情的、卑鄙的东西……不是别的。（又把面纱放下）从前有人在这里……非常详细地……讲过克洛奥格集中营里许多耸人听闻的事。后来在报上也登载过关于波兰和乌克兰的事。（静默）当时我一直在想：哪来的禽兽，会策划、组织、主使、支持、实现这种令人发指的罪行……（静场）今天，我再不向自己提出这种天真的问题了。

拉尔夫 （不知怎样理解后母的话好）哦？

艾娃·密拉斯 一个能以这么残酷的逻辑来议论自己亲生父亲的人，那就可以作出比那些更加可怕的事情。（缓慢地）凡是一切活的东西——一切在运动着的、呼吸着的、渴望光明的东西——都应当避开你。（静场）你——你是传染病的媒介。是瘟疫的传播者。（静场）和麻风病患者接触，自己也可能染上麻风病。

拉尔夫 （带着威胁的态度迫近艾娃·密拉斯）住口！停止你那可怜的梦话吧！

艾娃·密拉斯 别碰我！我憎恶你！（突然站起身来。）

拉尔夫 不，你到哪儿也走不了！走不了，你听见没有！

艾娃·密拉斯 我走得了。你挡不住我……即使用武力……用“新欧洲人”的武力也挡不住……虽然你很想这么做。

拉尔夫 （威胁地）当心，亲爱的！（从口袋里拿出偷来的信）不然的话，我……就要把这张王牌打出去……这对你未必是很愉快的吧！

艾娃·密拉斯 （站住一会儿；慢慢地说）是的，我当然很可惜这封光明磊落的信仍将留在你肮脏的手里。（柔和地）写这封信的人是个正直的人。（静场）他的爱情也是真诚的，他把爱情在心里隐藏了十年。直到临死的时候，才把他的忏悔书寄给我。（向门走去）我没有向你父亲隐瞒这件事。这封信他是知道的。

拉尔夫 （单调而机械地）当心，亲爱的！（拦住艾娃·密拉斯的路。）

艾娃·密拉斯 （打旁边走过去）住手！我不怕你！谁也不再怕你和你的朋友。（声音不高，但坚决地）街上有的是人。而且你可以相信，十个人当中有九个都会把你抓起来！

拉尔夫慢慢地退后，固执而充满恶意地低下了头；用舌尖润湿着嘴唇。艾娃·密拉斯默默地离去。

第八场

布景同第一幕。星期天下午。密拉斯教授和作家利拉克坐在靠沙发的一张桌子旁边下棋。拉尔夫在一旁看棋消遣；他显得很不安，像在期待着什么；不时站起来，在房间里踱步，走到钢琴边坐下来，随手弹几下，然后又在室内来来去去踱着。密拉斯医生跟平常一样扮演着丑角，坐在屋角一张小桌旁玩纸牌，他把牌摊在那个显得比以前更加衰老的维亚利亨建筑师面前。

密拉斯医生 （以单调的声音拖长了调子像唱歌似的说）哦，是的，哦，是的，维亚利亨先生。这可能不会使您相信，可无论如何是这样。（用指尖敲牌）是的，是的，是的，是的，这是千真万确的。请您随便想一张牌。

维亚利亨建筑师 （孩子气地）随便哪张都一样？

密拉斯医生 随便哪张都一样。

维亚利亨建筑师 譬如说红桃皇后可以吗？

密拉斯医生 就算是红桃皇后。（继续说下去）我能把这张牌找出来。

不出两分钟，我可以把它反着放在您的面前，一点儿也不会错。

维亚利亨建筑师 嘿嘿嘿嘿。真的不会错？反着？

密拉斯医生 一点儿也不会错。是反面朝上！

维亚利亨建筑师 不相信，不相信！（摇摇头，吃吃笑着。）

密拉斯医生 不相信？我们就来试验一下，您就会……相信了。

维亚利亨建筑师 不可能，医生，不可能的。超自然的时代已经过去了……过去了……过去了……（继续笑着。）

密拉斯医生 （神秘地）在某种意义上来说，您是对的。是过去了。可是有一种玄妙的力量，我的艺术家先生，您知不知道那种玄妙的力量？一种神秘的力量？

维亚利亨建筑师 是的，是的，是的……玄妙的力量……神秘的力量……

密拉斯医生 我个人，请您原谅，我就是您那诗才的崇拜者，我所以崇拜您就是因为那种表现在您每一首诗里的神秘的力量！（俯身在桌子上）您所倍加赞扬的无名之神……就是那种神秘的力量！（重又挺直身子）怎么样，我们来试一试好吗？

维亚利亨建筑师 好，我们来试一试吧！

密拉斯医生 （郑重地，但可笑地）来吧。请您想好一张牌。

维亚利亨建筑师 随便哪张都一样？

密拉斯医生 是的，随便哪张都一样。哪怕您真的挑红桃皇后也不要紧。

维亚利亨建筑师 已经想好了。

密拉斯医生 （把牌放在桌上）请签牌！

维亚利亨建筑师 嘿嘿嘿嘿！签好了……

密拉斯医生 谢谢您。现在我们要开始了。（解释）您瞧着，我把所有的牌分成四堆。您的任务是请您注意您所想好的那张牌给排到哪一堆里。不过您先不要说，等到我把牌完全排好的时候，您再告诉我，那张牌给排到哪一堆里去了。好，现在都排好了！（疑问地望着维亚利亨建筑师）唔，它排到哪儿去了？

维亚利亨建筑师 （用手指着一堆牌）这儿。

密拉斯医生 好。（重新将牌收起来。）

作家利拉克 （对密拉斯教授）注意，朋友，我立刻就要杀过来了。将！

密拉斯教授 见鬼，你怎么溜到这儿来的？

作家利拉克 偷袭一下，这是应该的。

密拉斯教授 啊呀呀……我怎么变得这样不小心，只顾一面。（说着，又专心下棋。）

密拉斯医生 现在我排第二次。请注意看。（静场）在哪儿？

维亚利亨建筑师 这儿。

密拉斯医生 好。现在我再排第三次。注意……在哪儿？

维亚利亨建筑师 在这儿……这一堆里。

密拉斯医生 在这一堆里……唔……（沉思着洗牌）请看，就是这张。不是红桃皇后，而是铲形皇后，您真狡猾。我猜到了没有？

维亚利亨建筑师 的确是铲形皇后，是的。（笑）奇怪，奇怪。

密拉斯医生 不错，依靠牌的帮助，我们可以猜到好多我们的理智永远猜不到的东西。

拉尔夫又走到钢琴前面弹起来。

密拉斯医生 （对拉尔夫）来一个严肃一点的曲子给我们这些老头子听听，严肃一点的。

拉尔夫 （漠然笑着，回过头来看看）我愿效劳。（开始弹另一支歌曲，但很快就中断了）怎么样？（起立。）

密拉斯医生 （注视着拉尔夫）好极了！这比起那种没意思的“特拉——里亚——里亚”就不同了。（对维亚利亨建筑师）我说艺术家先生，我想您只喜欢严肃的、有内容的音乐，是不是？

维亚利亨建筑师 嘿嘿嘿！严肃的，有内容的……不错！嘿嘿嘿！……

密拉斯医生 （点头）严肃的，有内容的，正像您那艺术家的灵魂一样。（玩弄着纸牌）顺便说，您愿意不愿意让我来给您看看反映在魔镜里的您的生活？

维亚利亨建筑师 这是什么意思？

密拉斯医生 这意思是我能在一分钟内推开一扇能卜知您的过去和未来的窗子。

维亚利亨建筑师 （羞惭地向四周看了一下）难道您连这个也会？

密拉斯医生 会……只要依靠我们伟大的“无名氏”先生的帮助……

密拉斯教授 （兴高采烈地）啊哈，你的攻势已经受到挫折了。将……皇后吃掉了！

作家利拉克 哦，伤心啊，抽掉一个皇后……真伤心。

密拉斯教授 投降吧。警告你，投降吧！

作家利拉克 不。虽然皇后没有了，我还要继续斗争。

拉尔夫漫无目的地在室内徘徊，走近阳台门，望着花园。

密拉斯医生 您是属于红桃[1]的，是吗？

维亚利亨建筑师 红桃？嘿嘿嘿！（挺起肩膀。）

密拉斯医生 不是？

维亚利亨建筑师 您知道吗，医生先生，我年轻的时候，我的头发又蓝又黑又硬，真像马鬃一样。

密拉斯医生 哦，像马鬃一样。

维亚利亨建筑师 请您相信……真是这样……

密拉斯医生 好吧，请准备细听真相。（俯身在桌子上，摊好了牌。同时侧目望着拉尔夫）好了……

铃声。安娜很快地穿过客厅，向左面下去。

维亚利亨夫人 （兴冲冲地从左面进来）你们好！（向正在下棋的两个人走过去，密拉斯教授和作家利拉克也很客气地站起迎接她）教授先生！……

密拉斯教授 夫人！（吻伸给他的手。）

维亚利亨夫人 （玩笑地在作家利拉克的手上打了一下）噢，是您！当您跟

---

① 用纸牌算命卜卦时，卜者根据问卜者的年龄、性别、头发颜色分别以各种花色的牌作为代表。

我的老头儿突然不见的时候，我就知道你们上这里来了。（旋风也似的走向拉尔夫；在他面前站住了一会儿，把手叠在肚子上，把头向侧面扭了一下）我的天哪……拉尔夫，你总是不会老。简直……永远是这样。就像童话里那个每天饱喝鲜血的妖怪一样。哈哈？！你的气色真好。怎么样，已经去工作了吗？

拉尔夫 （带着假装的殷勤）噢，是的，当然啰，夫人。

维亚利亨夫人 （狡猾地）我知道，你在拿我开玩笑。等一等，我要去把我的老头儿骂几句，等一会我一定，一——定——要跟你谈谈。

拉尔夫 （带着含有恶意的讽刺）请不要让我久等了，夫人。

维亚利亨夫人 （走近维亚利亨建筑师和密拉斯医生）哦哦，医生先生！

密拉斯医生 （吻手）您好，夫人。

维亚利亨夫人 我的天哪，您也满面红光，像苹果一样。（用手指点着他）坏东西……坏东西。（对丈夫。他很殷勤地站了起来，虽然很想继续坐在他的安乐椅里）啊哈，我的老爷！你一点也不听我的话，一点不听我的话！我的心疼得跳得多厉害！你也知道，如今我们是在什么样的时代里，我们的周围是些什么样的人。（在一张空着的安乐椅里坐下来，喘气）哦，累得我满身大汗。（对在一旁下棋的两个人喊着）对不起，教授先生，您的太太不在家吗？

密拉斯教授 抱歉，暂时不在。（回头望一望门）瞧，她来了！

艾娃·密拉斯从左边上。

艾娃·密拉斯 （向跟着她进来的顾斯拉普少校）请，请进来，少校同志。

顾斯拉普少校 谢谢您。真对不起，你们有客。

艾娃·密拉斯 没有关系，您好像在我们这里已经跟所有的人都见过面了。

顾斯拉普少校 （微笑）是的，也许是的。（依次向大家问好。）

维亚利亨夫人 哦哦，少校先生……同志。是的，我们是认识的。我早就听说过，红军里面也有爱沙尼亚人。可有的人好像认为是没有的。好像那些会说爱沙尼亚话的人也是死记出来似的。我上一次就想问您，可是忘了。（重新把头侧向一边，把两手叠在肚子上）我的天哪，这不是爱沙尼亚人吗？是道地的爱沙尼亚人！（即刻向艾娃·密拉斯）亲爱的，莉其雅真的又要到达尔都去了吗？

艾娃·密拉斯 是的，是真的……（对顾斯拉普少校）请坐。

维亚利亨夫人 你们怎么放心得下在这种时候放她一个人去？……她还是个天真的孩子……

艾娃·密拉斯 我们放心得下。为什么不放心呢？

维亚利亨夫人 再说，现在的大学里，除了政治以外，什么都不教。

艾娃·密拉斯 （微笑）不要紧，全要教的。

维亚利亨夫人 是的……他们还讲一些的确很奇怪的故事……她什么时候走？

艾娃·密拉斯 已经走了。我跟少校同志刚去送她回来。

维亚利亨夫人 啊——跟少校同志……（静场）你的卡尔已经走上坏路。如今连莉其雅也要去受他们的整。

密拉斯医生 （对顾斯拉普少校）少校同志，请您到我们这里来吧。您看那两位棋迷下得这样出神，谁也别想跟他们谈一句话。我们，我和艺术家先生，在这儿搞的是比较轻松的玩意。

顾斯拉普少校 谢谢。（搬过一把椅子，坐了下来。）

拉尔夫默默地在房间里走了一遭，努力盯住艾娃·密拉斯的眼光。

艾娃·密拉斯 （靠近维亚利亨夫人坐下）您来了很久了吗？（努力不去看拉尔夫。）

维亚利亨夫人 （心不在焉地，像在努力回忆什么事情）不，没多久，亲爱的。可我的先生来了有好一会儿了……我的先生来了有好一会儿了……

艾娃·密拉斯 天气在变……

维亚利亨夫人 （依旧这副样子）是的，在变……（突然活跃起来；向拉尔夫）噢，对了，我想起来了……我不是要跟你谈谈吗，拉尔夫？你是不是已经在我们的新政府里服务了？

拉尔夫 已经在服务了，夫人。

维亚利亨夫人 （突然高声笑了起来）嘿，嘿，嘿，嘿……我的天哪，你们知道他们那些机关里的工作作风是怎么样的？嘿，嘿，嘿……当我听到李伊夫律师太太的话以后，我简直笑死了。你们知道李伊夫先生也在机关里弄到一个小小的差使。唔，他有时候在家里也谈起这些事情。那些同志的外貌不知道像什么……嘿嘿嘿！李伊夫先生得到会计职位的那个工厂的厂长，据说从前是个工人。现在，不用说，他坐在从前工厂经理的办公室里。可是，这个人呐，连带领带的衬领都不戴。一双手像两根柴。又粗糙，又刺人。他签字的时候，你会觉得他手里的那支钢笔眼看快要被他拧断似的。嘿嘿嘿！穿着高统靴……绿色的军用马裤……至于那些女人，我的天哪！真是一点儿体统都没有。厂长的那位女秘书，一定也是女工出身的……抽自己卷的烟……就在自己座位旁边的钉子上，挂着一件老棉袄……（把声音压低，近乎耳语）指甲……漆黑！嘿嘿嘿。我的天哪！（环视一下所有的人，观察她说话的效果；忽然注意到周围的人都保持怪难堪的沉默；她揣度到了其中的缘故，于是十分惶恐地凝视着顾斯拉普少校）我的天哪！

顾斯拉普少校 （微笑）我在这里好像使您受到拘束，是吗？

维亚利亨夫人 （睁大眼睛，用手帕挥着）请您相信……您知道……我……

顾斯拉普少校 （仍旧微笑）我相信……而且您所说的一切，是常常会碰到的。（解释）一个有一双大手、穿着高统靴子的从前的工人当了工厂厂长——这在我们这儿是很普通的现象。（把香烟点着火，然后，慢慢地把火柴摇熄）何必隐瞒呢，我们中间有许多人没有学过优雅的风度——没有时间学。又要建设工厂，又要装配坦克，又要制造枪炮。（静场）不久以前，有许多人——就是现在在破坏优美情调的那些人，为了要够到切削机床或者工作台，就不得不在自己脚下垫上一个木墩或者一只箱子。（静场）至于像优雅的风度这种重要的事情，我想我们总还能胡乱对付过去。将来我们一定能做到使您满意的，维亚利亨夫人！

作家利拉克 （愉快地笑着）说得对，少校同志。将！

维亚利亨夫人 （擦擦脸）请您相信……请您相信……我……

顾斯拉普少校 没有关系，夫人。

维亚利亨夫人 （孩子气地）这都是那个讨厌的李伊夫太太胡诌出来的。我干吗要把这些蠢话转告给大家听呢……现在看来，这样胡说八道，弄得不好，也许会去坐牢。

周围的人都笑了起来。

顾斯拉普少校 （和蔼地）不至于这样吧。

密拉斯教授 啊哈，将死了！

作家利拉克 啊，见鬼，不错，真的将死了。（把棋子弄乱）我投降。（回过头来；带着嘲笑）维亚利亨夫人，您有点难为情了？……

维亚利亨夫人 是啊，您给我想一想……我真是个傻瓜……我的天哪！（开始解释）李伊夫太太……

作家利拉克 李伊夫太太对您说：最近我们的生活，在剧烈地走下坡路了；体面和优美的风度遭到摧毁；每走一步路都会觉得什么也不顺眼；还有，德国人的靴子亮得像镜子，而红军战士的靴子上面常常粘满尘土……是不是？

维亚利亨夫人 嗯，是这么说。这都是那个不要脸的女人对我胡诌出来的。

密拉斯教授 （咳嗽；固执而倔强地说）这有什么，这些东西也得看看！这些东西也得承认是有意思的！虽然我们的工程师（对顾斯拉普少校）——您不是工程师吗？——听到这些话也许也会不舒服。生活是由一些琐碎的事情……一些小事情组成的。

顾斯拉普少校 不，教授同志，我听到这些话一点儿也不感到不舒服。如果我们能够战胜德国人的侵略，能够战胜那股向我们猛攻的排山倒海的力量，那么我们迟早也能克服那些破坏优美情调的偏向。就因为那些偏向，在那所谓超政治的……而事实上有着绝非超政治目的的社交界中我们遭到了极其尖刻的非难……

作家利拉克 假如法国革命惧怕平民阶级在礼节方面有所不周的

话——事实上，大家知道，当时贵族阶级在这方面提出的要求，比起我们严守礼节的人还要苛刻得多，——那么我们的历史就不会是现在这样的了。

顾斯拉普少校 完全正确。在这个世界上，还从来没有过戴着大礼帽、穿着绸睡衣的绅士们进行伟大变革的事情。

作家利拉克 （站起来，拍拍密拉斯教授的肩膀）我的好朋友，最近我在努力开动开动脑筋了，同时也介绍你这样试一试。（静场）不过两个月以前，我还觉得再也没有什么东西可以写了。现在，我想了想，可完全不是那么回事。

拉尔夫用快步从墙的这一边走到墙的那一边。

密拉斯医生 （又偷偷地望了拉尔夫一眼）顺便说说，同志们，我们亲爱的少校刚才所说的把箱子垫在脚下的那一段话，可真是高论。

维亚利亨建筑师 （无意义地）恐怖的日子……可怕的日子。

顾斯拉普少校 （对维亚利亨建筑师）但是，建筑师同志，现在同时也是伟大的日子。对不对？

维亚利亨建筑师 伟大的……日子……

作家利拉克 是的，这是对的，同时也是伟大的日子。那些给灰尘蒙住眼睛，看不到花岗石的墙的人才够可怜呢。（静场）如今，随时随地都能看到很多矛盾……常常有这么一种情况：父亲在街垒的这一面斗争，而儿子却在另一面……哥哥在这一个阵营中，弟弟却在敌人的阵营中……

顾斯拉普少校 当然，这种矛盾也常常会发生的。（静场）可是，无论怎样，这对我们这个时代总不是典型的。

密拉斯教授 您说什么，顾斯拉普工程师？这对我们这个时代正好是典型的。

顾斯拉普少校 （摇摇头）不，无论如何不是典型的。

密拉斯教授 （皱眉）那么，照您的意思，对我们这个时代到底什么才是典型的呢？

顾斯拉普少校 （对自己放在膝上的一双手看了一会儿）对我们这个时代什

么才是典型的吗？……（静场）在那些苦难的日子里，那时我在德国法西斯的集中营里，我接触到一群俄罗斯的青年，这里面年纪最大的，也不过十六岁。他们是从乌克兰的一个小城市被德国人弄到那里去的。当德国人占领了他们的故乡，开始在那里建立起德国人的所谓“新秩序”的时候，这些……羽毛未丰的年轻人，就在一起商量，决定向祖国的敌人，开始进行斗争。他们在城里的同胞们之间进行宣传……他们帮助逃亡的战俘，找到自己的同志。他们袭击法西斯匪徒的辎重车队。可是，没有多久，他们遭到了不幸——因为他们还没学会谨慎——他们陷入了德国人布置的罗网。六个小伙子和两个姑娘当场被捕，其他的人，都被作为嫌疑犯逮捕起来。那几个当场被捕的给德国人野蛮地折磨、毒打，用烧红的炭在他们的身上烫……最后被判处绞刑。当他们就刑的时候，其余一些仅仅是嫌疑犯，而在毒刑拷打下什么也没有承认的青年人，也给带到刑场上。你们猜一猜……那些不幸的孩子做了些什么？（静场）他们在离开自己最好的几个同志二百来步的地方站着，看到他们一个个被套上绞索吊上去，看到他们一个个痉挛地死去……可是他们，就在这样的情况下也一点儿不暴露自己。（静场）在集中营里他们遭受了一种所谓特殊制度的蹂躏。结果终于都牺牲了。十五六岁的青年男女，就这样成为伟大的英雄。（带着苦笑）也许，他们的特点，并不在于有特别优美的风度，但他们敢于英雄地死去。（静场；对密拉斯教授）这些年轻人，密拉斯教授，对我们这个时代才是典型的！

维亚利亨夫人　我的老天！（似乎不知道要说些什么。）

拉尔夫聚精会神地倾听着少校的话，跟医生交换了一下目光。

密拉斯教授　是的……

维亚利亨建筑师　恐怖的时代……惊心动魄的时代……

作家利拉克　（慢慢地）是的。但也是伟大的时代。

密拉斯医生　（他几乎把整个胸部都贴在摊满纸牌的桌子上）这么说，您还到过德国人的集中营？

顾斯拉普少校 （望着发问的人）是的，也尝过这种生活的滋味。

密拉斯医生 （带着阿谀的柔和声调）您在那里该是很苦吧？

顾斯拉普少校 （简截地）是的，那里可没有抚摸头发怜惜我们的人。

密拉斯医生 （笑）啊呀呀呀，唔，少校，您啊，您甚至在这种事情上面也开玩笑！（变得严肃）死亡率很高吧？

顾斯拉普少校 有一个白俄罗斯的同志——他是电力工程师——他证明，两年中在那边被杀害的人在十万个以上。

维亚利亨夫人 天哪……

维亚利亨建筑师 （单调地）可怕的时代……惊心动魄的时代。

密拉斯医生 （继续发问）可是，您毕竟得救了是不是？

顾斯拉普少校 是的，侥幸得救了。

密拉斯医生 这么说，您的罪名不大？

顾斯拉普少校 不，问题不在这里。而是在于那些高贵的同胞先生认为在我未死以前，还可以利用我……充当免费的劳动力。而我的体力很强，正像……正像要从那个地狱里逃出来的决心一样。

密拉斯医生 （勉强可以看出他震动了一下）高贵的同胞先生？高贵的同胞先生？您为什么这样说？难道您……是德国人？

顾斯拉普少校 （摇头）不。但是，掌握我的命运的是爱沙尼亚人。

密拉斯医生 （低声地）哦哦！这意思是……

顾斯拉普少校 是的，这意思是，在我们之间，也找到了这种人。（换上一支烟。）

密拉斯医生 （摇头）啊呀呀呀！您说些什么，您说什么！

作家利拉克 您以后有没有碰到过这些坏蛋？

顾斯拉普少校 （迟疑一会）没有。

密拉斯医生 他们……他们大概是怎么个样儿？

顾斯拉普少校 （耸肩）衣着在一定程度上能磨灭人们之间的区别。

密拉斯医生 啊呀呀呀……可是，假如说，您能忽然碰到了这些人，碰到了这些高贵的同胞先生，您认得出他们吗？

顾斯拉普少校 很难说。（静场）我想，总还能认得出来。

静场。

拉尔夫 （走到钢琴前面，用手指在琴键上弹了几下）那里有多少这样的高贵的同胞先生？

顾斯拉普少校 有两个。

密拉斯医生 啊呀呀呀！您说什么……您说什么！（仿佛很诧异地环视着所有的人。）

密拉斯教授一直不经意地听着别人的谈话，装出一副神秘的样子，站起来，走到书橱旁边；谨慎地从里面拿出一个盛酒的水晶瓶和一个里面放着几只高脚玻璃杯的托盘。

密拉斯教授 （有些兴奋的样子）各位贵宾，现在请允许我向你们贡献一件意外的礼物。

大家都看着他。

维亚利亨夫人 可是……教授先生。

艾娃·密拉斯 （急忙去帮助丈夫）请等一下。（斟酒）怎么样比较好些：要不要一杯一杯地拿给大家？

作家利拉克 不必了。就是最懒惰的驴子也会自己走到食槽那边去的。（第一个走到桌边）那么意外的礼物呢？

密拉斯教授 （有些困窘，但不无卖弄地）朋友们，是这么回事：在我的工作中，我已经看到了某些成就。

维亚利亨、顾斯拉普少校、密拉斯医生、拉尔夫和维亚利亨夫人走到桌旁，每人拿起一杯酒。

密拉斯教授 嗯，在我的工作中，已经看到了某些成就。

维亚利亨夫人 祝贺教授先生工作成功！

密拉斯教授 （由于这句插言，使他带有几分烦恼）谢谢。

作家利拉克 很明显，这一定跟荷马老头儿有关，是吗？

密拉斯教授 是的。（带着孩子气的笑容）事情是这样的：昨天夜里，我译完了《奥德赛》的第一卷。我觉得这件事值得庆贺。

大家 恭喜……恭喜！就进一步的成功！（喝酒。）

密拉斯医生 （踮起鞋尖，吻叔父的面颊）请原谅，我不能用其他的方式来表达我诚挚的情意。啊呀呀呀，多重要的新闻！多重要的新闻。

维亚利亨夫人 我的天哪！

密拉斯教授 （又装出神秘的样子）现在，这第一阶段已经过去了，我再对你们公开另外一个秘密。（慢吞吞地）朋友们，我从事这件工作，已经是第四年了！已经是第四年了……（大家都诧异地发出闹哄哄的声音）我在一九四一年春天，刚刚离开大学的时候，就已经开始这项工作了。翻译《奥德赛》是我老早的志愿。但是，虽然我作了非常认真的准备，可我总不敢相信自己有足够的力量能够实现我的计划。因此，我就……一直不告诉人。现在我找到了正确的道路，现在不必再隐瞒下去了。（以朗诵的语调说）我的城堡，我的城堡！（更加兴奋）你们，亲爱的朋友，你们帮助我把它建立了起来，保持了它的纯洁，使它不受到任何侵犯！谢谢你们，谢谢你们！以后，还请你们继续帮助我！

喝酒；其余的人们都跟着他喝。

顾斯拉普少校 （轻声地，带着勉强能看出的微笑）教授先生，您以为生活冲不破您屋子四周的围墙吗？

密拉斯教授 是的，谢天谢地，的确冲不破。

顾斯拉普少校 并且您希望将来仍旧这样？

密拉斯教授 我要努力做到使将来还是这样。

作家利拉克 （仔细地察看着还有些残酒的高脚杯的光亮）我怕这样不会长久。

顾斯拉普少校 是的，不会长久。我的意思也是这样。

密拉斯教授 为什么？

作家利拉克 有这样的征象。

密拉斯医生 我个人希望，命运能宽恕我那可敬的叔父，使他今后能摆脱一切太庸俗和太使他不安的事情。

密拉斯教授 （感动地）谢谢你，利哈尔特。（静场）嗯，只有在我的城堡这样的堡垒里，才有可能摆脱尘世的烦恼，像现在这样地生活下去。（向顾斯拉普少校）工程师，请您相信我，只有在这样的堡垒里才能生活下去。

顾斯拉普少校 （笑）我看，您也许还是错了，教授同志；您所驱逐开的生活，也许老早已经带着它所有的矛盾，粗暴而激烈地侵入到这里来了……

密拉斯教授 不，很荣幸，还没有发生过这种事。

作家利拉克 是不是这样呢？是不是这样呢？……

密拉斯教授 （重复）不，很荣幸，还没有发生过这种事。

密拉斯医生 既然叔叔自己都没有看见，当然没有发生过这种事。

拉尔夫踮起脚尖，悄悄地离开大家，倚在火炉的旁边站着。

维亚利亨建筑师 （像鹦鹉一样不嫌厌烦地）恐怖的时代……惊心动魄的时代……

维亚利亨夫人 （乘机插入）是的，我的先生，你说得完全对，这是惊心动魄的时代。（把自己的酒杯放在桌上）可是，天已经黑了。风很大呢！刚下过雪，现在看来暴风雪就要开始了！那么，亲爱的艾娃夫人，我们得回家了。（依次向大家告别）走，维亚利亨。

维亚利亨建筑师 （默默地服从妻子的话，老在那里嘟哝着，仿佛这些话有无穷的余味）恐怖的时代……恐怖的时代……

维亚利亨夫人 （走到门边，再回头一次）祝你们大家晚安！少校同志，请不要生我的气。（下。）

维亚利亨建筑师随着他的妻子下场。艾娃·密拉斯送客下，不再回来。顾斯拉普少校坐到沙发上，身子向前微倾，仿佛在期待什么似的。

作家利拉克 （指着棋子）哪一位愿意来运动一下脑筋？

花园里的风，刮得更厉害了。

密拉斯教授 （摇摇头）我不来，我不来了。（看表）我想今天就去把译文誊写清楚……（向作家利拉克）再过一刻钟光景，你到我那儿来一趟好不好？

作家利拉克 当然愿意，好朋友。

密拉斯教授 可不要忘记——再过一刻钟。（下。）

作家利拉克 （摆棋）嗯，风暴起来啦……拉尔夫，你愿意跟我杀一盘吗？

拉尔夫 （越来越不安地在房间里走着）下棋？不。

密拉斯医生衔着雪茄烟，坐到钢琴前面，吵闹地弹着。顾斯拉普少校聚精会神地注视着拉尔夫。

作家利拉克 （环视所有的人）难道就真的找不到一个人愿意在这张六十四格的棋盘上来比比神通吗？

顾斯拉普少校 （慢慢地）我来试试看。

作家利拉克 好极了，请坐下来吧。

顾斯拉普少校 （向拉尔夫）我想跟您下一盘。

作家利拉克 那更好，那更好。老实说，我自己下或者看别人下对我说来都同样高兴。喂，拉尔夫，你应战吗？

拉尔夫 （皱眉，显得很迟疑）好，我同意。（坐下，两手各拿起一只棋子，又把手拉回来。）

顾斯拉普少校坐到他的对面。

拉尔夫 您请挑棋子，少校。

顾斯拉普少校 （挑棋）黑的吗？好极了——那么您请先走。

拉尔夫 是的……我先走……（走棋。）

静场。

作家利拉克 拉尔夫，你怎么啦？这一着走得多么荒唐！

拉尔夫 （恶声恶气）你没看到，我这是被迫走的！

顾斯拉普少校 （轻声地）大概是您挑的颜色不对，密拉斯先生。

密拉斯医生 （从拉尔夫的后面望着棋盘）啊呀呀呀，工程师！您下棋真像在拚你死我活。

作家利拉克 拉尔夫，拉尔夫，你又失着了！（抬头）哦，狂风在咆哮，（向拉尔夫）我的天，你怎么啦？拉尔夫！

顾斯拉普少校 （单调地重复着）大概是您挑的颜色不对，密拉斯先生。

棋局在沉默中继续进行。

密拉斯医生　（看窗外）呜，呜，咆哮得多厉害呀……该走了，不然的话，又要陷到雪堆里去了。

作家利拉克　我说，拉尔夫，你这棋走得简直像个皮鞋匠。

顾斯拉普少校　大概是您挑的颜色不对，密拉斯先生。

拉尔夫　（发作）请不要说了，少校。棋子的颜色可不是我挑的，而是您挑的。（又弯身看棋盘。）

顾斯拉普少校　是我挑的……可是我没有……挑错。

密拉斯医生　（又向窗外投了一瞥）啊呀呀呀，瞧，多么猛烈！不，不管你们的决斗多么有趣，我总得走了！（小步疾行至前厅，很快地穿了羔皮领的大衣，戴着高高的羔皮帽转回来；戴上手套，拄住手杖站着；向拉尔夫）别忘了！

拉尔夫　（愠怒地）你放心，忘不了。

密拉斯医生　（向大家行礼）再见，朋友们。（竖起领子）有什么办法呢，我们要皱紧眉头，英勇地，像个男子汉那样地去迎接我们不可避免的命运……（走出阳台门，门外闯入一股十二月的寒风；转眼又回进来，踉跄地向后倒退几步，惊惶失措地倒在安乐椅上；发出嘶哑的声音）拉尔夫！拉尔夫！

拉尔夫　（迅速地抬起头来）啊？那儿……出了什么事？

密拉斯医生　（几乎像耳语似的）门外，站着几个……拿枪的红军……

顾斯拉普少校　（一字一句强调地说着）嗳，你们挑错了棋子的颜色，两位密拉斯先生。（指着拉尔夫）您，集中营的长官……还有您（指着密拉斯医生）集中营的医官先生。你们一帆风顺的日子已经结束了。

拉尔夫跳起来，跑到前厅去，随即从那里和密拉斯医生一样地倒退着回来。

拉尔夫　（疯狂地）鬼！鬼……鬼……（跑上楼梯，但突然站住了退回来；又冲向窗口扯开窗帷，灯光正好落在肩上背着枪站在窗外的一个红军战士的钢盔上）完了……（蹙额对顾斯拉普少校凝视半晌，顾斯拉普少校已经拿出手枪，枪口对着他）您……您……是个魔鬼！您就是那个……

顾斯拉普少校 （一面站起来，一面说）是的，您没有错，集中营的长官先生。是我发现了你们血腥的踪迹。（解释）今天，以那个所谓契比斯为首的您的朋友们，正好在我到这儿来以前被捕了，并且被送到了可靠的地方。现在轮到你们两位了。

拉尔夫 您是什么人……您是什么人……魔鬼？

顾斯拉普少校 （慢慢地）您问我是什么人？许多人活着逃出你们那座地狱……并且为清算你们的丰功伟业作了一切应该做的事，我就是这样的人里头的一个。（枪口对着拉尔夫，后退至门前，伸手到背后，打开了门。）

三个红军战士，一个跟着一个，端着枪走进房间。

顾斯拉普少校 （对三个红军战士）请看住这两个人。把他们戴上手铐。（对进来的中士）中士同志，请把长官先生的大衣拿给他。

中士 少校同志，是不是有丝绒领子的那件黑大衣？

顾斯拉普少校 大概就是那件。（向一直镇静地看着所发生的事情的利拉克）请原谅我们……您看……（笑）我们可敬的教授，满以为他的城堡，能够挡住外界暴风雨的袭击。可是，事实上完全是另外一种情况。

作家利拉克 我早就料到会有类似这种事情发生，虽然我并没有想像得像事实上所发生的那样准确。

两个红军战士给密拉斯医生上手铐。

密拉斯医生 （失去理智）上帝……哦……上帝……你们别碰我！拿一点人道出来！别碰我！（从牙齿缝里迸出轻微的呜咽声。）

顾斯拉普少校 （向正拿着拉尔夫的大衣回出来的中士）您检查过他的房间没有？

中士 少校同志，大体上已经看过了。（叙述）仔细检查需要花一些时间。目前发现一座藏在墙壁里面的小无线电台。在通风管里藏着一个洋铁盒子，盒子里面发现大约有半公斤重的金子。主要是戒指和金牙。现在中尉同志正在进行比较仔细的检查。

作家利拉克 （轻轻地重复一遍）金牙？

顾斯拉普少校 （向作家利拉克）是的，金牙。您大概已经从报纸上知道，这种财产是从来不会随着它的所有者埋葬到泥土里去的。（向红军战士）同志们，请快一点！（从前厅拿来军大衣，穿上）晚安，利拉克同志。（带着笑）请转告善良的教授和他的太太，我明天来拜访他们，把一切事情向他们解释清楚，可是，在这以前，我深深请他们原谅这次惊扰。（向战士）预备好了没有？那我们走了！（向作家利拉克）您瞧，所谓城堡，仅仅在我们的幻想之中才能存在。再一次祝您晚安。

作家利拉克 晚安。

密拉斯医生和拉尔夫在红军战士的押送下低垂着头下场。顾斯拉普少校走到阳台门旁边，转过身来，举手至帽檐向作家利拉克告别；下。作家利拉克坐着抽烟，手支着头，沉思地看着空中。

密拉斯教授 （很快地走进房间）哦，只有你一个人。其余的人呢——都走了？

作家利拉克 （慢慢地抬起头来）是的，都走了……（站了起来）都走了。至于他们是怎么走的，那就需要加一些注解和详细的说明。（沉默；然后抑扬顿挫地说着）偏偏与你的光辉的孤立主义相违背，就在这里，在你所宣布中立的领土上，发生了两大敌对阵营的尖锐冲突。

密拉斯教授 （完全不懂）怎么？在这里？在我所宣布中立的领土上？冲突？

作家利拉克 （在房间里踱步片刻，而后从容地说下去）是的，你没有注意到，就在你家里，隐藏了两个不同阵营的互相敌对的力量。当你从事于翻译善良的荷马老头的作品，并且以为能够依靠他的帮助把一切麻烦事情阻在围墙外面的时候，刚才在这儿发生的事件就在这种情况下慢慢地酝酿成熟了。

密拉斯教授 什么？……在这里发生了什么？

作家利拉克 两分钟以前，几个红军战士在顾斯拉普少校的指挥下逮捕了你的儿子拉尔夫和你的侄儿利哈尔特，他们两人原来是德国法西斯死亡营的高级官员。

密拉斯教授　（凝视利拉克，像凝视着幽灵一样）这……这……不……可能！

作家利拉克　（耸肩）可这毕竟是事实。（叙述）现在，当局的代表正在楼上拉尔夫的房间里，他们大概愿意跟你谈一谈，跟这座变成了城堡的屋子的主人谈一谈。（静场）发现了一座秘密的无线电台和许多从死人嘴里敲下来的金牙。

密拉斯教授　（蹒跚地，把手举到额上；走到桌旁；坐下）不……不可能！决不……可能！这……决不可能！

作家利拉克　（把手放在他的肩上）但这是事实，亲爱的朋友。

铃响。

作家利拉克　要不要开？

密拉斯教授　（单调地）开……开，嗯……你看看是谁要到这里来。（以呆滞的目光望着空中。）

作家利拉克从左面出去；很快同杨·桑德尔一起转回来。

作家利拉克　（小声地）编辑桑德尔，希望跟你谈谈。你接见吗？

密拉斯教授　（费力地转过头来）编辑桑德尔……编辑桑德尔……

杨·桑德尔　请原谅，教授同志，我又要来请您参加我们报纸的工作了。您还记得我吗？

密拉斯教授　（慢吞吞地）记得，记得。（静场）您……是来请我合作的……（起立，踉跄地走到客人的前面；把声音压低到耳语的程度）您知道吗，年轻人……您知道……今天，在这里发生了什么事？

杨·桑德尔　我刚听说，教授同志。

密拉斯教授　教授同志……教授同志……同志……（绝望地抓住那位记者的上衣的前襟）请您告诉我，为什么……为什么……为什么会有这样的结果？年轻人，请您告诉我，为什么这些凶鹰……我的亲骨肉……偏要在这里作自己的窠？为什么？嗯，请您告诉我……回答我……年轻人！

杨·桑德尔　请别见怪，教授同志，我认为吸引这些凶鹰到这里来的主要原因，就是您所谓超政治的态度。

密拉斯教授 我超政治的态度？

杨·桑德尔 是的，您超政治的态度。（微笑，但即刻又严肃起来）或者，说得更恰当一点，那就是您对超政治态度所持的固执的错误思想。

密拉斯教授 （经过一阵冗长而紧张的静默以后）我的固执思想……我固执的错误思想……

杨·桑德尔 （不知不觉地转入一种通常用来说服小孩子的声调）是的，正是这样。因为，事实上，在我们这个发展着的、苦难的、为幸福而斗争着的世界上，决不可能存在超政治的现象。（小声地，以说服人的声调）任何活的机体，当它对于外界采取漠不关心、中立和所谓超政治态度的时候，这个机体就是死的了。

密拉斯教授 （软弱无力地点着头）是的……是的……那个时候，这个机体就是死的了。

杨·桑德尔 但是当一个人采取这种所谓漠不关心、中立和超政治态度的时候，也就是说当他脱离、逃避社会和社会的任务，逃避我们建设生活的工作的时候，这种人，一般说来，还远不能说是已经死了。相反，他在积极反对进步和发展。

密拉斯教授 （慢慢地理解到他所说的话）是的……

杨·桑德尔 在我们周围的现实生活中，这些您所称为城堡的阴暗角落，对于正在作垂死挣扎的反动势力来说，正好是他们的安乐窝。就在这些又闷又温暖的安乐窝中，反革命的毒蛇很顺利地长好了他们的蛇皮。（静场）我相信，您建筑这个所谓城堡，完全是您那种小资产阶级的惰性的结果，为的是要保全自己舒适的环境，您看不见，也意识不到所发生的一切事情。（冷笑）但是，他们自己找得到上这儿来的路，而且来得相当快。（又以开导的声调）现在您也看到了，这些卑鄙恶毒的反动派，怎么样钻到您的城堡里来。他们爬进了您的高墙，溜进了城堡，通过您的儿子，把毒根一直插到城堡内部。（静场）假如顾斯拉普少校不及时发现这些毒蛇的踪迹，他们就能把你们全部毒死。

密拉斯教授 （想了一会儿；失去了他惯有的严厉的表情以后，立刻像老了许多；他慢慢地举起手来，用手指抚着前额）可是……我的工作呢？

杨·桑德尔 （停了一会儿以后）教授同志，任何一种工作，都不应该为它本身去做，也就是说：不能为工作而工作。应该为人民和人民的幸福而工作。应该全心全意热爱人民；要以自己的工作为人民的幸福而斗争。不能为了自己的工作而离开人民，隐居在这种所谓城堡里躲避人民。（静场）我们共产党员，时常想起安泰①。请您也不要忘记他。您记得：世界上最痛苦的人，就是切断他和人民、和抚养他的母亲之间的联系的人。（这些内容充满热情的话，杨·桑德尔说得很平静，甚至很轻；突然他以锐利的眼光注视着密拉斯教授，清清楚楚地咬着每一个字问道）今天，您允许我……坐了吧？

密拉斯教授 （理解这话的含意）嗯……请……请坐。

杨·桑德尔 （依然未坐，仅仅靠着一把椅子；微笑）这……很好。教授同志，谢谢您。是的，您瞧着，我们到最后还是能学会……学会齐步前进的……

室外突然传来轰隆的响声和崩裂声，那里像有什么东西倒坍下来似的。

密拉斯教授 （费力地转过头去）这……这是什么？

作家利拉克 （曾经有一会儿离开大家站在一边；现在慢慢地向他们走过来；他说得声音不高，但是非常清晰，使他的声音盖住了其他一切嚣杂的声音）这是你城堡四周的围墙倒坍的声音。风暴把它吹倒了。

1945 年 7 月—11 月　塔林

---

① 安泰是古代希腊神话中的英雄，他的母亲是地神盖娅。当他与敌人斗争遇到困难时，只要向地上一靠，敌人就无法战胜他。斯大林同志曾把布尔什维克比作安泰，教导他们必须联系人民群众。